KB190044

데카메론

팬데믹을 이겨낸 유쾌하고 대담한 인간 예찬!

데카메론

전면개정판

조반니 보카치오 지음 | 김상진 옮김

LINN
도서출판 린

LINN
인문고전
클래식
1

머리말

■ 바이러스 공포를 극복한 중세 풍자문학

인간의 의지로는 어찌할 도리가 없는 '코로나19'라는 대재앙이 닥친 2020년 이후 지구촌은 1년 넘게 '일상'을 잃어버린 무기력한 바이러스 전염 공포시대를 살고 있다. 전 세계가 바이러스와 전쟁을 치르느라 몸살을 앓는 요즘, 세기말적 바이러스 상황을 다룬 불후의 명작 《데카메론》에 쏠리는 관심이 뜨겁다.

'코로나19'처럼 페스트는 14세기 중기 전 유럽에 대유행하며 사람들을 공포로 몰아넣었다. 작품의 주요 무대인 이탈리아 피렌체는 세계 경제의 중심지였다. 그러나 1345년부터 이듬해까지 피렌체와 인근 토스카나 지방까지 휩쓴 대홍수의 악몽은 경제 파탄과 함께 사람들의 면역력을 급감시켰다. 그로부터 2년 뒤인 1348년 여름, 피렌체를 중심으로 한 대재앙의 서막은 치사율 60%의 무서운 역병으로 인구 절반을 죽음으로 몰아넣었다.

이후 유럽은 수년에 걸쳐 대규모 피해를 입는다. 감염 후 살이 썩어 검게 변하는 '검은 죽음(black death)', 즉 흑사병(Plague)으로 불렸던 이 병으로 당시의 유럽 인구가 1/5로 줄어들었으며, 백년전쟁이 중단되기도 했다.

■ 페스트 창궐 현장에서 쓰인 10일간의 사랑과 지혜
■ 인간에 관한 100가지 이야기

■ 피렌체의 소설가이자 인문주의자였던 보카치오는 페스트가 세상을 어떻게 황폐화하는지를 목격하곤 1351년 《데카메론》을 완성했다. 《데카메론》은 단테의 《신곡》과 비교하여 '인곡'이라고도 불리는 당대 최고의 산문문학이다. 또한 당대의 사회상을 담은 생생한 역사서로도 읽힌다.

'데카'는 '10', '메론'은 '이야기'란 뜻으로 '10일간의 이야기'로도 번역된다. 흑사병을 피하여 피렌체 교외의 별장으로 피신한 남녀 10명이 10일 동안 나눈 100편의 이야기를 담고 있다.

흑사병으로 말미암은 참사로 온 도시가 신음하며 백성이 죽어나갈 무렵 성 산타마리아 노벨라 성당에 검은 상복을 입은 젊은 여인 일곱 명이 찾아온다. 그들은 아름답고 정숙하며 기품 있는 귀족 가문의 총명한 여인들이었다. 그들의 이름은 팜피네아, 피암메타, 필로메나, 에밀리아, 라우레타, 네이필레, 엘리사였다. 이후 팜필로, 필로스트라토, 디오네오라는 건장한 젊은 남자들까지 합류해 10명이 2주 동안 다채로운 이야기의 향연을 벌인다.

첫째 날과 아홉째 날의 주제는 자유이고, 둘째 날에는 갈등과 고뇌를 겪고 나서 행복한 끝을 맺는 사람들의 이야기, 셋째 날에는 갈망하던 것을 획득하는 삶에 관해서, 넷째 날에는 불행한 결말을 짓는 사람들의 사랑이야기, 다섯째 날에는 결실을 맺는 사람들의 이야기, 여섯째 날에는 재치를 이용하여 교묘한 응답을 하면서 위기를 벗어난 사람들의 이야기, 일곱째 날과 여덟째 날엔 부부간이나 남녀 간에 서로 속고 속이는 이야기, 마지막 날에는 고상하고 관대한 주제나 영혼의 위대성에 관한 이야기를 한다. 그들은 이야기하고 나서 춤을 추고 노래를 부르는데, 이때 부른 칸초네가 총 10곡이다.

한 사람씩 번갈아가며 하는 이야기는 변화가 풍부하고 무대도 유럽 각지에서 동방까지 걸쳐 있다. 인물·성격·기질 따위도 최하층에서 최상층에 이르기까지 다양하다.

이야기하는 사람에 따라 내용과 흐름이 다르며 등장인물도 중세 시대의 상류층인 왕·기사·성직자·영주 등 다양하다. 이는 일관적인 형식을 보이면서도 다채로운 내용을 보이는 상반되는 특성이 있다. 이야기의 내용도 우스운 이야기, 비련, 잔혹한 이야기, 속이는 이야기 등 기발한 줄거리와 기상천외한 장면이 교차되고, 아이러니와 풍자, 간지럽고 선정적인 분위기를 풍긴다. 이를 통해 중세 시대 사회상과 제도를 접할 수 있고, 로맨스·성직자에 대한 풍자·귀족의 기사도에 대한 이야기를 통해 계층 간의 모습을 직설적이고도 비유적으로 풍자하고 시대적인 모순까지 드러낸다. 특히 사랑이 빠지지 않는데, 예나 지금이나 인간이 얼마나 세속적인 욕망에 충실한가를 보여주는 한 편의 드라마이다. 세속적 욕망 앞에서 고결해야 할 성직자들마저 욕망을 거스르지 못하고 부정부패에 탐닉한다.

▌중세의 위선과 허위, 인간 해방을 다룬 리얼리즘 문학의 걸작

《데카메론》은 근대적인 리얼리즘의 산문정신으로 그려진 최초의 작품이다. 미사여구를 찾아볼 수 없으며, 문장 표현이 대체로 거친 편이다. 때때로 외설적인 면을 지나치게 강조하기도 하지만, 그것은 인간 생활을 솔직히 묘사하다 보니 자연스럽게 나온 것뿐이지 그것 자체가 목적은 아니다.

100편의 이야기는, 인간 생활에서 일어나는 우스운 이야기부터 도덕적인 훈화, 타락하고 부패한 교회의 수도자들에 대한 풍자, 사랑의 기쁨과 슬픔 등 아주 다채롭다. 모든 이야기의 저변에는 봉건적인 세력에 대한 신흥 부르주아 서민 계층의 쌓이고 쌓인 울분이 깔려 있고 그것이 뼈 있는 골계로 나타나기도 한다. 이야기 중에서 양적으로 가장 많은 것은 섹스의 해방과 기쁨, 성직자의 모순과 부패에 대한 조소, 낡은 지배 계급에 대한 서민의 평등한 감정이다.

이 작품을 근대 문학의 빼어난 걸작의 위치에 올려놓을 수 있었던 장점인 여성성에 대한 탁월한 의미 부여를 빼놓을 수 없다. 직품에서 여성의 매력은 플라토닉한 베일을 벗겨버리고 육욕과 직결되는 매력뿐만 아니라, 사랑하는 사람과의 이루어질 수 없는 사랑조차 과감히 차용해 인간의 자연스러운 성정(性情)을 옹호한다. 또 서민에겐 금욕과 인내를 강요하면서도 성직의 특권으로 현세적인 인간의 욕망에 도취한 교회나 신부의 타락과 기만성이 비웃음거리로 통렬히 폭로되어 있다. 이것은 하느님 최후의 심판까지도 의심하는 부르주아의 허무적인 의식이 현실적으로 죽음이라는 보편적인 사실과 대치된다.

《데카메론》의 세계에는 제왕이나 교황도 똑같은 육체를 가진 인간이란 합리적인 해석이 나온다. 그러므로 마부가 왕비를 범하는 논리도 생겨나는 것이다. 그래서 상인적인 실리주의에서 인간의 가치란 벼슬이 아닌 재능이므로 합리적인 두뇌가 존중된다. 선량한 우둔함보다 영리한 잔꾀가 인정되고 속는 자보다 속이는 자가 갈채를 받는다. 이 책은 당시에는 음란하다는 비난을 받기도 했는데, 이에 대해 저자는 "세상의 부인들이 좀 더 도덕적인 화제를 가지고 있었다면 나도 좀 더 도덕적인 것을 썼을 것이다"라고 응수했다.

▌문학은 당대 사회와 인간성의 반영

문학은 당대의 사회와 사람들의 풍속을 감성적으로 건드리는 역사의 한 방편이다. 그래서 문학 속 다양한 인간의 삶은 그 자체로 시대의 바로미터이고 동시대인의 풍속도이다. 인간의 냄새와 숨결, 섬광 같은 정신의 편린들은 문학을 통해서만 오롯이 되살아난다. 결국 당대 시대상의 진정한 복원은 불가능하고 기록의 행간은 상상과 해석으로만 채울 수 있다. 이럴 때 시대의 공기를 머금고 태어난 문학 작품들은 면면히 이어져 사료(史料)에서 얻기 힘든 부분을 보여주는 만화경이 된다.

《데카메론》에선 앞선 시대를 살아간 사람들, 그들을 문학 작품 속에서 재탄생시킨 작가(작가 개인 또는 민중)들이 자신들의 감정과 경험, 지식, 외부 세계에 대응하는 내밀한 속내를 다양한 방식으로 펼쳐 놓고 있다.

조반니 보카치오의 《데카메론》은 무척이나 매력적인 역사서이다. 이 작품의 역사적인 의미는, 첫째 중세 말의 시대적 흐름을 잘 보여주고, 둘째 당대 사회적 문제를 섬세하게 묘사했으며, 셋째 문학사적 가치가 있다는 것이다.

《데카메론》은 문학사적으로도 중요한 위치를 점하고, 동시에 민중의 사랑 속에서 널리 구전된 인기 있는 고전 문학이다. 중세적 가치와 엄숙주의가 무너진 시대에 선악이 뒤얽힌 사회의 모습을 묘사한 이 소설은 혼돈스러운 오늘날을 돌아보게 하는 계기를 준다.

차례

제1장
첫째 날 이야기

제2장
둘째 날 이야기

제7장
일곱째 날 이야기

제8장
여덟째 날 이야기

제9장
아홉째 날 이야기

제10장
열째 날 이야기

데카메론 100배 즐기기

《데카메론》의 주인공들_ 흑사병을 피해 피렌체를 탈출하여 2주 동안 피에솔레의 시골 별장으로 온 젊은 여성 일곱 명과 품행이 단정한 남성 세 명으로 이루어진 무리를 소개한다. **자크 클레멘트 바그레스의 작품.**

페스트로 인한 장의 행렬_ 비잔틴 제국의 유스티니아누스 1세 시기에 발생한 페스트 창궐을 묘사한 그림이다. 페스트는 전염병에 감염된 벼룩을 달고 다니는 쥐 때문에 발생되었는데 의료 시설이 취약한 중세에 어마어마한 사상자를 냈다. **조스 리페랭스의 작품.**

페스트에 걸린 왕족 부부_ 페스트는 평민을 비롯하여 귀족과 왕족도 차별 없이 죽음의 도가니로 몰아넣었다. **중세 필사본 그림.**

죽음의 승리_ 페스트를 악마로 묘사한 그림으로, 악마들이 죽음의 전염병으로 승리한다는 내용이다. **피터르 브뤼헐의 작품.**

이야기하기 전에 산책하는 《데카메론》의 일행_ 일곱 명의 여성과 세 명의 젊은 남성이 새로운 이야기를 위해 산책하는 장면을 묘사한 그림이다. **존 워터하우스의 작품.**

디오네오에게 이야기를 듣는 부인들_ 일곱 명의 여성과 세 명의 청년이 페스트를 피해 한적한 정원에서 이야기꽃을 피우는 장면이다. **존 워터하우스의 작품.**

산타 마리아 노벨라 대성당_ 《데카메론》이 쓰여진 후 약 100년 뒤에 완성된 성당이다. 이곳에서 보카치오의 《데카메론》이 시작되었고, 마사초의 〈성 삼위일체〉 프레스코화가 소장되어 있다.

보카치오와 단테의 초상_ 왼쪽은 단테이고 오른쪽은 보카치오이다. 두 사람은 진정한 르네상스 인물로, 암울했던 중세 시대에 새로운 변혁의 토대를 마련하였다.

첫째 날 네 번째 이야기_젊은 수도사가 그만 젊은 아가씨와 눈이 맞아서 몰래 아가씨를 방으로 끌어들여 일을 치른다. 젊은 수도사는 수도원장에게 들키지 않고 처녀를 내보낼 궁리 끝에 아가씨를 수도원장에게만 보이는 곳에 둔다. 수도원장은 아가씨를 보고 마음이 동하고, 아가씨 또한 수도원장에게 마음이 끌려 두 사람은 같이 시간을 보낸다. 수도사는 이때 나타나 "자신은 이 교파에 입문한 지 얼마 되지 않아 여자 신도와 함께 이처럼 특이한 방법으로 수도하는 절차가 있는지는 몰랐다"라고 시치미를 떼며, 자신이 수도원장과 아가씨를 목격했음을 암시한다. **중세 필사본 그림.**

첫째 날 열 번째 이야기_알베르토는 볼로냐의 이름난 의사로 노인이다. 그가 아름다운 과부에게 연정을 느껴 과부의 집 주변을 기웃거린다. 동네 부인들은 늙은 사람이 분수를 모른다고 알베르토를 비웃는다. 부인들이 알베르토를 초대하여 조롱하며 어떻게 그 나이에 아름다운 과부를 좋아하느냐고 묻는다.

알베르토는 "늙은 사람은 분별력이 있으니 사랑하는 것이 더욱 진실한 것임이 틀림없으며, 부인들은 채소를 먹을 때 영양가 있는 뿌리는 거들떠보지 않고 잎과 줄기만 씹어 먹으며 평가하고 있으니 사랑과 남자 또한 잘못 평가하는 것이다"라고 반론을 펼친다. **반 다이크의 작품.**

《데카메론》 속의 나폴리_ 나폴리는 로마와 밀라노 다음가는 이탈리아 제3의 도시이다. 둘째 날 다섯 번째 이야기의 배경으로 페루자의 피에트로는 말을 중개하기 위해 이곳으로 오나 그는 순진한 시골뜨기로 나폴리에서 커다란 불행을 당한다.

알라티엘_ 둘째 날 일곱 번째 이야기의 주인공인 알라티엘은 공주 신분으로 그녀의 아름다움 때문에 기구한 운명을 겪는다. **모세 허튼의 작품.**

마제토 이야기_ 셋째 날 첫 번째 이야기의 주인공인 마제토는 농부였다. 수녀원에서 정원사로 일하던 사람이 젊은 수녀 아홉 명이 비위를 맞추며 일하다 보니 도저히 힘들어 견딜 수 없어서 때려치우고 나왔다고 푸념하는 이야기를 듣는다. 마제토는 이 말을 듣고 여자들 사이에서 일하면 좋겠다고 생각하는데, 수녀들 사이에 채용되기 쉽지 않을 듯하여 불쌍한 벙어리로 가장하고 도움을 청하는 방법으로 수녀들과 가까워진 뒤에 수녀원의 정원사가 되는 데 성공한다. 수녀들은 마제토가 벙어리이기 때문에 마음 놓고 호기심을 해결하기 위한 대상으로 여기는데, 마제토의 벗은 몸을 우연히 보고 수녀원장까지도 마음이 동하여 마제토와 잠자리를 같이한다. 마제토는 혼자서 수녀 열 명과 수녀원장을 당해내는 것이 너무 힘들어서, 종교적인 기적이 일어나서 말을 할 수 있게 된 것처럼 가장하여, 수녀원장에게 사태를 말한다. 수녀원장과 수녀들은 협의하여 모든 일이 소문나지 않고 평안하게 해결되도록 조치한다.

《데카메론》 속의 고해 성사_ 고해 성사는 세례받은 신자가 지은 죄를 뉘우치고 신부를 통하여 하느님에게 고백하여 용서받는 일이다. 이야기에서는 주교가 고해 성사하는 아름다운 부인들을 유혹하여 농락하는 모습으로 등장한다. **텔레마코 시뇨리노의 작품.**

잠이 든 여인_ 잠이 든 여인들을 상대로 정욕의 소재가 되는 이야기를 담아낸다. **빌헬름 페르디난트 소천의 작품.**

순례자로 변장한 테달도_ 셋째 날 일곱 번째 이야기의 주인공 테달도는 알도브란디노의 아내인
에르멜리나와 사귀던 중 연락을 끊은 그녀에게 실망한다. 테달도는 우울감에 빠져 피렌체를 떠
나 키프로스에 도착하여 상인으로 성공하였다. 피렌체를 떠난 지 7년이 흘렀지만 에르멜리나를
잊을 수 없던 테달도는 사업을 정리하고 피렌체로 돌아온다. 테달도는 순례자로 분장하여 에르
멜리나를 만나 그녀의 죄를 묻고 사죄를 받아낸다. **프랭크 딕시의 작품**.

귀스카르도의 심장을 움켜쥐고 슬퍼하는 기스몬다_ 탕크레디 공은 귀스카르도를 붙잡아 당당히
말하는 그를 죽이고 그 심장을 황금 술잔에 넣어 딸에게 보인다. 딸은 그 잔에 독약을 담아 먹고
아버지가 보는 앞에서 죽으면서 같이 묻어 달라고 한다. **윌리엄 호가스의 작품.**

리자베타와 로렌초_ 넷째 날 다섯 번째 이야기로, 리자베타가 사랑하는 로렌초에게 음식을 주고,
이를 지켜본 맞은편의 오빠가 짓궂게 발을 뻗어 리자베타의 개를 건드린다. 오빠 셋은 누이동생
이 로렌초를 사랑하는 게 못마땅한 눈치이다. **존 에버릿 밀레이의 작품.**

순례자로 변장한 테달도_ 다섯째 날 첫 번째 이야기의 주인공 치모네는 잠든 에피제니아의 나신을 보고는 그녀를 사랑하면서 지혜롭게 변모한다. 에피제니아가 로도스 섬으로 혼인하러 가자 치모네는 바다에서 그녀를 납치한다. 에피제니아를 납치하여 도망치던 치모네의 배는 풍랑을 맞아 로도스 섬에 좌초된다. 치모네는 로도스 섬의 감옥에 갇히지만 리시마코가 구해낸다. 리시마코는 에피제니아와 합동 결혼식을 하는 카산드레아를 흠모했다. 치모네와 리시마코는 두 신부를 납치하여 크레타 섬으로 도망친다. 이후 치모네와 에피제니아는 키프로스로, 리시마코와 카산드레아는 로도스로 돌아가 오래도록 행복하게 살았다. **벤자민 웨스트의 작품.**

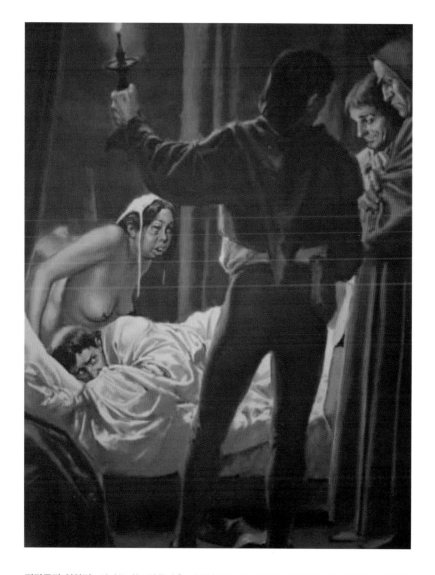

피카르다 이야기_ 피카르다는 아름다운 미망인이다. 한 사제가 그녀에게 갖은 방법으로 구애를 하였다. 그녀는 너무나 성가셔서 어떻게든 멈추게 하려고 꾀를 냈다. 피카르다는 자기집의 두 남동생에게 들키면 안 되기 때문에 어둡게 하고 한마디도 하지 않은 채 좁은 곳에 들어가서 동침해야 한다고 말한다. 사제는 기뻐하며 피카르다의 집에 간다. 피카르다는 매우 못생긴 하녀에게 자기 대신 어둠 속에서 사제를 만나도록 부탁해 두었다. 어둠 때문에 아무것도 모르는 사제는 못생긴 하녀와 동침하게 되고 그때 피카르다의 동생들은 사제의 스승을 모시고 나타나 문을 벌컥 연다.

나스타조 이야기 1_ 여인이 흰 개에게 엉덩이를 물려 비명을 지르고 있다. 말을 탄 기사가 붉은색 망토를 휘날리며 칼을 높이 들고 화면 중앙으로 맹렬히 다가온다. 개는 기사의 사냥견이며 여인은 기사의 사냥감이다. 화면 왼편에는 두 청년이 서 있다. 두 청년은 나스타조로, 사색을 끝낸 그가 여인을 구하기 위해 막대기로 개를 쫓으려 한다.

나스타조 이야기 2_ 화면 뒤편의 여인이 맹렬히 추격하는 기사와 개를 피해 필사적으로 달아난다. 이내 지쳐 숲에서 붙잡힌다. 화면 중앙의 여인은 개에게 물려 쓰러지고 기사는 말에서 내려 여인의 등을 갈라 두 손으로 내장을 꺼낸다. 기사가 사냥의 대가로 여인의 내장을 던지자 개들이 게걸스럽게 먹어댄다.

나스타조 이야기 3_ 숲에서 연회가 펼쳐진다. 여인은 달아나다가 개 두마리에게 양쪽 허벅지를 물린다. 파티에 참석한 귀족들이 놀라 일어서자 테이블과 테이블 위 음식물을 담은 그릇들이 엎어진다. 나스타조는 이전 작품들에서 혼비백산하던 모습과는 달리 침착하게 사람들을 진정시킨다.

나스타조 이야기 4_ 개에게 짓밟히는 여인도 기사도 보이지 않지만 모든 작품에 등장했던 남자가 보인다. 그는 여인들 틈의 하얀색 드레스를 입은 여인에게 무언가를 설명하고 있다. 이 네 작품은 르네상스 미술의 거장 산드로 보티첼리의 〈나스타조의 이야기〉 연작이다. 《데카메론》의 다섯째 날 여덟 번째 이야기 소재로 그렸지만 《데카메론》 이야기보다 더 유명해진 그림이다. **프라도 미술관 소장.**

브루노와 부팔마코_ 미술가이자 장난을 좋아하는 두 사람은 '오성과 한음'처럼 악동이다. 그들은 절친한 친구 칼란드리노를 골탕먹이고 《데카메론》의 독특한 캐릭터로 상징되고 있다.

칼란드리노_ 칼란드리노는 매우 어수룩한 이다. 친구인 브루노와 부팔마코에게 항상 놀림거리가 된다. 하루는 칼란드리노의 소문을 듣고 어떤 사람이 칼란드리노에게 허풍을 떠는데, 자기는 온 갖 기이한 나라를 다 가보았으며, 치즈로 된 산이 있고 먹을 것으로 된 들판이 있는 나라에도 가보았다고 했다. 또한 돌을 찧으면 먹을 것이 나오는가 하면, 지니면 투명 인간이 되는 돌도 있다고 떠들어댄다. 이에 브루노와 부팔마코는 칼란드리노를 따라나서며 포복절도하는 계획을 세운다.

제1장

첫째 날 이야기

Decameron

첫째 날

《데카메론》의 첫째 날이 시작되었습니다. 이날은 작가가 어떤 이유로 이 이야기를 시작하게 되었는지를 밝히며 이야기의 구성과 주변 상황이 어떠한지를 설명하였습니다. 1348년 이탈리아의 피렌체에는 거리마다 흑사병이 만연하여 시체가 산을 이루고 도시는 악취로 뒤덮인 지옥 같은 시절을 겪고 있었습니다. 하루가 다르게 흑사병의 공포가 도시를 내리누르면서 민심은 흉흉하고 도덕은 땅에 떨어졌습니다.

흑사병으로 말미암아 온 도시가 신음하며 백성이 죽어나갈 무렵 성산타마리아 노벨라 성당에 검은 상복을 입은 젊은 여인 일곱 명이 찾아왔습니다. 그들은 아름답고 정숙하며 기품 있는 귀족 가문의 총명한 사람들이었습니다. 그들의 이름은 팜피네아, 피암메타, 필로메나, 에밀리아, 라우레타, 네이필레, 엘리사였습니다. 그들은 성당의 한쪽에 둘러앉아 세상 돌아가는 이야기를 두런두런 나누게 되었습니다. 그러던 중 팜피네아가 한 가지 제안을 하였습니다.

지금 많은 사람이 선악의 구분도 없이 충동적이고 쾌락에 젖어 있으며 심지어 수도사들마저도 계율을 어기고 육체를 탐하는 말세이지 않습니까? 우리도 이 재앙으로부터 예외일 수 없고 게다가 홀로 있는 여인에 불과하니 이 도시를 떠나 죽음을 피하고 목숨을 구하는 한편, 무절제한 이 도시를 벗어나 시골 농장에서 깨끗하고 조용한 생활을 하는 게 어떨까요?

그녀의 제안에 다른 여인들도 모두 찬성했습니다. 여인들은 한발 더 나아가 여인들끼리는 서로 통제되지 않으니 남자의 지도를 받도록 하자는 쪽으로 의견을 모았습니다.

그때 사나이 셋이 성당으로 들어왔는데 모두 건장하고 혈기왕성한 젊은이었습니다. 그들은 팜필로, 필로스트라토, 디오네오라고 하였습니다.

일행은 준비를 마친 후 도시를 벗어났습니다. 일행은 관목과 푸른 나무가 무성하고 넓은 정원이 있는 별장에 닿았습니다. 별장에 도착해서 팜피네아는 지도자를 정하여 그가 모든 일을 관장하고 주재하여 절도를 잃지 않고 오래도록 즐거움이 계속되도록 하자고 제안하였습니다. 첫 번째 주재자로 팜피네아가 선출되었고 필로메나가 명예를 상징하는 월계관을 만들어 주재자의 머리에 씌워 주었습니다.

팜피네아와 일행은 휴식과 담소를 즐긴 후 오래도록 여흥의 시간을 가졌습니다. 오후 3시가 되어 일동이 잔디밭에 둘러앉았을 때 여왕이 말했습니다. 더위가 가실 때까지 놀이를 즐기다가 첫날이므로 저마다 좋아하는 이야기를 하자고 했습니다. 모두 찬성했고 여왕은 팜필로에게 이야기를 명하였고, 그는 이야기를 시작했습니다.

차펠레토의 이야기

우리가 무슨 일을 시작할 때는 만물의 창조주이신 거룩하고 성스러운 하느님의 이름에서부터 시작하는 것이 좋은 일이라고 생각합니다. 지금부터 제가 들려드리는 이야기는 영험이 뚜렷하신 하느님 이야기로부터 시작하려 합니다. 여러분께서 이 이야기를 들으시면 하느님에 대한 우리의 희망이 언제나 변함없는 것이며, 항상 하느님을 찬송하지 않을 수 없게 될 것입니다.

세상일은 언제나 변하고 죽어 없어지는 것이므로 우리네 몸과 마음도 늘 고민하고 슬퍼하며, 절체절명의 위험 앞에 늘 놓이게 되는 것입니다. 우리는 어쩔 수 없이 위험한 소용돌이에 휘말리면 하느님의 광대무변한 베푸심과 일깨워주심으로 위기를 모면하게 되는 것입니다.

우리에게 주어지는 하느님의 은혜는 공적이 있는 사람에게만 주어지는 것이 아닙니다. 그것은 하느님 스스로의 관대함과 지난날에는 우리와 마찬가지로 보통 인간이며 살아 있는 동안에 갖가지 즐거움을 즐기다가 축복을 받아 하느님과 함께 영원한 존재가 되신 성인들의 기도와 소원으로 우리 같은 보통 인간에게도 하느님의 은혜가 닿은 것입니다. 우리는 이러한 성인들에게 우리의 약함에 대하여 기회가 될 때 소원을 말씀드려야 하는 것입니다. 그러므로 우리는 하느님의 관대하신 자비에 대해서 더욱 충분히 인식해야 합니다. 우리와 같이 육신을 가진 인간의 눈으로는 아무리 애써도 하느님의 깊은 마음속을 들여다볼 수 없습니다. 때로는 천벌을 받아 지옥으로 쫓겨나야 할 자임에도 성인으로 오판되는 일이 일어나기 때문입니다.

그럼에도 모든 일을 다 알고 계시는 하느님께서는 당신 스스로 축복된 자의 가슴속에 계시듯이 기도를 올리는 자의 무지나 잘못을 탓하기보다는 그 순수함에 대하여 기도를 받아들여 주십니다. 이것은 이제부터 말씀드리는 제 이야기에서 분명히 알게 될 것입니다.

그럼, 제 이야기를 시작하겠습니다.

프랑스에서 부자가 되어 대상인으로서 기사 칭호까지 받은 무샤토 프랑수아(프랑스에서 큰 부자가 되었던 실존 인물)라는 사람이 프랑스 왕의 동생인 샤를르 생자테라(센차테르라고 불린 샤를르 드 발로아)가 교황 보니파치오의 부름을 받아 길을 떠날 때 그를 따라 토스카나(이탈리아 북부 지역)로 가게 되었습니다. 이런 일은 프랑수아 같은 대상인에게는 흔한 일로, 여러 곳에 즉시 처리할 수 없는 장사 일이 있어 그 처리를 몇 사람에게 일러두고 떠나려고 생각했습니다.

다른 일은 별 어려움 없이 해결될 것 같았지만 다만 하나, 부르고뉴(프랑스 동남부에 있는 유명한 포도주 생산지)의 사람들에게 빚을 받는 일이 어려울 것 같았습니다. 그가 왜 이런 의구심이 들었느냐 하면 부르고뉴 사람들은 툭하면 싸우려 들기 일쑤였고 신용할 수 없는 부류의 사람들이었기 때문입니다. 그래서 그런 질이 나쁜 패거리와 능히 맞설 만한 아니 그보다 더 악질인 사람이 언뜻 생각나지 않았기 때문입니다. 이렇게 몇 날 며칠을 물색하느라 고민하던 중 그의 파리 저택에 드나들던 차페렐토라는 사람을 생각해 냈습니다.

이 사나이는 키가 작았지만 매우 사치스러웠고, 프랑스 사람들은 그의 이름을 프랑스 속어대로 샤프레, 즉 화환이란 뜻으로 알았으며 차펠레토로 불렀습니다. 이 차펠레토는 자기의 서류 중의 하나가 진짜(그것이 매우 적었음은 말할 필요도 없습니다만)라면 매우 부끄럽게 생각하는 어처구니없는 공증인이었습니다. 또 누가 부탁하거나 하지 않거나 간에 기꺼이 위증하곤 했습니다. 당시 프랑스에서는 선서를 매우 신뢰했고 또 그가 위증하리라고는 아무도 생각지 못했으므로 부름을 받아 선서하고 진실을 말한다고 하는 이상 그의 선서는 신용되어 어떤 소송에서도 이겼습니다. 그뿐만 아니라 그는 친구나 친척 그 누구를 막론하고 사람들 사이에 악의와 적의와 스캔들이 생기는 것을 무척 좋아했고, 그런 일들을 잘 조사해 놓고 있었습니다. 그러고는 사태가 점점 악화되어 가는 걸 가만히 지켜보았습니다.

그는 살인 사건이나 부정한 사건에 부름을 받아도 거절하는 일 없이 나서곤 했습니다. 때로는 자기 손으로 사람을 찌른다든가 죽인다든가 하는 일에도 기꺼이 나서곤 했습니다. 또한 하느님이나 성인에 대하여 불경한 말도 서슴지 않고 내뱉었으며, 남보다 훨씬 화를 잘 내는 성격이어서 매우 작은 일에도 발끈하곤 했습니다.

왜 제가 이렇게 수다스럽게 그에 대해 악평을 늘어놓는가 하면, 참으로 그는 이 세상에서 본 적 없는 극악무도한 인간이었기 때문입니다. 그는 이렇게 오랫동안 악한 일만 저질렀으나 무샤토 덕분에 모욕을 가한 일반인 또한 마찬가지로 모욕을 가한 재판소 사람들로부터도 인정을 받고 있었습니다. 어쨌든 그의 생활을 잘 알고 있는 무샤토의 머리에 차펠레토가 떠올랐으므로, 그러면 부르고뉴 사람들의 악의에 대항할 수 있을 거라고 생각했습니다. 그런 이유로 인해 무샤토는 차펠레토를 부르기로 했습니다. 차펠레토가 불려오자 그는 이렇게 말했습니다.

고리대금업자_15세기에 높은 이자를 챙기는 금융인과 공증인을 묘사했다.**마리누스 반 레이메르스바엘의 작품.**

"차펠레토 씨, 당신도 알다시피 나는 한동안 이곳을 떠나야 하게 되었소. 그런데 거래 가운데 골칫거리인 부르고뉴 사람의 문제가 있어서 여러 가지로 생각해 보았는데 당신 말고는 그 돈을 받아올 만한 사람이 없단 말씀이야. 그래서 내가 보기에 당신에게 일도 별로 없는 것 같으니 이 일을 하고 싶은 의사가 있으면 재판소 사람들에게도 잘 주선해 줄 것이며, 당신이 받아온 돈도 상당한 금액을 떼어 주려고 생각하는데……."

이렇게 해서 차펠레토는 채권자 역할을 맡게 되었습니다.

차펠레토는 부르고뉴로 가서 빚을 받아내는 동안 고리대금업자인 피렌체 출신의 두 형제 집에서 유숙하였습니다. 이 두 형제는 무샤토를 존경해서 그에게 깊은 호의가 있었지만, 어쩌다가 그는 갑자기 병이 들어 위독해졌습니다. 두 형제는 중환자를 쫓아내면 비난받을 것 같고 그렇다고 악당의 시체를 받아줄 성당도 없을 것 같아 걱정이 태산 같았습니다. 그러나 차펠레토는 자신이 알아서 할 테니 수도사를 불러달라고 간청했습니다. 두 형제는 할 수 없이 존경받던 늙은 수도사를 불러왔습니다.

두 형제가 부른 수도사는 성인이라고 할 만큼 높은 덕을 갖춘 생활을 하고 성서에도 정통한 존경받는 노신부였습니다. 노신부는 차펠레토가 누워 있는 방에 들어섰습니다. 머리맡에 앉아 부드럽게 위로의 말을 건네면서 요전의 참회로부터 시간이 얼마나 지났는가 하고 물었습니다. 지금까지 참회 같은 것을 해 본 일이 없는 차펠레토는 이렇게 대답했습니다.

"신부님, 적어도 매주 한 번은 참회를 하는 것이 제 습관입니다. 물론 그보다 더 많이 참회한 일은 여러 번 있습니다. 그렇지만 병이 들고부터 8일이 지났으므로 그동안은 참회를 못했습니다. 그만큼 병이 무

무거웠습니다."

노신부가 말했습니다.

"내 아들아, 그것은 매우 훌륭한 일이야. 이제부터는 그렇게 해주기 바란다. 그렇게 여러 번 참회해 왔다면 묻는 데나 대답하는 데에 그렇게 힘든 일은 없으리라고 생각하는데 어떤가?"

차펠레토가 말했습니다.

"신부님, 그런 말씀은 하지 말아 주십시오. 저는 찔끔찔끔 참회해 왔으니 결코 자주 참회했다고 할 수는 없습니다. 저는 태어나서부터 참회를 한 날까지 제가 생각하는 죄를 깨끗이 고백했다고 생각했던 적은 없으니까요. 신부님께 부탁드리는데 부디 아직 한 번도 참회한 일이 없는 녀석이라고 여기시고 무엇이든지 자꾸 질문해 주십시오. 제가 환자라는 것은 잊어 주시기 바랍니다. 제 육신을 아끼고자 구세주께서 거룩한 피로 대속해 주신 제 영혼을 지옥에 떨어뜨리는 짓을 하는 것보다는 오히려 이 육신을 괴롭히는 편이 낫다고 생각하기 때문입니다."

이 말은 노신부를 아주 기쁘게 했습니다. 그리고 충분히 각오가 된 뒤의 말이라 생각하였습니다. 노신부는 차펠레토에게 하느님의 뜻을 어기고 폭음, 폭식의 죄를 범한 일은 없느냐고 물었습니다. 차펠레토는 깊은 한숨을 쉬며 "있습니다. 많이 있습니다" 하고 대답했습니다. 즉 믿음이 깊은 사람들이 1년에 한 번 행하는 사순절 단식하는 동안 매주 3일은 굶주린 듯 빵을 먹어댔고 물을 퍼마셨다고 하는 것이었습니다. 그리고 순례를 떠나 기도를 드리고 조금 고단해지면 술꾼이 포도주를 마시듯 물을 마셨다는 것이었습니다. 그 이야기를 듣자 신부가 말했습니다.

"내 아들아, 그런 죄는 극히 당연한 것으로 사소한 것이다. 그러니 필요 이상으로 그대의 양심을 괴롭힐 것은 없다. 어떤 사람이든 가령 그

순진한 수도사를 속이는 차펠레토_차펠레토는 간교한 공증인이다. 그가 죽게 되자 수도사를 속여 자신의 신분을 성인으로 만든다. **중세 필사본 그림**.

가 성인일지라도 긴 단식 뒤에는 먹는 것이 맛있다고 느낄 것이고, 고단할 때는 마시는 것도 맛있다고 느끼는 법이지."

차펠레토가 말했습니다.

"아아! 신부님, 저를 위로하려고 그런 말씀을 하지는 말아 주십시오. 아시는 바와 같이 하느님을 섬기는 처지에서는 무슨 일이든지 정결해야 하며 조금이라도 마음이 녹슬어서는 안 된다고 생각합니다. 그렇지 않으면 누구나 죄를 짓고 있는 셈이 됩니다."

신부는 극히 만족해하며 말했습니다.

"나는 그대가 그렇게 생각하는 것을 매우 기쁘게 여긴다. 그 안에 들어 있는 그대의 순수하고 선량한 양심은 지극히 내 마음에 들었다. 그러나 이 점은 어떤가, 즉 필요 이상의 것을 원하거나 가져서는 안 되는 것을 가지고 싶어하는 탐욕의 죄에 애해서는?"

그 말에 차펠레토는 이렇게 대답했습니다.

"신부님, 제가 이렇게 고리대금업을 하는 집에 신세를 지고 있다 해서 그런 눈으로 보시면 곤란합니다. 저는 이 집과는 아무 관계 없습니다. 오히려 그들을 타이르고 징계할 뿐만 아니라 그들의 가증스러운 돈벌이를 중지시키러 온 사람입니다. 하느님께서 제가 이런 병에 걸리게 하시지 않았더라면 저는 이미 그 일을 끝냈으리라고 생각하는 사람입니다. 그러나 신부님께서 알아두셔야 할 것은 부친이 저에게 막대한 재산을 남겨 주었지만 저는 부친이 돌아가신 뒤 그 대부분을 가난한 사람들에게 나누어 준 일입니다. 언제나 가난한 사람들의 일을 생각하여 번 돈을 둘로 나누어 한쪽을 제 생활비로 하고 다른 한쪽을 그들의 비용으로 하여 그들에게 주었습니다. 하느님께서도 저를 도와주셨는가 봅니다. 그래서 제 장사는 더욱 번창했던 것입니다."

노신부가 말했습니다.

"아주 훌륭한 일을 했군. 그러면 남을 함정에 빠뜨리기 위해 위증하거나, 또는 남의 흉을 보거나, 주인이 싫어함에도 남의 것을 빼앗거나 한 일은 없는가?"

차펠레토가 말했습니다.

"제가 남을 좋지 않게 욕한 일이 있는 것은 의심할 여지가 없습니다. 그전에 우리집 가까이에 자기 아내에게 손찌검하는 아마도 이 세상에서 가장 나쁜 녀석이 살고 있었습니다. 저는 아내의 친척에게 한번 그 사나이의 욕을 한 일이 있습니다. 하느님 말씀을 빌려서 말하면 그 사나이는 술에 만취할 때마다 아내를 학대하는 것이므로 불행한 그 아내가 불쌍해서 견딜 수 없었습니다."

이야기를 듣고 노신부는 이렇게 말했습니다.

"좋다. 그렇다면 묻겠는데 그대는 상인이라고 했는데 장사를 하면서 남을 속인 일은 없는가?"

"분명히 있었습니다. 신부님."

차펠레토가 말했습니다.

"누구였는지 모르지만 어떤 사람이 제가 판 옷감의 대금을 가져온 일이 있었습니다. 저는 세어 보지도 않고 돈궤에 넣어 두었습니다만, 한 달 가량 지난 뒤, 4피치올로만큼 더 지불된 것을 알게 되었습니다. 저는 돌려주어야겠다고 생각했지만 그 사람을 만나지 못한 채 1년 정도 보관하고 있다가 하느님을 위해 그 돈을 기부했습니다."

신부는 대답했습니다.

"그런 일은 사소한 일이다. 그대가 한 일은 훌륭한 일이었다."

성인으로 이름 높은 신부는 여러 가지를 물었지만 그는 모두 이런 투로 대답했습니다. 그리하여 신부가 면죄를 선언하려 하자 차펠레토는 이렇게 말을 꺼냈습니다.

"신부님, 저에게는 아직 말씀드리지 않은 죄가 몇 가지 있습니다."

신부가 어떤 것인가 하고 물었더니 그의 대답은 이러했습니다.

"잊히지도 않습니다. 저는 하인들에게 토요일 오후 3시에 기도(옛날에는 토요일 오후 기도가 끝나면 일요일의 휴식이 시작된다고 여겼음)를 올린 뒤 집안 청소를 시킨 일이 있습니다. 이것은 제가 당연히 드려야 할 거룩한 일요일의 경의를 드리지 않은 것이 됩니다."

"오오! 하지만 내 아들아, 그것은 대수로운 일이 아니다."

이렇게 차펠레토는 짧은 시간에 자신의 행동에 대한 가지가지를 고백했습니다. 최후에는 깊은 한숨을 지으며 '와아' 하고 울음을 터뜨렸습니다. 그는 울려고만 하면 언제든지 마음대로 울 수 있는 사나이였습니다.

그러자 신부는 물었습니다.

"내 아들아, 어찌된 일인가?"

차펠레토가 대답했습니다.

"아아, 신부님, 아직 말씀드리지 못한 죄가 하나 있기 때문입니다. 그것을 말씀드리는 것은 견딜 수 없이 부끄러운 일이어서 저는 그것을 생각할 때마다 울어버리게 됩니다. 이 죄에 대해서는 하느님께서 절대로 불쌍히 여겨 주시지 않으리라고 생각되기만 합니다."

그랬더니 신부는 말했습니다.

"괜찮아, 마음에 꺼릴 것 없이 말해라. 그건 무엇인가? 모든 사람은 저지른 죄가 있어. 이 세상이 계속되는 한 모든 사람이 범할 것임에 틀림없는 모든 죄가 어느 한 인간에 있다고 해도 그 인간이 지금 내가 그대에게서 그것을 보듯이 후회하고 회오한다면 신의 자비함과 관대함은 그의 참회 앞에서 주저 없이 용서해 주실 만큼 엄청나게 큰 것이다. 그러니 안심하고 말하도록 하라."

차펠레토는 더욱 심하게 흐느끼면서 대답했습니다.

"신부님, 신부님께서 저를 위해 기도해 주신다고 약속해 주셨으니 말씀드리겠습니다. 실은 아주 어렸을 때 저는 꼭 한 번 어머니를 욕한 일이 있습니다. 저는 밤낮없이 아홉 달이나 품어 주고 태어난 뒤로도 몇백 번이고 안아주신 착하신 어머님을 모욕한 정말 큰 죄를 지은 것입니다. 신부님께서 저를 위해 기도해 주시지 않으신다면 도저히 하느님은 용서해 주시지 않을 겁니다."

신부는 차펠레토가 더이상 이야기할 것이 없음을 알고 면죄를 해주었습니다. 그의 이야기를 아주 곧이곧대로 들었으므로 이 사람이야말로 최고의 덕을 갖춘 사람이라며 축복을 해주었습니다. 임종할 때에 이와 같은 참회를 믿지 않을 사람이 그 어디에 있겠습니까? 그리하여 모든 것이 끝나자 신부는 이렇게 말했습니다.

"차펠레토 씨, 하느님의 도우심을 받아 그대는 곧 병이 나으리라 믿는다. 그러나 만일 하느님이 축복하시고 영혼을 구원하신 그대를 하느님의 앞으로 부르신다면 그대를 성당 묘지에 장사 지내도 이의가 없

임종 도유식_도유식(塗油式)은 병을 낫게 하고 악마를 쫓기 위하여 신성한 힘을 불어넣는다는 상징적인 뜻이다. 임종 도유식은 죽음을 앞둔 사람에게 몸에 기름을 바르는 종교적인 의식이다. 간교한 차펠레토는 죽는 순간에도 신부를 속여 성인으로 변신한다. **얀 반 호연의 작품.**

겠는가?"

차펠레토는 이렇게 대답했습니다.

"신부님, 신부님께서 저를 위해 하느님께 기도해 주시겠다고 약속한 이상 어찌 다른 곳에 묻히기를 원하겠습니까? 저는 평소에 신부님의 종파를 특히 믿어왔기 때문에 부탁이 하나 있습니다. 신부님께서 교회에 돌아가시게 되면 오늘 아침에 신부님께서 성단에 모신 예수님의 성체를 저에게 보내 주시겠습니까? 저는 신부님의 허락을 받아서 배수하고 싶기 때문입니다. 성스러운 임종의 도유식도 받고 싶습니다. 저는 죄인으로 일생을 끝냈다 하더라도 기독교인으로서 죽고 싶기 때문입니다."

고리대금업 형제는 행여 차펠레토가 배신하지 않을까 걱정하여 그가 누워 있는 방과 판자벽 한 장을 사이에 두고 귀를 기울여 듣고 있었습니다. 그곳에서는 그가 신부에게 하는 말이 아주 또렷이 들렸습니다. 그의 참회하는 이야기를 듣고 있자니 웃음이 터져 나올 것 같았습니다. 그래서 두 사람은 이런 이야기를 주고받았습니다.

"뭐 저런 녀석이 다 있을까? 어쩌면 늙은이나 환자도 아니고 막 눈앞에 다가오는 죽음의 공포도 없는 것 같지 않나? 이제 곧 하느님 앞에 서서 사악한 마음을 없애고 심판을 받아 올바른 사람이 되기를 원하는 것이 상식인데, 그대로 죽고 싶은 모양이지."

그가 수도원의 묘지에 매장해 달라고 말하자, 그 다음은 어떻게 되든 모르겠다고 생각했습니다.

차펠레토는 성체를 배수 받자 곧 어떻게 손쓸 새도 없이 병세가 악화되어 최후의 도유식을 받았습니다. 엉터리 참회를 한 날의 밤 기도가 끝나자 얼마 뒤에 숨을 거두고 말았습니다.

두 형제는 그의 유산으로 훌륭한 장례식이 되도록 준비하고 수도원에 심부름꾼을 보내어 관습대로 경야(經夜)를 와달라고 부탁하면서 이튿날 아침에 시신을 받아 가도록 만반의 준비를 마쳤습니다.

그의 고해를 들었던 노신부는 그가 죽었다는 소식을 듣자 수도원의 원장과 의논하여 수도사들이 총회에 모이도록 종을 치게 했습니다. 노신부는 총회에서 차펠레토의 고해로 미루어 보건대 참으로 성자였다고 설명했습니다. 하느님은 그를 위해 갖가지 기적을 나타내시리라 생각하므로 최대의 경의와 헌신으로 그의 시신을 다루도록 했고, 그의 이야기에 감동한 원장과 수도사들은 그의 의견에 동의했습니다. 그날 밤, 그들은 모두 차펠레토의 시신이 있는 집으로 가서 성대하고도 엄숙한 의식을 거행했습니다.

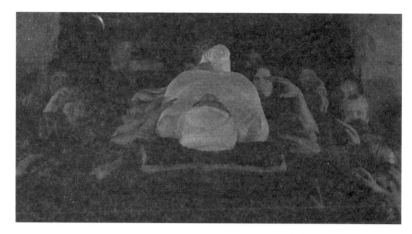

그리하여 이 지방 사람들은 차펠레토를 존경하게 되었습니다. 그 때문에 유해에 먼저 키스하려는 사람들로 일대 혼잡을 이루었습니다. 또한 무언가 불행한 일을 당하면 그에게만 기원하고 다른 성인에게는 아무도 기원하려고 하지 않았습니다. 아무튼 차펠레토는 그렇게 살다가 성인으로 죽었습니다.

이리하여 그가 천국으로 갔다면 하느님의 자비는 참으로 광대무변한 것이라고 생각할 수 있습니다. 하느님의 자비는 우리의 과오에 눈을 돌리시지 않고 항상 신앙의 순수함을 보고 계십니다. 또한 우리가 하느님의 적을 중개자로 내세우더라도 친구처럼 믿으시고 참된 성인처럼 인정해 주십니다.

두 번째 이야기

자노 드 세비네의 이야기

팜필로의 이야기가 끝나자, 여왕은 네이필레에게 이야기를 하라고 명했습니다.

하느님은 사람들이 말과 행동으로 자기들이 저지른 과오의 증명을 해야 할 판국에 그 반대의 일을 해도 참으시며 당신의 틀림없는 진실을 보여주시지요. 그 모든 것이 우리가 더욱 굳은 마음으로 주님을 따르도록 하기 위함입니다.

파리에 자노 드 세비네라는 매우 선량한 상인이 있었습니다. 그는 정직하고 책임감이 강한 사람으로 직물업에서 성공을 거두고 있었습니다. 그리고 같은 상인인 아브라함이라는 돈이 많은 유대인과 친하게 사귀고 있었습니다. 아브라함 역시 정직하고 책임감 높은 선량한 사람이었습니다.

자노 드 세비네는 절친한 친구인 유대인 상인이 신앙 때문에 파멸을 겪을지도 모른다고 염려하였습니다. 왜냐하면 그가 믿는 유대교는 쇠퇴하고 그와 반대로 기독교는 나날이 번성하여 신자가 늘어나기 때문이었습니다. 그래서 그에게 기독교로 개종할 것을 권유하였습니다. 하지만 아브라함은 종교를 바꿀 생각이 전혀 없었습니다. 그럼에도 자노의 끈질긴 권유에 못 이겨 자신이 직접 로마로 가서 성직자들의 생활

로마로 가는 아브라함_아브라함이 로마로 가는
장면을 묘사한 그림이다. **중세 필사본 그림.**

을 지켜본 다음 결정하겠다고 말했습니다.

자노는 이 말을 듣고 매우 실망하여 중얼거렸습니다.

'이 사람을 개종시킬 수만 있다면 애쓴 보람이 있겠다고 생각했는데
그 고생도 수포로 돌아가는가 보군. 로마 교황청에 가서 성직자들의
더러운 악덕 생활을 보면 그리스도교도가 되기는커녕 그리스도교도도
틀림없이 유대교로 되돌아가고 말 것이거든…….'

자노는 아브라함이 로마로 가는 것을 적극 말렸으나 아브라함은 단
호히 뿌리치며 로마행을 결정했습니다. 이렇게 해서 로마에 도착한 아
브라함은 아는 유대인들에게 환영을 받았으며 그곳에 머무는 동안 교
황과 성직자들을 관찰했습니다. 그 결과 교황청의 높은 사람으로부터
아래로는 하위 수도사에 이르기까지 모두 불결하기 짝이 없는 음탕한
생활을 하고 있다는 것을 알게 되었습니다. 그들은 양심의 가책이나
염치도 없이 여색을 밝혔을 뿐만 아니라 남색에도 빠져서 무슨 큰일을

개종하는 아브라함_ 아브라함은 로마의 교황을 만나고 교황청의 모든 것을 살핀다. 그는 수도사와 추기경들이 부패하고 타락했는데도 신자들이 흥성하자 하느님의 뜻이라면서 유대교에서 그리스도 교로 개종한다.

할 때는 매춘부나 미소년 같은 인간들의 힘이 적잖게 영향을 미친다는 것도 알게 되었습니다. 게다가 모두 잘도 먹고 마시며 주정뱅이나 짐승처럼 먹어대며 색정이 여간 왕성하지 않다는 것을 알았습니다.

아브라함은 로마 성직자 사회를 충분히 관찰하고는 파리로 돌아와 자노를 만났습니다. 그러고는 로마 교황청은 하느님의 일에 종사하는 곳이 아니라 악마의 활동을 만들어 내는 공방 같다고 말했습니다.

"너무 심하더군, 그러다간 하느님의 벌을 받을 걸. 자네니까 똑똑히 말하지만 내가 보건대 어느 성직자나 신성하다든가, 신앙심의 헌신이라든가, 선행이라든가, 모범적인 생활 같은 것은 약으로 쓰고 싶어도 찾아볼 수 없었고, 오히려 음탕하고 탐욕스럽고 오만하더군. 그런데도 그리스도교가 눈에 띄게 번성하는 걸 보면 그 성령이 다른 종교보다 더 성스럽다는 점을 인정하지 않을 수 없네. 그래서 무슨 일이 있더라도 그리스도교도가 되어야만 하겠어."

자노는 아브라함이 전혀 반대의 결과를 이야기하고 있으므로 그의 말을 듣고 무척 기뻐했습니다. 아브라함은 조반니라는 세례명으로 세례를 받고, 훌륭한 수도사들에게서 교의를 배워 선량하고 훌륭한 사람이 되어 신앙심으로 충만한 생활을 했답니다.

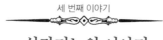

살라디노의 이야기

네이필레의 이야기가 끝나자 여왕의 희망에 따라 이번에는 필로메나가 이야기했습니다.

네이필레의 이야기를 듣고 어느 유대인이 겪은 위험한 사건이 생각났습니다.

여러분, 사람은 어리석어서 행복한 순간에 가장 비참한 불행의 밑바닥으로 떨어질 때가 있습니다. 실제로 어리석음 때문에 행복한 순간에 최악의 비참한 상태로 추락하는 예는 얼마든지 있으며, 하나하나 말할 것까지도 없이 매일매일 일어나고 목격되고 있습니다.

살라디노는 매우 용감한 사람으로, 낮은 신분에서 바빌로니아의 군주까지 되었을 뿐만 아니라 사라센 왕들과 그리스도교 왕들과도 싸워 수많은 승리를 거둔 인물입니다. 그러나 거듭되는 전쟁과 사치로 재산을 완전히 탕진했습니다. 거기에 다시 새로운 사건이 일어나서 큰돈이 들게 되었습니다. 그 필요한 금액을 별안간 어디서 마련해야 할지 난감해하던 차에 멜기세덱이라는 돈 많은 유대인이 머리에 떠올랐습니다.

그 사람은 알렉산드리아에서 고리대금업을 하는 자로 순순히 돈을

살라디노 그림과 동상_ 살라디노는 이집트와 시리아에서 아이유브 왕조를 개막하고 유럽인의 손에서 예루살렘을 탈환한 이슬람의 군주였다. '살라딘'이라는 이름은 십자군 운동 당시에 그에게 톡톡히 쓴맛을 보았던 기독교인들의 발음을 따른 것이다.

빌려 줄 것 같지 않아 권력을 휘둘러 돈을 빌리고자 했습니다.

살라디노는 멜기세덱을 초대하여 말했습니다.

"훌륭한 분이여, 그대가 슬기로운 현인이라는 말을 들었소. 또 하느님의 일에 관해서도 유식한 분이라고 들었소. 그대의 입으로 유대교와 이슬람교와 그리스도교 가운데 어느 것이 훌륭한 종교라고 생각하는가 한번 들려주면 좋겠소."

유대인 멜기세덱은 살라디노 왕이 자기의 말꼬리를 잡아 트집을 잡을 것임을 눈치챘습니다. 그래서 왕이 그 뜻을 이루지 못하도록 세 종교 가운데 어느 하나도 칭찬해서는 안 되겠다고 생각했습니다.

"옛날에 돈 많고 훌륭한 사람이 있었습니다. 제가 잘못 듣지 않았다면 그 사람은 많은 보물 중에서도 특별히 아끼고 간직하는 반지가 있었습니다. 그는 이 아름답고 값비싼 반지를 가문의 보물로 삼아 후손에게 물려주었습니다. 이 반지는 후손들에게 계속 상속되다가 어느 남자에게까지 이르렀습니다. 이 남자에게는 똑같이 잘생기고 품행도 단정하며 효성스러운 아들이 세 명이나 있었습니다. 반지의 존재를 잘 아는 세 아들은 모두 자기에게 반지를 물려달라고 했습니다. 세 아들을 모두 사랑한 아버지는 솜씨 있는 세공사에게 부탁하여 똑같은 반지를 두 개 더 만들어서 세 아들에게 하나씩 물려주었습니다. 아버지가 죽자 아들들은 아버지의 유산과 명예를 상속받으려고 저마다 반지를 내보이며 자기가 상속자라고 주장했습니다. 그런데 반지 세 개가 너무도 똑같아서 어느 것이 진짜인지 판명할 수 없었습니다. 지금까지도 해결을 보지 못하고 그대로 있는 형편이랍니다.

그러면 폐하, 저는 아버지이신 하느님이 세 백성에게 주신 종교에 관해서 하신 질문에 이렇게 대답드릴 수 있다고 생각합니다. 백성들은 각자 이어받은 유산과 법도에 따라 사는 줄 압니다. 이 가운데 어느 백

멜기세덱과 살라디노_ 살라디노의 트집성 질문을 슬기롭게 피한 멜기세덱은 왕과 가까워져 스스로 자금을 건네고 친구 사이가 된다. **중세 필사본 그림.**

성의 것이 진짜냐 가짜냐 하는 문제는 방금 말씀드린 반지의 경우처럼 해결되지 않은 채 남아 있습니다."

살라디노 왕은 유대인이 자기가 쳐놓은 덫에서 교묘하게 빠져나간 것을 알았습니다. 그래서 솔직하게 자기의 요청을 밝혔습니다. 그러자 유대인은 관대하게 왕이 요청한 돈을 다 마련해 주었고, 왕은 보답으로 유대인에게 그 이상의 선물을 주었을 뿐 아니라 그를 친구로서 대우하여 측근자로서 높고 명예로운 지위에 앉혔다고 합니다.

루니지아나 수도원장의 이야기

필로메나가 이야기를 마치자, 그 옆에 앉아 있던 디오네오는 지금까지의 순서를 미루어 다음은 자기 차례라는 것을 알고 이야기를 시작하였습니다.

여러분이 이야기하신 위기를 극복한 지혜로운 이야기를 듣고 저는 어느 수도사가 얼마나 영리한 행동으로 교묘히 엄벌을 면했는가 하는 이야기를 간단히 해 드릴까 합니다. 여기서 그다지 멀지 않은 루니지아나에 수도사를 많이 거느린 신성한 수도원이 있었습니다. 그런데 이곳에 있는 수도사가 아직 젊어서인지 단식이나 밤샘을 해도 도무지 정력이 약해지지 않았습니다.

어느 날, 이 수도사가 수도원 근처를 산책하다가 농부의 딸과 마주쳤습니다. 그 처녀와 마주친 것이 묘한데, 그녀는 채소밭에서 소피를 누던 참으로 젊은 수도사는 달덩이 같은 처녀의 허연 엉덩이를 보고 말았습니다. 젊은 수도사는 그만 심한 욕정에 사로잡히고 말았습니다. 두 사람은 몇 마디 말을 나눈 뒤 서로 마음이 맞아서 아무도 모르게 수도사의 방으로 숨어들었습니다. 그러고는 미칠 듯 치솟는 대로 서로의 뜨거운 사랑을 나누었는데 낮잠을 자고 난 원장이 방 앞을 지나다가 두 사람이 내는 신음 소리를 들어버렸습니다.

젊은 수도사와 처녀_ 속세를 벗어나지 못한 젊은 수도사가 어느 날 채소밭을 거닐다 처녀의 못 볼 장면을 보고 만다. 두 사람은 이내 마음이 통하여 뜨거운 관계가 된다. **브루넬레스키의 작품.**

젊은 수도사와 처녀의 정사
장면을 몰래 보는 수도원장

원장은 호기심이 발동하여 더 잘 들어보려고 방문 가까이 다가서다가 다른 방법을 쓰는 것이 낫겠다 싶어 자기 방으로 돌아가 수도사가 나오기를 기다렸습니다.

한편 쾌락의 즐거움에 취한 젊은 수도사는 농부의 딸과 한바탕 육욕의 파티를 벌이는 도중에도 내내 불안했던지 문틈으로 밖을 살피다가 원장이 자신의 방에 귀를 대고 엿듣는 모습을 발견했습니다. 수도사는 벌을 면할 방법을 궁리하다가 처녀에게 말했습니다.

"어떻게 하면 그대가 남의 눈에 띄지 않고 여기서 나갈 수 있겠는지 좋은 방법을 찾으러 나갔다 올 테니, 내가 돌아올 때까지 여기서 가만히 기다리고 있으시오."

젊은 수도사는 방에 자물쇠를 채우고는 그 길로 원장 방으로 갔습니다. 젊은 수도사는 시치미를 떼고 원장에게 자기 방의 열쇠를 내밀며 말했습니다.

"원장님, 제가 자르도록 일러 놓은 장작을 오늘 아침에 다 운반하지 못했습니다. 허락하시면 지금부터 숲에 가서 운반할까 합니다."

원장은 젊은 수도사가 자기에게 들킨 것을 눈치채지 못한 줄 알고는 그를 따끔하게 혼낼 생각에 웃으며 허락했습니다.

원장은 젊은 수도사를 처벌할 방도를 생각하다가, 만약 수도사 방에 있는 여자가 수치를 당해서는 안 될 집안의 부인이나 딸이면 곤란하다는 생각이 들어 그녀의 정체를 알기 위해 젊은 수도사의 방으로 갔습니다.

원장이 젊은 수도사의 방으로 들어서자 반라의 처녀는 너무나 당황하여 울음을 터뜨리고 말았습니다. 원장은 처녀를 보니 너무나 싱싱하고 아름다워 육체의 욱신거림을 느끼지 않을 수 없었습니다. 그래서 저도 모르게 중얼거렸습니다.

"아아! 눈앞에 이런 즐거운 상이 차려져 있는데 어째서 먹으려 하지 않는가? 언제나 불쾌한 일과 성가신 일만 일어나고 있는 생활인데……. 이건 정말 귀여운 아가씨였군. 더군다나 이렇게 귀여운 아가씨가 여기에 있으리라고는 아무도 모른다. 내 마음대로 즐거움을 맛볼 수 있는데도 가만히 보고만 있으란 법이 어디 있어? 누가 아나? 아무도 모를 거야. 모르는 죄는 절반은 용서받은 거나 다름없어. 이런 좋은 기회는 다시는 없을 거야. 하느님이 복을 주실 때 고맙게 받아들이는 자를 나는 존경한다."

원장은 처녀에게 자신의 소망을 호소했습니다. 물론 처녀는 목석이 아니었으므로 마침내 마음이 움직여 원장의 소망을 들어주었습니다. 원장은 침대에 반듯이 누워 그녀를 껴안고 몇 번이나 입을 맞추었습니다. 아마 자신의 위엄이 가진 무게와 여자의 젊음을 고려했던지, 아니면 자기 몸이 너무나 무거워서 여자가 싫어할 것을 꺼렸던지. 여자 위에 올라타지 않고 자기 가슴 위에 처녀를 올려놓고 오랫동안 즐거움에 빠졌습니다.

원장은 그녀와 충분한 시간을 지내고는 그녀를 방에 놓아둔 채 자기 방으로 돌아왔습니다. 잠시 뒤에 젊은 수도사의 목소리가 들려 오므로 그가 숲에서 돌아온 줄로 안 원장은 그를 몹시 꾸짖어 감금해 놓음으로써 그 아가씨를 혼자 차지해야겠다고 생각했습니다. 그래서 그를 불러다가 엄격한 표정으로 준열하게 꾸짖고는 감금 처분을 한다고 명령했습니다. 젊은 수도사는 기다렸다는 듯이 이렇게 말했습니다.

"원장님, 저는 성 베네딕트파 교단에 들어온 지 얼마 안 되어서 아직 이 교단의 특성을 다 익히지 못했습니다. 원장님은 단식과 밤샘을 하듯 여자 수업도 해야 한다고 가르쳐 주시지 않았습니다. 하지만 원장님이 모범을 보이셨으니, 저도 실수 없이 제가 본 원장님의 행위를 그

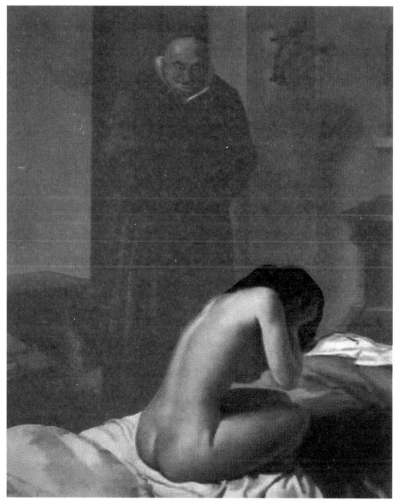

수도원장과 처녀_ 흑심을 품은 수도원장이 처녀를 겁탈하는 장면이다. **브루넬레스키의 작품.**

대로 따라 할까 합니다."

　원장은 젊은 수도사가 자신이 저지른 일에 대해 소상히 알고 있다는 것을 느끼고는 양심의 가책을 받았습니다. 그래서 젊은 수도사를 용서하고, 둘이서 몰래 여자를 밖으로 내보냈습니다. 그 후 이따금 그 처녀를 수도원으로 끌어들인 것은 두말할 나위 없지요.

몬페라토 후작 부인의 이야기

디오네오의 이야기는 처음엔 부끄러운 듯이 듣고 있던 부인들의 마음을 설레게 하고, 얼굴을 붉히게 했습니다. 여왕은 디오네오 옆 풀에 앉아 있는 피암메타를 돌아보며 다음 차례라고 일렀습니다.

피암메타는 여왕에게 웃음을 보내며 이야기를 시작했습니다.

여태까지 우리가 들어온 이야기는 임기응변의 교묘한 대답이 얼마나 효과가 있는가 하는 이야기들이었습니다만, 저는 매우 흥미 있게 들었습니다. 저는 어느 귀족 부인이 교묘한 책략과 말로써 상대편의 기분을 어떻게 다른 데로 돌릴 수 있었는지에 대한 이야기를 해볼까 해요.

로마 가톨릭 교회의 호위 장관 몬테라토 후작은 그리스도교도가 무기를 들고 결성한 십자군에 참가하여 무용을 떨친 인물이었지요. 그런데 후작의 무용에 대해 '사팔뜨기 왕'으로 불리는 프랑스 왕 필리프의 궁정에까지 소문이 날 정도였는데, 몬테라토 후작과 부인처럼 훌륭한 내외는 이 세상에 둘도 없을 것이라고 말했습니다. 기사들 가운데 이 후작만큼 덕을 갖춘 분은 없으며, 그와 마찬가지로 현세의 부인들 중에서 이 부인만큼 덕을 갖춘 아름답고 훌륭한 여성은 없는 줄 안다고 칭송했습니다. 프랑스 왕은 이 말을 듣고는 한 번도 본 적 없는 후작 부

CONRAD,
MARQUIS DE MONTFERRAT + 1192.

몬페라토 후작_ 코라도 델 몬페라토(Corrado del Monferrato) 혹은 콘라드(Conrad)라 불렸던 몬페라토 변경백이다. 예루살렘 왕위 즉위 직전에 암살교단(아사신)에게 암살당한 제3차 십자군 측 인물 중 한 명이다. **프랑수아 에드와 피코의 작품.**

인을 그만 사랑하게 되었습니다.

프랑스 왕 필리프는 십자군 원정에 나서기 위해 제노바 항구에서 바다를 건너기로 하고 제노바까지는 육로로 가기로 했습니다. 원정을 구실로 후작이 자리를 비운 틈을 타서 그 부인을 만나 보려고 한 것이지요. 후작의 영지에 도착하기 하루 전, 왕은 신하를 보내어 후작 부인에게 다음 날 아침 식사 시중을 들어 달라고 청했습니다. 현명한 부인은 기꺼이 모시겠다고 대답했으나, 남편이 없는 걸 알면서도 찾아오겠다니 어찌 된 일일까 하는 의문이 머리에 떠올랐습니다. 그러자 금세 자기의 미모에 관한 소문이 왕의 마음을 끈 것이 틀림없다는 생각이 들었습니다.

부인은 기품이 훌륭한 분이었으므로, 예를 갖춰 왕을 맞이할 생각으로 남아 있던 귀족들을 불러 그들의 의견에 따라 고루 준비를 시켰습니다. 그러나 식사와 요리에 관해서만은 자기가 직접 지시할 생각을 했습니다. 후작 부인은 즉시 영지 내의 암탉이란 암탉은 모두 잡아들여 음식을 차리도록 했습니다. 왕이 도착하자 부인은 화려하고도 예를 갖춰 왕을 맞이했습니다. 왕은 상상했던 것보다 더 아름다운 부인을 보고 욕정이 끓어올랐습니다.

마침 식사 시간이 되어 왕과 후작 부인은 같은 식탁에 앉았고, 신하들도 신분에 따라 각기 다른 식탁에 앉았습니다. 그 자리에서 왕은 여러 가지 음식과 값비싼 술을 들었으며, 절세미인인 후작 부인을 가까이에서 바라볼 수 있어서 흡족해했습니다.

그런데 요리 쟁반에 암탉 요리 이외에는 아무것도 없는 것을 깨닫고 좀 이상한 생각이 들었습니다.

"부인, 이 근처에는 암탉만 나고 수탉은 한 마리도 나지 않습니까?"
부인은 이 질문의 뜻을 훤히 알고 있었으므로, 하느님이 자기의 소원

필리프 국왕을 맞는 몬페라토 후작 부인_ 몬페라토 후작 부인은 자신을 연모하는 프랑스 왕을 맞이하고는 지혜를 발휘하여 암탉만으로 요리하여 내놓는다. 왕에게 그녀가 어떤 암컷도 다 똑같은 법이라며 암시하자 왕은 이를 이해하여 그녀를 건드리지 않았다. **중세 필사본 그림.**

을 받아들여 가슴속의 생각을 분명하게 털어놓을 기회를 주셨다고 생각하고, 왕을 돌아보며 참으로 명쾌하게 대답했습니다.

"아닙니다, 폐하. 그렇지는 않습니다. 하지만 여자는 복장이나 신분에 여러 가지 변화는 있어도 속은 다 같은 법입니다."

후작 부인의 말을 들은 왕은 곧 암탉만으로 마련된 식사의 뜻과 말 속에 감추어진 교훈을 깨달았습니다. 이런 부인은 아무리 설득해 봐야 헛일이며, 권력을 휘두를 경우도 아니라고 생각했습니다. 이 부인을 연모한다는 것은 얼마나 철없는 짓인가를 깨닫고는 식사가 끝나자마자 환대에 감사하다는 인사를 남기고 제노바로 떠났습니다.

페이트로 달라키의 이야기

후작 부인의 지혜에 감동한 여왕은 피암메타를 칭찬하면서 옆에 앉아 있던 에밀리아에게 이야기하게 했습니다.

그리 먼 옛날 일은 아닙니다만, 우리가 사는 도시에 이교도의 나쁜 짓을 심판하는 성 프란체스코파의 수도사가 있었습니다. 이 사람은 남이 자기를 그리스도교의 거룩한 신앙인으로 여기게 하려고 무척 노력하였습니다. 그러나 다른 심문관들이 그랬던 것처럼 그도 신앙이 모자라는 사람보다 돈 많은 사람을 더 조사하고 있었습니다.

그렇게 조사하다가 지혜보다 돈이 더 많은 호인 하나를 발견했습니다. 그 사람은 포도주를 너무 마신 탓인지 혹은 기분이 들떠 있었던 탓인지, 무슨 말을 하다가 자기집에는 예수 그리스도가 마실 만한 훌륭한 포도주가 있다고 떠벌렸습니다.

그의 이 이야기는 순식간에 심문관의 귀에 들어갔습니다. 그 종교 심문관은 전부터 그 사나이의 소유지가 넓으며 돈도 많다는 것을 알고 있었으므로 권력을 빙자하여 중대한 고발을 해야 마땅한 일이라고 달려와 선언했습니다. 물론 심문할 때는 종교심 결여 같은 것을 언급하지 않고, 지금까지 해온 대로 자기 수중에 많은 돈이 쥐어지도록 심문해야겠다고 생각했습니다. 심문관은 그가 심문소로 소환되자 먼저 그가 말한 것이 사실인지 따져 물었습니다. 그는 '예' 하고 대답하고는 경위를 설명했습니다. 그랬더니 신성하기 이를 데 없는 심문관이며 성 조반니 바르바토레(성 조반니 바르바토레 초상이 금화에 새겨져 있어 돈에 눈이 먼 사람을 비유하거나 돈 자체를 의미) 숭배자인 그는 이렇게 말했습니다.

"그대는 예수 그리스도를 술꾼으로 만들어 버렸소? 비록 안주 삼아 경솔하게 지껄인 말일 테지만, 그대가 생각하는 것처럼 이건 가벼운 문제가 아니라 화형에 처해야 마땅하다."

수도사 달라키로부터 설교를 듣는 호인_ 이야기에서 성 프란체스코 수도회의 수도사라고만 언급되나, 조반니 빌라니의 연대기와 대조해 보면, 그 이름이 페이트로 달라키임을 확인할 수 있다. **중세 필사본 그림.**

그러고는 무서운 표정으로 상대방이 영혼의 불멸을 믿지 않는 쾌락주의자나 되는 것처럼 갖가지 협박을 했습니다. 사람 좋은 그는 대번에 잔뜩 겁을 먹고 가벼운 처분을 받으려고 여러 가지 수단으로 금화를 그의 손에 산더미처럼 쥐어주었습니다. 그 미약 덕분에 화형은 십자가로 바뀌어 호인은 등에 십자가 모형을 달게 되었습니다. 심문관은 이미 돈을 받은 터라 호인을 자기집에 한동안 유숙시키며 자기한테 인사나 오며 죄를 씻으라고 일렀습니다.

심문관은 돈을 받았으므로 며칠 동안 자기집에 묵게 하면서 벌받는 고행으로서 아침에 산타 크로체 사원의 미사에 참석할 것과 식사할 때에는 자기에게 인사를 드리러 올 것 외에는 마음대로 해도 좋다고 선고했습니다. 이 호인이 하라는 대로 실행하고 있을 때, 어느 날 아침 미사를 듣고 있다가 복음서에 있는 '그대들, 하나에 대해서 백을 얻고 영원한 생명을 얻으리라'라는 가르침의 말이 복창되는 것을 들었습니다.

그는 이 말을 머릿속에 잘 기억해 두었습니다. 식사 시간에 심문관 앞에 나가니 오늘 아침 미사의 말씀 중 궁금한 것이 있으면 말하라고 했습니다.

이에 호인은 입을 열었습니다.

"신부님이나 다른 신부님들에 대해서 동정을 느끼지 않을 수 없는 일이 있습니다. 신부님들은 저 세상에 가시면 매우 비참하게 되겠구나 하는 생각이 들었기 때문이죠."

심문관이 물었습니다.

"아니, 그대가 우리에게 동정을 느끼지 않을 수 없었다는 말은 어떤 뜻인가?"

호인이 대답했습니다.

"신부님, 그것은 복음서에 있는 '그대들, 하나에 대해서 백을 얻으리

중세의 수도사들_ 중세의 교회는 절대 권력을 휘둘렀다. 1500년 이전의 성직 생활을 대표하는 단어는 뇌물 수수, 성직 매매, 재물 강요였다. 교회의 타락은 아비뇽 교황기에 절정에 달했다. 부자들은 영혼의 구원을 위해 사제들에게 돈을 떼어주었다. 동서고금을 막론하고 종교 조직은 부가 흘러들어가는 곳이다. 성직자는 막대한 금은보석을 거둬들이는 최상의 직업이었다. 그림은 호인의 말에 신부들이 웃는 장면이다.

라' 하는 말씀입니다."

심문관은 어이가 없어서 물었습니다.

"그건 사실이다. 그런데 어째서 그 말이 그대로 하여금 동정을 일으키게 했던가?"

호인은 다시 말했습니다.

"신부님, 저는 여기 온 후로 날마다 수프를 한 솥에서 두 솥씩 거리의 가난한 사람에게 나누어 주는 광경을 보았습니다. 여러분에게는 너무 많아서 남기 때문이겠죠. 그래서 여러분이 저 세상에 가시면 하나에 대해서 백을 받으시게 될 테니까, 여러분은 수프의 바다에 빠져 죽고 말지 않겠습니까."

심문관과 함께 식탁에 앉아 있던 다른 수도사들은 '와' 하고 웃음을 터뜨렸습니다. 하지만 심문관은 자기의 위선 행위 때문에 그를 재판에 넘길 수 없었습니다. 그는 화가 치솟아 다시는 여기에 오지 말라고 명령했습니다.

베르가미노의 이야기

에밀리아의 유쾌한 이야기에 모두 한바탕 웃었습니다. 곧이어 필로스트라토의 차례가 되어 이야기를 시작하였습니다.

고정된 표적을 쏘아 맞히는 것도 훌륭한 일입니다만, 무언가 뜻밖의 표적이 나타났을 때 사수가 즉각 쏘아 맞혔다고 한다면 이보다 훌륭한 일은 없는 줄 압니다. 여러 가지 나쁜 일 중에서도 수도사의 악덕에 찬 생활은 누구나 하려고 하면 그다지 어렵지 않게 입 밖에 내거나 풍자하거나 꾸짖을 수 있을 만큼 움직이지 않는 추악한 표적이 되고 있습니다. 그래서 저는 돼지에게 주거나 버리는 편이 좋을 듯한 것을 가난한 사람에게 주는 수도자들의 위선적인 행위에 대해서, 심문관을 골탕먹인 그 값진 이야기처럼, 그 사람보다 더 칭찬할 만한 사람의 이야기를 해볼까 합니다.

그분은 훌륭한 명사로 이름을 날리다가 갑자기 인색해진 카네 델라 스칼라라는 인물입니다. 카네 델라 스칼라는 페데리코 2세 이래 이탈리아에서 유명한 귀족 가운데 한 사람입니다. 그는 베로나에서 굉장히 호화로운 축하연을 베풀 계획을 하여 각계 명사들을 많이 초대하였습니다. 그런데 어떤 까닭인지 갑자기 계획을 변경해서 파티를 취소하

카네 델라 스칼라의 초상과 동상_ 베로나의 통치 가문
인 델라 스칼라의 자손인 카네 델라 스칼라는 베로나의
문화 부흥에 힘을 쏟았다. 그의 가문은 사다리를 상징으
로 삼고 있는데 스칼라의 초상의 옷에서 사다리를 나타
내고 있다.

고, 이미 도착한 사람들에게는 적당한 보상을 해서 돌려보냈습니다.

그런데 손님 중에 직접 이야기를 들어 본 사람이 아니면 믿기 어려울 만큼 말 잘하는 베르가미노라는 사람이 있었습니다. 그는 아무런 보상도 받지 못하고, 그렇다고 돌아가라는 말도 듣지 못했으므로, 아마 자기에게 무슨 득 될 만한 일이 있나 보다 여기고 베로나 시에 그대로 머물렀습니다. 며칠이 지나도 카네 델라 스칼라가 자신을 불러 주지 않자 베르가미노는 우울해졌지만, 그래도 떠날 생각은 전혀 하지 않았습니다. 그런데 여관 주인이 숙박비를 자꾸 독촉하는 바람에 다른 고장 영주로부터 하사된 아름다운 의상 세 벌 중에서 한 벌을 주고 말았습니다. 그는 축하연에 특별히 훌륭한 옷차림으로 출석하려고 준비했던 것입니다. 그는 그 뒤에도 참고 계속하여 그곳에 머물고 싶어 또 다른 한 벌도 주었습니다. 그러고는 마지막 한 벌을 담보로 식사하며 그것으로 견딜 수 있는 만큼 기다려 보다가 출발하려고 생각했습니다.

더는 기다릴 수 없었던 그는 카네 델라 스칼라를 찾아갔습니다. 카네 델라 스칼라는 베르가미노에게 짓궂게 물었습니다. 베르가미노는 마치 기다리고 있었다는 듯이 이야기 하나를 들려주었습니다.

"라틴어에 능한 즉흥시인 프리마소가 파리에서 가난하게 생활할 적에 돈 많은 클뤼니 수도원장에 대한 소문을 들었습니다. 소문에 그는 늘 사람들을 초대하며 식사 중 누가 찾아오면 절대로 굶겨 보내지 않는다고 했습니다. 프리마소는 빵 세 개를 챙겨 수도원장을 만나기 위해 길을 떠났습니다.

이곳에서는 수도원장이 자리에 앉지 않으면 누구든지 식탁 위의 포도주나 빵이나 그 밖의 어떤 것이든 절대로 마시거나 먹거나 하지 못하는 관례가 있었습니다. 집사는 식탁의 준비가 끝났으므로 언제든지 식사하실 수 있다고 수도원장에게 알리러 갔습니다. 수도원장은 자기 방에서 식당으로 들어가는 문을 열게 하니 초라한 차림에 한 번도 본 적 없는 프리마소가 보였습니다. 수도원장은 그를 본 순간 지금까지 느껴보지 못했던 심술궂은 생각이 들어 "도대체 나는 누구를 대접하고 있는 것인가?" 하고 중얼거렸습니다. 그렇게 말하고는 몸을 돌리며 자기 방의 문을 닫도록 이르고, 옆에 있는 자들에게 문에서 정면으로 보이는 자리에 앉은 초라한 차림새의 사나이가 누군지 아느냐고 물었습니다. 모두 모른다고 했습니다. 기다리다 지쳐 배가 고파진 프리마소는 가지고 온 빵을 하나씩 먹다 그만 세 개를 다 먹어버리고 말았지요. 수도원장은 잠시 뒤 그자가 갔는지 어쨌는지 보고 오도록 하인에게 분부했습니다. 하인은 돌아와 "아닙니다. 신부님, 그는 자기가 가져온 빵을 먹고 있습니다"라고 대답했습니다. 수도원장은 "그렇다면 자기 빵을 먹도록 내버려두어라. 오늘은 이쪽에서 대접하지 않을 테니까"라고 말했습니다. 프리마소는 빵 하나를 다 먹어도 수도원장이 나타나지 않아 두 개째 먹기 시작했습니다. 그 일도 그가 돌아갔는지 어쨌는지 보러 온 자를 통해서 수도원장에게 보고되었습니다. 수도원장은 "이런, 내가 오늘 이런 생각이 드니 무슨 영문일까? 이 무슨 염치없는! 왜 이런 일을 했을까? 나는 오랫동안 내 대접을 받고자 하는 자에게는 누구에게나 대접했다. 그가 신사든, 사나운 놈이든, 부자든, 가난하든……. 거지 같은 녀석들이 마구 먹어대는 것을 이 눈으로 보았어도 오늘 저자를 보고 느꼈던 것 같은 인색한 생각은 조금도 일어나지 않았다. 그런데 저 부랑자 같은 녀석은 내게 이 경멸스러운 생각을 품게 했으니 대단한 녀석임에는 틀림없어"라고 혼잣말을 했습니다. 그가 누구인지 몹시 궁금해졌습니다. 그리고 자기의 너그러운 마음씨에 관한 소문을 듣고 눈으로 확인하려고 찾아온 프리마소임을 알게 되었습니다. 수도원장은 진작부터 그가 재능 있는 자임을 들어 알고 있었으므로 아주 부끄러워졌습니다. 그래

베로나 궁의 연회_ 호화로운 연회를 준비하던 카네 델라 스칼라가 갑자기 연회를 취소하자 말 잘하기로 소문난 베르가미노는 스칼라를 찾아가 그의 달변으로 그동안 손실을 보았던 재물을 보상받는다.

서 모든 방법을 다하여 그를 환대했습니다. 식사가 끝나자, 프리마소의 인격에 어울리게 훌륭한 의복을 입히고, 많은 돈과 여행에 필요한 말도 주었습니다. 그러고는 더 묵든지 떠나든지 마음대로 하라고 말했습니다. 프리마소는 매우 기뻐하며 최대의 감사를 표시하고, 올 때는 걸어왔지만 파리로 돌아갈 때는 말을 타고 갔다는 이야기입니다."

베르가미노의 이야기가 끝나자 카네 델라 스칼라는 그 숨은 의미를 알아채고 웃었다.

"베르가미노, 자네는 자신의 손해나 능력을 확실히 말해 주었고, 내가 인색하게 한 일이나, 자네가 나한테 바라는 바도 명백하게 해주었다. 정말이지 내가 이번에 자네에게 한 것과 같은 일은 지금까지 한 번도 없었네. 하지만 자네가 이야기해 준 교훈을 채찍으로 삼아 내 시시한 근성을 쫓아버리도록 하세."

그는 베르가미노의 숙박비는 물론 고급 옷과 돈 그리고 말도 내주며 돌아가거나 머무르거나 뜻대로 하라고 말했습니다.

에르미노 데 그리말디의 이야기

필로스트라토 옆에는 라우레타가 앉아 있었습니다. 그녀는 베르가미노의 이야기에 감탄하며 자신의 차례가 되었다는 것을 알고는 이야기를 시작하였습니다.

저는 방금 필로스트라토의 이야기를 듣고 역시 어느 궁정인이 부자 상인의 탐욕스러움을 꼬집어 크게 효과를 본 이야기를 할까 합니다. 꽤 오래전 일입니다만, 제노바에 에르미노 데 그리말디라는 귀족이 살았습니다. 이 사람은 제노바의 굉장한 부자이기도 했습니다. 그는 광활한 토지와 막대한 재산을 소유하였지만, 인색하고 욕심 많기로도 이탈리아의 누구에게도 뒤지지 않았습니다.

그런 까닭으로 사람을 대접할 때에도 돈주머니를 꼭꼭 묶어 놓고 있었을 뿐만 아니라, 복장을 고상하게 갖춰 입는 것이 제노바의 풍습인데도 이 사람은 반대로 돈을 쓰기 싫어서 최대한 궁핍 생활을 견뎠으며, 먹고 마시는 것도 극단적으로 절약했습니다. 그래서 당연한 일입니다만, 그리말디라는 성을 부르는 사람은 없고, 모두 '욕심쟁이 에르미노'라고만 부르게 되었습니다.

굴리엘모 보르시에레라는 품행 좋고 말도 잘하는 훌륭한 궁정인이 제노바에 왔을 때 일입니다. 이분은 요즘 우리 주변에서 흔히 보는 궁정인과는 달랐습니다. 요즘의 궁정인들은 귀족이나 귀한 신사라 불리고 싶어 하고 이름이 나기를 바라며, 타락할 대로 타락한 부도덕한 생활을 부끄러워하지도 않아서, 마치 천한 인간의 거지 같은 생활 속에서 자란 당나귀라고 하는 편이 맞을 겁니다. 하지만 당시의 궁정인들은 귀족들 사이에 분쟁이 생기면 화해시키려고 애쓰고, 사악한 자의 과오는 아버지처럼 엄하게 꾸짖되 보상을 바라지는 않았습니다.

그런데 오늘날에는 서로 욕을 퍼붓고, 불화의 씨를 뿌리고, 남의 욕설이나 불행을 지껄여 대고, 더 나쁜 것은 남의 면전에서 그런 것을 예사로 폭로하여 사실이건 아니건 서로 악행을 따지고, 창피한 일을 공표하고, 슬픔을 건드리는 등의 일을 하고 있습니다. 게다가 마음에도 없는 아첨을 늘어놓고, 선량한 사람들을 천한 악행으로 끌고 들어가곤 하면서 일상생활을 보내고 있습니다. 이 같은 자가 오히려 존중되고, 타기할 만한 언동으로 찬양되고, 최대의 보수를 받으면서 예의범절을 모르는 가엾은 인간들의 존중을 받고 있는 것입니다. 이것은 바로 현사회의 최대의 치욕이자 비난받아 마땅한 결점으로서 오늘날 가엾은 인간들이 악의 구렁텅이에 미덕을 내동댕이쳤다는 분명한 증거라고 할 수 있을 것입니다.

그런데 잠시 이 도시에 묵는 동안 굴리엘모는 에르미노가 얼마나 인색하고 욕심이 많은가 하는 말을 끊임없이 들어 한번 만나 보자는 생각이 들었습니다.

에르미노 쪽에서도 굴리엘모가 훌륭한 인물이라는 말을 들으므로, 욕심꾸러기이기는 하지만 귀족의 말석을 차지하는 인간이기도 해서, 매우 우정 어린 말투와 밝게 웃는 얼굴로 그를 맞이했습니다. 여러 가지 화제를 가지고 이야기를 나누면서 다른 제노바 사람들과 함께 얼마전에 지은 매우 아름다운 자기집 안으로 그를 안내했습니다. 그러고는

굴리엘모 보르시에레를 맞
는 에르미노 데 그리말디_
인색한 부자인 그리말디가
평판이 높은 궁정인 보르시
에레를 맞이하는 장면. **중세
필사본 그림.**

집안의 화려한 장식 구석구석을 보여준 다음 말했습니다.

"굴리엘모 씨, 당신은 만사에 견문이 넓은 분이라고 듣고 있습니다. 그러니 이 새집 응접실에 걸어둘 그림을 추천해 주십시오."

그러자 굴리엘모는 서슴지 않고 말했습니다.

"세상에서 당신이 본 적이 없는 기이한 것을 걸어 놓는 것이 좋겠습니다."

에르미노가 그것이 무엇이냐고 묻자, 굴리엘모는 말했습니다.

"그것은 호화로운 기품입니다."

굴리엘모 보르시에레에게 그림을 보이는 에르미노 데 그리말디_그리말디는 호화로운 거실에 어울리는 그림을 선택해 달라고 했지만 보르시에레에게 심한 굴욕을 당하고 만다. **중세 필사본 그림.**

에르미노는 이 말을 듣고 매우 부끄러웠습니다. 그래서 조금 전과는 판이하게 마음을 고쳐먹었습니다.

"굴리엘모 씨, 꼭 그것을 그리게 하겠습니다. 당신에게나 다른 사람에게나 내가 그런 것을 전혀 몰랐다는 말을 듣고 싶지 않으니까요."

굴리엘모의 신랄한 그 한마디가 매우 효과가 있어, 그는 아주 호기롭고 아량 있는 귀족이 되었으며, 제노바 사람 가운데 누구보다도 타국 사람이나 시민을 융숭히 대접하게 되었다고 합니다.

귀도 디 루지냐노의 이야기

마지막으로 여왕의 지명을 받는 차례가 된 엘리사는 명령을 기다릴 것도 없이 자진해서 이야기를 시작했습니다.

사람들한테서 실컷 비난을 받고 심한 짓을 당해도 효과가 없었는데, 우연한 기회에 무심코 들은 한마디가 그 사람을 움직였다는 예는 지금까지 흔히 있었던 일이에요. 라우레타의 이야기에도 나와 있어요. 그래서 저는 짤막한 이야기를 해볼까 해요. 좋은 이야기는 말하는 사람이 누구건 간에 사람을 기쁘게 하고 감명을 준다고 생각하기 때문이에요.

고티프레 드 불리옹이 성지를 탈환하고 키프로스 초대 국왕이 통치하던 시대에 가스코뉴의 어느 귀족 부인이 예수 그리스도의 묘지를 참배하고 돌아오는 도중 키프로스 섬에서 무뢰한들에게 모욕을 당했습니다.

부인은 너무나 분해서 국왕에게 호소할까 생각했습니다. 그런데 어떤 사람이 말하기를 그런 짓을 해봐야 헛일이라는 것이었습니다. 왕이라는 자가 매우 무기력해서 어떤 일을 한다는 것은 생각지도 못할 뿐더러 정의를 내세우고 처벌하기는커녕 자기가 받은 모욕조차 보기 흉하도록 비굴하게 참는 인물이라는 거예요. 그래서 모두 왕을 업신여겨

키프로스 궁의 가스코뉴의 귀족 부인_ 귀족 부인은 고티프레 드 불리옹 왕의 자존심을 건들여 자신의 문제를 해결한다.

고 욕설을 퍼부을 정도라는 것이었습니다.

이 말을 듣자 부인은 처벌의 위탁을 단념하고 다소나마 직성이나 풀려고 왕의 무기력함을 비난이나 해주자고 생각했습니다. 그래서 눈물을 흘리며 왕 앞에 나가서 말했습니다.

"폐하, 저는 저를 모욕한 이들을 벌해 달라고 나온 것이 아닙니다. 하지만 하다못해 조그만 위안이라도 삼도록 폐하께서도 당하고 계신다는 갖가지 수모를 어떻게 참고 있는지 좀 알려주십시오. 저도 폐하를 본받아 제가 당한 모욕을 참아 보겠습니다."

바로 그때, 게으름뱅이 왕은 깊은 잠에서 깬 듯 홀연히 정신을 차렸습니다. 부인을 모욕한 자들을 엄벌에 처했으며, 이후로는 상과 벌을 엄격히 다루고, 자신을 업신여기는 자들은 맹렬히 공격하여 권위를 지켰다고 합니다.

성지를 탈환하는 고티프레 드 불리옹_ 이야기에는 키프로스 초대 국왕이라고만 언급되나, 고티프레 드 불리옹의 십자군 전쟁 이야기라고 나와 있으므로, 이 인물은 귀도 디 루지냐노이다. **얀 마테이코의 작품.**

알베르토의 이야기

엘리사가 이야기를 마치자 여왕이 마지막으로 이야기할 차례가 되었습니다. 여왕은 여자답고 정숙하게 다음과 같은 이야기를 꺼냈습니다.

별은 맑게 갠 밤하늘의 장식이고 푸른 들판의 꽃은 봄의 장식이듯이, 가벼운 격언은 칭찬할 만한 교양의 꽃이자 즐거운 화제의 근원이라고 생각합니다.

그런 경구는 간결한 것이니까 신사들보다 오히려 여성들이 더 좋아하죠. 그것은 긴 이야기를 간결하게 다루었을 때 남자들보다 여자들이 더 좋아하는 것을 보아도 알 수 있을 거예요. 하기야 요즈음은 경구를 알 만한 여성은 매우 적고 아니 적다기보다 거의 없는 편이며, 그 진의를 모를 뿐만 아니라 알아도 거침없이 대답할 수 있는 사람은 극히 드물어요. 이것은 우리나 요즘 여성들의 수치라고 생각해요.

옛날 여성은 마음속에 미덕을 간직하고 있었지만 지금 사람들은 옷을 차려입는 데 온 정신을 쏟고 있는 거예요. 흔히 여성들이 색색 가지 무늬 옷을 입고 화려한 장식품으로 치장하는 것을 봅니다만, 그것이 당연한 일이자 남에게 존경받는 원인이 된다고 믿고 있더란 말이에요.

그런 것을 노새에게 장식하는 사람이 있다면 노새가 인간보다 훨씬 더 많이 몸에 지닐 수 있다는 걸 생각지도 않는단 말이에요.

저는 이런 말을 하는 것을 정말 부끄럽게 생각해요. 저 자신의 일은 제쳐놓고 남의 욕을 하는 꼴이 되거든요. 제가 오늘 마지막으로 이야기하게 되었으니, 제가 하는 이야기를 듣고 여러분도 깨닫는 바가 있으면 좋겠습니다.

그다지 오래된 옛날은 아닙니다만 볼로냐에 매우 유명한 의사가 살았습니다. 그 명성은 온 세상에 떨치고 있었대요. 아직 살아 계실 줄 압니다만 그자의 이름은 알베르토라고 합니다.

알베르토는 일흔이 다 되었는데도 마음만은 젊어서 가끔 사랑의 불길에도 휩싸였답니다. 그는 어느 제삿날 말게리다 데 기솔리에리라는 미망인을 만났는데 그만 첫눈에 반하고 말았습니다. 이후 알베르토는 그녀의 아름다운 얼굴을 한 번이라도 보지 않고는 제대로 잠도 이룰 수 없을 만큼, 마치 젊은 사내처럼 사랑의 열병에 빠졌습니다.

알베르토는 기회 있을 때마다 미망인의 집 앞을 왔다갔다했습니다. 그 미망인은 물론 다른 아낙네들도 그가 하는 행동에 대해 자초지종을 알게 되었습니다. 사람들은 본디 그 같은 사랑의 정열이란 젊은 사내의 어리석은 마음에서나 생겨나는 것인데 분별도 할 만한 늙은이가 사랑에 빠졌다며 놀려댔습니다. 그러다가 축제날이 되자 사람들은 미망인과 의논하여 늙은 의사를 골탕먹이기로 했습니다.

사람들은 알베르토가 미망인의 집 앞에 나타나자 시원한 안마당으로 그를 맞아들였습니다. 그리고 고급 포도주며 달콤한 과자를 대접하며 물었습니다.

"잘생기고 친절한 젊은이들이 미망인을 사랑하는 것을 잘 알면서 어찌하여 선생님 같은 분이 미망인을 사랑하시나요?"

자신을 모욕하고 있음을 눈치 챈 알베르토는 상냥하게 웃으며 대답

젊은 미망인을 사랑하는 알베르토 나이 많은 알베르토가 젊은 미망인을 사랑하자 모두 비웃는다. 미망인 또한 그를 조롱하였으나 알베르토는 "늙은 사람은 분별력이 있으니 사랑하는 것이 더욱 진실한 것임이 틀림없으며 지금 부인들은 채소를 먹을 때 영양가 있는 뿌리는 거들떠보지 않고 잎과 줄기만 씹어 먹으며 평가를 하고 있으니, 사랑과 남자 또한 잘못 평가하고 있는 것"이라고 반론을 펼쳐 사랑을 쟁취한다. **록웰 켄트의 그림.**

했습니다.

"물론 늙은이에게 사랑을 완수할 체력은 없지만, 그렇다고 사랑하는 마음을 억눌러야 한다거나 사랑받을 가치가 있는 것을 몰라봐야 한다는 법은 없소. 더욱이 늙은이는 오래 산 덕분에 젊은이에게는 부족한 사물을 분별할 줄 아는 힘을 갖추고 있다오. 늙은 내가 부인을 사랑하게 된 까닭은 부인네들이 간식으로 루핀콩 같은 것을 먹는 자리에서 부인이 부추를 먹는 것을 보았기 때문이오. 당신들은 뿌리 쪽을 쥐고 잎을 먹더군요. 잎은 영양분이 전혀 없을뿐더러 맛도 나쁘지요. 부인은 연인을 선택할 때에도 그런 식으로 하지 않소? 그렇다면 부인이 선택해야 할 사람은 바로 나이고 다른 자들은 버려야 하지 않겠소?"

그러자 미망인은 부인들과 함께 부끄러운 듯이 말했습니다.

"선생님은 매우 교묘히 그리고 은근히 저희의 무례한 행동을 꾸짖으셨어요. 정말로 총명하고 훌륭한 분이라고 생각해요. 선생님의 사랑을 받지 않을 수 없네요. 부디 제 명예를 더럽히지 않게 하셔서 선생님의 희망대로 저를 사랑해 주세요."

부인은 놀릴 상대를 잘못 보았기 때문에 이길 줄 알았다가 낭패당한 것이지요. 여러분도 현명하고 조심해서 행동하세요.

여왕의 이야기가 끝나자 해도 기울고 더위도 거의 느껴지지 않았습니다. 여왕은 유쾌한 기분으로 내일은 필로메나가 여왕이 되어 이야기의 판을 이끌어 줄 거라고 말했습니다. 여왕은 일어서더니 월계관을 벗어 필로메나에게 엄숙히 씌워 주었습니다. 그리고 새로운 여왕이 될 필로메나에게 인사하고 다른 남자들도 똑같이 여왕인 그녀에게 인사하고, 기꺼이 그녀의 지배를 받겠다고 말했습니다.

새로운 여왕이 된 필로메나는 둘째 날부터 이야기의 주제를 정해서 하자고 제안했습니다.

"이 세상이 시작된 이래 인간은 여러 가지 운명에 괴로워했습니다. 그것은 세상이 끝나는 날까지 계속될 줄 압니다. 그러니 내일은 여러 가지 장애로 괴로움을 겪지만 뜻밖에 행복한 결과를 이룬 사람들에 대한 이야기로 한정해 보면 어떨까 합니다."

모두 여왕의 제안에 찬성했지만 디오네오는 이의를 제기하였습니다.

"여왕님의 조건은 매우 재미있고 훌륭하지만, 제게는 마음이 내키지 않을 때 그런 규정에 얽매이지 않을 특전을 베풀어 주시길 바랍니다. 이런 부탁을 드리면 혹 제가 이야깃거리가 없어서 그런다고 오해할 수도 있겠으나, 앞으로 여러분이 이야기를 다 하시면 제가 마지막으로 이야기하면 어떨까 합니다."

여왕은 디오네오가 명랑한 청년이라는 것을 알았으므로 이야기를 듣다가 지치거나 따분해졌을 때 그가 우스꽝스러운 이야기로 모두를 즐겁게 해주려는 뜻임을 알고 기꺼이 허락했습니다. 해가 저물자 모두 즐거운 저녁 식사와 춤, 노래(칸초네)를 불렀습니다. 디오네오의 기타 연주에 에밀리아가 달콤한 목소리로 노래를 불렀습니다.

나는 아름다워, 이 기쁨에
야릇한 생각의 꼬임에는
끌리지도 않고, 보지도 않는다.

하느님도 기리실 이 아름다움
이 기쁨은 꺼지지 않는다
무엇이 일어나건 타이르건.
유혹에 마음이 흔들거릴
그 어떤 즐거움 있을지라도
꿈에도 내 마음 끌리지 않는다.

이 기쁨에 잠겨 있으면
이 행복은 꺼지지 않는다
그 어떤 설교라도 달콤해서
들뜬 내 마음에 즐거움 차고
야릇한 설득엔 마음이 안 타
꿈에도 효과는 있을 수 없다.

그래서 거울을 들여다보면
나의 아름다움 불처럼 타서
하느님이 주신 기쁨 맛보고
그 곁에 다가갈 기쁨 바라며
하느님께 바치리 나의 모든 것
그러니 행여 꿈에라도
야릇한 유혹은 들리잖는다.

에밀리아의 노래에 따라 모두 즐겁게 복창하였으며, 여왕은 이것으로 첫째 날을 마쳐야 하겠다고 생각하고 모두 각자의 방에 돌아가 쉬라고 명했다.

마르텔리노의 이야기

다음 날 아침 해가 온누리를 비추고 참새들은 나뭇가지에서 지저귈 때에 부인들도 남자들과 마찬가지로 정원을 거닐며 화환을 만들어 쓰기도 하고 맛있는 음식을 만들기도 했습니다. 그들은 어제와 같이 시간을 보내며 오후가 되자 옹기종기 모였습니다. 예쁜 얼굴의 아름다운 여왕은 네이필레에게 둘째 날 첫 번째 이야기를 꺼내도록 명했습니다.

나쁜 일을 꾸며서 사람을 놀리거나 특히 존경할 만한 인물에게 무엄한 짓을 하면 자신이 봉변을 당하는 수가 있습니다. 저는 처음에는 불행한 일을 당했지만 나중에는 뜻밖에 행복을 찾게 된 우리 고장 사람의 이야기를 하고자 합니다.

이야기의 배경은 그리 먼 옛날은 아닙니다. 트레비소라는 고장에 하인리히라는 독일 사람이 살았습니다. 그는 매우 가난했지만 심성이 착하고 신앙심이 두터운 사람이었지요. 그랬기에 그가 죽었을 때 트레비소 시내 교회의 모든 종이 저절로 울렸고, 이 기적으로 사람들은 하인리히를 성인으로 추앙했습니다. 성인이 된 하인리히의 유해를 절름발이이든 시각장애인이든 간에 한 번 만지기만 하면 장애가 낫는 기적이 일어났다고 합니다.

이렇게 기적의 장소가 된 트레비소 거리를 사람들이 왁자지껄하며 오가는 가운데 피렌체 사람 스테키, 마르텔리노, 마르케세가 트레비소를 방문했습니다. 그들은 하인리히의 소문을 듣고 교회 안으로 들어가려고 했으나 사람이 너무 많아서 어렵겠다고 여겼습니다.

그들은 이 고장이 처음이었으므로 거리에 사람들이 분주히 오가는 것을 보고 놀랐습니다. 그 이유를 알고 나서는 자신들도 가보고 싶어졌습니다. 여관에 짐을 풀자 마르케세가 말했습니다.

"어때, 우리도 그 성인을 배알하러 갈까? 하지만 내가 보기엔 그 옆에 가기조차도 힘들겠지만 말일세. 듣자 하니 광장은 독일인 용병과 무장한 사람들로 가득 찼다고 하네. 이곳 영주께서 소동이 나지 않도록 그렇게 했다는군. 더욱이 교회는 이제 어린아이 하나도 들어갈 수 없을 만큼 꽉 찼다는데……."

그러자 마르텔리노가 여기서 포기할 수 없다는 듯이 말했다.

"그렇다고 그만둘 수야 없지. 그 유해까지 갈 수 있도록 네가 이쪽에서 나를 부축하고 마치 내가 걷지 못하는 사나이인 것처럼 하여 그 옆에 가려는 것으로 꾸미도록 하자. 죽은 성인님에게 고쳐 달라는 것이지. 그걸 보고 길을 안 비킬 사람은 아무도 없을 걸세. 그러면 쉽게 가볼 수 있지 않겠나."

이렇게 해서 그는 마르케세와 스테키의 부축을 받으며 서로 믿음이 깊은 사람인 양 앞사람에게 부디 지나가게 해 주십사고 부탁하며 교회를 향해 나아갔습니다. 부탁을 받은 사람들은 그들을 친절하게 대하며 "모두 비키시오, 들여보내 주시오, 들여보내요" 하고 외쳤습니다. 세 사람은 덕분에 성 아르리고의 유해가 안치된 곳에 쉽사리 갈 수 있었습니다. 그리고 주위에 있던 신분이 높은 사람들이 부축하여 마르텔리노는 쾌유의 혜택을 입도록 유해 위에 놓였습니다.

사람들은 사태의 귀추를 주목하며 침을 삼키고 바라보았습니다. 마리텔리노는 잠시 뒤 그런 일을 잘 알고 있는 듯, 먼저 손가락 하나가 펴지고, 손이 펴지고, 팔이 펴진 것처럼 하며 드디어 온몸을 반듯이 폈

독일의 성인 하인리히의 시신에 운집한 사람들_ 마르텔리노는 피렌체의 재주꾼으로, 동료 두 명과 함께 독일의 한 마을에서 성골(聖骨)로 숭배받는 하인리히의 시신을 구경하려고 한다. 그런데 너무 사람이 많아서 가까이 갈 수 없었으므로, 마르텔리노가 꾀를 내어 손발이 오그라든 신체장애인인 척하며 목적을 이루는 장면이다. **중세 필사본 그림.**

습니다. 이것을 본 사람들은 성 아르리고의 덕을 찬양하며 '와아' 하고 외쳤습니다.

그런데 교회 안에 모였던 사람들 가운데 마르텔리노의 정체를 아는 자가 있었습니다. 그가 마르텔리노의 정체를 외치자, 속은 것을 안 사람들은 마르텔리노에게 주먹질과 발길질을 퍼부었습니다. 사태가 위급해지자 두 친구는 친구를 구하려고 트레비소의 관리를 찾아 호소했습니다.

"저놈은 금화 백여 닢이나 들어 있던 내 지갑을 훔쳐 간 소매치기입니다. 제발 저놈을 붙잡아서 돈을 되찾게 해주십시오."

이 말을 듣자 곧 이십 명쯤 되는 관리들이 관중에게 매를 맞고 있는 마르텔리노를 격리하고 체포하였습니다. 관리들로부터 마르텔리노가 돈을 훔친 소매치기라는 것이 밝혀지자 교회 안의 사람들은 그를 골탕 먹이려고 자신들도 소매치기를 당했다고 떠들어 댔습니다. 마르텔리노는 사실이 아니라고 항변했지만 재판관은 믿지 않고 그를 교수형에 처하도록 명했습니다.

마르텔리노는 모든 일을 부인해 보았지만 헛일이라고 생각하고 마지막이라는 심정으로 자신을 변호했습니다.

"재판관님, 사실대로 말씀드리겠습니다. 그러나 저를 고발한 사람 각자에게 언제 어디서 제가 그들의 지갑을 소매치기했는지 말하게 해 주십시오. 그러면 제가 소매치기를 한 것과 안 한 것을 말씀 올리겠습니다."

"좋아" 하고 재판관은 몇 사람을 불러 말하게 했습니다. 그러자 한 사람은 8일 전에 당했다 하고, 다른 사람은 6일 전, 어떤 사람은 4일 전이라고 했습니다.

이 소리를 듣고 마르텔리노는 말했습니다.

"재판관님, 이 사람들은 모두 제멋대로 입에서 나오는 대로 말하고 있습니다. 사실을 고백하겠습니다. 증거도 보여드리겠습니다. 저는 이 거리에 막 도착했기 때문에 그 날짜에는 이곳에 있지 않았습니다. 도착하자마자 운 나쁘게 성체를 뵈러 갔다가 보시는 바와 같이 혼이 났습니다. 제가 말씀드리는 것이 사실인지 아닌지는 외국인 출입 관리를 하시는 분께서 밝히실 수 있고 또 그 대장과 여관 주인이 증명할 수 있습니다. 그러니 제가 말씀드리는 대로 알아보신 다음에 이 나쁜 인간들의 소원대로 저를 고문하시거나 죽여 주십시오."

여관 주인은 두 사람의 이야기를 듣고, 오랫동안 트레비소에 살았고 시장도 중요하게 여기고 있는 산드로 아골란티라는 사람에게 두 사람을 데리고 갔습니다. 일의 경위를 상세히 설명한 다음 셋이서 마르텔리노의 문제를 해결해 주도록 부탁했습니다. 그리고 마리텔리노를 석방해 주십사고 재판관에게 청을 드려 허가를 받았습니다.

그들이 마르텔리노를 돌려받으러 갔을 때 마르텔리노는 셔츠 하나만 입은 채 재판관 앞에서 겁에 질려 떨고 있었습니다. 재판관이 그의 변명을 하나도 인정하려 들지 않았기 때문입니다. 재판관은 마침 피렌체 사람에게 반감이 있었으므로 어떻게 해서든지 그를 교수형에 처하려고 작정했습니다. 그러나 이 일의 전후좌우 사정을 잘 아는 사람들의 사정을 듣고는 나중에는 억지로 석방하지 않을 수가 없었습니다.

마침내 마르텔리노는 풀려났습니다. 마르텔리노는 시장 앞에 오자 처음부터 끝까지 차근차근 말씀드린 다음 피렌체로 빨리 떠나게 해달라고 애원했습니다. 자세한 이야기를 들은 시장은 배꼽을 움켜쥐고 웃었습니다. 마르텔리노는 옷 한 벌을 선사받고, 최대의 위기를 모면한 세 친구는 피렌체로 돌아갈 수 있었습니다.

리날도 다스티의 이야기

네이필레가 이야기한 마르텔리노의 사건에 부인들은 한바탕 웃었습니다. 특히 필로스트라토는 파안대소했는데, 여왕은 필로스트라토에게 다음 이야기를 하도록 명했습니다.

저는 신앙심과 재난과 연애가 뒤섞인 이야기를 들려 드리겠습니다.

이야기를 들어주시면 언젠가 도움이 되리라 생각합니다. 특히 낯선 고장을 여행하다가 사랑의 위험한 다리를 건너는 분들에게는……. 그런 나라에서는 성 줄리아노(구호소가 딸린 수도원의 신부로서 여행자의 보호자였다.)의 기도를 외지 않는 사람은 훌륭한 침대에서 잘 수는 있어도 좋은 숙소에 머물지는 못할 것입니다.

앗조 다 페라라 후작(1308년 죽은 앗조 다스테) 시절 리날도 다스티라는 상인이 볼로냐에 갔다가 말을 몰아 베로나로 돌아오는 길에 나그네 몇을 만났습니다. 그들은 얼른 보기에 장사꾼 같았지만 실은 노상강도였습니다. 그들은 리날도가 상인이라는 것을 눈치채고 돈을 지니고 있을 거라 생각하고는 기회를 엿보아 탈취하려고 그에게 접근했습니다. 그들은 리날도가 아무런 의심을 하지 않도록 선한 사람처럼 행동했습니다. 리날도 역시 말을 탄 하인 한 사람밖에 데리고 있지 않아 그들과 동행하게 된 것을 오히려 운이 좋았다고 여겼지요. 그러다 한 사람이 리날도에게 여행할 때 주로 어떤 기도를 드리는지 물었습니다.

"그래, 선생은 여행하면서 하느님께 어떤 기도를 올리시나요?"

리날도는 그 물음에 이렇게 대답하였습니다.

"저는 아침에 숙소를 떠날 때 성 줄리아노 님의 부모님을 위해서 기도를 올리고 아베 마리아의 기도를 드리는 것으로 여행을 시작합니다. 저녁에는 좋은 숙소를 내려 주십사고 하느님과 줄리아노 님에게 기도를 올린답니다. 지금껏 여행을 다니면서 커다란 재난을 여러 번 당해 보았지만, 그때마다 어떻게 모면할 수가 있어 저녁에는 좋은 여관에 들곤 했습니다. 그러므로 제가 성 줄리아노 님을 존경하고 굳게 믿기 때문에 하느님께서 은혜를 베풀어 주시는 것이라고 생각합니다. 저는 아침에 기도를 드리지 않으면 그날을 무사히 지내고 저녁에 좋은 여관을 찾아들 수 없을 것 같은 기분입니다."

그러자 그에게 질문한 사나이가 또 물었습니다.

"그럼, 오늘 아침에도 기도를 드렸겠군요?"

"예, 물론이지요."

리날도가 대답했습니다.

그러자 지금부터 무슨 일이 일어날지를 알고 있는 그 사나이는 마음속으로 '정말 기도인지 뭔지가 필요할 게다. 우리가 실수만 하지 않는다면 너는 오늘밤 변변한 여관에 묵을 수 없을 걸' 하고 생각하면서도 입으로는 이렇게 말했습니다.

"저도 지금까지 퍽 많은 곳을 여행했습니다. 기도가 매우 좋은 일이라고 많은 사람에게 듣기는 했지만, 저는 한 번도 한 일이 없습니다. 그래도 나쁜 여관에 들게 된 적은 없습니다. 그래서 오늘 저녁에는 기도를 올린 선생님과 올리지 않은 저와 누가 더 좋은 여관에 들게 될지 이

노상강도에게 말과 옷을 빼앗기는 리날도_리날 도가 여행 중 장사꾼을 가장한 일행에게 속아 물 건을 털리는 장면이다. **중세 필사본 그림.**

제 알 것 같습니다.”

　이런 잡담을 하며 길을 계속 가다가 강을 건너게 되었습니다. 세 사 람은 인기척 없는 이곳이 범행을 저지르기에 좋은 장소라 여기며 리날 도에게 달려들어 말과 모든 것을 약탈했습니다. 그들은 셔츠 바람의 리 날도를 비웃으며 말했습니다.

　“네놈의 그 성 줄리아노인가 뭔가가 오늘밤에 좋은 숙소를 베풀어 주는지 어떤지 한번 시험해 봐라. 우리한테는 틀림없이 훌륭한 숙소가 마련될 테니까 말이다.”

　리날도의 하인도 매우 비겁한 녀석이라 주인을 구할 생각은 하지 않 고 자기가 타고 있던 말을 돌려 뒤도 돌아보지 않고 달아나 버렸습니다.

　리날도는 신발까지 빼앗기고 속옷 차림이 되었습니다. 마침 눈까지 내려 ‘다닥다닥’ 이가 부딪칠 정도로 추위에 떨며 겨우 카스텔 굴리엘 모에 도착했습니다. 그러나 이미 성문이 닫혀 들어갈 수 없었지요. 그

미망인 집 모퉁이에서 떨고 있는 리날도_ 리날도가 노상강도 세 명에게 재물과 외투까지 빼앗기고
속옷 차림으로 미망인의 집 밖에서 떨고 있는 장면의 삽화이다.

때 성벽 위로 처마가 튀어나온 집 한 채가 눈에 띄었습니다. 그 처마 밑에서 밤을 새우자고 생각했습니다.

그 집은 앗조의 사랑을 받고 있던 세상에 보기 드문 미모의 미망인이 살고 있었습니다. 마침 그날 밤에 앗조가 오기로 되어 있었으나 급한 일이 생겨 오지 못했습니다. 미망인은 앗조를 위해 목욕물을 데워 놓았으나 그가 못 온다는 전갈을 받고 실망했습니다. 미망인은 혼자 목욕하기 위해 목간통에 들어가려 했습니다. 그 목간통의 벽에는 리날도가 밖에서 오돌오돌 떨면서 웅크리고 있었습니다. 미망인은 전라로 목욕하던 차에 밖에서 황새처럼 이를 부딪치며 떠는 소리를 들었습니다. 미망인은 하녀를 불러 말했습니다.

"밖에 나가서 문 옆에 누가 있나 보고 오너라."

하녀가 나가 보니 달빛이 어렴풋한 가운데 사나이가 속옷 바람에 구두도 신지 않은 채 떨고 있는 것이었습니다. 하녀에게 "누구냐"는 질문을 받은 리날도는 벌벌 떨리는 음성으로 겨우 자기가 누구이며 왜 이곳에 있는가를 짧게 말했습니다. 그리고 부디 오늘 저녁 이곳에서 얼어죽지 않게 해달라고 애원했습니다.

하녀는 가엾게 생각하고, 돌아와 사실대로 자세히 말했습니다. 미망인도 불쌍히 생각하고 공이 때때로 몰래 찾아올 때 쓰던 그 문의 열쇠가 있는 곳을 떠올리며 말했습니다. 이렇게 해서 하녀에게 발견된 리날도는 미망인에게 오게 되었지요. 미망인은 그를 불쌍히 여겨 자기가 목욕한 물에 몸을 녹이게 하였고, 리날도는 추위에서 목숨을 건졌습니다.

목욕하고 나온 리날도의 잘생긴 모습을 본 미망인은 그만 욕정에 사로잡히고 말았습니다. 그녀는 앗조가 오기로 한 터라 몸이 달았던 것이지요. 미망인은 맛있는 음식을 내놓았습니다. 식사가 진행되는 동안 미망인은 리날도의 이름과 그가 당한 일을 알게 되었습니다.

리날도는 체격도 좋으며 미남자인데다 호감을 주는 인상이었고, 행동은 부드러웠으며 한창나이의 남자였습니다. 미망인은 몇 번이나 그를 응시하며 칭찬의 말을 늘어놓았습니다. 그녀는 공과 하룻밤을 지내기로 했던 터라 음란한 정욕에 몸이 근질거렸습니다. 식사가 끝나고 식탁에서 물러나자 미망인은 하녀에게 앗조 공이 자기를 속였으나 눈앞에 주어진 행운을 놓치고 싶지 않은데 너는 어떻게 생각하느냐며 물었습니다. 하녀는 되도록 그렇게 하시라고 대답했습니다. 미망인은 리날도가 동그마니 앉아 있는 난롯가로 돌아와 정욕 넘치는 눈빛으로 바라보면서 말했습니다.

"어머, 리날도 님 뭘 그렇게 골똘히 생각하세요. 빼앗긴 말과 옷이 이젠 돌아오지 않는다고 생각하시는 거예요? 힘내시고 선생님의 집처럼 편히 쉬세요. 아니, 저는 그 이상을 말씀드리고 싶어요. 세상을 뜬 주인님 옷을 입고 있으니 마치 남편이 서 있는 것 같아 가슴이 설레네요. 오늘밤엔 몇 번이고 몇 번이고 입맞추고 껴안고 싶어졌어요. 리날도 님이 그런 짓은 싫어하시면 어쩔까 하는 걱정만 없다면, 저는 벌써 그렇게 했을 거예요."

리날도는 미련한 사나이가 아니었으므로 두 팔을 벌리고 성큼성큼 다가가 그녀를 격하게 포옹하고는 말했습니다.

"부인, 부인 덕분에 살아난 것은 몇 번 인사를 드려도 모자랄 정도니까, 부인께서 베풀어 주신 호의를 생각하며 부인이 기뻐하시는 일이라면 무슨 일이라도 하겠습니다. 그렇게 하지 않는다면 부인께 큰 실례가 될 것입니다. 그러니 부인이 원하시는 대로, 껴안으시건 입을 맞추시건, 마음대로 하십시오. 저도 기꺼이 부인을 안을 것이며 입도 맞추겠습니다."

미망인과의 정사_ 미망인은 죽은 남편과 리날도가 닮았기에 리날도는 융숭한 대접을 받고 미망인의
침실에서 즐거운 밤을 보낸다. **브루넬레스키의 작품.**

이 이상 말은 아무런 의미가 없지요. 욕정으로 스멀거렸던 부인은 리날도의 품에 안겼습니다. 몇 번이나 정열적으로 껴안고는 입을 맞추었습니다. 리날도는 밤이 샐 때까지 부인을 격정으로 몰아넣었습니다. 다음날 미망인은 아무에게도 알려지게 하고 싶지 않아 리날도에게 더러운 옷을 입히고 지갑에 돈을 잔뜩 넣어 준 뒤 몰래 내보냈습니다.

한편, 리날도를 털었던 노상강도 세 명은 다른 강도짓을 하다 붙잡혔습니다. 빼앗긴 물건까지 찾게 된 리날도는 하느님과 성 줄리아노 님께 "감사합니다. 감사합니다." 하고 수없이 기도하면서 말을 타고 무사히 집으로 돌아왔습니다. 노상강도 세 사람은 교수형을 당했다고 합니다.

알렉산드로 람베르티의 이야기

리날도가 겪은 이야기에 부인들은 탄성을 질렀습니다. 주인공의 깊은 신앙심으로 위기에서 구원받은 이야기에 감탄하며 하느님과 성 줄리아노를 찬양하며 감사의 기도를 올렸습니다. 필로스트라토에 이어 옆에 앉은 팜피네아가 기꺼이 이야기를 시작했습니다.

운명의 여신이 저지른 신기한 장난에 대하여 우리의 신변에선 수긍하는 일이 참으로 많이 일어나고 있습니다. 별로 놀랄 일은 아닙니다. 다시 말하면, 우리가 어리석게도 스스로 일으켰다고 여기는 모든 일을 잘 생각해 보면, 보이지 않는 운명의 신이 판단하는 대로 끊임없이 연결되고 변하면서 상상도 할 수 없는 단계로 변화무쌍한 결과가 초래되었다는 것입니다. 다만 우리는 그녀에게 조종된 사실을 모르는 것일 뿐이지요. 제가 오늘 들려드릴 이야기도 운명의 장난 같은 일에 관한 것입니다.

옛날 우리 도시에 테달도라는 기사가 살았습니다. 이 사람을 람베르티 가문이라고 말하는 분도 있고 아골란티 가문 출신이라고 말하는 사람도 있습니다. 유복한 기사였던 그에게는 세 아들이 있었습니다. 장남은 람베르토, 둘째는 테달도, 셋째는 아골란테라고 했습니다. 테달도가 죽고 아들들은 막대한 유산을 물려받았습니다. 그들은 노는 것밖에 모르기에 누구의 눈치도 볼 것 없이 재산을 물 쓰듯 썼습니다. 하인을 많이 고용하고, 호화로운 연회를 베풀고, 귀족처럼 사치에 젖어 생활했을 뿐만 아니라 여색에 빠져 그 많던 재산은 곧 거덜나 빈털터리가 되었습니다.

어느 날 람베르토는 두 동생을 불렀습니다. 그러고는 앞으로 살길을 모색해야 한다고 말했습니다. 람베르토는 아버지께서 우리에게 엄청난 재산을 상속해 주었음에도 우리가 물 쓰듯 낭비하였기 때문에 모두 없어지고 마침내 가난해졌다며, 이제 남은 방법은 남아 있는 재산이라도 처분하여 이 도시를 떠나는 것이라고 말했습니다. 두 동생은 형의 말에 수긍하며 함께 도시를 떠나기로 했습니다.

세 형제는 얼마 안 되는 재산을 정리하여 아무에게도 알리지 않고 피렌체를 떠나 영국으로 갔습니다. 런던에서 작은 집을 한 채 사고 생활비를 아껴 쓰면서 고리대금업을 시작했습니다. 그렇게 하는 동안 운이 좋아 몇 해가 안 되어 막대한 돈을 모았습니다. 세 형제는 조카뻘 되는 알렉산드로에게 런던의 일을 맡기고 피렌체로 돌아와 토지를 되사들이고 저마다 아내를 맞이했습니다. 옛 버릇을 고치지 못한 형제들은 다시 흥청망청 돈을 썼습니다. 그들은 빈털터리였던 적은 잊어버리고 영국에서 송금되어 온 돈마저도 탕진했습니다.

이러한 생활은 알렉산드로의 송금이 그들의 낭비를 2,3년 동안 버티게 해 줄 수 있을 뿐이었습니다. 알렉산드로는 성을 저당잡히고 귀족에게 돈을 빌려 주기도 하고, 그 밖의 수입을 많이 올리기도 했기 때문이었지요. 결국 세 형제는 낭비를 계속하며 궁해지면 빚지기를 거듭하고, 영국에 있는 조카의 송금에 희망을 거는 초라한 신세가 되어 있었습니다.

세 형제의 사정이 파국으로 치달을 즈음 뜻하지 않게 영국에서 왕과

알렉산드로의 귀향_ 알렉산드로가 영국에서 돌아오는 길에 한 수도원장 일행을 따라다니게 되는데, 수도원장의 호감을 받고는 그와 친해진다. **중세 필사본 그림.**

왕자 사이에 전쟁이 터지고 말았습니다. 그 탓에 알렉산드로는 더 이상 피렌체에 돈을 보낼 수가 없었습니다.

피렌체의 형제들은 토지와 집도 날리고 큰 빚을 지고 말았습니다. 채권자들은 돈을 갚으라고 그들을 신고했습니다. 형제들은 감옥에 갇혔으며 그들의 아내와 아이들은 시골로 뿔뿔이 흩어졌습니다.

알렉산드로는 영국에 평화가 오기를 몇 해나 기다렸으나 전쟁은 좀처럼 끝나지 않았습니다. 더는 기다릴 수 없었던 그는 피렌체로 돌아가기로 마음먹었습니다. 그가 피렌체로 가는 도중에 플랑드르의 브뤼셀을 거쳐 이탈리아로 향할 때 수도사 행렬을 만났습니다. 그들을 호위하는 기사 중에서 아는 사람을 만난 알렉산드로는 어디로 가는 길인지 물었습니다. 기사 한 사람이 대답했습니다.

"선두에서 말을 타고 가시는 젊은 분은 우리의 친척인데 이번에 영국의 큰 수도원의 원장으로 발탁되셨네. 그런데 정식으로 권위 있는 지위에 앉기에는 아직 젊으셔서 우리와 함께 로마로 가서 나이가 어리다는 결점을 제거해 주십사고 교황님께 부탁드리러 가는 길이라네. 이 일은 아무에게도 말하지 말기 바라네."

알렉산드로는 수도사 행렬에 끼여 동행했습니다. 그렇게 가던 중에 알렉산드로는 선두에 가던 수도원장을 보았습니다. 수도원장은 수염도 나지 않은 젊은이였습니다. 수도원장도 알렉산드로를 보았습니다. 알렉산드로는 젊고 풍채도 훌륭했으며 아주 미남이었습니다. 더욱이 행동거지가 누구 못지않게 세련되어 보였습니다.

수도원장은, 여태까지 다른 일로는 이런 기분이 든 적이 없었는데, 첫눈에 그가 마음에 들었습니다. 그를 가까이 불러 어떤 사람인지, 어디로 가는지를 물어보았습니다. 알렉산드로는 수도원장이 묻는 말에 성실히 답하며 자기의 신상을 다 털어놓고는, 무슨 일이든 심부름을 시켜주십시오, 하고 말했습니다. 수도원장은 말투가 훌륭하고 조리 있으며, 특히 점잖고 성실한 태도에 마음이 끌려 그가 귀족 출신이 틀림없다고 생각하고 더욱 호감을 느꼈습니다.

며칠이 지나서 일행은 변변한 여관 하나 없는 마을에 도착했습니다. 수도원장이 이 마을에 묵고 싶어 했으므로 알렉산드로는 자기와 친한 사람이 운영하는 여관으로 일행을 데리고 갔습니다. 여관에 도착하자 알렉산드로는 수도원장을 말에서 내려 주고 제일 좋은 방으로 안내했습니다. 그는 이제 수도원장의 집사 같은 처지가 된 데다가 매우 실천력 있는 남자였으므로 부지런히 움직여서 모든 하인을 여기저기 묵게 해 주었습니다. 수도원장의 식사가 끝나고 밤이 깊었으므로 모두 침실로 물러갔습니다. 그런데 여관 침실이 다 찼기 때문에 알렉산드로가 잘 침실이 없었습니다. 알렉산드로는 여관 주인에게 자기는 어디서 자면 되느냐고 물었습니다. 여관 주인이 말했습니다.

"실은 나도 알 수 없군요. 보시다시피 방마다 만원이라서 우리 가족도 의자에서 자야 하는 형편이니까요. 수도원장님 침실에는 곡물 상자가 몇 개 있으니 그리로 안내해서 침대 비슷한 것을 만들어 드리지요."

여관 주인의 대책 없는 말에 알렉산드로가 대답했습니다.

"내가 어떻게 원장님 침실에 갈 수 있나요. 방이 좁아 수행 신부님들도 같이 누울 수도 없을 정도 아닙니까? 커튼을 치기 전에 그것을 알았다면 신부님들을 곡물 상자 위에서 주무시게 하고 제가 신부님들 방에서 잤을 텐데요."

그러자 주인이 말했습니다.

"원장님도 잠이 드셨을 것이고, 침대에는 장막이 내려졌을 겁니다. 곡물 상자에 이불을 갖다 드릴 테니 거기서 주무시도록 하십시오."

알렉산드로는 그렇게 해준다면 수도원장에게 폐를 끼치지 않아도 된다고 생각하고 승낙했습니다. 그리하여 소리가 나지 않게 곡물 상자의 침대에 몸을 뉘었습니다.

그런데 수도원장은 아직 잠들지 않았습니다. 잠들기는커녕 평생 처음 느껴보는 욕망 때문에 흥분되어 잠을 이룰 수 없었습니다. 그는 알렉산드로와 여관 주인이 나누는 이야기를 모두 듣고 있었습니다. 수도원장은 기뻐서 중얼거렸습니다.

'하느님이 내 뜻을 이루는 절호의 기회를 주신 거다. 이 기회를 놓치면 두고두고 후회할 거야.'

수도원장은 이 기회를 놓치지 않겠다고 결심하고 주위가 다 잠들어 고요해지기를 기다렸다가 나직한 소리로 알렉산드로를 불러 자기 곁에 와서 자지 않겠느냐고 물었습니다. 알렉산드로는 몇 번이나 정중

알렉산드로와 수도원장_ 알렉산드로는 수도원장과 같은 방에서 자게 되는데, 수도원장이 가슴에 알
렉산드로의 손을 올려놓는다. 알렉산드로는 금지된 애정 표현이라고 생각하여 질겁했는데, 수도원
장이 속옷을 풀어 가슴을 보여주는 장면이다. **지노 보카실레의 작품.**

하게 거절했지만 수도원장의 청을 못 이겨 옷을 벗고 곁에 가서 누웠습니다.

수도원장은 그의 가슴에 손을 얹고 연인들이 사랑을 호소할 때 하듯 쓰다듬었습니다. 알렉산드로는 깜짝 놀라 거부했지만, 수도원장은 알렉산드로의 손을 자신의 풀어헤친 가슴으로 이끌었습니다.

"알렉산드로, 내가 감추고 있는 것을 만져 봐요."

알렉산드로가 수도원장의 가슴을 더듬으니 뭉클하면서도 탄력 있는 두 개의 유방이었습니다. 알렉산드로는 직감적으로 수도원장이 여자임을 알고 더는 거절하지 않았습니다. 수도원장은 알렉산드로의 품에 안기며 말했습니다.

"저는 여자예요. 처녀로서 집을 나와 교황님께 결혼을 주선해 주십사 부탁하러 가는 길이랍니다. 당신을 보는 순간 불같은 사랑을 느꼈습니다. 당신을 제 남편으로 삼고 싶습니다."

알렉산드로는 받아들였습니다. 알렉산드로는 그녀가 어떤 사람인지 알 수 없었지만 수행원이 많은 것으로 보아 유복하고 고귀한 신분이 틀림없다고 생각했고, 더욱이 매우 아름다운 사람이라고 느꼈습니다. 그는 길게 생각할 것도 없이 당신만 좋으시다면 저도 기쁘게 생각한다고 대답했습니다. 뜨거운 사랑을 나눈 알렉산드로와 수도원장은 로마에 도착하여 교황을 만났습니다. 수도원장은 공손하게 인사를 드리고 나서 이야기를 꺼냈습니다.

"교황님, 교황님께서는 잘 아시리라 믿습니다. 순결을 제일로 삼고 행복하게 살아가려는 자는 그 반대 방향으로 자기를 이끄는 모든 원인으로부터 빠져나가야 한다고 생각합니다. 저는 순결하게 살고 싶어 남장을 하고 아버지인 영국 왕의 재산을 가지고 몰래 빠져나올 수 있었습니다. 아버지는 젊은 저더러 스코틀랜드의 늙은 왕에게 시집가라고 했습니다. 그래서 교황님의 성덕에 힘입어 결혼 상대를 정해 주십사고 찾아뵙게 된 것입니다. 제가 빠져나온 것은 스코틀랜드 왕이 나이를 먹었기 때문만은 아닙니다. 제가 그분의 왕비가 되더라도 젊은 혈기를 못 이겨 왕가인 아버지의 혈통을 간직한 제가 왕가의 명예를 더럽히게 되지 않을까 두려웠기 때문입니다. 제가 이런 생각으로 번민할 때 각자에게 알맞은 것을 잘 알고 계시는 하느님께서는 자비를 베풀어 제 마음에 드는 사람을 지아비로서 보내 주셨습니다. 그가 이 청년입니다."

그녀는 알렉산드로를 소개했습니다.

"이분은 왕가의 후손만큼 높은 혈통은 아닙니다만, 용기 있고 예의범절이 바르며 귀부인의 배우자로 결코 손색없는 분입니다. 남들이 어떻게 생각하든 간에 이분 이외의 사람과는 결혼할 뜻이 없습니다."

이 처녀는 영국의 왕녀였습니다. 교황은 깜짝 놀랐으나 돌이킬 수 없음을 알았습니다. 우선 두 사람의 격앙된 마음을 진정시켜야겠다고 생각하고 공주와 알렉산드로 사이의 중매인이 되어 앞으로의 일을 지시했습니다.

교황이 정한 날이 되자 추기경들과 고관직의 사람들이 초대된 성대한 결혼 피로연에 왕족답게 성장(盛裝)한 공주를 출석하게 했습니다. 그 자리는 교황이 마련한 피로연이었으며, 그 자리의 모든 사람은 그녀의 아름다움과 사랑스러움을 입이 닳도록 칭찬했습니다. 알렉산드로도 품위 있게 차려입고 출석했는데, 풍채며 몸에 익은 예의범절은 돈놀이를 하던 청년으로는 보이지 않았습니다. 오히려 왕족 같은 품위를 갖추고 있었습니다. 교황은 지극히 엄숙하게 결혼식을 거행하고 이어진 피로연에서 거룩한 축복을 내리고 결혼을 윤허하였습니다.

피렌체에서 두 사람은 전 시민으로부터 최고의 명예로운 환영을 받았습니다. 그녀는 삼 형제를 교도소에서 나오게 한 뒤 일체의 채무를

공주와의 결혼_ 알렉산드로와 공주가 혼인서약을 받는 장면이다. 남장 여인 공주는 교황에게 신랑 감을 찾아 달라고 길을 떠났다가 알렉산드로를 만나 관계를 맺고는 결혼한다. 알렉산드로는 콘월의 백작이 된다. **중세 필사본 그림.**

갚아 주고 부인들과 예전의 소유지에서 살도록 해주었습니다.

많은 사람을 만난 후 알렉산드로와 공주는 백부인 아골란테와 함께 파리로 향하였으며, 파리에서도 경의를 다하여 두 사람을 맞았습니다. 국왕은 사위에게 기사의 영예를 내리고 콘월에 있는 백작령을 주었습니다. 알렉산드로는 재치 있고 활발한 수완가였으므로 국왕과 왕자 사이를 화해하게 하였습니다. 덕분에 영국에는 평화가 다시 깃들고 알렉산드로는 국민으로부터 호의와 사랑을 받았습니다. 아골란테는 채권을 모두 회수하여 부자가 되었고, 알렉산드로 백작으로부터 기사 칭호를 받고 피렌체로 돌아갔습니다.

전해지는바, 알렉산드로는 스코틀랜드를 정복하여 왕이 되었다고 합니다.

네 번째 이야기

란돌포의 이야기

팜피네아의 이야기가 행복한 결말로 끝나자 여왕은 라우레타가 이야기를 이어가도록 명하였습니다.

조금 전 알렉산드로가 일개 상인에서 일약 왕가의 부마로 올라간 것을 알게 되니, 인생이 얼마나 운명의 신에게 좌우되는지를 여실히 보는 듯합니다. 제가 하려는 이야기는 알렉산드로보다 몇 배는 더하지만, 끝은 그다지 축복할 만한 이야기는 아닙니다.

렛지오에서 가에타에 이르는 해안은 이탈리아에서도 가장 아름다운 장소라고 일컫습니다. 그 지방의 사람들은 그곳을 아말피 해안이라 불렀지요. 그 지방에는 작은 도시며 샘이 솟는 정원 등이 많았고, 다른 고장에는 좀처럼 없는 장사를 열심히 하는 부자들이 많이 살았습니다.

그 고장의 라벨로라는 도시에 란돌포라는 큰 부자가 살았습니다. 그는 재산이 많았지만, 재산을 더욱더 늘리려고 큰 배를 사고 여러 가지 상품을 사들여 싣고는 키프로스 섬으로 출항했습니다. 도착해 보니 그곳에는 자기가 가져간 것과 똑같은 상품을 가득 실은 배들이 먼저 와 물건을 팔고 있었습니다. 란돌포는 물건을 헐값에 팔아 치우거나 바다에 버려야 되는 파산 직전이었습니다.

중세의 항구_ 중세 시기에는 범선을 이용하여 지역과 지역을 연결하여 물건을 교류하였으며, 란돌포 역시 훌륭한 배를 준비하여 키프로스 섬에서 무역하였다. **조제프 베르네의 작품.**

란돌포는 어떻게 해야 좋을지 몰라서 신경쇠약에 걸리고 말았습니다. 하루아침에 무일푼이 된 그는 차라리 죽어버릴까, 해적이라도 되어 손해를 벌충할까 궁리하다가 큰 결심을 하였습니다.

그는 배와 물건을 처분한 돈으로 해적들이 쓰는 속도가 **빠른** 배 한 척과 무기를 사들여 해적질을 시작했습니다. 해적질은 무역업에 비하면 재수가 좋았습니다. 란돌포는 1년 만에 돈을 되찾았을 뿐 아니라, 전 재산의 배 이상을 더 벌었습니다.

란돌포는 만족할 만큼 재산을 모으자 더는 욕심을 부리지 말자며 고향으로 돌아가려고 했습니다. 그는 무역업은 지긋지긋해졌으므로, 재산을 다른 데 투자하지 않고, 약탈한 것을 산더미처럼 싣고 귀로에 올랐습니다. 에게 해에 들어설 때쯤 바다가 사나워져 섬 뒤에서 바람을 피하다가 제노바 상선 두 척을 만났습니다. 제노바 상선의 사람들은 작은 배의 란돌포가 재물이 많은 것을 눈치채고는 석궁으로 위협하여 배와 승무원을 나포했습니다. 란돌포도 산 채로 붙잡아 출항했습니다. 얼마 못 가 상선 두 척은 폭풍우를 만나 난파되고 말았습니다. 아우성인 밤바다에서 란돌포는 손에 닿는 궤짝에 매달려 파도와 바람에 밀려 코르퓨 섬에 표착했습니다.

다음 날 풍향이 바뀌어 상선 두 척은 서쪽을 향해 떠나갔습니다. 순조롭게 항해하다가 저녁때쯤 폭풍이 불고 파도가 높아져 두 척의 배는 따로따로 떨어지고 말았습니다. 이 바람 때문에 가엾은 란돌포가 탄 배는 치팔로니아 섬의 암벽에 부딪혀 유리처럼 산산조각나고 말았습니다.

배에 타고 있던 가련한 사람들은 캄캄한 밤이었지만 궤짝이며 널빤지며 상품 등이 가득한 바다를 헤엄쳤습니다. 그들은 파도가 높고 사나운 바다를 헤엄치면서 운이 좋으면 물건을 발견하여 매달리곤 했습니다.

란돌포의 조난_ 란돌포가 붙잡혀 가던 중 배가 난파되어 궤짝에 매달린 모습이다.

그 속에 끼인 란돌포는 한푼 없이 고향으로 돌아가느니 차라리 죽는 게 낫다고 생각했지만 막상 죽음 직전에 이르니 무서웠습니다. 그래서 다른 사람들처럼 손에 닿는 널빤지에 매달려 죽지 않으면 하느님이 도 와주실지도 모른다고 생각했습니다. 널빤지에 몸을 붙이고 높은 파도 와 거센 바람에 밀려가면서 날이 샐 때까지 버텼습니다.

날이 샌 뒤 사방을 둘러보니 보이는 건 구름과 바다뿐이었습니다. 그 런데 물에 떠서 표류하는 궤짝 하나가 파도에 밀려 바싹 접근하는 것 이 무서워서 견딜 수 없었습니다. 궤짝에 부딪혀 변을 당하지 않을까 걱정되었기 때문이죠. 란돌포는 지칠 대로 지쳤지만 궤짝이 접근할 때 마다 멀리 밀어내곤 했습니다.

염려한 대로 별안간 회오리바람이 불어닥치고 궤짝이 널빤지에 부딪 히는 바람에 란돌포는 벌렁 뒤집히고 말았습니다. 물속에 빠졌던 란돌 포가 필사적으로 올라와 보니 널빤지는 멀리 흘러갔습니다.

널빤지까지는 헤엄쳐 갈 수 없을 것 같아 바로 옆 궤짝 뚜껑에 가슴 을 얹고 두 팔로 궤짝이 똑바로 있도록 잡았습니다. 란돌포는 이리저 리 표류하는 동안 쫄쫄 굶으면서 소금물만 실컷 마시고 바다만 바라볼 뿐이었습니다. 그는 어디에 있는지 짐작조차 못하고 온종일 표류하다 가 밤을 맞이했습니다.

이튿날 하느님의 뜻인지 어떻게 된 영문인지는 모르지만, 녹초가 되 었으면서도 지푸라기라도 잡는 심정으로, 그는 궤짝 끝을 두 손으로 꽉 붙들고 떠돌다가 코르퓨 섬에 닿았습니다.

그곳에는 다행히도 가난해 보이는 여자가 모래와 소금물로 그릇을 씻던 참이었습니다. 그녀는 실신한 란돌포를 발견하고는 돌보았습니 다. 며칠 동안 지극히 간호한 덕분에 란돌포는 원기를 회복했습니다. 여자는 그제서야 안심하고 란돌프가 타고 온 궤짝을 돌려주었습니다.

열어보니 궤짝 안에는 값비싼 보석이 가득했습니다.

란돌포는 배를 타고 트라니까지 갔습니다. 제노바 상인을 만나 사정을 이야기하고 옷 한 벌과 말, 하인 한 명을 빌렸습니다. 고향 라벨로에 무사히 도착한 란돌포는 보석을 팔아서 자신을 구해준 여인에게 상당한 사례금을 보내고, 옷을 빌려준 트라니의 상인에게도 사례했습니다. 그리고 남은 돈으로 여생을 안락하게 보냈다고 합니다.

안드레우초 디 피에트로의 이야기

라우레타가 여러 날에 걸친 이야기를 했으므로, 피암메타는 하룻밤에 위기를 모면하고 위험을 극복한 이야기를 시작했습니다.

말을 사고파는 거간꾼인 안드레우초 디 피에트로라는 젊은이가 페루자에 살았습니다. 그는 나폴리에 좋은 말을 사고파는 시장이 선다는 소식을 듣고 금화 500피오리노를 준비하여 나폴리로 향했습니다. 그는 페루자를 벗어난 적이 없기에 다른 상인들과 함께 길을 떠났습니다.

나폴리에 도착한 안드레우초는 이튿날 아침 여관 주인이 가르쳐 주는 대로 말시장이 서는 곳으로 갔습니다. 좋은 말을 많이 보자 마음에 쏙 들어 몇 번이나 흥정했지만 거래가 성사되지 않았습니다. 그래서 말을 살 의향이 있다는 것을 과시하려고 금화가 든 지갑을 몇 번이나 내보였습니다. 이때 젊고 아름다운 시칠리아 여자가 지나가다가 페루자 젊은이의 돈을 보고 한탄했습니다.

"아아! 저 돈이 내 것이라면 얼마나 좋을까."

그녀의 한숨 어린 말에 함께 가던 할머니가 안드레우초를 보더니 반가운 듯이 달려들어 매달렸습니다. 안드레우초가 뒤돌아보니 할머니는 한동네에서 오랫동안 산 적이 있어 잘 아는 사이였습니다. 안드레우초는 여간 기뻐하지 않았습니다. 그러나 할머니는 나중에 여관으로 찾아가겠다고 약속하고 헤어졌습니다.

젊은 여자는 할머니에게 물어서 안드레우초의 신상, 친척, 친구 관계를 모두 알아냈습니다. 그녀는 안드레우초의 금화를 가로채기 위한 계획을 짰습니다. 그녀는 안드레우초가 머무는 여관으로 하녀를 보내 귀부인이 그를 찾는다고 전했습니다.

하녀가 가보니 운 좋게도 그가 혼자 문간에 서 있었습니다. 하녀가 안드레우초를 찾으니 바로 본인이라고 대답하여 한쪽으로 데리고 가서 "도련님, 이 도시의 어떤 귀부인께서 상관없으시다면 뵙고 이야기를 하고 싶다고 전해 달라고 합니다" 하고 말했습니다.

하녀의 말을 들은 안드레우초는 자신을 훑어보고 '이만하면 나도 미남이구나' 하고 우쭐해하면서 귀부인이 자기를 사랑하게 됐다고 착각하며 하녀의 안내를 따랐습니다.

귀부인의 집은 말페르투지오(악마의 굴)라는, 이름만 들어도 불결한 곳에 있었습니다. 순진한 안드레우초는 그런 것은 조금도 알지 못하고 또 아무 의심도 없이 하녀를 따라 귀부인 집에 들어갔습니다.

귀부인은 젊고 풍만한 몸매에 얼굴도 아름답고 매력이 넘쳤으며, 화려한 옷으로 치장하고 있었습니다. 안드레우초가 오자 그녀는 두 팔을 벌리고 층계를 세 층이나 내려와서 맞이했습니다. 안드레우초의 목에 팔을 두르고 가슴이 메어서 아무 말도 못 하는 듯 가만히 있었습니다. 그런 다음 눈물을 글썽거리며 이마에 입을 맞추고 말했습니다.

"아아! 나의 안드레우초, 정말 잘 와 주었어요."

안드레우초는 귀부인의 과할 정도의 사랑 표현에 그만 얼떨떨했습니다.

곧이어 그녀는 안드레우초의 손을 잡고 2층으로 끌고 가듯 데리고

가 향기 그윽한 침실로 들어갔습니다. 방에는 장막이 처진 침대와 옷걸이가 있었고, 옷걸이에는 아름다운 옷이 가득 걸려 있었습니다. 안드레우초는 방을 보고 그녀가 신분 높은 귀부인이 틀림없다고 생각했습니다. 두 사람이 침대 발치에 있는 상자에 걸터앉자 그녀가 입을 열었습니다.

"안드레우초, 모르는 당신을 향해서 눈물을 흘리고 매달리고 했으니 무척 놀랐을 줄 알아요. 그리고 우연이라도 나에 관해서는 조금도 들은 적이 없을 것이거든요. 하지만 내가 당신의 손위 누이라는 것을 알면 더 놀랄 거예요. 내 아버님이시고 당신 아버님이신 피에트로 씨는 오랫동안 팔레르모에 머문 적이 있는데, 그때 귀족 출신 미망인이던 우리 어머니를 사랑하여 나를 낳으셨지요. 피에트로 씨는 그 뒤 나와 어머니를 남겨두고 팔레르모를 떠나 페루자로 돌아가셨어요. 그 후 나도 어머니도 두 번 다시 생각해 주시지 않으셨어요. 어머니만 아니었다면 배은망덕한 아버지의 행위를 비난했을 거예요. 나는 팔레르모에서 자랐고 부자 어머니 덕분에 귀족에게 시집갔답니다. 그이는 구엘프 당원인데 샤를르 왕과 무슨 조약의 절충을 시작했답니다. 그런데 그 조약이 발효되기 전에 그 사실이 페데리고 왕의 귀에 들어가고 말았습니다. 그렇지만 않았다면 얼마 안 있어 저는 시칠리아에서 제일가는 기사 부인이 될 수 있었겠지만, 급전직하의 상황에 몰려 그곳에서 달아나지 않으면 안 되게 되었지요. 급하게 챙길 수 있는 귀중품만 가지고 땅과 큰 집 등은 버리고 이 도시로 온 거예요. 대신 샤를르 왕은 친절하게도 우리가 왕 때문에 입은 손해 일부분을 보상해 주고, 땅과 집도 주고, 어차피 만나게 되겠지만 당신 자형인 내 남편에게 여러 가지 수당을 보내주고 계시지요. 이렇게 해서 여기서 살고 있는데 내 그리운 동생을 만난 것은 당신 덕분이 아니라 하느님의 은혜라고 생각해요."

이렇게 말하고 다시 얼싸안고는 이마에 입을 맞추었습니다. 안드레우초는 친척들 이름을 줄줄이 거론하자 모두 믿고 그 집에 묵었습니다.

그날 밤은 매우 무더웠습니다. 안드레우초는 옷을 벗고 자려고 화장실을 찾아갔다가 잘못해서 오물을 덮어쓰고 담벼락 아래로 굴러떨어지고 말았습니다.

골목에 떨어진 안드레우초는 어처구니없구나, 하고 생각하면서 소년을 불렀습니다. 그가 떨어지는 소리를 듣자마자 하녀는 부인에게 달려가서 보고했습니다. 그녀는 그의 침실로 달려가서 옷을 살펴보았습니다. 옷과 함께 그가 사람을 믿지 않아 언제나 몸에 지니고 다니는 돈을 발견했습니다. 이 돈 때문에 팔레르모에서 태어났으면서도 페루자 태생인 안드레우초의 누님이라고 속였으나, 돈을 손에 넣자 이제 어떻게 되든 상관없다며 그가 나가떨어진 입구를 닫으러 갔습니다.

안드레우초는 소년의 대답이 없자 점점 더 큰 소리로 불러댔습니다. 하지만 헛일이었습니다. 이상하다고 생각한 그는 그제야 보기 좋게 속았다는 것을 깨닫고 골목을 막은 담에 기어 올라가서 집 앞 한길로 뛰어내려 그 집 입구로 갔습니다. 오랫동안 두드리고 문을 밀어 보았지만 헛일이었습니다. 그는 자신의 꼴이 서글퍼져서 눈물을 글썽거리며 투덜거렸습니다. 시끄럽게 떠드는 통에 이웃 사람들이 깨어 일어나고 말았습니다. 그때 하녀가 몹시 졸린 듯한 거동으로 창문에 나타나더니 노래라도 부르듯이 말했습니다.

"누구? 문을 두들기는 건?"

"오오! 나를 모르느냐. 피오르달리조의 부인의 동생 안드레우초야." 하녀가 대답했습니다.

"당신, 너무 많이 마셨군요. 얼른 가서 자고 내일 아침에 다시 와요. 난 안드레우초니 어쩌니 하는 사람 따위는 몰라. 농담일랑 그만하고 냉

사기를 당하는 안드레우초_ 안드레우초가 하룻밤 사이에 재물을 빼앗기고 끝내는 도둑을 만나 고
초를 당한다. **중세 필사본 그림.**

큼 돌아가요. 잠 좀 잡시다."

그러고는 뒤로 물러서서 창문을 탕 닫았습니다.

안드레우초는 다시 그녀의 집으로 들어가려 하는데 사람들은 그런 여자는 없다면서 미친 사람 취급을 했습니다. 그때서야 그는 속았다는 것을 깨달았지만 이미 금화는 모두 **빼앗긴** 뒤였습니다. 그러나 안드레우초는 동정심에서 말을 건네는 듯한 이웃 사람들의 위로에 마음이 변하여, 돈을 찾을 희망을 버리고 어떻게 돌아가야 하는지 몰랐지만, 낮에 하녀가 안내한 길을 더듬으며 고개를 숙이고 여관으로 돌아가던 중이었습니다.

자기 몸에서 나는 냄새가 도무지 견딜 수 없어 바다에 가서 몸이나 씻자는 생각에 카달라나라는 거리로 나갔습니다. 시내의 고지 쪽으로 걸어가는데 각등을 든 두 사나이가 오는 것이 보였습니다. 안드레우초는 순찰이 아니라면 무언가 나쁜 짓을 하는 악당일지도 모른다는 생각이 들어 바로 옆의 오두막으로 살며시 몸을 숨겼습니다.

그런데 그 두 사람은 초대받은 집에라도 들어오듯이 곧장 오두막으로 들어왔습니다. 그러더니 일행 중 한 명이 지독한 구린내가 난다며 사방을 살폈습니다. 사나이가 안드레우초를 발견하고는 깜짝 놀라며 "웬 놈이냐"고 소리쳤습니다. 안드레우초는 잠자코 있었고, 그들이 각등을 들고 다가오더니 도대체 지독한 냄새는 어떻게 된 거냐고 물었습니다. 안드레우초는 자초지종을 이야기했습니다. 두 사람은 어디서 그런 변을 당했는지 짐작할 만하다며 한 사람이 안드레우초를 돌아보고 말했습니다.

"당신은 큰돈을 잃었다고 했는데, 똥통에 떨어져서 두 번 다시 그 집에 들어가지 못하게 된 걸 하느님 덕분인 줄 알아. 떨어지지 않았더라면 잠들자마자 목숨까지 **빼앗겼을** 테니 말이야. 이제 와서 울고 짜면 뭘 해? 그 돈 생각은 하늘의 별을 따려고 하는 거와 같아. 이젠 찾을 수 없어. 그러니 지금부터 우리가 하는 일에 한몫 끼지 않겠나? 잃어버린 돈보다 몇 배나 되는 몫이 돌아갈 텐데, 어때?"

안드레우초는 자포자기하는 심정으로 그러마 하고 대답했습니다.

마침 그날은 필리포 미누톨로라는 나폴리 대주교가 묻힌 날이었는데, 대주교는 매우 값비싼 장신구와 함께 금화 500피오리니 이상의 값이 나가는 루비 반지를 낀 채 묻혔다는 것입니다. 그들은 무덤을 파헤쳐서 훔치자는 것이었고 안드레우초에게 계획을 털어놓았습니다.

안드레우초는 도둑의 협박으로 대주교의 무덤을 도굴하는 일에 가담하게 됩니다. 도둑들은 무덤을 열고 들어가는 것을 꺼림칙하게 여겼으므로 안드레우초가 도굴하게 되었습니다. 안드레우초는 하는 수 없이 무덤으로 들어갔습니다. 무덤 속에서 그는 생각했습니다.

'놈들은 나를 속여서 들여보내려고 했다. 내가 죄다 훔쳐 나와서 놈들에게 건네주고, 무덤에서 나오려고 하면 나 몰라라 하고 놈들은 달아나겠지. 나한테는 아무것도 주지 않고 내버려둘 계략인가 보군.'

그는 자기 몫부터 챙기려고 무덤 안으로 내려갔을 때 값비싼 반지가 생각나서 대주교의 손가락에서 반지를 뽑아 자기 손가락에 끼었습니다. 옷이며 모자며 장갑 같은 것을 벗기고 속옷까지 벗겨서 그들에게 내주고는 이제 아무것도 남지 않다고 말했습니다. 그들은 반지를 끼고 있을 테니 잘 살펴보라고 말했습니다. 하지만 보이지 않는다고 여전히 찾는 척하면서 그들을 기다리게 했습니다.

바깥에 있는 두 사람도 그에 못지않게 속이 검었으므로 더 잘 찾아보라고 하면서 기회를 보아 무덤 뚜껑을 받치던 막대기를 뽑았습니다. 그것을 알았을 때 안드레우초의 기분이 어떠했겠는지 누구나 상상할 수 있을 것입니다. 그는 뚜껑을 들어 올리려고 몇 번이나 안간힘을 쓰다

안드레우초의 수난_ 석관에 갇히게 된 안드레우초는 무덤에서 기적으로 살아나고 다시 부자가 된
다. **중세 필사본 그림.**

가 그만 힘이 빠져 대주교의 시체 위에 까무러치고 말았습니다. 안드레우초가 절망 상태에 빠져 눈물에 젖어 있을 때, 성당 쪽으로 오는 사람들의 발걸음 소리가 들려 왔습니다. 그들도 앞서 악당들이 한 것과 마찬가지로 도굴하러 온 인간들이었습니다. 그는 점점 더 두려웠습니다.

그들은 무덤 뚜껑을 열어 막대기를 괴고는 누가 안으로 가느냐 는 문제를 가지고 실랑이를 시작했고, 아무도 들어가려는 자가 없었습니다. 그러다가 한 수도사가 말했습니다.

"당신들, 뭘 무서워하지? 누가 잡아먹을 줄 아나? 송장은 인간을 먹지 않아. 그럼 내가 들어가지" 하고는 가슴을 무덤가에 얹고 머리를 밖으로 돌려 두 다리부터 안으로 들어가려고 했습니다. 이것을 본 안드레우초는 일어서서 수도사의 한쪽 다리를 붙잡고 휙 잡아당겼습니다. 그러자 수도사는 꽥 소리를 지르고 밖으로 뛰쳐나갔습니다. 다른 사람들도 무덤을 열어 둔 채 악마의 무리가 쫓아오기라도 하듯 달아나고 말았습니다. 안드레우초는 매우 잘됐다고 기뻐하면서 무덤 밖으로 뛰어나가 먼저 온 길을 따라 성당에서 나왔습니다.

날이 부옇게 밝아오고 있었습니다. 그는 반지를 낀 채 덮어놓고 걸어갔는데 운 좋게 바닷가에 이르렀고, 우연히도 여관 앞에 왔습니다. 그는 겪은 사건을 죄다 이야기하고 여관 주인의 충고대로 바삐 나폴리를 떠나 페루자로 돌아갔습니다. 그는 죽을 고비를 넘긴 끝에 페루자로 돌아왔고, 고생의 부적이 되어준 반지 덕에 큰 부자가 되었습니다.

베리톨라 카라치올라의 이야기

피암메타의 이야기에 모두 크게 웃었습니다. 에밀리아는 이야기가 끝난 것을 알고, 여왕의 명에 따라 이야기를 시작했습니다.

인간의 운명이 변화무쌍하다는 것은 우리 인간들에게 분에 넘치는 행복에 대한 경고와 엄청난 고난 앞에 주어지는 위안 같은 것이에요. 지금까지 여러 가지 훌륭한 이야기가 나왔습니다만 실제로 있었던 슬픈 이야기를 할까 해요.

페데리코 2세가 세상을 떠나고 만프레디가 시칠리아의 왕이 된 것은 잘 아실 거예요. 왕 가까이는 높은 지위에 아르리 게토 카페체라는 귀족이 있었습니다. 그분의 부인은 베리톨라 카라치올라는 나폴리 태생의 아름다운 여인이었습니다. 그 귀족은 시칠리아의 왕 만프레디의 충신이었는데, 만프레디가 샤를르 1세와 전쟁 중에 전사하고 샤를르 1세가 시칠리아를 접수한다는 소문이 돌자 그 귀족과 부인은 망명하려 하였습니다. 그런데 시칠리아 백성은 만프레디에 대한 충성심이 약했으므로 그 소식을 듣자 그 귀족을 붙잡아 샤를르 1세에게 압송했습니다. 이에 베리톨라 부인은 임신한 몸으로 아들과 함께 작은 배를 타고 시칠리아를 탈출했습니다.

시칠리아의 저녁 살육_ 시칠리아 왕국에서 1282년 3월 30일 부활축일 다음날 월요일 성당의 저녁 기도 종소리와 함께 일어난 폭동으로, 《데카메론》의 베리톨라 부인의 무대가 되었다. **프란츠 하예 즈의 작품.**

귀부인이 탄 배는 난파하여 떠돌다가 한 섬에 닿았습니다. 그녀는 외 진 곳에 숨어 지냈는데 어느 날 해적 떼가 섬을 습격하여 그녀의 아들 과 갓난아이를 비롯해서 섬사람 모두 노예로 붙잡아갔습니다. 베리톨 라 부인은 비탄에 젖은 채 외진 곳에 홀로 남겨졌고, 뒤늦게 남편과 아 이들을 모두 잃은 신세가 되었음을 깨닫고 괴로워했습니다.

그녀는 섬에서 절망하여 보낼 때 새끼 사슴을 발견하고 사슴과 함께 지냅니다. 그녀는 인적도 없는 곳에서 만난 사슴들인지라 친구를 만난 것 같은 기분으로 함께 지냈습니다. 때때로 남편과 아이들, 지난 일들 이 떠올랐지만, 새끼 사슴뿐만 아니라 어미 사슴까지도 유난히 그녀를 따랐으므로 일생을 여기서 보낼까 생각하기도 했습니다. 이렇게 지내는 동안 우아했던 귀부인도 야생의 동물처럼 변했습니다. 그렇게 몇 달이 지난 어느 날 그녀처럼 폭풍을 만나 밀려온 피사의 작은 배 한 척이 그곳에 왔습니다.

이 배엔 말레스피니 후작 집안의 쿠르라도라는 귀족과 여자이지만 용감하고 신앙심도 두터운 그의 아내가 타고 있었습니다. 두 사람은 폴리아 왕국의 성지를 모두 순례하고 집으로 돌아가던 중이었습니다.

어느 날 쿠르라도는 울적한 마음을 달래려고 아내와 함께 섬 안쪽으로 산책하러 나갔습니다. 부부가 산책하는 도중에 베리톨라 부인이 사는 동굴에서 멀지 않은 곳을 지나던 개들이 풀을 뜯던 새끼 사슴 두 마리를 발견하고는 쫓기 시작했습니다. 개들에게 쫓긴 새끼 사슴은 달아날 곳이 없으므로 베리톨라 부인이 있는 동굴로 도망쳐 들어왔습니다. 개들을 뒤따라왔던 쿠르라도 부부는 햇볕에 까맣게 타고 더부룩한 머리에 뼈만 남은 그녀를 보고 깜짝 놀랐습니다. 쿠르라도는 부인의 간청으로 개를 쫓아버리고는 부인은 어떤 사람이며 왜 여기에 있는지를 정중하게 물었습니다. 그녀는 자기에게 닥쳤던 일이며, 자기가 누구라는 것, 이제 이곳에서 살기로 결심했다는 이야기를 했습니다. 쿠르라도는 아르리게토 카페체, 즉 그녀의 남편을 잘 알고 있었으며, 눈물을 흘리며 동정하고 결심을 바꾸어 자기 집으로 갈 것을 권했습니다. 그녀는 얼굴이 알려진 곳에는 가고 싶지 않으며, 아는 사람이 없는 이곳을 떠나고 싶지 않다고 말했습니다. 어렵게 베리톨라 부인을 설득한 부부는 날씨가 좋아지자 자신들의 배에 부인을 태우고 항해했습니다. 때마침 순풍을 만난 배는 마그라 강어귀에 이르러 무사히 쿠르라도의 저택에 도착했습니다. 그 뒤 베리톨라 부인은 미망인처럼 검은 옷을 입고 정직하고 온순하게 쿠르라도 부인을 모셨습니다. 낙이라면 사슴들에게 먹이를 주며 귀여워하는 것뿐이었습니다.

베리톨라와 사슴_ 섬에서 혼자 있게 된 부인이 사슴을 자식 삼아 보내는 장면이다. **브루넬레 스키의 작품.**

　한편, 폰초 섬에서 베리톨라 부인이 타고 있던 배를 약탈하여 달아 난 해적들은 사로잡은 사람 모두를 데리고 제노바에 닿았습니다. 이곳 에서 약탈품을 분배했는데, 우연히도 다른 물품과 함께 베리톨라 부인 의 유모와 두 아이는 과스파르리노 도리아란 사람의 손에 넘어갔고, 이 사람은 노예처럼 부려먹으려고 그들을 자기집으로 보냈습니다. 유모 는 주인을 잃은 슬픔과 함께 자신과 두 아이가 당한 비참한 운명을 슬 퍼하며 눈물을 흘렸지만 소용이 없음을 알고 정신을 차렸습니다. 그녀 는 두 아이를 거느린 노예 처지가 되었음을 깨달았습니다. 그녀는 현 명했으므로 앞으로 어떻게 하면 좋을지를 곰곰이 생각했습니다. 그녀 는 자신의 처지를 생각하고 두 아이의 근본이 발각되면 엄청나게 곤란 을 당할 것으로 판단했습니다. 그래서 자신의 아이로 키우기로 결심하 고 큰 아이의 이름을 잔노토 디 프로치다로 바꾸고 둘째 아이의 이름

사슴을 돌보는 베리톨라_ 프레드릭 레이튼의 작품.

은 바꾸지 않았습니다. 이렇게 신분이 바뀐 두 아이는 해진 신발을 신고 형편없는 옷을 입고 온종일 잔심부름을 해야 했습니다. 형제는 과스파르리노의 집안에서 몇 년을 그렇게 참고 살았습니다. 잔노토는 열여섯 살이 되자 하인배에게서는 볼 수 없는 기품이 보이고 비천한 하인 노릇이 싫어서 그 집을 떠나 알렉산드리아로 가는 갤리선을 탔습니다. 그리고 여기저기 많은 곳을 돌아다녀 보았지만 조금도 나아지지 않았습니다. 잔노토는 이곳저곳을 떠돌다가 루니지아나에 다다랐습니다. 그는 우연하게도 쿠르라도 말레스피니의 집에서 칭찬을 받으며 일하게 되었습니다. 잔노토가 쿠르라도 집안에서 일하고 있을 때 스피나란 이 집 딸이 남편과 사별하고 친정으로 돌아왔습니다. 그녀는 매우 귀엽고 아름다운 아가씨로 열여섯을 조금 지난 나이였습니다. 그녀는 잔노토를 가만히 쳐다보기도 하고 잔노토도 그녀의 시선을 바라볼 때가 있었습니다. 그러다가 두 사람은 깊은 사랑에 빠졌습니다. 이런 사랑이 언제까지나 비밀을 유지할 수는 없었습니다. 잔노토는 쿠르라도에게 사랑의 행각이 발각되어 따로따로 가두고 엄중히 감시를 받는 처지가 되었습니다. 이렇게 잔노토와 스피나가 쿠르라도에게 잊힌 듯 슬픈 생활을 거듭하는 가운데 1년이 지났을 때입니다. 피에로 디 라오나 왕이 잔니 디 프로치다와 밀약하여 시칠리아 섬에서 반란을 일으켜 샤를르 왕으로부터 섬을 탈취한 사건이 벌어졌습니다. 기벨리니당(황제당)이었던 쿠르라도는 크게 기뻐했습니다.

이 이야기를 들은 잔노토가 "아아! 슬프도다. 난 그렇게 되기만을 기다리면서 비참한 생활로 14년을 보냈는데 이렇게 갇혀 있으니 아무 소용 없게 되었다"라며 신세한탄 하는 소리를 하인이 들었습니다. 하인이 하도 어이가 없어 너 같은 녀석이 나랏일을 알면 얼마나 아느냐고 핀잔을 주자 잔노토는 가슴속에 품었던 말을 하인에게 마구 퍼부었습니다.

"이제는 남에게도 밝힐 수 있습니다. 그것이 밝혀지면 제 신변에 위험이 닥칠까 봐 입다물고 있었지만, 제 아버지의 이름은 아르리게토 카페체, 살아 계신다면 아직도 그렇게 불리실 겁니다. 제 이름은 잔노토가 아리라 주스프레디입니다."

그의 말을 들은 하인은 더 들으려고 하지도 않고 즉시 쿠르라도에게 그 이야기를 했습니다. 쿠르라도는 하인 앞에서는 무관심한 척했지만, 곧 베리톨라 부인에게 찾아갔습니다. 그는 반가운 표정으로 웃으면서 부인과 아르리게토와의 사이에 주스프레디라는 이름의 사내아이가 있느냐고 물었습니다.

부인은 눈물을 흘리면서 두 아이 중 맏이의 이름이라고 대답하며 살아 있다면 올해 스물네 살이 된다고 했습니다. 그 이야기를 듣고 쿠르라도는 그 청년이 틀림없다고 생각했습니다. 쿠르라도는 그 청년을 딸과 결혼시킨다면 그들에게 크게 자비를 베풀 뿐 아니라 자신이나 딸의 수치도 함께 없어질 것이라고 생각했습니다.

그는 은밀히 잔노토를 불러 과거를 낱낱이 캐물었습니다. 그 청년이 아르리게토 카페체의 아들인 주스프레디가 틀림없음을 알고 이렇게 말했습니다.

"잔노토, 네가 내 딸에게 한 짓이 나에게 얼마나 심한 모욕이었는지 알 것이다. 이 집에서 일하는 동안 너를 특별히 사랑했고 친절하게 해 주었으니 하인의 직분을 지켜 내 명예를 중히 여기고 언제나 나를 위해 일해야 하지 않았느냐? 내가 아닌 다른 사람에게 그런 짓을 했다면 그 사람은 인정사정없이 너를 사형에 처했을 것이다. 그런데 네가 말하는 대로 고귀한 집안의 태생임을 알게 되었으니 네가 바라는 대로 현재의 비참한 환경에서 너를 구해주려고 하며, 동시에 나와 너의 명예도 회복되었으면 한다. 네가 사랑한 스피나는 미망인이지만 막대한 지참금을 가지고 있다. 너는 딸의 인품이 어떤지 또 그 부모에 대해서도 잘 알고 있을 것이다. 나는 너의 현재 처지에 대해서 아무 말도 하지 않겠다. 그러니 네가 그럴 생각이라면 너에게는 남부럽기 짝이 없는 정부였던 내 딸을 떳떳한 아내로 맞도록 해주고 싶다. 그렇게 너는 내 자식이 되어 나와 내 딸과 함께 있고 싶을 때까지 마음대로 살게 하고 싶다."

잔노토는 쿠르라도에게 자신은 지배욕이나 금전욕 그 어떤 이유에서도 목숨이나 재산을 노린 적이 없으며 오로지 딸만을 사랑했다고 고백했습니다. 잔노토는 스피나를 매우 사랑하므로 그녀를 사랑할수록 언제까지나 쿠르라도를 아버지처럼 존경하고 사랑하겠노라고 했습니다.

쿠르라도는 그의 훌륭한 이야기를 듣고 놀랐습니다. 그는 숭고한 정신과 딸에 대한 애정을 품고 있는 잔노토의 진심을 알고 더욱 친밀감을 느꼈습니다. 그는 일어나 주저 없이 그를 끌어안고 입을 맞추고 곧 스피나를 데려오도록 하인에게 명령했습니다.

쿠르라도는 딸과 사위의 건강이 회복된 것을 알자 훌륭한 의상을 주스프레디에게 입히고는 물었습니다.

"자네가 여기서 어머님을 뵙게 된다면 기쁨 위에 기쁨을 더하는 셈이 되겠군."

주스프레디는 어렵게 지나온 날들을 회상하며 회한에 젖은 표정으로 대답했습니다.

"그토록 슬프고 비참한 나날 속에 어머님께서 살아 계시리라고는 도저히 믿기지 않습니다. 살아 계신다면 그 뜻을 따라 저는 시칠리아에서 본래의 지위를 되찾을 수 있으니 그토록 기쁜 일은 없을 겁니다."

쿠르라도는 그 자리에 자신의 부인과 베리톨라 부인을 오게 했습니다. 두 부인은 진심으로 신부를 축하했지만, 어째서 그가 잔노토와 딸을 결혼시키도록 선한 생각을 하게 되었는지 적잖이 놀랐습니다.

베리톨라 부인은 쿠르라도의 말을 생각하며 주스프레디를 가만히 쳐다보았습니다. 신비한 힘이 우러나며 어렸을 때의 아들 모습이 아무런 설명도 없이 떠올랐습니다. 그녀는 두 팔을 벌리고 달려가 아들의 목을 끌어안았습니다.

두 사람은 주위 사람들도 잊고 즐거움과 반가움에 찬 인사를 주고받았고, 주위 사람들도 기쁨과 축하의 말을 해주었습니다. 두 사람의 이야기는 지금까지 겪은 일들을 주고받느라 그칠 줄 몰랐습니다. 쿠르라도는 자신이 맺어준 혼인을 매우 기뻐하며 친구들에게도 알리고 성대한 피로연을 열기 위해 여러 가지 분부를 내렸습니다. 그러자 주스프레디는 쿠르라도에게 진심으로 감사의 말을 전했습니다.

"쿠르라도 님, 여러 가지로 저와 어머니를 기쁘게 해주신 은혜, 평생을 갚아도 못 갚을 것입니다. 다만 부탁하고 싶은 것은 동생을 불러 주셔서 저의 어머님이나 저에게 다시없는 즐거움을 만들어 주셨으면 합니다. 동생은 우리를 납치했던 과스파르리노 도리아의 집에서 노예로 일하고 있습니다. 또 하나, 시칠리아에 사람을 보내어 그곳 상황을 자세히 알았으면 합니다. 저의 아버지가 살아 계시는지 아니면 돌아가셨는지도 알았으면 합니다. 살아 계신다면 어떤 처지가 되었는지, 그밖에 자세한 것을 알 수 있도록 해주시지 않겠습니까?"

쿠르라도는 주스프레디의 청을 쾌히 받아들여 믿을 수 있는 사람을 즉시 제노바와 시칠리아로 파견했습니다. 제노바에 간 사람은 과스파르리노를 만나 쿠르라도가 주스프레디와 그 어머니를 위해 어떻게 했는가를 설명하고 스카차토와 유모를 돌려보내 줄 것을 부탁했습니다. 과스파르리노는 쿠르라도의 요청을 흔쾌히 수락했습니다. 과스파르리노는 빈틈이 없는 사람이었으므로 사방으로 손을 써서 그간의 사정을

아들과 만나는 베리톨라_ 노예로 팔려간 아들을 극적으로 만나는 장면이다.

조사해 보았습니다. 그가 조사하면 조사할수록 그 이야기는 신용할 수 있는 사실임을 알자, 그는 스카차토에게 엄청나게 대우가 나빴던 것을 부끄럽게 생각하고, 또 쿠르라도가 어떤 사람인가를 알게 되면서 마음이 점점 불안해졌습니다.

그는 생각 끝에 열한 살인 딸에게 막대한 지참금을 붙여 스카차토에게 시집보내기로 결심했습니다. 그의 딸은 매우 아름다웠습니다. 과스파르리노는 호화로운 축하연을 베풀어 그들을 대접하고 스카차토와 유모, 자기 딸을 무장한 갤리선에 태워서 루니지아나로 보냈습니다. 그들은 쿠르라도의 영접을 받으며 모두 쿠르라도의 저택에 왔습니다. 그 저택에서 멀지 않은 곳에는 이미 큰 잔치가 벌어지고 있었습니다. 둘째 아들까지 다시 만난 어머니의 기쁨은 얼마나 컸겠습니까? 또 형제의 기쁨, 충실한 유모에 대한 세 사람의 감사와 반가움, 염려해 준 모든 사람에 대한 고마움과 기쁨이 한데 엉켜 어떤 잔치가 벌어졌을지는 여러분의 상상에 맡기겠습니다.

알라티엘의 이야기

에밀리아의 슬픈 이야기가 끝나고, 여왕은 다음 차례로 팜필로에게 이야기를 명했습니다.

우리는 무엇이 분수에 맞는 일인지 좀처럼 알 수 없습니다. 이따금 목격하는 일입니다만, 부자가 되면 아무 걱정 없이 안락한 생활을 할 줄 알고 하느님께 넉살 좋은 기원을 드릴 뿐 아니라, 어떤 고생도 위험도 거들떠보지 않고 부자가 되려고만 애쓰곤 합니다.

그런데 부자가 되고 나면 부자가 되기 전에 사랑했던 사람들이 막대한 유산을 노리게 되고 그들에게 살해되는 위험한 일들이 있었습니다.

제가 하려는 이야기는, 남자는 여러 가지 일에 욕망을 품고 죄를 짓는 반면 여성은 한 가지, 즉 아름다워지려는 욕망 때문에 커다란 죄를 저지를 수 있다는 겁니다. 그래서 어느 사라센 여인이 아름다움 때문에 얼마나 불행해졌는지, 다시 말해 미모 때문에 4년 동안 남편이 아홉 명 바뀐 기구한 사연을 이야기를 하려 합니다.

오래된 옛날, 바빌로니아에 베미네다브라 술탄이 있었습니다. 그는 자기 뜻대로 되지 않은 일이 하나도 없었다는 절대 권력의 왕이었습니다. 그에게는 자녀가 많았는데 그중에서도 알라티엘 공주는 매우

알라티엘_ 바빌로니아의 공주였다. 어마어마하게 아름다운 것으로 유명했던 그녀가 4년 동안 남편이 아홉 명 바뀐 기구한 사연의 이야기이다. **프레드릭 레이튼의 작품.**

아름다워 그녀를 본 사람들은 온 세상을 찾아봐도 공주만 한 아름다운 여인은 없다고 칭송했습니다.

그의 나라에 아라비아의 대군이 공격해 와서 나라가 풍전등화의 위기에 몰렸습니다. 가르보의 왕이 군대를 보내 아라비아 대군을 물리쳐 바빌로니아를 구해주었습니다. 이에 베미네다브라 술탄은 고마움에 감사하기 위해 알라티엘 공주를 가르보의 왕에게 시집보내려고 배에 태웠습니다.

알라티엘 공주가 탄 배는 바다를 건너다 폭풍에 휘말려 난파되고 말았습니다. 힘 있는 남자들은 작은 배로 탈출하려고 서로 싸우다가 죽고 공주와 시녀들만 배에 남아 있다가 어느 섬에 닿았습니다. 그곳에서 한 귀족이 공주를 발견하는데, 그는 페리콘 다 비살고라라는 이름의 귀족으로 공주와 말도 통하지 않았지만, 그녀의 미모와 기품에 반해 사랑에 빠지고 말았습니다.

페리콘은 다부지고 건장했습니다. 그가 며칠 동안 뒷바라지하자 공주는 더욱 빛났습니다. 페리콘은 그녀의 신분도 모른 채 미모에 끌려 사랑이 담긴 온갖 소통을 해 보이면서 그녀가 저항하지 않고 자기 뜻을 받아들이도록 애썼으나 효과가 없었습니다. 페리콘의 정열은 더욱 뜨거워졌습니다. 아무리 그녀를 설득해도 헛일이라는 것을 알고는 계책을 써서라도 그녀를 소유하려 했습니다.

그런데 공주가 이슬람교를 믿는 종교상의 법도로 포도주를 마시진 않지만, 포도주를 매우 좋아한다는 것을 알게 되었습니다. 그리스도교인 페리콘은 어느 날 밤 음식을 차려 성대한 연회를 베풀었으며, 공주도 초대했습니다. 페리콘은 산해진미로 공주를 대접하면서 회심의 카드로 포도주를 건넸습니다.

페리콘의 속셈을 알 리 없는 공주는 달콤한 포도주를 지나치게 마셨

공주에게 포도주를 주는 페리콘_ 페리콘이 공주를 손에 넣기 위해 연회를 열어 포도주로 취하게 하는 장면이다. **중세 필사본 그림.**

습니다. 그런 까닭으로 지금까지의 불행도 잊고 아주 명랑해져서, 여자 몇이 마조르카풍의 춤을 추는 것을 보더니 자기도 알렉산드리아풍의 춤을 추었습니다. 그 모습을 본 페리콘은 이제 자기의 희망이 이루어지게 되었다고 생각하고 공주에게 계속 포도주를 권했습니다. 마침내 초대 손님들이 모두 돌아가고 공주를 안내하여 침실로 들어갔습니다. 공주는 술에 취해 페리콘의 존재를 잊고는 그가 시녀라고 여기고는 조금도 부끄러워하는 기색 없이 옷을 훌훌 벗고 대리석 같은 몸매를 자랑하듯 뽐내더니 침대에 누웠습니다.

페리콘도 곧 그녀의 뒤를 따랐습니다. 불을 끄고 반대쪽에서 그녀 곁에 기어들어 누웠습니다. 그녀를 껴안고는 아무런 저항도 받지 않고 사랑의 즐거움을 만끽했습니다.

공주는 '남자가 어떤 뿔 같은 것으로 여자를 찌른다는 것'을 모르다가 그 쾌락을 맛본 이후 적극적으로 남자를 탐닉하는 지경에 이르렀습니다.

페리콘에게는 마라토라는 잘생긴 동생이 있었습니다. 마라토는 공주를 보자 사랑의 포로가 되었습니다. 그녀의 몸짓이 자기에게 매우 호의적이라고 혼자 판단했습니다. 형만 없다면 자기의 사랑을 방해하는 것은 아무것도 없다고 생각하고 잔인한 계획을 세웠습니다.

때마침 이 항구 도시에 배 한 척이 들어와 있었습니다. 그 배는 상품을 싣고 로마냐의 키아렌차로 가는 길이었으며, 선주는 두 사람의 젊은 제노바 사람이었습니다. 마침 순풍이 불어 돛을 올려 출항을 앞둔 때였습니다.

마라토는 은밀히 선주들과 의논해서 그날 밤 자기와 공주를 태워 달라고 부탁했습니다. 밤이 되자 마라토는 부하들을 데리고 페리콘의 침실로 숨어들었습니다. 침실은 페리콘과 공주의 사랑의 절정으로 치달아 온통 신음 소리로 가득했습니다. 이어 페리콘이 깊은 잠에 빠져들자 마라토의 부하들은 침대를 급습하여 페리콘을 죽이고 울부짖는 공주를 협박해 갖은 귀중품과 함께 그녀를 납치하여 배로 데려갔습니다.

마라토가 부하들을 보내고 공주와 함께 오르자 배는 순풍에 돛을 달고 떠나갔습니다.

공주는 한 번이 아니라 두 번이나 이런 불행을 당하고 매우 슬퍼했습니다. 낙심하는 공주를 달래며 마라토는 하느님이 주신 기회를 놓치지 않으려 했습니다. 잘생긴 그의 노력에 공주도 마음이 풀렸습니다. 그리고 뜨거운 마라토의 구애를 받아들이며 두 사람은 배안에서 한 몸이 되었습니다. 공주가 젊은 마라토의 사랑을 받아들여 페리콘을 잊어 갈 때에 그녀에게 새로운 불행이 다가왔습니다.

그녀의 **빼어난** 미모에 선주 두 사람이 반하고 말았습니다. 다른 것은 모두 집어치우고 그녀에게만 봉사하며 마라토가 눈치채지 않게 그녀의 마음을 사로잡으려고 안간힘을 썼습니다. 하지만 마라토의 매서운 감시 속에 두 사람은 가슴만 태우고 말았습니다. 두 사람은 눈엣가시 같은 마라토를 없애기로 했습니다.

두 사람은 어느 날 밤 돛을 활짝 펴서 배가 전속력으로 달리게 했습니다. 마라토는 그들이 자기를 노리고 있다는 사실을 깨닫지 못했습니다. 선주 두 사람은 눈 깜짝할 사이에 그를 바다로 던졌습니다.

공주는 마라토가 바다에 **빠져** 죽었다는 사실을 알고는 슬픔에 잠겼습니다. 계획된 대로 두 사람은 때를 놓치지 않고 달려와서 공주를 위로하고 달랬습니다. 뜻은 통하지 않았지만 오래도록 위로하는 동안 그녀의 기분은 간신히 진정되었습니다.

그런데 이번에는 두 사람이 먼저 그녀를 차지하겠다고 어리석은 싸움을 벌였습니다. 거친말이 오가더니 어느새 맞잡고 밀고 당기는 싸움으로 변하고, 노여움이 절정에 이르러 칼을 들고 격투를 벌이는 지경에 이르렀습니다. 칼과 칼이 부딪치는 결투 끝에 한 사람이 목숨을 잃고 말았습니다.

우여곡절 끝에 중상을 입은 선주는 공주를 차지하게 되었습니다. 공주는 공포의 배로 변한 분위기에서 중상을 입은 선주의 손길을 뿌리치지 못했습니다. 피를 본 그의 손길이 무슨 일을 벌일지 몰라 몸을 허락하고 말았습니다.

키아렌차에 도착하자 공주는 중상을 입은 선주와 어느 여관에 들어갔습니다. 그러자 순식간에 그녀의 아름다움이 온 마을의 화제가 되었습니다. 그곳에 머물던 모레아의 영주도 그녀의 아름다움에 대한 소문을 들었습니다.

슬픔에 젖은 알라티엘_자신의 기구한 운명에 낙심하여 슬픔에 잠긴 모습을 묘사한 그림이다. **프레 드릭 레이튼의 작품.**

영주가 찾아가 보니 공주는 대단한 미녀라 그만 모든 것을 잊고 사랑에 푹 빠지고 말았습니다. 이것을 알게 된 선주의 친척들은 자신들의 안위를 위해서 공주를 영주에게 바쳤습니다. 영주는 기뻐하면서 그녀를 받아들였습니다. 공주 또한 큰 위난을 면하게 된 줄 알고 기뻐했습니다.

영주가 그녀를 가만히 훑어보니 아름다울 뿐만 아니라 왕가의 기품마저 느껴져 정부가 아닌 정실처럼 대우했습니다. 공주도 불행의 굴레에서 벗어난 듯 명랑해졌고 기쁜 마음으로 영주의 여자가 되었습니다.

영주는 공주와 사랑을 나누며 즐거운 생활을 했습니다. 그 소문을 들은 영주의 친척이자 친구인 아테네 공작이 공주를 한번 보러 가야겠다고 생각했습니다. 전에도 여러 번 있었던 일이지만 그를 방문한다면서 수많은 하인을 거느리고 키아렌차에 왔습니다. 키아렌차에 도착한 아테네 공작은 영주가 베푸는 성대한 환영을 받았습니다. 그들의 이야기가 마침 공주의 아름다움으로 옮겨졌을 때 아테네 공작이 공주의 미모에 대한 소문을 물었습니다.

"소문 이상이라네, 나는 하루도 거르지 않고 그녀의 아름다움에 빠져 늦게 일어난다오. 자네가 직접 그녀의 미모를 확인해 보게나."

이렇게 대답하고 영주는 아테네 공작을 재촉하여 공주가 있는 곳으로 갔습니다. 그녀 쪽에서도 두 사람이 온다는 것을 알고는 치장하고 정숙한 모습으로 미소를 보내며 맞이했습니다. 아테네 공작은 공주를 보자마자 가슴이 쿵쾅거렸습니다. 그는 공주와 같은 아름다운 여인을 본 적이 없었습니다. 하지만 말이 통하지 않았기 때문에 그녀와 즐겁게 이야기를 나눌 수 없었습니다. 계속 그녀를 응시하는 동안에 자기의 운이 독을 품은 사랑을 마시고 있다는 것을 깨닫지 못했습니다. 그녀를 바라보면 욕망이 채워질 줄 알았으나 실은 그녀에 대한 사랑에 미쳐서 자신이 비참한 시련의 함정에 점점 **빠져**들었던 것입니다.

자리에서 나온 아테네 공작은 생각에 잠길 여유가 생기자 그렇게 아름다운 사람을 자기의 즐거움으로 삼는 영주는 얼마나 행복한 인간인지 모르겠다고 질투하여 어떻게 되든 그에게서 이 행복을 **빼앗아** 자기의 행복으로 만들자고 결심했습니다.

아테네 공작은 영주의 측근인 하인을 포섭하여 무장하고는 침실로 숨어들었습니다. 공주는 알몸인 채 깊은 잠에 **빠져** 있었으나, 영주는 조금 전 그녀와 격렬한 사랑을 나누어서 더웠는지 알몸 상태로 창가에 서서 바람을 맞고 있었습니다. 영주가 신뢰하는 하인이 다가오자 의심도 없이 그를 맞이했습니다. 하인은 영주의 옆구리를 반대쪽으로 칼끝이 쑥 나올 만큼 힘껏 찔렀습니다. 영주는 한마디도 못하고 죽고 말았습니다. 이때 아테네 공작이 나타나 영주를 죽인 하인의 목을 졸라 죽였습니다.

모든 일을 마친 공작은 공주를 납치하고자 침대로 갔습니다. 그는 등불을 들고 침대를 비춰 세상 모르게 자는 공주의 알몸을 보고는 자신도 모르게 신음 소리를 냈습니다. 실오라기 하나 걸치지 않은 아름다운 육체는 옷을 입었을 때의 몇 배 이상으로 그를 황홀경으로 몰아넣었습니다. 그는 그녀의 아름다움에 살인을 저지른 일을 후회하지 않았습니다. 그는 손에 피를 묻힌 채 그녀의 옆에 누웠습니다. 그리고 꿈결처럼 자기를 영주인 줄 아는 그녀를 끌어안았습니다. 아테네 공작은 그녀와 격렬한 쾌락을 즐기다가 일어나서 하인들을 불러 그녀의 입을 막게 하고는 들어온 비밀 문으로 그녀를 납치하여 갔습니다.

아테네 공작은 아내가 있었으므로 아테네로 가지 않고 아테네와 떨어진 별장으로 갔습니다. 공주는 또다시 깊은 슬픔에 잠겼습니다.

한편, 이튿날 아침 한 미치광이가 목 졸려 죽은 영주의 하인 시체를

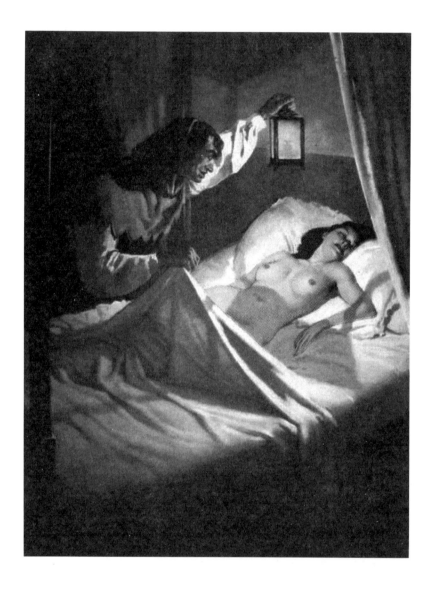

알라티엘 공주를 겁탈하려는 아테네 공작_ 아테네 공작은 하인을 포섭하여 침실에 잠입해서 하인이 영주의 옆구리를 관통할 만큼 깊숙이 칼로 찔러 암살하게 한 뒤, 그 하인마저 목 졸라 죽이고 시체를 없앤다. 공작은 알라티엘 공주의 벗은 모습을 보고 감탄하여, 피를 묻힌 채 알라티엘 공주 곁에 눕는다. 알라티엘 공주는 잠결에 그가 영주라고 착각했으므로 두 사람은 밤새 쾌락을 누린다. **지노 보카실레의 작품.**

찾아서 목에 걸린 줄을 끌고 시내를 돌아다녔습니다. 사람들은 놀라서 미치광이를 조사하다가 영주가 암살당했음을 알게 되었습니다. 사람들은 갑자기 도주한 공작이 수상하다고 생각하여 영주의 원수를 갚겠다고 전쟁을 일으켰습니다.

아테네 공작은 원군을 불렀는데 그중에는 처남인 동로마(비잔틴) 제국의 황태자 콘스탄티누스와 조카 마노벨루스가 대군을 이끌고 매형을 돕기 위해 왔습니다. 아테네 공작의 부인이 그의 누이였습니다. 사태가 심상치 않게 돌아가 어느새 결전의 날이 다가오자 공작의 부인은 기회를 보아 두 사람을 불러 눈물을 흘리며 이 전쟁이 벌어진 이유를 말했습니다. 아테네 공작이 숨겨 놓고 밀회를 즐기며 첩에게만 빠져 있어서 부인이 상심한 것을 알게 되었습니다.

두 왕족은 진작부터 그 여자가 절세미인이라는 말을 들었으므로 한번 보고 싶다는 생각에 공작에게 소개해 달라고 부탁했습니다. 아테네 공작은 정원에 훌륭한 음식을 차리게 하고 다음날 아침 신하 몇몇과 함께 이들을 초대했습니다.

그녀 옆에 앉은 콘스탄티누스 황태자는 이토록 아름다운 여성을 본 적이 없어 눈이 휘둥그레져서 줄곧 그녀만 바라보았는데 속으로는 이처럼 아리따운 미녀이니 공작이 친구를 배신하고 일을 저지를 만하다고 생각했습니다.

황태자는 전쟁터의 지휘를 마르벨루스에게 맡기고 자신은 수치스러움에 빠진 누나를 위해서라는 명분을 내세워 알라티엘 공주를 납치했습니다. 아름다운 공주는 날마다 자기의 불행만 슬퍼하고 있었습니다. 이렇게 낙심하는 공주를 황태자는 끔찍이 위해 주었고 또다시 운명처럼 찾아온 기회를 기쁨으로 알자며 황태자에게 몸을 허락했습니다.

황태자는 전쟁 중에 여자와 함께 도주한 것 때문에 황제에게 꾸중을 들을까 봐 키오스의 외딴곳에서 공주와 함께 쾌락을 누리며 지냈습니다. 황태자가 키오스에서 여자에게만 빠진 채 홀로 있다는 소식은 동로마 제국과 적대 관계이던 터키의 술탄 오스베크의 귀에도 들어갔습니다. 호기심 많은 터키의 술탄은 동로마의 황태자가 있는 곳을 급습하여 그 부하들을 죽이고 전리품을 챙겨 스미르나로 돌아왔습니다.

돌아와서 전리품을 조사하다가 오스베크 술탄은 아름다운 그녀를 발견했습니다. 그는 침대에서 자다가 사로잡힌 콘스탄티누스 황태자의 그 소문난 미녀가 틀림없다고 생각하고는 그녀를 전리품으로 얻게 되어 무척 기뻤습니다. 주저 없이 그녀를 아내로 삼아 성대한 결혼식을 올렸으며 몇 달 동안 쾌락을 즐겼습니다.

이런 사건이 일어나기 전 동로마 제국의 황제는 카파도치아의 밧사노 왕과 협정을 맺어 터키를 협공하자고 했으나 밧사노 왕이 내세운 몇 가지 안이 마음에 들지 않아 합의를 보지 못했습니다. 그러나 황태자에게 일어난 사건을 듣고 슬퍼한 황제는 밧사노 왕이 제안한 요구를 들어주며 조약을 맺어 터키를 공격하였습니다.

오스베크 술탄은 이 소식을 듣고 군대를 집결시켜 밧사노 왕이 쳐들어오는 국경으로 나가 은폐하여 공격하는 전략을 짰습니다. 오스베크 술탄은 충실한 부하이며 친구인 안티쿠오스를 공주의 감시자로 남겨 두고 전쟁터로 떠났습니다. 오스베크 술탄은 전사하고 말았습니다. 그의 군대도 전멸당하고 밧사노 왕은 승리의 깃발을 세우고 스미르나로 진격했습니다.

공주를 감시하기 위해서 남은 안티쿠오스는 공주의 말을 알아듣는 자였습니다. 공주는 오랜만에 고국의 말을 쓰는 안티쿠오스를 만나자 친구를 만난 것처럼 대했습니다. 하지만 안티쿠오스마저 그녀의 아름다움에 빠져 나잇값도 못하고 그녀를 사모하게 되었습니다. 그는 연정

알라티엘 공주와 황태자_ 알라티엘 공주는 여러 남편을 만났으며 제국의 황태자를 만나 행복할 것 같았지만 불행은 끝나지 않았다.

에 못 이겨 주군의 부탁을 외면하고 배신의 사랑에 **빠졌습니다.** 결국, 두 사람은 술탄이 전사한 것을 알고는 욕정의 포로가 되고 말았습니다.

밧사노 왕이 군대를 이끌고 이곳으로 오고 있다는 전갈에 안티쿠오스는 그녀를 데리고 도피하였습니다. 그들은 로데스에 정착한 지 얼마 되지 않아 안티쿠오스가 병에 걸리고 말았습니다. 마침 사이프러스의 상인이 함께 유숙하고 있었는데 안티쿠오스는 그를 무척 아껴주었습니다.

안티쿠오스는 임종을 앞두고 공주와 상인을 불렀습니다.

"당신이 나를 잊지만 않는다면 나는 저승에서 자연이 만들어낸 최고의 미녀에게 사랑을 받았다고 자랑할 수 있을 것이오."

안티쿠오스는 상인에게 공주의 신변을 부탁했습니다. 공주와 상인은 눈물을 흘리며 그의 죽음을 바라본 다음에 고이 묻어주었습니다.

며칠이 지나서 사이프러스의 상인은 로데스의 일을 마치고 카달로니아의 화물선을 타고 사이프러스 섬으로 돌아갈 생각을 하고, 자기는 사이프러스로 돌아가 볼일이 있는데, 부인은 어떻게 하겠느냐고 물었습니다.

그녀는 안티쿠오스의 사랑을 받았으니 누이동생으로 대해달라고 부탁하면서 데려가 줄 수 없느냐고 말했습니다. 상인은 그것이 가장 좋은 길이라고 생각한다고 대답했습니다. 그리고 사이프러스에 도착할 때까지 주변의 이목을 피하려고 사람들에게 내외간이라고 말해 두었습니다. 남들에게 이상하게 보이지 않으려고 뱃머리의 좁은 침대에 함께 누웠습니다. 그 때문에 로데스를 떠날 땐 생각지도 않은 일이 벌어지고 말았습니다. 두 사람은 사이프러스 섬에 도착하기 전에 정욕이 일어 몸을 섞고 말았습니다. 공주는 사이프러스 섬의 바파에서 상인과 함께 살게 되었습니다.

어느 날 안티고누스라는 귀족이 볼일이 있어서 바파에 왔습니다. 이 사람은 나이도 지긋하고 매우 사려 깊지만 부자는 아니었습니다. 그래서 사이프러스 왕을 섬기며 여러 가지 바쁜 일에 종사하지만 운이 따라주지 않았습니다.

그는 공주가 살고 있는 집 앞을 지나가게 되었습니다. 상인은 아르마니아에 가서 집에 없었고 그녀가 창가에 나와 있다가 서로 눈이 마주쳤습니다. 안티고누스는 아름다운 그녀의 얼굴을 보는 순간 한 번 만난 적이 있는 여자 같다는 생각이 들었으나 도무지 머리에 떠오르지 않았습니다.

공주는 안티고누스를 보자 그가 알렉산드리아에서 아버지를 섬기던 신하라는 것을 한눈에 알아보았습니다. 그와 의논하면 자기 나라로 돌아갈 수 있을지도 모르겠다고 생각하고 그에게 물었습니다.

"파마고스타의 안티고누스 님이 아니십니까?"

안티고누스는 "그렇습니다" 하고 대답하고는 덧붙였습니다.

"부인, 저는 부인을 본 듯한데 어디서 뵈었는지 생각이 안 나는군요. 상관없으시다면 누구신지 생각나게 해주시지 않겠습니까?"

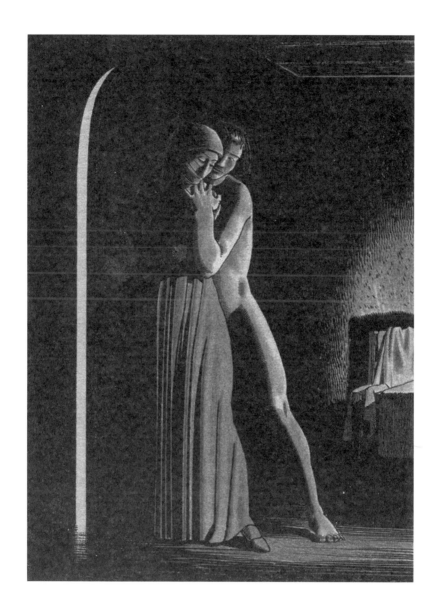

배의 선실에서 정사_알라티엘 공주는 술탄의 신하와 관계를 맺고 그가 죽자 그를 도왔던 사이프러스의 상인과 부부로 가장하여 화물선의 작은 방에 머물며 도망치려다 그곳에서 서로가 욕망이 일어 뜨거운 관계가 되는 장면이다.

공주는 그가 안티고누스라는 것을 확신하고는 목에 매달려 울음을 터뜨렸습니다. 이때서야 안티고누스는 바다에 빠져 죽은 줄 알고 있던 알라티엘 공주라는 것을 알아차렸습니다.

공주는 그간의 기구한 일들을 사실대로 이야기했습니다.

"지금까지 내가 보낸 비참한 생활을 생각하면 차라리 바다에 빠져 죽는 편이 나았을 거예요. 아버님께서 아시면 역시 똑같은 생각을 하실 거예요. 내가 그전 신분으로 돌아갈 방법이 있다면 말씀해 주세요. 없거든 나를 만났다는 말은 아무에게도 하지 말아 주세요. 또 내가 하는 이야기도 누구에게도 절대 말하지 마세요."

이야기를 들은 안티고누스는 한참 생각하더니 방법이 있다고 말했습니다. 지금까지 공주가 신분을 감쪽같이 숨겼으므로 다시 회복할 수 있다고 말이죠. 그리고 즉시 파마고스타로 돌아가 키프로스 왕에게 말했습니다.

"실은 꽤 오래전에 바다에서 익사했다고 소문났던 술탄의 젊고 아름다운 공주께서 살아 있습니다. 공주님은 정조를 지키고자 무척 고생하셨는데, 가엾은 처지에 놓여 부왕 곁으로 돌아가고 싶어 하십니다. 폐하께서 공주를 모셔 오는 호위관으로 저를 임명해 주신다면, 폐하의 명예가 될 뿐만 아니라 저에게도 대단한 행운이 될 것입니다."

술탄은 그의 청을 들어주었고, 며칠 뒤 공주는 안티고누스와 함께 부왕 곁으로 돌아왔습니다. 술탄이 그동안 지나온 일을 묻자 공주는 안티고누스가 시킨 대로 이야기했습니다. 타지 사람에게 붙잡혔으나 수도원에서 생활했다고 말했습니다.

안티고누스는 한 술 더 떠 공주가 수녀원에서 정결히 생활하며 대단한 미덕을 발휘했다고 거들었습니다. 술탄은 무척 기뻤고 공주에게 친절을 베푼 모든 이에게 은총을 내려 주십사 기도를 드렸습니다. 안티

알라티엘의 귀향_ 천신만고 끝에 고국으로 돌아온 공주는 애초의 결혼 상대와 결혼한다.

고누스에게는 선물을 주어 키프로스로 돌려보냈습니다.

술탄은 원래 결혼하려고 했던 가르보의 왕에게 공주를 시집보냈습니다. 알라티엘 공주는 가르보의 왕과 첫날밤을 지낼 때, 8명의 남자와 1만 번은 관계했을 터인데, 숫처녀라고 믿게 했습니다. 두 사람은 잘 지냈다고 합니다.

《데카메론》에는 이야기 끝에 "그러므로 키스를 받은 입은 빛이 바래기는커녕 달처럼 더욱 윤기가 난다"라는 속담이 소개되어 있습니다.

여덟 번째 이야기

고티에의 이야기

팜필로의 이야기를 들은 부인들은 공주가 겪은 신산한 사연에 깊은 한숨을 쉬었습니다. 무슨 까닭으로 한숨을 쉬었는지 모르지만, 가엾게 생각했다기보다, 여러 번 결혼한 공주를 부럽게 여기고 한숨지은 것이 아닐까요? 아무튼 팜필로가 한 마지막 말에 사람들이 웃자, 여왕은 이야기가 끝난 것을 알고 엘리사를 돌아보며 이야기하라고 명했습니다.

우리가 오늘도 산책하는 이 들판은 광막한 들판이에요. 누구든지 열 번이라도 마상 창 시합을 하면서 돌아다닐 수 있을 만큼 드넓은 들판이죠. 그러니 이런 곳에는 운명의 신이 색다른 사건이나 중대한 사건을 수없이 발생시키고 있는 거예요. 저는 많은 이야기 중에서 특별히 흥미로운 일화를 골라 이야기해 볼까 합니다.

로마 제국의 권력이 프랑스에서 독일로 옮겨가고부터 두 민족 사이에는 매우 심한 적대적 관계가 되어 끊임없이 전쟁이 벌어졌습니다. 프랑스의 왕과 왕자는 조국의 방위와 적을 토벌하기 위해서 총력을 기울이고 더욱이 친구와 친척의 힘까지 빌어 적국에 침입하려고 대군을 편성했습니다.

왕이 직접 대군을 통솔하고 전쟁에 참여하였기에 통치자 없이 나라를 비워둘 수 없는 터라 마땅한 통치자를 물색했습니다. 왕은 여러 귀

158 / 데카메론

전쟁터에 나가는 왕과 왕자_ 백작 고티에에게 내정을 맡기고 전쟁터로 가는 왕의 행렬이다. 고티에가 왕을 전송하는 가운데 그를 연모한 왕자비가 숨어서 지켜보고 있다.

족을 물망에 올렸다가 앙베에르의 백작 고티에를 적임자로 정했습니다. 왕이 판단하기에 고티에 백작은 훌륭하고 총명한 귀족이며, 신의가 깊고 전술에도 능한 인물이라는 것을 알았기 때문입니다. 왕이 그를 더 총애한 까닭은 전쟁터의 고생보다 정치 같은 복잡 미묘한 직무를 맡기는 데에 적격이라고 판단했기 때문입니다. 그래서 고티에 백작을 왕국 정부의 수석으로서 남겨 놓고 출전하였습니다.

고티에 백작은 왕국의 모든 일을 왕비 및 왕자비와 의논하여 질서 있고 슬기롭게 수행했습니다. 그는 두 사람을 주인으로서 상사로서 받들었습니다.

고티에 백작은 40세 정도밖에 안 되는 대장부로서, 매너가 좋고 어떤 귀족도 미치지 못할 만큼 호감을 느낄 인물이었습니다. 더욱이 당대 제일가는 우아하고 품위 있는 기사였을 뿐 아니라 복장도 세련되게 갖추어 입을 줄 아는 멋쟁이이기도 했습니다.

국왕과 왕자가 출정 중에 고티에 백작의 부인이 세상을 떠났고, 백작에게는 어린 아들과 딸아이가 남았습니다.

그러던 중 왕자비가 잘생기고 세련된 고티에 백작에게 연정을 품고 말았습니다. 왕자비는 부인이 없는 고티에 백작과 쉽게 사랑을 이룰 수 있겠거니 하고 생각했습니다. 방해되는 것은 자신의 수줍음 정도일 뿐 거추장스러운 장애물은 없다고 생각하여 부끄러움을 물리치고 사랑을 고백하기로 했습니다.

그리하여 그가 혼자 있을 때가 기회라 여기고 자기의 심중을 밝혔습니다.

"정다우신 백작님, 지금 저는 사랑의 힘에 항거하지 못할 만큼 욕망을 느끼고 있습니다. 제 눈이 틀림없다면 당신이야말로 온 프랑스를 다 찾아도 얻을 수 없을 만큼 이 나라 제일가는 미남이시고, 호감을 느낄 수 있으며, 가장 고상하고 총명한 기사라고 생각해요. 저는 남편이 없는 거나 마찬가지의 몸이고 당신은 부인이 안 계세요. 당신 앞에서 사랑의 불타는 제 마음을 입 밖에 내더라도 용서받을 수 있으리라 믿어요. 사물을 아는 분들 앞이라면 반드시 용서받을 줄 알고 있으며, 제가 부탁하는 것에 충고나 원조를 해주시면 좋겠어요. 실은 남편이 없어서 사랑의 힘에 항거하지 못할 만큼 욕망을 느끼고 있답니다. 이런 것이 세상에 알려진다면 부정한 여자라는 말을 듣게 된다는 것도 알아요. 남에게만 알려지지 않는다면 부정한 여자라는 소리를 들을 까닭이 없지 않겠어요? 하느님은 저 같은 여자에게 사랑 받을 가치가 있는 분으로서 당신을 제게 보내 주셨어요. 저의 이 같은 사랑을 위해서 당신의 감정을 부정하지 마시도록, 제 젊음이 불 앞의 얼음처럼 녹아가는 기분이니 제발 젊음이 힘차게 타오를 수 있도록 제 마음에 호응해 주시기를 부탁하겠어요."

이렇게 말하는 동안 왕자비의 눈에서는 닦아도 닦아도 눈물이 넘쳐 흘렀습니다. 더 많은 말을 하고 싶었지만 그 이상 말을 할 수가 없었습니다. 왕자비는 울면서 힘이 다 빠진 듯 고개를 숙이며 백작의 가슴에

백작 고티에에게 사랑을 고백하는 왕자비_ 왕자비가 고티에에게 사랑을 고백하지만 거절당하자 오히려 고티에에게 누명을 씌운다. **브루넬레스키의 작품.**

머리를 댔습니다.

백작은 엄숙한 말투로 왕자비를 꾸짖고 그녀를 밀어냈습니다. 왕자비는 고백이 거절되자 사랑이 위협으로 변하여 미친 듯 화를 내며 말했습니다.

"당신은 비겁하군요. 내가 가슴속의 것들을 털어놨다고 해서 왜 그런 모욕을 받아야 하나요? 내가 당신을 죽이거나 감옥에 집어넣는 것을 하느님도 기뻐하실 거예요."

왕자비는 격렬한 수치심을 느끼면서 고티에에게 누명을 씌우기 위해 옷을 찢으면서 비명을 질렀습니다.

"사람 살려! 고티에 백작이 나를 범하려고 해요."

백작은 왕자비가 궁전이 떠나갈 듯이 소리치는 것을 보고는 아무리 사람들이 자신을 신뢰하더라도 왕족의 질투에는 당해내지 못하리라는 것을 직감했습니다. 사람들은 자기의 결백보다 여자의 거짓말을 더 신뢰할 수밖에 없다고 생각하고 집으로 달려가 두 아이를 데리고 칼레로 달아났습니다.

백작은 죄도 없는데 달아남으로써 죄를 짓고 만 셈이 된 것을 후회했지만, 신분이 밝혀지지도 않고 밀고나 신고 당하는 일없이 칼레에 도착하여 곧 영국으로 건너갔습니다. 누더기 차림의 그는 런던으로 떠나기 전에 어린 두 자식을 잘 타이르고 두 가지 일을 명심하라고 일렀습니다. 첫째는 죄도 없는데 이런 운명에 빠진 가엾은 처지를 참고 견딜 것, 둘째는 목숨이 소중하다면 누구의 자식이며 어디서 왔는지를 아무에게도 말하지 말 것을 몇 번이고 일렀습니다.

피에르라는 이름의 사내아이는 아홉 살 정도였고, 비올랑테라는 여자아이는 일곱 살이 채 되지 않았습니다. 두 아이는 어렸지만 아버지의 말을 잘 이해했고 어김없이 지켰습니다.

영국에서 백작은 신분을 철저히 숨긴 채 구걸하며 살아갑니다.

어느 날 아침 거지 노릇을 하면서 성당 앞에 이르니 한 귀부인(영국 왕을 섬기는 군단장의 부인)이 백작과 두 아이를 보았습니다. 부인은 백작에게 어디서 왔으며 친자식들이냐고 물었습니다. 그는 피카르디에 사는 큰아들이 나쁜 짓을 했기에 어린 자식들을 데리고 그곳을 떠나 왔다고 대답했습니다. 동정심 많은 부인은 여자아이를 한참 바라보더니 어딘지 귀한 집 딸의 모습이 마음에 들어서 자신이 훌륭한 아가씨로 키워 좋은 집안으로 시집보내주겠다고 약속하고 딸을 데리고 갔습니다. 딸을 귀부인에게 맡긴 백작은 영국 본토를 가로질러 고생하면서 아들과 함께 웨일즈에 이르렀습니다. 이곳에는 국왕을 섬기는 군단장으로서 매우 지체 높은 사람의 저택이 있었습니다. 백작과 아들은 그 저택의 정원에 가서 음식물을 구걸하곤 했습니다. 그런데 고관의 정원에서 몇몇 아이들과 함께 백작의 아들인 피에르도 같이 노는 일이 많았습니다. 피에르는 무슨 놀이를 해도 다른 아이들보다 잘했습니다. 유심히 피에르를 관찰한 군단장은 그의 태도가 매우 마음에 들어서 누구냐고 묻곤 했습니다. 옆에 있는 사람이 이따금 걸식하러 정원에 오는 거지의 아들이라고 대답했습니다. 군단장은 그 아이를 자기가 맡아 기르겠다고 나섰습니다. 백작은 이 이상의 은혜는 없다고 생각하고 헤어지는 것은 쓰라렸으나 기꺼이 승낙했습니다.

자네트라고 이름을 바꾼 비올랑테는 런던의 귀부인에게 양육되는 동안 갈수록 아름다워져서 부인과 그 남편을 비롯하여 온 집안사람들과 그녀를 아는 모든 사람이 보면 볼수록 놀랄 만큼 우아한 처녀로 성장했습니다. 자네트를 맡은 귀부인에게는 남편과의 사이에 아들 하나가 있었습니다. 그 아들은 예의범절도 바르고 행동도 훌륭하고 사내다운 기백도 뛰어났으므로 양친에게 자랑거리였습니다. 이 아들이 미모와 품위를 갖춘 자네트를 보자 다른 여자는 아예 거들떠보지 않게 되었습니다. 그런데 자네트가 신분이 낮은 여자임에 틀림없다고 생각하고 있었으므로 양친에게 아내로 삼겠다는 말을 꺼내지 못했습니다. 그 때문에 애를 태우다 못해 중병에 걸리고 말았습니다. 그를 치료하기 위해 의사들이 불려와 진찰했지만 하나같이 그가 나을 가망이 없다며 두 손을 들었습니다.

그러던 어느 날, 젊지만 의학에 조예가 깊은 의사가 환자를 진찰하고 있었는데, 그 어머니를 도와드리며 열심히 간호하던 자네트가 병실에 들어왔습니다. 환자는 말도 하지 않고 몸도 움직이지 않았으나 그 순간 사랑의 불길이 타올라 맥박이 강하고 빠르게 뛰었습니다. 의사는 금세 깨닫고 놀라면서 처방을 말했습니다.

"아드님은 자네트를 무척 사랑하고 있습니다. 보건대 아가씨는 조금도 깨닫지 못하고 있습니다만……. 아드님의 목숨이 소중하다면 어떻게 하셔야 하는지 잘 아셨을 줄 압니다."

그의 부모는 아들의 목숨을 살릴 수 있다는 희망을 갖게 되어 매우 기뻤습니다. 아들의 진심을 확인한 부모는 자네트에게 아들을 어떻게 생각하는지 물었습니다.

"사모님께서는 저희 아버지가 힘드실 때 저를 거두셔서 처녀가 될 때까지 이토록 잘 길러 주셨습니다. 그러니 사모님께서 기뻐하실 일이라면 저는 무엇이든지 하지 않으면 안 돼요. 하지만 이 일만은 사모님의 말씀대로 할 수가 없어요. 하지만 연인이 아니고 남편을 골라 주신다면 저는 그 사람을 사랑할 생각이에요."

자네트의 대답을 들은 부인은 자신이 의도하던 것과 정반대의 말 같아 일이 좀 어려워지겠구나 하면서도 속이 꽤 깊은 처녀라고 생각하고 아들의 판단에 맡겨야겠다고 생각했습니다. 자네트 없이는 아들의 병이 악화되므로 부부는 상의 끝에 두 사람을 결혼시키자고 의견을 모았습니다. 자네트는 매우 기뻐하면서 자기를 버리지 않으신 하느님께 진심으로 감사했습니다. 아들의 병은 씻은 듯이 나았습니다. 어느 남자보다도 행복한 결혼을 하여 그녀와 더불어 즐거운 날을 보내게 되었습니다.

웨일즈에서 영국 왕의 군단장 밑에 있던 피에르도 주인 덕분에 누이동생과 마찬가지로 훌륭하게 자라 영국에서는 어깨를 겨룰 자가 없게 되었으며, 마상 창 시합에서나 검술에서도 그를 당해낼 자가 없을 정도로 되었습니다. 그러므로 도처에서 피에르는 이름을 드높일 수 있었습니다.

하느님은 누이동생을 잊지 않았던 것처럼 그도 잊지 않으셨습니다. 마침 그 지방에 흑사병이 창궐하여 주민의 반수는 저세상으로 가고, 살아남은 사람들도 다른 곳으로 달아나서 사람의 그림자가 하나도 남지 않게 되었습니다.

전염병으로 군단장도 부인도 아들도 모두 죽어버리고, 나이가 찬 딸과 몇몇 하인들과 피에르만 남게 되었습니다.

전염병이 얼마쯤 가라앉았을 때 딸은 살아남은 사람들이 충고하는 대로 용감하고 훌륭한 피에르를 남편으로 맞이했습니다. 그리하여 그녀가 물려받은 유산은 그의 지배를 받게 되었습니다. 영국 왕은 군단장이 세상을 떠났다는 말을 듣고, 피카르디 출신인 피에르의 진가를 알고 있었으므로 그를 죽은 군단장의 후임으로 앉혔습니다.

고티에 백작이 파리에서 달아난 지 어언 18년이 흘렀습니다. 그동안 아일랜드에서 비참한 생활을 했지만 너무 늙었기에 죽기 전에 아이들 소식이라도 알고 싶었습니다. 백작은 초라한 몰골로 영국으로 건너가서 피에르를 맡겨 둔 곳을 찾아갔습니다. 아들은 군단장으로 그 지방의 영주가 되어 있었고 늠름한 체격에다 건강한 청년으로 자라 있었습니다. 백작은 기뻤지만, 자네트의 일을 알 때까지는 신분을 밝히고 싶지 않았습니다. 런던에 도착하여 딸을 맡겨 둔 귀부인에 관한 이야기며 그 후의 소식을 넌지시 물어보고, 자네트가 그 집 며느리가 되었다는 것을 알았습니다. 백작은 자식들이 살아 있을 뿐 아니라 저마다 귀

백작 고티에의 고난_ 남루한 차림의 고티에는 아들이 훌륭하게 자란 모습과 딸인 자네트가 아름답게
성장한 모습을 보고는 자신의 신분을 밝히지 않고 아일랜드로 돌아간다. **피에르 쉬블레라의 작품.**

한 신분이 되었다는 것을 알고, 여태까지 자기가 겪어 온 고생 따위는
아무것도 아니라고 생각했습니다. 그러면서 그간의 고생을 보상받았
다는 흐뭇한 마음으로 아일랜드로 돌아갔습니다.

베르나보 로멜린의 이야기

엘리사의 슬픈 이야기가 끝나자 아름답고 품위 있는 필로메나 여왕은 미소를 띤 얼굴로 "내가 먼저 이야기하고 디오네오는 희망대로 마지막에 하시도록 부탁해요" 하면서 은전을 베풀었습니다. 그러면서 아홉 번째 이야기를 시작했습니다.

'남을 속이면 자신도 남에게 속는다'라는 속담이 있습니다만, 그것이 사실인지 아닌지는 우리 주위에서 일어나는 비슷한 일들을 보면 알 수 있을 것 같아요.

저는 이 속담을 주제로 이야기해 보고자 합니다. 이 이야기를 들으시면 사람을 속이는 자를 어떻게 경계해야 하는지 잘 알게 되어 훗날 참고할 수 있을 것이라고 생각해요.

파리의 어느 여관에 여러 가지 볼일로 이탈리아 상인들이 함께 유숙한 적이 있었습니다. 어느 날 밤의 일이었습니다. 모두 즐겁게 저녁 식사를 마친 다음 이런저런 이야기를 나누었습니다. 그러다가 집에 두고 온 각자의 아내 이야기를 하게 되었습니다. 한 사람이 농담조로 말했습니다.

"제 아내가 지금쯤 어떻게 하고 있는지 모르지만, 이것만은 확실합

중세 상인들_ 중세 상인들은 주로 말을 이용하였다. 그들은 하인과 더불어 집을 오래도록 비웠기 때문에 갖가지 일들이 벌어졌다. **프란체스코 페셀리노의 작품.**

니다. 내 손이 닿는 곳에 마음에 드는 여인이 있다면 아내에게 품고 있던 애정 따위는 잠시 제쳐놓고 그와 즐길 것입니다."

그러자 다른 사람이 당연하다는 듯 말했습니다.

"저도 마찬가지요. 제가 바람을 피우면 집사람도 위험한 정사를 즐기고 있을 것이요. '당나귀가 벽에 부딪히면 벽은 퉁겨낸다'라는 속담처럼 말이지요."

상인들은 떠들며 아내의 마음은 변덕이 심해서 바람피우는 것은 간단하다고 낄낄거렸습니다. 베르나보 로멜린이라는 제노바에서 온 상인이 반대 의견을 말했습니다.

"저의 아내는 젊고 미인이며 일도 잘하고 침대 위의 즐거운 일도 매우 훌륭하지요. 무엇보다 그녀는 정숙하여 제가 없는 한 누구와도 만나지 않을 것입니다."

베르나보의 문제 발언에 자리에 모인 사람들 사이에 뜨거운 논쟁이 벌어졌습니다. 피아젠차 태생의 암브로주올로라는 젊은 상인은 깔깔거리며 반문했습니다.

"황제는 그런 특권을 다른 사람에게는 주지 않고 왜 당신에게만 주었지요?"

베르나보도 지지 않고 대꾸하였습니다.

"황제가 아니라 황제보다 훨씬 힘이 센 하느님이 베풀어 주신 은총 때문이오."

그러자 암브로주올로가 말했습니다.

"베르나보, 내 생각에 당신은 사물의 본질을 조금도 생각지 않거나 부인의 부정을 눈치챌 만큼 영민하지 못한 것이라고 할 수 있소. 우리가 여편네 이야기를 마음대로 지껄였다 하더라도 다른 여편네, 즉 당신이 말하는 그런 훌륭한 여자를 얻으려는 생각이 있다는 말이 아니라 그저 자연스러운 견해에서 한 말일 뿐이오. 여자는 일에서도 흔들리기 쉬워 남자는 더욱 완전에 대해서 확실히 해야 하는 거요. 마음이 확고부동한 남자라면 공연히 끈덕지게 달려드는 여자 따위는 돌아보지도 않을 거요. 그러나 자기 마음에 드는 여자에게는 욕망을 가지게 되오. 당신 부인이 아무리 정숙한 여자라 하더라도 다른 여자와 마찬가지일 것이오. 당신처럼 정색하고 부정하거나 또는 반대하여 단언할 수는 없는 일이오."

베르나보는 이렇게 대답했습니다.

"나는 일개 상인이지 철학자가 아니오. 당신이 말하는 것은 수치심이 전혀 없는 어리석은 여자에게나 일어날 일로 아오. 총명한 여자는 명예를 매우 소중히 여기므로 명예를 헌신짝처럼 여기는 남자보다 훨씬 의지가 훨씬 강할 거요. 우리 집사람은 그런 여자요."

그러자 암브로주올로가 말했습니다.

"여자가 남의 입에 오르내리거나 바람을 피울 때마다 증거로 이마에 뿔이라도 난다면 그런 여자는 극히 드물 거요. 당신에게 이런 이야기를 하는 것은 내가 당신의 그 신성하기 이를 데 없는 부인을 가까이할 수 있다면 다른 여자들을 데려갔던 곳으로 아주 짧은 시간에 모실 자신이 있기 때문이오."

베르나보는 벌컥 화를 냈습니다.

"입으로 아무리 씨름을 해봐야 끝이 없소. 당신이 말하면 내가 또 부인하니 결국은 아무런 결론도 안 나오. 당신의 솜씨가 그리도 좋으시다니 내 아내의 정숙을 한번 시험해 보시오. 당신이 그 수완으로 내 아내를 유혹하는 데 성공한다면 내 목을 드리겠소. 성공하지 못한다면 금화 5000피오리니를 나에게 내시오."

두 사람은 금화 5000닢을 걸고, 3개월 안에 베르나보의 아내를 유혹할 수 있는지 내기하게 되었습니다.

암브로주올로는 즉각 베르나보의 집이 있는 제노바로 떠났습니다. 그리고 베르나보의 집을 드나드는 이웃 하인을 포섭하여 베르나보의 집에 궤짝 하나를 배달해 달라고 부탁했습니다. 그는 그 궤짝 속에 몸을 숨겼습니다.

하인의 도움으로 집안으로 들어간 암브로주올로는 밤이 되자 궤짝 안에서 나와 베르나보의 부인이 자는 침실로 들어갔습니다. 침대에는 부인과 어린 여자아이가 누워 정신없이 잠들어 있었습니다. 암브로주올로가 부인이 덮고 있는 이불을 살며시 들춰 보니 부인이 반쯤 풀어 헤쳐진 잠옷 사이로 풍만한 가슴을 드러내고 있었습니다. 그는 마른 침을 삼키며 마음이 동하여 옆에 누웠으나 이내 들킬 것이 두려워 멈췄습니다. 부인의 젖가슴을 자세히 살펴보니 점이 하나 있고, 그 점에 금발이 다섯 가닥 나 있는 것을 보았습니다. 암브로주올로는 돌아와 궤짝 속으로 숨었습니다.

사흘째가 되자, 좀 모자란 하녀가 암브로주올로가 일러준 대로 부인

로멜린의 아내 젖가슴을 살피는 암브로주올로_ 남편의 내기 때문에 억울한 운명을 맞은 베르나보의
아내가 젖가슴을 암브로주올로에게 관음 당하는 장면이다. **지노 보카실레의 작품.**

에게 와서 그 궤짝을 도로 갖고 나왔습니다. 암브로주올로는 궤짝에서 나와 약속대로 하녀에게 돈을 지불하고 증거물을 가지고 되도록 빨리 파리로 돌아왔습니다. 아직 약속한 기일은 남아 있었습니다.

그는 내기에 입회했던 상인들을 모아 내가 해 보이겠다던 일을 했으니 내기에서 이겼다고 선언했습니다. 그 증거로 침실의 꾸밈새며 그림이 걸린 벽의 위치 등을 그림으로 그려서 설명하고 부인에게서 가져온 여러 가지 물건을 보란 듯이 내보였습니다. 그는 이 물건들을 부인에게서 받았노라고 단언했습니다. 하지만 베르나보는 침실의 모양 따위는 하인에게 들어서 알았을 수도 있고 물건도 같은 방법으로 손에 넣을 수도 있다고 암브로주올로의 주장을 반박했습니다.

그러자 암브로주올로가 말했습니다.

"증거가 더 필요하다고 우긴다면 말하겠소. 당신의 지네브라 부인에게는 왼쪽 유방 밑에 비교적 큰 점이 있소. 그 둘레에는 금빛 털이 여섯 개인가 나 있었소."

베르나보는 패배를 인정하고 절망하면서 금화 5000닢을 암브로주올로에게 주고 말았습니다.

분노가 치민 베르나보는 제노바로 돌아와 하인에게 아내를 죽이라고 명령했습니다. 하인은 부인의 간곡한 애원에 차마 죽이지 못하고 베르나보에게 부인을 죽였다고 거짓을 고했습니다. 비탄에 젖은 베르나보 부인은 뱃사람 복장을 하고 이름도 시쿠라노로 바꾼 채 카탈루냐 선주의 배에 올랐습니다.

남장한 그녀는 열심히 일했기 때문에 선주의 마음에 들었습니다. 얼마 안 가서 카탈루냐의 선주는 짐을 싣고 알렉산드리아로 떠났습니다. 짐 가운데는 길들인 매가 몇 마리 있었는데, 선주는 알렉산드리아 술탄에게 이 매를 바쳤습니다. 그래서 술탄은 선주를 몇 번이나 식사에 초대하였는데, 이때 선주를 따라간 시쿠라노의 태도를 본 술탄은 매우 마음에 들어, 이 하인을 자기에게 달라고 말했습니다. 선주로서는 매우 아까운 제안이었지만 술탄에게 하인을 양도하기로 했습니다.

시쿠라노는 술탄의 하인으로 짧은 시일 안에 충실히 일해서 카탈루냐의 선주에게 받은 것과 마찬가지로 호의와 신뢰를 술탄에게서 받았습니다. 그러는 동안 술탄이 베푸는 행사인 상품 박람회의 경비대장이 되어 시리아의 아크리로 갔습니다. 베네치아인의 피륙 가게에 들른 시쿠라노는 그곳에서 자신의 지갑과 띠를 발견했습니다. 마침 베네치아 배에 상품을 가득 싣고 온 암브로주올로가 가게에 나타나 베르보나라는 자를 조롱하며 내기 이야기를 했습니다.

"대장님" 하고 암브로주올로가 말했습니다.

"실은 이 물건은 베르나보 로멜린의 아내이며 지네브라라는 제노바의 귀부인으로부터 어느 날 밤 나와 정사를 즐긴 사랑의 증표로 다른 물건과 함께 선물로 받은 것입니다. 제가 웃은 것은 베르나보의 어리석음 때문입니다. 그는 자기 아내가 저와 즐기는 일이란 있을 수 없다면서 제가 1000피오리니를 건 데 대하여 그는 5000피오리니를 걸었지요. 저는 그의 부인을 제 뜻대로 함으로써 내기에 이겼던 것입니다. 그는 자기 부인이 다른 여자들이 다하는 일을 했을 뿐인데도 제노바로 돌아가자 남을 시켜서 부인을 죽였다는 겁니다. 아내의 음란한 행위보다 자신의 어리석음을 벌해야 하는데 말입니다."

그 말을 듣자 시쿠라노는 베르나보가 자신을 죽이려고 한 이유를 알았습니다. 모든 불행의 원인이 이 사나이 때문이었음을 알게 되었고 이런 자는 반드시 벌해야겠다고 마음속으로 다짐했습니다. 시쿠라노는 구실을 만들어 술탄의 궁으로 암브로주올로와 베르나보를 초대했습니다. 그리고 술탄에게 기이한 이야기라면서 자신의 이야기를 들려

주었습니다. 술탄이 그 주인공들을 보고 싶다고 하자 두 사람을 불러 왔습니다.

　이런 내막도 모르고 술탄 앞에 불려 나온 암브로주올로와 베르나보는 신하들 앞에서 술탄으로부터 어찌하여 베르나보가 내기에 졌으며, 5000피오리니를 주고받게 되었는지 경위를 소상히 아뢰라는 지시를 받았습니다. 그 자리에는 암브로주올로가 단단히 믿는 시쿠라노도 있었지만, 시쿠라노는 더 엄숙한 표정을 지으며 솔직하게 이야기하지 않으면 매우 무서운 고문을 당할 것이라고 겁을 주었습니다. 양쪽에서 호통을 받고 잔뜩 겁을 집어먹은 암브로주올로는 그까짓 5000피오리니를 얻게 된 경위만 말하면 무서운 벌까지는 받지 않겠지 하는 생각으로 그때의 일을 명명백백하게 자백했습니다.

　암브로주올로의 자백이 끝나자 시쿠라노는 술탄의 명령집행관 같은 지위에서 베르나보에게 물었습니다.

　"이 거짓 사실에 대하여 아내에게 어떠한 일을 저질렀는가?"

　베르나보는 아주 힘없이 대답했습니다.

　"저는 많은 돈을 손해 본 노여움과 아내로부터 받은 불명예와 굴욕 때문에 하인에게 아내를 죽이도록 시켰습니다."

　사건의 전말이 술탄 앞에서 낱낱이 밝혀지자 시라쿠노가 술탄에게 말했습니다.

　"폐하, 살해된 부인이 남편에게 얼마나 성실하고 훌륭했는지 아셨으리라 믿습니다. 그러나 이 사나이의 거짓말로 그녀의 명예를 더럽혔을 뿐만 아니라 남편까지도 파산하였습니다. 그녀의 남편은 함께 살아온 경험으로 충분히 알고 있는 아내의 진실보다 다른 사람의 거짓을 믿어서 아내를 참혹하게 죽이게 했습니다. 폐하께서 이 사기꾼을 벌하시고 사기당한 사나이를 용서해 주시는 특별한 배려를 저에게 주신다면 저

암브로주올로의 처형_ 남장한 로멜린의 부인에 의해 지난 죄가 밝혀진 암브로주올로가 처형당하는 장면이다.

는 폐하와 이 두 사람 앞에 그 부인을 데려올까 합니다."

술탄은 그렇게 하라고 말했습니다. 암브로주올로와 베르나보는 베르나보의 아내가 나타난다는 사실에 그만 대경실색하고 말았습니다. 시쿠라노가 술탄의 허락을 받자 술탄 앞에 무릎을 꿇고 있던 남자 목소리의 사내가 눈물 어린 목소리로 말했습니다.

"폐하, 제가 바로 그 가엾고 불행한 지네브라입니다. 고통을 참으며 6년 동안이나 남장을 하고 처참한 마음으로 살아왔습니다. 암브로주올로의 어처구니없는 거짓말 때문에 모욕을 받고, 또 이 잔인하고 부정한 사나이 때문에 하인의 손에 살해당하여 늑대 밥이 될 **뻔했던** 여자입니다."

그녀를 남자라고만 생각했던 술탄은 갑자기 벌어진 일을 보고 들으며 놀란 가슴을 쓸어내렸습니다. 사실이 밝혀지고 놀라움이 가라앉자 시쿠라노라 불리던 지네브라의 생활 태도며 굳은 의지, 선행을 최고의 찬사로써 극구 칭찬했습니다.

베르나보는 그녀가 아내임을 알고 눈물을 흘리며 용서를 빌었습니다. 용서받을 수 없는 죄를 지은 그였지만 그녀는 관대하게 용서하고 그를 일으켜 세우고는 부드럽게 포옹했습니다.

결국 암브로주올로는 술탄에게 벌을 받고 재산은 부인과 베르나보에게 갔습니다. 암브로주올로는 온몸에 꿀을 바른 채 뜨거운 태양 아래 묶이는 형벌에 처해졌습니다. 그는 온갖 해충들의 공격을 받으면서 말라죽었고, 죽은 후에도 한동안 사람들이 경계하도록 뼈가 남겨졌습니다. 베르나보는 자신의 잘못을 깨닫고 아내와 함께 해로했습니다.

바르톨로메아의 이야기

여왕의 이야기가 끝나자 행실 좋은 부인들의 칭찬이 이어졌으며, 디오네오는 극찬을 아끼지 않았습니다. 디오네오는 둘째 날의 마지막 이야기를 시작했습니다.

방금 여왕님의 이야기를 듣고 그중의 한 부분이 제 생각을 바꾸게 했으므로 다른 이야기를 할까 합니다. 저는 남자들이 얼마나 바보인가 동시에 어리석은 정도가 얼마나 심한가를 상기시켜서 천성보다 자기들의 힘이 위라고 여기고 불가능한 것을 어기고 남의 성질을 고치려고 애쓰는 남성들의 모습을 적나라하게 드러내 볼까 합니다.

옛날 피사 시내에 리차르도 다 킨지카라는, 육체의 힘보다 재기(才氣)를 부여받은 재판관이 있었습니다. 그 재판관은 학문을 연마하는 것과 똑같은 방법으로 아내를 만족하게 할 수 있다고 생각했던 모양입니다. 그는 부자였으므로 젊고 아름다운 여자를 맞으려고 애썼지요. 그가 남에게 충고하듯이 자신에게도 충고할 수 있었다면, 아내를 맞이할 때는 젊거나 아름다운 사람을 피해야 한다고 했을 겁니다. 그런데 바르톨로메아라는 대단히 아름다운 여자를 아내로 맞았습니다. 바르톨로메아는 《데카메론》에서 바람기 많은 피사 출신 여자라는 뜻으로 묘사된 '구더기를 먹고 사는 초록빛 도마뱀' 같은 피사 여인네였습니다.

재판관은 성대하게 결혼식을 올렸으나, 첫날밤에 간신히 잠자리를 하여 단 한 번 관계를 했지만, 하마터면 큰 실패를 할 뻔 했습니다. 그는 앙상하게 마른데다가 정력이 부족한 사나이여서, 이튿날 강한 백포도주며 강장제며 그밖에 모든 약제로 원기를 회복하지 않으면 안 되었기 때문입니다.

그리하여 아내에게 달력을 보여주면서 온갖 명절, 축일, 축일 전야, 재판을 위해 근신해야 하는 날 등을 최대한 많이 표시해서 알려주고, 갖은 핑계를 대며 그녀와 같이 밤을 보내는 것을 최대한 피하려고 했습니다.

어느 무더운 날 재판관은 기분 전환을 하려고 아름다운 아내를 데리고 별장으로 놀러 갔습니다. 그곳에 머무는 동안 아내를 얼마간이라도 즐겁게 해주려고 조각배 한 척에는 그가 낚시꾼들과 함께 타고, 한 척에는 아내가 다른 부인들과 함께 타고 따라가며 구경을 했습니다.

그런데 당시 악명 높았던 해적 파가노니 다 마레의 해적선이 별안간 나타나더니 여인들이 타고 있던 조각배를 납치했습니다. 해적 파가노니는 다른 여인들은 거들떠보지도 않고 아름다운 바르톨로메아만 해적선에 태워 가버렸습니다. 눈앞에서 지켜만 보던 재판관은 발을 동동 굴렀지만 어쩔 수 없었습니다. 그는 피사나 그 밖의 도시에서 해적들의 악행에 '푸념을 늘어놓으며 돌아다녔지만 누가 자기 아내를 가로채서 어디로 데려갔는지 도무지 알 길이 없었습니다.

파가노니는 미녀를 납치하니 기분이 매우 좋았으며 마침 아내가 없었으므로 자기 곁에 붙들어 둘 생각으로 울먹이는 그녀를 달랬습니다. 밤이 되자 그는 재판관처럼 달력 따위에 신경을 쓰거나 제삿날이나 휴일 따위엔 관심도 없이 그녀를 달래주는 데에는 상냥한 말보다는 행동

결혼 첫날밤의 장면_ 아름다운 바르톨로메아가 재판관과 결혼하여 첫날밤을 맞는 장면이다. **브루넬레스키의 작품.**

으로 보여주는 것밖에 없다고 판단했습니다. 파가노니는 오로지 사모하는 심정으로 첫 관계부터 격렬하게 바르톨로메아를 점령했습니다. 모나코에 닿기도 전에 그녀는 파가노니와 꿈 같은 생활을 했습니다. 파가노니는 모나코에 도착하자 밤낮없이 그녀를 즐겁게 해주었을 뿐 아니라 아내로서 소중히 대해 주었습니다.

그러는 동안 아내를 잃은 재판관의 귀에 아내의 거처가 전해졌습니다. 자기 이외에 필요한 일을 할 수 있는 자는 없다고 생각하고, 희망에 불타서 몸값이라면 얼마를 내도 상관없으니 그녀를 찾아와야겠다고 결심했습니다. 바다를 건너 모나코로 가 파가노니와 협상을 하였습니다.

파가노니는 재판관의 아내인지 아닌지는 모르겠으나 그 여자가 돌아가겠다고 하면 몸값을 받고 돌려주겠다고 말했습니다. 재판관 리차르도를 본 그녀는 매우 쌀쌀맞게 그를 모른다고 말했습니다. 당황한 재판관은 그녀와 단둘이서 이야기할 것을 요청했습니다. 두 사람이 파가노니의 집으로 가서 응접실에 들어가자 그녀를 불러오게 했습니다. 남편이 파가노니의 집에 들어왔는데 그녀는 마치 파가노니의 집에 찾아온 낯선 사람에게 하는 듯한 인사를 리차르도에게 했습니다.

재판관은 하도 기가 막혀 말했습니다.

"여보, 당신을 낚시터에 데리고 나가서 변을 다 당했소. 당신이 없어진 뒤로 나는 일찍이 그렇게 슬픈 생각을 한 적이 없었소. 그런데 당신은 나를 잊었는지 무척 쌀쌀하구료. 나는 이분이 바라는 것을 지불하러 온 거요. 친절하게도 이분은 내 희망대로 당신을 돌려주시겠다고 말하고 계시는 거요. 그것을 모르겠소?"

부인은 리차르도에게 '선생님을 뵌 적이 없다'라며 더욱 차갑게 굴었습니다. 리차르도는 그녀가 이런 말을 하는 것은 파가노니가 무서워서 그의 면전에서는 자기를 인정하지 않기 위해서 그러는 것이라고 생각했습니다. 잠시 후 파가노니에게 그녀와 이야기 좀 하게 해달라고 정중히 부탁했습니다. 단둘이 있게 되자 재판관은 바르톨로메아에게 말했습니다.

"아아! 당신은 나의 마음, 나의 영혼, 나의 희망이야. 그런 당신이 목숨보다 당신을 사랑하는 리차르도를 모른단 말이오? 그런 일이 있을 수 있을까? 내가 그토록 변했단 말인가? 아아, 그 아름다운 눈으로 잠깐이라도 좋으니 나를 잘 좀 봐 주오."

바르톨로메아는 호호 웃으며 말했습니다.

"젊은 여자는 좋은 옷을 입고 맛있는 음식을 먹는 것보다, 부끄러워서 입 밖에 낼 수 없는 것을 더 바란다는 것도 모른단 말인가요?"

재판관이 화가 나서 매춘부 같은 말일랑 하지 말라고 따지자 바르톨로메아는 기다렸다는 듯 재판관을 거세게 몰아부쳤습니다.

"제 명예는 새삼 아무에게도 지킬 수 없다고 생각해요. 만일 죽을 죄를 짓고 있다면 저는 이곳에 머물면서 기꺼이 징역을 살겠어요. 그러니 이제 저를 걱정하지 말아 주세요. 저는 여기서 파가노니의 아내라는 기분이 들지만 피사에서는 당신의 매춘부 같았답니다. 달이 차고 기운다든가, 기하학의 사각 삼각으로 유성을 당신과 나 사이에서 결합하려 했지만 파가노니는 밤새도록 저를 껴안아 애무하고 깨물고 해준답니다. 얼마나 나를 미치도록 즐겁게 만들어 주는지 하느님, 저 대신 말씀 좀 해주세요. 그 사람이 나를 버리는 일이 있더라도 당신 곁으로 돌아갈 생각은 없어요. 당신을 아무리 쥐어짜 봐야 한 쟁반분의 소스도 나오지 않을 테니까요. 당신과 함께 살게 된 후에 본전도 이자도 다 까먹었으니 이번에는 다른 곳에서 돈벌이를 찾겠어요. 여기서는 축제일도 그 전야의 기일도 없어요. 나는 여기 있을 생각이에요. 그럼, 한시바삐

바르톨로메아와 파가노니의 정사_ 해적 선 안에서 정사를 나누는 바르톨로메아는 남편 재판관을 경멸한다.

하느님과 함께 돌아가세요. 돌아가시지 않으면 당신이 폭력을 휘두른다고 소리지를 거예요."

바르톨로메아의 비웃음에 충격을 받은 재판관은 젊은 여자를 아내로 맞은 것을 후회하면서 모나코를 떠났습니다. 정신이 이상해진 그는 피사의 거리를 걸어가다가 누가 인사를 하면 "나쁜 구멍은 축일을 싫어해서 말이야" 하고 대답할 뿐 아무 말도 못했습니다. 그는 곧 죽었습니다.

한편 파가노니는 부인이 자기를 매우 사랑하고 있다는 것을 알았으며, 그녀를 정실로 삼아 하루하루를 천국과 같이 행복하게 살았답니다.

디오네오의 이야기가 끝나자 모두 턱이 아프도록 웃었습니다. 웃음을 멈추자 여왕은 관례대로 월계관을 벗어 네이필레에게 얹어 주면서 말했습니다.

"자, 이제 당신이 이 조촐한 백성을 다스리실 차례가 되었어요."

네이필레는 이 영예를 받고 얼굴을 붉혔습니다. 그녀는 용기를 내어 평소보다 약간 높은 소리로 말했습니다.

"내일 금요일은 우리 대신 돌아가신 주께서 수난을 견디신 날이니 경의를 나타내야 하는 날이라고 말씀드리지 않을 수가 없군요. 모래는 토요일로 부인네들이 머리를 감고 한 주일 동안의 고생으로 쌓인 먼지며 더러움을 말끔히 씻어내는 습관이 되어 있고, 그 다음 날인 주일을 위해 저마다 일을 쉬게 되어 있어요. 그래서 이 기간에 휴식하고 일요일 낮잠 뒤에 모이면 그때까지 충분히 다음 이야기를 생각하실 여유도 생기지요. 물론 디오네오가 마지막에 이야기한다는 특권은 그대로 두겠어요."

모두 새 여왕의 말에 찬성했습니다. 곧 저녁 식사 시간이 되어 모두 즐겁게 식사했습니다. 식탁이 치워지자 여왕의 희망에 따라 에밀리아가 춤을 추기 시작했고 팜피네아가 노래를 불렀습니다.

제3장

셋째 날 이야기

마제토의 이야기

해가 떠오르면서 눈부신 붉은빛은 오렌지빛으로 변했습니다. 일요일 아침 여왕은 일어나서 사람들을 깨우게 했습니다. 여왕은 부인들과 세 청년을 거느리고 정원이 있는 훌륭한 저택으로 안내하였습니다. 그곳에서 여왕과 사람들은 낮잠을 잤으며, 오후가 되자 다시 이야기의 향연을 벌였습니다. 여왕은 필로스트라토에게 셋째 날 첫 번째 이야기를 하라고 명했습니다.

세상에는 젊은 여자들에게 흰 두건을 씌우고 검은 옷만 입히면 돌로 만든 수녀까지는 아니더라도 여자가 아니거나 여자로서 욕정을 느끼지 않게 된다고 여기는 어리석은 남녀가 많습니다. 이는 농부가 괭이를 휘두르고, 가래를 잡고, 험하게 먹고, 자유로운 생활을 할 수 없어서 음란한 욕망을 잃어버렸고, 지능이나 지혜마저 떨어진다고 생각하는 어리석은 사람들이 의외로 많다는 이야기겠지요. 다행히도 여왕께서 지적하셨으니 그렇게 생각하는 사람들이 어떻게 배반당했는지를 여왕이 제안하신 주제에서 벗어나지 않도록 짧은 이야기를 해볼까 합니다.

우리가 사는 이 지방에 신성하기로 이름난 수녀원이 있었습니다. 이 수녀원에는 여덟 명의 젊은 수녀와 원장 수녀밖에 없었습니다. 남자는 정원사가 유일했습니다. 그런데 정원사는 급료가 너무 적다며 고향으로 돌아갔습니다.

고향으로 돌아가니 반가이 맞이하는 사람들 가운데 남자답게 몸집도 군건한 젊은 농부 마제토가 있었습니다. 누토란 이름의 사람 좋은 정원사는 자기가 지금까지 있던 곳에 대해서 말했습니다. 마제토가 수도원에서 무슨 일을 했느냐고 또 물었습니다. 누토는 이렇게 대답했습니다.

"그곳에 있는 넓고 아름다운 정원에서 일했지. 마당일 외에도 숲에 나무를 하러 가기도 하고 물도 긷고 뭐 자질구레한 일도 했지. 그런데 말일세. 수녀들이 월급을 적게 주니 구두 한 켤레를 살 수가 없거든. 그뿐인가. 몽땅 젊은 수녀들뿐이니 이건 뭐 몸 안에 악마가 깃들고 있는 것 같았어. 뭣을 하든 그들 마음엔 들지 않으니 말이야. 내가 하는 일마다 이런저런 구실을 대면서 못마땅해하는 거였지. 수녀들이 하도 시끄럽게 구니까 밭일을 하다가도 정나미가 떨어져서 일을 팽개치고 말았지. 이런 일 저런 일이 겹쳐서 나와버렸지. 내가 떠날 때 관리인 녀석이 혹시 적당한 사람이 있으면 보내 달라고 하더군. 약속을 하고 왔지만, 아, 그래! 바보가 아닌 다음에야 그런 약속 따위를 뭐하러 지켜."

마제토는 누토의 이야기를 듣고 그런 수녀들과 함께 살아보고 싶다는 달콤한 욕망이 고개를 들었습니다. 누토의 말하는 태도로 보아 자신이 원하던 소원이 이루어질 것 같았기 때문입니다.

정원사의 말이 끝난 순간부터 마제토는 어떻게 하면 수녀들과 함께 지낼 수 있을까 하고 생각했습니다. 궁리 끝에 이런 생각이 떠올랐습니다.

'그 수녀원은 여기서 상당히 먼 곳에 있지 않은가. 나를 아는 사람은 없을 거야. 그러니 벙어리로 가장한다면 틀림없어 써 줄 거야.'

그는 여기까지 생각이 미치자 온다간다는 말도 없이 도끼 한 자루를 어깨에 둘러메고 수녀원을 향해 떠났습니다. 수녀원에 닿자 그는 서슴없이 안마당까지 걸어 들어갔습니다. 때마침 그곳에는 관리인이 나와 있었습니다. 그는 벙어리 흉내를 내며, 제발 먹을 것을 달라며, 괜찮다면 장작을 패 드리겠노라고 손짓을 해보였습니다.

관리인은 좋아하며 먹을 것을 주고는 누토가 패지 못했던 나뭇단을 끌어왔습니다. 마제토는 한 시간도 못 되어 나뭇단을 잘게 패놓았습니다. 또한 관리인과 함께 나귀를 끌고 수녀원으로 장작을 실어 날랐습니다. 며칠 동안 관리인의 집에서 온갖 허드렛일을 다해낸 마제토를 관리인은 수녀원장에게 누토의 후임으로 추천했습니다.

수녀원장은 그가 일 잘하고 귀머거리에다 벙어리이므로 수녀들을 희롱할 걱정은 없겠다 여겨 정원사로 채용했습니다. 수녀들은 마제토가 말을 못 알아듣는 줄 알고 천한 말을 예사로 퍼부었습니다.

그러던 어느 날, 마제토가 잠시 쉬고 있는데 두 수녀가 다가왔습니다. 수녀들은 수녀원에 찾아오는 부인네들이 들려준 이야기를 하였습니다.

"여기 자주 찾아오는 부인들한테서 들은 이야기지만 이 세상에서 남자와 여자가 하는 즐거움만큼 좋은 것은 없대요. 우리는 다른 남자와 그런 짓을 할 수는 없으니까 이 벙어리와 한번 시험해 봐야겠어요. 머리는 좀 비었어도 얼굴도 잘생기고 체력도 꽤 좋고 아주 쓸 만한 젊은 이잖아요?"

두 수녀는 마제토를 곳간으로 데려가 교대로 농락하여 즐겼습니다. 마제토는 순순히 수녀들이 만족하게 해 주었고, 두 수녀는 기회만 있으면 그와 즐겼습니다. 두 수녀와 마제토의 쾌락을 다른 수녀 세 사람도 눈치챘습니다. 결국 수녀 다섯 명은 마제토가 경작하는 '땅'이 되었습니다.

이런 사정을 전혀 모르는 수녀원장이 마당을 거니는데 마제토가 복숭아나무 밑에서 낮잠을 자고 있었습니다. 그때 바람이 휙 불어 마제토의 아랫도리 옷자락을 걷어버리자 수녀원장은 그의 하반신을 보고

잠이 든 마제토_ 잠자는 마제토의 하반신을 지켜본 수녀원장은 욕정에 사로잡힌다.

는 제자들과 같은 욕정에 사로잡히고 말았습니다.

　수녀원장은 마제토를 깨워 자기 방으로 데리고 간 뒤 달콤한 즐거움을 되풀이해서 맛보며 놓아주지 않았습니다. 이 바람에 젊은 수녀들이 정원사가 밭일을 해 주러 오지 않아 요란스레 비난의 소리를 높이고 말았습니다. 원장은 하는 수 없이 그를 돌려보냈지만, 그 뒤에도 자주 자기 방에 끌어들여서 맡은바 이상의 요구를 했습니다. 마제토는 그렇게 많은 여자를 계속해서 만족하게 할 수는 없으므로 더는 벙어리로 있다가 큰일 나겠다고 생각했습니다. 어느 날 원장과 같이 있는 자리에서 일부러 혀 짧은 소리를 내며 말했습니다.

"원장님, 수탉 한 마리는 암탉 열 마리를 만족하게 할 수 있지만 인간은 남자 열 사람이 여자 한 사람을 만족시키기가 어렵다고들 합니다요. 그런데 저는 아홉 사람에게 봉사해야 합니다. 이러다간 돈이 산더미처럼 쌓이더라도 몸을 지탱하기 어려우니 저를 내보내 주시든가 아니면 다른 좋은 방법을 가르쳐 주셔야겠습니다."

벙어리인 줄로만 알았던 마제토의 말에 수녀원장은 깜짝 놀랐습니다.

"아니 어찌 된 일이냐, 대체 이건? 너를 벙어리인 줄로만 알고 있었는데."

마제토가 말했습니다.

"저는 벙어리였습니다. 태어날 때부터 그런 게 아니고 병을 앓아 말을 못하게 됐는데 이번에 처음으로 말을 하게 됐습니다. 하느님의 덕은 참으로 고마운 것입니다."

수녀원장은 또 "아홉 사람에게 봉사해 왔다는 말이 무슨 뜻이냐?"라고 물었습니다. 마제토는 그동안의 일을 사실대로 말했습니다.

수녀원장은 수녀들과 함께 서로가 해온 일을 고백하게 되었습니다. 그러고는 사람들이 믿을 수 있도록, 마제토는 오랫동안 벙어리였지만 수녀들의 기도 덕분에 그리고 이 수녀원의 수호성인의 공덕 덕분에 말을 할 수 있게 되었다고 말하자고 의견을 모았습니다. 그러곤 그의 몸을 지탱하는 방법을 찾아 피로도 덜게 해주었습니다.

마제토는 젊은 수녀들에게 몇 번이나 아이를 낳게 하는 사태를 일으켰지만 원체 조심했기 때문에 세상에 알려지지 않았습니다. 그러는 동안 수녀원장이 세상을 떠나고 말았습니다. 그 때문만은 아니지만 마제토도 나이가 들었으므로 고향으로 돌아가고 싶었습니다. 그의 소원은 간단하게 허락을 받을 수 있었습니다.

마제토는 노인이 되고 또 아버지가 되어서 돈도 많이 가지고 금의환향했습니다. 그는 어린아이를 키우는 고생도 하지 않고 비용도 안 쓰고

누드가 된 수녀들_ 젊은 수녀들과 수녀원장은 마제토에 의해 욕정의 포로가 된다. 경건해야 할 수녀원은 환락의 공간으로 변모한다. **지노 보카실레의 작품**.

그만의 선견지명으로 청춘을 유효하게 잘 보냈습니다. 그는 고향을 떠날 때와 마찬가지로 도끼 한 자루를 메고 돌아왔지만 아무 걱정이 없었습니다. 그는 이렇게 된 것이 모두 하느님 덕분이라고 늘 말했다고 합니다.

테우델링가의 이야기

필로스트라토의 이야기를 들으면서 부인네들은 얼굴을 붉히기도 하고 웃기도 했습니다. 다음은 팜피네아의 차례라고 일러 그녀가 이야기를 시작했습니다.

저는 마제토보다 보잘것없는 남자가 약은꾀로 훌륭한 왕의 신중한 방법을 헛일로 만든 이야기를 해볼까 합니다. 롱고바르디의 왕 아질루프는 파비아를 수도로 정하고, 같은 롱고바르디의 왕이었던 아우타리의 미망인 왕비 테우텔링가를 아내로 맞았습니다. 그런데 왕의 비천한 마부가 아름다운 왕비를 보고 몹시 짝사랑하였습니다.

마부는 왕비에 대한 사랑의 불길에 몸과 마음을 태우고 있는 만큼 왕비가 기뻐할 일에는 동료를 제쳐놓고 열을 올렸습니다. 왕비도 그의 성의를 알고 말을 탈 때는 언제나 그가 손질한 말을 기꺼이 탔습니다. 마부는 다시없는 영광이라고 생각하고 왕비의 등자 곁을 떠나지 않았고, 그 옷자락에 닿는 것만으로도 하늘에 오른 듯한 기분이 되곤 했습니다.

마부는 시간이 흐르면서 왕비에 대한 연모가 더해 갔습니다. 그는 신분 때문에 왕비에게 고백하지 못했지만, 더욱더 마음을 불사른 끝에, 죽을 방법을 생각하다가 어차피 죽을 바에는 왕비에게 자신의 사랑을 알리고 왕비와 한 번이라도 관계를 같이한 뒤에 죽자고 결심했습니다.

마부는 풍채가 왕처럼 늠름했으므로 왕의 차림과 행동을 세심히 관찰했습니다. 어느 날 밤 왕이 커다란 망토로 몸을 감싸고 한 손엔 횃불을 들고 나머지 손엔 지팡이를 짚고 자기 방에서 나왔습니다. 그리고 왕비 방으로 가더니 아무말도 하지 않고 지팡이로 한두 번 가볍게 문을 두드렸습니다. 곧 문이 열리더니 안에서 시녀가 횃불을 받아들었습니다.

마부는 이 광경과 왕이 돌아가는 것을 보아 두었다가 자기도 이와 같이 해야 되겠다고 생각했습니다. 그래서 왕이 입었던 망토를 손에 넣었습니다. 뜨거운 물로 목욕하고는 말똥 냄새를 씻어냈습니다.

주위가 조용해지기를 기다렸다가 드디어 자기의 목적을 이루기 위해 왕처럼 왕비의 방문 앞에 가서 지팡이로 두 번 똑똑 두들겼습니다.

잠에 취한 시녀가 문을 열고 횃불을 받아들더니 불을 껐습니다. 마부는 말없이 침대의 장막을 걷어올리고 안으로 들어가서 망토를 벗고는 왕비가 잠들어 있는 침대로 기어들어갔습니다.

그러고는 욕정에 못 이기는 듯 왕비를 껴안고 몇 번이나 왕비의 육체를 농락하였습니다. 그런 다음 방을 떠나기가 얼마나 서운했는지는 새삼스럽게 말할 필요도 없습니다. 그러나 어물거리다가 모처럼 맛본 기쁨도 슬픔으로 변할 우려가 있었으므로 일어나 망토를 걸친 후 아무말 없이 등불을 들고는 그 방을 나왔습니다. 그는 되도록 빨리 자기 방으로 돌아와 침대 속으로 파고들었습니다.

그런데 공교롭게도 그가 왕비의 방을 나간 사이에 진짜 왕이 나타났습니다. 왕이 침대에 들어와 왕비를 안으니 왕비는 그만 기뻐서 어쩔 줄 몰라 하며 말했습니다.

"어머, 왕께서는 오늘 별일이시네요? 여기서 가신 지가 얼마 되지 않

마부의 거사_ 넘볼 수 없는 왕비를 사랑한 마부는 죽기 전에 왕비 곁에 가서 무슨 일이든 저질러야 겠다고 결심한다. 그는 왕의 차림과 행세를 보아 두었다가 왕처럼 꾸미고 밤에 왕비를 덮친다. 왕비는 그것도 모르고 마부 앞에서 자신의 아름다운 육체를 뽐내는 장면이다. **브루넬레스키의 작품**.

았는데 이렇게 빨리 다시 오시다니 과로하지 않는 것이 좋으시겠어요."

왕은 왕비의 말을 듣고는 자기와 비슷한 누군가가 왕비의 침대에 들었다는 것을 알았습니다. 보통 사람이었다면 왕비를 추궁하였겠지만 왕은 총명하였기에 내색하지 않고는 왕비에게 말했습니다.

"비여, 내가 다시 돌아와서 또다시 이런 일을 못할 남자라고 생각하오?"

왕비가 발갛게 얼굴을 붉히며 말했습니다.

"그렇게는 생각하지 않아요. 하지만 건강을 조심하시도록 부탁드리고 싶어요."

왕은 왕비와 한바탕 거사를 치른 후 침실에서 나왔습니다. 그러고는 누가 대체 이런 짓을 했는가, 범인은 아직도 궁 안에 있을 것이 틀림없다고 생각하고는 등불을 들고 마구간 위에 있는 길쭉한 다락방으로 올라갔습니다. 그 방에서 왕은 하인들 모두가 깊은 잠에 빠진 것을 확인했습니다.

왕은 왕비가 말한 그런 짓을 한 자가 있다면, 과도한 피로 때문에 심장이 빠르게 뛸 것이라 생각하고는, 하인 중에서 심장이 가장 빠르게 뛰는 놈을 찾아내 수염과 머리카락을 잘라서 표시를 해놓아야겠다고 생각했습니다.

왕비의 방에 왕을 가장하고 들어갔던 사나이는 잠들지 못하고 있었습니다. 그는 왕이 왜 왔는지를 알았습니다. 그는 왕이 눈치채면 즉석에서 죽음을 당하리라 생각했습니다. 왕은 조용히 방에 들어와서는 가위로 그의 머리칼을 조금 잘랐습니다. 머리칼이 잘린 마부는 약은꾀를 썼습니다. 왕이 표시해놓은 것을 알자, 곧 일어나 마구간에 있던 가위를 가지고 와 방에서 자던 모든 사람의 머리카락을 자신과 같이 조금씩 잘랐습니다. 그는 아무도 모르게 그 일을 끝내고는 자기 침대로 돌아와 잠들었습니다.

다음 날 왕이 하인들을 늘어서게 해 보니 젊은 마부뿐만 아니라 모든 하인들이 전부 다 수염과 머리카락이 조금씩 잘려 있었습니다. 왕은 이렇게 된 마당에 괜히 범인을 잡아낸다고 휘젓고 다녀봐야 찾기도 어렵고, 괜히 왕비와 자신의 명예만 더럽히게 되리라 생각하여 범인 잡기를 포기하였습니다. 젊은 마부는 이 일을 처음이자 마지막 기억으로 간직하고 여생을 다른 마음먹지 않고 조용히 살았다고 합니다.

칼란드리노와 그의 친구들_ 칼란드리노가 브루노와 부팔마코에게 돼지고기를 빼앗기고 놀림을 당하는 장면을 묘사한 그림이다. **중세 필사본 그림.**

어느 부인의 이야기

팜피네아가 이야기를 마치자 사람들은 마부의 담력과 재치에 혀를 내두르는 동시에 왕의 큰 도량을 칭찬했습니다. 여왕은 필로메나를 돌아보며 계속해서 이야기하라고 명했습니다. 그녀는 방긋 웃으며 재미있는 이야기의 포문을 열었습니다.

저는 여러분에게 아름다운 부인이 참으로 근엄하고 종교심이 두터운 수도사를 속이면서 해낸 나쁜 장난을 이야기해 드릴까 합니다.

사랑이나 신앙보다 위선에 찬 우리 도시에, 그리 먼 옛날이야기는 아닙니다만, 매우 아름답고 행실도 바르며 고상한 마음씨를 지닌 귀부인이 살았습니다.

이 귀부인의 이름도 이 이야기에 나오는 다른 사람들의 이름도 저는 다 알지만 밝히지 않겠습니다. 그분들은 아직도 다 살아 계시고, 또 이 이야기를 들으시고 웃어넘긴다면 좋겠지만, 화를 낼 분도 있을지 모르기 때문이죠.

귀족 출신의 부인은 큰 부자가 된 모직물 공장을 하는 사람과 결혼했습니다. 부인은 남편이 돈이 많기는 했지만 내심으로는 남편을 경멸하였습니다. 비록 큰 부자라도 신분이 낮으면 귀부인과 균형이 맞지 않는다고 생각하였습니다. 남편은 재력이 있으면서도 자나깨나 양털을 골라 천을 짜내는 지시를 하고, 여직공과 직물 일로 입씨름을 벌이며 직물에 대한 생각뿐이었습니다. 그녀는 부득이할 때를 제외하고는 남편과 포옹하고 싶지 않았습니다. 그러나 자신의 만족을 채우기 위해서 직물과 관계없는 그 이상의 남자를 물색하였습니다. 그러다가 귀부인은 꽤 훌륭한 중년 신사에게 빠지고 말았습니다. 그녀는 낮에 그 사람을 보지 않으면 밤에는 잠도 이루지 못할 만큼 되었습니다.

상대인 귀족 신사는 그런 것을 조금도 몰랐습니다. 게다가 그녀는 매우 조심스러워서 하녀를 보내거나 편지로 자기의 연정을 호소하지 않았습니다.

그러던 어느 날, 부인은 그가 어느 수도사와 매우 친하게 지내고 있다는 것을 알았습니다. 이 수도사는 우둔하고 눈치도 빠르지 못한 사람이었지만, 신앙심이 매우 두터운 생활을 하고 있었으므로 나무랄 데 없는 훌륭한 수도사라는 평을 듣고 있었습니다. 부인은 그가 자신이 사모하는 사람 사이를 중개해 줄 가장 적당한 사람이라고 생각했습니다. 적당한 날을 골라 수도사를 찾아가 자신의 고해를 들어달라고 신청했습니다. 수도사는 귀부인이 틀림없다고 생각하고는 기꺼이 부탁을 들어주었습니다.

"신부님, 제가 말씀드린 일에 대해서 신부님의 조력과 충고를 듣고 싶습니다. 아까도 말씀드렸으니 제 친척이 누구이며 남편이 누구라는 것은 아셨을 줄 압니다. 저는 제 목숨 다음으로 남편을 사랑합니다. 그런데 이름은 모르겠습니다만 상당히 신분이 높은 어느 분이, 제가 틀리지 않는다면, 이 성당에 자주 출입하는 모양이에요. 그분은 체격이 훌륭한 미남자시고, 언제나 신분과 나이에 알맞은 갈색 옷을 입고 계십니다. 그분은 제가 문간이나 창가에 서거나 집을 나서면 금세 제 눈앞에 나타납니다. 정말 너무 성가십니다. 그런 일이 계속되면 설령 정

수도사에게 고해하는 귀부인
귀부인이 고해 성사하는 장면으로, 수도사를 통해서 거짓 고해로 자기 뜻을 이루고자 한다. **텔레마코 시뇨리노의 작품.**

숙한 부인이라도 엉뚱한 소문이 날 겁니다. 신부님은 그분과 친구 사이인 것 같고 또 꾸짖을 수 있는 위치에 계시니 부디 그분이 그렇게 하지 않으시도록 오로지 하느님께 부탁할 뿐입니다."

부인은 눈물을 흘리고 고개를 숙였습니다. 성자라고 명성이 높은 수도사는 그 남자가 누구인지 금방 알아채고는 부인의 말을 곧이곧대로 믿었습니다. 부자로 알려진 부인에게 자기의 가난을 은근히 호소하고는 기부와 희사를 부탁했습니다.

부인이 돌아간 뒤 수도사는 문제의 신사를 불러 부인에게 추파를 보내지 말라고 충고했습니다.

귀족은 깜짝 놀랐습니다. 그녀에게 추파를 보내기는커녕 그 집 앞을 지나다닌 일도 없었기 때문입니다. 그 남자는 변명하기 시작했습니다.

신부는 그의 말을 가로막으며 이렇게 말하는 것이었습니다.

"허허, 그렇게까지 놀랄 건 없어요. 난 이 이야기를 소문으로 들은 게 아니오. 당사자인 부인이 눈물로 호소했단 말이오. 그 일이 당신에게 중요한 일일 수도 있지만 단적으로 말해서 그런 바보짓을 용서할 수가 없소. 그녀도 마찬가지요. 그러니 당신의 명예를 위해서도 그녀를 위로하기 위해서도 그런 짓은 그만두시오. 그녀를 내버려 두란 말이오."

그는 수도사보다 사물의 이치에 더 훤했으므로 금방 부인의 뜻을 알아챘습니다. 신사는 수도사 앞에서 부끄러운 체하며 다시는 그런 짓을 하지 않겠다고 대답했습니다.

신사는 부인의 집으로 갔습니다. 창가에서 그가 오는 것을 본 부인은 교태를 부리며 나아갔습니다. 그는 수도사가 한 말의 속뜻을 뚜렷이 이해할 수 있었습니다. 그날부터 조심하면서도 자기도 즐겁고 부인에게도 큰 기쁨과 위안이 되는 일이라 뭔가 다른 볼일이 있는 체하고 줄곧 그 길을 지나다녔습니다.

그러는 동안 부인은 신사도 자신을 그다지 나쁘게 생각하지 않음을 깨달았으며, 그의 마음을 불태우고 자기의 사랑에 열매를 맺고 싶어서 기회를 보아 수도사를 다시 찾았습니다.

부인은 수도사의 발밑에 꿇어앉아 울음을 터뜨렸습니다. 그리고는 그 남자가 차츰 대담하고 뻔뻔해지더니 심부름하는 여자를 통해 지갑과 허리띠를 보내왔다고 말했습니다. 그러면서 이렇게 말하는 것이었습니다.

"저는 하느님과 남편 덕분에 손지갑과 허리띠는 묻혀 죽을 만큼 많이 가지고 있습니다. 그러니 신부님 손으로 확실하게 돌려주십사 하고 이렇게 가지고 나왔습니다. 더 괴롭히면 저는 남편과 형제들에게 이야기할 수밖에 없습니다. 저는 신부님을 아버지처럼 믿고 있으므로 개의

치 않으실 줄 믿습니다만, 그렇게 되면 어떤 불행한 일이 일어날지 모릅니다. 제 입으로 말씀드리기는 거북합니다만, 제가 그분 때문에 수치를 당하기보다는 오히려 그분이 악평을 받는 편이 훨씬 바람직할 것입니다. 신부님, 부디 선처해 주시기 바랍니다.”

이렇게 말하면서 격하게 울던 부인은 교태를 부리면서 외투 안에서 매우 훌륭한 손지갑과 값비싼 허리띠를 꺼내어 신부의 무릎에 놓았습니다.

수도사는 부인을 괴롭힌 귀족을 다시 불러 크게 꾸짖었습니다.

그 귀족은 신부가 무슨 말을 하는지 자세히는 몰랐지만, 자기가 부인에게 보낸 물건이라면 신부의 의심을 사지 않기 위해서 그런 것을 보낸 일이 없다고 어물어물 말했습니다.

신부는 얼굴이 빨개져 소리쳤습니다.

“나쁜 사람이군. 어떻게 아니라고 할 수 있나? 그 물건은 여기 있어. 그 부인이 울면서 손수 가져왔네. 어때, 알겠지?”

그 귀족은 부끄러운 듯이 말했습니다.

“알겠어요. 내가 나빴어요. 그 부인의 마음을 안 이상 이런 일 때문에 당신을 성가시게 하지 않겠어요.”

그러고는 여러 가지 이야기가 오갔습니다. 마침내 신부는 손지갑과 허리띠를 그 친구에게 주었습니다. 그러고는 다시는 이런 일이 일어나지 않도록 간곡히 설교하고 기도도 올리며, 그가 다시는 부인에게 그런 짓을 하지 않을 것임을 굳게 약속한 뒤에 돌려보냈습니다.

귀족 신사는 수도사에게 여러 가지 설교를 듣고 지갑과 허리띠를 받았습니다. 신부 앞에서 물러나자 그길로 부인을 찾아가 자기에게 보내진 두 물건을 넌지시 보였습니다. 부인은 자기 계획이 들어맞아서 여간 기쁘지 않았습니다. 그러다 남편이 볼일이 생겨 제노바로 떠나게 되었습니다. 남편이 떠나자 부인은 일을 매듭짓고자 수도사를 찾아가 울먹였습니다.

"신부님, 그 친구분. 아니 그 지옥의 악마가 오늘 아침 기도 시간에 제게 무슨 짓을 했는지 말씀드리고 싶습니다. 제 남편이 제노바로 출장을 갔다는 것을 어떻게 알고는 우리 집 정원으로 들어오더니 제 침실 창가에 있는 나무에 올라가 창문을 열고 제 방으로 들어오려 했습니다. 저는 눈을 뜨고 소리를 지르려 했습니다. 하지만 그가 아직 방에는 들어오지 않았고 또 자기 이름을 대며 하느님과 신부님을 보아 제발 용서해 달라고 애원하여 소리를 지르지 않았습니다. 그래서 발가벗은 채 창가로 달려가서 창문을 닫아버렸습니다. 이제 더는 참을 수가 없습니다."

수도사는 매우 화가 났습니다. 그 귀족 신사를 불러 따져 물어야겠다고 생각했습니다. 마침 그 귀족이 성당으로 왔습니다. 신부는 한쪽 구석으로 그를 데리고 가서 지금까지 그런 이야기를 남에게 해본 일이 없다는 투로 최대의 욕을 퍼부었습니다. 그는 신부에게 두 번씩이나 꾸지람을 들은 일이 있었으므로 충분한 주의를 기울여 대답하며 신부에게 자세한 이야기를 들으려고 애쓰면서 물었습니다.

"어째서 그렇게 화가 나셨지요? 신부님. 내가 그리스도를 십자가에라도 못 박았단 말인가요?"

수도사는 부인이 한 말을 모두 들려주며 귀족 신사를 크게 꾸짖었습니다.

"지금까지 그 부인이 참고 잠자코 있었던 것은 자네에게 호의를 품었기 때문이 아니라 내가 부탁해서 자네가 한 일을 남에게 말하지 않은 게야. 하지만 이젠 잠자코 있지 않을 걸세. 부인은 다시 일이 벌어지면 더는 참을 수 없다고 하더군."

귀족 신사는 자기가 해야 할 일을 똑똑히 알았으므로 여러 가지 약

귀부인과 만남_ 귀부인이 암시한 의중을 파악한 신사가 창문을 넘어 그녀와 밀회를 나누는 장면이다. **중세 필사본 그림.**

속을 해서 수도사의 마음을 달랬습니다. 그에게서 물러나 이튿날 아침 기도 시간 조금 전 부인의 집 정원에 들어가서 나무에 기어 올라갔습니다. 올라가 보니 창문이 활짝 열려 있어 부인의 침실로 쉽게 들어갔습니다.

부인은 정욕에 가슴을 태우고 있었기에 미칠 듯이 반기며 그를 맞이했습니다.

"그 수도사 덕분이에요. 저를 찾아오는 방법을 당신에게 이토록 잘 가르쳐 주셨으니까요."

서로 사랑의 즐거움에 잠기면서 욕정의 도가니에 빠졌습니다. 신부의 어리석음을 이야기하고 웃어대며 또 직물과 직조기와 나사지의 털을 세우는 것에만 정신이 쏠린 남편을 비웃으면서 말로는 표현할 수 없

사랑의 밀회_ 욕망에 가득 찬 귀부
인은 자신의 지혜로 사랑을 쟁취한
다. **브루넬레스키의 작품**.

는 쾌락을 마음껏 즐겼습니다.

두 사람은 앞으로 만날 방법을 의논해서 수도사를 찾아가는 일도 없

었습니다.

돈 펠리체의 이야기

필로메나가 이야기를 마치자 디오네오는 부인의 영리함을 극구 칭찬하며 필로메나의 소원과 자신의 소원이 딱 일치한다고 말했습니다. 여왕도 웃으면서 팜필로에게 아주 재미있는 이야기를 명하였고 팜필로는 사양하지 않고 말문을 열었습니다.

여왕님, 이 세상에는 천국에 가려고 애쓰면서 생각잖게 남을 천국에 보내는 사람이 의외로 많습니다. 제 이야기는 그리 먼 옛날 일이 아닙니다. 우리와 가까이에 살던 한 부인에게 일어난 사건을 말씀드리기로 하지요.

성 브랑카치오 사원 가까이에 푸치오 디 리니에리라는 사람 좋은 부자가 살았습니다. 그는 말년에 종교에 심취하여 성 프란체스코파의 제3회원이 되었으며, 프라테 푸치오라고 일컬어졌어요.

그 사람은 가족이래야 아내와 하녀가 있을 뿐이고 별로 하는 일이 없어서 언제나 성당에 나가 주기도문을 외우거나 설교를 듣는 등 독실한 신앙생활을 하고 있었습니다.

이자베타라는 그의 아내는 28살이고 카졸리나 능금(복스럽고 둥근 얼굴)처럼 복스럽고 둥근 얼굴의 청초한 미인이었습니다. 하지만 남편이 종교에만 빠져 오랫동안 부부 관계를 갖지 못하고, 남편에게 겨우 그리스도의 생애라든가 성자의 거룩한 삶 같은 몸서리쳐지게 엄숙한 교훈만 듣는 꼬락서니였습니다.

그 무렵 돈 펠리체라는 성 브랑카치오 사원의 수도사가 파리에서 돌아왔습니다. 그는 젊고 미남이었으며 재기 발랄하고 박식한 수도사였습니다. 프라테 푸치오는 이 사람과 매우 친해졌습니다.

이 수도사는 프라테 푸치오가 의문으로 여기는 것은 무엇이나 풀어주었고 게다가 그의 신분을 알고는 자기를 성인처럼 보이게 했으므로, 푸치오는 자주 그를 집에 불러 점심 식사나 저녁 식사를 대접하곤 했습니다. 아내도 푸치오를 위해서 충실한 하녀처럼 정중히 대접했습니다.

프라테 푸치오의 가정에 드나드는 동안 돈 펠리체는 그의 아내가 풋풋하고 능금처럼 빛나는 외모를 지닌 것을 보게 되었는데, 그녀가 가장 부족해하고 아쉬워하며 참고 있는 것이 바로 남녀 관계라는 것을 깨달았습니다. 그래서 가능하면 푸치오의 노동을 덜어 주고 자기가 대역을 해주자고 생각했습니다.

정이 가득 담긴 눈으로 그녀를 지그시 바라보곤 해놓고 기회가 무르익었다 싶었을 때 자기의 소망을 그녀에게 털어놓았습니다.

그런데 그녀가 아무리 실행에 옮기고 싶어도 수도사에게 몸을 맡길 데는 집 외에 마땅한 장소가 없는데, 남편은 동네에서 한 발짝도 나간 적이 없어 도저히 기회가 생기지 않았습니다.

두 사람은 이런저런 구실을 생각해내다 마침내 푸치오가 집에 있어도 정사를 나눌 방법을 수도사가 알아냈습니다. 어느 날 푸치오가 자기를 만나러 왔을 때 수도사는 이렇게 말했습니다.

"푸치오 님, 당신의 희망은 성인이 되시는 데 있다는 것을 잘 알았습니다. 그런데 당신은 지름길을 두고 먼 길을 돌아서 가는 것 같군요. 교황님을 비롯하여 대부분의 훌륭한 성직자들은 그것을 일찍이 깨닫고 지름길로 가셨는데, 그 길을 남에게 가르쳐 줄 생각은 하지 않으셨습니다. 박식하고 고귀한 성직자, 곧 하느님의 축복을 받는 신분이 되고 싶으면 내가 지금부터 말하는 고행을 해야 합니다."

그러고는 엄격한 단식과 금욕을 40일 동안 계속하되, 그 기간에는 부인을 비롯한 여성과 접촉하지 말아야 한다고 말했습니다. 또한 집안에서 밤하늘을 쳐다볼 수 있는 장소를 골라 밤에는 그곳에 가서 고행해야 하며, 아침 기도 때까지 하늘을 쳐다보고 가만히 있어야 한다고 했습니다. 아침 기도 종이 울리면 옷을 입은 채 침대에 들어가 자도 좋지만, 그날 아침 성당에 가서 적어도 세 번 미사를 드리고 주기도문을 쉰 번 이상을 외우고, 또 그만큼 아베마리아를 외우라고 했습니다. 볼일이 있으면 그 일을 봐도 되지만, 식사가 끝나고 밤 기도 때가 되면 성당에 가서 자기가 써 준 기도문을 외우라고 했습니다. 그것이 끝나면 또다시 밤 고행을 해야 한다고 했습니다.

푸치오가 집으로 돌아와서 부인에게 이 방법을 말해주자 그녀는 수도사의 속셈을 알아채고는 남편에게 좋은 방법이라며 자기도 함께 단식하겠노라고 했습니다. 푸치오는 금요일부터 고행을 시작했고, 수도사는 밤이면 부인을 찾아가 함께 식사하고 술을 마신 뒤 아침 기도 때까지 잠자리를 같이하고 돌아갔습니다. 그런 후에 푸치오가 침대에 기어들어갔습니다.

푸치오가 고행을 하는 곳은 아내의 침실 바로 옆이었으며 얇은 벽하나로 가려져 있을 뿐이었습니다. 수도사와 아내가 음란하게 정사를 벌일 때 푸치오는 마치 마룻바닥이 흔들거리는 듯한 느낌이었습니다.

그는 주기도문을 막 100회째 외우고 났을 때 잠깐 그대로 몸을 움직이지 않고 아내에게 무엇을 하고 있느냐고 물었습니다.

아내는 재치 있는 여자였으므로 이렇게 대답했습니다.

수도사 돈 펠리체의 간통_ 열렬한 신자의 부인을 연모한 돈 펠리체는 꾀를 내어 남편에게 종교에
더욱 깊이 귀의하고 신실하게 기도하는 방법으로 십자가 모양으로 만든 틀에 들어가서 마치 무덤
에 들어가 있는 것처럼 하여, 밤마다 기도를 외우면서 처박혀서 수도하는 방법을 취하라고 제안한
다. 남편이 십자가 모양 틀에 들어가서 기도문을 외우는 동안 수도사는 부인의 침대에 들어가 즐겼
다. **브루넬레스키의 작품.**

"저는 잠을 이루지 못해서 이리저리 뒤척이는 중이에요."

푸치오가 다시 물었습니다.

"이리저리 뒤척이다니? 그게 무슨 뜻이오?"

간교한 아내는 속으로 웃으면서 말했습니다.

"어째서 그 까닭을 모르세요? 전 몇 번이나 듣고 있지만, 밤에 안 먹고 자면 밤새도록 뒤척인다고 하잖아요……."

푸치오는 '아내도 단식하고 있어서 잠을 이루지 못하는구나, 그래서 침대 위에서 뒤척거리고만 있었구나' 하고 생각하고는 부드럽게 말했습니다.

"그러기에 당신은 단식할 필요가 없다고 그토록 말했잖아. 고집을 피웠지만 이제 그런 생각일랑 말고 잘 자도록 해요. 여기가 다 건들건들 흔들릴 만큼 침대를 삐걱거린단 말이야."

그러자 아내가 대답했습니다.

"그런 건 개의치 마세요. 제가 해야 할일을 잘 알고 있어요. 당신은 당신 할일이나 하세요. 저도 되도록 잘할 테니까요."

푸치오는 입을 다물고 다시 기도를 시작했습니다.

그날 밤부터 아내와 젊은 수도사는 침대를 다른 방에도 마련하고 푸치오의 수업이 끝날 때까지 거리낌없이 요란스레 질퍽한 정욕을 불태웠습니다. 시간이 되면 수도사는 돌아가고 아내는 자기 침대로 돌아갔습니다. 그러면 남편은 곧 수업을 마치고 그 침대로 돌아오는 것입니다.

이런 식으로 그는 고행을 계속하고, 아내는 수도사와 애정 행각을 이어갔습니다. 그녀는 수도사에게 이런 농담을 했습니다.

"당신이 푸치오에게 고행을 시킨 덕분에 우리는 천국에 올라갈 수 있었네요."

수도사 돈 펠리체와 부인_ 부인은 수도사와
즐기면서 "당신이 남편에게 고행을 시켰기
때문에 당신과 나는 천국에 온 것이다"라며
좋아했다.

　부인과 수도사는 푸치오의 수업이 끝난 뒤에도 다른 장소에서 사랑
의 즐거움을 계속 나누었답니다.

치마의 이야기

팜필로의 이야기가 끝나자 부인들은 웃음을 멈추지 않았습니다. 여왕은 이번에는 새침데기 같은 엘리사에게 이야기하라고 했습니다. 그녀는 새침한 태도로 이야기를 시작했습니다.

세상에는 너무나 지식이 풍부하여서 다른 사람들은 아무것도 모른다고 생각하는 사람이 많습니다. 그런 사람들은 자신이 남을 속인 줄 알았는데 나중에는 자신이 다른 사람에게 속았다는 것을 깨닫곤 합니다.

그런 이유로 저는 쓸데없이 남의 능력을 시험해 보려는 짓이 얼마나 어리석은 일인지를 제대로 알았으면 합니다. 이렇게 말씀드려도 누구나 저와 같은 의견이라고는 생각되지 않으므로 마침 이야기할 차례도 오고 해서 피스토야의 어느 기사에게 일어난 일을 이야기해 볼까 합니다.

피스토야의 베르젤레시 집안에 프란체스코라는 기사가 있었습니다. 그는 돈도 많고 머리도 좋고 눈치도 빠른 사람이었는데 욕심이 너무 많았습니다. 그가 밀라노의 장관직에 부임했을 때 이 직위에 부끄럽지 않게 필요한 것은 모두 갖추었지만, 장관에게 알맞은 말(馬)이 손에 들어오지 않았습니다. 마음에 드는 말이 눈에 띄지 않았으므로 그는 근심에 잠겼습니다.

그 무렵 피스토야에 리차드로라는 젊은이가 살았습니다. 신분이 낮은 태생이었지만, 돈이 매우 많고 동네 사람들한테서 치마(멋쟁이)라는 말을 들을 만큼 말쑥하게 갖추어 입는 청년이었습니다. 이 청년은 미인인데다 정숙하다고 소문이 높은 프란체스코의 부인을 오래전부터 연모하여 불행한 희망을 걸고 있었습니다.

그는 토스카나 지방에서도 가장 아름다운 말 한 필을 소유하고 있었으며 무척 소중히 다루었습니다. 리차드로가 프란체스코 부인에게 품은 연정은 세상 사람들이 다 알고 있었기에 이 말을 들은 어떤 사람이 프란체스코가 원한다면 그 말을 줄지도 모른다고 했습니다.

프란체스코는 욕심에 끌려서 리차드로를 불러 말을 팔 것을 요청했습니다만 속으로는 공짜로 선물 받고 싶었습니다. 리차드로는 기다렸다는 듯 대답했습니다.

"각하의 전 재산을 다 주셔도 제 말을 드릴 수 없습니다. 하지만 각하께서 다음과 같은 조건을 허락하시면 아름다운 말을 선물로 드리겠습니다. 그것은 각하가 말을 받으시기 전에 각하의 호의로 각하가 보시는 앞에서 부인과 몇 마디 말을 하게 해달라는 것입니다. 다만 사람들은 저만치 물러주시고 부인 이외는 제 말을 듣지 못하도록 해주시면 됩니다."

프란체스코는 욕심에 끌려 그를 속일 수 있다고 생각하고, "좋아, 자네가 하고 싶을 만큼 말하게"라고 대답했습니다. 그래서 기사는 자기 집 홀에 그를 남겨두고 부인 방으로 가서 어떻게 명마가 쉽게 손에 들어오게 되었는가를 말하고 리차드로에게 가서 그가 하는 말을 들어볼 것을 일렀습니다. 다만 그가 하는 어떤 말에 대해서도 대답해서는 안 된다고 주의시켰습니다.

리차드로와 프란체스코 부인_ 리차드로
는 프란체스코에게 말을 주고, 프란체스
코는 그 대가로 리차드로가 아내와 대화
할 수 있게 해준다. **중세 필사본 그림.**

　부인은 그와 같은 거래를 비난했습니다만, 남편의 마음에 들도록 하
지 않으면 안 되었으므로, 그렇게 하겠다고 대답했습니다. 그리고 치
마가 하고 싶다는 말을 들으려고 남편 뒤를 따라 홀에 나타났습니다.

　리차드로는 다시 기사와 굳은 약속을 나눈 다음 사람들한테서 떨어
져 홀 구석으로 가서 부인과 단둘이 앉아 입을 열었습니다.

　"부인, 부인은 참으로 총명하신 분이시니, 제가 오래전부터 부인의
아름다움 때문에 얼마나 간절한 생각을 품었는지 알고 계실 줄 압니
다. 정말 부인의 아름다움은 제가 여태까지 본 어느 여성의 아름다움
보다도 뛰어나십니다. 제가 부인을 사랑하는 마음은 저의 생명이 끝나
지 않는 한 사라지지 않을 것이며, 이 세상의 사랑이 저 세상에서 사라
지지 않는다면 저는 영원히 부인을 사랑할 것입니다. 제발 저를 가엾
게 여기시고 자비를 내리셔서 부인의 것인 저에게 지금까지 보인 완고

치마와 부인의 대화_ 치마는 아무도 몰래 귀부인과 몇 마디를 나누게 해주면 말을 주겠다고 한다. 귀족은 그러라고 하고 아내에게는 그를 만나되 입은 열지 말라고 한다. 두 사람이 만났지만 부인은 어떤 말도 하지 않았고, 이를 멀리서 지켜보는 남편의 모습이다. **지노 보카실레의 작품.**

함을 거두시고 부드럽게 해주십시오. 제발 부인의 연민의 정에 위로받아 제가 부인의 아름다움 때문에 사랑에 빠지고, 그 때문에 살 보람을 느꼈다고 말하게 해주십시오. 제 소원을 들어주시지 않는다면 저는 분명 살아갈 힘을 잃고 자결할 것입니다. 그렇게 되면 부인께서는 저를 죽였다고 세상 사람들에게 지탄을 받겠지요."

리차드로는 한숨을 내쉬고 눈물을 흘리며 부인의 답을 기다렸습니다. 부인도 자기를 사랑한다는 남자의 고백을 직접 들으니 마음이 흔들렸고, 지금까지 느끼지 못한 감정이 일었습니다. 부인이 한숨을 지으며 아무런 대답을 하지 않자, 리차드로는 남편의 지시를 받은 것이 틀림없다고 생각하고는 다른 방법을 생각해 냈습니다. 자기가 부인이 된 듯 여자의 처지에서 말했습니다.

"리차드로 님, 저는 오래전부터 저를 생각하는 당신의 마음이 얼마나 크고 깊은지 다 알고 있어요. 그것을 확인할 수 있어서 무척 기뻐요. 지금까지 저를 완고하고 잔인하기 짝이 없는 여자라고 생각하셨을지 모르지만, 속마음은 그렇지 않다는 것을 믿어 주세요. 그뿐 아니라 저는 언제나 당신을 사랑하고 있었습니다. 남의 입이 두렵고 저의 정숙함을 손상하고 싶지 않아서 당신을 냉대한 거예요. 이제는 당신을 사랑한다는 말씀을 분명히 드릴 수 있고, 또 당신의 사랑에 보답할 시기가 왔어요. 제발 힘을 내고 희망을 가지세요. 당신이 저에 대한 사랑 때문에 명마를 선물로 주셨으니, 며칠 뒤면 남편이 그 말을 타고 밀라노로 부임해 갈 거예요. 그때 정원으로 난 제 침실 창문에 수건을 두 장 걸어둘 테니 그것을 보시거든 그날 밤 다른 사람 눈에 띄지 않게 저를 찾아오세요. 저는 거기서 당신을 기다릴게요. 밤새 실컷 사랑을 즐기도록 해요."

리차드로가 부인 대신 이렇게 대답한 다음 리차드로 자신으로 돌아가서 말했습니다.

"사랑하는 부인, 저는 부인의 고마운 대답을 듣고 너무나 기뻐서 온몸이 마비되어 감사의 말씀을 드릴 수 없습니다. 비록 마음대로 말을 할 수 있다고 하더라도, 제가 바라는 대로 감사의 기분을 나타낼 말이 잘 나올지 어떨지 모르겠습니다. 그러니 말로써 표현할 수 없는 점은 부인의 뛰어난 판단력으로 짐작해 주십시오. 그러나 이것만은 말씀드려 두겠습니다만 부인이 지시하신 일은 반드시 실행하겠습니다. 그때는 부인에게 허용된 한도껏 풍부한 선물이 포장된 셈이 되니까 저도 최대의 감사를 힘껏 돌려드릴 생각입니다. 자, 이제 더 말씀드릴 일이 없습니다. 하지만 사랑하는 부인, 저는 하느님께 부인이 바라는 최대의 기쁨과 행복을 내려주십사고 빌겠습니다."

부인은 한마디도 입을 떼지 않았습니다. 리차드로는 일어서서 남편인 기사가 있는 곳으로 돌아섰습니다. 그가 일어서는 것을 보고 프란체스코가 성큼성큼 걸어와 웃으면서 말했습니다.

"어떤가? 나는 훌륭하게 약속을 지켰지?"

리차드로는 괜히 화가 난 듯 말했습니다.

"아닙니다. 각하! 각하는 저에게 부인과 말을 하게 해주시겠다고 약속하셨는데, 대리석상과 말하게 하셨습니다."

이 말은 기사의 마음에 무척 들었습니다. 그는 부인을 믿기는 했지만 이것으로 더 확신을 굳혔습니다. 리차드로는 다시 기사에게 말했습니다.

"예, 그렇습니다. 모처럼 각하에게 받은 호의가 이런 결과가 될 줄 알았더라면 이런 부탁을 드리지 않고 쾌히 말을 드렸을 것을 그랬습니다. 하지만 하느님은 이렇게 시키셨으니, 각하는 말을 사신 것이 되고, 저는 말을 판 것이 되지 않았습니다."

기사는 껄껄대고 웃었습니다. 이렇게 하여 리차드로의 말을 가지게 된 기사는 이삼일 후에 장관직에 앉기 위해 밀라노로 떠났습니다.

집에 자유로이 남게 된 부인은 리차드로의 말과 그가 품고 있는 사랑의 마음과 자기를 사랑하기 때문에 선물로 준 말이 자꾸 생각났으며, 집 앞을 자주 왔다갔다하는 모습을 볼 때마다 저도 모르게 혼잣말이 나왔습니다.

'나는 도대체 무엇을 하고 있는 걸까? 어째서 내 청춘을 헛되이 보내는 것일까? 남편은 밀라노에 가서 반년 뒤에 돌아올 테니 언제 그 손해를 메꿔준단 말인가? 내가 할머니가 된 뒤에? 리차드로 같은 근사한 연인이 언제 또 나타날 수 있단 말일까? 나는 지금 외톨이이고 무서운 사람은 아무도 없다. 어째서 이런 절호의 기회를 붙잡지 않는지 나도 모르겠다. 게다가 이런 일은 아무도 알 까닭이 없고, 설혹 남에게 알려지더라도 나중에 후회하는 것보다 훨씬 낫지 않은가.'

치마와 부인의 밀회_ 귀부인은 귀족에게는 정떨어지고 간절히 사랑하는 치마가 생각나서 치마를 부르는 신호로 수건을 창문에 널어 두고, 치마는 그것을 보고 귀부인에게 몰래 찾아가 두 사람은 즐기는 사이가 된다.

부인은 이렇게 갈등에 휩싸였다가 마침내 결심하고는 그가 말한 대로 마당 쪽으로 난 창문에 수건 두 장을 걸어 놓았습니다.

리차드로는 그것을 보고 기뻐하며 밤이 되기를 기다려 살며시 부인 집의 정원 출입구로 갔습니다. 출입구에 다다르니 문이 열려 있었습니다. 재빨리 집안으로 들어가는 또 다른 문 앞에 이르니 부인이 그를 기다리고 있었습니다.

부인은 일어서서 다가와 반갑게 그를 맞았습니다. 그는 그녀를 껴안고 몇 번이고 입을 맞춘 다음 그녀를 따라 층계를 올라갔습니다. 그리고 빠르게 침대에 뛰어들어 사랑의 클라이맥스로 온몸을 던졌습니다.

이것은 처음이기는 했습니다만 마지막은 아니었습니다. 왜냐하면 남편이 밀라노에 가 있는 동안 그들의 정사가 계속되었고, 남편이 돌아온 후에도 두 사람은 밀회를 나누었답니다.

리차르도 미누톨로의 이야기

엘리사의 이야기가 끝나자 여왕은 치마의 영리함을 칭찬하곤 피암메타에게 다음 이야기를 하도록 명했습니다. 피암메타는 기다렸다는 듯 방긋 웃으며 말문을 열었습니다.

우리가 사는 이 도시는 다른 것은 말할 것도 없고 이야깃거리가 조금도 부족하지 않다는 것을 느끼곤 해요. 엘리사가 방금 이야기한 것과 같이 저도 이 도시를 떠나 다른 곳에서 일어난 이야기를 하겠어요.

이탈리아에는 멋있는 도시가 많습니다. 그중에서도 특히 즐겁고 가장 오래된 도시는 나폴리지요. 나폴리에 리차르도 미누톨로라는 돈 많은 귀족 청년이 살았습니다.

이 청년은 매우 아름다운 아내를 두었는데도, 어찌 된 일인지 다른 여인을 연모했습니다.

그가 연모한 여성은 나폴리의 그 어느 여인보다 아름답다고 소문이 난 카텔라라는 여인이었습니다. 그녀는 젊은 귀족 필리펠로 피기놀피의 아내였습니다. 그녀는 남편을 사랑했을 뿐만 아니라 정숙해서 주위에서 칭찬이 자자했지요. 리차르도 미누톨로는 온갖 수단을 동원해서 그녀의 호의와 사랑을 얻으려고 애썼지만 뜻을 이루지 못했기에 낙심하여 절망의 밑바닥으로 가라앉아 있었습니다. 사랑의 결실을 얻지 못해 우울한 나날을 보내던 리차르도에게 집안 여인들이 찾아와 그녀를 단념하라고 충고했습니다. 친척 여자들은 카텔라가 자신의 남편만을 사랑하고 질투심이 강해 남편이 다른 여자에게 눈만 돌려도 시샘하는 여자라는 것이었습니다.

리차르도는 카텔라가 질투심이 강하다는 말을 듣자 묘안이 떠올랐습니다. 그리하여 친척 여자에게 말했습니다.

"질투심이 강한 여인이라면 깨끗이 단념하겠어요."

다음 날부터 리차르도는 카텔라에 대한 사랑을 단념하고 다른 여자로 바꾼 체했습니다. 말하자면 여태까지 카텔라를 위해 베풀어 온 검술 시합이라든가 마상 창 시합이라든가 그 밖에 여러 가지 일을 새로운 여자를 위해서 베푸는 척하기 시작한 것입니다.

그리하여 나폴리 사람들뿐만 아니라 카텔라까지도 그가 사랑하는 사람은 자기가 아니라 새 여자라고 생각하게 되었습니다. 그렇게 되자 그녀는 이때까지의 완고한 태도를 버리고 다른 사람과 마찬가지로 이웃으로서 인사를 하였습니다.

어느 무더운 날, 리차르도는 카텔라가 사람들과 함께 바다로 나갔다는 소식을 듣고 친구들을 모아 바닷가로 나갔습니다. 그리고 남자들끼리만 바다에 있는 것을 재미없어하면서 카텔라의 일행에게 자기들을 부르게 하여 자연스럽게 어울렸습니다.

그 자리에서 리차르도는 새로 시작한 사랑 이야기를 열정적으로 떠들면서 카텔라에게 관심 없는 척했습니다. 그렇게 새로 시작한 사랑 타령을 늘어놓으며 그녀들에게 재미있는 이야기를 들려주었습니다.

이렇게 오랜 시간 놀고 있는 동안 여자들이 한 사람 두 사람 떠나고 리차르도 옆에 카텔라와 여자 둘밖에 남지 않게 되었습니다. 그때 카텔라를 돌아보며 남편 필리펠로의 어떤 연애 이야기를 슬쩍 꺼냈습니다.

그 말을 듣자 카텔라는 금세 질투심이 불타올라 그가 슬쩍 비친 이야기를 더 알고 싶어서 안절부절 못했습니다. 그녀는 참지 못하고 리차르도에게 말했습니다.

"당신이 그토록 사랑했던 여자를 위해서 남편 필리펠로에 대해 몇 마디 하신 말씀을 조금 더 자세히 들려주세요."

리차르도는 속으로 기다렸다는 듯 그녀를 다른 여자들과 따돌리고 멋쩍은 표정으로 말했습니다.

"사랑했던 부인을 위해서라고까지 하면서 말씀하시니 부탁하시는 것을 무정하게 거절할 수도 없군요. 그러나 제가 한 말이 사실이라는 것이 밝혀질 때까지 남편은 물론 누구에게도 일절 말하지 않겠다고 약속해 주면 말하겠습니다."

그녀는 그의 말이 당연하다고 생각하고, 점점 더 사실일 거라고 믿고는, 아무한테도 말하지 않겠다고 맹세했습니다.

"부인, 내가 그전처럼 부인을 사랑하고 있다면 부인을 불쾌하게 만들지도 모를 일을 도저히 말씀드릴 생각은 나지 않았을 겁니다. 그러나 내 사랑은 과거의 것이니 아무 거리낌없이 일체의 진상을 털어놓을 수 있습니다. 당신의 남편은 내가 부인에게 한번쯤 사랑을 받았을 거라고 생각하는지 잘 모르겠습니다. 그러나 당신의 남편은 아무튼 나에 대해서는 아무런 눈치도 보지 않습니다. 다시 말해서 내 아내와 정사를 벌이려고 하고 있단 말씀입니다. 내가 아는 것만 하더라도 당신의 남편은 심부름하는 여자를 보내서 제 아내를 재촉하고 있습니다.

오늘 아침, 여기 오기 전의 일입니다만 집안에서 아내와 말을 주고받는 여자를 발견했지요. 여자가 돌아가고 나는 아내에게 따져 물었지요.

아내는 '필리펠로 씨처럼 집요한 사람은 처음 보았습니다. 공연히 당신에게 제가 대답하게 만들기 때문이어요. 그가 저를 가까이하려는 희망을 품으니까 자꾸 이러잖아요. 지금 그 여자가 필리펠로 씨의 말을 이렇게 전해 왔어요. 생각이 있으면 이 거리의 온천 여관으로 몰래 와 줄 수 없겠느냐는 거예요. 어떤 의도에서인지 모르지만, 당신이 공연히 거래하게 만들지만 않았다면 두 번 다시 그런 짓을 못하게 야단치는 것인데 말이에요' 하는 것이었습니다. 저는 이건 너무 지나쳐서 더는 참을 수가 없으니 부인에게 말씀드려야겠다고 생각했던 것입니다. 아내는 내일 오후 3시쯤에 목욕탕에 가겠노라고 말하고 여자를 돌려보냈다고 합니다. 아내는 이 이야기를 당신에게 전해 달라고 하면서 당신이 내일 목욕탕에 가서 남편을 만나 창피를 주되, 이 이야기를 자기에게 들었다고 누구에게도 말하지 말라고 당부했습니다."

카텔라는 리차르도의 말을 듣고는 자기에게 이런 말을 하는 사람이 어떤 사람이라는 것을 생각하지도 않고, 또 거짓말이 아닐까 하는 깊은 생각도 하지 않고 그의 말을 믿어버렸습니다. 그만큼 질투심이 강한 여자였으니까요.

"그 일이라면 그다지 힘든 일이 아니니 내일 목욕탕에 가서 큰 창피를 주고 말겠어요."

다음 날 아침 목욕탕에 간 리차르도는 주인에게 자신의 계획을 말하고 도와 달라고 부탁했습니다. 목욕탕 주인은 여러 번 그에게 신세를 진 일이 있기 때문에 기꺼이 돕겠다고 했습니다. 두 사람은 해야 할 말과 일을 면밀히 의논하며 목욕탕에서 가장 어두운 방에 침대를 들여놓고 리차르도는 카텔라의 남편인 것처럼 위장하고 그녀를 기다렸습니다.

카텔라는 목욕탕에 도착하여 필리펠로를 찾았습니다. 목욕탕 주인

중세의 목욕탕_ 중세 목욕탕은 몸을 씻는 것과 휴식하는 장소였다. 그러나 목욕탕이 일종의 공창 역할을 겸하면서 "목욕하러 간다=매춘하러 간다" 정도의 인식이 생겼습니다. 심지어 목욕탕이라면서 욕조는 없고 침대만 즐비한 예도 있었기 때문에 본래 목적인 위생과 청결에서도 멀어졌을뿐더러 목욕에 대한 부정적인 인식만 커졌다.

은 계획대로 그녀를 리차르도가 있는 방으로 안내했습니다. 방은 어두워 아무것도 보이지 않았습니다. 리차르도는 카텔라가 들어오자 기뻐서 뛸 듯이 일어나 와락 껴안고 입을 맞추었습니다. 그리고 입을 열면 정체가 드러날까 봐 한마디도 하지 않았습니다. 그는 카텔라를 침대로 끌고 갔습니다. 소리를 내면 주변에 들릴까 봐 서로 입을 열지 않고 오랫동안 모든 쾌락에 잠겼습니다.

두 사람의 뜨거운 행위가 끝나자 카텔라는 울분을 토해냈습니다.

"나처럼 비참한 여자가 또 있을까! 이런 미친개한테 오랫동안 헌신적인 사랑을 바쳐 오다니! 다른 여자를 안고 있는 줄 알고, 여기서 이 짧은 시간에 지금까지 겪은 그 어느 때보다도 힘차고 달콤한 애무를 해주었지요? 아아! 이 짐승만도 못한 사람, 집에서 병든 개처럼 언제나 맥이 없고 금방 끝나버려 아무것도 못하는 주제에 오늘은 제법 강해지셨군! 이 못된 양반 같으니! 왜 아무 말도 못해요? 제 목소리를 듣고 벙어리가 되셨나? 지금 당신의 두 눈을 이 두 손으로 도려내고 싶지만 그렇게 하지 않는 것은 하느님 때문이에요. 당신은 이런 배신을 몰래 할 수가 있다고 생각해요? 흥! 자신이 알고 있는 것은 남도 알고 있는 법이에요. 당신은 실패했어요. 전 멋진 스파이를 쓰고 있었거든요."

리차르도는 대답도 않고 꽉 껴안고 연거푸 입을 맞추며 조금 전보다 더 격렬하게 그녀를 애무하였습니다. 그녀는 격정에 떨며 다시 말하였습니다.

"아, 그렇군요. 당신은 나를 황홀하게 해서 내 비위를 맞출 생각이죠? 정말 당신은 천한 개예요……."

리차르도는 한 손으로 그녀의 입을 막으며 말했습니다.

"부인, 부인께서 살아 계시는 한 아무리 소리지르셔도 이미 일어난 일은 어쩔 수 없습니다. 소리를 지르거나 또는 이 일을 다른 사람에게 알리신다면 두 가지 일이 일어날 것입니다. 하나는 부인의 명예와 그 좋은 평판이(부인에게 여전히 소중한 것이지만) 무너진다는 일입니다. 부인께서 속임수에 넘어갔다 하더라도 저는 아니라고 우길 것입니다. 제가 드리겠다고 약속한 돈이나 선물에 욕심이 나서 부인께서 왔다고 하면 어떻게 하시겠습니까? 사람들은 좋은 일보다 나쁜 일 쪽을 믿으려 한다는 걸 아시죠? 사람들은 부인의 말보다 제 말을 더 믿게 됩니다. 그

리차르도의 간계_ 리차드로는 아내가 있었음에도 카텔라라는 여인을 연모하여 그녀의 질투심을 이용해 남편 필리펠로 피기놀피가 목욕탕에서 다른 여인과 만난다는 거짓 정보로 그녀를 유혹한다. **중세 필사본 그림.**

러니 부디 자신을 형편없게 만들고 동시에 주인 양반과 저를 다투게 하여 위험하게 만드는 일 같은 건 하지 말아 주십시오. 저는 부인의 사랑을 빼앗기 위해 속인 것이 아니라 제가 부인에게 품었던 한없이 높은 사랑 때문에 부인의 가장 충실한 종이 되기 위해서입니다. 저는 오랫동안 제 재산과 능력, 뜻대로 할 수 있는 것은 모두 당신을 위한 것이라고 생각했습니다. 자, 부인께서 다른 일에 총명하신 것처럼 이번 일도 잘 이해하시기 바랍니다."

부인은 리차르도의 말에도 일리가 있다고 생각했고 그가 말한 대로 좋지 못한 일이 일어날 가능성도 있을 것 같았으므로 리차르도에게 말했습니다.

"리차르도 씨, 당신이 저에게 하신 모욕과 속임수를 참도록 하느님께서 허락하여 주시는지 어떤지를 잘 모르겠습니다. 이렇게 된 것도 제가 단순하고 질투심이 많았던 때문이니, 큰 소리를 지르는 것은 그만두겠습니다. 그러니 제발 저를 붙들지 마시고 놓아 주십시오. 당신은 소원을 풀었고, 저를 마음껏 농락했습니다. 이제는 저를 놓아 주세요."

리차르도 미누톨로의 간교_ 질투심 많은 유부녀가 남편의 부정을 밝히려 어두운 목욕탕에 왔을 때,
리차르도 미누톨로가 숨어 있다가 남편인 척하면서 그녀와 동침하고 나중에 자신의 정체를 밝힌다.
유부녀는 모든 일이 탄로되면 오히려 망신이라 생각하고 리차르도 미누톨로도 싫지는 않다고 생각
하며 같이 즐기는 사이가 된다.

리차르도는 아직도 그녀의 노여움이 풀리지 않은 것을 알았으므로 서로 화해될 때까지는 놓아 주지 않으리라 결심했습니다. 그는 부드러운 말로 그녀의 노여움을 풀기 위해 노력하고, 할 수 있는 말을 다하여 머리를 숙이며 부탁하고, 여러 가지 맹세도 했습니다. 마침내 그녀는 그의 끈기를 이길 수가 없어 두 사람은 화해했습니다. 그러고는 서로의 동의 아래 오랜 시간을 다시 즐겼습니다.

애인의 입맞춤이 남편보다 훨씬 좋은 것을 알고부터 부인은 지금까지의 완고함을 버렸습니다. 리차르도에게 달콤한 사랑의 정을 느끼며 빈틈없이 시간을 맞추어 두 사람은 자주 사랑의 향락을 즐겼습니다.

테달도의 이야기

피암메타가 이야기를 호평 속에서 마치자 여왕은 에밀리아에게 다음 이야기를 하도록
명했습니다. 에밀리아는 다음과 같은 이야기를 시작했습니다.

지금까지 두 분이 하신 이야기는 우리가 사는 도시가 아닌 곳에서 일어
난 일이었습니다만, 저는 우리 도시로 돌아와서 어떤 사람이 한때 연인
과 이별하고 어떻게 해서 또다시 만났는지 하는 이야기를 할까 합니다.

우리가 사는 피렌체에 테달도 델리 엘리제이라는 젊은 귀족이 있었
습니다. 이 사람은 알도브란디노 팔레르미니라는 사람의 아내인 에르
멜리나 부인을 연모하다 뜻을 이루었는데, 그의 품성이 뛰어났기 때
문이었습니다.

행복의 절정일 때에 어찌 된 일인지 부인이 갑자기 그를 멀리하고 만
나 주지 않았습니다. 테달도는 부인의 마음을 돌리려고 갖은 애를 썼
지만 소용없었습니다. 그는 그만 우울해져서 나날이 수척해졌습니다.

절망한 테달도는 수척해지는 모습을 사람들에게 보이고 싶지 않아
이 도시에서 멀리 떠나버리자고 생각했습니다. 그는 재산을 챙겨 모든
사정을 알고 있는 친구에게만 이 사실을 알리고 홀연히 앙코나로 갔

습니다. 거기서 이름을 필리포 디 산로데초로 바꾸고 앙코나의 돈 많은 상인의 하인이 되어 배를 타고 키프로스로 갔습니다. 그는 열심히 재치 있게 일을 처리했으므로 몇 해 안 돼서 돈 많은 상인이 되었습니다. 7년 동안 그는 마음속으로 매정한 연인 생각만 했습니다.

어느 날, 자신이 부인을 사랑하고 부인도 그를 사랑한다는, 자신이 지은 사랑의 기쁨을 노래한 곡이 키프로스에서 불리고 있다는 이야기를 들었습니다. 그녀도 자기를 잊을 수는 없을 것이라고 생각하고, 보고 싶은 마음에, 당장에라도 피렌체로 돌아가고자 했습니다.

그는 일체의 용무를 처리하고는 하인 한 사람만 데리고 예루살렘에서 돌아온 순례자의 행색으로 피렌체에 도착했습니다. 테달도는 부인이 보고 싶어 부인의 집 앞을 서성거렸으나 문이 꼭 닫혀 있었습니다. 그는 그녀가 죽어버린 것이 아닐까? 이사를 한 것일까? 궁금했습니다.

그는 형제들의 집으로 가 보았는데 형제들이 모두 상복을 입고 서 있는 것을 보고 깜짝 놀랐습니다. 그는 모습이 많이 변했기 때문에 아무도 자신을 알아보지 못할 거라 생각하고 구두 가게로 들어가서 저 사람들이 왜 상복을 입고 있는지 물었습니다. 구둣방 주인이 대답했습니다.

"저분들의 형제인 테달도라는 분이 오래전 이 도시를 떠나 살해당한 지 보름이 안 되었기 때문이지요. 듣자니 형제들이 알도브란디노 팔레르미니라는 사람이 범인이라고 호소해서 붙잡았는데 그 사람 부인에게 반한 테달도가 돌아와 몰래 만나려고 했다고 하여 살해했다는군요."

놀란 테달도는 누군가 자신으로 오인을 당했구나 생각하고 마음이 무거웠습니다. 그리고 알도브란디노가 불쌍하다고 생각했습니다. 그는 여관에 가서 제일 높은 방을 잡고 잠자리에 들었습니다. 그때 지붕을 타고 몇 사람이 집안으로 들어오는 소리가 들렸습니다. 테달도가 가만히 밖을 내다보니 매우 아름다운 여자와 남자 셋이 웃으며 이야기를 나누는 모습이 보였습니다. 그들은 테달도를 죽인 사람이 알도브란디노로 판결났으니 다행이라며, 정말 입조심을 해야지 안 그러면 범행이 발각된다며 작은 소리로 쑤군댔습니다.

테달도는 이 말을 듣고 '어째서 이런 과오가 인간의 판단에 일어나는 것일까?' 하고 생각했습니다. 머리에 떠오른 것은 형제들이 잘 알지도 못하는 사람을 자기라고 착각하여 한탄하고 슬퍼하고 매장했으며, 죄 없는 사람에게 혐의를 씌워 그가 사형을 받게끔 증언했고, 또 법률이라든가 사법관들이 맹목적으로 엄격하다는 것이었습니다. 재판관은 진상을 밝히는 데 너무 서두르는 나머지 냉혹해져서 그릇된 증명을 하고, 정의와 신의 대변자 같은 소리를 하면서 실은 부정과 악의 집행자가 되고 있다고 생각했습니다. 그는 알도브란디노를 구해야겠다고 생각하고 해야 할 일을 계획했습니다.

테달도는 다음 날 일찍 부인의 집으로 갔습니다. 문이 열려 있어 안으로 들어가 보니 부인이 아래층의 조그마한 방에 앉아 눈물을 흘리고 있었습니다. 그는 그만 측은해서 눈물을 글썽거리며 가까이 가서 부인을 달랬습니다. 테달도는 자신이 콘스탄티노에서 하느님이 보내 주신 사람으로서 부인의 남편을 구하러 왔다고 했습니다. 자기가 알고 있는 부인의 신상을 자세히 이야기하며 부인에게 자신을 예언자로 믿게 하였습니다. 테달도는 부인에게 지금까지 지은 죄를 회개하라며 옛날 애인 이야기를 꺼냈습니다.

부인은 소스라치게 놀랐으나 곧 그를 영험한 순례자라고 믿고 본심을 털어놓았습니다. 그녀는 아직도 그를 사랑하며 한시도 잊은 적이 없다고 했습니다. 그 사람의 죽음이 너무도 슬퍼 눈물로 지낸다고 마음

순례자로 변장한 테달도_ 테달도가 사랑하는 부인을 만나 그의 정체를 밝히지 않고 이야기를 나누는 장면이다. **중세 필사본 그림.**

을 털어놓았습니다. 테달도는 왜 그 사람을 냉정하게 대해 떠나게 했느냐고 물었습니다.

"그것은 어느 고약한 수도사가 한 말 때문이었답니다. 제 마음을 고해했더니 수도사는 제가 그 사람을 단념하지 않으면 지옥 밑바닥에 있는 악마의 입속에 떨어져 무서운 형벌을 받을 거라고 위협했어요. 그래서 그분과 헤어지기로 했지요."

테달도는 부인을 재촉하듯 말했습니다.

"부인, 바로 그것이 지금 부인을 괴롭히는 유일한 죄입니다. 나는 테달도가 무엇하나 부인에게 강요한 일이 없다고 확신합니다. 부인이 그 사람을 좋아했을 때는 그 사람이 마음에 쏙 들어서 부인의 의사로 그렇게 하신 것입니다. 그런데 어떻게 그를 차갑게 버릴 수 있었습니까?

저는 성직에 있는 사람이라 수도사들의 수법을 잘 알고 있습니다.

옛날 수도사는 사람을 구하려고 했지만 요즘 수도사는 여자와 돈을 밝힙니다. 어리석은 대중의 마음을 놀라게 하여 성금을 내게 하고, 미사만 올리면 죄가 깨끗이 씻어진다고 가르칩니다. 그들은 하느님께 몸을 바치고자 성직자가 된 것이 아니라, 천한 근성에서 성직자라는 직업으로 도피한 것입니다. 나는 헤아릴 수 없이 많은 성직자가 여자를 꾀어놓아나는 것을 무수히 봐왔습니다. 그들은 놀랍게도 속계의 여자들뿐만 아니라 수녀들에게까지 야수의 손길을 뻗치고 있습니다. 그런 인간들이 설교대에서 열변을 토한단 말입니다. 그들이 결혼의 맹세를 깨는 것은 최대의 죄라고 말한 점을 인정한다면 남에게서 훔친다는 것은 더 큰 죄가 아닐까요? 사람을 죽여 이 세상에서 비참하게 추방한다는 것은 더 큰 죄가 아닐까요? 이것은 누구나 동의할 것입니다. 어떤 여자가 어떤 남자와 친해진다는 것은 자연의 죄입니다.

그러나 남에게서 훔치거나, 사람을 죽이거나, 추방하거나 하는 것은 인간의 악의에서 생기는 것입니다. 자진해서 테달도의 것이 된 부인이 그 사람을 버렸다는 것은 그 사람한테 도둑질한 것과 마찬가지입니다. 다시 말씀드리면 그 사람은 부인 것이기 때문에 부인은 그를 죽인 것입니다. 그 사람을 자기 손으로 죽이고 싶었을 만큼 그 사람을 더 냉혹하게 다루어 부인 속에서 지웠기 때문입니다. 법률은 악이 행해진 원인이 되는 자는 악을 범한 자와 마찬가지 죄를 범한 것으로 간주합니다.

이제 부인은 부질없는 수도사의 말을 곧이듣고 자신이 무슨 짓을 했는지 잘 아실 겁니다. 그 수도사야말로 악질 사기꾼입니다. 사람을 쫓아가서 밀어내려고 흉계를 꾸민 것을 보면 자신이 그 자리를 차지할 생각이었던 모양이지요. 이와 같은 죄야말로 인간의 모든 행위를 올바른 저울에 얹어서 재판하시는 하느님께서 반드시 벌을 내리고야 말 큰 죄라고 생각합니다. 이처럼 아무 이유도 없이 부인께서 테달도를 멀리하신 것처럼 부인의 남편도 이유 없이 테달도 때문에 변을 당하여 부인이 괴로운 처지에 놓인 것입니다. 거기서 빠져나오고 싶다면 다음의 것을 약속하고 실천하셔야 합니다. 테달도가 오랜 추방에서 돌아오는 일이 생기면 부인의 상냥함과 애정을 그에게 바쳐 어처구니없게도 수도사가 부인을 농락한 이전의 상태로 그를 되돌려 놓으십시오."

순례자는 긴 설교를 마쳤습니다. 부인은 그의 말이 지당하다고 여겼으나, 테달도가 죽었으니 어떻게 보상해야 할지 모르겠다고 대답했습니다.

순례자는 말했습니다.

"부인, 하느님의 계시에 의하면 테달도는 절대로 죽지 않았습니다. 그 사람이 부인의 정다운 마음을 받는다면 되살아나서 건강을 회복하고 행복한 상태가 될 줄 압니다."

부인은 말했습니다.

"잘 아시고 말씀하세요. 저는 우리 집 문 앞에서 비수로 몇 번이나 찔려 죽는 것을 직접 본 걸요. 저는 이 팔로 안아 들고 죽은 얼굴에 하염없이 눈물을 흘렸습니다. 그 때문에 사람들한테서 부정하다는 비난과 욕설을 들었지만 말입니다."

테달도는 이제야말로 정체를 밝히고 그녀의 남편에 대한 밝은 희망으로 위로해줄 때라고 생각해서 말했습니다.

"부인, 주인 양반의 일로 부인을 기쁘게 해드리기 위해서 비밀 하나를 밝힙니다만 그것은 평생 입 밖으로 내지 않도록 주의해 주셔야 됩니다."

부인은 순례자의 태도며 말에서 존엄성을 느꼈으므로 아까부터 아무도 없는 곳에 단둘이 있었던 것입니다. 테달도는 부인과 보낸 마지막 밤, 그녀가 주었고 지금도 몸에 지니고 다니는 반지를 꺼내어 부인에게 보이면서 말했습니다.

"부인, 이것을 기억하십니까?"

부인은 반지를 보자 생각이 났습니다.

"예, 그것은 제가 테달도에게 준 거예요."

"그럼 나를 기억하십니까?"

부인은 테달도라는 것을 알자 까무러칠 듯 놀랐습니다. 처음에는 '죽은 사람이 왜 여기에' 하는 생각에 사시나무 떨듯 몹시 떨었습니다. 테달도는 부인을 달랬습니다. 그제야 정신을 차린 부인은 다시 한번 테달도를 확인하더니 그의 품에 안겨 길게 입을 맞추었습니다.

테달도는 뜨거운 입맞춤을 하고 나서 알도브란디노를 구해야 한다고 자리를 떴습니다. 그는 순례자로 감옥에 갇힌 알도브란디노를 만나, 자신은 하느님이 보낸 사람이라고 하면서 당신을 이렇게 만든 테달도 형제들을 용서하고 벗으로 사귄다고 약속하면 목숨을 구해 주겠다고 했습니다. 약속을 받아낸 테달도는 장관을 찾아가 알도브란디노가 사람을 죽이지 않았다면서 자신이 진범을 가르쳐 주겠다고 말했습니다. 전부터 알도브란디노를 동정하던 장관은 순례자의 말에 귀를 기울이며, 여관으로 가서 막 잠든 두 형제와 하인을 어렵지 않게 체포했습니다. 그들은 형제 중 한 사람의 아내에게 테달도가 달려들어 범하려 했기 때문에 그를 죽였다고 자백했습니다.

테달도는 부인의 집으로 가서 남편이 무사히 풀려 날 거라고 알리고, 서로 껴안은 채 잠자리로 들어가 사랑의 기쁨을 나누었습니다.

며칠이 지나자 형제들이 알도브란디노가 무죄로 석방되어 명예 회복을 위해 복수를 당하지 않을까 초조해한다는 말을 듣고, 꼭 화해시켜야겠다고 생각하고 알도브란디노에게 그 약속은 언제 지키겠느냐고 물었습니다. 알도브란디노는 언제든지 준비가 되어 있다고 분명히 말

부인과 뜨거운 키스를 하는 테달도_ 테달도는 순례자로 분장하여 에르멜리나를 만나 죄를 묻고 사
죄를 받아낸다. 자신의 정체를 밝히고 그녀와 뜨거운 재회를 한다. 테달도는 살인 용의자로 재판받
던 에르멜리나의 남편 알도브란디노를 구해주고 진범을 밝혀낸다. 테달도 살해범으로 오인 받아 반
목하던 형제들과 알도브란디노를 중재하여 모든 문제를 해결한다. 테달도는 이후로도 오랫동안 남
몰래 에르멜리나와 사랑을 즐긴다. **브루넬레스키의 작품.**

했습니다.

순례자는 다음 날 성대한 연회를 베풀도록 하고, 친척과 부인들을 부를 때 그 네 형제도 함께 초대해 달라고 부탁하고는 자기가 형제들을 찾아가 화해를 위한 연회이므로 꼭 참석하도록 그의 대리인으로서 권하겠다고 말했습니다.

알도브란디노는 기꺼이 동의했으므로 순례자는 즉각 형제들을 찾아가서 사정을 소상히 설명하고는 이유는 틀림없이 이러이러할 것이라고 일러준 다음, 알도브란디노에게 용서를 빌고 그와의 우정을 되찾도록 권유했습니다. 다음 날 아침 알도브란디노의 성대한 연회에 형제와 그 아내들을 초대했습니다. 그들은 안심하고 초대에 응했습니다.

이튿날 아침 테달도의 네 형제는 평소와 같이 상복을 입고 정각에 알도브란디노가 기다리는 집으로 갔습니다. 그 자리에 서서 알도브란디노에게 초대받고 온 사람들 앞에서 무기를 땅바닥에 내려놓고, 지금까지의 행위에 대해 용서를 빌면서 처분을 알도브란디노에게 맡겼습니다.

알도브란디노는 눈물을 흘리면서 정답게 그들을 맞이하고 일일이 키스한 다음, 몇 마디 하여 지금까지 받은 모든 모욕을 용서했습니다. 아내와 자매들이 갈색 상복을 입고 들어왔으며 에르멜리나 부인과 그 밖의 여자들이 상냥하게 맞아들였습니다.

알도브란디노의 관용에 테달도의 형제들은 매우 기뻐했습니다. 그 자리에 있던 다른 남녀들도 그랬습니다. 그리고 소문을 듣고 마음속에 지녔던 의심도 모두 깨끗이 사라졌습니다.

그들에게 축복을 받은 테달도는 형제들이 입고 있는 검은 옷을 벗게 하고, 또 누이와 형수들이 입고 있는 갈색 옷도 벗게 했습니다. 그리고 그 자리에 다른 옷을 갖고 오게 했습니다.

모두 옷을 갈아입고는 흥겹게 노래를 부르고 춤을 추고 여러 가지 놀이로 흥이 났습니다. 침울했던 연회도 명랑해졌을 뿐만 아니라 마침내 흥에 겨워 테달도의 집으로 몰려가서 또 만찬을 준비했습니다. 잔치는 며칠 동안 계속되었습니다.

그러던 어느 날, 루니지아나의 군인들이 지나가다 테달도를 보고 친구인 파치올로로 착각하여 인사를 했습니다. 파치올로가 보름 전쯤에 이곳에 왔는데 소식이 끊겼다는 것이었습니다. 그리하여 살해된 사람은 테달도가 아니라 파치올로였음이 밝혀졌습니다. 테달도는 원래대로 부자가 되었고, 이후로도 오랫동안 에르멜리나와 남몰래 사랑을 즐겼답니다.

페론도의 이야기

에밀리아의 긴 이야기가 끝나자, 모두 이야기에 빠져 그리 길다고 생각하지 않았습니다. 여왕은 다음 이야기를 하도록 라우레타에게 눈짓을 보냈습니다.

여러분 저는 조작된 이야기 같지만 실제로 있었던 이야기를 할까 합니다.

피렌체에 한 수도원이 있었습니다. 그 수도원은 지금도 있습니다. 여러분도 아시다시피 수도원은 대개 인가와 멀리 떨어진 곳에 자리하고 있지요. 그곳의 수도원장은 여자를 농락하는 점을 빼고는 만사에 덕과 명성이 높은 사람이었습니다. 그는 여자를 대할 때도 신중히 접근했으므로 아무도 눈치채지 못했고 의심하는 사람도 없었습니다. 사람들은 그가 성직자인데다가 만사 올바른 일만 하는 사람이라고 인식하고 있었습니다.

페론도라는 돈 많은 농부가 이 수도원장과 매우 친하게 지냈습니다. 이 농부는 고지식하고 둔하여 수도원장으로서는 그의 단순함을 놀리고 재미있어할 상대에 지나지 않았고, 그가 친밀하게 구는 것이 싫어서 못 견딜 지경이었습니다.

수도원장은 페론도의 아내가 매우 미인이라는 것을 알고 홀딱 반해서 밤낮으로 그녀만 생각했습니다. 페론도는 무슨 일이든 얼빠진 바보처럼 행동했지만, 아내를 사랑하고 감시하는 것만큼은 철두철미하고 민감하다는 소문을 들었던 만큼 수도원장은 소망을 이루지 못했습니다.

수도원장은 그 방면에 특유의 머리가 발달하였기에 페론도를 꾀어 이따금 아내를 데리고 수도원의 정원에 나오게 했습니다. 두 사람이 나오면 영원한 생명의 행복을 설교하기도 하고, 저세상 사람이 된 남녀들의 독실한 신앙심을 제법 종교인답게 차근차근 들려주곤 했습니다. 그 때문에 아내는 수도사를 찾아가 고해를 하고 싶은 생각이 나서 페론도의 허가를 받았습니다.

이렇게 하여 아내가 수도원장에게 고해하러 왔으므로 수도원장의 기쁨은 비할 데가 없었습니다. 아내는 원장의 발아래 무릎을 꿇고 입을 열었습니다.

"신부님, 하느님께서 참다운 남편을 주셨더라면 저는 기꺼이 신부님의 인도를 받아 신부님이 말씀하시는 영원의 생명으로 들어가는 길을 누구보다도 먼저 나아갔을 거예요. 저는 남편이 있으나 과부와 다름없다고 할 수 있어요. 남편은 정말 미친 사람이라서 이유도 없이 마구 질투하고 심술을 부려요. 저는 고해하기 전에 그 점에 대해서 무언가 좋은 말씀을 주시길 신부님에게 진심으로 부탁드리겠어요."

그녀의 고백을 들은 수도원장은 매우 기뻐했습니다.

"내 딸이여, 나는 그대처럼 아름답고 마음이 고운 분이 머리 나쁜 남편에게 시달리니 얼마나 괴로운지 알 수 있소. 페론도의 질투심을 고칠 방도가 없는 것은 아닌데 그 방법을 가르쳐 드리지만, 앞으로 말씀드리는 일은 굳게 비밀을 지킨다는 결심을 해주시지 않으면 곤란하오."

부인은 수도원장에게 비밀을 지키겠다고 맹세했습니다. 그러자 수도원장이 말했습니다.

"우리가 페론도의 질투심을 고치려면 그를 연옥으로 보내야 하오."

부인은 물었습니다.

"살아서 어떻게 그런 곳에 갈 수 있을까요?"

수도원장은 말했습니다.

"죽어서 연옥에 가는 것이오. 거기서 실컷 쓰라림을 당해야 질투심도 나을 것이오. 그런 다음 우리가 하느님께 어떤 기도를 드려서 이 세상에 되돌아오도록 하는 것이오. 하느님은 반드시 그렇게 해주실 거요. 그동안 조심해서 재혼하지 말도록 하시오. 그렇지 않으면 하느님이 노하실 것이오. 페론도가 이 세상에 돌아오면 부인은 그 사람에게 돌아가야 하는데, 그러면 전보다 더 질투하게 되니까요."

수도원장의 말이 마음에 든 부인이 단호하게 말했습니다.

"남편의 병만 낫는다면야, 만족이에요. 신부님 말씀처럼 해주세요."

수도원장이 부인에게 말했습니다.

"부인은 그 수고의 대가를 무엇으로 보답하시겠소?"

부인은 무엇이든 자기가 할 수 있는 일은 다하겠다고 했습니다. 그러자 원장이 말했습니다.

"말을 돌리지 않고 하겠소. 나는 부인의 사랑을 얻고 싶소. 나를 기쁘게 해주시기를 바라고 있소. 나는 몸이 야윌 만큼 부인을 사랑하니까요."

부인은 깜짝 놀라 말하였습니다.

"저는 신부님을 성자님으로 알고 있습니다. 성자쯤 되시는 분이 가르침을 받으러 온 여자에게 그런 요구를 하시다니요."

수도원장은 태연하게 대답했습니다.

"아름다운 분이여 그렇게 놀라면 안 됩니다. 그만한 일로 신앙을 잃

수도원장과 페론도의 아내_ 페론도의 부인은 남편의 질투 때문에 괴로워한다. 고해 성사를 들은 수
도원장은 부인에게 페론도가 연옥에 가서 고생하고 돌아와야 낫는다고 설득하여 자신의 욕망을 채
운다.

지는 않는 법이오. 신앙은 영혼 속에 있는 것이고 내가 바라는 것은 육체의 죄에 지나지 않는 것이오. 부인이 너무나 아름다워서 사랑의 신이 억지로 내게 이런 짓을 시킨 것이오. 나는 수도원장이기는 하나 다른 사람들과 조금도 다름없는 남자이고, 보시다시피 그다지 나이도 많지가 않소. 그러니 부인이 나에게 그런 일을 하신다고 해서 조금도 어렵게 생각하실 필요는 없으며, 기꺼이 그렇게 하셔야 하는 것이오. 페론도가 연옥에 있는 동안 밤에는 내가 상대해 드려서 주인 양반이 하실 위안을 대신 하겠소. 아무도 눈치채지 못할 것이오. 하느님이 주시는 이 은혜를 거절하지 말아 주시오. 부인이 내 충고를 들으시면 이 세상의 모든 여성이 열망하는 것을 손에 넣을 것이오. 게다가 나는 아름다운 보석과 귀중한 물건들을 가지고 있는데 부인 이외의 사람에게는 주지 않을 작정이오. 내가 연모하는 마음 고우신 부인, 제발 나를 위해서 내가 바라는 것을 허용해 주시기 바라오.”

수도원장은 세상에 없는 감언이설을 다 꺼내 들어 부인을 설득했습니다. 부인은 어떻게 해야 할지 몰라서 고개만 숙이고 있었습니다. 원장은 절반은 승낙한 것이라 생각하고는 계속해서 설득했는데, 그것이 다 끝나기 전에 마침내 성공했다고 자신했습니다. 부인이 수줍은 듯이 “페론도가 연옥에 가기 전에는 하지 못해요”라고 대답했기 때문입니다. 수도원장은 매우 기뻐하면서 부인의 손에 매우 훌륭한 반지를 쥐어 돌려보냈습니다.

며칠 뒤 페론도가 수도원에 찾아오자, 수도원장은 동방의 군주가 사용했던 매우 효과 좋은 가루약을 포도주에 몰래 넣어 페론도에게 마시게 했습니다. 그 가루약은 사흘간 충분히 잠들 양이었습니다. 그리고 그를 회랑으로 데리고 가서 수도사들과 함께 즐겼는데 그 와중에 약효가 나타나 페론도가 꾸벅꾸벅 졸더니 의식을 잃고 말았습니다. 수도원

페론도의 아내와 수도원장_한 수도원에 여색에 빠진 수도원장은 아름다운 페론도의 부인을 뺏기 위해 술수를 쓴다. **중세 필사본 그림.**

장은 당황한 척하면서 옷을 벗긴다느니 찬물을 얼굴에 끼얹는다느니 하고 법석을 떨었지만, 의식이 없고 맥박도 뛰지 않았으므로 원장과 수도사들은 그가 죽은 줄로만 알았습니다. 심부름꾼을 보내 그의 아내와 친척들에게 소식을 알리자 모두 금방 달려왔습니다. 아내와 친척들이 훌쩍이며 우는 동안에 원장은 옷을 입힌 채 그를 묻게 했습니다.

아내는 집으로 돌아온 후 어린 아들 곁에서 절대로 떠나지 않겠다고 고집을 피웠습니다. 이렇게 집에서 나오지 않기로 하고 어린 아들을 기르면서 남편의 재산을 관리했습니다.

수도원장은 그날 볼로냐에서 온 매우 신뢰하는 수도사와 한밤중에 살며시 일어나 페론도를 무덤에서 파내어 캄캄한 지하실로 옮겼습니다. 그곳은 무언가 과오를 범한 수도사를 가두는 감방이었습니다.

두 사람은 페론도의 옷을 벗기고 수도사 옷을 입히고는 짚단 위에 뉘어 의식을 회복할 때까지 내버려 두었습니다. 볼로냐의 수도사는 원장한테서 지시받고 있었으므로 이렇게 해놓고는 페론도가 의식을 회복할 때까지 기다렸습니다.

수도원장은 다음날 수도사 몇 사람을 데리고 애도를 표시하기 위해 부인이 있는 집으로 갔습니다. 부인은 상복을 입고 눈물에 젖어 있었으므로 원장은 몇 마디 위로의 말을 건넨 다음 나직한 소리로 그 약속에 관해 물어보았습니다.

부인은 페론도나 그 누구에게도 속박되지 않는 자유로운 몸이 되었으므로 원장의 손가락에 다른 반지가 끼워진 것을 보고 그 반지가 탐나기도 하여 "언제든지 준비는 되어 있어요" 라고 대답했습니다. 그러고는 "오늘 밤에 찾아와 주시면 좋겠어요" 라고 덧붙였습니다. 밤이 되자 페론도의 옷으로 갈아입고는 그 수도사를 데리고 그녀의 집으로 갔습니다. 아침이 될 때까지 그녀와 뒹굴며 다시없는 즐거움에 빠졌습니다. 두 사람은 하루도 거르지 않고 애정 행각에서 헤어 나오지 못했습니다.

한편 볼로냐의 수도사는 페론도가 의식을 회복했으나 자기가 어디에 있는지 아직 모르는 것을 알자 무서운 소리를 지르며 그를 잔가지 다발로 호되게 때렸습니다.

페론도는 여기가 어디냐고 울부짖었습니다. 볼로냐의 수도사는 "당신은 연옥에 있다"고 고함치면서 계속해서 그를 때렸습니다. 페론도는 자기의 일과 아이의 이야기를 하면서 울음을 터뜨리며 헛소리를 했습니다. 수도사는 먹을 것과 마실 것을 주었습니다. 페론도는 그것을 보고 물었습니다.

"송장도 무엇을 먹습니까?"

수도사가 냉담하게 말했습니다.

"그렇다. 이것은 네 처였던 여자가 오늘 아침 네 망령을 위로하기 위

수도원장과 페론도의 아내_ 여색에 빠진 수도원장은 페론도에게 가루약을 먹여 기절시키고 죽은 것으로 꾸며 장례를 치른 후 페론도를 수도원 지하 감옥에 가둔다. 이후 수도원장은 지속해서 페론도의 부인과 관계를 하게 된다.

해서 성당에 보내온 것이다. 그것을 하느님이 너에게 주실 생각으로 계시기 때문이다."

페론도는 새삼 아내가 고마워 울부짖었습니다.

"오오! 하느님, 아내에게 좋은 세월을 주소서. 저는 살아 있을 때 정말 그 사람을 귀여워해 주었습니다. 밤새도록 껴안고 입을 맞추어 주기도 했습니다."

그러다가 페론도는 시장하여 먹고 마셨습니다. 그런데 포도주가 맛이 없어 말했습니다.

"아, 이건 너무하군! 못된 계집 같으니, 벽 옆에 둔 제일 좋은 술을 왜 신부님에게 드리지 않았담."

그가 불만을 터뜨리자 수도사는 잔가지 다발로 그를 후려쳤습니다. 페론도가 소리지르며 울부짖자 수도사는 다시 말했습니다.

"이 매질은 이웃에서 제일가는 마누라를 가졌으면서도 질투심이 많았기 때문이다."

어리석은 페론도는 그 말이 진짜인 줄 알고 과거를 뉘우쳤고, 그렇게 얻어맞으며 열 달이나 지하실에 갇혀 있었습니다.

페론도의 부인과 수도원장이 황홀경의 사랑에 빠져 있는 동안 부인이 임신을 하고 말았습니다. 부인은 수도원장에게 알렸고, 원장은 페론도를 불러들여서 부인이 그의 아이를 밴 것처럼 꾸미는 수밖에 없다고 생각했습니다. 그날 밤 원장은 지하실로 내려가서 목소리를 바꾸고 페론도에게 말했습니다.

"페론도여, 안심하라. 하느님께서 그대를 본래 세상으로 보내 주실 생각이시다. 그대가 돌아가면 아이를 점지하실 것이다. 그 아이의 이름을 베네딕트라고 지어라. 그대가 믿는 덕망 높은 수도원장과 아내의 기원으로 아울러 성 베네딕트의 은혜로 이 같은 경사가 생긴 것이니라."

수도원장은 페론도를 약으로 잠재운 다음 원래 입고 있던 옷을 다시 입혀서 무덤에 넣었습니다. 이튿날 잠이 깬 페론도는 무덤 뚜껑을 열고 나왔습니다. 페론도는 오랫동안 햇빛을 보지 못하여 창백한 얼굴이었습니다. 그는 원장의 모습을 보더니 발아래 무릎을 꿇고 말했습니다.

"신부님, 하느님의 계시대로 신부님을 비롯한 성 베네딕트 님과 아내의 기도 덕분에 저는 연옥의 고통에서 구출되어 이 세상으로 돌아올 수 있었습니다. 하느님, 신부님께 무한한 은총을 내려 주시옵고 내내 평안함을 누리게 하여 주시옵소서."

아침 기도를 마친 수도사들이 이 광경을 보고 무척 놀랐습니다. 페론도는 자기를 유령 보듯 달아나는 마을 사람들에게 다시 살아난 것이라고 설명했습니다.

마을 사람들도 차츰 안심하여 그가 정말로 살아 있다는 것을 알았으

연옥에서 살아난 페론도_ 수도원장은 페론도에게 미약을 먹여 기절시키고 죽은 것으로 꾸며 장례를 치른 후 수도원 지하감옥에 가둔다. 이후 수도원장은 지속해서 페론도의 부인과 관계한다. 페론도는 미약에 취했다 깨어날 때에는 다른 수도사가 방망이로 때리며 연옥에서 질투로 벌을 받고 있다고 믿게 한다. 열 달이 지나 페론도의 부인은 수도원장의 아이를 임신하게 되고 수도원장은 페론도를 다시 약으로 기절시켜 석관에 눕히고 다시 깨어나게 한다. **브루넬레스키의 작품.**

므로 온갖 질문을 퍼부었습니다. 그는 저세상에 갔다 온 후 좀 영리해졌는지 일일이 대답해 주고, 이미 죽은 마을 사람들의 망령에 관한 이야기며 연옥에서 살아난 일에 대해서 터무니없는 이야기를 꾸미기까지 했습니다. 어리석은 마을 사람 모두를 앞에 놓고, 되살아나기 전에 천사 가브리엘의 입으로 계시를 받았다고 말했습니다.

이렇게 집으로 돌아와서 아내와 함께 살게 되고, 본래대로 재산을 자기 것으로 했으며, 아내를 자기가 임신시켰다고 믿었습니다. 다행히도 아이가 아홉 달 만에 나온다고 믿었기에 부인은 아홉 달 만에 사내아이를 낳았습니다. 질투심 때문에 혼난 탓에 진심으로 회개하여 부인을 더는 질투하지 않고 잘 대해주고 수도원장의 아기를 본인의 아기로 믿고 키웠습니다.

질레트의 이야기

라우레타의 이야기가 끝났으므로 다음은 여왕의 차례가 되었습니다. 여왕은 다른 사람들에게 부탁을 받기 전에 다음과 같은 이야기를 시작했습니다.

라우레타가 제일 먼저 이야기를 꺼내지 않은 것이 다행이에요. 그의 이야기는 훌륭했고 그 뒤에는 누구의 이야기라도 재미 없었을 테니까요. 그렇더라도 제 머리에 떠오른 이야기는 정해진 주제에는 맞는다고 생각해요.

프랑스 왕국에 롯실리옹 가문의 백작으로 이스나르도라는 귀족이 살았습니다. 이 사람은 그다지 건강이 좋지 않아서 곁에는 제라드 드 나르본나 선생이라는 의사를 대기시켜 놓고 있었습니다. 백작에게는 베르트랑이라는 외아들이 있었는데, 의사의 딸 질레트가 어린 나이에 베르트랑을 열렬히 사랑하였습니다.

백작이 죽자 아들인 베르트랑은 아직 어리기 때문에 왕에게 맡겨져 파리로 가게 되었고, 질레트는 무척 실망했습니다. 소녀도 아버지가 세상을 떠나서 막대한 재산을 상속받았습니다. 시간이 흘러 질레트는 결혼하라는 친척들의 성화를 계속 거절했습니다. 그러면서 자연스럽게 파리의 베르트랑이 늠름한 청년으로 자랐다는 소식을 들었습니다.

그때 프랑스 왕의 가슴에 생긴 종기를 아무도 고치지 못하고 악화되기만 했습니다. 국왕은 절망하여 누구의 의견과 도움도 청할 생각조차 없어졌습니다.

　이 소식을 들은 질레트는 매우 기뻐하며 파리로 갈 구실이 생겼고, 더욱이 그 병이 그녀가 아는 병이라면 베르트랑을 남편으로 맞을 수도 있겠다고 생각했습니다. 그녀는 세상을 떠난 부친에게서 의사로서의 지식을 많이 배웠으므로, 국왕의 병이 자기가 상상하는 병인 경우를 생각하고 약초를 가루로 만들어 말을 타고 파리로 향했습니다. 파리에 닿아서 가장 먼저 할 일은 베르트랑을 만나는 일이었지만, 곧 왕 앞으로 나아가 종기가 있는 환부를 보여 달라고 말했습니다.

　"폐하, 허락해 주신다면 폐하에게 성가신 통증이나 괴로움을 끼치지 않고 반드시 여드레 이내에 고쳐 드릴 수 있다고 생각합니다."

　왕은 누구도 고칠 수 없는 종기를 고치겠다고 하니 비웃었지만 겉으로는 호의를 고마워하면서 말했습니다.

　"나는 이제 의사의 의견 같은 건 들을 생각이 없다."

　질레트가 말했습니다.

　"폐하께서는 제가 어린 소녀라서 제 의술을 믿지 못하고 계십니다. 하지만 의사가 아닌 제 지식이라기보다 하느님의 도움과 생전에 이름난 의사였던 제 아버지의 지식으로 고쳐 드릴 수 있다고 말씀드리는 것입니다."

　왕은 의구심을 버리고 그녀를 시험해 보기로 하고 말했습니다.

　"처녀여, 그대는 나의 결심을 바꾸게 해놓고, 만일 고치지 못할 때는 어떻게 할 작정이냐?"

　질레트는 대답하였습니다.

　"여드레 이내에 고쳐 드리지 못하면 화형에 처하셔도 상관없습니다.

왕의 종기를 치료하기 위해 목숨을 건 질레트_ 질레트는 누구도 고치지 못한 왕의 종기를 고쳐줌으로써 자신의 목적을 이루려고 목숨을 건다. **중세 필사본 그림.**

하지만 제가 고쳐 드린다면 어떤 상을 내려 주시겠습니까?"

왕은 호기심이 생겨 말했습니다.

"보아하니 미혼인 것 같구나, 내가 좋은 짝을 맺어주겠다."

질레트는 기다렸다는 듯 왕의 말을 받았습니다.

"폐하, 제게 남편을 주신다니 기쁘기 한이 없습니다. 저는 제가 폐하께 부탁드리는 사람과 결혼하고 싶습니다. 그렇다고 해서 왕자님이나 왕족을 원하는 것은 아닙니다."

왕은 종기를 낫게 해준다면 그렇게 하겠다고 약속했습니다. 질레트는 곧 치료를 시작하여 약속한 기간보다 빨리 왕의 종기를 없애고 건강을 되찾아 주었습니다. 왕은 크게 기뻐하며 처녀에게 약속을 지키기 위해 신랑감을 말하라고 했습니다.

"폐하, 저는 말씀대로, 베르트랑을 어릴 때부터 사랑했기에 그와의 결혼을 허락해 주시면 감사하겠습니다."

왕은 약속을 지키기 위해 베르트랑을 불렀습니다.

"그대는 이제 성인이 되어 훌륭한 교양도 몸에 지녔다. 그대는 고향으로 돌아가 영지를 다스려 주기 바란다. 그리고 내가 아내로서 그대에게 주는 처녀를 데리고 가 주기를 바란다."

베르트랑은 대답했습니다.

"폐하, 그 처녀란 누구입니까?"

왕은 자신의 병을 치료해 준 처녀라고 말하며 질레트를 소개했습니다. 베르트랑은 그녀를 보고 아름다운 처녀라고 생각했지만 자기와 같은 귀족 출신이 아니라서 그만 기분이 상해 말했습니다.

"폐하, 아내로서 제게 여의사를 주실 생각이십니까? 그런 여자를 아내로 맞이하는 것은 싫습니다."

왕은 다소 기분이 상해 엄정하게 말했습니다.

"그대는 내가 약속을 어겨도 상관없단 말인가? 나는 건강 회복의 대가로 그대를 남편으로 삼고 싶다는 처녀에게 주겠다고 약속했노라."

베르트랑은 왕의 요청을 더는 거부할 수 없었습니다. 그는 왕의 요청으로, 마음에 들지 않았지만, 왕 앞에서 처녀와 결혼식을 올렸습니다. 영지로 돌아가면서 베르트랑은 질레트와 첫날밤도 지내지 않고 그녀를 영지로 보내고 자신은 피렌체로 가버렸습니다.

때마침 피렌체는 시에나와 전쟁 중이었기에 그는 지휘관이 되어 피렌체를 도왔습니다. 그는 영지로 돌아가지 않고 피렌체에 남아 생활하였습니다. 신부 질레트는 '어떻게든 남편을 영지로 불러들여야지' 하고 생각하면서 영지의 부인으로서 밖에 나가 있는 영주를 대신해 영지의 무질서한 질서를 바로잡았습니다. 백성들은 영도력 높은 부인을 칭송

질레트와 베르트랑_ 질레트는 왕의 종기를 말끔히 고쳐주고는 자신이 사랑했던 베르트랑과 결혼을 허락해 달라고 요청한다. 왕은 그 약속을 지키지만 베르트랑은 그녀가 평민 출신이라고 탐탁지 않아 결혼하고 혼자 떠난다. **중세 필사본 그림**.

하며 평화로운 나날을 보냈습니다.

부인은 두 기사를 보내어 백작에게 영지의 소식을 보고하게 하고는 영지에 돌아오지 않는다면 백작이 바라는 대로 자기는 영지에서 떠나겠다고 전하게 했습니다. 백작은 사자들에게 냉정히 말했습니다.

"그 일은 그 사람이 좋을 대로 하게 하라. 나는 그 사람이 이 반지를 끼고, 내 팔에 내 아이를 안게 되는 일이 생기면, 고향으로 돌아가서 함께 살겠다."

그는 손가락에서 뺀 적이 없는 훌륭한 반지를 끼고 있었습니다. 두 기사는 두 가지 조건이 거의 불가능하다고 생각하면서 부인에게 보고했습니다.

부인은 매우 슬퍼하다가 오랜 궁리 끝에 남편이 정말 돌아올 것인지 두 가지 조건을 한번 이루어 보자고 결심했습니다.

　그녀는 영지의 관리들을 불러 자신이 처한 일을 설명하고는 영지를 잠시 돌보아 달라고 말했습니다. 그녀는 백성들이 눈물로 머물러 달라고 하였지만 곧 돌아올 것이라고 하면서 롯실리옹을 떠났습니다. 한시도 쉬지 않고 부지런히 달려 피렌체에 도착했습니다. 그곳에서 마음씨 좋은 아낙네가 경영하는 작은 여관에 묵게 되었습니다. 그녀는 어떻게든 남편의 소식을 알려고 검소한 순례자의 행색을 지켰습니다.

　다음 날, 그녀는 베르트랑 백작이 시종 한 명을 데리고 말에 올라 여관 앞으로 지나가는 것을 보았습니다. 그녀는 일부러 여관 여주인에게 저분은 누구냐고 물어보았습니다. 여주인은 대답했습니다.

　"저분은 다른 나라의 귀족으로 베르트랑 백작이라는 분이지요. 매우 예의 바르고 호감을 느낄 수 있는 분인데, 이 도시에서는 누구나 다 좋아하고 있습니다. 그는 시내의 한 젊은 처녀를 무척 좋아하고 계신다는 소문이 있습니다. 그 처녀는 가난한 귀족으로, 아직 시집도 못 가고 매우 품위 있고 총명한 어머니와 함께 살고 있지요. 어머니가 없었더라면 저 백작의 희망대로 되었을 거예요."

　백작 부인은 이 말을 가슴에 간직하였습니다. 더 상세한 것을 조사하여 모든 사정을 다 알고는 결정을 내렸습니다. 그녀는 순례자의 모습을 하고는 백작이 좋아하는 처녀의 집을 찾아갔습니다.

　부인은 처녀의 어머니를 만났습니다. 그녀는 가난했지만 귀족의 품위를 지닌 여인이었습니다. 백작 부인은 그녀에게 정중히 인사를 하며 자신이 누구이며 그녀가 걸어온 일들과 이곳에 무슨 일로 왔는지를 자세히 말했습니다. 부인은 백작 부인의 이야기를 듣고는, 그녀에 대한 소문을 알고 있었기 때문에, 부인을 진심으로 동정하였습니다. 백작 부인은 부인에게 말했습니다.

"마님께서 제게 힘을 주신다면 아름다운 따님의 후원자가 되어 지참금을 드리겠어요."

부인은 그 제의에 기뻐하면서도 자존심을 잃지 않으면서 대답했습니다.

"부인, 제가 부인을 위해서 어떤 일을 해야 하는지 말씀해 주세요."

이에 백작 부인은 말했습니다.

"그럼, 이렇게 해 주세요. 마님께서 믿는 사람을 백작에게 보내서 따님을 진정으로 사랑한다면 그가 항상 끼고 있는 반지를 사랑의 증표로 따님에게 주도록 말하도록 하세요. 그런 다음, 날을 잡아 백작이 이곳에 오시면 따님과 사랑을 이룰 수 있도록 준비하고 있다고 말하도록 하세요. 그이가 오면 신방을 준비하고 따님 대신에 잠자리에 제가 들어가도록 하겠습니다. 그러면 하느님의 은혜로 저는 임신을 하게 될 거예요."

부인은 같은 여자의 심정으로 백작 부인의 심정을 이해했습니다. 그녀의 계획대로 백작에게 사람을 보내 백작 부인이 시킨 일을 하도록 일렀습니다.

이삼일이 지나 백작에게서 반지가 도착했습니다. 그리고 그날 밤에 처녀의 집에 오겠다는 전갈이 왔습니다. 그날 밤 신방이 꾸며진 방에는 처녀 대신 백작 부인이 곱게 단장하고는 백작을 기다렸습니다. 드디어 백작이 나타나 신방으로 들었습니다. 희미한 불빛 아래 백작은 자신의 부인을 포옹하고 날이 새도록 사랑을 나눴습니다. 이 최초의 교합이 하느님의 뜻에 맞았는지 부인은 쌍둥이 사내아이를 임신했습니다.

아무것도 모르는 백작은 아침이 되어 헤어질 때 값비싼 보석류를 선물로 주었으며, 백작 부인은 그것을 모두 고이 간직했습니다. 모든 것을 이룬 백작 부인은 부인에게 분에 넘치는 사례를 했습니다. 부인은

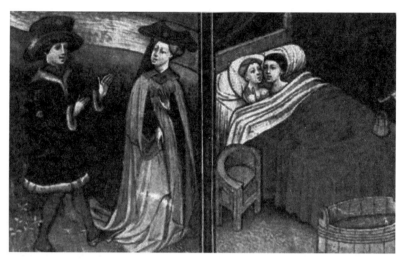

질레트와 베르트랑_ 베르트랑은 영지로 돌아가 결혼 생활을 하지 않고 토스카나의 전쟁터로 떠나 피렌체를 위해 오랫동안 전투를 벌인다. 질레트는 남편에게 영지로 돌아오라는 전갈을 보내지만 베르트랑은 본인의 반지, 본인의 자식이 있다면 돌아가겠다고 완고히 응답했다. 총명한 질레트는 베르트랑이 연모하는 처녀로 변장해 반지를 선물로 받고 베르트랑과 관계를 한다. **중세 필사본 그림.**

백작이 다시 오지 않게 딸과 함께 그곳을 떠나 이사했습니다.

백작 부인은 쌍둥이 아들을 낳았습니다. 그 시기 남편이 피렌체를 떠나 영지로 돌아간다는 소식을 듣고는 무척 기뻤습니다. 부인도 곧바로 영지로 떠났습니다. 영지에 이르니 먼저 도착한 백작은 영지의 귀부인들과 기사들을 모아 놓고 연회를 베풀고 있었습니다. 부인은 순례자의 행색으로 두 아이를 업고 안고는 연회장으로 들어갔습니다. 그녀는 사람들 사이로 성큼성큼 걸어나가 백작 앞에 다다라 발아래 무릎을 꿇고 눈물을 흘리며 말했습니다.

"영주님, 저는 당신이 집에 돌아와서 살아 주셨으면 하는 아내예요. 저는 당신께 보낸 두 기사를 통해서 명령하신 조건을 당신께서 지켜 주시도록 하느님께 부탁드리겠어요. 자, 제 품엔 당신의 아들이 둘이나 있습니다. 또 여기 당신의 반지도 있어요. 지금이야말로 당신의 약속대로 저를 아내로서 맞이해 주셔도 좋을 때라고 생각해요."

백작은 매우 놀랐습니다. 반지는 자기 것이 틀림없었고, 두 아이도 자기를 쏙 뺐으니 놀랄 수밖에 없었습니다. 그는 어리둥절한 채 말했습니다.

"대체, 어떻게 해서 이런 일이 다 일어났을까?"

부인은 백작과 그 자리에 모인 사람들이 놀라는 모양을 보고 그동안 피렌체에서 있었던 일을 하나도 빼놓지 않고 말했습니다. 백작은 아내가 하는 말이 사실이라고 인정했습니다. 그녀의 끈기 있는 인내심과 사려 깊은 마음을 알고 귀여운 아이들을 안아 올렸습니다. 의사의 딸이었던 질레트를 부축하여 백작의 부인으로서 뜨거운 입맞춤을 했습니다.

영지의 백성들이 환호성을 올리는 가운데 백작은 그녀를 아내로서 공경하고 깊이 사랑하며 소중히 했다고 합니다.

알리베크의 이야기

여왕의 이야기가 끝나자 디오네오는 드디어 자기 차례가 왔다고 싱글싱글 웃는 얼굴로 이야기의 말문을 열었습니다.

여러분은 어째서 악마가 지옥에 몰려 들어가는지 그런 이야기는 들으신 적이 없을 줄 압니다. 저는 오늘 주제에서 그다지 빗나가지 않게 이야기를 해볼까 합니다. 이 이야기를 익혀두시면 영혼을 구제할 수도 있을 것이고, 또 사랑의 신은 훌륭한 저택이나 기분 좋은 방을 좋아하지만, 때로는 깊은 숲속이나 험한 알프스 산협이나 인적이 드문 동굴 속에서도 사랑의 힘을 나타낸다는 것을 아시게 될 것입니다.

옛날에 바버리의 카프사라는 도시에 어느 부자가 살았습니다. 이 사람에게는 자녀가 여럿 있었는데 그 가운데 알리베크라는 매우 아름답고 성품도 부드러운 어린 딸이 있었습니다. 알리베크는 어떻게 하면 아무런 방해도 받지 않고 하느님께 봉사할 수 있을까 궁리하다 한 사람에게 물었습니다. 그는 티베스의 쓸쓸한 사막으로 간 사람들처럼 속세를 벗어날수록 하느님께 봉사를 잘할 수 있다고 말했습니다.

열네 살이 된 알리베크는 티베스의 사막으로 떠났습니다. 거듭되는 고생과 굶주림도 참아가면서 이삼일 만에 한 성자를 만났습니다.

그 사람은 이런 곳에서 여자아이를 보다니 매우 놀라워하며, 왜 왔느냐고 물었습니다. 소녀는 하느님의 계시를 받아, 하느님에게 봉사하기 위해 훌륭한 가르침을 줄 사람을 찾아왔다고 대답했습니다. 그러면서 어떻게 하면 자기가 봉사할 수 있느냐고 물었습니다.

그 훌륭한 성자는 소녀가 매우 어리고 아름다운 것을 보고, 그녀를 머물게 했다가는 자기가 사탄의 포로가 될지도 모른다고 염려하면서 그녀의 기특한 결심을 칭찬했습니다. 먹을 수 있는 풀뿌리와 야생 과일, 열매, 물 등을 주면서 말했습니다.

"아가씨, 여기서 멀지 않은 곳에 성자가 계십니다. 그분은 나보다 훨씬 뛰어난 스승이시니 그곳에 가서 길을 구하도록 하십시오."

알리베크가 만난 다른 성자 역시 똑같은 말을 하며 루스티코라는 젊은 성자를 소개해 줬는데, 그는 자신의 굳은 신념을 큰 시련에 걸어 보자며 그녀를 받아들였습니다. 밤이 되자 오두막 구석에 종려나무 가지로 잠자리를 만들어 주고 그 위에서 자라고 했습니다. 이 때문에 금세 온갖 유혹이 그의 신앙심을 시험하려고 도전해 왔습니다. 오랫동안 자기의 신앙을 과시하던 루스티코는 유혹을 물리치기는커녕 순식간에 유혹에 지고 말았습니다. 거룩한 명상도 기도도 규율도 다 잊어버리고 그녀의 젊음과 아름다움만이 머리에 가득 찼습니다. 그뿐만 아니라 '어떻게 하면 여자의 육체를 탐하는 속된 사나이라는 인상을 주지 않고 그녀를 손에 넣을 수 있을까?' 궁리했습니다.

여러 가지 질문으로 그녀를 시험해 보니, 아직 한 번도 남자를 모르는 순진한 어린 처녀라는 것을 알았습니다. 루스티코는 어떻게 하면 하느님께 봉사한다는 구실로 그녀를 자기의 쾌락에 응하게 할까 하고 궁리했습니다. 루스티코는 악마가 아주 나쁜 하느님의 적이라는 것을 일러 주고는 악마를 다시 지옥에 몰아넣어야 한다고 설교했습니다. 알리베크는 어떻게 하면 그것을 할 수 있느냐고 물었습니다.

알리베크의 말에 루스티코는 말했습니다.

"그것은 곧 알게 되지. 내가 하는 대로만 하면 되는 거야."

말을 마치자 그는 옷을 벗고는 벌거숭이가 되었습니다. 그러자 어린 처녀도 그대로 따라 했습니다. 그는 기도할 때처럼 무릎을 꿇고 소녀를 자기 앞에 세웠습니다. 눈앞에 알몸이 된 여자가, 그것도 더없이 아름다운 그녀의 자태를 보자, 일찍이 느껴보지 못했던 심한 욕정에 사로잡힌 루스티코의 육체 일부가 일어나고 무릎 사이에 무엇인가 움씰대며 치솟았습니다. 알리베크는 놀라 물었습니다.

"루스티코 님, 그 툭 튀어나온 게 뭐예요? 저한테는 없는데요."

루스티코는 당황하면서도 말을 했습니다.

"오오! 알리베크여, 이것이 내가 몇 번이나 말한 악마란다. 알겠느냐? 이것이 나를 참을 수 없을 만큼 몹시 괴롭히고 있느니라."

그 말에 알리베크가 말했습니다.

"아아! 하느님, 고마워라. 저한테는 그런 악마가 없으니까요."

그녀의 말에 루스티코는 말을 했습니다.

"대신 내가 갖지 않은 다른 것을 그대는 가졌느니라."

알리베크가 뭐냐고 묻자 그는 말했습니다.

"지옥을 갖고 있다."

알리베크는 기뻐하며 말했습니다.

"제가 지옥을 갖고 있다면 좋으실 때 쓰도록 하셔요."

루스티코는 기쁨에 겨워 말했습니다.

알리베크의 나신(261쪽)_ 순진한 어린 처녀인 알리베크가 진실한 수도자를 찾아 나선다. 수도자들은 그녀의 미모를 보고 욕정에 사로잡히는 것을 두려워하지만, 루스티코 수도자는 자신의 신앙심을 시험하기 위해 그녀의 옷을 벗긴다. **프레드릭 레이튼의 작품**.

"오오! 알리베크여, 그대에게 축복 있어라. 그럼 행히기로 하리라. 악마가 내게서 나가도록 지옥에 몰아넣도록 하리라."

루스티코는 이렇게 말하며 침대로 알리베크를 데리고 가 악마를 지옥으로 넣는 법을 가르쳤습니다. 알리베크는 처음 겪는 일에 아픔을 느꼈지만 이내 말했습니다.

"확실히 악마는 나쁜 짓을 하네요. 지옥에 들어갔을 때도 아픔을 느끼게 했으니 하느님의 적이 분명해요."

그 후로도 숱하게 악마는 오만한 머리를 쳐들었으므로 순진한 알리베크는 그것을 꺾어 주려고 노력했습니다. 그러는 사이 점점 더 큰 쾌감을 느끼면서 말했습니다.

"카프사의 훌륭한 분들이 하느님을 섬기는 일은 매우 기분 좋은 일이라고 말씀하셨는데 거짓이 아닌 것을 알았어요."

알리베크는 이후 줄곧 루스티코를 재촉했습니다.

"루스티코 님 저는 하느님을 섬기려고 여기 왔지 게으름을 피우려고 온 게 아닙니다. 악마를 지옥에 몰아넣기로 해요."

루스티코의 악마와 알리베크의 지옥 사이에 왕성한 욕망과 쇠약해진 정력 탓에 문제가 일어날 무렵, 카프사의 거리에는 큰 화재가 일어났으며, 가엾게도 알리베크의 아버지와 남매들과 친척들이 모두 불에 타서 숨지고 말았습니다. 따라서 알리베크는 자기 아버지의 유일한 재산 상속자였지만, 어디에 있는지 소식을 알 수가 없었습니다.

때마침 온갖 방탕한 생활 끝에 재산을 탕진한 네르발레란 젊은이가, 알리베크가 어딘가에 살아 있다는 소문을 듣고 찾아 나섰습니다. 당시에는 유산 상속자가 없는 경우 그 재산을 정부가 몰수했는데 재산이 몰수되기 전에 그녀를 찾아냈으며, 이에 루스티코도 뛸 듯이 기뻤습니다. 네르발레는 오지 않으려는 그녀를 이끌고 카프사로 돌아와서 아내

알리베크와 루스티코 수도자_ 루스티코는 알리베크의 아름다움에 결국 유혹을 이기지 못하고, 알리베크에게 수도를 하기 위해 옷을 모두 벗으라고 말한다. 자신의 몸의 한쪽을 가리키며 그리스도교에서 말하는 '악마'라고 하고, 알리베크의 몸의 한쪽을 가리키며 그리스도교에서 말하는 '지옥'이라고 한다. 하느님의 뜻에 따라 악마는 지옥으로 보내야만 한다고 설명하면서, 알리베크와 함께 쾌락을 즐긴다. 이 이야기는 동서고금에 걸쳐 《데카메론》의 많은 이야기 중에서 가장 널리 회자되는 이야기이다. **지노 보카실레의 작품.**

알리베크와 수도자의 정사_ 순진한 알리베크는 "악마를 지옥에 보내며 하느님의 뜻에 따르는 일은 매우 즐거운 일이구나" 하면서 좋아하고, 이후 "악마를 지옥에 보낸다"라는 우스갯소리는 일대에 매우 널리 퍼지며 누대에 걸쳐 전해 내려오게 되었다.

로 삼고 막대한 재산도 둘이서 같이 상속했습니다.

그녀가 아직 네르발레와 잠자리를 하기 전이었는데 아낙네들로부터 무엇을 했느냐는 질문을 받고, 악마를 지옥에 몰아넣는 일을 했다고 대답했습니다. 네르발레는 하느님을 위한 봉사를 하지 못하게 하므로 엄청난 죄를 저질렀다고 말하는 것이었습니다.

그 도시에 사는 여자들은 사막에서의 봉사에 대해서 저마다 질문했습니다.

알리베크는 이렇게 말했습니다.

"그 일이라면 걱정할 것 없어요. 여기서도 그것을 잘할 수 있고, 네르발레도 그것으로 당신과 함께 열심히 하느님에게 봉사할 게 틀림없어요."

그 소문이 거리에 오르내리자, 하느님을 위한 첫 번째 봉사는 악마를 지옥에 몰아넣는 일이라는 점잖지 못한 속담이 퍼졌습니다. 그 속담은 그 뒤, 바다를 건너 이 고장에까지 전해졌습니다.

디오네오의 이야기는 말솜씨도 말솜씨지만, 얌전한 부인네들을 몇 번이나 웃겼습니다. 이야기가 끝나자 여왕은 자기 지배 기한이 끝난 것을 알고 월계관을 벗어 필로스트라토의 머리에 얹어 주었습니다.

새로운 왕이 된 필로스트라토는 부인들을 돌아보고 말했습니다.

"여러분, 저는 철이 들고부터 불행히도 여러분 가운데 한 분의 아름다움에 끌려 가슴을 태워 왔습니다. 저는 겸손하고 얌전하게 그분의 습관을 따랐습니다. 하지만 조금도 효과를 보지 못했습니다. 저는 다른 사나이 때문에 버림을 받았고, 그 후에는 나쁜 일만 계속되었으니 이런 식으로 죽어갈 모양이지요. 내일의 이야기 주제는 제 경험과 일치되는 것, 다시 말해 별의별 사람들의 사랑이 불행한 결과로 끝난 이야기를 해주셨으면 합니다. 장차 제 사랑은 최대의 불행이 될 것으로 생각하니까요. 여러분이 불러 주시는 제 이름도 그 유래를 잘 아는 분이 붙여주신 것이니까요."

이렇게 말하고는 저녁 식사 때까지 모두에게 자유로운 여유를 주었습니다. 저녁 식사를 마친 사람들은 모두 한자리에 모여 담소를 나눴습니다. 필로스트라토는 이전의 여왕들이 한 방식에 따라 라우레타에게 춤과 노래를 할 것을 명했습니다.

라우레타가 대답했습니다.

"왕이시여, 저는 오늘 같은 즐거운 모임에 알맞은 노래뿐만 아니라 다른 노래도 제대로 아는 것이 없어요. 하지만 제 마음대로 노래해도 괜찮다면 기꺼이 노래를 부르겠어요."

새로운 왕이 고개를 끄덕이자 그녀는 달콤한 목소리로 구슬픈 노래를 불렀습니다.

제4장

넷째 날 이야기

귀스카르도의 이야기

《데카메론》의 넷째 날이 되었습니다. 이날은 필로스트라토가 여왕의 자리를 물려받았습니다. 그는 남자였기 때문에 여왕보다 왕이라 칭했습니다. 필로스트라토의 이름은 그리스어의 '싸움을 좋아하는 사람'이라는 뜻인데, 보카치오는 '사랑을 이루지 못한 사나이'란 뜻으로 사용하였습니다. 그는 불행하게 끝나는 사랑에 대한 아름다운 이야기를 주제로 정하도록 하였습니다. 왕에게서 이야기를 명받은 피암메타는 부인들을 둘러보고 입을 열었습니다.

살레르노의 탕크레디 공은 말년에 딸의 연인의 피로 자기 손을 더럽히는 일만 하지 않았다면 부드러운 성품과 인간미 있는 분으로 역사에 남으셨을 분입니다. 공에게는 유일한 혈육인 기스몬다라는 딸이 부친의 사랑을 듬뿍 받으며 자랐습니다. 공은 애지중지 아끼던 딸이었기에 혼기를 훨씬 넘었어도 자기 곁에서 떼어 놓고 싶지 않아 결혼시키지 않았습니다.

마침내 카푸아의 공작 아들에게 시집을 보냈는데, 딸은 남편과 같이 사나 싶었으나 그만 남편이 일찍 죽는 바람에 미망인이 되어 부친의 곁으로 돌아왔습니다.

졸지에 미망인이 된 기스몬다는 재기가 넘쳤고, 외모 또한 뛰어났습니다. 그리고 인자한 부친의 보호 아래 귀부인으로 정숙하게 지냈습니다. 그녀는 부친이 재혼 문제에는 관심을 보이지 않자 궁정에 드나드는 귀족들의 모습과 평민들의 행동을 눈여겨보았습니다. 딸은 여러 사람 중에 부친에게 시중을 드는 청년을 선택했습니다.

그의 이름은 귀스카르도이며, 낮은 신분 태생이었으나 품위가 있고 행동 또한 귀족처럼 늠름했습니다. 기스몬다는 자신도 모르게 그에게 매혹되었습니다.

젊은이도 눈치 없는 사람이 아니었으므로 그녀의 시선이 예사롭지 않다고 느꼈습니다. 이리하여 서로 마음속으로만 사랑하고 있었습니다. 기스몬다는 어떻게 하면 남의 이목을 피해 둘만의 시간을 가지게 될까 하고 골똘히 생각한 끝에 하나의 꾀를 생각해 냈습니다.

그녀는 편지를 적어 갈대 줄기 속에 넣고는 그를 불러 농담처럼 말했습니다.

"오늘 밤 이것으로 하녀에게 풀무를 만들어 주세요."

귀스카르도는 그것을 받아 쥐고 집으로 돌아와 갈대를 살펴보니 그녀의 편지가 있었습니다. 편지를 읽고 나서 자신이 할 일을 알게 되었습니다. 기스몬다가 알려준 비밀 통로는 오래전에 지어진 땅굴로 궁전 아래로 통하여 기스몬다의 방까지 연결되어 있었습니다. 그 땅굴에는 광선이 들어오는 아늑한 공간이 있었습니다. 비밀 통로의 존재를 몰랐지만 기스몬다는 알고 있었기 때문에 두 사람의 밀회 장소로 적격이라 생각했습니다.

그런데 오래도록 사용하지 않았기에 굴의 문이 굳게 닫혀 있었습니다. 귀스카르도는 곧 오르내릴 수 있도록 매듭이 많은 밧줄을 준비했습니다. 그리고 가시덤불에 긁히지 않도록 가죽옷을 입은 다음 그날 밤 아무도 모르게 그 굴의 공기 통로가 있는 곳으로 왔습니다. 그는 구멍 가까이에 서 있는 나무에다가 밧줄의 한쪽 끝을 단단히 붙들어 맸습니다. 그러고는 밧줄을 타고 동굴로 내려와 그녀가 오기를 기다렸습니다.

　한편 기스몬다는 잠이 와서 견디지 못하겠다고 시녀들을 물리치고 침실로 들어가는 척하더니 비밀 통로를 향해 몰래 빠져나갔습니다. 귀스카르도를 만나자 미친 듯이 기뻐하며 함께 그녀의 방으로 올라가서 아침이 될 때까지 사랑의 기쁨을 만끽하였습니다.

　이리하여 두 사람은 누구에게도 들키지 않는 비밀 통로로 그녀의 방에서 수도 없이 사랑을 나누었습니다. 귀스카르도는 비밀 통로로 나갔으며 그녀는 문을 잠그고 시녀들이 있는 데로 나갔습니다.

　그러나 운명의 신은 이 같은 쾌락을 시기하여 두 연인의 정사를 깊은 슬픔에 잠기게 했습니다.

　탕크레디 공은 혼자서 딸의 방에서 함께 이야기하며 시간을 보내고 돌아가곤 했는데 어느 날 식사 후 딸의 방을 방문하였습니다. 그런데 그녀는 뜰에서 시녀들과 함께 있었기에 부친은 딸을 성가시게 하지 않으려는 생각으로 혼자서 방으로 들어갔습니다. 창문은 닫혀 있고 커튼이 내려져 있어 구석에 있는 의자에 앉았습니다. 머리를 침대에 기대고 커튼을 잡아당기자 알맞게 누워져 몸이 완전히 감추어졌습니다. 공은 피곤했던지 그만 잠이 들고 말았습니다.

　공이 노곤하게 잠들어 있을 때 마침 그날이 귀스카르도를 부르는 날이어서 기스몬다는 시녀들을 따돌리고 방에 들어왔습니다. 그리고 방에 자물쇠를 걸고는 지하 통로에 연결된 문을 열었습니다. 문이 열리자 귀스카르도가 들어와 깊은 입맞춤을 했습니다. 두 사람은 곧 침대로 옮겨 질펀하게 욕망을 불태웠습니다. 그녀의 요란한 신음 소리에 그만 탕크레디 공이 잠에서 깨어났습니다. 그리고 바로 목전에서 딸이 하는 짓을 처음부터 끝까지 모두 보고 듣고 말았습니다. 공은 그들의 행위를 보고 비통해져 자기도 모르게 큰소리로 꾸짖으려 했으나 마음을 돌

기스몬다와 귀스카르도의 불륜을 숨어 지켜보는 탕크레디 공_ 살레르노의 탕크레디의 매우 아끼는 딸이 미망인이 되어 아버지와 같이 지내고 있었다. 딸은 성실했지만 미천한 남자와 눈이 맞아 비밀 통로를 통해 남자가 들어오게 하여 밀회를 나눴다. 탱크레디 공은 우연히 딸의 방 커튼 뒤에서 잠이 들었다가 딸의 밀회를 목격한다. **브루넬레스키의 작품.**

리고 숨을 죽여 그들의 행위가 끝나기를 기다렸습니다.

두 연인은 탕크레디 공이 있으리라고는 꿈에도 생각지 않고 여느 때와 같이 오랫동안 침대에서 뒹굴었습니다. 헤어질 때가 되었기에 귀스카르도는 비밀 통로로 나갔으며 기스몬다도 시녀에게로 갔습니다. 이때를 놓치지 않고 탕크레디 공은 창문에서 뜰로 뛰어내려 아무에게도 들키지 않은 채 죽고 싶을 정도의 슬픔을 안고 자신의 방으로 돌아갔습니다.

탕크레디 공은 두 부하에게 은밀히 귀스카르도를 체포하라고 명령했습니다. 귀스카르도는 가죽옷을 입고 비밀 통로를 나오려다 붙잡혀 공의 면전으로 연행되었습니다. 공은 그를 보자 눈물 어린 어조로 말했습니다.

"귀스카르도야. 나는 오랫동안 너를 보살펴 주었는데 그 대가로 돌아온 것은 모욕뿐이었다. 너는 나를 창피한 꼴을 당하게 했구나. 눈으로 모든 것을 보았다."

탕크레디 공의 추궁에 귀스카르도는 이렇게 말할 수밖에 없었습니다.

"사랑은 대공 전하나 저로서도 어쩔 수 없을 만큼 강한 것입니다."

공은 분노하여 두 부하에게 귀스카르도를 밀폐된 방에 감금하라고 명령했습니다. 그리고 딸의 방으로 가 말했습니다.

"기스몬다, 나는 누가 일러바쳐도 내 눈으로 보지 않는 한 너를 믿어 왔다. 그런데 내 눈으로 봐서는 안 될 것을 보고 말았다. 애정은 너를 용서하라고 말하고 분노는 엄벌하라고 말한다. 내가 너의 불륜을 어떻게 다루어야 좋겠느냐."

기스몬다는 깜짝 놀랐으나 아버지에게 자기의 정사가 드러났음을 직감했습니다. 그녀는 부친을 향해 물었습니다.

"아버님, 그 사람은 어떻게 되었나요?"

탕크레디 공은 딸의 말에 더욱 분노하여 말했습니다.

"네가 그런 잘못을 저지르고도 미천한 귀스카르도를 걱정하느냐! 그는 나의 자비로 어렸을 때부터 궁정에서 길러 온 가장 신분이 낮은 사내다. 그는 어젯밤 붙잡아 감옥에 처넣었다. 그를 처단하기에 앞서 네가 어떻게 여기는지 들어야 하겠다."

그렇게 말하고 공은 어린애처럼 엉엉 울었습니다. 기스몬다는 귀스카르도가 곧 죽을지도 모르니, 자신도 따라 죽겠다는 심정으로 의연하게 말했습니다.

"저는 그를 진심으로 사랑합니다. 제가 이렇게 말씀드리는 이유는 아버지가 제 결혼에는 관심이 없으셨고 또 그분의 덕이 높기 때문입니다. 저는 아직 젊고 한 번 결혼도 했기 때문에 욕정을 채우고자 하는 인간의 천성을 거역할 수 없습니다. 제가 그를 선택한 것은 그가 누구보다 훌륭한 사람이라 여겼기 때문입니다. 아버님은 그가 신분이 낮다는 이유로 화를 내시지만, 사람을 판단하는 것은 마음의 덕입니다. 저는 제 목숨이 살아 있는 한 그를 사랑할 것입니다. 만약 죽어도 사랑할 수 있다면 저에게는 사랑하는 일밖에 남지 않습니다. 자, 이제 나가주세요. 나가서 시녀들과 눈물을 흘려주세요. 저희가 한 일을 도저히 용서하지 못한다면 단번에 그분과 저를 잔혹하게 죽여주세요."

탕크레디 공은 딸의 마음이 얼마나 훌륭한가를 알았습니다. 그러나 그녀가 말하는 것처럼 결심이 굳지는 않으리라 생각했습니다. 공은 딸의 방에서 나오자, 딸에게 잔인하게 처벌하려던 생각을 고치고, 그녀의 열렬한 사랑에 다른 방법으로 타격을 주어야겠다고 생각했습니다. 귀스카르도를 감시하는 두 부하에게 오늘 저녁 아무도 모르게 귀스카르도를 목 졸라 죽이고 그의 심장을 황금 잔에 담아오라고 했습니다.

다음날 두 부하는 탕크레디 공에게 귀스카르도의 심장이 담긴 황금 잔을 바쳤습니다. 공은 부하에게 황금 잔을 딸에게 보내며 이 같은 말을 전하라고 했습니다.

"이것은 대공 전하의 선물입니다. 아씨께서 전하가 가장 사랑한 것으로 전하를 위로했듯이 아씨께서 가장 사랑하는 것으로 아씨를 위로해 드리라는 말씀이십니다."

기스몬다는 황금 잔을 받아 들고 말했습니다.

공의 부하가 들어와 공의 말씀과 선물을 전했으므로 그녀는 딱딱한 표정으로 황금 잔을 받았습니다. 잔의 뚜껑을 열어보니 심장이 들어 있었고, 아버지의 전언이 무슨 뜻인지도 이해되었으므로, 그 심장이 귀스카르도의 것임을 확신했습니다. 얼굴을 들어 그 부하에게 말했습니다.

"이 속에 들어 있는 심장에 어울릴 만한 것은 황금 잔밖에는 없습니다. 아버님께서는 이 속에 참으로 잘 넣으셨습니다."

그녀는 그 심장에 입을 맞추고 나서 말했습니다.

"저는 태어나서부터 지금까지 그리고 제 목숨이 다할 때까지 아낌없이 저에게 쏟아주신 아버님의 한없고 친절한 사랑을 뼈저리게 느끼고 있습니다. 이처럼 훌륭한 선물을 보내주신 데 대하여 마지막 감사를 드린다고 전해 주십시오."

그들이 물러가자 껴안을 듯이 들고 있던 잔 위로 얼굴을 숙여 귀스카르도의 심장을 바라보며 말했습니다.

"오오! 정다운 내 심장이여, 그대에 대한 나의 소임은 다 끝났습니다. 제가 할 일은 아무것도 남지 않았습니다. 남은 것은 나의 영혼과 그대의 영혼이 하나가 되는 일뿐입니다."

귀스카르도의 심장을 움켜쥐고 슬퍼하는 기스몬다(275쪽)_ 탕크레디 공은 귀스카르도의 심장을 담아 황금 술잔에 넣어 딸에게 보인다. 딸은 그 잔에 독약을 담아 먹고 아버지가 보는 앞에서 자살하면서 같이 묻어 달라고 한다. **베르나르디노 메이의 작품.**

그러고는 전날 만들어 둔 독액을 심장이 담긴 잔에 부어 단숨에 마셔 버렸습니다. 그녀는 침대로 올라가 사랑하는 남자의 심장을 가슴에 대고 조용히 죽음을 기다렸습니다. 이 말을 듣고 탕크레디 공은 놀라서 달려왔으나 때는 이미 늦었습니다.

기스몬다는 아버지에게 말했습니다.

"아버님, 눈물은 더 슬픈 일이 생길 때까지 거두어 주세요. 저를 위해 흘리지는 마세요. 저는 아버님의 눈물을 원하지 않습니다. 자신이 바라던 일로 우시는 건 아버님밖에 없습니다. 저에게 쏟았던 애정이 조금이라도 남아 있다면, 저와 귀스카르도가 남의 눈을 속여 만난 것이 못마땅하시더라도 아버님의 마지막 선물로서 그의 주검을 버린 곳에 저를 같이 묻어 주시길 부탁드립니다. 부디 행복하십시오. 저는 먼저……."

그녀의 눈길은 허공에 머물고 모든 감각이 사라졌습니다. 그다지도 슬펐던 생명은 이승에서 떠났습니다.

탕크레디 공은 두 사람의 죽음을 슬퍼하고 자신의 행동을 몹시 후회하며 두 시신을 한 무덤에 묻어 주었습니다.

알베르토의 이야기

피암메타의 이야기에 부인들은 몇 번이나 눈물을 훔쳤습니다. 분위기가 엄숙해지자 팜피네아가 왕을 기쁘게 하기보다는 모든 사람을 즐겁게 해 주고 싶은 마음에서 왕이 지정한 주제에서 벗어나지도 않으면서 분위기를 바꿀 이야기를 시작했습니다.

'악인인데도 선인으로 알려진 자는 나쁜 짓을 해도 남들이 나쁜 짓을 했다고 생각하지 않는다'는 속담이 예부터 내려오고 있습니다. 이 속담은 종교가들의 위선이 어떤 것이며 얼마나 많은지를 보여줍니다. 그들은 폭이 넓은 긴 옷을 입고 창백하고 엄숙한 얼굴을 하고서, 남에게 부탁할 때는 겸손하게 허리를 굽혀 달콤하고 부드러운 목소리를 냅니다. 그러나 남의 죄를 추궁할 때나 남의 것을 빼앗고, 즉 성금을 함으로써 영원한 구원을 얻는 것이라고 설득할 때는 성급하고 메마르고 까랑까랑한 목소리를 냅니다. 그들은 우리처럼 천국을 찾는 사람과 달리 천국의 소유자인 양 군림하며 죽어가는 자들이 기부하는 금액의 다과에 따라 천국의 좋고 나쁜 장소를 정해주며, 먼저 자기를 속이고 다음에는 자기들의 말을 믿는 사람들을 속이려 드는 것입니다.

정숙한 부인 여러분, 이몰라의 거리에 베르토 델라 맛사라는 타락한 남자가 있었습니다. 그의 파렴치한 행실은 널리 알려져서 그가 사실을 이야기해도 아무도 믿으려고 하지 않았습니다. 그는 자기가 더는 이몰라에서 속임수를 쓸 수 없겠다고 판단하고는 온갖 나쁜 짓이 활개치는 베네치아로 이사하였습니다.

그는 베네치아에서 지금까지와는 다르게 겸허한 마음이 된듯한 얼굴이었을 뿐만 아니라, 누구보다도 신앙심이 두터운 그리스도교 신자인 척 믿게 한 다음 성 프란체스코파 교단 수도사가 되어 수도사 알베르토 다 이몰라라고 칭하고 다녔습니다. 술과 고기를 입에 대지 않았고 엄격한 계율 밑에 참회와 금욕의 절제 생활을 하는 것처럼 보였지만, 남이 보지 않을 때에는 술과 고기를 즐겨 먹었습니다.

사제로서 미사를 올릴 때 그는 많은 사람 앞에서 그리스도의 수난을 말하며 눈물을 흘리기도 했습니다. 그럴듯한 설교와 언제라도 흘릴 수 있는 눈물 덕분에 베네치아 사람들에게 신임을 받았습니다.

베네치아에 리제타 다 카 귀리노 부인이라는 젊은 여자가 있었습니다. 그녀는 플랑드르 지방에 갤리선으로 무역하러 나가 있던 대상의 아내였습니다. 그녀는 미인이었지만 어딘가 모자람이 있었습니다.

그녀는 다른 여자들과 함께 믿음이 강한 수도사로 평판 받는 알베르토 수도사를 찾았습니다. 그녀는 알베르토의 발아래 무릎을 꿇고 자기 신상에 대해서 고해를 시작했습니다. 알베르토는 그녀에게 누군가 애인이 있느냐고 물었습니다. 그녀는 자존심이 상했다는 듯 말했습니다.

"신부님, 어디서 그런 눈을 가지고 있습니까? 저의 아름다움이 다른 여자들과 뒤섞여 보입니까? 애인 따위는 마음만 먹으면 몇 사람이라도 가질 수 있어요. 하지만 저의 아름다움은 아무에게나 사랑받는 미모가 아닙니다. 천국에 가서도 아름답다고 여겨질 저의 미모를 다른 곳에서 본 일이 있으세요?"

그렇게 말하고 듣는 사람이 싫증나도록 자신의 미모에 자아도취가

고해를 받으려는 리제타 부인_알
베르토 수도사에게 고해하려는 부
인은 아름답고 도도하지만 어딘가
모자람이 있었다.

되었습니다.

알베르토는 단번에 이 여인의 어리석음을 간파했습니다. 그는 여자
의 미모를 칭찬하기보다는 허영에 들뜬 여자라고 나무랐습니다.

그 여인은 화를 내며 앙칼지게 말했습니다.

"신부님, 당신은 짐승입니다. 누군가 아름답다는 것은 그 사람이 다
른 이보다 훨씬 뛰어나다는 뜻이라고 해요."

알베르토는 더는 그녀와 대면하지 않고 이쯤에서 다른 여자들과 함
께 돌아가도록 했습니다. 그러고 나서 수일 후 알베르토는 마음이 통
하는 친구들과 함께 리제타 부인의 집으로 갔습니다. 그곳에서 잠시
부인과 단둘이 있게 되었을 때 알베르토는 부인의 발아래 무릎을 꿇
고 말했습니다.

"부인, 지난번 부인께서 자신의 아름다움을 이야기하셨을 때 제가 무례한 말씀을 드린 점 사과드립니다. 실은 그 때문에 그날 밤부터 오늘까지 방바닥에서 일어나지 못할 정도로 심한 벌을 받고 있습니다."

부인은 궁금하여 물었습니다.

"누가 그렇게 벌을 주었나요?"

알베르토가 대답했습니다.

"지금 이야기하겠습니다. 그날 밤 제가 여느 때처럼 기도를 올리는데 갑자기 방 안으로 눈부신 빛이 들어왔습니다. 처음에는 뭔지 몰랐습니다마는 뒤돌아보니 굵은 지팡이를 쥔 잘생긴 청년이 서 있었습니다. 그는 불쑥 저의 등을 후려쳤습니다. 저는 왜 때리느냐고 물었지요. 그 청년이 리제타 부인의 숭고하고 아름다운 미모를 헐뜯은 벌이라면서 또다시 매를 들었습니다. 그러면서 그 청년은 하느님을 제외하고는 누구보다 더 그녀를 사랑한다는 것이었어요. 저는 맞으면서도 당신은 누구냐고 물었습니다. 그는 천사 가브리엘이라고 대답했습니다. 저는 그 말을 듣고 용서해 달라고 바닥에 엎드렸습니다. 당장 부인에게 용서를 구하라 그렇지 않으면 또다시 나타날 것이다, 하면서 말씀을 해 주었는데 부인께서 먼저 저를 용서해 주시면 다음 이야기를 들려드리겠습니다."

알베르토가 말을 멈추자 부인은 미칠 듯이 기뻐하며 입을 열었습니다.

"신부님, 그러니까 저의 아름다움이 천국에 가서도 알아줄 것이란 말이죠. 저는 당신을 동정합니다. 이제부터는 당신이 가브리엘 님에게 매맞지 않도록 용서해 주겠어요."

알베르토는 감격에 겨워 말을 이었습니다.

"부인께서 저를 용서해 주시니 천사께서 하신 다음 이야기를 해드리지요. 한 가지 꼭 알아두셔야 할 일이 있습니다. 가브리엘 님께서 하신 말씀을 누구에게도 비밀로 하셔야 한다는 것입니다. 가브리엘 님은 부인을 사랑한다고 말씀하셨습니다. 한밤중에 부인 곁에 오고 싶어 못 견딜 정도였다고 부인에게 전하라고 했습니다. 하지만 천사의 모습을 하고 있으므로 부인의 손도 만질 수 없을 것이니 인간의 모습을 하고 가고 싶다고 말씀하셨습니다. 부인의 허락을 기다린다는 가브리엘 천사님은 부인이 이 세상 어떤 여자보다 행복한 여인이 되실 거라고 했습니다.”

허영에 들뜬 부인은 기뻐하면서도 한 가지 생각 때문에 우울해졌습니다. 그녀의 어두운 표정을 본 알베르토는 걱정하며 물었습니다.

“무슨 문제라도 생긴 겁니까?”

부인은 알베르토에게 말했습니다.

“저도 천사님을 사랑해요. 하지만 성모 마리아 님께서 저를 버리지 않으시도록 약속해 주셨으면 해요. 천사님은 마리아 님을 아주 좋아하고 계시며 마리아 님에게 늘 무릎을 꿇고 계시는 것을 누구나 알고 있으니까요. 그것만 약속하신다면 저는 천사님이 어떤 모습으로 나타나시든 조금도 두려워하지 않아요.”

알베르토는 속으로 웃음을 참으며 말했습니다.

“현명하신 부인, 부인의 걱정을 아신 가브리엘 님께서 벌써 약속하셨습니다. 저에게 한 가지 은혜를 베풀어 주십시오. 천사님이 저의 몸을 빌려 오실 것입니다. 그러면 제가 어째서 은혜를 받느냐면, 저는 몸에서 영혼이 빠져나가 천사님이 계신 천국을 여행할 것입니다. 부인께서 천사님과 오래도록 계시면 그만큼 저는 천국에 오래 있을 수 있습니다.”

부인은 알베르토의 말을 알아듣고는 말했습니다.

“좋습니다. 저 때문에 천사님께 얻어맞으셨으니 보상해드리지요.”

알베르토는 그날 밤을 위해 정력제를 든든히 먹고는 부인의 집으로 향했습니다. 부인의 집에 들어갈 때는 천사용 날개 장식을 하고 침실로 들었습니다. 부인은 새하얀 날개 장식을 보자 그의 앞에 무릎을 꿇었습니다. 천사는 부인에게 축복을 베풀고 침대로 가게 했습니다. 건강한 그는 남편 이외에 경험이 없는 부인의 희고 매끈한 몸을 실컷 즐겼습니다. 부인은 그날 밤, 날개도 없는데 몇 번이고 몸도 마음도 허공으로 뜨고 즐거움에 소리를 지르며 천국 같은 밤을 보냈습니다. 새벽이 다가왔으므로 알베르토는 일을 마치고 부인의 침실을 나왔습니다.

그날 낮, 부인이 친구들을 데리고 알베르토를 찾아왔습니다. 부인은 알베르토에게 밤에 일어난 이야기를 소상히 했습니다. 알베르토는 이렇게 말했습니다.

"부인, 나는 당신이 천사님과 어떤 일을 하셨는지 모르지만, 어젯밤 저는 장미꽃이 만발한 곳에서 있었습니다."

부인은 알베르토의 영혼이 천국에 갔다 왔다는 것을 확인하고는 말했습니다.

"당신의 육신은 밤새도록 저의 팔에 안겨 있었습니다. 믿지 않으신다면 당신의 왼쪽 젖꼭지 밑을 살펴보세요. 이삼일은 지워지지 않을 만큼 내가 천사님께 뜨거운 키스 마크를 새겨 놓았으니까요."

부인은 마음이 들떠서 한껏 수다를 떨다가 돌아갔습니다. 그 후로 알베르토는 부인의 침실을 방문하여 천사를 빙자하여 질펀하게 놀아났습니다.

하루는 리제타 부인이 대모와 함께 있으면서 아름다움에 대한 이야기를 하게 되었습니다. 머리가 모자란 부인은 자기가 다른 여성들보다 아름답다고 자부하면서 천사 가브리엘 님이 자신의 아름다움 때문에 사랑하고 있다고 했습니다.

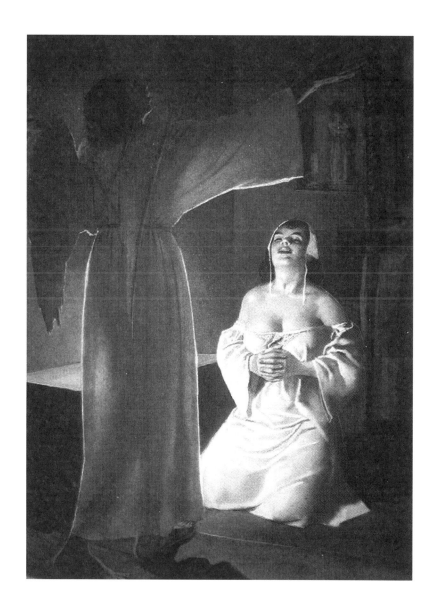

알베르토와 부인의 밀회_ 알베르토는 부인이 대단하다고 칭찬하고 후 허영을 만족하게 해주어 대천사 가브리엘이 그녀를 사랑하고 있다고 거짓말을 한다. 대천사 가브리엘이 인간의 몸을 빌려 나타나 만나려고 한다며 자신에게 가브리엘 천사가 들어온 척하면서 부인과 밀회를 즐긴다. **지노 보카실레의 작품**.

대모는 뚱딴지같은 이야기인 줄 알았으나 호기심이 생겨 꼬치꼬치 물었습니다. 그러자 리제타 부인은 지금까지의 일을 자랑스럽게 늘어 놓았습니다. 그러고는 누구에게도 절대 말하지 말 것을 부탁했습니다.

대모는 웃음이 터질 뻔했지만 억지로 참으면서 이야기를 더 들으려 고 계속 말을 시켰습니다.

"오오라, 가브리엘 천사님이 부인의 연인이고, 또 그분이 그렇게 말 씀하셨다면 틀림없겠지요. 내 생각에는 천사님이 그런 일을 할 것 같 지는 않은데요."

그러자 부인은 더 기를 쓰고 말했습니다.

"대모님, 그건 아니에요. 하느님께 맹세하고 말씀드리는데, 그분은 우리집 양반보다도 더 능숙해요. 그런 일은 천상에서도 하신데요. 하 지만 천상에 있는 누구보다도 제가 아름다워서 저를 좋아하게 되었대 요. 그래서 자주 제게로 오시는 거예요. 아셨어요?"

리제타 부인의 집에서 돌아온 대모는 이런 어리석고 터무니없는 이 야기를 한바탕 웃음거리로 만들고 싶어 몸살이 날 지경이었으며, 한시 바삐 그런 날이 오기를 손꼽아 기다렸습니다. 그러다가 어느 축제일에 많은 여자들과 만나게 되었는데 리제타의 이야기에 과장까지 덧붙여 떠벌렸습니다. 이 터무니없는 소문은 베네치아 모든 사람들에게 퍼졌 습니다. 이 이야기를 얼핏 들은 사람 중에 부인의 시동생들도 있었습니 다. 그들은 형수가 진짜 천사와 관계를 하는지 확인하기로 했습니다.

이런 일이 있는 줄도 모르고 알베르토는 부인의 침실을 방문했습니 다. 그가 들어가는 것을 본 시동생들이 침실의 문을 열려는 사태가 벌 어졌습니다. 소란한 소리를 들은 알베르토는 침대에서 재빨리 일어나 창문을 열고 운하로 뛰어들었습니다.

벌거숭이의 몸으로 수영해서 문이 열린 집으로 뛰어들었습니다. 그

수태고지_ 알베르토는 어리석은 부인을 유혹하기 위해 성서의 가브리엘 대천사가 성모 마리아에게 나타나 처녀 출산을 통해 아들을 잉태하고 낳아 기독교의 메시아이자 하나님의 아들인 예수 그리스도의 어머니가 될 것이라고 선언하듯 리제타 부인을 현혹한다. **엘 그레코의 작품.**

집의 마음씨 좋아 보이는 사람에게 살려달라고 애원하여 귀퉁이에 있는 작은 방으로 몸을 숨겼습니다.

집주인은 자신이 돌아올 때까지 이곳에 있으라고 하면서 문을 걸어 잠갔습니다. 그는 거리로 나가 사람들로부터 리알토 다리에서 간밤에 일어난 사건 이야기를 들었습니다. 그는 집에 있는 사내가 바로 범인이라고 확신하고 집으로 돌아왔습니다.

집에 돌아와 알베르토를 협박해 금화 쉰 닢에 합의했습니다. 그러자 알베르토는 이곳은 정나미가 떨어져서 고향으로 돌아가겠다고 했습니다. 집주인은 알베르토를 진정시키며 이렇게 말했습니다.

"오늘 베네치아에 축제가 있는데 이곳을 벗어나면 곧 산마르코 광장이 나타나므로 그대로 나간다면 틀림없이 붙잡히고 말 것입니다. 그러니 분장하고 나가야 누구도 못 알아볼 것이오."

알베르토는 별수 없다고 판단하고는 온몸에 꿀을 발라 새털을 붙였습니다. 머리에는 새의 가면을 뒤집어쓰고 한 손에는 커다란 지팡이를 쥐고 다른 손에는 커다란 개 두 마리를 끌고 거리로 나갔습니다.

집주인은 벌써 사람들에게 천사 가브리엘을 보려면 산마르코 광장으로 모이라고 해 놓았습니다. 얼마 후 알베르토를 끌어내어 나타나니 리알토 다리 위에서 소문을 들은 사람들까지 모두 산마르코 광장으로 몰려들었습니다.

사람들이 모여들자 집주인은 알베르토의 가면을 벗기고는 외쳤습니다.

"여기 부인을 농락한 천사 가브리엘 님이 나타났습니다."

가면이 벗겨지자 단번에 알베르토라는 것이 탄로났습니다. 그러자 군중은 일제히 고함을 치며 욕설을 퍼부었으며, 어떤 악당이라도 들어본 일이 없는 온갖 험한 저주와 악담을 하고, 어떤 자들은 오물을 던지

체포되는 알베르토_ 알베르토의 술수는 들통나서 가장행렬에서 새털을 붙인 천사로 꾸민 채 산마르코 광장에서 몰매를 맞고 수도원 감옥에 갇힌다.

기도 했습니다.

  이렇게 오랜 시간 소란이 계속되자 이 사실을 동료 수도사들까지도 모두 알게 되었습니다. 신부 여섯 명이 찾아와 그에게 옷을 입히고 사슬을 풀고는 군중의 욕설이 계속되는 가운데 수도원으로 데리고 갔습니다. 알베르토 신부는 어두운 감방에서 비참하게 지내다가 죽었다고 합니다.

니네타의 이야기

왕은 팜피네아의 이야기가 끝나자 이야기는 재미있었지만 주제와는 조금 다른 이야기인 것 같다며 되도록 주제에 맞게 이야기하라고 요구했습니다. 라우레타를 향해 다음이야기를 할 것을 명했습니다.

왕에게서 주제에 맞는 이야기를 요구받은 라우레타는 먼저 말을 했습니다.

왕께서 연인끼리 불행한 처지를 당하는 이야기를 원한다면 그 사람들에게 너무 가혹하지 않을까요? 좋아요, 저는 왕께서 생각하시는 처음에는 희극이지만 나중에는 비극으로 끝나는 이야기를 하겠습니다.

여러분도 아시다시피 나쁜 짓을 하면 그 짓을 저지른 자에게 보복이 돌아올 것이라고 자명하게 여기시지요. 하지만 그런 일은 남에게도 그 불티가 튀기도 합니다.

여러분, 마르세유는 프로방스의 바다에 면한 오래되고 품위 있는 곳입니다. 그곳에는 예부터 부호나 대상인이 많이 살았지요. 그런 사람들 가운데 나르날드 클루아다라는 사람이 있었습니다. 그는 평민이었으나 신앙심이 두터웠고 넓은 토지를 소유하고 막대한 돈도 가진 훌륭한 상인이었습니다. 그는 부인과의 사이에서 여자아이를 두었고 뒤는 사내아이였지만 누나들과는 나이 차이가 많이 났지요. 여자아이 중 둘은 쌍둥이로 열다섯 살이 되었고, 또 하나는 열네 살이었습니다. 그래서 친척들은 장사하러 스페인을 여행하는 나르날드가 돌아오면 딸들을 혼인시키려고 하였습니다.

쌍둥이는 니네타와 맛달레나이고 셋째는 베르텔라였습니다. 그런데 가난한 귀족 청년 레스타뇨네가 니네타를 사랑했으며 그녀도 그를 사랑했습니다. 두 사람이 아무도 모르게 만나 열애를 즐기는 사이에 폴코라는 청년과 우게토라는 청년도 같은 시기에 부친을 잃고 유산을 물려받아 맛달레나와 베르텔라를 사랑하게 되었습니다.

이 사실을 알게 된 그녀는 연인인 레스타뇨네에게 이야기했습니다. 그런데 그는 이 두 사람의 사랑을 이용하여 자기의 가난을 구제해 보려고 마음먹었습니다. 그들과 친해지고는 그들을 초대하여 말했습니다.

"자네들은 부자이지만 나는 그렇지 않네. 그래서 말인데, 자네들의 재산을 통합하여 그중 1/3을 내 것으로 하고, 그것으로 세 자매와 사랑의 도피 여행을 떠나면 어떻겠나? 그러면 자매들에게 부친의 재산을 빼돌리라고 하여 우리 함께 가고 싶은 곳으로 떠나세."

그의 말에 두 청년은 사랑하는 연인이 자신들 품에 들어온다는 말에 그러자고 승낙했습니다. 자매들 또한 찬성하여 부친의 금고에서 돈과 보석을 훔쳐내어 연인들과 함께 쾌속선을 타고 제노바로 떠났습니다. 그들은 그곳에서 사랑의 환락을 맛보았습니다.

그들은 여드레가 되어 크레타 섬에 도착했습니다. 그들은 그곳에서 경치 좋고 넓은 땅을 사서 칸디아 거리 부근에 크고 아름다운 집을 가졌습니다. 하인을 여럿 두고 매일 같이 연회를 열어 그들의 사랑에 축배를 들었습니다.

그런데 니네타의 연인인 레스타뇨네가 어느 연회에서 이 고장 출신인 귀족의 딸을 보고 그만 반하고 말았습니다. 니네타는 그것을 눈치채고는 그를 외출할 수 없게 괴롭혔습니다. 세상일이란 지나치게 많으면 싫증나는 법이고 바라는 것이 저지당하면 그 소망은 더욱더 간절하기 마련입니다. 안타깝게도 레스타뇨네는 니네타가 잔소리를 늘어놓을수록 새로운 여자에게 더 빠져들었습니다.

니네타는 분노하여 독약을 만드는 그리스인 노파에게 독약을 구입하고는 레스타뇨네에게 먹이고 말았습니다. 그가 죽자 폴코와 우게토 및 그들의 연인은 그가 살해당했다는 것을 모른 채 정중히 장사를 지냈습니다.

그로부터 며칠 지나지 않아서 니네타에게 독약을 만들어 준 노파가 다른 나쁜 짓으로 잡혀 고문을 당하던 중 이 사실을 실토하고 말았습니다.

크레타 공은 이 사실을 알리지도 않고 니네타가 머무는 집에 들이닥쳐 그녀를 체포하였습니다. 고문할 것도 없이 그녀가 범행을 시인하자 레스타뇨네의 죽음에 대한 사실이 밝혀졌습니다.

니네타의 동생들은 매우 슬퍼하며 언니를 구할 방법을 모색했습니다. 고지식한 크레타 공은 어떤 회유에도 굴하지 않았습니다. 그런데 맛달레나는 크레타 공이 일찍부터 자기를 연모하고 있다는 사실을 알고 있었습니다. 그녀는 공의 뜻을 이루어주면 언니가 화형에서 구출될 것으로 믿었습니다. 입이 무거운 하인을 공에게 보내 두 가지 일을 실행해 주면 공의 뜻에 따르겠다고 전달했습니다. 두 가지 일은 언니를 무죄 석방할 것과 이 일은 절대로 비밀에 부쳐달라는 것이었습니다.

크레타 공은 이 제안을 듣고 수락했습니다. 폴코와 우게토를 조사할 것이 있다고 연행하여 하룻밤을 관청에서 지내게 하고는 남몰래 맛달레나의 집으로 갔습니다. 그녀와 뜨거운 관계를 맺고는 니네타를 큰 자루에 넣은 다음 돌을 넣은 부대를 니네타의 자루인 것처럼 속이고

독약을 제조하는 노파_ 니네타는 사랑한 레스타뇨네가 크레타 섬의 귀족 딸에게 관심을 보이자 분노하여 독약을 주술하고 만드는 그리스인 노파에게 독약을 받는다. 그녀는 그를 독약으로 죽이고는 슬퍼하여 장례를 치렀지만, 독약을 만든 노파가 다른 나쁜 일로 붙잡혀 고문당하다 니네타 사건까지 실토하여 그녀의 애인 살해 사건이 드러난다. **브루넬레스키의 작품.**

바다에 던지고 나서 동생에게 니네타를 보내도록 했습니다. 공은 니네타가 남몰래 어딘가 먼 데로 가주기를 바란다고 말하고 돌아갔습니다.

이튿날 아침 폴코와 우게토는 니네타가 한밤중에 바다에 던져졌다는 말을 듣고 그대로 믿었습니다. 집에 돌아온 폴코는 니네타가 살아 있는 것을 눈치챘습니다. 그는 이전부터 크레타 공이 맛살레나를 연모한다는 사실을 느끼고는 수상하다고 생각하여 그녀를 닦달하였습니다. 맛살레나는 극구 부인하며 속이려 했지만 결국 모든 사실을 털어 놓았습니다.

폴코는 분노의 불길이 치솟아 칼을 뽑아들고, 용서를 비는 그녀를 베어 죽였습니다. 그리고 공의 노여움을 피하려고 니네타가 있는 방으로 갔습니다.

"맛살레나가 안전한 장소를 마련해 놓고 기다리니 빨리 갑시다."

니네타는 그 말을 믿고 폴코를 따라 무작정 나섰습니다.

이튿날 맛살레나가 살해되었다는 사실을 안 크레타 공은 불같이 노하여 남아 있는 우게토와 그의 연인을 체포하여 공범으로 몰아세우고 옥에 가두었습니다. 그들은 사형을 면하지 못할 거라 생각하고는 집에 감추어 두었던 돈으로 옥지기들을 매수하고는 밤을 타서 로데스 섬으로 달아났습니다. 그들은 그 땅에서 비참한 생활을 하다가 죽었다고 합니다.

이처럼 니네타의 질투는 자신을 비참한 처지로 만들었을 뿐만 아니라 다른 사람들도 불행에 빠뜨렸던 것입니다.

네 번째 이야기

제르비노의 이야기

라우레타의 이야기가 끝나자 연인의 불행을 슬퍼하는 사람도 있었고, 니네타의 질투심을 비난하는 부인도 있었습니다. 왕은 깊은 감동에서 깨어난 듯한 얼굴로 엘리사에게 다음 이야기를 하도록 했습니다.

여러분, 오늘은 사랑의 시작에 대한 이야기를 주제로 말씀드리겠습니다. 사랑이란 것은 어디까지나 상대방을 직접 눈으로 보고 나서야 불길이 타오르고 그리움의 화살을 던지게 된다고 믿는 사람들이 있습니다.

이런 사람들은 세상에는 소문만 듣고도 사랑할 수 있다고 믿는 자를 비웃고, 연애라는 것은 불타는 눈에서 화살이 튀어나와야 비로소 생기는 것이라고 믿는 자가 많은 것 같습니다. 저는 이러한 사람들의 생각이 잘못되었다는 것을 이야기하겠습니다.

시칠리아의 퀼리엘모 왕에게는 자식이 둘 있었습니다. 왕자는 룻지에리, 공주는 고스탄차라 했습니다. 룻지에리는 제르비노라는 아들을 남겨두고 아버지보다 먼저 죽었습니다. 손자인 제르비노는 할아버지의 자애로운 양육 아래 훤칠한 미남으로 자랐습니다. 그는 무용도 뛰어났을 뿐 아니라 예의바르고 품위도 높았습니다. 그의 명성은 시칠리아뿐만 아니라 다른 나라까지도 소문났습니다.

튀니스의 공주 역시 미모로 세상에 이름을 떨쳤는데, 세월이 흐르는 동안 제르비노는 튀니스 공주를 동경하게 되고 튀니스의 공주도 제르비노를 동경하게 되었습니다. 두 사람은 한 번도 만난 적 없이 편지를 주고받는 정도임에도 매우 깊이 사랑에 빠져들었습니다.

그런데 튀니스의 공주는 다른 나라 왕자와 정략결혼을 하게 됩니다. 공주가 제르비노의 이야기를 들먹이며 거부하자 튀니스의 왕은 시칠리아의 퀼리엘모 왕에게 공주의 혼사를 평화롭게 진행하도록 도울 것을 부탁하였습니다. 퀼리엘모 왕은 젊은이들의 연애에는 아무 관심이 없었으므로 내막을 모르고 나라 간의 우의를 위해서 선언에 응했습니다.

튀니스의 왕은 보장을 얻었으므로 튀니스 항구에 멋진 배를 준비시켜 항해에 필요한 물자를 싣고 그라나다로 시집보내기 위해 아름답게 치장하고 순풍이 불기를 기다렸습니다.

튀니스의 공주는 발 빠른 시녀를 팔레르모로 보내 미남 왕자 제르비노에게 자신의 정식 인사를 전하며 수일 내에 그라다나로 시집간다는 것을 알렸습니다. 그러면서 편지에서 자주 밝혔듯이 얼마나 자기를 사랑하느냐를 알릴 때라고 전했습니다.

명령을 받은 시녀는 훌륭하게 그 책임을 다하고 돌아왔습니다. 제르비노는 공주의 전갈을 듣기는 했지만, 조부인 퀼리엘모 왕이 튀니스 왕에게 보증을 서약했다는 것을 알고 있는 이상 처음에는 어떻게 해야 할지 몰랐습니다.

뜨거운 연정은 끊을 길이 없었습니다. 공주의 진의를 깨달은 이상 비겁한 인간으로 여겨지지 않기 위해 갤리선 두 척에 무장을 하고는 공주를 태운 배가 반드시 지나가리라고 생각되는 사르디냐 섬 앞바다로 향했습니다.

튀니스 공주의 죽음과 제르비노의 처형_ 튀니스 공주를 사랑한 제르비노 왕자가 그녀를 구하려다 그만 적장에게 공주가 죽고 그 죄로 왕에게 처형을 당한다. **중세 필사본 그림.**

    왕자의 예상은 빗나가지 않았습니다. 공주를 태운 배가 나타나자 왕자는 공주를 구출하라고 했습니다.

    공주가 탄 배를 보자 제르비노는 용사들에게 말했습니다.

    "제군, 내가 믿는 바와 같이 제군들이 진정 용감하다면 또한 사랑을 하는 자라면 내 소원을 이해하기가 어렵지 않을 줄 안다. 나는 지금 사랑을 하고 있다. 그 사랑이 나를 이 고난의 길로 끌어들이고 있다. 내가 사랑하는 자는 지금 눈앞에 지나는 저 배에 타고 있다. 저 배에는 내가 원하는 자와 함께 막대한 재물과 금은보화가 실려 있다. 우리가 승리를 거두면 내가 바라는 것은 여인뿐이고 다른 모든 것은 제군들이 자유롭게 가져도 좋다. 자, 출발이다. 행운을 빌며 저 배를 공격하자."

    메시나의 용사들은 제르비노의 연설에 용기백배했습니다. 제르비노의 말이 끝나자 그들은 일제히 함성을 지르며 나팔을 불었습니다. 그리고 무기를 쥐고 휘두르며 힘차게 노를 저어 공주가 탄 배를 향해 돌진햇습니다.

제르비노는 고물에 서 있는 공주를 처음 보았습니다. 그녀는 상상 이상으로 아름다웠습니다. 제르비노는 공주를 보는 순간 더욱 사랑의 정염에 불타올랐습니다.

양쪽에서 화살과 돌멩이들이 날아다니는 격렬한 싸움이 시작되었습니다. 끈질기게 버티는 사라센의 왕자는 빠른 배 한 척에 불을 피워 그들의 배를 들이받게 했습니다. 그러자 사라센의 지휘관은 울고 있는 공주를 선상에 세워두고 소리쳤습니다.

"공주를 원한다면 보내주겠다. 네놈의 불신엔 이것이 알맞다."

그는 공주를 베어 바닷속으로 던졌습니다. 그들의 잔인성에 경악한 제르비노는 분노하여 적선에 뛰어올라 맹렬한 기세로 적장을 베었습니다. 배를 전복시키고 난 후에 공주의 시신을 건져 시칠리아로 돌아오는 길에 작은 섬에 묻어주었습니다.

튀니스의 왕은 이 소식을 듣고 퀼리엘모 왕에게 격렬히 항의했습니다. 퀼리엘모 왕은 책임을 지기 위해 죄를 지은 제르비노를 체포하여 국왕의 서약을 어기는 왕이 되기보다는 손자를 잃는 편이 낫다고 생각하여 눈물을 머금고 왕자를 사형에 처하고 말았습니다.

이리하여 두 연인은 며칠 사이에, 사랑의 열매도 맛보지 못한 채, 제가 서두에 말씀드린 바와 같이 비참한 죽음을 맞고 말았습니다.

리자베타의 이야기

엘리사의 이야기가 끝나자 왕은 엘리사를 칭찬했습니다. 그리고 필로메나에게 다음 이야기를 할 것을 지명하였습니다. 불쌍한 제르비노와 튀니스 공주의 슬픈 결말에 그녀는 한숨을 쉬고는 이야기를 시작하였습니다.

여러분, 저의 이야기는 엘리사가 한 이야기 속의 신분 높은 사람들의 이야기는 아닙니다. 그러나 그에 못지않은 가련한 이야기입니다. 메시나에 젊은 상인 삼 형제가 살았습니다. 부친은 성 지미냐노 사람이었는데 그가 죽자 그의 유산을 물려받아 세 사람은 부자가 되었습니다. 그들에게는 리자베타라는 시집가지 않은 아름다운 누이동생이 있었습니다.

삼 형제는 자기들이 경영하는 가게에 피사 태생의 로렌초라는 젊은이를 고용하고 있었는데, 이 젊은이가 가게 일을 꾸려나가고 있었습니다. 그는 외모도 출중하였고 인품도 뛰어났기에 평소 그를 가깝게 대하는 리자베타가 그를 연모하였습니다.

로렌초도 연인이 몇 명 있기는 하였지만 리자베타가 자신을 좋아하자 연인을 정리하고 그녀에게만 애정을 쏟았습니다. 그러고는 서로 마음이 통하여 마침내 두 사람은 뜨거운 사이로 발전했습니다.

그들은 밀회를 계속하면서 즐겁고 행복한 나날을 보냈는데, 그러던 중 비밀의 정사를 더 계속할 수 없는 사태가 발생하고 말았습니다. 어느 날 밤 리자베타가 로렌초가 자고 있는 방으로 숨어 들어가는 것을 큰오빠에게 들키고 말았기 때문입니다. 오빠는 영리했기에 두 사람의 관계를 알고 마음이 아팠으나 여동생이 그와 연애하는 장소를 덮치지 않고 이튿날 아침까지 모른 척했습니다.

이튿날이 되자 맏형은 두 동생에게 간밤에 본 리자베타와 로렌초의 불륜 사실을 이야기했습니다. 셋이서 여러모로 의논한 결과 자기들에게도 누이동생에게도 수치가 되지 않도록 비밀로 하기로 하고는 날을 보아 로렌초를 교외로 데리고 가서 죽이고 매장했습니다.

여동생은 가게에 나와 로렌초의 행방을 오빠들에게 물었으나 세 오빠는 로렌초를 먼 곳으로 출장을 보냈다고 둘러댔습니다. 시간이 흘러도 로렌초가 돌아오지 않자 기다리다 못한 리자베타는 오빠들에게 다시 물었습니다. 그러자 한 오빠가 말했습니다.

"너는 맨날 로렌초를 묻는데 그와 무슨 볼일이라도 있니? 다시 한번 물어봐라, 네가 바라는 대답을 해줄 테니까."

리자베타는 불길한 생각이 들어 더는 묻지 않고 집으로 돌아왔습니다. 그녀는 방에서 눈물을 흘리며 그의 이름을 계속해서 부르다 지쳐 잠들었습니다. 그녀의 꿈에 머리를 헝클어뜨리고 창백한 얼굴에 조각조각 찢어진 옷을 입은 로렌초가 나타나 이렇게 말하는 것이었습니다.

"오오! 리자베타, 그대는 내가 돌아오지 않는 것을 슬퍼하여 그저 울고만 있을 뿐 눈물로 나를 책망하는데 나는 세상으로 되돌아 갈 수 없다는 것을 알아주오. 그대가 나를 본 다음 날 오빠들에게 죽음을 당했다오."

그는 자신이 묻힌 장소를 알려주고 이제는 자기를 기다리지 말라며 안개처럼 사라졌습니다.

로렌초의 죽음과 그의 시신을 땅에서 꺼낸 리자베타_ 리자베타의 연인 로렌초가 오빠들에게 죽음을 당하고, 그녀가 꿈에서 암시를 받아 시신을 수습하는 장면이다. **중세 필사본 그림**

리자베타는 눈을 뜨자 꿈이 사실일 거라 생각하고는 몸부림치며 울었습니다. 아침이 되어 그녀는 꿈에서 일러 준 곳에 가서 아직 굳지 않은 땅을 팠습니다. 얼마 파지도 않았는데 예전 그대로의 모습을 지닌 불행한 연인의 시신이 나타났습니다. 기가 막힌 그녀는 시신을 옮겨 좋은 땅에 고이 묻어 주리라 마음먹었지만 여자에게는 힘이 부치는 일이었습니다. 그녀는 나이프를 꺼내 연인의 목을 잘라 머리통을 보자기에 쌌습니다. 그 자리에 흙을 덮고 함께 온 하녀에게 보자기를 들려 아무에게도 의심받지 않고 집으로 돌아왔습니다.

집에 돌아온 그녀는 방문을 잠그고 연인의 얼굴에 오랫동안 눈물을 흘리고는 머리를 끌어안고 키스했습니다.

그리고 예쁘고 커다란 동백꽃 항아리에 깨끗한 천으로 싼 머리통을 넣어 그 위에 흙을 덮고 동백나무를 심었습니다. 그러고는 장미꽃이나 오렌지꽃으로 만든 물이나 자기 눈물 이외에는 아무것도 뿌리지 않았

리자베타의 동백꽃 항아리_ 리자베타의 연인 로렌초의 머리가 든 항아리를 포옹하는 장면이다. 윌리엄 홀먼 헌트의 작품.

습니다. 그녀는 항아리 속에 연인이 숨어 있는 것 같아 하루도 빠짐없이 항아리 곁에서 눈물을 흘렸습니다.

오랜 기간의 정성 덕분에 항아리 속의 두개골이 썩어 흙이 비옥해진 탓인지 동백나무가 무성해지고 향기가 진한 꽃을 피웠습니다. 오빠들은 그녀가 지나치게 화분에 집착하는 것을 수상히 여겨 화분 속에 무엇이 있는지 조사하기로 했습니다. 화분에 든 흙을 쏟아붓고 나니 천으로 둘러싸인 물건이 있었습니다. 천을 펼쳐보니 곱슬거리는 머리카락이 있는 로렌초의 머리가 나왔습니다. 그들은 발각될까 두려워 해골을 땅에 묻고는 아무에게도 알리지 않고 메시나를 떠났습니다. 그리고 적당한 때에 장사를 그만두고 나폴리로 거처를 옮겼습니다.

리자베타는 이후 실성하여 꽃을 돌려 달라고 울부짖으며 떠돌아다니다가 죽고 말았답니다. 나중에 이 일이 세상에 알려져 누군가가 노래를 지었습니다.

내 꽃 항아리
누가 가져갔지
그 나쁜 사람은 누구일까.

안드레우올라의 이야기

필로메나가 한 이야기는 부인들에게 감동을 줬습니다. 부인들은 그 같은 노래를 들어 왔지만 사연이 이렇게 슬픈 이야기인 줄은 몰랐기 때문입니다. 이어서 왕은 팜필로를 지정하여 이야기를 하게 했습니다.

리자베타의 꿈 이야기를 듣고는 그와 비슷한 이야기가 떠올랐습니다. 저의 이야기에는 두 가지 꿈이 나옵니다. 필로메나가 한 이야기 속의 꿈은 과거의 일을 꾼 꿈이지만 저의 이야기는 미래를 예언하는 꿈입니다. 즉, 각자가 꾼 꿈을 다 이야기하면 두 사람에게 그대로 그 일이 생기는 것입니다.

옛날 브레사의 거리에 네그로 다 폰테 카르라로라는 귀족이 있었습니다. 이 사람에게는 자식이 많았는데 그중에 안드레우올라라는 젊고 아름다운 딸이 있었습니다. 이 딸이 이웃에 사는 가브리우토라는 청년과 우연한 일로 사랑에 빠졌습니다.

청년은 신분이 낮았지만 예의바르고 품행이 단정하여 사람들에게서 호감을 샀습니다. 안드레우올라는 하녀의 도움을 받아 여러 가지로 애쓴 끝에 자기의 마음을 전하여 그를 아름다운 정원으로 불러 서로 사랑의 관계를 맺었습니다.

두 사람은 결혼하지 않았지만 남몰래 남편이 되고 아내가 되었던 것입니다. 그들이 열애를 계속하던 어느 날 밤이었습니다. 안드레우올라가 가브리우토를 끌어안고 열정을 불태우는 꿈을 꾸었습니다.

한참 열애 중일 때 가브리우토의 몸에서 무언가 거무스레한 괴물이 나타난 것 같은 느낌이었습니다. 모양은 잘 몰랐으나 그것이 가브리우토를 그녀의 팔에서 억지로 빼앗아 땅속으로 모습을 감추었습니다.

그녀는 너무 무서워 몸부림치는 순간 꿈에서 깨어났습니다. 눈을 떠 보니 꿈에서 본 것 같은 일은 일어나지 않아 안심하긴 했으나 꿈속의 일이 걱정되었습니다.

다음 날 밤, 그녀는 가브리우토를 오지 않게 하려고 했습니다. 그는 기어코 오려고 했고 다음 날 밤에 그를 정원으로 맞아들였습니다. 때마침 정원에는 꽃들이 만발한 터라 그녀는 붉은 장미와 흰 장미를 꺾어 한 아름 안고 분수대 옆에 앉았습니다. 두 사람은 맑은 물이 솟아 나오는 분수대 옆에서 시간 가는 줄도 모르고 즐거움에 깊이 빠졌다가 한참 만에 가브리우토가 왜 어제는 못 오게 했느냐고 물었습니다. 안드레우올라는 전날 밤에 꾼 꿈 이야기를 들려주며 마음에 걸려서 그랬다고 말했습니다.

가브리우토는 웃음지으며 꿈을 믿는 것은 어리석은 일이라고 했습니다. 그리고 자기도 지난 밤 비슷한 꿈을 꾸었다고 했습니다.

"지난번에 나는 당신의 꿈보다 더 무서운 꿈을 꾸었소. 그 꿈에서 난 아름답고 기분 좋은 숲속에서 사냥하고 있었지. 짐승을 찾아 헤매며 숲속 깊이 들어가 결국 예쁜 산양을 한 마리 잡았지. 산양은 암컷이었는데 털은 눈보다 희고 금방 나를 따르더니 잠시도 나와 떨어지려 하지 않았어요. 하도 귀여워서 산양 목에 목걸이를 달고 금으로 된 사슬을 매고 데리고 다녔어요. 그런데 돌아오는 길에 산양은 멈추어 서서 내

가슴에 머리를 기대는 것이 아니겠소. 그때 어디서 나타났는지 시커먼 사냥개가 몹시 굶주린 듯 으르렁대며 덤벼드는 거예요. 그 개는 내 왼쪽 가슴에 달려들어 심장을 도려내듯 꽉 물어뜯어 입에 문 채 사라졌소. 나는 너무나 아파 눈을 뜨고 곧 왼쪽 가슴을 더듬었소. 다행히 심장은 내 손 아래서 정확하게 움직이지 않겠소? 그러니 꿈 이야기는 잊고 좀 더 즐겁게 지낼 생각을 하도록 해요."

안드레우올라는 이야기를 듣자 더 무서워졌지만 애써 걱정을 감추고 애인을 껴안았습니다. 그들의 격렬한 사랑이 절정에 달할 때 가브리우토가 풀 위로 쓰러졌습니다. 그는 가쁜 숨을 내쉬더니 그만 숨을 멈추고 말았습니다. 그리고 다시는 살아나지 않았습니다.

가브리우토를 목숨보다 사랑했던 그녀에게는 그의 죽음이 얼마나 슬픈 일이었는지 아무도 모를 겁니다. 안드레우올라는 하염없이 통곡하고 눈물을 흘렸지만 이미 죽은 사랑은 돌아오지 못했습니다.

더는 눈물이 흐르지 않자 그녀는 사랑하는 그를 안장하려고 하녀에게 명주 천을 가져오도록 하였습니다. 그녀는 명주 천에 가브리우토의 시신을 앉혔습니다. 그리고 베개에 머리를 얹고 눈물을 흘리면서 눈을 감기고 입을 닫아주었습니다. 그리고 장미꽃을 가득 뿌려준 다음 그의 집으로 향했습니다.

가브리우토의 시신을 옮기던 중 시 경비원의 눈에 띄어 검문을 당하게 되었습니다. 어쩔 수 없이 안드레우올라는 시 장관 앞에 끌려가 취조를 받았습니다. 장관은 의사들을 불러 죽은 가브리우토의 시신을 살펴보게 했습니다. 의사들은 타살이 아니라 심장 옆의 종기가 파열하여 호흡이 멎었다고 밝혔습니다.

그러나 장관은 안드레우올라의 미모에 반하여 자기 말을 들으면 풀어 주겠다고 하면서 치근댔습니다. 안드레우올라는 살기보다는 죽기

기구한 운명의 안드레우올라_ 귀족 안드레우올라는 신분이 낮은 가브리우토와 남몰래 부부 사이가 되어 밀애를 하였지만, 정사 중 그가 급사하자 하녀와 함께 시신을 들고 집으로 향했다. 그러던 중 경비원에게 잡혀 시 장관에게 끌려가 취조를 당하게 되었다. 장관은 그녀의 미모에 반해 자기의 말을 들으면 용서해 주겠다고 하였으나 거절당했고, 그 소식을 들은 아버지가 딸을 용서하고 가브리우토의 장례식을 정중하게 거행하였다. 장관이 다시 청혼하였으나 거절하고 수녀가 되어 평생 깨끗한 생활을 했다고 한다. **중세 필사본 그림.**

를 원하고 있던 차여서 경관에게 숨김없이 말했습니다.

"저는 당신이 누군지 알아요. 저는 여러분이 바라는 대로 모든 사실을 말할 테니 저에게 손끝도 대지 마십시오. 또 저에게 비난받는 것이 싫으시다면 시신도 그대로 두십시오."

다음 날 아침 이 일을 알게 된 아버지 네그로가 장관을 찾아가 딸을 돌려 달라고 했습니다. 장관은 자기가 그녀에게 가하려고 한 행동에 대해서 그녀에게 비난받기 전에 선수를 쳤습니다. 그녀를 시험하려고 덤볐는데 아주 훌륭한 아가씨였다며 그녀의 굳은 의지를 칭찬했습니다. 더 나아가 그녀와 결혼하고 싶다고 말을 했습니다.

장관의 파렴치한 행위에 몸서리를 치던 안드레우올라는 아버지 앞에 무릎을 꿇고 몰래 애인을 만난 일에 용서를 구했습니다.

　"아버님, 새삼스럽게 제가 저지른 불행에 대해서 이야기하려는 생각은 없습니다. 저는 아버님 몰래 제가 좋아하는 사람을 지아비로 삼았습니다. 제가 이렇게 애원하는 것은 용서해 달라는 것이 아니라, 아버님의 원수가 아닌 사랑하는 딸로서 죽기를 바라기 때문입니다."

　연로한 네그로는 딸을 용서하고 눈물을 흘리며 그녀를 부드럽게 안아 일으키면서 딸의 소원을 들어주기로 했습니다. 네그로는 딸이 사모했던 남편을 사위로 인정하고 성대하게 장례를 치러주었다고 합니다.

　그 후 그녀는 하녀와 함께 성덕으로 이름 높은 수녀원의 수녀로 들어가서 평생 보냈다고 합니다.

시모나의 이야기

팜필로가 이야기를 마치자 왕은 안드레우올라에 어떤 동정도 표시하지 않고 에밀리아를 보면서 다음 이야기를 하라고 지시했습니다. 에밀리아는 주저하지 않고 이야기를 시작하였습니다.

팜필로의 이야기를 듣고 저도 그와 비슷한 이야기를 하고 싶어졌습니다. 이 이야기는 오래된 옛일은 아니지만, 피렌체의 가난한 집안에서 태어난 시모나라는 처녀에 관한 이야기입니다. 그녀는 평민 출신이었지만 아름답고 마음씨 고운 처녀였습니다. 그녀는 집안이 가난했기 때문에 가냘픈 두 손으로 양털을 자아서 생계를 유지했습니다. 그렇다고 해서 마음속에 사랑의 신을 받아들이려 하지 않을 만큼 감정이 메마르진 않았습니다.

그녀의 사랑의 신은 양털 상인의 용무로 양털을 운반하던 같은 신분의 파스퀴노라는 청년과 사랑하도록 엮어 주었습니다. 청년은 그녀를 만나고는 털실을 자을 줄 아는 사람은 이 세상에서 시모나밖에 없는 것처럼 그녀에게 재촉하러 오곤 했습니다. 청년이 재촉하러 오면 그녀는 재촉당하는 것을 기뻐하고 이러한 사이가 계속되는 동안 두 사람은 어느 쪽이 먼저라고 할 것 없이 서로 사랑하는 감정으로 발전해 뜨거운 관계가 되었습니다.

파스귀노가 시모나에게 날을 잡아 공원으로 놀러 가자고 했습니다. 시모나는 부친께 허락을 받고는 산갈로 축제에 라지나라는 친구와 함께 파스귀노가 일러준 공원으로 갔습니다.

공원에는 파스귀노가 친구와 함께 와 있었습니다. 그 이름은 푸치노였으나 사람들은 스트람바라고 불렀습니다. 스트람바와 라지나는 얼마 안 가 새로운 사랑에 빠지자 파스귀노와 시모나를 내버려둔 채 다른 곳으로 가서 사랑에 빠졌습니다.

파스귀노와 시모나는 자리를 옮겨 샐비어가 피어 있는 깊숙한 숲으로 들어갔습니다. 두 사람은 곧 한몸이 되어 사랑을 나누었습니다. 황홀한 사랑을 끝낸 그들은 도시락을 먹었습니다. 파스귀노는 샐비어 숲 쪽으로 몸을 굽혀 잎을 한 조각 뜯었습니다. 샐비어 잎은 음식을 먹은 뒤 잇새에 낀 찌꺼기를 씻어내는 데 안성맞춤이라고 말하면서 이와 잇몸을 문질렀습니다.

이렇게 한참 문지르며 그녀와 이야기하려는 순간 얼굴이 새파래지더니 눈도 보이지 않고 말도 할 수 없게 되었습니다. 그러더니 곧 숨을 거두었습니다.

시모나는 놀라 울부짖으며 큰 소리로 스트람바와 라지나를 불렀습니다. 두 사람은 곧 달려와서 파스귀노의 죽음을 보고는 외쳤습니다.

"이 나쁜 계집, 네가 독을 먹였구나!"

즐거운 날에 황망하게 살인자로 몰린 시모나는 장관 관저로 끌려갔고, 재판관이 조사를 시작했습니다. 재판관은 퉁퉁 부어오른 파스귀노의 시신이 눕혀진 장소로 시모나를 데리고 가서 현장 검증을 하였습니다. 재판관은 시모나에게 어떤 일이 벌어졌는지 자세히 말하라고 했습니다. 그녀는 파스귀노가 한 것처럼 샐비어 잎을 뜯어 이에 대고 문질렀습니다. 이를 본 파스귀노의 친구들이 쓸데없는 짓을 한다고 비난하

시모나 애인의 죽음_ 죽음의 독초인 샐비어가 피어 있는 곳에서 사랑의 유희를 즐긴 시모나와 애인은 정사가 끝난 후 음식을 먹고 샐비어로 입을 닦더니 갑자기 남자가 죽는다. 시모나는 남자를 독살했다는 혐의를 받고 붙잡혀 죽을 위기에 처한다. **중세 필사본 그림.**

고 화형에 처해야 한다고 소리쳤습니다.

샐비어 잎으로 이를 문지른 시모나 역시 갑자기 쓰러져 죽었습니다. 두 사람은 죽었지만, 이들이야말로 행복한 연인이라 할 수 있었습니다. 같은 날 불타는 사랑과 유한한 인간의 목숨에 종말을 고할 수 있었으니까요. 재판관이나 입회인들은 놀라서 한마디도 못했습니다.

재판관은 샐비어에 독이 있다는 소리는 못 들었다며 아마 이 샐비어가 독 있는 종류인 것 같다며 이렇게 말했습니다.

"다른 사람에게 이런 일이 생기지 않도록 샐비어를 뿌리째 뽑아서 불태워 버리도록 하라."

정원지기는 재판관의 명을 받아 재판관 앞에서 커다란 풀뿌리를 파내는 순간 불쌍한 두 연인의 죽음의 원인이 명백하게 드러났습니다. 그 샐비어 숲 밑에서 놀랄 정도로 커다란 두꺼비가 모습을 드러냈던 것입니다.

커다란 두꺼비가 숨을 쉴 때마다 독이 뿜어져 나와 샐비어 잎을 적셨던 것입니다. 파스귀노와 시모나의 창백하게 부은 시신은 스트람바와 친구들이 산파올로 사원(현재의 산파올리노 사원)에 묻었습니다.

지롤라모 시기에리의 이야기

에밀리아가 이야기를 마치자 왕의 명령으로 네이필레가 이야기를 하였습니다.

제가 생각하기에는 사물을 모르면서 모두 알고 있다고 착각하는 사람들이 있는 것 같습니다. 그들은 남의 충고를 듣지 않을뿐더러 사물의 이치를 어기고 자기 판단만을 믿기 때문에 커다란 재앙을 초래하고 좋은 일은 무엇하나 일어나지 않는 것입니다.

그런 자연의 이치 속에 있지만 단 하나 남의 충고나 공작에 속하지 않는 것이 사랑입니다. 사랑이란 아무리 제거하려고 해도 사랑 자체가 사라지지 않는 한 제거할 수 없는 성질의 것입니다. 저는 그 일에 관련한 어느 부인의 이야기를 하려고 합니다.

피렌체의 부호 가문인 시기에리 가문에는 레오나르도 시기에리라는 상인이 부인과의 사이에서 지롤라모라는 아들을 남기고 세상을 떠났습니다. 지롤라모는 동네 어린이들과 친구가 되어 자랐는데, 특히 같은 나이의 재단사 딸과 단짝처럼 지냈습니다. 이들은 한 동네에서 서로 죽이 잘 맞는 친구처럼 성장했고 두 사람이 사랑에 눈을 뜰 때는 그 상대가 두 사람이었습니다. 그들은 우정에서 발전해 격렬하게 사랑하는 사이가 되었습니다.

지롤라모의 모친은 이 사실을 알고는 두 사람의 관계를 반대했습니다. 모친은 자식만큼은 재산이 있으면 자두를 오렌지로도 만들 수 있다고 믿는 사람이었습니다. 모친은 아들의 후견인들에게 말했습니다.

"우리 아이는 아직 열네 살도 안 되었는데 미천한 재단사의 딸과 친밀해졌어요. 아들을 멀리 보내 그녀를 단념하도록 해야겠어요. 오래도록 그 처녀와 만나지 않으면 자연히 잊을 것이고, 또 좋은 집안의 처녀가 생기면 그 아이의 반려자로 삼을 수 있으니까요."

후견인들도 지롤라모 모친의 의견에 동의했습니다. 그래서 아들을 가게로 불러 부드럽게 말했습니다.

"도련님도 이제 어엿한 청년이 되었습니다. 우리는 도련님이 잠시 파리로 가면 어떨까 합니다. 그곳에서 가문의 재산이 어떻게 돌아가고 있는지를 살펴 배우고, 귀족이나 신사들과 교류하여 훌륭한 예의범절을 배워야 합니다."

후견인들의 충고를 지롤라모는 단번에 거절했습니다. 그는 재단사의 딸인 실베스트라와 떨어지는 것을 원치 않았기 때문이지요. 후견인들은 그를 달래려 했으나 완강한 고집을 꺾을 수 없었습니다. 이 모든 사실을 모친에게 알렸습니다. 모친은 역정을 내고 아들을 나무라며 어리석은 사람의 일까지 입 밖에 내어 꾸짖었고 부드럽게 달래기도 했습니다.

어머니의 애정 어린 충고를 받아들인 지롤라모는 1년쯤 지나 파리로 가겠다고 하여 연인을 남겨두고 파리로 떠났습니다. 지롤라모는 파리에 2년이나 체류하게 되었습니다. 하지만 그는 파리에서도 실베스트라를 잊지 못했습니다.

드디어 피렌체로 귀향한 지롤라모는 꿈에도 잊은 적 없는 실베스트라를 찾았습니다. 그녀는 이미 커튼을 만드는 사람과 결혼한 후였습니다. 지롤라모는 충격을 받아 비탄에 잠겼습니다. 그는 이건 거짓일 거라고 믿고 그녀의 집을 찾아내어 서성거렸습니다.

그녀를 만났을 때 그녀는 지롤라모를 보고는 마치 생전 처음 만난 사람처럼 그를 기억하지 못했습니다. 지롤라모는 그녀에게 자기를 생각나게 하려고 자신과 어울렸던 지난 일들을 상기시켜 보려 하였으나 아무런 효과가 없자 마지막 수단으로 목숨을 걸고라도 말을 걸어 봐야겠다고 생각하기에 이르렀습니다.

지롤라모는 그녀의 집을 드나드는 여자에게서 집안 구석구석 내부의 모습을 듣고는 밤늦게 도둑처럼 잠입했습니다. 그녀의 침실에는 그녀가 남편과 나란히 잠들어 있었습니다. 지롤라모는 용기를 내어 침대 곁으로 다가가 그녀의 가슴에 손을 대고 작은 소리로 말했습니다.

"실베스트라, 자?"

그녀는 자지 않았으므로 깜짝 놀라 소리를 지르려고 했으나 그가 재빨리 말했습니다.

"부탁이야. 소리를 내지 말아 줘. 나는 지롤라모야."

그녀는 떨면서 말했습니다.

"지롤라모, 나가줘요. 연인 사이였던 시절은 이미 지났어요. 나는 남편이 있는 몸이라는 것을 아시잖아요. 남편이 깨기 전에 어서 돌아가 주세요."

지롤라모는 그녀의 말을 듣자 가슴이 찢어질 듯 비통했습니다. 그는 더는 살기 싫어졌습니다. 그래서 그녀 곁에 잠시만 누워 몸이 녹으면 돌아가겠다고 했습니다. 실베스트라는 가엾은 생각이 들어 그의 제안을 수락했습니다. 그는 누웠으나 그녀의 몸에 닿지 않도록 조심했습니다. 그녀 곁에 눕자 모든 희망이 사라지고 더더욱 죽고만 싶었습니다.

지롤라모 시기에리의 죽음_ 어린 시절부터 사랑해온 여인과 떨어져 지낸 지롤라모는 그녀가 결혼한 것을 알고는 실베스트라의 집에 몰래 찾아가 자신의 마음은 변함이 없다고 고백하고 조용히 숨을 거둔다. 그의 장례식에서 감정이 벅차 올라 실베스트라 또한 죽어버리고 만다. **중세 필사본 그림.**

차라리 여기서 죽어야겠다고 생각한 지롤라모는 주먹을 꽉 쥐고 스스로 숨을 멈추었습니다. 정말로 그녀 곁에서 죽은 것이었습니다. 잠시후 실베스트라는 지롤라모가 아무런 기척이 없자 그를 깨우려고 흔들었으나 지롤라모의 몸이 싸늘히 식은 것을 알았습니다.

깜짝 놀란 그녀는 남편을 깨워 어찌하면 좋을지 물었습니다. 사람 좋은 남편은 시신을 몰래 지롤라모의 집에 가져다 놓았습니다.

이튿날 문간에 놓인 아들의 시신을 발견한 어머니는 통곡했습니다. 의사를 불러 지롤라모의 온몸을 살펴보았으나 상처 하나 없어 다들 슬픔의 충격 때문에 사망했다고 진단했습니다. 눈물의 추도식이 열렸습니다.

실베스트라의 남편은 추도식에 참석하여 사람들이 이 사건을 어떻게 보는지 알아보자고 했습니다. 그녀는 지롤라모가 불쌍했으므로 그의 마지막 가는 길을 보고자 성당 추도식에 갔습니다. 죽은 지롤라모의 얼굴을 본 순간 그녀의 마음속에서 옛사랑의 불꽃이 거세게 타올라 걷잡을 수 없는 심정이었으나 그녀는 사람들을 헤치고 시신 곁으로 다가가 시신 위에 얼굴을 묻고 비탄에 젖은 울음을 토했습니다. 지롤라모가 비련으로 격렬히 애를 끓이다 숨을 거둔 것처럼 그녀도 숨을 거두고 말았습니다.

그녀의 죽음을 알게 된 남편은 한참을 울고는 지난밤의 이야기를 해주었습니다. 이야기를 들은 사람들은 두 사람의 이루어지지 않은 사랑에 깊이 동정하였습니다.

수의를 입힌 실베스트라의 시신은 지롤라모 옆에 나란히 눕혀졌습니다. 이리하여 살아서 결합하지 못한 두 사람은 저 세상에서 영원히 맺어지게 되었습니다.

롯실리옹의 이야기

네이필레의 이야기는 부인들과 왕에게도 감명을 주었습니다. 왕은 자신과 디오네오만 이야기하지 않았다고 파악하고는 디오네오에게 마지막 차례의 권리를 지켜주기 위해 자신이 이야기하기 시작했습니다.

여러분은 불행한 사랑 이야기에 깊은 동정을 보내고 있습니다. 저는 지금까지 한 이야기 이상으로 슬픈 이야기를 하고자 합니다. 그것은 이 이야기에 나오는 사람들이 신분이 훨씬 높은 분들이고 사건도 심각하기 때문입니다.

옛날 프로방스에 성과 신하를 거느린 훌륭한 가문의 두 기사가 있었습니다. 그중 한 사람은 롯실리옹이라 하고 또 한 사람은 가데탕이라는 기사였습니다. 두 기사는 절친한 친구인데다 무술도 뛰어났으므로 마상 창 시합이나 무술 겨루기 시합에 같은 복장을 하고 출전하곤 했습니다.

두 기사의 성은 15킬로미터밖에 떨어져 있지 않아 자주 왕래했습니다. 롯실리옹에게 정숙하고 매우 아름다운 아내가 있었습니다. 가데탕은 롯실리옹과 절친한 사이임에도 그의 아내를 깊이 사랑했습니다.

롯실리옹의 아내는 가데탕의 끊임없는 유혹의 눈길도 눈치채고 또 그가 훌륭한 기사라는 것도 알게 되어 호의를 품게 되었습니다. 그녀의 호의는 하루가 다르게 변하여 사랑으로 발전하고 끝내는 밀회를 나누며 서로 탐닉하는 관계가 되었습니다.

두 사람은 신중하지 못해서 롯실리옹이 두 사람의 관계를 알게 되어 분노하였으며, 가데탕과도 절교를 선언하는 등 그의 마음은 오로지 가데탕을 증오하게 되었습니다. 하지만 그는 내색하지 않았습니다. 다만 때를 보아 가데탕을 죽이기로 결심했습니다.

마침 프랑스에서 마상 창 시합이 열리자 절호의 기회라고 생각한 롯실리옹은 가데탕과 함께 출전하자고 하고는 먼저 부하들과 무장을 하고는 성에서 멀리 떨어진 길목에 매복하였습니다.

마상 창 시합이 열리는 날이 되어 롯실리옹은 프랑스로 향하는 가데탕을 만났습니다. 가데탕이 아무런 무장도 하지 않은 상태로 길목을 지나자 말을 탄 롯실리옹은 창을 들고 달려와서는 가데탕의 가슴팍을 깊숙이 찔렀습니다. 투구를 쓴 롯실리옹의 행동은 재빨랐기에 그가 누군지 알기 힘들었습니다.

가데탕이 쓰러져 죽자 그를 따르던 부하들은 겁을 집어먹고는 모두 도망쳤습니다. 롯실리옹은 말에서 내려 단도로 가데탕의 가슴을 가르고 심장을 꺼내 창끝에 달린 깃발로 싸고는 이 일을 누구에게도 말하지 말 것을 엄명하고는 성으로 돌아왔습니다.

부인은 그날 밤 가데탕이 저녁 식사를 하러 온다고 들었으므로 초조하게 기다렸지만 그가 오지 않자 남편에게 물었습니다.

"가데탕 님이 오시지 않으니 무슨 일이라도 생기지 않았을까요?"

그러자 남편은 그가 내일 온다고 말했습니다. 그 말을 들은 부인이 안정하자 롯실리옹은 요리사를 불러 이렇게 말했습니다.

롯실리옹의 복수_ 롯실리옹은 가데탕이라는 기사와 마상 창 시합 등을 하며 친하게 지냈다. 가데탕은 롯실리옹의 부인을 사랑하여 유혹하였고, 그 부인도 가데탕에게 빠져 둘은 몰래 사랑을 나누었다. 이 사실을 안 롯실리옹은 가데탕을 암살하고 그의 심장으로 요리하여 부인에게 먹인다. 부인은 자신이 먹은 것이 가데탕의 심장인 것을 알자, 그대로 몸을 성탑 창문 밖으로 날려 바닥에 떨어져 산산조각이 나고 만다. **중세 필사본 그림.**

"이 멧돼지 심장을 받아라. 이것으로 입맛을 다실 만큼 특별히 맛있는 요리를 만들어 내가 식탁에 앉으면 은접시에 담아오게."

요리사는 그것을 받아 잘게 썰어 향료를 치고 훌륭한 요리를 만들어 은접시에 담았습니다.

롯실리옹과 부인이 식탁에 앉자 요리사가 은접시에 요리를 내놓았습니다. 롯실리옹은 요리사를 칭찬하며 부인에게 요리를 먹게 했습니다. 부인은 요리가 맛있었는지 한 점도 남김없이 은접시를 비웠습니다. 롯실리옹은 아내가 접시를 비우자 말했습니다.

"부인, 그 요리는 어떻소?"

부인은 대답했습니다.

"아주 맛있어요."

롯실리옹은 코웃음을 치며 말했습니다.

"그럴 테지! 살아 있을 때 아주 좋아했으니 죽어서도 좋겠지. 별로 이상할 것 없지."

부인은 남편의 말에 잠시 경직되었으나 이내 안정을 찾고 겨우 입을 열어 물었습니다.

"이 요리는 뭐죠?"

남편은 그 요리가 가데탕의 심장이라고 말하고는 그녀를 비웃었습니다. 부인은 롯실리옹을 비난하며 불륜의 죄는 자기에게 있으니 자신이 벌을 받아야 한다며 주저하지 않고 창밖으로 몸을 던져 죽었습니다.

부인이 죽자 롯실리옹은 후회했습니다. 프로방스 주민이나 프로방스 백작에게 이 일이 알려질까 두려워 멀리 떠났습니다. 그 후 이 일이 널리 알려져 부인은 애도 속에 그녀가 다니던 성당 묘지에 묻혔습니다.

루지에리의 이야기

왕의 이야기가 끝났으므로 디오네오의 차례가 되었습니다. 디오네오도 자신의 차례임을 알고 있었으므로 왕이 입을 열자 기다렸다는 듯 이야기를 시작했습니다.

지금까지의 이야기는 저에게도 슬픔을 자아내 눈물을 흘리게 하는군요. 이제 그런 이야기는 그만두었으면 좋겠다고 생각합니다. 저는 비참한 이야기에서 벗어나 더 유쾌하고 즐거운 이야기를 하고자 합니다.

여러분도 아실 만한 살레르노에 마체오 델라 몬타냐라는 유명한 외과의사가 있었습니다. 그는 만년에 귀족 출신의 젊은 미인을 아내로 맞았습니다. 마체오는 젊은 아내에게 사치스러운 옷과 보석을 선물했지만 침실에서는 안아주는 일이 적었습니다. 젊은 부인은 늘 불만에 가득 찬 날을 보냈습니다.

부인은 영리하고 대담한 성격의 소유자였습니다. 그녀는 남편과의 사이는 줄이고 밖에 나가 젊은 상대를 구해야겠다고 생각했습니다. 바깥에서 적당한 인물을 물색하던 중 드디어 마음에 드는 청년이 그녀의 눈에 들어왔습니다. 그녀는 청년에게 온갖 희망과 행복을 걸었습니다. 청년 쪽에서도 여인이 자신을 흠모한다는 것을 알고는 기뻐하며 그녀에 못지않게 애정을 기울였습니다.

그 청년은 귀족 출신으로 이름은 루지에리 다 제롤리였습니다. 그는 도둑질과 비천한 악행을 일삼는다고 알려졌지만 사랑에 굶주린 부인에게는 문제되지 않았습니다.

부인은 그가 마음에 들었으므로 하녀에게 좋은 말로 일러서 그를 만나게 되었습니다. 사랑의 뜨거운 쾌락을 맛본 뒤 밀회를 거듭하는 동안 부인은 그의 과거 생활을 비난했습니다. 자신과의 사랑을 위해 과거와 같은 나쁜 짓은 하지 말아 달라고 부탁했습니다. 그에게 충분히 돈을 주기도 하고 다른 물품으로 도와주기도 했습니다.

이렇게 두 사람이 밀회를 계속하던 어느 날 다리 절단 수술을 해야 하는 환자가 생겨서 마체오는 마취제를 만들어 침실에 두고 저녁때 수술하기로 했습니다. 그는 약을 침실 창문 위에 놓고는 누구에게도 주의시키지 않았습니다. 저녁이 되어 의사가 환자에게 갈 준비를 하는데 말피에 있는 친구로부터 심부름꾼 몇 사람이 도착하였습니다. 그들의 말로는 말피에서 큰 폭동이 일어나 부상자가 많이 생겼으니 만사를 제쳐놓고 속히 와 주셔야겠다는 것이었습니다. 의사는 다리 환자의 수술을 내일로 미루고 곧 배를 타고 말피로 떠났습니다.

남편이 떠나자 부인은 때를 놓치지 않고 루지에리를 불러 사람들이 잠자러 갈 때까지 침실에서 기다리게 했습니다. 부인이 오기만을 기다리던 그는 목이 말라 그만 마체오가 만든 마취제를 단숨에 들이켜 깊은 잠에 빠지고 말았습니다.

침실로 들어온 부인은 그가 잠든 줄 알고 흔들어 깨우다가 너무 힘껏 미는 바람에 그의 몸이 궤 위에서 떨어졌습니다. 그런데도 루지에리는 꼼짝하지 않았습니다. 깜짝 놀란 부인은 그가 죽었다고 여기고 하녀와 함께 그를 들어 궤에 넣고는 밤을 지내기로 하였습니다.

루지에리의 이야기 침실에서 부인을 기다리던 루지에리는 의사가 두고 간 마취제를 물인 줄 알고 마셨다. 침실로 돌아온 부인은 루지에리가 죽은 줄 알고 목공소 앞에 있던 궤에 넣어 내버려 두었고, 때마침 그 궤를 탐내던 고리대금업자가 안에 사람이 있는지 모르고 훔쳐갔다. 마취에서 깬 루지에리가 궤에서 나오자 도둑으로 오해받게 된다. 그 소식을 들은 부인은 하인을 시켜 루지에리를 구했고, 무죄로 풀려난 이후 루지에리와 부인은 자주 만나 사랑의 쾌락을 누렸다. **중세 필사본 그림.**

그런데 근처에 사는 청년 고리대금업자 두 명이 외과의사의 집에 있는 궤를 노리고 있었습니다. 그들은 그 궤에 값나가는 물건이 있으리라고 보고는 의사가 없는 틈을 이용해 한밤중에 훔쳐서 자신들의 침실 옆에 두고는 잠을 청했습니다.

다음 날 아침 약효가 떨어져 잠에서 깨어난 루지에리는 궤 안에서 별의별 생각을 했습니다. 그는 남편 마체오가 돌아오자 자기를 이 속에 숨긴 것이라고 결론 내고는 숨죽이고 있었습니다. 그런데 옆구리가 쑤시고 아팠습니다. 그는 몸을 뒤척이다가 그만 궤가 쿵! 하는 소리와 함께 기울어져 뒤집히고 말았습니다. 그 소리에 고리대금업자의 부인들이 놀라고 말았습니다. 잠이 깬 부인들은 사람의 발소리를 듣고 "누구요?" 하면서 소리쳤습니다. 부인들은 제각기 남편을 부르며 소란을 피윘는데, 남편들은 전날 밤늦게 잠자리에 들었으므로 깨어나지 않았습니다. 부인들은 무서운 생각에 창문을 열고 "도둑이야~ 도둑!" 하며 시내가 떠나갈 듯이 외쳐댔습니다.

그 소리에 놀라 잠에서 깬 이웃 사람들이 여기저기서 집안으로 몰려 들어왔습니다. 루지에리는 여러 사람에게 붙잡혀 경관에게 인계되었습니다. 장관은 평소 행동이 나쁘기로 소문난 그가 고리대금업자의 집에 도둑질하러 간 것이라고 거짓 자백하도록 강요했습니다. 그러고는 교수형에 처한다고 발표하였습니다. 이 소식을 들은 외과의사 부인은 가슴이 아팠습니다.

한편 볼일을 보고 집으로 돌아온 의사는 마취제가 없어진 것을 알고는 고함을 치며 화를 냈습니다. 부인은 그제야 루지에리가 깊은 잠에 빠진 것을 알게 되었습니다. 얼마 뒤 부인의 분부를 받고 루지에리의 소식을 알리러 갔던 하녀가 돌아와 그를 구하려는 사람이 아무도 없다는 것을 말했습니다. 그런데 궤는 고리대금업자가 훔쳐간 것이라고 말했습니다. 부인은 이제 사건의 전말을 알게 되었습니다. 부인은 하녀에게 자신과 루지에리를 구할 방도가 있으니 도와달라고 부탁했습니다. 충성심이 높은 하녀는 부인의 청대로 의사에게 가서 말했습니다.

"주인님, 루지에리는 저의 연인입니다. 지난밤 저의 침실을 찾은 그가 목마르다고 하여 주인님의 마취제를 물인 줄 알고 가져다주었습니다. 제가 죽을 죄를 지었으니 용서하시고, 제발 루지에리를 구할 방법을 알려 주세요."

의사의 허락을 받은 하녀는 감옥으로 가서 옥지기를 매수하여 루지에리를 만났습니다. 그러고는 부인이 시키는 대로 말했습니다. 하녀는 이어서 재판관을 찾아갔습니다.

그녀는 그야말로 매혹적인 몸매를 지니고 있었으므로 재판관은 그녀

하녀와 재판관_ 하녀의 매혹적인 몸매를 감지한 재판관이 그녀와 동침하는 조건으로 루지에리를 석
방할 것이라 요구하여 하녀는 그의 제안을 받아들였다.

를 품어보고 싶었습니다. 그녀는 그녀대로 바라는 것이 있었으므로 재판관의 요구를 들어주었습니다. 재판관이 원하는 일이 끝나자 하녀는 그동안의 일을 둘러대면서 루지에리의 석방을 요구했습니다.

"재판관님, 재판관님께서는 루지에리를 도둑으로 알고 잡아 가두셨지만 사실은 그렇지 않습니다."

그리고 자초지종을 이야기했습니다. 자기가 그 애인을 어떤 방법으로 의사의 집으로 끌어들였는지, 왜 마취약을 먹이게 되었는지, 또 죽은 줄 알고 궤짝 속에 넣은 이야기도 했습니다. 그런 이유로 루지에리가 고리대금업 형제의 집에 있게 된 것이라고 말했습니다.

재판관이 하녀의 말이 사실인지 조사하는 것은 지극히 간단한 일이었습니다. 의사에게 마취제에 대한 일이 사실인가를 밝혀냈습니다. 고리대금업자들이 궤를 훔쳐간 것이 사실임을 밝혀냈습니다.

루지에리는 마침내 무죄 판결로 풀려났습니다. 그가 얼마나 기뻐했는지는 말할 것도 없고 부인도 기뻐했습니다. 이리하여 부인은 루지에리와 자주 만나 마음껏 쾌락을 누렸다고 합니다.

지금까지의 이야기는 부인들의 심금을 울리는 슬픈 이야기였지만 디오네오의 이야기로 웃음꽃이 피었습니다. 특히 재판관이 하녀에게 열쇠를 꽂았다고 말했을 때에는 소리를 내어 크게 웃었습니다.

그러는 동안 저녁이 다가오자 왕은 월계관을 벗을 때라 여기고는 지금까지 불행한 연인들의 이야기를 주제로 삼은 것에 대해 사과했습니다. 그러고는 월계관을 벗어 피암메타의 눈부신 금발 머리에 씌워주었습니다.

피암메타는 월계관을 사양하지 않고 기꺼이 모두에게 말했습니다.

"저는 내일 사랑하는 연인이 여러 가지 가혹하고 불행한 일을 당해도 결국 행복해진다는 것을 이야기의 주제로 삼으려고 합니다."

새 여왕의 제안에 모두 환영했습니다. 그리고 필로스트라토가 하루를 마감하려고 노래를 불렀습니다.

제5장

다섯째 날 이야기

치모네의 이야기

《데카메론》의 다섯째 날이 밝았습니다. 해는 동녘 하늘을 밝게 빛냈고 아침을 노래하는 새들 덕분에 피에솔레의 시골 마을은 상쾌한 하루가 시작되었습니다. 금발의 어여쁜 피암메타는 다른 부인들과 세 청년과 인사를 나누고 초원으로 내려가 해가 완전히 떠오를 때까지 산책을 즐겼습니다. 아침 식사 때가 되자 하인들이 일체의 준비를 해놓았으므로 여왕은 오늘 하루를 위해 칸초네를 부르게 하고는 식사하였습니다. 그렇게 오전이 흘러 오후가 되자 여왕과 일행은 분수가 솟는 정원에 모여 앉았습니다. 여왕은 이날의 행복한 이야기의 첫 번째 주자로 팜필로를 지명하였습니다.

여러분, 틀림없이 즐거울 오늘의 이야기를 시작해야 할 저는 주제에 알맞은 이야기로 순조롭게 열고자 합니다.

여러분도 옛이야기 속에서 알고 계셨을 테지만 사이프러스 섬에 아리스티푸스라는 훌륭한 귀족이 있었습니다. 그는 모든 것을 다 가진 사람이었습니다. 단 한 가지, 운명이 그를 괴롭히지 않았다면 그는 이 세상에서 남부러울 것 없는 행복한 사람이었을 것입니다.

그에게는 자식이 몇 명 있었는데 그중 갈레수스는 외모는 훌륭하고 체격은 건장했습니다. 하지만 그는 머리가 좀 모자라 귀족은 이 아이를 무엇을 시키면 좋을지 걱정이었습니다. 그 아들은 가정교사가 애를 써도, 부친이 부드럽게 달래보고 혼을 내봐도 저속한 말씨와 예의범절을 모르는 반항적인 아이였기 때문입니다. 그는 모든 사람에게 바보 취급을 당하여 그 고장 말로 〈커다란 짐승〉이라는 '치모네(시몬)'로 불렸습니다.

아리스티푸스는 치모네의 미래에 대한 희망을 버리고 그가 보기 싫어 시골 별장에 가서 농부들과 함께 지내도록 했습니다. 시골로 간 치모네는 그곳 생활이 만족스러웠습니다. 어느 날 그는 집안 소유의 밭에서 다른 밭으로 걸어가다가 근처의 우거진 숲으로 들어가게 되었습니다. 마침 5월이라 나무들이 잎을 무성히 드러내고 있었습니다. 치모네가 숲에 들어가자 행운의 인도란 이런 것을 말하는 것일까요. 높은 수목에 둘러싸인 초원이 나타나고 구석에는 차디찬 냇물이 흘렀습니다. 그런데 바로 그곳 잔디 위에 속까지 들여다보일 듯한 얇은 옷을 걸친 눈같이 흰 젊은 여자가 자고 있었습니다. 더구나 허리 아래는 새하얀 얇은 천으로 덮었을 뿐이었습니다. 발치에는 이 처녀의 하인 같은 두 여인과 한 사나이가 같은 모양으로 자고 있었습니다.

치모네는 젊은 처녀를 보자, 지금까지 여인의 그러한 자태를 본 적이 없었으므로, 그저 바라보며 감탄에 젖었습니다. 지금까지 교양 따위는 받아들이지 않았던 그에게 여인은 어떤 감각에 눈떠 여태까지 본 적 없는 가장 아름다운 모습으로 비쳤습니다. 그는 그녀를 하나하나 관찰하기 시작하여 눈부시게 물결치는 금발이며 수려한 치아, 오똑한 코, 귀여운 입, 섬세한 목덜미, 날씬한 두 팔, 그뿐만 아니라 봉긋 솟은 가슴까지 그저 감탄할 뿐이었습니다.

그는 이렇게 아름다운 여성을 본 일이 없었으므로 여신이 틀림없으리라 생각했습니다. 그는 가슴속 깊이 치고 올라오는 감정을 꾹 누르며 그녀가 스스로 눈뜨기를 기다렸습니다. 기다리는 것이 너무 오래라고는 생각했지만 유달리 즐거운 기분 때문에 그 자리를 떠날 수 없었습니다.

에피제니아의 나신을 발견한 치모네_ 숲에서 잠을 자는 에피제니아의 나신을 우연히 보게 된 치모네는 그후 그녀를 사랑한다. **루벤스의 작품.**

꽤 시간이 지나 에피제니아라고 하는 젊은 처녀가 먼저 잠에서 깨어나 눈을 뜨고 고개를 들었습니다. 그녀는 지팡이에 기대어 자기를 멍하니 바라보는 치모네를 보고 놀라서 말했습니다.

"치모네, 이 시각에 숲에 뭘 찾으러 왔어요?"

그 일대에서는 치모네를 모르는 사람이 없었으므로 그녀 또한 치모네를 알고 있었습니다. 치모네가 아무런 대답이 없자 처녀는 그가 무슨 난폭한 짓이라도 하지 않을까 두려워 하인을 깨워서 집으로 돌아갔습니다. 치모네는 처녀의 집까지 따라갔습니다. 처녀의 이름이 에피제니아라는 것을 알아냈습니다.

이런 일이 있은 다음 치모네는 부친에게 더는 시골에 있기를 거부했습니다. 부친은 치모네가 무슨 까닭으로 그러는지 관찰하기로 하고 그의 말을 허락했습니다.

지금까지 어떤 가르침도 거절했던 치모네가 에피제니아의 사랑의 화살에 꽂혀 태도가 바뀌었습니다. 그는 교양 있는 청년들과 사귀기 시작하여 신사들이 몸에 지녀야 할 범절을 배우고, 특히 사랑할 때의 예법을 배웠습니다. 짧은 기간 동안 초보적인 학문을 깨우쳤을 뿐만 아니라 철학을 논할 만큼 훌륭한 발전을 보였습니다.

그의 발전을 일일이 말할 수는 없으므로 세세한 점은 생략합니다. 처음으로 사랑을 느꼈을 때부터 4년이 지날까 말까 했을 때 그는 사이프러스 섬에서 어떤 젊은이보다도 더 뛰어난 청년이 되었습니다. 그의 부친이 이렇게 달라진 치모네를 좋아하는 것은 두말할 나위가 없었지요.

치모네는 부친에게 부탁하여 에피제니아의 아버지 키프세우스에게 여러 번 사람을 보내 에피제니아를 아내로 맞고 싶다고 청혼했습니다. 키프세우스는 로데스 섬의 귀족인 파시몬다와 이미 정혼했으므로 약속을 깰 수 없다고 답했습니다.

그러는 사이에 에피제니아의 결혼일이 다가왔습니다.

로데스 섬의 귀족 파시몬다는 신부를 맞이하러 사람을 보냈습니다. 그것을 알게 된 치모네는 결심했습니다.

"오오! 에피제니아, 내가 너를 얼마나 사랑하는지 드디어 보여줄 때가 왔다. 나는 네 덕분에 훌륭한 남자가 되었다. 이로써 너를 손에 넣을 수 있다면 어떤 신보다도 영광에 빛나는 자가 될 것은 틀림없다. 반드시 너를 내 손에 넣고야 말 테다. 그렇지 못하면 차라리 죽어버릴 것이다."

치모네는 은밀히 친구들을 불러 모으고, 무장한 배 한 척을 마련하여 에피제니아가 탄 배가 지나가는 길목을 지켰습니다.

한편 신랑이 될 청년의 친구들은 에피제니아의 아버지에게 축복을 받고 배를 바다에 띄우고 로데스 섬으로 뱃머리를 돌려 출발했습니다.

한잠도 못 잔 치모네는 이튿날 에피제니아를 실은 배를 쫓아가 뱃머리에 버티고 서서 큰 소리로 외쳤습니다.

"서라, 돛을 내려라. 그렇지 않으면 헛되이 죽어 바닷속 먼지로 사라질 뿐이다."

상대편은 갑판 위에 무기를 내놓고 방어 태세를 갖추었습니다. 그것을 본 치모네는 쇠갈고리를 들고 전속력으로 달리는 로데스 섬 사람들의 배 끝으로 쳐들어가 온 힘을 다하여 자기 배의 앞쪽으로 끌어당겼습니다. 그러고는 눈이 휘둥그레질 만큼 엄청난 힘으로 칼을 휘두르며 닥치는 대로 상대를 베어 쓰러뜨렸습니다. 그것을 본 로데스 섬 사람들은 무기를 내던지고 입을 모아 항복을 선언했습니다. 로데스 섬 젊은이들은 울고 있는 에피제니아를 치모네에게 넘겨주었습니다.

치모네는 에피제니아를 달래며 말했습니다.

"아가씨, 울지 말아 주시오. 나는 당신의 치모네요. 나는 당신을 오랫동안 연모해 왔소. 파시몬다는 단지 언약한 상대일 뿐이지만, 나는 모든 것을 바쳐 당신을 사랑하고 있으니 누가 더 당신을 아내로 맞을 자격이 있을까요?"

치모네는 그녀를 달래 자기 배에 태우고는 로데스 사람들의 배에 실은 물건에는 손 하나 대지 않고 돌려보냈습니다.

치모네는 사이프러스 섬으로 돌아가려 했으나, 동료와 의논하여, 모든 일이 안정되면 돌아가기로 했고 뱃머리를 돌려 크레타 섬으로 향했습니다. 배가 바다 가운데로 나아갈 때에 폭풍이 불어 표류하게 되었습니다.

슬픔과 공포와 악담이 뒤섞인 가운데 뱃사람들조차 배를 어떻게 다루어야 할지 몰라 쩔쩔맸습니다. 그러는 동안 바람은 더욱 세차게 불어대고 배는 어디로 가는지 목표도 없이 헤매다가 로데스 섬 근처로 오게 되었습니다. 그들은 결국 배에서 내리던 로데스 섬의 뱃사람들에게 발견되고 말았습니다. 그들 중 몇몇이 로데스 섬의 젊은 귀족들이 와 있던 근처 별장으로 달려가 에피제니아를 빼앗아간 치모네가 폭풍우에 밀려 배를 이곳에 대고 있다는 것을 알렸습니다.

그 이야기를 들은 이들은 매우 기뻐하며 별장의 하인들을 이끌고 황급히 해안으로 달려왔습니다. 치모네는 근처의 숲으로 도망치자고 의논하다가 에피제니아와 함께 전원이 붙잡혀 별장으로 끌려갔습니다. 그러고는 곧 몰려온 파시몬다 일행에게 체포되어 로데스 섬의 시청 감옥에 감금되고 말았습니다. 이렇게 해서 치모네는 손에 넣었던 에피제니아와 두세 번 키스하고 그녀를 잃고 말았습니다.

에피제니아는 로데스 섬의 귀부인들로부터 환영받고, 유괴당하여 받은 고통과 폭풍우 몰아치는 바다에서 겪은 일에 위로를 받고는 결혼식 날이 올 때까지 그 사람들과 같이 머물렀습니다.

파시몬다는 치모네와 그의 동료를 사형에 처하라고 재판부에 강력히 요구했으나 재판부는 전날 치모네가 로데스 섬의 젊은이들을 해상에서 무사히 돌려보냈던 일을 참작하여 사형을 면하고 종신형에 처했습니다.

한편 파시몬다는 다가올 결혼식 때문에 몹시 분주하게 서둘렀습니다. 운명의 신은 너무나 빨리 치모네에게 모욕을 가한 것을 후회했는지 그를 도와주려고 새로운 사건을 만들어 냈습니다.

파시몬다에게는 오스미스다라는 동생이 있었습니다. 그는 나이는 젊었으나 형 못지않은 성품의 소유자였습니다. 그는 꽤 오래전부터 로데스의 미인으로 소문난 카산드라라는 젊은 귀족 처녀와 결혼하기로 되어 있었는데, 이 처녀에게 리시마쿠스라는 남자가 연정을 느끼고 있었습니다. 이런 이유와 그 밖의 복잡한 사정으로 오스미스다와의 결혼이 지연되었습니다.

그런데 파시몬다는 자신의 결혼식을 성대히 치르려고 같은 날에 동생 결혼식을 함께하면 비용도 줄이면서 잔치를 성대하게 치를 수 있을 것이라고 생각했습니다.

이 사실을 안 리시마쿠스는 카산드라를 오스미스다에게 빼앗기지 않도록 조치하지 않을 수 없었습니다. 그는 어떻게 하면 이 결혼을 방해할 수 있을까 생각한 끝에 그녀를 납치하기로 했습니다. 그런데 그는 로데스의 촉망받는 가문이었고 직책도 높아서 카산드라를 납치하는 것 정도는 쉽게 할 수 있었습니다. 자신의 직책을 이용하는 것은 좀 비겁한 일이라고 여겼기에 여기에 합당한 인물을 찾기로 했습니다. 이 일을 할 수 있는 마땅한 사람이 마침 감옥에 있는 치모네라고 생각하고는 곧 그를 만났습니다.

그는 치모네에게 자신의 계획을 말해주고는 일이 성사되면 에피제니아도 되찾을 수 있다고 말했습니다. 절망에 빠졌던 치모네는 기뻐하여 그의 말에 동조했습니다.

마침내 결혼식 날이 되었습니다. 리시마쿠스는 빈틈없이 준비한 뒤 치모네를 감옥에서 꺼내 그와 함께 결혼식이 열리는 홀로 뛰쳐 들어갔습니다. 그리고 각자 연인을 납치해서 준비해 둔 배로 데려가라고 부하들에게 명령했습니다. 그 와중에 곤봉을 들고 달려온 파시몬다와 치모네가 운명을 건 일전을 벌여 치모네가 그를 죽였습니다.

치모네와 리시마쿠스는 여인들을 배에 태우고 크레타 섬으로 달아났습니다. 그런 뒤 크레타 섬에서 각자 결혼식을 올리고 즐거운 나날을 보냈습니다.

사이프러스 섬과 로데스 섬에서는 그들의 행동에 오랫동안 비난의

치모네와 에피제니아의 사랑_ 잠자는 에피제니아의 나신을 본 치모네는 사랑의 노예가 되어 그녀를 납치하고는 우여곡절 끝에 행복한 결말을 맞는다. **중세 필사본 그림.**

소리가 빗발쳤으나, 양쪽 섬에서 친구들이나 친척들이 중재 역할을 해 주었으므로 잠시 동안의 추방형을 마친 다음 용서를 받아 각자 원하는 곳으로 올 수 있었다고 합니다. 치모네는 에피제니아를 데리고 기쁨에 넘쳐 사이프러스로 돌아오고, 리시마쿠스도 카산드라를 데리고 로데 스 섬으로 돌아가 행복하게 살았다고 합니다.

마르투초 고미토의 이야기

여왕은 팜필로의 이야기가 끝나자 대단히 칭찬하고 에밀리아에게 다음 이야기를 하도록 명했습니다. 그녀는 오랫동안 차례를 기다렸다는 듯 이야기를 시작했습니다.

자기가 한 일에 보상이 따른다는 것은 누구에게나 기뻐해야 할 일입니다. 원래 사랑한다는 것은 기나긴 시간 동안 슬퍼하기보다는 기뻐하는 데 값어치가 있는 것인 만큼, 저는 어제 왕께서 명령을 내렸을 때는 그렇지 못했지만, 이번 주제에는 매우 기쁘게 여왕님의 요구에 응하려고 생각합니다.

시칠리아 근처에 리파리라는 작은 섬이 있습니다. 그곳에 명문 출신으로 고스탄차라는 매우 아름다운 처녀가 있었습니다.

같은 섬에 사는 마르투초 고미토라는 품성이 고상하고 예절바르고 일솜씨도 좋은 청년이 그녀를 연모했습니다. 처녀 쪽에서도 마찬가지로 그를 사랑했습니다. 그들은 결혼하려 했으나 그녀의 부모가 거절했습니다.

마르투초는 가난 탓에 거절당한 것에 분개하여, 부자가 되지 않으면 리파리로 돌아오지 않겠다고 결심하고 친구들과 친척 몇 명과 함께 작은 배를 무장하고 바다로 나갔습니다.

그는 해적이 되어 작은 배를 습격하여 짧은 기간에 재물을 많이 모았습니다. 그에 만족하지 않고 더 큰 부자가 되려고 욕심을 부리다가 사라센인들을 태운 배를 습격하다가 모두 붙잡히고 말았습니다. 동료들은 목이 베인 채 바다에 수장되었고 마르투초만이 목숨을 건지고 튀니스로 끌려가 감옥에 갇혔습니다.

마르투초의 배가 습격당해 모두 죽었다는 소문을 들은 고스탄차는 자기도 죽어야겠다고 결심했습니다. 그러나 심장에 칼을 꽂는 죽음을 피하고 마르투초가 죽었을 바다로 가까이 다가가 죽기로 했습니다. 그녀는 항구를 서성이다 작은 배를 발견했습니다. 그녀는 혼자 작은 배에 몸을 싣고 바다로 나갔습니다. 돛을 올린 다음 바람 부는 대로 배를 맡겼습니다. 그녀는 배 바닥에서 망토를 뒤집어쓰고 엎드려 운명을 맡겼습니다. 그녀의 바람과는 달리 폭풍은 일지 않았으며, 이튿날 저녁 튀니스에서 100마일쯤 떨어진 수사라는 곳에 표류했습니다.

처녀는 배 안에 누운 채 무슨 일이 생겨도 머리를 들지 않고 일어나지도 않겠다고 결심했습니다. 배가 물가로 밀려왔을 때 마침 한 가난한 여인이 해안에서 그물을 걷고 있었습니다. 그녀는 해안으로 밀려오는 작은 배가 정박할 수 없는 곳에 정박하자 이상하게 생각하고는 배 안을 살피다 누워 있는 고스탄차를 발견했습니다.

고스탄차는 카라프세라는 착한 여인의 도움으로 들어가 몸을 의지하게 되었습니다. 그녀는 그 부인의 집에서 다른 여인들과 함께 수예품을 만들며 지냈습니다.

그 무렵 그라나다에서 세력을 떨치던 젊은 지도자가 튀니스는 자기가 지배해야 할 나라라고 선언하고는 대군을 이끌고 공격해 왔습니다.

이 소문을 들은 감옥의 마르투초는 튀니스의 말을 알아듣고 옥지기에게 다가가 자신이 이 싸움에서 이길 비책이 있으니 왕에게 자신을

마르투초와 고스탄차의 사랑_ 마르투초는 시칠리아 근처 리파리 섬에 사는 가난한 청년으로, 명문가의 아름다운 아가씨와 열렬히 사랑하는 사이가 된다. 결혼하려 하자 그 아가씨의 집안에서 "돈이 없으면 안 된다"고 반대했다. 마르투초는 격분하여 무슨 수로든 돈을 벌겠다고 결심하고 닥치는 대로 해적질을 해서 자기 뜻을 이룬다. **중세 필사본 그림.**

데려가 달라고 했습니다.

"내가 왕을 배알한다면 한 가지 진언할 게 있네. 내 말대로 하면 이 싸움에서 반드시 이길 것으로 믿네."

옥지기가 상관에게 이 말을 전하자 상관은 곧 왕에게 말했습니다. 왕은 곧 마르투초를 불러내 그의 말을 들었습니다.

"폐하, 저는 지금까지 튀니스에 몇 번 온 일이 있으므로 이 나라가 싸울 때 어떤 전법을 쓰는지 잘 알고 있습니다. 여기서는 다른 어떤 무기보다도 활과 화살을 많이 사용하는 것으로 압니다. 그러니 적에게는 화살이 떨어지고 아군에게는 화살이 충분히 남아 있게 되는 전법을 쓴다면 폐하께서 승리하실 수 있으실 것입니다."

영리한 왕은 그의 말대로 하여 대승을 거두었고, 마르투초는 높은 신분에 올라 큰 부자가 되었습니다. 이 소문은 곧 온 나라에 퍼졌습니다. 마르투초가 죽은 줄로만 알았던 고스탄차의 귀에도 그가 살아 있다는 소식이 전해졌습니다. 그녀 가슴속에는 오래 전에 식어버린 그에 대한 사랑이 다시 살아났습니다.

그녀는 지금까지 신세를 진 부인에게 모든 사실을 털어놓고는 튀니스로 보내 달라고 간청했습니다. 부인은 그녀를 친딸 이상으로 생각하고 있어서 함께 배를 타고 튀니스로 갔습니다. 이렇게 해서 죽은 줄 알았던 마르투초를 만났습니다.

마르투초는 튀니스 왕에게 모두 고하고 고스탄차와 결혼하겠다고 말하였습니다. 이에 왕은 기뻐하며 축복을 내리고 끝까지 사랑을 지킨 고스탄차에게 선물을 내려 두 사람의 행복을 축하하여 주었습니다.

세 번째 이야기

피에트로의 이야기

에밀리아의 이야기가 끝나자 모든 부인이 칭찬하였습니다. 여왕은 이야기가 끝나자 엘리사 쪽을 향하여 다음 이야기를 하도록 명했습니다. 엘리사는 기꺼이 말문을 열었습니다.

여러분, 다소 분별없던 젊은 남녀가 어느 날 밤 무서운 일을 당했던 이야기가 생각나 이야기해 볼까 합니다.

옛날에는 세계 최고의 도시였지만 지금은 형편없는 도시로 전락한 로마에 그다지 오래되지 않은 때의 이야기에요. 로마의 명예 있는 가문 출신 피에트로 보카마차라는 청년이 있었습니다. 그는 평민인 질리우오초 사울로의 어여쁜 딸인 아뇰렐라이를 사랑했습니다. 그는 그녀와 결혼하고자 했으나 친척들이 신분 차이로 반대하여 실의에 빠졌습니다.

피에트로는 아뇰렐라이의 사랑을 받아들일 준비가 되어 있다고 결심하고는 로마에서 사랑을 이룰 수 없다면 먼 곳으로 사랑의 도피를 하기로 했습니다. 준비가 끝나자 피에트로는 어느 날 아침 일찍 일어나 그녀와 함께 말을 타고 친구들이 있는 알라냐로 향했습니다. 그들은 두 마리 말에서 한 마리 말에 올라 서로 밀착하고 키스하면서 달렸습니다. 그래서인지 로마에서 8마일 떨어진 곳에서 갈림길을 만나자 오른쪽으

피에트로와 아뇰렐라이_ 피에트로와 아뇰렐라이는 사랑하는 사이로, 친척들이 결혼을 반대하자 사랑의 도피를 했다. 두 사람은 열정에 사로잡혀 말 위에서 키스하는 사이 길을 잘못들어 강도의 습격을 받고 헤어진다. **브루넬레스키의 작품.**

로 돌아야 할 길을 왼쪽으로 돌고 말았습니다.

　두 사람을 태운 말은 2마일쯤 더 나아가 작은 성이 나타나자 멈췄습니다. 그들을 보자 성문을 열고는 병사 12명이 뛰쳐나왔습니다. 병사들을 본 아뇰렐라이는 큰 소리를 질러 도망가라고 했습니다. 그런데 아뇰렐라이의 말은 숲으로 들어가 위험을 피했지만 피에트로는 길보다는 그녀의 얼굴을 바라보고 있었기 때문에 멈칫거리다가 병사들에게 붙잡히고 말았습니다. 병사들은 피에트로가 적이라고 여기더니 떡갈나무에 목매달아 죽이려 했습니다. 그때 어디선가 복병이 나타나 싸움이 벌어졌습니다. 혼란한 틈을 이용하여 피에트로는 도망쳤습니다. 그는 사라진 아뇰렐라이를 찾아 헤맸지만 그녀를 찾을 수 없었습니다. 해가 저물어 어두워지자 그는 떡갈나무에 말을 묶어놓고 나무 위로 올라갔습니다.

　숲으로 몸을 피한 아뇰렐라이도 어찌할 바를 모르고 울며 황량한 숲을 헤매다 사람 좋아 보이는 늙은 부부를 만났습니다. 아뇰렐라이가 하룻밤만 묵게 해 달라고 청하자 노인이 말했습니다.

　"아가씨, 오늘 밤 우리 집에 묵는 것은 상관없소만, 이 근처는 낮이나 밤이나 강도가 들끓는 곳이에요. 그들이 들이닥쳐도 우리는 아가씨를 구할 힘이 없으니 그리 알아요."

　그녀는 걱정되었지만, 숲에서 맹수들에게 잡혀 먹히는 것보다 인간에게 곤욕을 치르는 편이 낫겠다 싶어 노부부의 집에 묵었습니다. 그런데 새벽녘에 정말로 강도 무리가 들이닥쳤습니다. 그녀는 발소리를 들었기에 재빨리 일어나 건초더미에 몸을 숨겼습니다. 강도들은 처녀의 말을 발견하고는 노부부에게 누가 왔냐고 물었습니다. 노부부는 침대에 그녀가 없는 것을 보고는 이렇게 대답했습니다.

　"여기엔 우리밖에 없어요. 이 늙어빠진 말은 간밤에 어디선지 도망

아뇰렐라이의 위기_ 피에트로와 헤어진 아뇰렐라이는 노부부의 집에 묵게 되지만 강도들의 습격으로 건초더미에 숨는다. 그녀는 강도들의 창에 아슬아슬하게 가슴이 빗겨 찔리면서도 무사히 살아난다.

쳐 왔기에 이리에게 잡아먹히지 않게 붙들어 매어 놓았던 것입니다."

　무리의 두목은 부하들에게 말을 끌고 가라고 명령하고는 집안을 샅샅이 뒤지라고 했습니다. 일부는 뒷마당으로 와 건초더미에 창을 던졌습니다. 그 때문에 숨어 있던 처녀는 자칫 죽거나 모습을 드러내야 할 판이었습니다. 창끝이 처녀의 옷을 찢고 왼쪽 젖꼭지 옆을 스쳤습니다. 그래도 처녀는 떨리는 몸을 가까스로 참으며 입을 틀어막았습니다. 강도들은 염소를 잡아 구워 먹고 술도 마시다가 말을 끌고 떠났습니다.

노부부는 강도들이 떠나자 처녀가 걱정되어 밖으로 나왔습니다. 노부부가 조용히 처녀를 부르자 건초더미에 숨어 있던 아뇰렐라이가 나왔습니다. 노부부는 날이 밝았으므로 이렇게 말했습니다.

"자, 날이 밝았어요. 아가씨가 원한다면 여기서 5마일쯤 되는 곳에 있는 성까지 안내하겠소. 그곳이라면 안전하겠지만 걸어가야겠군요."

처녀는 노인의 안내를 받아 오르시니가의 일족인 리엘로 디 캄포 디 피오레의 성까지 무사히 갔습니다. 이 성의 주인은 피에트로의 친구였습니다. 성의 귀부인은 자초지종을 들은 뒤 아뇰렐라이를 기꺼이 맞아들였습니다.

떡갈나무 위로 올라간 피에트로는 이리떼의 습격에 말을 잃고 낙심하다가 양치기들의 모닥불을 발견했습니다. 피에트로가 사정을 이야기하고 근처에 묵을 성이 없는지 묻자, 양치기들은 피오레 성에 귀부인이 있을 거라고 알려주며 안내했습니다.

성에서 극적으로 만난 피에트로와 아뇰렐라이의 기쁨은 이루 말할 수 없었습니다. 성의 귀부인은 사랑의 도피를 나무랐지만, 결혼식도 올리고 성대한 잔치도 베풀어 주었습니다. 두 사람은 물론 달콤한 사랑의 열매를 맛보았지요. 이후 귀부인은 두 사람과 함께 로마로 돌아가 친척들의 비난을 무마하고 일을 원만히 해결해 주었습니다. 그리하여 두 사람은 즐겁고 평화롭게 살았다고 합니다.

네 번째 이야기

리차르도 마나르디의 이야기

엘리사의 이야기가 끝나자 부인들은 젊은 연인의 사랑에 간담을 쓸어내리며 한숨을 쉬었습니다. 여왕은 필로스트라토에게 다음 이야기를 할 것을 명했습니다. 그는 빙긋 웃으며 이야기를 시작하였습니다.

저는 어제의 이야기로 여러분께 꾸지람을 들었습니다. 저는 너무도 잔혹한 주제를 골라서 여러분이 슬픈 마음이 드는 이야기만 했기 때문에 그 일을 보상하려는 생각에서 다소나마 웃긴 이야기를 하고자 합니다.

그리 먼 옛날 일은 아닙니다만 로마냐에 리치오 발보나라는 예절바르고 품위 있는 부유한 기사가 살았습니다. 이 기사는 자식이 없다가 늘그막에 카테리나라는 딸을 낳았습니다. 이 아이는 기사 부부의 사랑을 듬뿍 받고 자라나 그 일대에서 보기 드문 처녀로 성장했고, 부모는 외동딸인 그녀에게 온갖 사랑을 쏟았습니다.

리치오 기사의 집에 리차르도라는 청년이 곧잘 와서는 부부와 허물없이 이야기를 주고받곤 했습니다. 이 청년은 미남에다가 체격도 건장해서 리치오도 부인도 아들처럼 대했습니다.

청년은 기사의 딸이 우아한 처녀로 자라는 것을 보고는 어느 날부터 그녀를 사랑하게 되었습니다. 하지만 세심한 주의를 기울여 자기의 연

다섯째 날 이야기 / 345

정을 숨겼습니다. 처녀 쪽에서도 청년의 사랑을 느끼고는 그에게 사랑받고 있다는 것을 좋아했습니다. 그러면서 자연스럽게 그녀도 그를 사랑하는 마음이 생겼습니다. 그것을 알게 된 리차르도는 얼마나 기뻤는지 모릅니다. 하지만 너무 세심했기에 그는 아름다운 그녀에게 사랑한다는 말 한마디도 꺼낼 수 없었습니다. 그렇게 애태우던 그에게 그녀도 애가 달아 그가 빨리 말을 걸어오기를 기다렸습니다.

그러던 어느 날 도저히 참을 수 없었던 리차르도가 용기를 내어 그녀에게 말했습니다.

"카테리나, 부탁이오. 나를 애태워 죽게 하지 말아 주시오."

처녀는 기다렸다는 듯 대답했습니다.

"어어, 당신이야말로 더는 저를 애타게 하지 말아 주세요."

한 번 말하기가 어려웠지 말문이 트인 리차르도는 기뻐하여 말했습니다.

"나는 당신이 기뻐하는 일이라면 뭐든지 하겠소. 하지만 당신과 나를 구하는 방법을 발견하는 것은 당신 쪽이오."

처녀는 대답했습니다.

"리차르도 님 당신은 제가 부모님으로부터 얼마나 엄중히 감시받는지 잘 아실 거예요. 그러니 어떻게 하면 제 곁에 오실 수 있는지 저로선 알 수 없어요. 하지만 제가 창피한 꼴을 당하지 않고 할 수 있는 방법이 있다면 기꺼이 따를 것입니다."

리차르도는 여러 가지 궁리 끝에 말하였습니다.

"나의 귀여운 카테리나, 이렇게 하는 수밖에 없군요. 당신이 뜰 근처에 있는 높은 발코니 방에 자고 있든가 아니면 그곳에 있으면 내가 무슨 수를 써서라도 그곳에 올라 당신에게로 갈 것이오."

두 사람은 서로 약속하고 헤어졌습니다. 다음 날 5월도 마지막에 가

까웠으므로 처녀는 어머니에게 가서 간밤에 더워서 잘 수 없다고 투 덜거렸습니다. 어머니는 아직 서늘하다고 했으나 딸은 지지 않고 말 했습니다.

"어머니, 젊은 처녀의 몸은 남보다 뜨겁다는 것을 생각해 주세요."

어머니는 애지중지 키운 딸이라 어떻게 해야 할지 몰랐습니다. 처녀 는 어머니에게 다시 말했습니다.

"아버지만 괜찮으시다면 아버지 방으로 통하는 뜰에 솟아 있는 발코 니 방에 작은 침대를 놓았으면 해요. 그렇게 하면 밤꾀꼬리 울음소리 가 잘 들리고 훨씬 서늘해서 잠도 잘 거예요."

어머니는 남편에게 딸의 부탁을 말했습니다. 완고한 리치오는 이렇게 말했습니다.

"밤꾀꼬리는 도대체 뭐야? 그런 애는 매미 울음소리로 재워야 해."

부인은 하나밖에 없는 딸의 소원이니 들어달라고 졸랐습니다. 어쩔 수 없던 리치오는 딸의 바람대로 발코니 방에 작은 침대를 놓아 주었고 명주 커튼을 해 주었습니다. 딸은 속으로 쾌재를 부르며 그날 밤 발코니 방으로 올라갔습니다. 부친은 딸이 발코니 침실로 들자 그곳으로 통하는 문을 자물쇠로 잠갔습니다.

리차르도는 한밤중이 되자 추락의 위험을 감수하고 벽을 타고 올라가 발코니 방에 들어섰습니다. 카테리나는 미친 듯이 기뻐하며 그를 끌어안고는 뜨거운 키스를 퍼부었습니다. 두 사람은 하나가 되어 그야말로 밤꾀꼬리 울음소리를 여러 차례 내었습니다. 밤은 짧고 그들의 사랑은 끝이 없었습니다. 해가 뜰 무렵에야 두 사람은 알몸 상태로 잠들었습니다. 카테리나는 오른손으로 리차르도의 목을 껴안고 왼손으로, 여러분이 남성 앞에서 입 밖에 내기도 부끄러운, 그것을 꼭 쥐고 있었습니다.

리치오는 아침이 되자 딸이 걱정되어 발코니 방을 열고는 들여다보았습니다. 침실의 해괴한 모습을 본 그는 놀라고 말았습니다. 그는 냉정함을 되찾고는 남자를 확인했습니다. 그러고는 아내에게 현장을 보여주었습니다.

아내는 기겁하며 소리를 지르려 했으나 리치오가 부인을 말렸습니다.

"이제 이 사내는 딸애 것이야. 리차르도는 귀족인데다가 부자야. 이만한 사윗감은 없지. 두 사람을 결혼시키면 밤꾀꼬리는 제 둥지를 찾는 셈이니 잘된 일이 아니오."

이런 말이 오가는 사이 리차르도가 잠에서 깨어나 카테리나를 깨웠

리차르도와 카테리나 _ 리차르도는 카테리나의 비밀 방에서 사랑을 나누다 그녀의 아버지에게 발각되어 두 사람은 결혼한다. **중세 필사본 그림.**

습니다.

"야단났어. 날이 밝았으니 이러고 있다가 들키고 말 거야."

그때 리치오가 커튼을 걷어 올리며 말했습니다.

"염려하지 말게, 잘 처리할 테니."

리차르도는 놀라서 곧장 죽을죄를 지었다고 용서를 빌었습니다. 리치오는 리차르도가 죽음을 면하고 자기도 수치를 면하는 방법은 그가 카테리나를 정식 아내로 맞는 것밖에 없다고 했습니다. 리치오는 부인에게 반지를 빌려 그에게 주자 리차르도는 두 사람 앞에서 카테리나를 아내로 삼았습니다.

그들만의 의식이 끝나자 리치오와 부인은 그 자리를 떠나면서 말했습니다.

"자, 그대로 여기서 쉬게. 일어나기보다 그편이 나을 테니까."

장인과 장모가 나가자 리차르도는 간밤에 여섯 번밖에 하지 않았으므로 일어나기 전에 두 번 더하고 그날의 마지막을 장식했습니다. 그리고 다시 일어나 카테리나와 성대한 결혼식을 올리고 밤꾀꼬리를 붙잡고 밤이나 낮이나 즐겼습니다.

잔놀레의 이야기

밤꾀꼬리의 이야기를 들으면서 부인들은 배를 움켜쥐고 웃었습니다. 그들은 오래도록 웃음에 몸을 가누지 못하다가 웃음이 진정되자 여왕이 말했습니다. "어제는 우리를 슬프게 했지만 오늘은 우리를 즐겁게 해주었어요. 이제 아무도 당신에게 불평하는 사람은 없겠지요." 이렇게 말하고 여왕은 네이필레에게 다음 이야기를 명했습니다. 그녀는 기꺼이 이야기를 시작하였습니다.

필로스트라토 님이 로마냐 지방의 이야기를 했으니 저도 그 부근의 이야기를 하려고 합니다. 파노 읍에 귀도토 다 크레모나와 자코민 다 파비아라는 롬바르디아 태생의 두 남자가 살았습니다. 그들은 나이가 들었지만 젊었을 때에는 전투에도 함께 참여한 용맹한 남자들이었습니다. 그러던 중 귀도토는 죽을 때가 가까워졌음을 알았습니다. 그에게는 아들이 없었기에, 자코민밖에는 신뢰할 만한 친구도 없었으므로 신상 문제를 이야기한 다음 열네 살쯤 되는 아이와 모든 재산을 그에게 맡기고 숨을 거뒀습니다. 자코민은 이 아이를 데리고 전에 살던 파엔차 거리로 돌아왔습니다.

아이는 매우 아름답고 예절 바른 처녀로 성장하여 모든 남자에게 주목을 받았습니다. 그들 중 두 젊은이가 그녀의 사랑을 차지하려고 혈안이 되었습니다. 그들은 잔놀레 디 세베리노와 밍기노 디 밍골레로였습니다. 두 사람은 처녀에게 정식으로 청혼했지만 둘 다 처녀의 부모에게 거절당했습니다. 이들은 곧 다른 방법을 모색했습니다.

자코민 집안에는 늙은 하녀와 크리벨로라는 하인이 있었는데, 잔놀레는 크리벨로 하인과 친하게 지내며 자기와 처녀 사이를 맺어 달라고 부탁했습니다. 한편 밍기노도 자코민의 하녀를 매수하여 자코민이 밤에 외출하면 처녀를 만나게 해주겠다고 약속을 받아 냈습니다.

"그 일에 대해 제가 해드릴 수 있는 것은 자코민 씨가 다른 집으로 저녁 식사를 하러 나갔을 때 좋은 기회를 잡아 아가씨가 있는 곳으로 도련님을 안내해 드리는 정도일 뿐입니다. 제가 도련님 뜻을 아가씨에게 전해도 아가씨는 그런 데 귀를 기울일 분이 아니라서요. 그래도 괜찮으시다면 약속하지요. 저는 틀림없이 안내해 드릴 테니 그 뒤의 일은 도련님이 알아서 하십시오."

잔놀레는 그 이상의 것은 바라지 않는다고 말하여 약속이 이루어졌습니다.

어느 날 저녁, 자코민이 크리벨로의 계획에 따라 식사를 하러 집을 비웠습니다. 이때를 놓치지 않고 하인과 하녀는 잔놀레와 밍기노에게 이 사실을 알렸고, 그들은 각자 패거리를 이끌고 자코민의 집에 서로 떨어져 있었습니다.

자코민이 외출했으므로 크리벨로와 늙은 하녀는 서로 상대방을 내보낼 궁리를 했습니다. 크리벨로가 늙은 하녀에게 말했습니다.

"왜 당신은 자러 가지 않지? 뭣 때문에 이렇게 어물어물 집안에만 머물러 있는 거요?"

늙은 하녀가 대답했습니다.

"당신이야말로 왜 주인님을 모시러 가지 않지? 식사도 끝났을 텐데 왜 이런 데서 꾸물대고 있느냐 말이야?"

　이렇게 서로 옥신각신하며 자리를 비우려고 하지 않아 둘은 결국 자리에서 떨어지지 않았습니다.

　그러는 동안 잔놀레를 맞아들일 시간이 되었습니다. 크리벨로 하인은 하녀가 있건 없건 간에 시간이 되었기에 문을 열었습니다. 그리하여 잔놀레는 두 협력자와 들어와 처녀를 데려가려 했습니다.

　처녀는 반항하며 큰소리를 냈습니다. 하녀도 마찬가지로 고래고래 고함을 쳤습니다. 그 소리를 듣자 밍기노가 곧 협력자들과 뛰어왔습니다. 그들은 처녀가 납치된 것을 보고는 칼을 뽑아들었습니다. 이 소동을 보고 이웃 사람들이 밍기노 편을 들어 처녀는 잔놀레의 손에서 벗어날 수 있었습니다.

　신고를 받고 시 장관이 보낸 관리들에게 모두 체포되어 관청으로 끌려갔습니다. 그들 속에는 크리벨로도 있었습니다. 집에 돌아온 자코민은 전후 사정을 듣고 안도했습니다. 그러고는 딸처럼 아낀 처녀를 빨리 시집보내야겠다고 생각했습니다.

아침이 되자 두 젊은이의 친척들이 자코민을 찾아와서 선처를 구했습니다. 자코민은 그들의 부탁을 들어주며 말했습니다.

"저에게 귀도토 다 크레모나라는 매우 가까운 전우이며 다정한 친구가 있었습니다. 그가 임종할 때 저에게 들려준 이야기는 페데리고 황제(페데리고 바르바로사가 파엔차를 점령하고 약탈을 자행한 것은 1170년경의 일이다)가 이 거리를 점령했을 때 갖은 약탈을 했는데, 군인이던 그가 전우들과 함께 어느 집을 들어갔더니, 그 집 가족은 모두 달아나고 가재도구와 두 살 정도의 여자아이가 그대로 있었답니다.

그는 숨을 거두면서 저에게 아이를 맡기고 때가 오면 그 아이를 결혼시키고 지참금으로 자기의 전 재산을 주라고 유언했습니다. 어젯밤 같은 일이 또 일어나면 곤란하니 어서 결혼시켰으면 합니다."

자코민은 딸을 가까이 오게 했습니다. 베르나부초가 가까이서 보니 아직도 미인이라고 소문이 높은 자기 아내와 닮았으므로 마치 아내를 보는 것 같았습니다.

베르나부초는 수줍은 듯 서 있는 자코민의 딸에게 다가서며 똑바로 손을 들어 그녀의 머리칼을 귀 위로 올렸습니다. 거기에는 분명히 십자로 난 자국이 있었습니다. 그는 그때 잃었던 자기 딸인 것을 알고, 굵은 눈물을 떨어뜨리며 딸이 피하려는 것도 아랑곳없이, 그녀를 부드럽게 안았습니다.

"자코민 씨, 이 아이는 제 딸입니다. 갑작스러운 약탈에 정신이 없었던 아내가 그만 아이를 두고 나갔던 것입니다. 우린 지금까지 아이가 불 속에서 타 죽은 줄만 알고 있었습니다."

딸은 이야기를 들으며 그를 쳐다보고 그 말이 사실인 것을 알았습니다. 그녀는 천륜의 본능으로 아버지의 포옹을 받아들이고, 소리 없

잔놀레와 밍기노의 화해_ 사랑하는 처녀가 친남매임이 밝혀지자 잔놀레는 밍기노에게 그녀를 양보하였고, 두 사람이 화해하는 장면이다. **중세 필사본 그림.**

이 함께 울었습니다.

　이 이야기를 들은 시 장관은 사건에 연루된 모든 사람을 풀어주었습니다. 잔놀레와 밍기노는 화해했습니다. 처녀의 신랑감으로 밍기노가 선택되었으며 두 사람은 처남 매부의 관계가 되었으니까요. 밍기노는 하늘에라도 오를 듯한 기쁨으로 성대한 결혼식을 올리고 그녀를 맞아들여 오래도록 행복하게 살았다고 합니다.

레스티투타의 이야기

부인들에게 환영받은 네이필레의 이야기가 끝나자 여왕은 팜피네아에게 다음 이야기를 할 차례라고 말했습니다. 그녀는 웃는 얼굴로 모두를 바라보고는 입을 열었습니다.

여러분, 사랑의 힘은 정말로 위대하다는 것을 새삼 느낄 수 있어요. 오늘 이야기도, 지금까지 여러 이야기와 마찬가지로, 뜻하지 않았던 이상하고 괴로운 곤란에 빠졌을 때 어떻게 헤쳐 나와야 하는지를 알게 해주는 이야기입니다. 그럼에도 저는 사랑에 빠진 한 젊은이가 얼마나 대담한 모험으로 위대한 사랑의 힘을 나타내는가를 이야기해 보려 합니다.

이스키아는 나폴리 가까이에 있는 섬입니다. 옛날 그 섬에 레스티투타라는 매우 아름답고 명랑한 아가씨가 살았습니다. 그녀는 마린 볼가로라는 귀족의 딸이었는데, 근처 작은 섬에 사는 청년 잔니 디 프로치다와 사랑하는 사이였습니다. 청년은 그녀를 만나러 자주 왔는데, 배편이 여의치 않을 때에는 이스키아까지 헤엄쳐서 오기도 했습니다.

그러던 어느 날, 처녀가 혼자 해안에서 작은 칼로 바위의 조개를 따다가 나폴리에서 온 시칠리아 젊은이들에게 납치되고 말았습니다.

젊은이들은 그녀가 아직 한 번도 본 일이 없는 대단한 미인이고, 또 혼자인 것을 눈치채고는 납치하자고 의논했습니다. 논의가 끝나자 그들은 곧 실천에 옮겼습니다.

그녀가 울며불며 소리쳤으나 그들은 아랑곳하지 않고 배에 태워 끌고 갔습니다. 그들은 누가 이 처녀를 차지할 것인가를 놓고 다투다가 해결을 보지 못하고, 그녀를 놓고 다툴 바엔 차라리 시칠리아 국왕에게 바쳐 돈이라도 얻자고 했습니다. 국왕은 레스티투타를 보고 흡족했으나, 몸이 좋지 않았으므로 기운을 차릴 때까지, 궁전 정원에 있는 아름다운 저택 쿠바에서 시녀와 함께 지내도록 했습니다.

레스티투타가 납치되었다는 소식을 들은 이스키아에서는 큰 소동이 벌어졌습니다. 그녀를 누가 납치해 갔는지 알 수가 없었습니다. 절망에 빠진 잔니는 무장한 배를 타고 미네르바 곶에서 스칼레아에 이르는 해안을 돌며 처녀의 행방을 수소문하다가 시칠리아 사람들에게 납치되어 팔레르모로 끌려갔다는 사실을 알아냈습니다.

잔니는 즉시 팔레르모로 배를 돌려 그녀를 찾아 나섰습니다. 그러나 처녀가 국왕에게 바쳐져 쿠바에 머물고 있다는 것을 알고는 절망하고 말았습니다. 그녀를 데려오기는커녕 얼굴을 보는 것조차 허용되지 않았으니까요. 미련을 버릴 수 없었던 잔니는 쿠바 주변을 서성거리다가 창가에 있는 레스티투타를 발견했습니다. 그녀도 잔니를 알아보고는 기뻐했습니다. 잔니는 창가로 다가가서 만날 수 있는 방법을 의논한 뒤 밤이 되길 기다렸습니다. 야밤에 잔니는 절벽을 타고 쿠바로 잠입하는 데 성공했습니다.

두 사람은 부둥켜안고 뜨거운 해후를 나눴습니다. 두 사람은 서로의 마음을 확인하고는 사랑의 즐거움을 만끽하다가 그만 알몸인 채 잠이 들고 말았습니다. 그런데 하필 다음 날 새벽 몸 상태가 좋아진 국왕이

정사 장면이 발각된 현장_ 레스티투타가 납치되어 팔레르모의 국왕에게 팔려갔으나 그녀를 사랑한 잔니는 팔레르모로 숨어들어 그녀를 만난다. 두 사람은 서로의 마음을 확인하고는 뜨거운 정사를 나누지만 그만 잠이 든 상태로 국왕에게 발각되고 만다. **잔니 보카실레의 작품.**

그녀를 만나기 위해 쿠바에 나타났습니다. 국왕은 침대에서 벌거숭이 상태로 껴안은 채 잠든 두 사람을 보고는 죽이고 싶었지만 체통을 생각해 참았습니다. 날이 새면 팔레르모 광장 기둥에 알몸인 채 묶어서 사람들에게 보인 뒤 아홉 시 쯤 화형에 처하라고 명령했습니다.

국왕이 나가자 왕의 명령대로 두 사람을 포박하여 팔레르모 광장에 끌어다 기둥에 결박하고 화형 준비를 마쳤습니다. 팔레르모 안의 남녀가 화형식을 보려고 몰려들었으며 간수들은 왕의 명령만 떨어지기를 기다렸습니다. 이때 왕국의 해군 제독이며 대단히 뛰어난 인물로 알려졌던 룻지에리 델로리아가 화형식을 보려고 나와 있었습니다. 그는 광장에 이르러 그 처녀를 보고 아름다움에 눈이 휘둥그레졌습니다.

제독은 가까이 다가가서 젊은이를 보자 더 가까이 가서 잔니 디 프로치다가 아니냐고 물었습니다.

잔니는 얼굴을 들고 제독임을 알자 이렇게 대답했습니다.

"각하, 저는 각하께서 물으신 자입니다. 하지만 이제는 그 같은 자가 아니려고 하고 있습니다."

제독은 왜 이렇게 됐느냐고 물었습니다.

잔니가 대답했습니다.

"사랑과 국왕의 노여움 때문입니다."

제독은 거듭 잔니에게서 자세한 이야기를 들을 수 있었습니다. 그가 떠나려고 하자 잔니가 제독에게 말했습니다.

"각하, 저는 이제 곧 죽는다는 것을 알고 있습니다. 저는 이 아가씨를 제 목숨보다 더 사랑합니다. 그런데 이같이 서로 등을 돌리고 묶여 있으니 얼굴을 마주 보도록 해 주십시오. 서로 얼굴을 보면서 죽어 갈 수 있다면 얼마나 위안이 되겠습니까."

룻지에리는 싱긋 웃으며 말했습니다.

"좋지, 그럼 앞으로 신물이 나도록 그녀 얼굴을 보게 해 주지."

이렇게 말하고는 그의 곁을 떠나자 형의 집행을 명령받고 있던 사람들에게 왕의 특명이 있을 때까지 손을 써서는 안 된다고 엄명을 내렸습니다. 제독은 국왕을 만나 두 젊은이를 화형에 처하는 이유를 물은 뒤, 용서해 달라고 했습니다.

"젊은이는 폐하께서 이 섬의 지배자가 되는 데 큰 공을 세운 잔니 디 프로치다의 조카이고, 처녀는 폐하의 지배가 이스키아에 미치도록 힘쓴 마린 볼가로의 딸입니다. 더욱이 두 사람은 오랫동안 사랑하다 그리된 것입니다."

이 이야기를 들은 국왕은 깜짝 놀라 당장 두 사람을 데려오라고 명령했습니다. 그리고 두 사람을 결혼시키고 선물을 주어 집으로 돌려보냈습니다. 고향에서 두 사람은 성대한 환영을 받고 오래도록 사랑하며 지냈다고 합니다.

테오도로의 이야기

부인들은 이야기를 듣다 두 사람이 구출되자 어린아이들처럼 기뻐하였습니다. 여왕은 다음에는 라우레타가 이야기하도록 명했습니다. 라우레타는 기꺼이 이야기를 시작하였습니다.

현명한 퀼리엘모 왕이 시칠리아를 다스리던 때의 일입니다. 당시 시칠리아에는 아메리고 바테 다 트라파니타라는 귀족이 있었습니다. 이 사람은 다른 귀족보다 부유하였고, 자식복도 많았습니다. 그리하여 하인이 많이 필요했는데 그는 제노바인의 해적선이 동방에서 납치해온 노예를 거래하는 노예 시장에 나와 노예를 살폈습니다. 주로 아름다운 노예 여성을 찾기에 혈안이었지만, 아메리고는 터키인으로 보이는 어린이 몇 명을 샀습니다. 그중 다른 아이들보다 품위 있고 얼굴 생김이 또렷한 테오도로라는 아이가 있었습니다.

그 아이는 노예 취급을 받았지만 아메리고의 아이들과 함께 성장했습니다. 소년이 자라면서 예의범절을 잘 익히고 행동거지가 좋았으므로 마음에 든 아메리고가 그를 노예 신분에서 벗어나게 해 주었습니다. 그리고 세례를 받게 하여 피에트로라는 새 이름을 지어 주고 일을 믿고 맡겼습니다.

아메리고의 여러 아이 중에 예쁘고 마음씨가 착한 딸 비올란테가 있었습니다. 아메리고가 그녀를 결혼시키는 것을 꾸물거리고 있을 때 그녀는 피에트로를 사랑하게 되었습니다.

피에트로를 향한 사랑이 뜨거웠지만 부끄러움에 고백하지 못했습니다. 그러나 사랑의 신은 그녀의 괴로움을 덜어주었습니다. 피에트로 역시 그녀를 사랑했기 때문입니다. 두 사람은 서로 눈이 마주치는 것만으로도 큰 기쁨으로 여기며 바라보곤 했습니다. 그들의 사랑은 누가 보아도 이루어질 수 없는 사랑으로, 누군가에게 들키기라도 하면 야단날 거라며 둘은 겁을 먹고 있었습니다.

그러던 어느 날, 아메리고가 트라파니에서 멀지 않은 장원으로 놀이를 가면서 피에트로를 데리고 갔습니다. 몹시 더운 날이었는데 가는 도중 먹구름이 몰려왔습니다. 일행은 곧 비가 올 것이라고 여기고 집으로 돌아가려고 걸음을 돌렸습니다. 그런데 피에트로와 비올란테만이 앞서 가던 중에 일행이 돌아갔는지 모르고 계속해서 가다가 우박을 만났습니다. 뒤를 돌아보았지만 일행은 보이지 않고 둘만 남았습니다.

그들은 낡은 오두막을 발견하고는 몸을 피했습니다. 두 사람은 지붕이 조금밖에 없어서 서로 몸을 붙여야 했습니다.

"아아! 하느님, 부탁합니다. 우박이 계속 내려 언제까지나 이렇게 하고 있도록……."

처녀도 말했습니다.

"저도 마찬가지예요."

두 사람은 서로의 마음을 안 이상 머뭇거리지 않았습니다. 그들의 뜨거운 입은 하나가 되었습니다. 거칠어지는 숨소리는 우박 소리에 묻혔습니다. 우박은 그쳤지만 그들은 그치지 않고 한몸이 되었습니다.

이리하여 그들은 집안에서 종종 만나 밀회를 나누었습니다. 처녀의

폐허에서 사랑을 나누는 피에트로와 비올란테_ 우박을 피하려고 낡은 오두막에 들어선 두 사람은 서로의 마음을 확인하고는 열정에 사로잡혀 한몸이 된다. **잔니 보카실레의 작품.**

몸에 이상이 생겼습니다. 그녀가 임신을 하고 만 것입니다. 그들은 자연의 이치를 어겨 낙태시키려고 여러모로 시도해 보았으나 잘되지 않았습니다. 그런 까닭에 피에트로는 자기 목숨이 걱정되어 도망치려고 처녀에게 고백했습니다. 처녀는 혼자 남으면 자살할 것이라고 말했습니다.

그녀를 몹시 사랑하던 피에트로는 안타까운 듯 말했습니다.

"당신은 왜 저에게 여기 있으라고 말씀하십니까? 당신이 임신했으니 우리의 죄가 탄로나지 않을 까닭이 없습니다. 당신은 간단히 용서를 받겠지만 저는 야속하게도 당신의 죄와 나의 죄 양쪽을 짊어져야 합니다."

그녀는 피에트로가 입을 열지 않는다면 모든 책임은 자기가 알아서 할 것이라 말하며 그를 붙잡았습니다. 배가 점점 불러오자 더는 감출 수 없었던 비올란테는 어머니에게 이야기를 꾸며대고 임신 사실을 말했습니다. 어머니는 딸의 죄를 감추고자 그녀를 별장으로 보내 출산하도록 하였습니다.

별장에서 출산할 때에 그만 사냥 나갔던 아메리고가 갑자기 들이닥쳤습니다. 딸의 비명을 들은 아메리고는 딸의 출산을 알고 말았습니다. 그는 분노하여 칼을 휘두르며 외쳤습니다.

"누구 애를 낳았는지 말하지 않으면 당장 죽일 것이다."

부친에게 위협을 받은 비올란테는 피에트로와의 약속을 깨뜨리고 모든 사실을 털어놓고 말았습니다. 화가 난 아메리고는 트라파니로 돌아가서 장관인 쿠르라도를 만났습니다. 그곳에서 피에트로는 당장 체포되어 거리에서 조리돌림을 당한 뒤 교수형에 처하게 되었습니다. 그래도 분이 풀리지 않은 아메리고는 독을 넣은 술잔과 단도를 하인에게 주며 비올란테에게 전해 둘 중 하나를 선택하여 자결할 것을 명령

조리돌림을 당하는 피에트로_ 비올란테가 피에트로의 아이를 낳자 아버지 아메리고는 분노하여 피에트로를 조리돌림하고 극형에 처하고자 했으나 극적인 반전으로 두 사람은 결혼한다. **중세 필사본 그림.**

하고는 그녀가 낳은 사내아이는 벽에 내동댕이쳐 죽이라고 했습니다.

한편 조리돌림을 당하던 피에트로는 아르메니아에서 온 귀족 세 명이 머무는 여관 앞을 지나게 되었습니다. 이 가운데 피네오라는 귀족이 피에트로의 가슴에 있는 커다란 붉은 점을 보고 잃어버렸던 자식을 떠올렸습니다. 15년 전 라야초에서 해적들에게 **뺏긴** 아들과 비슷한 나이로 보였던 것입니다. 피네오는 혹시나 하여 피에트로가 가까이 왔을 때 말을 걸었습니다.

"오오! 테오도로."

피에트로는 고개를 들었습니다. 피네오가 연이어 아르메니아 말로 누구의 아들이냐고 묻자 피에트로는 피네오란 사람의 아들이라고 답했습니다. 아들을 찾게 된 피네오는 형 집행을 잠시 멈추게 부탁하고는 다른 사절들과 함께 장관을 찾아가 그 죄인이 자신의 아들임을 밝혔습니다.

"제 아들은 그 처녀를 아내로 맞을 자격이 있으니, 그쪽에서 제 아들을 남편으로 맞이할 생각이 있는지 확인될 때까지 형 집행을 미뤄주십시오. 상대방이 그것을 바라는데 형을 집행한다면 장관님은 법률을 어긴 것이 됩니다."

장관은 피에트로를 풀어주고, 아메리고에게 사자를 보내어 일의 전말을 알렸습니다. 딸과 손자가 죽은 줄로만 알고 있던 그는 발을 동동 구르고 자기가 한 짓을 후회했습니다.

아메리고는 혹시나 하고 급히 사자를 보냈습니다. 사자가 달려가 보니 하인이 비올란테를 위협하며 자결을 종용하고 있었습니다. 사자는 당장 멈추라고 말하며 딸이 무사하다는 것을 아메리고에게 전했습니다.

피에트로와 비올란테는 우여곡절 끝에 온 시민의 축복을 받으며 결혼식을 올렸습니다. 피네오는 아들과 며느리, 손자를 데리고 라야초에 가서 행복하게 살았답니다.

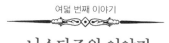

나스타조의 이야기

라우레타가 이야기를 끝내자 여왕의 명에 따라 필로메나가 다음 이야기를 시작했습니다.

우리는 사람들에게 동정심을 베푸는 일은 훌륭한 행동이라고 간주합니다. 그것과 마찬가지로 잔혹한 일을 행하면 신에게 엄중한 벌을 받는다고 합니다. 그래서 저는 잔혹한 감정이라는 것을 완전히 제거하여 재미있다기보다는 동정심이 우러나오는 이야기를 하고자 합니다.

로마냐의 옛 수도인 라벤나에는 대단히 많은 귀족과 부자가 살았습니다. 그중에 나스타조 델리 오네스티라는 젊은 귀족이 있었는데, 그는 부친과 숙부가 죽어 그 유산을 물려받아 단번에 큰 부자가 된 인물입니다.

그는 독신이었고, 젊어서는 흔한 일이지만 자기보다 훨씬 신분이 높은 파올로 트라베르사리의 딸을 연모하였습니다.

나스타조는 그녀의 사랑을 얻고자 온갖 화려하고 근사한 방법을 다 써봤지만, 콧대 높은 처녀는 그가 보내온 값비싼 선물 공세에도 잔혹할 만큼 냉담하기만 했습니다.

나스타조는 더는 참지 못하고 절망한 나머지 죽어버리자고 생각할 정도였습니다. 간신히 마음을 고쳐먹고는 그녀가 자기를 미워하듯 자기도 그녀를 미워할까 하고 생각도 해보았습니다.

나스타조가 재산과 영혼까지 낭비하는 데 골몰하자, 친구들은 그를 걱정하여 잠시 라벤나를 떠나 다른 곳으로 가라고 종용했습니다. 그리하여 그는 친구들과 함께 라벤나를 떠났습니다. 나스타조 일행은 프랑스나 스페인 또는 더 먼 나라로 가기라도 하듯이 대대적으로 행장을 꾸린 후 길을 나섰습니다. 그런데 라벤나와 고작 3마일 떨어진 키앗시라는 고장에 이르자 커다란 천막을 치고는 친구들을 향하여 자기는 여기에 체류할 것이니 모두 돌아가라고 말했습니다.

나스타조는 천막과 오두막이 완성되자 지금까지와는 다르게 더 호화로운 사치 생활을 했습니다. 그는 전과 같이 만찬을 열고 누구든지 초대하여 흥청망청 베풀어댔습니다.

5월에 접어든 어느 금요일, 날씨가 화창해지자 그는 갑자기 그 콧대 높은 처녀가 생각났습니다. 그는 하인에게 혼자 있겠다고 하고는 골똘히 생각에 잠겨 소나무 숲속까지 오게 되었습니다.

이미 열한 시를 지나 식사할 마음도 없이 소나무 숲에 들어섰습니다. 그때 여자의 날카로운 비명과 울음소리가 울려 퍼졌습니다. 그는 상념을 집어치우고 무슨 일인가 하고 얼굴을 들었는데 자신이 소나무 숲 깊숙이 들어와 있다는 것을 알았습니다. 그때였습니다. 관목과 가시나무 숲 쪽에서 머리카락을 흩트린 채 잔가지와 나무 가시에 전신을 긁히며 용서해 달라고 울부짖으면서 자신을 향해 뛰어오는 발가벗은 처녀가 있었습니다.

그뿐만 아니라 크고 사나운 개들이 쫓아와 처녀를 덮치고는 사정없이 물고 늘어졌습니다. 그녀 뒤에서는 검은 말을 탄 기사가 무서운 얼굴을 한 채 장검을 들고 죽여버리겠다고 온갖 욕설을 퍼부으면서 쫓

나스타조의 환각_ 나스타조는 어느 숲에서 기이한 광경을 보게 된다. 매우 아름다운 여자가 알몸으로 도망하는데 검을 들고 갑옷을 입은 말 탄 사나이와 커다란 개 두 마리가 쫓고 있는 것이었다. 여자는 붙잡혀 개들에게 뜯기는데 사나이는 칼로 그 여자의 심장을 꺼내어 개들에게 던졌다. 나스타조는 여자를 구하고 남자를 막으려 했다. 남자는 자기들은 사람이 아니라 지옥의 유령이라고 소개한다. **지노 보카실레의 작품**.

아왔습니다.

이 모습을 본 나스타조는 놀랍고 무서웠습니다. 그러면서도 여인에게 동정심이 발동하여 참혹하게 몰린 그를 구해주고 싶었습니다. 굵은 나뭇가지를 주워들고는 맹견과 기사에 대항하였습니다. 이를 본 기사는 소리쳤습니다.

"나스타조, 방해하지 마오. 이 악녀는 무참히 당해야 하오."

검은 옷의 기사는 말에서 내려 나스타조 곁으로 다가왔습니다.

"나는 당신과 같은 도시에 살았던 귀도 델리 아나스타지라는 사람이오. 당신이 어렸을 적 나는 당신이 트라베르사리 가문의 처녀를 연모하는 것보다 더 열렬히 이 여인을 사랑했다오. 이 냉혹한 여인은 나를 절망케 했고 나는 결국 자결하고 말았소. 얼마 뒤에 이 여인도 죽었다오. 나는 영겁의 벌을 받고, 이 여인도 살아 있을 때 보인 잔혹함과 나의 고통을 기뻐한 죄로 이처럼 내게 쫓기는 형벌을 받고 있소. 이 여인은 내게서 도망쳐야 하고, 나는 옛날에 사랑했던 여인을 원수처럼 쫓아가 나 자신을 찔렀던 이 칼로 여인을 죽인 뒤 심장과 내장을 꺼내어 저 개들의 배를 채워 주어야 하오. 그러나 여인은 또다시 살아나 도망쳐야 하고 나는 저 여인을 다시 쫓아가야 할 운명이라오."

이야기를 마친 기사는 여인의 가슴을 장검으로 찌른 후 심장과 내장을 꺼내어 개들에게 주었습니다. 조금 후 여인은 일어나 달아나는 것이었습니다.

나스타조는 겁에 질려 한참을 그 자리에 섰다가 한 가지 생각이 떠올랐습니다. 그는 그곳에 표시해 두고는, 매주 금요일에 그런 일이 벌어지는 것을 알고는, 하인들이 기다리는 곳으로 돌아갔습니다. 그리고 적당한 시기에 친구들을 불러 모아 말했습니다.

"여러분은 꽤 오래전부터 그 원수 같은 여자를 사랑한 것 때문에 저를 걱정하여 충고했습니다. 저는 여러분의 충고를 따르려고 합니다. 그런데 여러분에게 한 가지 부탁할 것이 있습니다. 오는 금요일에 여러분의 힘으로 파올로 트라베르사리 가족과 여러분의 친척들을 모셔서 마지막 연회를 베풀고자 합니다. 물론 내가 사랑했던 그 고약한 따님도 참석하시게 해야죠."

그들이 이 좋은 약속을 실천하는 것은 큰일이 아니었습니다. 금요일이 되자 나스타조는 하인들에게 소나무 숲에 표시해 두었던 장소에 연회장을 차리도록 했습니다. 연회는 성대하게 벌어졌고 그가 바라던 대로 콧대 높은 처녀도 부친과 함께 참석하여 연회석 가운데에 앉았습니다. 그 장소는 바로 나스타조가 목격했던, 여인이 처참하게 죽던 곳이였습니다.

마지막 요리가 나올 즈음, 과연 그가 며칠 전 보았던 것과 같은 끔찍한 일이 그대로 일어났습니다. 모두 소리를 지르며 기사와 개를 제지하려고 했고, 기사는 나스타조에게 했던 말을 똑같이 했습니다. 기사는 여인의 심장과 내장을 꺼내 개에게 먹였고 여인은 살아나 도망치고 기사 역시 그녀를 뒤쫓았습니다. 연회장에 모인 사람들은 극심한 공포에 떨었습니다. 가장 큰 공포로 얼굴이 하얗게 변한 여인은 나스타조가 사랑했던 그 처녀였습니다. 처녀는 두려움과 공포에 질려 사시나무 떨듯이 안절부절했습니다. 그녀는 자신이 나스타조와 개들에게 쫓기는 듯 착각했습니다.

마침내 마음을 바꾼 귀족 처녀는 나스타조에게 하녀를 보내, 당신의 소망이라면 뭐든지 들어주겠으니 제발 와 달라고 간청했습니다. 나스타조는 자기의 아내가 되어 주는 것이 소망이라고 대답했습니다.

처녀는 나스타조와 맺어지지 못한 것을 자기 탓으로 돌리고 부모님에게 가서 나스타조와 결혼하고 싶다고 말했습니다. 그렇게 하여 나스

타조는 콧대 높은 처녀와 결혼하여 행복한 날을 보냈습니다. 이런 뒤
로 라벤나의 여자들은 남성들의 사랑을 매몰차게 거절하지는 않았다
고 합니다.

페데리고의 이야기

필로메나가 이야기를 마쳤을 때 여왕은 마지막 차례의 특권이 디오메네에게 있음을 알고는 빙그레 웃으며 이야기보따리를 풀어놓았습니다.

저는 필로메나의 이야기와 비슷한 종류의 이야기를 해 볼까 합니다. 그것은 여자들의 미모가 남자들에게 큰 영향을 미치지만 여자들의 아름다움이 반드시 행운이 따른다고 보지 않으며, 사랑할 때에는 운명에만 맡길 것이 아니라 자기의 일에서는 자신의 생각이 중요하다는 것을 말씀드리려고 합니다. 실제로 운명이라는 것은 신중성을 결여했을뿐더러 엉터리의 보상 방법을 취하는 것이기 때문입니다.

우리가 사는 피렌체에 코보 디 보르게에제 도미니카라는 부인이 계셨던 것은 모두 아시리라 믿습니다. 그분은 피렌체 시민의 존경을 한 몸에 받을 만큼 훌륭한 분입니다. 그것은 귀족이라는 신분 때문이 아니라 예절이 바르고 높은 덕으로 명성이 자자한 분이므로 후세에서도 이름이 남을 만큼 고명한 분이시기 때문입니다. 그분은 근처 사람이나 그 밖의 사람들을 모이게 하여 옛이야기를 하시는 것을 대단한 즐거움으로 삼고 계셨습니다. 이 이야기는 그분이 하신 이야기 중 하나로 저의 입을 빌려 이야기하겠습니다.

옛날 피렌체에 필리포 알베리기의 아들인 페데리고라는 청년이 있었는데, 그는 무예나 예절에서 토스카나안의 어느 젊은이보다도 뛰어났습니다. 그는 피렌체 제일가는 미인인 조반나라는 부인을 일방적으로 사랑했습니다. 그는 그녀의 사랑을 얻으려고 마상 창 대회나 무술 대회를 열기도 하고, 또 성대한 연회를 베풀거나 그녀에게 값진 선물을 하기도 하여 돈을 낭비하였습니다. 그럼에도 조반나는 그의 열정적 구애를 아무렇지도 않게 여겼고 관심을 두지 않았습니다.

페데리고는 분에 넘치는 낭비만 거듭할 뿐 사랑을 위해서는 무엇 하나도 얻은 바가 없었습니다. 그는 결국 가산을 탕진하여 가난뱅이가 되고 말았습니다. 남은 것이라고는 작은 농원과 세상에 흔치 않은 훌륭한 매 한 마리가 있을 뿐이었습니다. 페데리고는 매를 데리고 농지가 있는 캄피로 이사하여 매우 궁핍한 생활을 했습니다.

한편 조반나 부인은 막대한 부자인 남편이 죽고 말았습니다. 죽은 남편은 유산을 많이 남겼는데 유산 상속자가 남편의 아들로 정해졌습니다. 하지만 아들이 상속인 없이 죽으면 부인에게 전 재산이 돌아가도록 되어 있었습니다.

어느 여름날, 부인이 아들을 데리고 시골 소유지를 지나가는데 마침 그곳은 페데리고의 농원과 가까웠습니다. 그곳에서 우연히 만난 페데리고와 부인의 아들은 금세 친해졌습니다. 소년은 페데리고의 매를 보고서 무척 갖고 싶어 했지만 차마 말을 꺼내지 못했습니다.

그런데 시골에서 지내는 동안 그 아이가 그만 병에 걸렸습니다. 둘도 없는 외아들이었으므로 어머니는 온종일 아이 곁에서 간호하였습니다. 그리고 몇 번이나 뭔가를 갖고 싶은 것이 없느냐, 있으면 말해 봐라, 할 수 있는 것이면 꼭 해줄 테니 말해 보라고 했습니다. 아이는 어머니의 이 같은 제의를 듣고 페데리고의 매를 갖다 주면 병이 나을 것

페데리고의 매_ 조반나 부인을 사랑한 페데리고는 부유했지
만 분에 넘치는 낭비로 가산을 탕진하고 매만 남았다.

같다고 했습니다.

부인은 아들의 소원에 어떻게 해야 할지 생각했습니다. 자신을 연모
하는 그에게 여태껏 냉정하게 대했는데, 마지막 생계 수단인 매를 어
떻게 뺏는단 말인가. 자식에 대한 사랑은 이길 수 없어 그녀는 다른 부
인들과 함께 페데리고 농원을 방문했습니다.

페데리고는 그토록 사모하는 부인이 자기 농원에 오다니 믿기지 않
았습니다. 조반나 부인은 기뻐하는 그에게 말했습니다.

"오늘은 당신이 저를 위해 필요 이상으로 사랑해 주시고 그 때문에
괴로움을 당하신 데 대한 보답을 해드리러 왔습니다. 보답이라고는 하
지만 당신이 저와 제 친구들과 함께 아침 식사를 해 주십사 하는 것에
지나지 않지만요."

그 말에 페데리고는 겸손한 태도로 말했습니다.

"부인, 저는 당신에게서 어떠한 괴로움도 받았다고 여기지 않습니
다. 오히려 제가 아무런 가치 없는 인간이긴 하지만 제가 당신을 사랑
하고 당신의 훌륭한 가치를 알게 된 것을 다행으로 여기고 있을 정도
입니다. 게다가 당신의 정중한 말씀을 들으니 제가 낭비한 만큼 또다시
재산을 낭비하는 일이 있더라도 저로서는 대단히 기쁘게 생각할 것입

니다. 하물며 이런 누추한 집을 일부러 방문해 주셨으니 말씀입니다.”

페데리고는 부인을 뜰 쪽으로 안내했지만, 너무나 가난하여 대접할 음식이 없음을 알고 안절부절못했습니다. 지금까지 부인을 위해 물 쓰듯 써온 재산이 정작 부인을 위해서는 아무것도 남아 있지 않음을 알았습니다. 그는 더없이 슬퍼 자신의 운명을 저주하며 이곳저곳 뒤졌지만 돈은커녕 전당포에 잡힐 만한 물건조차 없었습니다. 그러다가 마침 나뭇가지에 앉아 있는 매가 눈에 띄었습니다. 그는 이것이라면 부인을 위한 요리를 만들 수 있겠다고 생각하며 다른 생각할 겨를도 없이 매의 목을 비틀었습니다. 그러고는 하녀에게 요리하라고 했습니다.

이 사실을 모르는 조반나 부인은 함께 온 부인들과 함께 매로 만든 요리를 먹고 말았습니다. 식사를 마친 뒤 부인은 자신이 찾아온 용건을 말했습니다. 염치없는 부탁이지만, 그 은혜는 평생 잊지 않겠으니 아들의 목숨을 구해 달라고 말했습니다. 부인의 이야기를 들은 페데리고는 안타까워 울음을 터뜨리고 말았습니다.

“저는 당신을 극진히 대접해야겠다는 생각에 매를 잡아 요리했는데, 이게 무슨 운명의 장난이란 말입니까?”

이렇게 말하고 그는 매의 털, 다리, 부리를 갖고 오게 하여 부인 앞에 놓았습니다. 부인은 그 증거를 보았으므로 처음에는 여자 한 사람을 대접하는 데 소중한 매를 잡은 것을 비난했습니다. 하지만 가난하면서도 꺾이지 않은 그의 훌륭한 마음씨를 마음속으로 한없이 칭찬하였습니다. 부인은 매를 가져갈 희망도 사라졌고 아들의 병도 걱정되어 자기를 위해 베푼 호의와 경의에 깊이 감사하고 몹시 슬퍼하며 아들에게로 돌아갔습니다. 아들은 매를 갖지 못한 슬픔이 겹쳐 며칠 뒤 눈을 감고 말았습니다.

눈물로 세월을 보내던 부인은 아직 젊은데다 막대한 유산 때문에 재

페데리고와 조반나 부인_ 조반나 부인을 맞이한 페데리고는 매를 죽여 음식을 만든다. 매를 빌리러 온 부인은 그 사실을 알고는 낙심한다. **중세 필사본 그림**.

혼하라는 소리를 들었습니다. 부인은 재혼할 생각이 없었지만 끈질긴 권유에 못 이겨 재혼 생각에 이르자 페데리고 가 떠올랐습니다.

"오빠들의 말씀만 아니라면 저는 이대로 혼자 살고 싶어요. 그러나 꼭 재혼해야 한다면 저는 남편으로서 페데리고 델리 알베리기를 택하겠습니다. 페데리고가 아니라면 누구에게도 가지 않겠어요."

반대하던 오빠들도 페데리고의 훌륭한 인품을 인정하고는 허락했습니다. 페데리고는 사랑하던 부인을 아내로 맞이하고 부자가 되어 행복하게 살았습니다.

피에트로 디 빈촐로의 이야기

여왕이 이야기를 마치자 모두 신이 페데리고에게 보상하신 것을 찬양하였습니다. 이제 하루 이야기의 대미를 장식할 디오네오의 차례가 되었습니다. 그는 여왕의 명령을 기다리지도 않고 말문을 열었습니다.

우리 인간들은 선한 일보다는 나쁜 일에 더 즐거워하는 경향이 있습니다. 그것이 자기들과 관계 없을 때는 더욱 그렇습니다. 그것은 우연히 생긴 악덕인지 아니면 인간의 악습 때문에 생긴 것인지 또는 천성적인 인간의 죄에서 오는 것인지 저는 단언할 수 없습니다. 지금까지 여러 번 그래 왔지만 저는 항상 우울한 생각에 잠긴 여러분을 우스운 이야기로 즐겁게 해드리려고 노력했고 앞으로도 그럴 생각입니다.

오늘 제가 해드릴 이야기로는 주제에서 좀 벗어나지만, 무척 우스운 젊은 남녀의 이야기로 여러분을 틀림없이 즐겁게 해드리리라 생각합니다.

페루자에 피에트로 디 빈촐로라는 부자가 살았습니다. 그는 세상의 눈을 속이고, 사람들이 자신에게 하는 악평을 잠재우기 위해 아내를 얻었습니다. 그가 얻은 아내의 빨간 머리는 불타는 듯했으며 몸이 무쇠같이 단단한 남편이 두 사람이나 있으면 좋을 만한 여자였습니다. 그렇게 색을 밝히는 여자가 남색(男色)에 정신이 팔린 남자에게 시집오게 되었던 것입니다.

부인은 얼마 뒤 남색을 밝히는 남편을 눈치채고는 남편을 욕하고 애를 태웠으나 시간이 흐르면서 포기했습니다. 그녀는 남편의 버릇을 고치려다 자신이 먼저 말라 죽을 것이라고 생각하고는 중얼거렸습니다.

"제기랄, 나를 두고 메마른 곳에서 잘도 놀아나다니, 그럼 나는 더 축축한 곳에 누군가를 배에 태워 데려올 궁리를 할 거야. 그래도 난 그놈을 사내라고 생각하고, 무릇 사내들이 탐내는 것을 그 작자도 탐낼 줄 알았기에 남편으로 맞이해서 지참금을 듬뿍 줬지, 그런 남색가라면 누가 남편으로 맞이했겠어. 내가 욕망을 버리고 살 작정이었다면 벌써 수녀가 됐을 거야. 욕망을 버릴 수 없어 결혼했는데 남편이라는 작자는 다른 곳에 정신이 팔려 있고 나는 하루하루 늙어간다면 억울한 일이야. 그놈의 즐거움은 악덕이지만 나의 즐거움은 분명 훌륭한 일이지. 나는 세상의 법칙을 어길 뿐이지만 그놈은 자연의 법칙까지 어기고 있으니 말이야."

이렇게 마음먹은 부인은 자기 생각을 남몰래 실행하려고 궁리한 끝에 어느 노파와 친해졌습니다. 그 노파는 묵주를 늘 손에 쥐고 각 시대의 교황이나 성 프란체스코의 고행에 대한 이야기를 하였기에 성녀처럼 보였습니다. 부인은 노파에게 자신의 심정을 이야기했습니다. 노파는 부인의 말을 다 듣고는 말했습니다.

"당신을 비롯하여 젊은 여자가 시간을 헛되게 보내는 것은 매우 억울한 일입니다. 우리가 나이를 먹은 뒤에 하는 일이 화로 곁에서 재를 바라보는 이외에 무엇이 있겠어요.

젊었을 때보다는 나이를 먹은 후가 많을 것입니다. 자고로 여자란 그 일로 아이를 낳는 일밖에 할 수 없습니다. 그것 때문에 소중히 여겨지지요. 인간은 이 세상에서 자기가 가질 수 있을 만큼 손에 넣고 있어요.

특히 여자는 말입니다. 여자는 남자보다도 시간이 허락하는 동안에 그것을 훌륭하게 사용할 필요가 있습니다. 알다시피 여자들은 늙은이가 되면 다른 사람은 물론 남편마저도 돌아보지 않아요. 그뿐만 아니라 부엌으로 밀려나 고양이에게 옛날이야기를 지껄이거나 냄비나 접시를 세어 볼 뿐입니다. 더 나쁜 것은 이런 노래까지 부릅니다. '젊은 여자에게는 맛있는 음식을, 쪼그랑 할멈에게는 입마개를…….' 험담을 이야기하려면 끝이 없지요.

그러니 나이를 먹고 나서 당신의 마음이 육체를 꾸짖는 일이 없도록 젊을 때 남편에게 보복하는 것도 좋은 일입니다. 자, 소원을 말하세요. 그 뒤는 내게 맡겨요. 다만 내가 가난하다는 걸 잊지 말아요."

며칠이 지나자 노파는 부인이 말한 남자를 그녀의 침실로 데려왔습니다. 또 며칠 후 부인이 좋아할 만한 또 다른 사내를 그녀의 침실로 보내왔습니다. 부인은 남편에게 좀 켕겼지만 기회를 놓치지 않았습니다.

어느 날 밤, 남편이 친구 에르콜라노의 집에서 저녁을 먹겠다고 외출했습니다. 부인은 그 틈을 타서 노파가 소개해준 페루자에서 가장 잘생기고 튼튼한 사내와 저녁 식탁에 앉았습니다. 그런데 남편이 문을 열라며 두드렸습니다. 깜짝 놀란 부인은 복도에 놓아둔 닭장 속에 사내를 숨겼습니다. 부인은 남편에게 따지듯 말했습니다.

"어머, 저녁 식사는 후다닥 삼키고 왔어요?"

남편은 대답했습니다.

"삼키기는커녕 맛도 못 봤어."

부인이 궁금하여 다그쳐 묻자 피에트로는 대답했습니다.

"실은 말이야, 에르콜라노와 마누라와 내가 식탁에 자리 잡고 있을 때 바로 곁에서 재채기 소리가 들렸단 말이야. 첫 번째도 두 번째 때도 눈치채지 못했는데 재채기 소리가 세 번, 네 번, 다섯 번, 아니 그 이상이

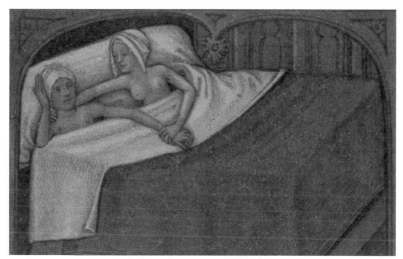

밀회를 즐기는 피에트로의 부인 _ 남색을 즐기는 남편 피에트로 몰래 젊은 남성을 침실로 끌어들여 정사를 나누는 장면이다. **중세 필사본 그림.**

나 들리는 바람에 우리는 깜짝 놀랐지. 그래서 에르콜라노가 소리가 나는 벽장문을 확 열었더니, 유황 냄새가 코를 찌르고 그곳에 숨어서 재채기한 놈을 발견했지. 그놈은 유황 냄새 때문에 숨이 넘어갈 지경이었지 뭐야. 모든 것이 들통나자 그 부인은 도망치고, 에르콜라노는 몸조차 가누지 못하는 그 작자를 죽이겠다고 단도를 가지러 갔지. 일이 커지겠다 싶어서 내가 그 사내를 감싸주고 오는 길이라니까."

부인은 에르콜라노의 부인을 변호해 주려다가, 남의 나쁜 일을 욕하는 것이 자기 악행을 무마하는 길이라고 생각하고는 남편을 두둔하며 말했습니다.

"나이 많은 여자가 그런 짓을 하다니 젊은 여자들이 배울까 두렵군요. 그런 여자는 저주를 받아야 해요. 그런 여자는 모든 여성의 망신이며 모욕이에요. 자신의 정절이나 남편에게 맹세한 약속을 저버리고 이

닭장에 숨은 정부_ 정사 중 남편 피에트로가 돌아오자 부인은 젊은이를 닭장에 숨긴다. 닭장에 숨은
그는 남색을 즐기는 사람으로 피에트로에게 발각된다. **브루넬레스키의 작품**.

세상 명예를 망친 여자예요. 그뿐 아니라 자기 자신에게도 치욕을 가하고 있어요. 하느님이 나는 구해 주셔도 그러한 여자에게는 동정의 여지가 없다고 생각해요."

부인은 떳떳하다는 투로 자신 있게 말하고는 남편을 얼른 잠자리에 들어가도록 했지만, 그는 배가 고프다며 음식타령을 했습니다. 그런데 그때 마구간에 매어놓은 당나귀 한 마리가 물을 찾아 어슬렁거리다가 닭장 밖으로 나와 있는 사내의 손을 밟아버렸습니다. 닭장 속의 사내는 너무 아파 소리를 질렀고 피에트로는 깜짝 놀라 달려갔지요.

피에트로는 닭장이 있는 데로 뛰어가서 "거기에 있는 게 누구냐?" 하고 소리를 지르면서 닭장을 들어 올렸는데 웬 젊은 녀석이 손과 발을 땅에 대고 엎어져 있는 것이 아니겠습니까.

젊은이는 당나귀에 밟힌 손가락의 아픔과 피에트로에게 호되게 당하지 않을까 하는 공포에 덜덜 떨었습니다.

그자는 공교롭게도 피에트로가 남색을 목적으로 선망하던 젊은이였습니다. 피에트로는 그를 데리고 부인의 침실로 갔습니다.

젊은이는 숨김없이 모든 것을 자백했습니다. 아내의 위선에 비해 이 사내를 만날 수 있어서 즐거워진 피에트로는 그의 손을 붙잡고 아내가 떨고 있는 방으로 끌고 들어왔습니다. 피에트로는 아내의 맞은편에 앉더니 이렇게 말했습니다.

"너는 바로 전에 에르콜라노 부인의 험담을 하고 그런 여자는 태워서 죽이는 것이 좋다, 모든 여성의 수치라고 떠벌리면서 어째서 자신의 일은 말하지 않았지? 너희 여자들이란 모두가 이렇게 생겨먹었어. 다른 사람의 죄를 비난해서 자신의 죄를 은폐하려고 하다니. 그 이유 밖에는 생각할 수 없어. 너희 여자라는 족속은 하늘에서 불이라도 떨어져서 모두 태워 죽이는 편이 나아!"

부인은 남편이 화만 조금 낼 뿐 펄쩍 뛰지 않는 걸 보고 사태를 파악했습니다. 그래서 남편에게 쏘아붙였지요.

"당신은 하늘에서 불덩이라도 내려 우리 여자들 따위는 모두 태워 죽이는 게 좋다고 하셨죠. 당신이 에르콜라노의 부인하고 나를 비교하고 싶다면 얼마든지 비교해 보세요. 그 사람은 나이 먹은 할머니지만 남편에게 바라는 것을 받고 있어요. 하지만 나에겐 그런 것이 하나도 없단 말예요. 당신이 나와 잠자리를 가진 게 언제인지 아세요. 나는 세상의 다른 여자와 조금도 다른 것이 없어요. 그러니 당신이 주지 못하는 것을 다른 데서 구했다고 해서 비난받을 이유는 없다고 생각해요."

피에트로는 아내의 말이 안중에 들어오지 않았습니다. 그는 셋이서 저녁 식사를 하자고 했습니다. 그리하여 세 사람은 들뜬 기분으로 식사와 포도주를 즐겼지요. 그리고 셋은 침실로 들어가 뒹굴었지요. 이튿날 아침 광장에 나타난 사내는 부인과 남편 중 누구에게 더 봉사했는지 헷갈렸다고 합니다.

친애하는 부인 여러분, 저는 여러분에게 '오는 말에 가는 말'이라고 말씀드리고 싶습니다. 그것이 불가능하다면 '당나귀가 부딪치면 벽도 마주 튕긴다'라는 속담이 있듯이 시기가 올 때까지 아무 것도 하지 않고 가만히 기다리는 것입니다.

디오네오가 이야기를 끝마치자 부인들은 부끄러워서 크게 웃지 않았습니다. 하지만 그 여운은 길었습니다. 여왕은 자기의 주재가 끝났다고 느끼고 월계관을 엘리사에게 씌워주었습니다. 새 여왕이 된 엘리사는 내일 나눌 이야기에 대해 말했습니다.

"우리는 지금까지 많은 사람의 멋진 기지와 즉흥적인 대답과 예리한 판단으로 닥친 위험을 피한 이야기를 들었습니다. 내일은 재치 있는 이

세 사람의 정사_ 불륜 관계인 젊은이와 부인의 관계가 밝혀졌음에도 남색을 즐기는 피에트로는 그들을 나무라기보다 세 사람이 함께 즐길 것을 요구한다. **지노 보카실레의 작품.**

야기로 응수하든가 또는 날카로운 통찰로 손실이나 위기를 모면하는 사람의 이야기를 주제로 삼았으면 합니다."

여왕은 말을 마치고 디오네오에게 노래하도록 지시했습니다.

디오네오는 곧 〈알드루다 아주머니, 치맛자락을 걷어요. 재미있는 이야기하러 가니까〉를 불렀다. 이 노래에 부인들은 한바탕 웃음을 터뜨렸습니다. 그중에서도 여왕이 가장 많이 웃었지요. 그렇게 웃고 즐기며 다섯째 날의 이야기가 마무리되었습니다.

제6장

여섯째 날 이야기

여섯째 날

《데카메론》의 여섯째 날이 밝았습니다. 그들의 이야기는 절반을 넘어 여섯째 날의 첫째 이야기인 예순 번째 이야기로 접어들었습니다. 일곱 부인과 세 청년은 여느 때와 다름없이 일과를 시작하고는 샘가로 모여들었습니다.

여왕은 어제 말한 대로 오늘의 주제를 다시 한번 상기시켰습니다. 첫 이야기를 시키려 하는데 지금까지 없었던 일이 일어났습니다. 부엌에서 하인과 하녀들이 일으킨 요란한 소리가 들렸습니다.

여왕은 하인들을 불러내 어찌 된 영문인지 물었습니다. 하인 틴다로가 대답하려고 하는데 그와 다투었던 하녀 리치스카가 오만상을 찌푸리며 말을 가로챘습니다.

"여왕님, 이 사내는 저한테 시코판테의 마누라 이야기를 들려주고 싶어 안달났습니다. 저는 그와 친한데 시코판테가 그 여자와 잔 첫날밤 검은 언덕에 억지로 말뚝을 꽂아 넣는 바람에 피가 확 솟구쳤느니 어쩌니 하면서 자기가 보고 온 것처럼 꾸며대며 저보고 믿으라고 하지 않겠어요. 저는 "말도 안 되는 새빨간 거짓말이다" 하고 따졌지요. 정말 저 사내는 이만저만 허풍쟁이가 아녜요. 세상 처녀 일곱 중 여섯은 부모 형제들의 감시 속에 결혼해서 남자를 처음 아는 걸로 보이나 봐요. 저는 숫처녀로 시집가는 이웃 아이들을 본 적이 없어요. 남편이 있는데도 얼마나 많은 여자가 남편을 속이는지 저는 수도 없이 봤죠. 그런데 저 바보는 어제 갓 태어난 어린애처럼 나한테 여자라는 게 대체 어떤 것인가 가르치려고 드는 거예요.”

리치스카의 말에 부인들은 이를 뽑으려면 실컷 뽑을 수 있을 만큼 입을 한껏 벌리고 웃어댔습니다. 여왕은 그녀에게 그만두라고 여러 번 소리를 질렀지만 소용없었습니다. 여왕은 디오네오를 돌아보고 말했습니다.

“디오네오, 이건 당신 영역이에요. 그러니 오늘 우리 이야기가 끝나거든 이 문제에 판결을 내려 주세요.”

디오네오는 만면에 웃음을 띠며 말했습니다.

“여왕님, 새삼 무슨 말을 할 것도 없이 판결은 이미 내렸습니다. 리치스카의 말이 맞습니다.”

.

오레타 부인의 이야기

디오네오의 말을 듣고 리치스카는 틴다로를 쏘아보곤 승리의 웃음을 지으며 돌아갔습니다. 여왕은 좌중을 안정시키며 필로메나에게 오늘 첫 이야기를 하라고 명했습니다. 그녀는 기꺼이 이야기를 시작했습니다.

여러분, 맑디맑은 밤하늘의 별들은 초롱초롱 빛나고, 봄 들판에는 꽃들이 흐드러지게 피어 계절의 향기를 더욱 뿜어내며, 언덕은 수풀과 나뭇잎이 우거져 푸름을 더욱 짙게 합니다. 자연의 이치와 같이 사람에게는 예부터 몸에 밴 예의범절과 재치 넘치는 화술이 세상을 밝히는 경구가 되며, 그 말들은 날카롭지만 간결하게 여자들에게 적확한 교훈이 되고 있습니다. 그러므로 시의적절한 기회에 정확한 지침이 될 경구를 말할 수 있다는 것은 얼마나 지혜로운 삶의 태도가 될지를 들려드리고자 합니다.

그리 먼 옛날 일이 아니라서, 여러분도 보신 적이 있거나 혹은 소문으로 들어서 알고 계실지도 모르겠습니다만, 우리가 사는 도시에 예의범절과 재치 있는 화술을 지닌 훌륭한 귀부인 한 분이 있었습니다.

그분은 제리 스피나의 아내 오레타 부인이죠. 부인은 마침 지금 우리가 머물고 있는 것처럼 시골에 머물었는데, 어느 날 식사에 초대한 부인들과 기사들과 어울려 산책하러 나갔습니다. 목적지까지는 꽤 먼 거

오레타 부인의 산책길_ 화술에 능하다고 자만한 기사가 오레타 부인을 말에 태우고 산책길에서 언변을 자랑했지만, 그녀는 지루하여 말의 걸음이 딱딱하다며 말에서 내린다. **중세 필사본 그림.**

리를 걸어서 가야 했기에 기사 한 분이 재미난 제안을 했습니다.

"오레타 부인, 먼길을 가시는데 제가 재미난 이야기로 마치 말을 타고 가시는 것처럼 즐거운 기분을 만들어 드리겠습니다."

그는 칼도 잘 쓸 줄 몰랐으며 화술에도 능하지 못했습니다. 그는 자기가 이야기를 제법 잘한다고 생각하고 말했지만 서너 번이 아니라 대여섯 번이나 같은 말을 되풀이하기도 하고, 줄거리를 거슬러 올라가기도 하고, 실수를 반복하여 이야기가 점점 지루해졌습니다.

부인은 이야기를 듣는 동안 식은땀이 나고 병에 걸렸거나 숨이 넘어갈 때처럼 가슴이 답답해진 적이 몇 번이나 있었는지 몰랐습니다. 부인은 기사가 그만 궁지에 몰려서 더는 이야기를 계속할 수 없게 된 것을 알자 더 참지 않고 웃으며 말했습니다.

"기사님이 탄 말은 걸음이 너무나 딱딱해서 못 견디겠어요. 그러니 저를 걸어가게 해 주세요."

기사는 이야기하는 쪽보다 듣는 쪽에 적당한 사람이었으므로 부인이 하는 재치 있는 경구의 뜻을 금세 깨닫고, 가벼운 농담으로 받아들여 다른 화제로 이야기를 돌렸습니다. 그래서 처음 시작했던 이야기는 끝까지 계속되지 못하고 깃털 빠진 수탉이 되었습니다.

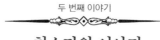

치스티의 이야기

오레타 부인의 재치 있는 말은 모두에게 매우 칭찬을 받았습니다. 여왕은 팜피네아에게 다음 이야기를 하도록 지명했으며 그녀는 방긋 웃으며 흥미로운 이야기를 시작했습니다.

피렌체 시민 치스티의 운명을 보면 어느 쪽이 잘못인지 저는 잘 판단할 수 없어요. 자연이 고귀한 마음에 천한 육체를 준 경우와 운명이 고귀한 마음의 소유자에게 천한 직업을 준 경우 어느 쪽이 잘못된 것인가요?

치스티라는 사람은 미천한 빵 장수였지만 고귀한 마음의 소유자였습니다. 그를 잘 아는 사람들은 그의 고귀한 성품을 알기에 운명의 장난이 그를 빵 장수로 만들었다고도 하고, 운명은 장님이라느니 어쩌니 하는 말을 하기도 합니다. 하지만 운명에는 천 개의 눈이 있고 자연은 매우 사려 깊다는 것을 제가 몰랐다면 자연에 대해서나 운명에 대해서 저도 똑같은 저주를 퍼부었을 겁니다.

저는 빵 장수 치스티가 어떻게 해서 사소한 일로 제리 스피나를 깨우쳐주어 자신의 빛을 발휘했는가 하는 짧은 이야기를 할까 합니다. 제리 스피나는 조금 전 이야기에서 말한 오레타 부인의 남편이지요.

교황은 언젠가 중대한 볼일로 귀족 몇 사람을 피렌체에 사절로 보냈

교황 사절을 맞는 치스티_ 빵 가게를 운영하는 치스티는 최고급 포도주를 마련하여 교황 사절을 맞이한다. **중세 필사본 그림.**

는데, 그때 사절들이 제리 스피나의 저택에서 묵었습니다. 제리는 그들과 교황의 일을 보았습니다.

그런데 이유는 모르지만, 제리가 아침마다 사절들과 함께 산타마리아 우기 사원 앞을 지나갔습니다. 치스타는 사원 앞에서 빵 가게를 하고 있었기 때문에 아침마다 그들을 보았습니다.

그의 가게에는 피렌체 지방에서 최상품으로 치는 백포도주와 붉은 포도주를 갖추고 있었습니다. 그는 자신의 포도주를 평소 존경하던 제리에게 자신의 가게에서 대접하고 싶었지만, 자신의 낮은 신분 때문에 높은 지위의 제리에게 드린다는 것은 실례가 될 것 같아서 제리가 스스로 포도주를 청하도록 계획을 짜고는 이 일을 실행하였습니다.

치스티는 아침마다 제리와 사절들이 가게 앞을 지나간다는 것을 알고는 그때를 맞춰 세탁한 앞치마를 두르고 가게 앞에는 신선한 물을 가득 담은 새 양동이와 고급 백포도주를 담은 볼로냐제 항아리와 빛나는 은잔을 두 개 놓고, 그들이 지나갈 때를 기다렸다가 한두 번 입을 가신 다음 백포도주를 마셨습니다.

제리는 그 모습을 이틀에 걸쳐 목격하고는 사흘째 되는 날 아침 말을 건넸습니다.

"치스티, 포도주의 맛이 어떤가?"

치스티는 일어나서 대답했습니다.

"나리께서 직접 마셔보지 않고는 제가 어떻게 말할 수 있겠습니까?"

제리는 목이 몹시 말랐기에 치스티의 권유대로 백포도주를 한 잔 마셨습니다. 그는 깜짝 놀라며 사절들을 돌아보고 자신이 마신 포도주를 권했습니다.

치스티는 시종에게 깨끗한 의자를 가져오게 해서 제리와 사절 일행이 앉도록 권했습니다. 시종을 물리고 귀한 포도주에 대한 자부심을 드러내며 말했습니다.

"여러분은 뒤로 물러나 계십시오. 이 시중은 저만이 할 수 있는 것입니다. 저의 술 따르는 솜씨는 빵을 굽는 일보다 더 훌륭합니다. 술을 흘리는 일은 없으니 흘린 술맛은 볼 수 없을 겁니다."

그러고는 새 술잔에, 최상품 포도주가 가득 찬 항아리를 가져오게 해서 사절들에게 손수 정성스럽게 술을 따라 주었습니다. 포도주를 맛본 제리와 사절들은 지금껏 마셔온 술보다 더 고급 포도주라고 한목소리로 말했습니다. 제리는 크게 칭찬하였을 뿐만 아니라 사절들이 머무는 동안 거의 매일 아침 포도주를 마시러 가게에 들렀습니다.

사절들이 임무를 마치고 로마로 돌아갈 시간이 되었으며, 제리는 손님을 초대하여 환송연을 베풀었습니다. 치스티에게도 참석하라고 했습니다. 그런데 치스티는 그 자리에 참석하지 않으려 했습니다.

제리는 하인에게 치스티에게 가서 백포도주 한 병을 얻어다 첫 요리가 나올 때 손님들의 잔에 절반만 따르라고 일렀습니다. 하인은 아직 한 번도 그 포도주를 마시지 않았기에 속으로 기분 나빠 하며 일부러 큼직한 병을 들고 찾아갔습니다.

치스티는 그 병을 보고 말했습니다.

"여보, 제리 님이 당신을 보내신 게 아니지?"

하인은 몇 번이나 제리가 보내서 왔다고 말했지만 치스티가 인정하지 않자 주인에게 돌아가 경위를 보고했습니다. 그러자 제리는 다음과 같이 말했습니다.

"다시 가서 틀림없이 내가 보냈다고 말해라. 그래도 납득하지 않거든 내가 누구에게 심부름을 보냈느냐고 물어보아라."

하인은 치스티에게 가서 말했습니다.

"틀림없이 제리 님은 당신한테 나를 심부름 보내셨습니다."

치스티는 그럴 까닭이 없다고 외면했습니다. 하인은 화가 나서 물었습니다.

"제리 님은 누구에게 심부름을 보내셨단 말입니까?"

치스티는 대답했습니다.

"아르노 강이겠지."

하인이 이 말을 제리에게 전하니 그는 문득 생각이 나 하인에게 말했습니다.

"네가 들고 간 물병을 가져오너라."

그 병을 보더니 하인을 꾸짖고는 포도주 담기에 알맞은 병을 하인에게 주어 보냈습니다.

치스티는 그제야 그럼 그렇지 하는 표정으로 말했습니다.

"이번에는 틀림없이 나리가 당신을 보내신 거야."

빵 장수 치스티와 제리의 우정_ 치스티의 지혜로운 행동에 제리는 감동하여 그와 절친한 사이가 된다. **중세 필사본 그림.**

그러고는 그 병에 포도주를 채워 보냈습니다.

그런 다음 술통에 같은 포도주를 가득 담아 제리 씨 댁에 몰래 전하게 해 놓고 제리를 만나러 갔습니다.

"나리, 제가 오늘 아침에 큰 병을 보고 깜짝 놀라서 하인을 돌려보낸 줄로 아신다면 유감스럽습니다. 하지만 일전부터 작은 병에 드린 것은, 이것이 하인들에게 마시게 할 포도주가 아니기 때문이었는데 그걸 잊으셨나 하고, 오늘 아침 나리께서 그 생각을 해주십사고 그랬던 것입니다. 이제 나리를 위해 포도주지기 노릇을 하고 싶지가 않아 포도주를 전부 갖고 왔습니다. 그러니 좋으실 대로 처분하십시오."

제리는 치스티의 선물을 고맙게 생각하고는 그에 맞는 보답을 했습니다. 두 사람은 친구처럼 친한 사이가 되었습니다.

논나 데 풀치 부인의 이야기

팜피네아의 이야기가 끝나자 모두 치스티의 현명한 처신을 칭찬하였습니다. 여왕은 라우레타를 지명해 다음 이야기를 하도록 했습니다. 라우레타는 기꺼이 이야기를 시작했습니다.

조금 전 팜피네아가, 또 필로메나가 우리에게 조촐하지만 미덕 있고 때로는 경구가 입에서 나온다는 이야기를 했지요. 제가 한마디 하고 싶은 것은, 경구는 본질적으로 양이 사람을 무는 것 같은 것이라야지, 개처럼 물어뜯는 것이어서는 안 된다는 것을 기억해야 합니다. 경구가 개처럼 물면 이미 경구가 아니라 욕설이 되지요. 정말 오레타 부인의 말이나 치스티의 대답은 훌륭한 경구라고 할 수 있습니다.

오래전 일입니다만, 우리 시의 사교(司敎)가 이런 일에 별로 주의를 기울이지 않았기에 자기가 말한 것 이상으로 심하게 물어뜯긴 적이 있었지요.

명예도 드높은 고위 성직자인 안토니오 도르소 님이 피렌체의 사교로 계실 때, 로베르토 왕의 군단장이던 데고 델라라타라는 카탈라니아의 귀족이 피렌체에 찾아왔습니다.

그는 용모도 단정했고 대단한 호색가였는데 피렌체 여성 가운데 안토니오 도르소 사교 아우님의 질녀뻘 되는 부인이 마음에 들었습니다.

군단장은 아름다운 부인의 남편이 욕심 많고 뱃속이 검고, 특히 돈을 무척 밝히는 사람이라는 것을 알았습니다. 그는 부인의 남편을 만나 흥정했습니다.

"부인과 하룻밤 자게 해주면 피오리노 금화를 500개 주겠소."

남편은 벌컥 화를 냈지만, 금화 500개는 웬만한 부자들도 엄두가 나지 않는 액수였기 때문에 못 이기는 척 군단장의 제안을 들어주었습니다. 군단장은 금화로 부인과 하룻밤을 즐겼습니다. 다음날 포폴리노 은화를 도금해서 부인의 남편에게 주었습니다. 이 사실이 세상에 알려져, 속이 검은 남편은 손해를 보았을 뿐만 아니라 세상의 웃음거리가 되고 말았습니다. 안토니오 도르소 사교는 영리한 사람이었기에 그런 일은 전혀 모르는 척 외면했습니다.

사교와 군단장은 일로 자주 만났기에 서로 그 일에 대해서는 말하지 않았습니다. 성 요한 축제일이었습니다. 말을 타고 경마가 거행되는 경마장으로 걸어가는데 앞에서 가던 젊은 여자가 사교의 눈에 들어왔습니다.

그녀는 한창 번지는 페스트에 걸려 눈을 감았지만, 여러분도 아실 만한 알렛시오 리누치의 사촌동생인 논나 데 풀치 부인이었어요. 그녀는 나이도 젊고 매우 아름다웠으며 말솜씨도 좋고 상냥한 분으로, 포르타 산피에로의 남편에게 시집 온 지 얼마 안 될 무렵이었습니다.

사교는 군단장에게 그녀를 가리키며, 그녀 곁으로 다가가 군단장의 어깨에 손을 얹고 말했습니다.

"논나 님, 이분을 어떻게 생각하시나요? 한번 잘 해보시지 않겠습니까?"

이 말을 들은 논나 부인은 자기의 정결함이 더럽혀진 듯했습니다. 게다가 주위에서 이 말을 듣는 사람들에게 오해를 받을 소지도 있었기에, 여러모로 불쾌함을 드러낼 필요가 있다는 생각으로, 사교의 말

군단장과 사교를 질타하는 젊은 부인_ 은화를 도금하여 사교의 질녀를 속인 군단장을 한마디로 비꼬는 젊은 여인의 장면이다. **중세 필사본 그림.**

에 반발했습니다.

"사교님, 이분은 저를 정복하지 못할 거예요. 저는 진짜 돈을 갖고 싶어요."

이 말을 듣고 군단장도 사교도 얼굴이 화끈거려 고개를 들 수 없었습니다. 한 사람은 사교 아우의 질녀에게 파렴치한 짓을 한 장본인이고, 다른 사람은 자기 아우의 질녀가 당한 피해자였으니까요.

두 사람은 서로 얼굴도 쳐다보지 못하고 말도 못한 채 슬금슬금 그자리를 떠났으며, 그녀와는 말 한마디도 하지 못했습니다. 젊은 부인의 비꼬는 말에 주변에 있던 사람들은 그녀를 비난하기보다 칭찬하였습니다.

키키비오의 이야기

라우레타가 이야기를 마치자 모두 논나를 칭찬했습니다. 여왕은 이번에는 네이필레더러 이야기하라고 분부했으므로 그녀가 말문을 열었습니다.

순간적인 기지는 때에 따라 화술가에게 당장은 유리하고 훌륭한 명언을 토하게 하는 것입니다만, 운명은 때로 겁쟁이에게 구원의 손을 뻗어 여느 때 같으면 생각하지도 못할 근사한 말을 그들의 말에 얹어주기도 합니다. 나는 순간적 기지가 주는 지혜의 힘을 이야기에서 밝히고자 합니다.

쿠라도 잔필리아치에 관해서는 여러분께서 이야기로 듣기도 하고 만나기도 하셨을 줄 압니다만, 우리 피렌체에서는 정말로 의젓하고 활달한 시민이었습니다. 그는 언제나 개를 훈련해 사냥에 정신을 쏟았습니다. 어느 날, 그는 페레톨라 근처에서 매를 이용하여 학을 한 마리 잡았습니다. 그는 베네치아 태생의 요리사 키키비오에게 저녁 식사 때 먹을 테니 맛있게 요리해 놓으라고 했습니다.

소탈하고 재미난 성품인 키키비오가 학을 구을 때 이웃집 아낙이 들어왔습니다. 평소 키키비오가 홀딱 반한 여자였습니다. 아낙은 학의 다리 하나를 달라고 졸랐습니다. 키키비오가 안 된다고 하자 아낙은 자신도 그가 갖고 싶어 하는 것을 주지 않겠다고 했습니다. 키키비오는 나중 일은 생각하지도 않고 아낙네에게 학 다리를 뚝 떼어 주었습니다.

키키비오가 쿠라도와 손님들에게 한쪽 다리가 없는 학 요리를 내놓자 쿠라도는 어떻게 된 거냐고 물었습니다. 이 베네치아 거짓말쟁이는 서슴없이 대답했습니다.

"나리, 원래 학은 다리가 하나밖에 없습니다."

쿠라도는 화가 났지만 손님 앞이라 참고 으름장을 놓았습니다.

"너는 다리 하나짜리 학을 내게 보여주어야 할 것이다. 아니면 사는 동안 내 이름을 고통스럽게 기억하도록 혼내줄 테니 그리 알아라."

다음 날 해 뜰 무렵 쿠라도는 키키비오를 데리고 들판으로 나갔습니다. 쿠라도의 화가 가라앉지 않은 것을 눈치챈 키키비오는 달리 꾸며낼 말이 없었습니다. 초조한 그는 고개를 푹 숙이고 뒤를 따라갔습니다. 이윽고 학이 모여 있는 들판이 나오자 학 열두 마리가 잠을 자고 있었습니다. 그런데 하나같이 한 다리로 서서 자고 있는 것입니다. 학은 체온조절 때문에 한 다리를 깃털에 숨기고 한 다리로만 서서 잠을 자는 새입니다. 키키비오는 쿠라도에게 한 다리로 자고 있는 학을 가리키며 말했습니다.

"나리, 엊저녁에 제가 말씀드린 게 정말이지요."

쿠라도는 어이없어 그에게 말했습니다.

"학 다리가 둘이라는 것을 보여주마."

그는 학을 향해 "훠이, 훠이!" 소리를 질렀습니다. 그러자 학들은 두 다리를 쭉 펴고 날아갔습니다.

쿠라도는 키키비오에게 말했습니다.

"이 거짓말쟁이야. 다리가 둘이라는 것을 똑바로 보았지."

키키비오는 우물쭈물 대답했습니다.

키키비오와 학의 다리_ 학의 다리를 놓고 설전을 벌이는 키키비오와 쿠라도의 그림이다. **중세 필사본 그림.**

"하지만 나리는 엊저녁에 '훠이, 훠이' 하고 외치지 않으셨습니다. 그러셨더라면 그 학도 한쪽 다리를 마저 내놓았을 텐데요."

쿠라도는 기가 찼지만 그 대답이 마음에 들었으므로 웃으며 키키비오를 용서했습니다. 키키비오는 재치 있고 유쾌한 한마디로 곤란한 처지도 면하고 주인과 더 친밀해졌습니다.

다섯 번째 이야기

조토 디 본도네의 이야기

네이필레가 이야기를 마치자 키키비오의 기지에 부인들은 즐거워했습니다. 팜필로가 여왕의 명령을 받아 다섯 번째 이야기를 시작했습니다.

친애하는 부인들이시여, 지금부터 피렌체에서 살고 있는 두 시민에 대한 이야기를 하겠습니다. 한 사람은 포레제 다 라바타인데 키가 몽땅하고 모양 없이 생긴 데다가 코가 꽉 주저앉아서 바론치 가문의 가장 흉한 사람보다 훨씬 추할 거라고 생각될 만큼 세상 보기 드문 추남입니다. 그런데 추한 생김새와는 달리 법률에 정통하여 이름 있는 사람들까지도 민법의 대가로 칭송할 만큼 훌륭한 인물이었습니다.

다른 한 사람은 조토(조토 디 본도네)라는 천재적인 화가였습니다. 그의 천재적인 재질로 말할 것 같으면 만물의 어버이이며 하늘의 끊임없는 운행의 조작자인 자연이 아무것도 보탤 필요가 없을 정도로 우수한 예술가였습니다. 그러나 이 사람 또한 외모나 체격이 포레제보다 낫다고 하기엔 무리가 있습니다.

두 사람 모두 무젤로에 소유지가 있었는데, 마침 같은 시각에 그곳을 방문하고 돌아오다 만났습니다. 그때 소나기가 쏟아져서 친구 사이인 두 사람은 한 농가에서 비를 피했습니다. 비가 그칠 기미가 안 보이

조토의 마상길 _ 조토와 포레제가 말을 타고 가는 장면을 묘사한 그림이다. **중세 필사본 그림.**

고, 두 사람 모두 그날 피렌체로 돌아가야 했기 때문에 로마냐 지방에서 쓰는 낡은 망토와 너덜너덜한 모자를 쓰고 말을 몰아 길을 떠났습니다. 가다 보니 옷은 물에 빠진 생쥐 꼴이 되고, 말이 차올린 진흙으로 온몸은 진흙투성이가 되었습니다.

입담 좋은 조토의 말에 귀를 기울이던 포레제는 자기 꼴은 생각지도 않고 조토를 흘끔거리며 말했습니다.

"조토, 자네를 한 번도 본 적 없는 사람이 지금 자네를 본다면 과연 세계 제일의 화가라고 여길까?"

조토가 1초의 망설임도 없이 대답했습니다.

"포레제, 그 사람이 자네를 보고 '이 사람이 ABC 정도는 알고 있겠지!' 한다면 나는 당연히 세계 제일의 화가로 생각할 걸세."

그제야 포레제는 자신의 허물을 발견하고는, 가는 말이 고와야 오는 말이 곱다는 것을 제대로 깨달았습니다.

조토 디 본도네의 자화상_ 르네상스 회화의 새로운 장을 연 이탈리아 화가. 나폴리 궁정화가인 조토는 설득력 있는 상황을 그리기 위해 비잔틴적 요소에 자연주의적 양식을 결합했다. 생생하고 입체적인 인물 묘사는 다빈치, 존 러스킨, 보카치오, 헨리 무어 등 수많은 예술가에게 칭송을 받았다.

미켈레 스칼차의 이야기

부인들은 조토의 재치 있는 대답에 한바탕 웃음꽃을 피웠습니다. 여왕의 명령대로 피암 메타가 이야기를 시작했습니다.

지금 팜필로가 거론한 바론치 가문의 일은 여러분께서는 잘 알지 못하 리라고 생각합니다. 그 이야기에서 제 기억에 바론치 가문에 얽힌 이 야기가 떠올랐습니다. 그 가문이 얼마나 고귀한 문벌가였는지를 증명 해 주는 이야기입니다만, 오늘의 주제에 어긋나지 않는다고 생각되어 이야기합니다.

피렌체에 미켈레 스칼차라는 사람이 살았던 것은 그리 오래된 일은 아닙니다. 그는 세상에서도 드물게 보는 믿음직스럽고 쾌활한 젊은이 로 언제나 색다른 이야깃거리를 마련해 놓고 있었습니다. 그래서 피렌 체의 청년들은 모임을 할 때마다 그가 참석하기를 은근히 기대했으며 그 역시 모임에서 재미있는 이야기하는 것을 즐거워했습니다.

어느 날 미켈레에게 논쟁을 불러일으킬 만한 일이 벌어졌습니다. 그 가 친구들과 우기의 언덕으로 올라가고 있을 때 그들 사이에서 어느 가문이 피렌체 제일의 귀족이며, 오래된 집안일까를 두고 말씨름이 벌 어졌습니다.

미켈레의 가문 논쟁 _ 미켈레와 그의 친구들이 가장 오래된 가문이 어떤 가문인지를 놓고 논쟁을 벌이는 장면이다. **중세 필사본 그림.**

누구는 우베르티 가문이라 하고 누구는 람베르티 가문이라 하고 저마다 다른 가문을 들먹이는데 미켈레가 빙그레 웃으며 바론치 가문이라고 했습니다. 친구들은 그를 비웃었습니다. 그러자 미켈레가 말했습니다.

"그럼 누구, 나하고 내기하지 않겠나? 내기에 진 사람이 이긴 사람에게 저녁을 대접하되, 이긴 사람뿐만 아니라 그가 선택한 친구 여섯 명까지 대접하는 걸로 말이야."

네리 마니니가 내기에 응했습니다. 친구들은 피에로 디 피오렌티노를 심판으로 뽑고 그의 집으로 몰려갔습니다. 다른 축들도 미켈레가 져서 당황하는 꼴을 보고 싶어서 우르르 몰려가 이 문제를 논의했습니다. 피에로는 신중한 사내였으므로 먼저 네리의 이야기를 듣고 미켈레에게 자신의 주장을 증명해 보이라고 했습니다. 미켈레가 말했습니다.

"인간들은 오래될수록 귀하다고 하네. 그러니 바론치 가문이 가장 오래됐다고 하면 귀족성이 가장 높다는 말이 되겠지. 여기서 내가 말하고자 하는 것은, 바론치 가문은 신께서 그림을 익히기 시작할 때 창조하신 집안이라는 걸세. 다른 가문들은 신의 그림 솜씨가 어느 수준에 이르렀을 때 창조하신 집안이고 말이지. 다른 가문 사람들은 신체의 균형이 잘 잡혀 있는데, 바론치 가문 사람들은 그렇지가 않거든. 어떤 자는 길고 좁은 얼굴인가 하면, 어떤 자는 얼굴이 넓고, 어떤 자는 코가 기다랗고 어떤 자는 짧다네. 주걱턱도 있고 당나귀 턱도 있어. 또 한쪽 눈이 다른 쪽보다 큰 자도 있고, 볼이 축 처져서 붙은 사람도 있지. 그야말로 그림을 막 배우기 시작한 어린아이가 그린 얼굴이 아닌가. 바론치 가문은 신께서 그림을 익힐 무렵에 만든 집안임이 분명하네. 따라서 다른 가문보다 오래되었고 고귀한 가문이라 해야 하지 않겠나?"

이렇게 설명하는 것을 듣고 심판인 피에로도 저녁 내기를 건 네리나 다른 친구들도 모두 그 사실을 깨달아 그가 이겼음을 인정했습니다. 그 자리에 모인 사람들은 피렌체는 물론이고 전 세계를 통틀어 바론치 집안이 가장 오래된 가문이라고 동의했습니다.

일곱 번째 이야기

필리피 부인의 이야기

피암메타의 이야기는 끝났으나 바론치 가문이 다른 귀족 가문보다 뛰어나다고 한 미켈레의 색다른 논지에 부인들은 여간해서 웃음이 그치질 않았습니다. 여왕은 일행이 모두 웃는 가운데 필로스트라토에게 다음 이야기를 하도록 명했습니다. 필로스트라토는 웃으면서 이야기를 시작했습니다.

이야기 솜씨가 좋다는 것은 바람직한 일입니다만, 특히 그것이 꼭 필요해 솜씨 있게 이야기할 수 있다는 것은 대단한 재능이라고 생각합니다. 제가 이야기하려는 귀부인이야말로 그것을 잘하는 사람이었죠. 이분은 교묘한 화술로 듣는 사람을 기쁘게 하였습니다. 여러분이 제 이야기를 들으시면 귀부인의 화술 실력이 어느 정도인지 충분히 아시리라 믿습니다.

옛날에 프라토에 사람들에게 비난받는 법률이 있었습니다. 이 법률은 정부와 간통하는 현장을 남편에게 들킨 여자도, 돈을 받고 남자에게 몸을 파는 장면을 발각당한 여자와 마찬가지로 차별 없이 화형에 처한다는 법률이었습니다.

아직 그 법률이 시행될 때의 이야기입니다. 필리피 부인이라는 바람기 많은 미녀 귀부인이 자기 방에서 목숨보다 더 사랑하는 젊은 미남 귀족 라차리노 데 과찰리오트와 껴안는 모습을 남편 리날도 데 풀리에지에게 들켰습니다.

현장을 목격한 남편 리날도는 그만 눈이 뒤집혀 당장 두 사람을 죽이려고 했으나 꾹 눌러 참았습니다. 자신의 손으로 죽이기보다는 법률의 힘을 빌려 태워 죽이는 것이 후련하다고 생각했기 때문입니다.

리날도는 아내의 죄를 증명할 만한 증거가 충분했으므로 날이 밝자 재판소에 고소하여 아내를 소환하도록 했습니다.

사랑하는 여인들이 그렇듯이 이 여인은 대담했다. 친구와 친척들이 말렸는데도 출두하여 있는 그대로를 고백하고 깨끗하게 죽는 편이 낫다고 결심했습니다.

재판을 맡은 시 장관은 필리피 부인이 미인인 데다 행동거지가 고상한 것을 보고 동정심이 일었습니다. 그러나 신문해야 할 처지였으므로 남편이 제소한 바가 사실이냐고 물었습니다. 부인은 조금도 당황하지 않고 명랑한 목소리로 대답했습니다.

"재판장님, 리날도가 제 남편이고 어제저녁에 그가 라차리노와 함께 있던 저를 목격하였다는 것도 인정합니다. 그것은 제가 그를 진심으로 사랑했기 때문에 그렇게 했던 것입니다. 당신께서도 아시리라 믿습니다만, 법률은 평등해야 하지 않겠습니까. 그리고 그에 관련된 모든 사람의 동의 아래 만들어져야 하지 않습니까. 그러나 이 법은 그렇게 만들어지지 않았습니다. 왜냐하면 여자는 남자보다 많은 상대를 만족하게 할 수 있는데도 여자만을 심하게 구속하기 때문입니다. 그뿐 아니라 이 법이 만들어질 때 여자들의 동의나 의견을 구한 적도 없습니다. 그러므로 이 법은 악법이라 불러 마땅한 줄 압니다. 그런데도 장관님의 마음을 외면하면서까지 이 법의 집행자가 되고 싶다면 서슴지 말고 그리하십시오. 다만 판결을 내리기 전에 약간의 자비를 베풀어 주시길 바랍니다. 남편이 저를 원했을 때 한 번이라도 마다한 적 있는지 그에게 물어봐 주십시오."

필리피 부인의 정사와 재판_ 남편인 리날도에게 정사 장면이 발각된 필리피 부인이 재판정에서 자기의 처지를 재치있게 변호하는 장면이다. **중세 필사본 그림.**

리날도는 자기가 원할 때 아내가 거절한 적이 없다고 대답했습니다. 남편의 말을 들은 부인이 계속해서 이야기했습니다.

"그렇다면 묻겠습니다. 남편이 저한테 언제나 얻는 그것을 제가 주체하지 못한다면 어떻게 해야 할까요? 개에게라도 던져주어야 할까요? 저를 자기 목숨보다 더 사랑하는 한 귀족의 요구에 응하는 편이 그것을 허비하거나 썩혀버리는 것보다 훨씬 좋지 않을까요?"

법정에는 이름 있는 귀부인의 재판이 벌어졌으므로 온 프라토 사람들이 몰려와 방청하고 있었는데, 그녀의 통쾌한 진술을 듣고는 모두 웃음을 터뜨렸습니다. 그리고 그들은 부인의 말에 동감했습니다. 그리하여 이 잔혹한 법은 돈을 받고 남편을 배신한 여자에게만 적용하기로 했습니다. 뜻밖의 상황에 리날도는 멍하니 있다가 법정을 나갔습니다. 화형을 면한 부인은 자유의 몸이 되어 의기양양하게 집으로 돌아갔답니다.

치에스카의 이야기

필로스트라토의 이야기에 귀를 기울이던 부인들의 얼굴이 붉어졌습니다. 서로 얼굴을 마주 보며 웃음이 터지려는 것을 참으면서 이야기를 경청했습니다. 이야기가 끝나자 여왕은 에밀리아를 바라보며 다음 이야기를 명했습니다. 에밀리아는 깊은숨을 쉬고는 입을 열었습니다.

프레스코 다 첼라티코에게 치에스카라는 애칭으로 불리는 조카딸이 있었습니다. 그녀는 얼굴도 맵시도 아리따운 아가씨였습니다. 그녀는 항상 아름답다거나 기품 있다는 칭찬을 한몸에 받았기에 콧대가 높았습니다. 그러다 보니 눈에 띄는 사람은 남녀를 불문하고 흉을 보는 나쁜 버릇이 있었습니다.

그녀는 성미가 까다롭고 쉬 싫증을 내며 화를 잘 냈으므로 자기 마음에 드는 일이라고는 없었습니다. 게다가 어찌나 거만했든지 프랑스 왕가의 고귀한 분도 이보다 거만하지는 않았을 것이라고 생각할 정도였습니다.

그래서 길을 가다가 쓰레기 타는 고약한 냄새가 코를 찔렀을 때와 같이 어쩌다 사람을 만나면 악취를 맡기라도 한 것처럼 얼굴을 찡그리는지 주위 사람들이 못마땅해하곤 했습니다. 이 외에도 까다롭고 다루기 힘든 성질이 있었습니다만 그것은 잠시 접어두기로 하지요.

어느 날 그녀가 집으로 돌아가니 큰아버지 프레스코가 와 있었습니다. 그녀는 잔뜩 찡그린 얼굴을 하고 그의 곁에 앉으면서 '후우' 한숨을 내쉬었습니다. 프레스코가 조카딸에게 무슨 안 좋은 일이 있나 싶어 물어 보았습니다.

"치에스카, 오늘은 축제일인데 왜 이리 일찍 돌아왔니?"

그녀는 무뚝뚝하게 대답했습니다.

"오늘처럼 거리에 불쾌하고 멋없는 남녀가 득시글거린 적은 없었으니까요. 게다가 길을 오가는 사람도 불쾌한 느낌을 주는 사람들 천지니, 정말 운수가 사나워. 큰아버지, 정말 나만큼 불쾌한 것을 많이 보게 되는 사람도 없을 거예요. 더 보지 않으려고 일찍 돌아온 거예요."

프레스코는 그 말을 듣자 조카딸의 세상 하찮게 보는 태도가 더욱 못마땅했습니다.

"치에스카야 네가 말하듯이 불쾌한 것들이 마음에 들지 않거든, 그리고 언제나 즐거운 마음으로 있고 싶거든, 앞으로는 거울에 네 얼굴을 비추어 보지 않는 것이 좋겠다."

속이 빈 갈대 이상으로 머리가 빈 주제에 솔로몬 왕과 자신을 비교할 마음뿐인 그녀는 프레스코의 경구도 마이동풍이었고 무슨 의미인지도 알아듣지 못했습니다. 오히려 그렇지 않아도 거울에 자기 얼굴을 비추어 볼 작정이라고 대답하는 형편이었습니다. 이렇게 그녀는 어리석은 여자인 채 현재도 그런 생활을 하고 있습니다.

귀도 카발칸티의 이야기

여왕은 에밀리아의 이야기가 끝나자 자신과 디오네오밖에 남지 않았다고 말했습니다. 그러면서 아홉 번째 이야기를 시작했습니다.

오늘 제가 하려는 이야기를 두 개나 여러분이 먼저 했기 때문에 마지막으로 준비해 두었던 이야기를 하고자 합니다. 먼저 일러두고 싶은 것은 우리가 사는 피렌체에는 칭찬할 만한 아름다운 풍습이 있었다는 겁니다. 그것은 각지의 귀족들이 모여 단체들을 만들고, 비용을 내는 사람을 입회시켜 친목을 도모하는 일이었지요. 그러나 사람들이 유복해지면서 탐욕이 늘자 그러한 좋은 풍습은 자취도 없이 사라져 오늘날에는 아무것도 남아 있지 않습니다.

그러한 풍습이 있을 때의 일입니다. 베토 브루넬레스키도 그 풍습을 이어받은 클럽의 회원이었습니다. 베토와 동료 회원들은 카발칸테 데 카발칸티의 아들 귀도를 입회시키려고 무진 애를 썼습니다. 귀도는 세상에서 손꼽히는 논리학자이자 물리학자, 웅변가로 행동거지가 우아하고 예의바를 뿐 아니라, 하고자 하는 일이 있으면 그것이 귀족에게 적합한 일이라면 그 누구보다도 훌륭하게 해낼 사람이었기 때문입니다. 게다가 돈까지 많아서 자신이 가치 있다고 여긴 사람들에게는 최

귀도와 베토_ 베토를 비롯한 회원들이 귀도를 입회시키려 했지만, 귀도는 그들에게 무언의 행동으로 자기 뜻을 밝힌다. **중세 필사본 그림.**

고의 영예를 주어 후원하기를 마다하지 않았습니다.

　그러나 베토는 귀도를 입회시킬 수 없었습니다. 베토는 그를 입회시킬 수 없는 이유가 귀도가 가끔 사색에 잠겨 현실과 동떨어진 생활을 하기 때문이라고 믿었습니다. 게다가 귀도는 쾌락주의적 의견이 있어서 그의 사색은 신이 존재하지 않는다는 것을 발견하려는 안간힘일 것이라고 사람들은 수군거렸습니다.

　그러던 어느 날, 귀도가 묘석과 무덤이 많은 산조반니 사원 근처를 산책할 때였습니다. 베토가 클럽 회원들과 함께 말을 타고 가다가 묘지에 있는 귀도를 발견했습니다. 일행은 귀도를 놀려주기로 모의하고 습격하듯 다가가 말을 걸었습니다.

　"귀도, 자네는 우리 클럽 회원이 되기를 꺼리는 모양인데, 만약 신의 부재를 확인한다면 어떻게 할 작정인가?"

귀도가 대답했습니다.

"제군, 본시 자기집에 있을 때에는 함부로 지껄이는 법이지."

그런 뒤 귀도는 묘석을 훌쩍 뛰어넘어 사라졌습니다. 사람들은 한동안 멍하니 있다가 저놈은 미쳤다느니, 별말도 아니라느니 하며 떠들어댔습니다. 이때 베토가 입을 열었습니다.

"귀도는 짧은 말로 품위 있게 면박을 준 것이네. 여기 있는 숱한 묘석은 죽은 자들이 살고 있는 죽은 자들의 집일세. 그것을 우리의 집이라고 했으니, 우리나 교양 없고 학문 없는 자들은 죽은 자보다 못하다고 비꼰 것일세."

이 말을 듣고 모두 부끄러워했으며, 다시는 귀도에게 클럽 회원이 되라고 권하지 않았습니다. 그리고 베토를 머리 좋고 이해력 풍부한 기사라고 여기게 되었습니다.

열 번째 이야기

치폴라의 이야기

디오네오가 열 번째 이야기를 할 차례가 되었습니다. 그는 기다렸다는 듯 귀도 카발칸 티의 날카로운 경구에 감탄해 마지않는 사람들에게 집중해 달라고 요구하며 이야기를 시작하였습니다.

저는 제가 가장 마음에 드는 이야기를 할 특권을 얻었습니다. 하지만 오늘은 여러분이 훌륭하게 이야기한 주제에서 벗어나지 않을 이야기 를 할 생각입니다.

　여러분의 이야기에 보조를 맞춰 성 안토니오회 수도사 한 분이 젊은 이 두 명에게 모욕을 당하려는 순간 얼마나 재치 있고 교묘하게 모면 했는지에 관한 이야기를 하겠습니다.

　여러분도 들었을 줄 압니다만 체르탈도라는 거리는 피렌체의 근교 발델사에 있는 성 밑 거리입니다. 자그마한 성 밑 거리이기는 하지만 귀족이나 큰 부자들이 많이 살던 곳이었습니다.

　이 거리에서는 좋은 목초가 난다고 해서 성 안토니오회 수도사 한 분 은 한 해에 한 번 거리의 우매한 자들로부터 연보를 받아갔습니다. 그 의 이름은 치폴라라고 했는데, 이 지방이 토스카나 지역에서 유명한 양 파(치폴라) 산지였기에 수도사 치폴라는 크게 환영받았습니다.

　치폴라는 귀염성 있게 생긴 붉은 얼굴에 체구가 왜소한 수도사였습니다. 그리고 세상에서 드물게 보는 유쾌한 인물이기도 했지요. 게다가 아무런 학문을 배우지 않았는데도 임기응변에 능했고 그를 잘 모르는 사람들은 수사학의 대가라고 생각했습니다. 이처럼 인간적인 면모를 갖춘 분이었기에 이 지역 사람의 친구이자 아버지 같은 사람이자 자애로운 수도사였습니다.

어느 해 8월, 어김없이 이 거리를 찾은 치폴라는 일요일 아침 미사를 드리러 온 사람들에게 말했습니다.

"여러분은 해마다 신앙 정도에 따라 거룩한 성 안토니오 님의 가난한 종에게 밀이나 곡식 등을 내놓으셨습니다. 이는 성 안토니오 님이 여러분의 소나 당나귀나 양을 지켜주시는 데 대한 성의 표시지요. 나는 그와 같은 성의를 수집하고자 수도회 회장의 지시로 이곳에 왔습니다. 오늘 오후 3시 기도가 끝나고 종소리가 울리면 모두 이 성당 앞으로 모이십시오. 언제나 그랬듯이 나는 설교를 할 테니 여러분은 십자가에 입을 맞추십시오. 그런 뒤에 바다 건너 성지에서 가져온 신성하고 아름다운 유물인 천사 가브리엘 님의 날개를 보여 드리겠습니다. 가브리엘 님이 나사렛에 오셨을 때 성모 마리아 님의 방에 남기고 가신 것입니다."

성당에서 치폴라의 이야기를 들은 사람들 가운데 짓궂은 청년 두 사람이 있었습니다. 한 명은 조반니 델 브라고니에라이고 다른 한 명은 비아지오 핏지니였습니다. 두 사람은 치폴라의 성스러운 유물 이야기를 비웃었지만, 수도사와 친구 사이였기에 어디 한번 천사의 날개라는 것으로 골탕먹어 보라고 별렀습니다.

두 사람은 그날 아침 치폴라가 언덕 위의 숙소에서 한 친지와 식사를 한다는 것을 알았습니다. 그래서 치폴라가 없는 사이에 그 숙소를 찾아갔습니다. 그곳에는 구초라는 하인이 치폴라의 짐을 지켰는데 어찌나 불결한지 '돼지 같은 구초'라고 불렸습니다. 구초는 그럼에도 스

스로 잘생겼다고 착각하고는 여자 꽁무니만 좇는 사내였습니다. 이런
녀석이었으니, 짐을 지키기는커녕 여관집의 못생긴 하녀 옆에 딱 붙어
앉아 시시덕거리느라 정신이 없었습니다.

두 청년은 어렵지 않게 치폴라의 방으로 들어가 꼭꼭 싸 놓았던 앵무
새 깃털을 찾아냈습니다. 두 사람은 이것이야말로 체르탈도의 선남선
녀에게 보여준다고 약속한 천사의 날개가 틀림없다고 생각했습니다.
사실 그런 것으로도 손쉽게 사람을 속일 수 있었습니다.

청년들은 동방에서 온 앵무새의 깃털을 빼내고는 방구석에 있던 숯
을 넣었습니다. 그러고 나서 치폴라가 이것을 보고 뭐라고 말할지 가
슴을 졸이며 기다렸습니다.

성당에 있던 단순 소박한 선남선녀들은 3시의 일과 뒤에 천사 가브
리엘의 날개를 볼 수 있다는 말을 듣고 미사가 끝나자 집으로 돌아갔

습니다. 그리하여 거의 모든 신남선녀가 거리의 가장 높은 곳에 몰려들어 그 날개를 보려고 기다렸습니다.

이런 것도 모르는 치폴라는 배가 불룩하도록 점심을 먹고 잠깐 눈을 붙였다가 3시 좀 지나서 일어났습니다. 숱한 사람들이 천사의 날개를 보려고 몰려온다는 말을 듣자 하인 구초에게 종과 행낭을 가져오도록 했습니다.

구초는 마지못해 부엌의 하녀 곁을 떠나 지시받은 물건을 가지고 왔습니다. 그는 어찌나 물을 많이 마셨는지 숨이 가빠 성당 입구의 종을 힘차게 쳤습니다.

온 거리의 사람들이 몰려들자, 자기의 소지품을 건드렸다고는 꿈에도 생각지 못하고, 치폴라는 지체 없이 설교를 시작하여 물 흐르듯 지껄여댔습니다. 마침내 천사 가브리엘의 날개를 보여줄 단계에 이르자 엄숙하게 고백의 기도를 올리고 횃불 두 개를 밝히고 두건을 벗고 비단 보자기를 천천히 풀고 상자를 꺼냈습니다. 그러고는 작은 상자를 열었습니다. 하지만 그 안에는 날개는 없고 숯만 가득했습니다.

치폴라는 바보 같은 하인에게 상자를 맡겨 둔 것을 후회했으나, 낯빛 하나 변하지 않고 두 손을 쳐들며 엄숙하게 말했습니다.

"나는 젊어서, 아니 아직 어리다고 할 수 있을 때 태양이 가장 빨리 떠오르는 동방의 여러 나라를 순방한 적이 있습니다. 그때 한 성지를 찾아갔었는데, 그곳에서 예루살렘의 가장 훌륭한 대주교이며 존경할 만한 신부인 논미블라스메테 세보이피아체를 만났습니다. 이분이 내게 성스러운 유물을 보여 주셨는데 정말 대단했습니다. 온전히 썩지 않은 성령의 손가락, 성 프란체스코에게 모습을 나타내신 성령 세라피노의 앞머리, 케루비니 천사들의 손톱, 세 명의 동방박사에게 나타난 별빛, 성 마카엘이 악마와 싸울 때 흘린 땀이 담긴 작은 병, 성 나사로를 죽음으로 몰고 간 턱 등이었죠. 거기서 내가 모렐로 산 비탈면을 그린 그림이라든가, 이탈리아 지방어로 번역하여 쓴 카프레치오의 책 몇 권을 드렸더니, 대주교는 자신의 신성한 유물 가운데 성녀 크로체의 앞니라든가, 솔로몬 신전의 종소리를 담은 작은 병, 천사 가브리엘의 날개, 성 게라르도 다 빌라마냐의 나막신 한 짝을 주셨습니다. 그리고 성 로렌초가 불에 타 죽어 순교자가 되었을 때 남은 숯도 주셨습니다. 나는 천사 가브리엘의 날개가 상하지 않도록 작은 상자에 넣고, 성 로렌초를 태운 숯도 다른 상자에 보관했습니다. 그런데 이 두 상자가 비슷하게 생겨 뒤바뀌고는 합니다. 바로 지금 그와 같은 일이 일어났습니다. 하지만 나는 이것이 잘못이 아니라 신의 거룩한 뜻이라 생각합니다. 하느님께서는 이틀 뒤에 이곳에서 성 로렌초 축제가 거행된다는 것을 상기시키기 위해 숯이 든 상자를 건네신 것입니다. 그러니 여러분은 모자를 벗고 여기 나오셔서 경건한 마음으로 숯을 보아 주시기 바랍니다. 이 숯으로 그린 십자가를 받으면 누구라도 1년간은 화상을 입을 일이 없다는 걸 알려 드립니다."

치폴라는 숯을 손에 들고 그들 곁으로 다가가 흰 셔츠와 조끼, 부인들의 베일에 뚜렷하게 알아볼 수 있도록 커다란 십자가를 그리기 시작했습니다. 십자를 그리면서 그는 이제까지 자주 경험했지만 아무리 십자를 그려도 상자 속의 숯은 늘 그대로라고 되풀이해서 말했습니다. 이렇게 해서 치폴라는 천사의 날개를 빼앗아 골탕먹이려고 한 두 청년의 간계를 임기응변의 지혜로 막아 오히려 두 청년을 골려 주었습니다.

두 청년은 성당에 참석해 그의 설교를 들었는데, 순간적인 기지로 곤경을 감동의 자리로 만들고 교묘한 화술로 설교 내용을 먼 데서부터 끌어오는 그의 솜씨에 턱이 아플 정도로 한바탕 웃었습니다. 그러고는 성당에서 사람들이 다 나가자 자신들의 장난을 실토하고 치폴라에게 가

브리엘 천사의 날개를 돌려주었습니다. 이 날개는 다음 해에는 숯 날
개가 올렸던 성과를 훨씬 넘어섰다는 것은 더 말할 필요가 없겠지요.

　디오네오의 이야기가 끝나자 일동은 유쾌하게 웃었습니다. 치폴라
가 하는 짓이 전부 웃음을 유발했지만, 특히 그가 말한 순례 여행의 일
과 신성한 유물 이야기에 이르러서는 몸을 가눌 수 없을 정도로 웃어
쓰러질 **뻔했습니다.**
　그들이 웃음을 멈추지 않는 가운데 여왕은 월계관을 벗어 디오네오
에게 주며 왕이 되기를 청했습니다. 기꺼이 월계관을 머리에 쓴 그는
말했습니다.
　"여러분, 우리는 이제까지 인간의 재치로 여러 가지 방법이 다양하

게 상황을 해결하는 이야기를 했습니다. 그것이 너무나 다양해 이야기하기 전 하녀 리치스카가 나타나지 않았더라면, 저는 내일 이야기의 주제를 발견하느라고 애썼을 것입니다. 다행스럽게도 그녀의 말로 화제를 찾아낼 수 있었습니다. 여러분도 들으신 바와 같이 그녀는 숫처녀인 채 시집간 이웃 아가씨는 없다고 했으며, 또 남편이 있는 아내가 어떻게 남편을 배신하고 골탕을 먹이는가를 덧붙였습니다. 그래서 저는 내일의 이야기 주제를 부인들이 사랑을 위해 혹은 자신을 구하기 위해 남편 모르게 또는 남편을 배신한 부정행위에 대해서 이야기해 주셨으면 좋겠다고 생각합니다."

이에 대해 왕은 대답했습니다.

"여러분, 지금은 남녀가 부정행위를 하지 않도록 조심하기만 하면 그러한 이야기를 화제 삼는 일은 허락되는 시대입니다. 무서운 페스트 때문에 재판관은 법정을 버리고 돌보지 않으며, 신의 규범과 같이 인간의 규범도 침묵하는 이때를 당하여, 생명을 유지하기 위해 무한한 자유가 저마다 허락되고 있다고 생각되지 않습니까? 그러므로 여러분이 이야기 속에서 정절감이 다소 해이해졌다고 해도, 음탕한 행위를 희구했기 때문이 아니라 여러분 자신이나 다른 사람들을 즐겁게 만들어 주기 위한 것이니 장차 점잖은 논의로 다른 누군가를 비난하는 일은 없으리라고 생각합니다. 저는 여러분의 희망을 받아들여 기왕 제안한 것을 취소할 수는 없습니다."

부인들은 이 말을 듣자 그의 제안대로 하겠다고 대답했습니다. 부인들이 승낙하자 왕은 저녁 식사 시간까지 모두에게 자유를 주었습니다. 모두 자유롭게 담소하고 디오네오는 다른 두 청년과 체스를 두며 앉아 있었는데, 엘리사는 부인들을 한쪽 구석으로 불러모아 말했습니다.

"지금까지 여러분께 가보지 않은 장소로 안내하고자 해요. 그곳은 여자의 골짜기라는 곳입니다. 그곳에 가면 매우 기뻐하실 거예요."

부인들은 세 청년을 남겨두고 엘리사를 따라나섰습니다. 부인들과 하녀들이 숲을 지나자 여자의 골짜기에 당도했습니다. 그곳은 골짜기에 안긴 평지가 마치 컴퍼스로 그린 것같이 동그란 모양이었습니다. 둘레는 그다지 높지 않은 여섯 언덕으로 에워싸이고, 여섯 언덕 위에는 아름다운 성곽 모습을 한 작은 저택이 있었습니다. 양지바른 남쪽으로 포도와 올리브, 아몬드, 버찌, 무화과 등 열매 달리는 나무가 많았습니다. 젊은 부인들은 언저리를 둘러보고 이 장소의 아름다움에 탄성을 올리고 마침 무더운 날이어서 누가 엿볼 걱정도 없어 목욕하려고 마음먹었습니다. 하녀들에게 길목에 서서 누가 오나 망을 보게 하고는 일곱 부인은 모두 옷을 벗고는 물로 뛰어들었습니다. 목욕을 마친 부인들은 오랜만에 상쾌했습니다. 그녀들은 목욕을 마치고 세 청년이 있는 곳으로 돌아왔습니다.

저녁 식사에서 모두 여자의 골짜기의 아름다움을 칭송했습니다. 왕은 내일 아침에 그곳에 침대 몇 개를 마련하라고 하인에게 명령했습니다. 밤이 깊어가자 모두 내일을 위해 잠자리에 들었습니다.

제7장

일곱째 날 이야기

테사의 이야기

하인 중 우두머리가 일찍 일어나 어제 주인이 내린 지시에 따라 침대와 의자를 여자의 골짜기에 설치하려고 떠났습니다. 부인들과 세 청년은 그 소리에 잠이 깨 하루 일과를 시작했습니다. 여느 때와 마찬가지로 아침 식사를 마치고 정원을 거닐며 새들에게 질세라 노래를 불렀습니다. 왕은 여자의 골짜기가 궁금하여 모두를 대동하고 그곳으로 향했습니다. 이미 그곳은 침대를 설치해 놓았으며, 프랑스식 커튼 위에 햇빛을 가리는 장막까지 마련되어 있었습니다. 왕은 아름다운 여자의 골짜기에서 에밀리아에게 《데카메론》 일곱째 날 첫 이야기를 하라고 명했습니다.

왕께서 오늘의 주제로 이야기의 실마리를 풀어나갈 사람으로 다른 분을 지명하셨더라면 얼마나 좋았을까요? 하지만 여러분의 이야기에 생기를 불어넣으려는 의도로 저를 지목하신 것이라면 기꺼이 이야기하겠습니다.

옛날에 피렌체의 성 브랑카치오 지구에 잔니 로테링기라는 양모상이 있었습니다. 그는 세상사에는 서투른 편이었지만 장사 솜씨는 매우 뛰어났습니다. 게다가 지극히 순박하여 산타마리아 노벨리 사원 성가대의 대표직을 맡기도 했습니다. 그는 성가대를 감독하고 그 일에 관련된 일을 곧잘 했으므로 그 일을 대단한 자랑거리로 삼고 있었습니다. 그가 그런 직책을 맡은 것은 돈냥이나 만지는 신분이어서 수도사들에게 열심히 모이를 뿌려준 덕택이었습니다.

그에게는 테사라고 하는 귀엽고 아리따운 아내가 있었습니다. 그녀는 쿠쿨리아 거리의 만누치오의 딸로 여간 영리하고 약은 여자가 아니었습니다. 그녀는 남편이 지극히 단순한 남자라는 것을 알고는 미남이며 젊음이 넘치는 페데리고라는 청년과 사랑에 빠졌습니다. 청년 쪽에서도 그녀를 사랑했기에 그녀는 하녀를 보내 남편 소유의 별장으로 와줄 것을 청했습니다. 그녀는 여름이 되면 별장에서 지냈는데 남편은 가끔 와서 자기도 했지만, 아침이 되면 가게나 성당의 성가대 일로 바빴습니다.

부인의 전갈을 받은 청년은 약속한 날 저녁 무렵에 별장으로 찾아갔습니다. 그날 밤은 남편 잔니가 없어서 두 사람은 마음 놓고 뒹굴었으며, 부인은 남편이 자랑삼는 찬가를 여섯 개나 청년에게 가르쳐 주었습니다.

두 사람은 오늘 말고도 계속해서 사랑의 밀회를 나누고 싶었습니다. 일일이 하녀를 보낸다는 것도 비밀 유지에는 도움이 되지 않을 것 같았습니다. 궁리한 끝에 두 사람은 다음과 같이 의논했습니다.

즉, 그녀의 별장보다 조금 높은 지대에 있는 포도밭 말뚝에 당나귀 대가리가 올라앉아 있는데, 그 턱뼈가 피렌체로 향한 날은 안전한 날로, 침실의 문을 세 번 두드리면 그녀가 문을 열어주기로 했습니다. 그와 반대로 당나귀 턱뼈가 피에졸레 쪽으로 향해 있으면 남편이 와 있으니 오지 말라는 신호로 받아들이기로 했습니다. 두 사람은 이런 방법으로 누구도 모르게 밀회를 즐겼습니다.

그러던 어느 날 저녁에 예기치 못한 일이 일어났습니다. 그날 밤에는 페데리고가 와서 저녁을 함께 먹기로 한 날이었습니다. 그녀는 커다란 수탉을 잡아 페데리고를 위해 정성껏 준비했습니다. 그런데 집에 올 까닭이 없었던 남편 잔니가 밤이 깊었을 때 불쑥 나타났습니다.

그녀는 크게 당황하여 약간의 절인 고기로 남편과 함께 식사했습니다. 그리고 하녀에게 맛있게 찜한 수탉과 갓 낳은 달걀과 고급 백포도주 한 병을 냅킨에 싸서 정원에 갖다 놓게 했습니다. 이 정원은 집안을 거치지 않고서도 밀회 장소로 갈 수 있는 위치였습니다. 그녀는 가끔 여기서 페데리고와 저녁 식사를 했습니다. 그녀는 정원의 잔디밭 가의 복숭아나무 밑에 놓아두도록 지시했습니다. 그런데 그녀는 남편 때문에 당황했던지 페데리고가 집안으로 들어오지 말 것을 하녀에게 말하지 않았습니다.

남편과 부인은 침대에 나란히 눕고 하녀 역시 잠이 들었습니다. 그때 아무것도 모르는 페데리고가 와서 문을 두드렸습니다. 그는 가볍게 한 번 문을 두드렸습니다. 입구는 침실과 가까웠으므로 남편도 들었을 뿐만 아니라 부인도 들었습니다. 남편은 아내를 조금도 의심하지 않았습니다.

이윽고 페데리고는 두 번째 노크를 했습니다. 남편이 놀라서 아내를 쿡 찔렀습니다.

"무슨 소리가 나는데 당신 들었소? 아무래도 우리 집 문을 노크하는 것 같은데……."

아내는 남편보다 더 잘 알고 있었습니다. 그녀는 그제야 잠이 깬 체하면서 딴전을 부렸습니다.

"문을 노크하는 소리라뇨? 아이고 무서워라. 잔니 당신은 모르세요. 귀신이에요. 요즘 밤마다 와서 어찌나 무서운지……. 아이고 저 소릴 들으면 이불을 뒤집어쓰고 밝을 녘까지 얼굴을 내밀지 못한다니까요."

"무섭긴 뭐가 무서워. 귀신이라 해도 침대에 눕기 전에 성가를 외웠고, 기도를 드렸으니 귀신도 어쩔 수 없을 거야."

테사의 이야기_ 테사는 순박한 양모상의 아내로, 자신을 열렬히 사랑하는 귀족의 유혹에 빠져 밀회를 즐기는 사이가 된다. 테사는 양모상이 장사하러 멀리 갈 때마다, 집 근처에 있는 당나귀 대가리 모양의 방향으로 신호를 보내서, 귀족이 그것을 보고 집으로 찾아오도록 한다. 하루는 양모상이 길을 떠났다가 휴일임을 뒤늦게 알고 갑자기 돌아온다. 테사는 미처 신호를 돌릴 틈이 없었으므로, 귀족은 집에 찾아와 문을 두들겼다. 이에 남편이 문을 열라 하자 테사가 문을 가로막고 귀신이라고 제지한다. **지노 보카실레의 그림.**

테사의 주문_ 테사는 문을 걸어잠그고 유령을 쫓는 주문을 한다. 기도문 내용에 남편이 돌아왔으니 빨리 돌아가라는 내용을 한마디씩 집어넣고 소리지르며 기도문을 외쳐서, 귀족이 눈치채고 도망치게 한다. **중세 필사본 그림.**

아내는 남편이 의심을 품지 않게 또 페데리고에게는 남편이 있다는 것을 알려야겠기에 일어나 남편에게 말했습니다.

"어머, 그것참 잘됐네요. 당신 나름대로 방법을 취하셨지만, 저는 그것만으로는 안심할 수가 없어요. 그러니까 당신 뒤를 따라 우리 둘이 유령을 쫓는 주문을 외우도록 해요……."

"예전에 어느 여성 은둔자에게 귀신을 쫓는 기도문을 배웠는데 당신도 따라 해 보세요."

아내는 창가에서 남편과 함께 기도를 외쳤습니다.

"잔니, 침을 뱉으세요."

잔니는 퉤 하고 침을 뱉었습니다. 밖에 있던 페데리고는 이 소리를 듣고 질투심도 사라져 맥이 풀렸으나, 웃음이 터지는 것을 참았습니다. 잔니가 침을 뱉자 그는 작은 소리로 "이도 뱉어라"라고 중얼거렸습니다.

아내는 이렇게 유령을 쫓는 주문을 네 번 외우고는 남편과 침대로 돌아왔습니다. 페데리고는 저녁식사 전이었으므로 그녀가 왼 주문의 뜻을 이해하고 정원으로 갔습니다. 그리고 복숭아나무 아래에 있는 수탉과 포도주, 달걀을 가지고 집으로 돌아가 유유히 식사했습니다.

페데레고는 그 후에도 그녀와 밀회를 거듭했으며, 유령을 쫓는 기도 때문에 크게 웃곤 했습니다.

페로넬라의 이야기

에밀리아의 이야기를 듣고 모두 크게 웃고 귀신을 쫓는 기도문이 훌륭하다고 칭찬하였습니다. 왕은 필로스트라토에게 다음 이야기를 하도록 명했습니다. 그녀는 웃으며 말문을 열었습니다.

남자들, 특히 세상의 남편들은 아내를 속이는 일이 많습니다. 그러나 여자가 남자를 속일 때에는 자랑삼아 알려주어야 합니다. 남자가 할 수 있는 것은 여자도 할 수 있다는 것을 말입니다. 남이 아는 것을 이쪽도 알면 쉽게 속지 않기 때문이지요. 오늘의 주제에 맞게 우리의 이야기가 세상 남자들에게 알려지면 남자들도 주의를 기울이겠죠. 제가 들려 드릴 이야기는 신분이 낮은 젊은 여자가 순간의 재치로 자신을 구원하는 이야기입니다.

나폴리에 사는 가난한 남자가 페로넬라라는 젊고 요염한 미인을 아내로 맞았습니다. 남자는 미장일을 하고 여자는 실을 자아 그런대로 오손도손 살았습니다. 그런데 잔넬로 스크리냐리오라는 멋진 젊은이가 페로넬라를 보고 한눈에 반했습니다. 그는 별별 수단을 다 써가며 여자를 유혹해 여자 쪽에서도 끝내 꼬리를 쳤습니다.

두 사람은 밀회를 즐겼고, 계속해서 사랑을 나누기 위해 계획을 짰습니다. 남편이 아침에 일을 나가면 집안에는 아무도 없어서 밖에서 기다렸다가 들어오기로 했습니다. 그들은 이렇게 뜨거운 밀회를 몇 차례 즐겼습니다.

그들이 뜨겁게 밀회를 나누던 어느 날이었습니다. 아침에 일하러 나갔던 남편이 불쑥 들어왔습니다. 문이 잠겨 있어서 남편은 탕탕 두드리며 혼잣말로 중얼거렸습니다.

"아아! 하느님 감사합니다. 저를 가난뱅이로 만들기는 하셨지만 이토록 품행이 바른 정숙한 아내를 주셨으니 감사합니다. 제가 나가자마자 누가 와서 시끄럽게 굴지 못하게 얼른 문을 잠그니 말입니다."

페로넬라는 문 두드리는 소리를 듣고 남편이 돌아왔다는 것을 직감했습니다.

"아아! 잔넬로, 큰일났어요. 남편이 돌아왔어요. 왜 이렇게 일찍 돌아온 거지? 지금까지 이런 일은 없었는데 무엇 때문일까? 어쩌면 당신이 집으로 들어오는 것을 봤을지도 몰라. 어쨌든 미안하지만 저기 술통으로 들어가요. 나는 문을 열러 갈 테니까. 그동안에 오늘 왜 일찍 돌아왔는지 알게 되겠죠."

아내는 너무 놀라 애인 잔넬로를 통 속에 숨기고 문을 열었습니다. 그러고는 남편에게 잔소리를 퍼부었습니다.

"왜 이렇게 일찍 돌아왔어요? 연장을 갖고 온 걸 보니 오늘은 일을 구하지 못한 모양이군요. 그렇게 해서 어떻게 살아요? 누구는 손톱이 닳을 정도로 물레를 돌리는데, 남편이라는 자는 한가롭게 어슬렁거리고 다른 집 부인들은 애인을 만들어 재미를 보는데, 나는 죽어라 일만 하고. 아이고 내 팔자야!"

그러자 남편은 말했습니다.

"여보 너무 그러지 마오. 당신이 어떤 여자인지 내가 잘 알지 않소. 이 시간에도 당신이 훌륭하다는 걸 잘 알았소. 오늘이 성 갈레오네의 축일이라 일찍 온 것이오. 앞으로 한 달 동안은 먹을 걱정을 안 해도 될 것 같소. 저기 모시고 온 저분이 통을 사겠다고 했거든. 자리만 차지하던 물건을 5기글리아토(Gigliato, 나폴리 왕국에서 발행된 주화)에 사 주신다고 하지 뭐요."

페로넬라는 곧장 받아쳤습니다.

"당신은 그래도 남자니까 여기저기 돌아다녀 세상 물정을 좀 알 텐데, 그래 이런 좋은 통을 5기글리아토에 팔겠다고요. 집 밖을 거의 나간 적이 없는 나는 저 통을 7기글리아토에 팔았다고요. 지금 그 사람이 통이 튼튼한지 보고 있어요. 당신이 돌아왔으니까 가서 흥정 좀 하세요."

이때 통에 숨어 있던 잔넬로가 그녀의 장단을 맞춰 말했습니다.

"아주머니, 어디 계십니까?"

바로 옆에 있던 남편은, "여기요, 왜 그러시오?" 하고 물었습니다.

"당신은 누구십니까? 저는 아주머니와 거래하고 싶은데요" 하고 잔넬로가 말했습니다.

"안심하고 나와 흥정합시다. 내가 주인이니까요."

사람 좋은 남편은 이렇게 대답했습니다.

"이 술통은 튼튼하긴 하나 지게미를 제법 오래 담아 놓았던 것 같소. 손톱으로 긁어도 떨어지지 않을 만큼 달라붙어 있어서 깨끗이하기 전에는 살 수 없소" 하고 잔넬로는 말했습니다. 그러면서 시치미 뚝 떼고 통 속을 깨끗이 청소하면 사겠다고 말했습니다. 남편은 당장 통 속으로 들어가 연장으로 박박 긁었습니다.

페로넬라는 통 속에 머리를 처박고는 말했습니다.

"여보, 여기도 깎아요. 저기도."

부인이 엉덩이를 뒤로 빼고 남편에게 지시하고 있을 때 잔넬로는 통 아가리를 엎드려 막고 있는 부인 뒤로 돌아가, 넓은 들판에서 고삐 풀

페로넬라의 이야기_ 페로넬라는 미장이의 아내였다. 페로넬라는 젊은이와 바람이 나서 남편이 집을 비울 때마다 젊은이와 밀회를 즐긴다. 하루는 남편이 집을 비웠을 때 문을 잠그고 젊은이와 즐기고 있는데, 예기치 않게 남편이 갑자기 돌아왔다. 페로넬라는 당황하는데, 순간 기지를 발휘하여 젊은이를 통 속에 숨도록 한다. 젊은이가 통 속에서 옷차림을 갖추고 나자, 아내는 남편에게 젊은이는 이 통을 사러 온 사람이라고 둘러댄다. 젊은이는 맞장구를 치면서 통을 청소하면 바로 사겠다고 한다. **브루넬레스키의 그림.**

페로넬라의 정사_ 남편은 통을 팔게 되어 기뻐하며, 통에 들어가 박박 긁어내고, 그 동안 젊은이와 아내 는 다시 쾌락을 즐기는 장면을 묘사한 그림이다.

린 수말이 욕정에 불타올라 파르티아의 암말을 덮치듯 타오르는 욕정 을 이루고야 말았습니다.

그 일이 끝난 순간 통 속도 깨끗해졌습니다. 젊은이가 페로넬라에게 서 떨어지고 그녀가 통에서 얼굴을 꺼내자 남편은 통에서 나왔습니다.

페로넬라가 잔넬로에게 말했습니다.

"이 등불을 들고 당신의 주문대로 아주 깨끗해졌는지 어쩐지 살펴 보아요."

잔넬로는 통 속을 둘러보고 이제 됐다며 은전 일곱 닢을 치르고 남편 을 시켜 자기집까지 통을 옮기게 했습니다.

리날도의 이야기

필로스트라토는 파르티아 암말에 대해 얼버무렸지만, 부인들은 그 장면이 무엇을 뜻하는지 떠올리고는 고개를 숙이고는 야릇한 미소를 지었습니다. 왕은 다음 이야기의 주인공으로 엘리사를 뽑았습니다. 그녀는 지체 없이 이야기를 시작했습니다.

에밀리아의 귀신을 몰아낸 이야기를 듣고 저는 또 하나의 마술 이야기를 생각해 냈습니다. 에밀리아의 이야기만큼 재미는 없지만, 우리가 다루는 주제에 적합한 것이 생각나지 않아 그런대로 이야기하고자 합니다.

옛날 시에나에 문벌 좋고 우아한 청년 리날도가 살았습니다. 그는 대단한 미인인 어느 부호의 부인에게 뜨거운 연정을 품었습니다. 그는 남의 의심을 사는 일 없이 부인과 대화할 수만 있다면 자기의 욕망도 채울 수 있다고 자신만만해 했지만, 그럴 기회가 좀처럼 오지 않았습니다. 게다가 부인은 임신 중이라서 태어날 아이의 대부가 되겠다고 생각해 냈습니다. 그는 부인의 남편과 친해져 결국 아이의 대부가 되었습니다.

리날도는 갓난아기의 대부가 되었기에 부인과 대화할 훌륭한 구실이 생겨 용기가 솟았으며, 적당한 때가 되자 부인에게 사랑 고백을 했습니다. 고백을 들은 부인은 불쾌한 낯빛은 아니었으나 그렇다고 대단히 어기지도 않았습니다.

이후 리날도는 수도사가 되었습니다. 수도사 생활을 하며 부인에 대한 애정이나 세속적인 일을 멀리했습니다. 하지만 사람 본성은 쉽게 변할 수 없었습니다. 그는 점차 고급 옷으로 치장했습니다. 이게 리날도만의 이야기겠습니까? 안 그런 수도사가 어디 있어요? 배는 불룩 튀어나오고, 얼굴에는 화장을 하고, 비단옷에 호사스런 장식까지 다는 것을 조금도 부끄러워하지 않죠. 오히려 기세등등한 수탉처럼 볏을 세우고 오만하게 활보합니다. 성 도미니쿠스나 성 프란체스코가 그저 추위나 막으려고 거친 양털로 짠 옷을 입었다는 사실을 모르는 사람이 없는데 말이죠.

더욱 나쁜 것은 그들의 방에는 화장용 연고나 유약이 가득한 항아리, 각종 과자 상자, 증류수, 기름을 담은 병, 아가리 좁은 단지, 맘지(단맛이 나는 독한 포도주), 백포도주와 그 밖의 값비싼 포도주가 담긴 항아리가 있어 수도사의 방이라기보다 고급 술집이나 향료품 가게로 보일 정도입니다. 그들은 관절염 환자임에서도 단식이나 영양가 있는 적은 음식물 섭취, 절도 있는 생활을 하려고 하지 않습니다. 절제된 생활을 하면 병에 걸리는 일은 있어도 적어도 관절염(痛風)은 일으키지 않습니다. 관절염을 예방하려면 조신한 수도사다운 생활에 보태어 절제해야 하고, 기타 여러 가지 방법을 취하는 것이 좋습니다.

어쨌거나 리날도는 다시 옛날 생활로 돌아갔고, 부인에게 더욱 대담하게 접근했습니다. 선량한 부인은 리날도의 끈질긴 구애를 받는 동안에 그가 전에 생각했던 것보다 잘생겼다는 것을 알았습니다. 게다가 하도 시달림을 받다 보니 간절히 원하면 여자라는 자는 모조리 허락할 마음이 드는 것처럼 리날도에게 말했습니다.

"수도사 직에 있는 분도 그런 생각을 하는가요?"

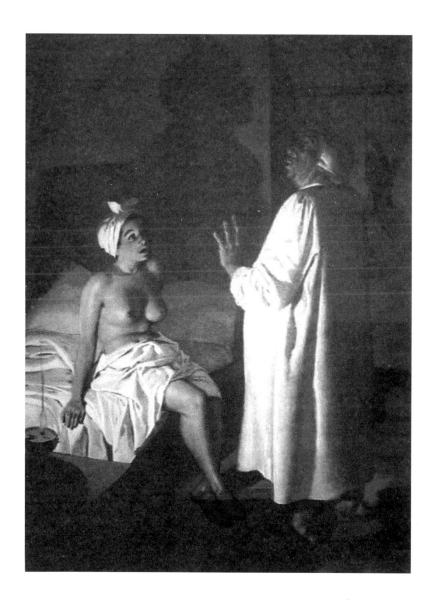

리날도의 구애_ 리날도는 부인의 남편이 없는 틈을 타서 적극적으로 구애하였다. 부인은 리날도는 아기의 대부이므로, 예의에 어긋나는 짓을 할 수 없다고 한다. 리날도는 아기의 친아버지인 남편이 야말로 가장 가까운 가족인데, 남편과는 매일 잠자리를 하지 않느냐고 주장하며, 부인을 설득하여 부인을 탐닉한다. **지노 보카실레의 그림.**

리날도가 대답했습니다.

"부인, 수도복 따위는 간단히 벗어버릴 수 있습니다. 그렇게 하면 나는 수도사가 아니라 여느 사람과 같은 사나이라고 생각하시겠죠?"

부인은 웃음이 나오려는 것을 참았습니다. 그리고 넉살 좋은 그에게 몸을 허락했습니다. 리날도는 그 후 대부라는 이름 뒤에 숨어 부인과 사랑의 밀회를 즐겼습니다. 그러던 어느 날 리날도는 자신과 친한 수도사와 부인 집을 방문했습니다. 부인 집에는 부인 외에는 예쁘고 귀여운 하녀밖에는 없어서 함께 온 수도사에게 하녀와 다락방으로 올라가 기도문을 가르치게 했습니다. 리날도는 아기를 안고 부인의 침실에 들었습니다. 부인과 한참 열락의 침대에서 뒹굴 때에 문을 두드리는 소리가 들렸습니다. 부인의 남편이 돌아온 것입니다. 부인은 그 소리에 놀라며 말했습니다.

"야단났어요. 남편이 돌아왔으니 말이에요."

리날도는 아무런 옷도 입지 않았기 때문에 난처했습니다. 부인은 한 가지 방법이 떠올랐습니다.

"어서 옷을 입으세요. 그리고 이 아이를 껴안고 내가 남편에게 하는 말에 적당히 꼬리를 맞춰 주세요. 뒷일은 내게 맡기고요."

사람 좋은 남편은 아직도 문을 두드리고 있었습니다. 부인은 문을 열고는 웃는 낯으로 남편을 맞아들였습니다.

"여보, 대부이신 리날도 님이 와 계셔요. 하느님께서 보내신 거예요. 글쎄 그분이 오시지 않으셨더라면 오늘 아기는 목숨을 잃어버릴 뻔했습니다."

어리석은 미신가인 남편은 그 말을 듣자 금세 새파랗게 질렸습니다.

"여보, 아기가 경련을 일으켰지 뭐예요. 나는 죽은 줄 알았을 정도였으니까요. 리날도 님께서는 아기의 어깨를 껴안고 이렇게 말씀하셨어요. "부인, 이것은 뱃속에 벌레가 생긴 겁니다. 벌레가 심장까지 기어 올라가면 목숨이 위태롭습니다. 그러나 내가 기도문을 외워 벌레를 모조리 죽일 테니 걱정하지 마세요." 그래서 기도를 드리는 데는 당신이 입회하셔야 했지만, 하녀가 당신이 집에 계시지 않는다는 것을 알고 있었으므로, 리날도 님이 이 집에서 가장 높은 다락방에 올라가 하녀에게 기도를 드리도록 일러 함께 오신 신부님과 올려보냈어요. 그리고 리날도 님과 나는 이 방으로 들어왔던 것이죠. 실은 이와 같은 성령의 일을 보는 데는 타인이 끼면 방해가 되므로 아기 어머니만 입회하는 법이라더군요. 그래서 방문을 잠그고 성사를 진행했답니다. 리날도 님은 아직도 아기를 안고 계시고요. 함께 오신 신부님이 다락방에서 기도가 끝나기를 기다리고 계시나 봐요. 조금 있으면 끝날 것이니 지금 들어가지 마시고 잠깐만 참아주세요."

부인의 능숙한 연기를 듣던 리날도는 천천히 옷을 입을 수 있었으며, 아기를 안고 만반의 준비를 마쳤습니다.

"부인, 주인어른의 목소리가 아닙니까?"

"네 그렇습니다."

"이리로 들어오시라 하시지요."

미신가인 남편은 두 사람의 작당에도 어린아이에 대한 사랑으로 가슴이 메어 의심 없이 들어왔습니다. 리날도는 엄숙한 표정으로 말했습니다.

"신의 은총으로 아기가 원기를 회복하였으니 이제 아버지께서 아기를 받으십시오. 신께 감사하십시오. 그리고 성 암브루오지오 님의 성상 앞에 아기와 같은 크기로 조공의 초를 깎아 바치십시오. 성자의 공덕으로 신께서 은총을 내리셨으니까."

리날도와 함께 온 수도사는 다락방에서 리날도와 부인이 이야기하는 장면을 처음부터 보았습니다. 그는 다락방에서 귀여운 하녀에게 기도문을 가르치고 있었으나 사실은 정분을 통하여 열렬한 자기 신자로 만들었습니다.

모든 것이 마무리되자 그가 내려와 말했습니다.

"리날도 님, 당신께서 지시한 네 개의 기도를 전부 외웠습니다."

리날도가 대답했습니다.

"오, 형제여, 그대는 실로 장하다. 참 수고가 많았다. 나는 주인어른이 돌아오셨을 때 아직 두 개밖에 외지 못했는데, 그러나 나의 노력 덕분에 신께서 은총을 베푸시어 아기는 원기를 회복했다."

리날도는 속으로 함께 온 수도사의 정력에 감탄했습니다. 그는 다락방에서 하녀와 네 번이나 그 짓을 했다는 의미였기 때문이죠. 신앙심이 깊은 남편은 고급 포도주와 맛있는 음식을 내놓고 리날도와 수도사에게 감사의 환대를 베풀었습니다.

네 번째 이야기

기타 부인의 이야기

왕은 엘리사의 이야기가 끝나자 만면에 웃음을 띠며 라우레타를 돌아다보았습니다. 그러고는 다음은 당신 차례라고 말했습니다. 왕의 명을 받은 라우레타는 이야기를 시작하였습니다.

아아! 사랑의 신, 그 힘은 얼마나 크고 힘찬 것일까요! 그 충고와 예견은 얼마나 황홀한 것일까요! 어떤 철학자라도 어떤 예술가라도 당신과 같이 길을 구하는 자에게 장래를 예언하여 가르침을 줄 자가 몇이나 있을까요! 분명히, 다른 어떤 가르침도 당신의 사랑의 가르침과 비교하면 지극히 둔하다는 것을 이제까지 예로도 충분히 알 수 있습니다. 여러분, 나는 지극히 단순한 한 여인이 부린 수단을 꼭 이야기해 보고 싶었습니다. 그것은 사랑의 힘이었기에 놀라운 기적을 일으킬 수 있었지 다른 무엇으로는 감히 그렇게 하지 못했을 것입니다.

옛날에 아레조라는 거리에 토파노라는 부자가 살았습니다. 그는 기타 부인이라는 아름다운 여인을 아내로 맞았습니다. 그런데 토파노는 그와 결혼한 뒤로 별안간 질투심이 강한 사나이가 되고 말았습니다. 그래서 부인은 화를 내며 왜 그렇게 질투하느냐고 따져 물었습니다. 아무 이유도 없이 질투하는 모습에 부인은 남편을 한번 골려 주어야겠다고 생각했습니다.

마침 부인에게 한 청년이 뜨거운 연정을 보냈습니다. 두 사람은 급속도로 진척되었고 마침내 부인은 실행 방법을 생각했습니다.

부인은 남편의 술버릇이 가장 안 좋다는 것을 알았기에 실컷 마시라고 권하기도 하고 또 자주 마시도록 유도했습니다. 이런 식으로 버릇을 들였으므로 그녀는 원한다면 언제든 남편을 취하게 할 수 있다고 믿었습니다.

부인은 남편에게 술을 권하여 취하게 했습니다. 그리고 약속했던 젊은이를 끌어들여 정사를 나눴습니다. 그 후 남편은 종종 술에 취해 곯아떨어졌고, 두 사람은 대담하게도 남편이 있는 가운데 그 짓거리를 해댔습니다. 청년의 집이 가까웠으므로 남편이 취해 잠들면 집을 나와 청년의 집에서 밤을 새우기도 했습니다.

하루는 남편이 부인을 의심했습니다. 그는 자기와 술을 마시는 아내가 술을 한 방울도 입에 댄 적이 없다는 것을 알았습니다. 그는 일부러 술에 취한 척 혀가 꼬부라지는 소리를 내뱉으며 집으로 돌아왔습니다. 물론 옷이나 입언저리에 술을 흘려 술냄새를 풍겼지요. 부인은 남편이 술에 취한 줄 알고는 잠자리에 눕히고는 단장하고 집을 나갔습니다. 그녀가 간 곳은 청년의 집으로, 늦도록 즐거운 밀회를 나누었습니다.

남편은 문을 잠그고 부인이 돌아오기를 기다렸습니다. 이윽고 부인이 돌아와 문을 열려고 했으나 굳게 닫힌 문은 열리지 않았습니다. 그 모습을 지켜본 남편이 말했습니다.

"여보 그렇게 애써 봤자 안 될 걸 지금까지 있었던 곳으로 돌아가시지. 내가 당신네 친척이나 이웃 사람들 앞에서 당신에게 알맞은 명예로운 조치를 취하기까지는."

부인은 극구 부인하며 말했습니다.

"나는 당신이 생각하는 곳에 가지 않았어요. 옆집 아주머니가 밤은

기타 부인의 이야기_ 부인이 외도하고 돌아오자 문을 열어주지 않는 남편의 모습이다. **중세 필사본 그림.**

긴데 잠이 오지 않는다고 해서 그분과 수다를 떠느라 이제까지 있었던 거예요. 그러니 문을 열어 주세요."

무정한 남편은 끄떡하지 않았습니다. 부인은 애원이 통하지 않는다는 것을 알고는 최후의 방법으로 위협을 가했습니다.

"좋아요. 정 열어주지 않겠다면 당신을 이 세상에서 제일 나쁜 악인으로 만들어 줄 거예요. 난 저 우물에 몸을 던질 거예요. 그러면 당신은 술에 취해 부인을 살해한 범인으로 사형에 처해질 거라고요."

이 정도의 위협으로는 토파노는 끄떡할 위인이 아니었습니다. 그러자 부인은 우물가로 다가가 남편에게 들릴 만큼 큰소리로 "하느님 용서해 주세요" 하고는 우물에다 큰 돌을 던졌습니다. '풍덩' 하고 소리가 났습니다. 남편은 설마하고 기다렸지만, 더는 부인의 소리가 나지 않자, 정말 그녀가 우물에 투신하였다고 생각하고는 문을 열고 우물가로 갔습니다. 이때 문 뒤에 숨어 있던 부인은 집안으로 들어와 문을

기타 부인의 이야기 부인이 우물에 빠지는 시늉으로 남편이 나오자 몰래 집으로 들어온 부인이 문을 걸어 잠그고 열어주지 않는 장면이다. **중세 필사본 그림.**

꼭 걸어 잠갔습니다. 그러고 남편이 앉아 있던 창가에 앉아 노래를 불렀습니다.

토파노는 속았다는 것을 알고 부인에게 문을 열어달라고 했습니다. 그러나 부인은 고래고래 소리를 질렀습니다.

"아이고 맙소사, 이 주정뱅이야, 오늘 밤에는 집에 들여놓지 않을 테니까. 당신의 추태야말로 지긋지긋해요. 당신이 어떤 사람인지 사람들에게 보여주어야겠어."

남편도 화가 났으므로 문을 열어달라고 고래고래 소리를 쳤습니다. 주변 사람들은 잠에서 깨어나 무슨 일이 벌어졌는가 하고 창문으로 얼굴을 내밀었습니다.

이를 눈치챈 부인은 '엉엉' 통곡하며 사람들이 들을 수 있게 말했습니다.

"이 사람은 정말 질이 좋지 못해요. 밤마다 취해서 돌아오지 않으면 주막에서 자기 일쑤거든요. 집으로 돌아온다는 것도 날이면 날마다 이렇게 한밤중이니 내가 살 수 있겠어요."

남편은 억울하다는 듯 소리를 지르며 사실이 아니라고 부인했습니다만, 이웃들은 그를 비난했습니다.

이웃의 남자나 여자들 모두 토파노를 비난했습니다. 그리고 아내에게 준 모욕에 욕을 퍼부었습니다. 이 소동은 꼬리를 물고 그녀의 친척에게까지 알려졌습니다. 친척들은 급히 달려와서 사건의 전말을 이웃 사람들에게서 듣고는 토파노를 붙잡아 뼈가 부러지도록 팼습니다. 그런 다음 살림을 들어내 놓고 토파노를 매섭게 비난하고 그녀를 데리고 친정으로 돌아갔습니다.

토파노는 일이 묘하게 되자 자기의 지나친 의심이 이런 결과를 빚었다고 생각했습니다. 부인을 너무나 사랑했기 때문에 저질러진 일이라며 사과하고는 앞으로 질투 같은 것은 하지 않겠다고 맹세한 후에 부인을 데려왔습니다.

그뿐만이 아니었습니다. 아내에게 어떤 재미를 보아도 좋으니 자기 모르게 잘하라고 허락했습니다. 이런 모양새로 어리숙한 촌놈처럼 그는 어처구니없는 꼴을 당한 끝에 평화 협정을 맺었던 것입니다.

사랑이여 만세, 탐욕이여 멸망하라, 싸움이여 모두 그칠지어다.

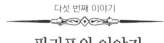

필리포의 이야기

라우레타의 이야기가 끝나자 모두 질투 많은 남편을 잘 골려 주었다고 칭찬했습니다. 왕은 시간을 허비하지 않을 양으로 피암메타에게 다음 이야기를 명했습니다. 피암메타는 기다렸다는 듯 이야기를 시작했습니다.

방금 들은 이야기 때문에 저는 질투심 많은 사나이의 이야기를 또다시 해야겠다고 생각했습니다. 이유 없이 질투하는 남자에 대해서는 법률로도 엄격하게 다루어야 합니다. 질투심 많은 남자는 젊은 여성의 목숨을 노리는 자이며, 애써 그 죽음을 바라는 자이기 때문입니다.

　부인들은 가정을 돌보고 가족을 보살피느라 온통 시간을 쏟고 있지만, 농부나 직공이나 재판관 들처럼 축제일에는 위로받거나 휴식하거나 쾌락을 원할 수도 있습니다.

　하느님께서도 마지막 날에는 휴식하셨으며, 종교에서도 세상에서도 신의 은총으로 모든 사람이 행복하도록 일하는 날과 휴식하는 날을 정하였지요. 그러나 질투심 많은 사내들은 이런 것을 무시하므로 모두 쉬거나 즐길 때조차 여인들을 더욱 엄하게 감시합니다. 질투심 많은 남자를 배우자로 둔 여자들의 참담함과 비참함은 겪어보지 않은 사람은 모릅니다. 따라서 여인들이 부당한 질투를 일삼는 남편을 응징하더라도 비난하거나 책망할 것이 아니라 격려해줘야 한다는 것이 제 생각입니다.

옛날에 아리미노의 거리에 한 부자가 살았습니다. 그는 어느 남자든 부러워할 만한 미모의 아내가 있었습니다. 그런데 그는 아내를 무척 질투했습니다. 특별한 이유가 아니라 부인이 너무 미인이었기 때문입니다. 이 사내는 아내가 애써 그의 마음에 들도록 처신하고 있음에도 어떤 사나이가 아내를 사랑하고 있을 것이라 지레짐작하고 있었습니다.

병적인 의심으로 눈이 어두워진 의처증 남편은 부인을 엄하게 감시하고 부인의 행동을 구속했으므로 그녀는 마치 사형 선고를 받은 중죄인 신분이 된 것 같았습니다. 부인은 남의 결혼식이나 축제에도 가지 못했으며, 심지어 성당조차도 가지 못했습니다. 창문으로 얼굴도 내밀지 못하게 하여 그녀의 고통은 이루 말할 수 없었습니다.

이렇게 고통을 받던 부인은 남편이 두려워하는 일을 하고야 말겠다고 결심하였습니다. 마침 옆집에는 필리포라는 젊은 미청년이 살았습니다. 남편은 그 사실을 알고는 옆집과 사이에 아예 담을 쌓았습니다.

부인은 남편이 없는 틈을 타 벽면을 살피다가 조그만 구멍을 발견했습니다. 그 구멍 너머로 필리포가 자는 침실과 연결되어 있었습니다. 부인은 틈만 나면 벽의 구멍을 보았습니다. 청년이 방에 있다는 것을 알고 돌멩이와 나무 부스러기를 던지자 청년이 이내 다가왔습니다. 부인은 청년의 이름을 불렀습니다.

청년은 그 목소리가 귀에 익었으므로 얼른 대답했습니다. 부인은 그에게 짤막하게 마음을 실토했습니다. 그러자 청년은 자기 쪽에서 구멍을 넓혔습니다. 이렇게 두 사람은 구멍을 통해 자주 대화를 나누고 손을 맞잡고 했지만 의처증 남편의 눈이 엄하여 그 이상의 일은 벌어지지 않았습니다.

크리스마스가 다가오자 부인은 남편에게 성당에 가서 고해를 하게 해 달라고 했습니다. 이에 남편은 의처증이 발동하여, 아내가 무슨 죄를 저질렀는지 궁금하여, 자기가 다니는 성당 이외는 안 된다고 말하고는 허락했습니다.

남편은 아내에게 아침 일찍 가서 반드시 주교가 지명하는 신부에게 참회해야 하며, 그 일이 끝나는 즉시 집으로 돌아오도록 명령했습니다. 부인은 남편이 말하는 뜻을 알았으므로 다른 말은 하지 않고, "예, 그렇게 하겠어요"라고 대답했습니다.

약속한 날 부인은 아침 일찍 성당으로 향했습니다. 그런데 부인보다 남편이 먼저 성당에 도착했습니다. 그는 신부님에게 적지 않은 돈을 주고는 자신이 신부가 되어 부인의 고해를 받기로 타협했습니다. 부인은 성당에 닿자 주교님을 만나게 해 달라고 청했습니다. 주교가 나와서 그녀가 참회하고 싶다는 말을 듣자 동료 신부님을 보내겠다고 말했습니다.

그러고는 그 자리에 질투심 많은 남편을 보냈습니다. 남편은 몹시 거드름을 피우며 걸어왔습니다. 아직 새벽이고, 신부복을 입고 모자를 푹 눌러써서 부인이 못 알아볼 거라고 생각했습니다. 하지만 아내는 남편을 간파했습니다. 부인은 혼잣말로 '질투쟁이 남편이 신부로 변장하다니, 뜻하지 않은 행운이군. 그대로 놔두자. 당신이 듣고 싶어 하는 말들을 실컷 해줄 테니' 하고 중얼거렸습니다.

부인은 모른 체하고는 최근 어떤 신부와 사랑에 빠졌고, 그 신부가 밤마다 찾아온다고 고백했습니다. 남편은 깜짝 놀라서 물었습니다.

"남편도 같이 있을 텐데 어떻게 그럴 수 있소?"

부인은 실소를 머금고는 말했습니다.

"네, 신부님. 저도 그분이 어떤 재주를 부리는지 모르겠습니다만, 그분 말씀이 침실 앞에서 기도문을 외우면 남편이 깊은 잠에 빠진다고 합

고해 성사_ 의처증 남편이 신부로 변장하여 자기 아내의 고해 성사를 듣는 장면을 묘사한 그림이다.

니다. 남편이 잠들면 문을 열고 들어와 저와 잠자리를 했지요."

"부인, 그것은 잘못입니다. 그런 일은 그만두어야 합니다."

이 말에 부인은 이렇게 대답했습니다.

"신부님, 그것은 도저히 안 됩니다. 저는 그분을 매우 사랑하기 때문입니다."

"그럼 나는 당신을 용서할 수 없습니다" 하고 질투심 많은 남편은 말했습니다.

"그건 몹시 슬픈 일이군요. 저는 여기에 거짓말하러 온 것이 아닙니다. 그렇게 할 수 있다면 왜 안 된다고 하겠습니까."

"부인, 진실을 말씀드리자면 당신이 혼을 빼앗긴 것을 보면 매우 유감스럽습니다. 그러나 나는 당신을 대신해서 하느님께 특별한 기도를 바치겠습니다. 하느님은 반드시 당신에게 은혜를 내리실 겁니다."

남편은 부인을 돌려보낸 뒤 집으로 돌아와 그 신부와 부인을 혼낼 방법을 궁리했습니다. 부인에게 자고 들어올지 모르니 먼저 자라고 하

필리포의 이야기_ 부인에게 밤에 들어온다는 정부의 이야기를 듣고 밤새 문밖을 지키는 남편. **중세 필사본 그림.**

고, 칼을 품고 아래층 방에 숨었습니다. 부인은 그 사이에 필리포를 불러들였습니다. 남편이 보는 사이에 청년은 지붕을 타고 들어왔지요. 이렇게 며칠 밤을 남편이 망을 보는 사이에 부인과 뜨거운 밤을 보냈습니다.

남편이 도저히 견딜 수 없게 되자 창백하고 초췌해져서는, 부인에게 당신이 고해하던 그날 아침, 신부에게 무슨 고해를 했느냐고 물었습니다. 부인은 그것은 옳지 않고, 예의에 벗어나므로 이야기하고 싶지 않다고 대답했습니다.

"이런 속이 시커먼 년, 네가 무슨 말을 했는지 다 알고 있다. 네가 홀딱 반한 신부가 어디 사는 어떤 놈인지, 매일 밤 마법을 걸어 너와 자고 가는 놈이 어디서 굴러먹던 말 뼈다귀인지 밝혀내야겠다. 말하지 않으면 목을 분질러 놓을 테다" 하며 따졌습니다. 부인은 신부와 사랑에 빠졌다는 것은 거짓말이라고 대답했습니다.

"뭐라고! 네가 신부를 사랑한다고 참회하지 않았느냐 말이야?"

남편이 소리쳤습니다.

부인은 대답했습니다.

"숫양이 도살장으로 끌려가듯 현명한 사람이 어리석은 여자에게 끌려다니는 꼴은 정말 재미있는 구경거리군요. 나는 당신이 신부로 변장한 것을 알았어요. 그래서 당신이 듣고 싶어 하는 말을 한 것뿐이에요. 잘 생각해 보면 말도 안 되는 일이라는 것을 알 거예요. 그런데 당신은 질투에 눈이 멀어 곧이곧대로 믿고 당신밖에 모르는 아내를 의심한 것이죠."

아내의 비밀을 감쪽같이 알아냈다고 코가 우뚝했던 어리석은 남편은 그녀의 말에 질투의 뿔이 꺾이고 말았습니다. 아무런 대답도 하지 못하고 아내가 선량한 여자라고 생각했습니다. 멍청하고 의처증 많은 남편은 질투가 필요하지 않을 때 질투의 옷을 몸에 두르고 정말로 질투가 필요해졌을 때 이렇게 벗어버렸던 것입니다. 이후 부인은 필리포와 자유롭게 밀회를 즐겼답니다.

이사벨라의 이야기

피암메타의 이야기는 큰 환영을 받았습니다. 아내가 한 일이 매우 훌륭하다고 칭찬했습니다. 부인들은 그따위 바보 남편에게는 당연히 그렇게 해야 한다고 말했습니다. 피암메타에 이어 왕은 팜피네아에게 다음 이야기를 하라고 명하여 그녀가 입을 열었습니다.

세상에는 지극히 단순한 생각으로, 사랑은 사람에게서 사려 분별을 빼앗고 사랑을 하는 자를 장님으로 만들어버린다고 말하는 사람이 많습니다. 하지만 그것은 어리석은 생각입니다. 그 말은 지금까지의 이야기에도 잘 나타나 있지 않습니까? 저는 다시 한번 확인하고자 하는 바입니다.

우리가 살고 있는 피렌체에 젊고 아름답고 신분이 높은 이사벨라 부인이 살았습니다. 이 부인의 남편은 재산도 많고 인물도 좋은 기사였습니다. 그러나 부인은 남편에게 싫증을 느껴 레오네토라는 신분은 낮지만 품위 있는 청년과 서로 좋아하게 되었습니다.

여기서 그치면 큰 문제 없겠는데 여기에 람베르투초라는 기사가 부인에게 연정을 품어 부인으로서는 여간 곤혹스러운 상황이 아닐 수 없었습니다. 하지만 부인은 그를 불쾌하게 생각하고 천박한 사람으로 알고 있었으므로, 선물을 산더미처럼 갖다 바쳐도 마음을 열 생각이 없었습니다. 람베르투초는 몇 번이나 사람을 보내 그녀에게 연정을 호소했으나 효과가 없었습니다. 화가 난 그는 제법 권세 있는 기사였기에 자신의 권력을 이용하여 부인을 위협했습니다. 부인은 두렵고 그의 사람됨을 알기에 할 수 없이 그의 뜻을 받아들였습니다.

이사벨라 부인은 해마다 여름이면 시골 별장에서 지냈는데, 남편이 말을 타고 며칠 동안 다른 지방을 다녀오게 되었으므로 예의바른 레오네토에게 별장으로 와 달라고 전했습니다. 크게 기뻐한 레오네토는 부인을 만나 뜨거운 밀회를 즐겼습니다.

람베르투초는 이사벨라 부인의 남편이 어디 다니러 갔다는 말을 듣고 부인의 별장에 달려와 문을 두드렸습니다. 부인의 하녀는 그를 보자 레오네토와 사랑을 나누고 있는 침실 밖에서 말했습니다.

"마님, 람베르투초 님이 혼자서 오셨습니다."

부인은 눈앞이 캄캄해졌습니다. 부인은 그를 몹시 두려워하였기에 레오네토에게 커튼 뒤에 숨어 있으라고 애원했습니다. 레오네토도 부인 이상으로 그를 두려워했으므로 부인이 시키는 대로 했습니다. 그런 다음 부인은 람베르투초를 안내하라고 하녀에게 말했습니다.

람베르투초는 부인을 만나자마자 키스를 퍼붓고는 침대로 데려갔습니다. 그렇게 일방적으로 사랑을 나누고 있을 때 부인의 남편이 돌아왔습니다. 하녀에게서 소식을 들은 부인은 새파랗게 질렸으나, 곧 마음을 다잡고 람베르투초에게 말했습니다.

"지금 당장 단검을 빼 들고 화난 표정으로 이렇게 외치며 내려가세요. '잘 들어라, 난 네놈을 붙잡고야 말 테다.' 남편이 말리거나 무슨 말을 물어도 다른 말은 하지 말고 말을 타고 달려가세요."

남편이 안마당에 낯선 말이 매어진 것을 이상하게 여기며 들어서려는데 람베르투초가 부인이 시킨 대로 "두고 보자, 내 너를 반드시 붙잡

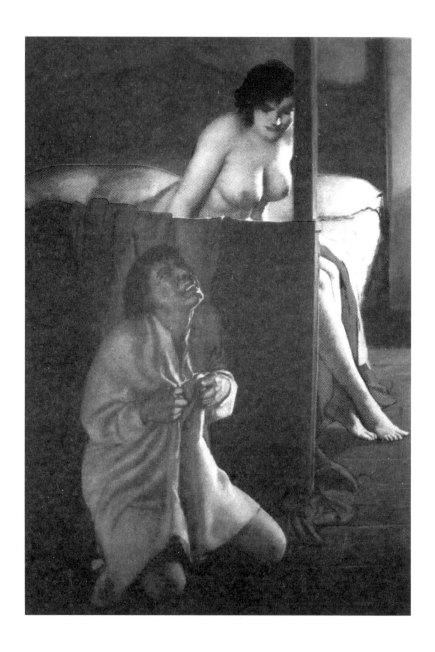

이사벨라와 레오네토_ 이사벨라는 예의바른 레오네토와 뜨거운 정사를 나누지만 그녀를 좋아하던 권력가 람베르투초가 두 사람의 정사 장소에 나타나 이사벨라와 통정하고자 하니 두 사람은 매우 당황한다. **지노 보카실레의 그림.**

고 말 테다"라고 외치면서 쏜살같이 말을 달려 사라졌습니다. 남편이 들어가니 부인은 층계에서 두려움에 떨고 있었습니다.

"무슨 일로 람베르투초 씨가 저렇게 화를 내며 달려가는 거요?"

부인은 침실로 돌아가 레오네토에게 들리도록 큰 소리로 말했습니다.

"여보, 나는 이런 무서운 꼴은 처음 당했어요. 알지도 못하는 젊은 남자가 도망쳐 들어오더니 이어 람베르투초 님이 단검을 빼들고 쫓아왔지 뭐예요. 마침 방문이 열려 있었는데, 젊은이는 와들와들 떨면서 "마님, 제발 살려주세요. 당신이 구원해 주시지 않으면 잡혀 죽습니다"라고 말하는 것이 아니겠어요. 그리고 조금 후 람베르투초 님이 "배신자는 어디 있느냐?" 하고 층계를 올라왔어요. 나는 입구를 막고 서서 안으로 밀고 들어오려는 그를 못 들어오게 했지요. 람베르투초 님은 예의바른 분이라 당신이 보신 대로 물러갔습니다."

남편은 부인을 칭찬하며 그 청년 어디 있느냐고 묻자, 숨어서 이 대화를 듣던 레오네토가 커튼 뒤에서 나왔습니다.

남편이 물었습니다.

"자네는 람베르투초와 무슨 일이라도 있는가?"

젊은이가 말했습니다.

"아닙니다. 주인님, 절대로 아무 일도 없었습니다. 그분이 뭔가 오해하고 계신 것 같습니다. 이 근처 길에서 절 보시고는 갑자기 단검을 빼들고 "이 배신자야, 죽여주겠다" 하지 않겠어요. 저는 그 이유를 물을 새도 없이 죽어라 달아났고, 다행히 마님 덕분에 목숨을 건졌습니다."

그러자 남편은 말했습니다.

"내가 자네 집까지 바래다줌세. 그가 왜 자네를 죽이려고 했는지 나중에 경위를 알아볼 테니 무서워할 것 없네."

세 사람은 함께 식사하고, 남편은 젊은이를 말에 태워 피렌체의 집까

이사벨라의 이야기_ 이사벨라가 람베르투초를 받아들이는 순간 남편이 나타나자 지혜를 짜서 두 사람의 정부를 조종하는 장면이다. **중세 필사본 그림.**

지 바래다주었습니다. 이후 젊은이는 부인의 지시에 따라 그날 밤 은밀히 람베르투초 씨를 찾아가 의논한 끝에 앞으로 부인과 밀회의 날짜나 시간을 조정하기로 합의했습니다.

아니키노의 이야기

이사벨라 부인의 지혜에 모두 감탄해 마지않을 때 왕은 다음 이야기의 차례로 필로메나를 지명했습니다. 그녀는 곧 이야기의 실마리를 풀었습니다.

제 생각이 잘못되지 않았다면 금방 들은 이야기보다 더 재미있는 이야기를 들려 드리려고 합니다.

옛날 파리에 피렌체 태생의 귀족이 있었습니다. 이 사람은 가난해서 장사를 시작했는데 뜻밖에 장사가 잘돼서 큰 부자가 되었습니다. 그러나 이 상인은 아들 로도비코만큼은 장사를 배우지 않고 귀족으로서 알아야 할 것만 배우게 했습니다. 아버지의 의도대로 아들은 예절과 귀족으로서 알아야 할 여러 가지를 배워 몸에 지니게 되었습니다.

어느 날 성지 예루살렘에서 돌아온 기사 몇 명이 젊은이들과 어울리게 되었습니다. 로도비코는 기사들에게 볼로냐의 에가노 데 갈루치의 아내 베아트리체 부인만큼 아름다운 여자는 없다는 이야기를 들었습니다. 연애 경험이 없는 그는 아버지에게 성지 순례를 가겠다고 말하고 이름을 아니키노로 바꾸고 볼로냐로 갔습니다.

볼로냐에 도착한 다음 날 축제일에 운 좋게 베아트리체 부인을 본 아니키노는 부인의 아름다움에 매료되어 반드시 목적을 이루겠다고 결심했습니다. 그는 어떤 방법을 써야 부인의 곁에 가까이 갈 수 있을까 궁리한 끝에 부인의 하인으로 들어가기로 했습니다. 부인의 집에 하인이 된 그는 열심히 일해 신임을 받았습니다.

그는 정직하게 부인을 섬겼으므로 부인은 그가 없으면 아무 일도 못하게 되었습니다. 자기 일뿐만 아니라 무슨 일이든 그에게 믿고 맡겼습니다.

어느 날, 주인인 에가노가 사냥하러 나가서 아니키노가 집에 남게 되었습니다. 베아트리체 부인은 그의 차림새나 행동거지를 보아 오는 동안 마음에 들었으므로 그와 체스를 두었습니다. 아니키노는 그녀의 마음을 잡으려고 교묘하게 져주었습니다. 구경하던 하녀들이 모두 떠나고 단둘이 남게 되었습니다. 아니키노는 한숨을 크게 쉬었습니다.

"아니키노 왜 그래? 져서 속이 상한 모양인가?"

아니키노는 대답했습니다.

"마님, 저의 한숨은 그런 것이 아니라 중대한 원인에서 온 것입니다."

부인은 아니키노에게 속시원하게 털어놓아 보라고 말했습니다. 다시 한번 한숨을 쉰 그는 그동안의 일을 소상히 말했습니다. 그의 구구절절한 이야기를 듣던 부인은 아니키노를 물끄러미 바라보았습니다. 어느 하나 거짓됨 없이 진실한 말만 하는 그를 믿고 부인은 그의 소망을 받아들이기로 했습니다.

"아니키노, 난 지금까지 귀족이나 신사들의 선물이나 약속, 호소에 단 한 번도 마음이 흔들리지 않았어요. 그런데 당신은 나를 만나고자 하인 일을 마다하지 않았으니 내 마음을 빼앗기고 말았어요. 오늘 밤 안으로 당신의 사랑을 이루어 드릴 테니 한밤중에 내 침실로 오세요. 입구 문을 열어 둘게요."

부인은 뜨거운 키스로 자신의 말을 입증했고 아니키노 역시 부인에게 열렬한 키스로 사랑의 열망을 증명했습니다. 그렇게 헤어지고 밤이 되자 아니키노는 부인과 주인이 자고 있는 침실로 숨어 들어갔습니다. 문을 잠그고 부인이 누운 쪽으로 다가가 그녀의 가슴에 손을 대보니 잠들지 않았습니다. 부인은 아니키노의 손을 잡고 몸을 뒤척였습니다. 그것이 너무나 격렬한 움직임이었기에 잠들었던 남편이 눈을 떴습니다.

그때 부인은 남편에게 말했습니다.

"여보, 우리 집에 있는 하인 중 누가 가장 착하고 미덥지요?"

에가노는 아니키노라고 말했습니다. 이 말을 들은 아니키노는 도망치려고 했으나 부인이 손을 꼭 쥐고 있어 숨만 죽일 뿐이었습니다.

"여보, 그런데 그 사나이가 당신을 배반했어요. 글쎄 아니키노가 오늘 나에게 수작을 걸지 않겠어요. 그래서 저는 그 증거를 드리려고 오늘 밤 소나무 밑에서 기다리라고 했어요. 그러니 당신이 내 속옷과 베일을 걸치고 나가 그자가 오는지 보세요."

에가노는 냉큼 일어나 뒤도 돌아보지 않고 정원으로 나갔습니다. 남편이 나가자 부인은 문을 잠그고 아니키노를 껴안았습니다. 그들은 황당한 시간에 벌이는 정사라 더욱 짜릿했습니다. 부인은 아니키노에게 옷을 입히며 말했습니다.

"사랑하는 아니키노, 지금 버드나무 가지를 꺾어서 정원으로 가세요. 그리고 소나무 밑에서 당신을 기다리는 에가노를 욕하고, 가지로 인정사정 없이 때리세요. 그러면 우리는 더욱 짜릿한 쾌락을 맛볼 수 있을 거예요."

아니키노는 일어나 버드나무 가지를 들고 정원으로 나가 소나무 밑으로 다가갔습니다. 에가노는 그가 다가오는 것을 보고 기뻐하는 체하며 다가왔습니다. 아니키노는 그를 향해 소리쳤습니다.

아니키노의 이야기_ 아니키노와 부인이 서로 짜고 자신들의 불륜을 의심하는 주인을 혼내주는 장면이다. **중세 필사본 그림.**

"이 몹쓸 여자 같으니, 내 짐작대로 이렇게 나왔구나. 그래 내가 존경하는 주인어른을 배반할 줄 알았단 말이지? 이런 여자는 혼을 내줘야 한다니까."

이렇게 외치며 버드나무 가지를 휘둘렀습니다. 에가노는 아니키노의 외침과 버드나무 가지를 보자 끽소리도 못하고 도망쳤습니다. 아니키노는 뒤쫓아가며 외쳤습니다.

"그래 도망치는 게 수다. 이 몹쓸 여자야. 날이 밝으면 주인어른께 내 일러바치지 않을 줄 알고!"

에가노는 호되게 얻어맞고 침실로 돌아왔습니다. 부인은 아니키노가 정원에 나왔느냐고 시치미 떼고 물었습니다. 그러자 남편은 얻어맞은 곳을 어루만지며 말했습니다.

"차라리 나가지 않았으면 좋았을 걸 그랬어. 글쎄 그놈이 당신인 줄 알고는 막무가내로 나를 후려갈기잖아. 게다가 입에 담지 못할 욕을 퍼붓더군. 나는 그놈이 당신을 꾀어 날 망신시키려고 하는구나 하고 의심했지만, 실상은 당신이 평상시에 좀 들뜬 것 같아 보이니까 한번 시험해 본 것이오."

그러자 부인은 말했습니다.

"하느님의 뜻으로 그는 나를 말로써 시험하고, 당신을 행동으로 시험해 본 거군요. 당신이 그의 행동을 참으셨듯이 나도 그의 욕지거리를 꾹 참고 있어야겠군요. 어쨌든 아니키노는 당신에게는 충성스러운 하인이니 친절하고 소중히 대해 주세요."

부인의 말에 동의하며 에가노는 고개를 끄덕였습니다. 이 사건으로 그는 가장 정숙한 아내와 어떤 신사도 가지지 못한 충성스런 하인을 데리고 있다고 믿었습니다. 그 뒤로 두 사람은 아니키노를 끌어내어 몇 번이나 이 사건을 웃음거리로 삼았습니다.

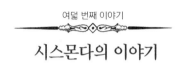

시스몬다의 이야기

부인들은 베아트리체 부인이 남편을 가혹하게 다룬 수법에 놀라움을 금치 못했습니다. 부인이 아니키노의 손을 붙잡고 놓지 않을 때 남편에게 고발하는 것이 아닌지 손에 땀을 쥐기도 했습니다. 하지만 부인의 재치에 감동했고, 두 사람의 밀회에 환호를 보냈습니다. 왕은 네이필레를 지목하여 여덟 번째 이야기를 하라고 지시하였습니다. 그녀는 웃으며 이야기를 시작했습니다.

저도 여러분과 마찬가지로 근사한 이야기를 해야겠다고 마음먹었습니다. 이야기가 재미있을지 어떨지 모르겠지만 최선을 다해서 여러분의 기대에 부응하겠습니다.

우리가 사는 피렌체에 아리구초 베를링기에리라는 부자 상인이 살았습니다. 이 사람은 어리석게도 귀족 출신 아가씨와 결혼하여 귀족이 되고자 했습니다. 그리하여 시스몬다라는 귀족 아가씨와 결혼했습니다.

그는 상인이었기에 먼 곳으로 돌아다녀 부인과 함께 지내는 일이 적었습니다. 시스몬다 부인은 그 틈을 타서 루베르토라는 청년과 눈이 맞아 깊은 사이가 되었습니다.

아리구초가 어떻게 눈치챘는지, 어느 날부터인가 질투의 화신이 되어 부인을 감시했습니다. 남편의 의처증으로 루베르토를 만나지 못하게 된 부인은 하루하루가 절망이었습니다. 고민에 고민을 거듭한 끝

시스몬다의 발에 묶인 실_ 시스몬다와 루베르토는 그녀의 발에 실을 묶어 신호를 보내기로 하였으나 남편에게 발각되고 만다. **지노 보카실레의 그림.**

에 그녀는 묘안을 생각해 냈습니다. 그녀의 남편은 한번 잠들면 누가 업어가도 모르는 사람이었기에 한밤중에 루베르토를 침실로 끌어들이려 한 것입니다.

그래서 엄지발가락에 끈을 묶고, 그 끈을 침실 창문 밖으로 늘어뜨렸습니다. 루베르토에게 집 앞에 오면 끈을 잡아당기라고 했습니다. 남편이 잠들었으면 그 끈을 그대로 두고, 잠들지 않았으면 부인이 도로 당기겠다고 신호를 정했습니다. 이 방법으로 두 사람은 밀회에 성공했습니다.

그러던 어느 날 밤, 부인이 잠들었는데 아리구초가 침대 속에서 다리를 퍼다가 이 끈을 발견했습니다. 그는 무슨 음모가 있다고 직감하고는 그 끈을 자기 발가락에 묶었습니다. 아무것도 모르는 로베르토가 와서 끈을 당기자 남편은 벌떡 일어나 칼을 들고 문으로 달려갔습니다. 로베르토는 평소와 달리 문이 거칠게 열리자 이상한 낌새를 알아차리고는 도망쳤습니다.

요란한 소리에 잠이 깬 부인은 사태를 알아차리고 심복 하녀를 불러 자기 침대에 누워 달라고 간청했습니다. 자기가 뒷일은 책임지고 크게 보상할 테니 남편이 때리더라도 참아 달라고 했습니다.

로베르토를 놓친 남편이 화를 내며 침실로 돌아왔습니다. 화가 치민 그는 침대에 누운 하녀가 아내인 줄 알고는 인정사정없이 두들겨 팼습니다. 그래도 분이 안 풀렸는지 그녀의 머리카락을 칼로 싹둑 잘라버렸습니다. 그러고는 폭언을 퍼부었습니다.

"이 매춘부야, 이제 난 네까짓 것에는 손도 대고 싶지가 않아. 하지만 네 친정에 가서 네년의 부도덕한 행실을 낱낱이 폭로하겠다."

남편은 씩씩거리며 문을 박차고 나갔습니다.

시스몬다 부인은 커튼 뒤에 숨어서 이 모습을 하나도 빠짐없이 보았습니다. 남편이 나가버린 것을 알자 침대로 가 불을 켰습니다. 하녀는 상처투성이가 되어 엉엉 울고 있지 않겠습니까. 부인은 온갖 말로 위로하여 하녀를 자기 방으로 돌아가게 하고 상처를 매만져 주었습니다. 이렇게 하녀를 돌려보내고 부인은 재빨리 침대를 정돈하고는 그날 밤 아무도 거기서 자지 않았던 것처럼 꾸몄습니다.

아리구초는 기세등등하게 부인의 친정을 방문하여 처남 셋과 장모를 깨워 이 사실을 이야기하고는 직접 자른 머리칼을 내보였습니다. 그러고는 시스몬다를 집에 두지 않을 것이니 명예가 손상되지 않도록 조치하라고 윽박질렀습니다. 처남들도 이야기를 듣고는 화가 나서 당장 횃불을 들고 여동생의 집으로 향했습니다. 시스몬다의 어머니는 사실이 아닐 거라며 눈물을 흘리며 뒤따랐습니다.

집에 도착하니 시스몬다는 멀쩡한 모습으로 바느질을 하고 있는 것이 아닙니까? 그녀는 한밤중에 오빠들과 어머니를 보자 놀란 듯 일어서서 말했습니다.

"어머! 오라버님과 어머니, 어쩐 일이세요?"

일동은 그녀가 조신하게 바느질을 하고 있었기에 놀랐습니다. 게다가 상처 하나 없이 매끈한 얼굴을 하고 있으니 믿기질 않았습니다. 오빠들은 여동생에게 아리구초가 친정에 와서 한 말을 들려주었습니다. 그러자 아내는 남편을 향해 말했습니다.

"아니 여보, 이게 대체 무슨 말인가요? 왜 당신은 내가 그런 여자도 아닌데 죄를 뒤집어씌워 자신의 얼굴에 먹칠하는 거예요? 더구나 오늘 밤은 나와 잠자리에 들지도 않았으면서 왜 그런 말씀을 하는 거예요. 나 참 기가 차서, 아니 언제 당신이 날 때렸죠. 나는 맞은 기억이 없어요."

아리구초는 무엇에 홀린 듯 멍하게 서 있었습니다. 그는 쥐고 있던 머리칼을 내밀고 말했습니다.

"내가 분명 너의 애인을 쫓다 실패하고 돌아와 너의 머리카락을 잘랐으니 이것이 증거가 아니고 무엇이냐."

그러자 아내는 머리에 쓴 베일을 벗었습니다. 그녀의 머리카락은 멀쩡했으며 남편이 쥐고 있던 머리카락과 색깔이 달랐습니다. 아내는 오빠들을 향해 남편을 공격했습니다.

"오라버니들, 이 남자는 매일 술독에 빠져 살며, 이 여자 저 여자와 놀아나는 난봉꾼이랍니다. 한밤중도 모자라 아침까지도 저를 기다리게 하죠. 지난밤에도 다른 여자와 술에 취해서 싸운 것이 틀림없어요.

하지만 남편을 용서하니 오라버니들도 용서해 주세요."

친정 오빠와 어머니는 아리구초에게 저주와 욕설을 퍼부었습니다. 오빠들은 으름장을 놓았습니다.

"술에 취해 한 행동이니 이번만은 용서하겠다. 목숨이 아깝거든 이런 이야기는 다시 우리 귀에 들리지 않게 하라. 다시 한번 이런 이야기가 들리면 이번 몫과 함께 처단할 것이다."

한참을 멍하게 서 있던 남편은 자기가 한 일이 진짜인지 꿈이라도 꾸었던 것인지 구분하지 못했습니다. 시스몬다는 순간의 기지로 위기를 모면했을 뿐 아니라, 그 뒤로는 남편의 눈을 걱정하지 않고 사랑의 환희를 마음껏 즐겼답니다.

피루스의 이야기

네이필레의 이야기가 끝나자 어찌나 재미있었던지 왕이 조용히하라고 해도 웃음을 그칠 줄 몰랐습니다. 왕도 웃음을 그칠 수 없을 정도였죠. 왕은 좌중을 진정시키고는 팜필로에게 다음 이야기를 하도록 지명했습니다. 팜필로는 웃음이 잦아들자 이야기를 시작하였습니다.

여러분, 저는 열렬한 사랑을 하는 자는 무슨 일에서나 대담하게 밀고 나아가면 곤란하고 위험한 일일지라도 성공하지 않을 까닭이 없다고 생각합니다.

지금까지 이와 흡사한 이야기는 몇 번이나 되풀이했습니다만 이제부터 제가 하는 이야기로 그것이 더욱 분명해질 줄 압니다. 이 여성의 경우에는 재치를 발휘했다기보다 운이 좋았다고 할 수 있겠지요.

옛날 그리스 아카이아의 가장 오래된 도시 아르고스에 니코스트라토스라는 귀족이 살았습니다. 이 사람은 나이 들어 리디아라는 아름다운 귀부인을 아내로 맞았습니다. 귀족에다 부자인 그는 사냥에 심취하여 개와 매를 많이 길렀습니다. 그런데 하인 중에 얼굴이 잘생기고 체격이 훌륭한 젊은이가 있었습니다. 주인은 그를 아끼고 믿었습니다.

젊은 부인도 그만 이 하인에게 연정을 품었습니다. 그러나 하인 피루스는 부인의 마음을 조금도 알아주지 않았습니다. 부인은 자신의 뜨거운 마음을 털어놓기 위해 하녀 루스카를 불렀습니다.

"루스카야, 이제까지 네게 여러 가지로 잘해 주었으니까 앞으로 내가 하는 말을 잘 듣고 시키는 대로 해 주지 않으면 안 된다. 지금부터 내가 하는 말은 내가 전하라는 사람 이외의 어떤 사람에게도 절대로 말해서는 안 되느니라. 루스카야, 나는 젊은데 남편은 늙어서 불행한 삶을 보내고 있단다. 재산이 많으면 뭐 하니. 그래서 말인데, 내 마음속은 온통 피루스뿐이니 어떻게 하면 좋겠니. 피루스에게 내 마음을 전해 줄 수 있겠니?"

하녀는 걱정하지 말라고 한 뒤, 피루스를 만나서 부인의 마음을 전했습니다. 피루스는 놀라며, 자신은 주인어른의 믿음을 배반하고 싶지 않으니 그런 말 말라고 무뚝뚝하게 대답했습니다. 이 말을 전해 들은 리디아 부인은 낙심했지만 하녀에게 다시 한번 부탁했습니다.

"루스카야, 너는 떡갈나무가 도끼질 한두 번으로 넘어가지 않는다는 것을 알겠지. 그 사나이는 내가 얼마나 그리워하는 줄도 모르고 공연히 주인에 대한 충성심만 쳐드는 모양이다. 이제 한 번 그에게 가다오. 틈을 보아 불타는 내 마음을 전해 주어라."

하녀가 부인을 위로하고 피루스를 찾아가니 그는 하녀를 반기며 맞아주었습니다. 루스카는 그에게 제발 부인을 절망에 빠뜨리지 말라고 달랬습니다.

안 그래도 마음이 흔들리던 피루스는, 부인이 진심이라는 증거를 보여 달라고 했습니다. 그러자 충성스런 하녀는 주인마님의 심정을 절절히 전했습니다.

"마님은 육체가 한창 무르익은 나이이고, 당신의 젊은 욕망 앞에 사랑을 바치겠노라고 하시며 밀회의 안식처까지 제공했어요. 당신은 이런 행운을 차버릴 이유가 뭐가 있어요. 영리하게 처신하면 즐거움을 누리면서 지금보다 더 좋은 처지가 된다는 것을 모르겠어요? 마님의 사랑에 응한다면 무기, 옷, 돈이 모두 손에 들어오고 마음먹은 대로 할 수가 있어요. 이보다 더 좋은 것이 있나요? 자, 정신 차리고 내 말을 들어봐요. 당신에게 굴러들어온 행운을 쫓아 버리지 말고 맞아들여요. 끝끝내 고집을 피우다가는 마님을 죽음으로 몰아넣게 될 거예요. 그러면 당신도 후회할 일이 생기고 말 겁니다."

루스카는 이 말은 부인이 자신을 시험하는 말일 수도 있으니, 자기가 원하는 세 가지를 부인이 하면 그 말을 믿겠다고 전하도록 하녀에게 말했습니다.

그 세 가지는 주인님이 보는 앞에서 잘 숙련된 매를 죽일 것, 주인님의 수염을 한 움큼 잘라 나에게 보낼 것, 주인님의 제일 튼튼한 이를 하나 뽑아 내게로 보내라는 것이었습니다.

루스카가 부인에게 피루스의 말을 전하자 부인은 난감했습니다. 그러나 사랑의 신은 부인으로 하여금 이를 성취시키고야 말리라고 결심하게 했습니다. 그녀는 하녀를 보내어 그의 요구를 반드시 들어주겠다고 전했습니다. 사흘 후에 남편 니코스트라토스는 사람들을 초대하여 연회를 베풀었습니다. 부인은 그 자리에서 피루스를 비롯하여 모든 사람이 지켜보는 가운데 남편이 아끼던 매를 죽였습니다.

그것을 본 남편은 그녀를 향해 외쳤습니다.

"아니, 그게 무슨 짓이란 말이오."

부인은 거기에는 아무 말도 하지 않고 어리둥절하게 바라보는 귀족들에게 말했습니다.

"여러분, 이따위 매에게 복수할 만한 용기가 없다면 저는 수치스러운 여자입니다. 이 새는 남편이 내게 주어야 할 부부의 시간을 오랫동안 빼앗았습니다.

날이 밝자마자 니코스트라토스는 침대를 박차고 일어나 매와 함께

매를 죽이는 부인_ 귀족 부인이 잘생긴 하인 피루스의 사랑을 얻기 위해 남편이 아끼는 매를 죽여 보이는 장면이다. **중세 필사본 그림.**

넓은 들판으로 말을 달려 즐기고 있기 때문입니다. 그 탓에 나는 홀로 침대에 버려졌으므로 그동안 몇 번이나 지금 같은 일을 실천하려고 생각했습니다. 하지만 사정상 미루어 왔습니다. 나의 슬픔을 올바르게 판단할 수 있는 사람들의 눈앞에서 결행하려고 기회를 기다렸던 것입니다."

부인의 말에 모두 수긍하고 이 일은 그런대로 넘어갔습니다. 그리고 부인은 침대에서 남편과 장난하는 척하더니 그의 수염을 한 움큼 뽑았습니다. 이렇게 하여 두 번째 과제는 해결되었지만, 남편의 치아 하나를 뽑는 게 문제였습니다. 궁리 끝에 부인은 이 문제도 처리할 방법을 찾았습니다.

당시 집에는 귀족의 자제 두 명이 귀족다운 예의범절을 익히고자 남편의 시중을 들고 있었습니다. 부인은 두 소년을 불러 주인의 입에서 악취가 나니 시중들 때 고개를 뒤로 젖히라고 일렀습니다. 기회를 보아 당신 입에서 악취가 난다고 말하고, 남편이 어떻게 할까 고민하자, 자신이 이를 뽑겠노라고 말했습니다.

아픔에 발버둥치는 남편을 하녀에게 붙잡으라고 하며 인정사정없이 생니 하나를 뽑고는 준비해 두었던 썩은 이를 보여주었습니다.

남편의 치아를 피루스에게 보내자 피루스는 더는 부인의 사랑을 거절할 수 없었습니다. 그래서 부인은 피루스와 밀회할 안전한 방법을 궁리했습니다.

부인이 꾀병을 내어 아프다는 핑계로 드러누우니까, 부인의 병세가 궁금하여 남편이 들어왔습니다. 피루스밖에 아무도 따라온 자가 없다는 것을 보자 병도 많이 나았으니 둘이서 부축하여 정원으로 데려가 달라고 청했습니다.

남편과 피루스가 양쪽에서 껴안듯이 하여 정원으로 데리고 나갔습니다. 그리고 큰 배나무 아래 잔디에 앉혔습니다.

이렇게 세 사람이 한참 앉아 있다가 피루스에게 말해 둔대로 부인이 말했습니다.

"피루스야, 배가 먹고 싶으니 나무에 올라가 몇 개 떨어뜨려 주겠니?" 부인의 명을 받은 피루스는 배나무에 올라갔습니다. 그리고는 배를 떨어뜨리다 말고 말했습니다.

"나리, 마님, 지금 무슨 짓을 하시는 겁니까? 제 앞에서 그러시다니 부끄럽지도 않으십니까? 그런 짓을 하시려거든 침실에서 하십시오."

부인은 남편을 바라보면서 말했습니다.

"피루스가 무슨 말을 하는 건가요? 정신이 돌았나요?"

피루스가 말했습니다.

"천만에요, 마님. 정신은 말짱해요. 두 분께서는 제 눈에 보이는 것을 믿지 못하십니까?"

니코스트라토스는 황당해하며 말했습니다.

"피루스, 니, 꿈을 꾸는 기냐?"

이 말에 피루스가 대답했습니다.

"나리, 저는 꿈을 꾸고 있지 않습니다. 두 분께서도 꿈을 꾸고 계시지 않죠. 오히려 열심히 몸을 움직이십니다. 배나무가 이렇게 흔들리면 배가 하나도 남아나지 않겠어요."

부인이 말했습니다.

"이게 어찌 된 일이죠? 그의 말대로 그런 것이 보일 수가 있을까요? 하느님의 은혜로 내가 전처럼 건강해진다면 그가 본 것을 확인하기 위해 나무에 올라가 볼 텐데."

피루스는 배나무 위에서 계속해서 이상스러운 말을 떠들어댔습니다. 그러자 니코스트라토스가 소리를 질렀습니다.

"썩 내려와라!"

피루스가 나무에서 내려오자 니코스트라토스는 물었습니다.

"도대체 뭐가 보인다는 것이냐?"

"두 분께서는 제가 미쳤거나 꿈이라도 꾸는 것으로 생각하시지만, 저는 주인님이 마님을 덮치는 것을 봤습니다. 이렇게 말씀드려 죄송합니다만……. 그런데 나무에서 내려와 보니 주인님께서는 거기에 그렇게 앉아 계시는군요."

니코스트라토스는 기가 차서 말이 안 나온다며 이렇게 말했습니다.

"그렇다면 내가 확인해 보겠다. 이 배나무가 마술을 부렸는지를."

그렇게 말하고는 나무에 올라갔습니다. 남편이 나무 위로 올라가자 부인은 피루스와 즐기기 시작했으므로 그것을 본 니코스트라토스가 소리를 질렀습니다.

"야, 이 갈보년, 지금 무슨 짓이냐! 피루스, 넌 내가 그렇게도 신뢰하고 있지 않느냐?"

나무 아래의 정사_ 피루스가 나무 위에서 주인과 부인의 정사 장면을 보았다고 두 사람을 꾸짖는 장면이다. **중세 필사본 그림.**

이렇게 부르짖으며 배나무에서 내려오기 시작하자 부인은 피루스에게 말했습니다.

"얌전히 앉아 있자."

주인이 나무에서 내려왔을 때 두 사람은 점잖게 앉아 있었습니다. 니코스트라토스는 두 사람이 아까와 같은 자리에 앉아 있는 것을 보고 큰 소리로 꾸짖었습니다.

피루스가 말했습니다.

"주인님, 생각해 보니 주인님 말씀대로 제가 배나무 위에서 본 것은 환상이었나 봅니다. 이런 착각을 일으킨 것은 분명히 이 배나무 탓입니다. 저는 그런 엄청난 짓을 하지 않았고, 하려는 생각조차 하지 않았다고 단언할 수 있습니다. 마찬가지로 주인님이 마님과 여기서 그 일을 하셨다고 해도 세상 사람들은 믿지 않을 것입니다."

이러고 보니 니코스트라토스 역시 환상을 보았다고 믿게 되었고, 부인은 당장 배나무를 잘라 자신의 수모를 씻어 달라고 했습니다. 피루스는 도끼를 들고 와 배나무를 쓰러뜨렸습니다.

배나무 아래에서 피루스와 정사를 나누는 부인_ 니코스트라토스가 배나무에 올라 자신의 부인과 피루스가 정사를 벌이는 장면을 목격하지만 두 사람의 우격다짐에 환상을 보았다고 믿게 된다. **브루넬레스키의 그림.**

"저의 정절의 적이 쓰러지니 후련하군요."

그렇게 말하고 연신 자기의 잘못을 비는 남편을 용서해 주고, 앞으로 이와 같은 판단은 절대로 하지 말라고 약속을 받아냈습니다. 그 뒤 리디아 부인과 피루스의 뜨거운 밀회는 계속되었습니다. 아아! 주님이시여, 우리에게도 그와 같은 환락을 주시옵소서.

메우초 디 투라의 이야기

팜필로의 이야기가 끝나자 일동은 부인과 하인의 열정 때문에 애먼 배나무만 쓰러졌다며 안타까워했습니다. 이제 왕의 순서만 남았습니다. 왕인 디오메네는 마지막 차례가 자신이라는 것을 알았기에 이야기를 시작하였습니다.

여러분, 스스로 제정한 법률의 제일 실천자는 바로 국왕임에 틀림없습니다. 그렇지 못하면 왕은 스스로 권위를 무너뜨릴 뿐만 아니라 심판을 받아야 할 것입니다. 그런데 오늘의 왕인 제가 책망을 받게 되었습니다.

사실 오늘의 주제에 맞춰 제 특권을 행사하지 않고, 여러분과 마찬가지로 규정을 지켜 여러분께서 하신 것과 같은 이야기를 하려고 그 같은 규정을 마련했던 것입니다. 그런데 제가 생각한 것을 여러분께서 모두 이야기하셨을 뿐만 아니라 모두 재미있어서 도저히 다른 이야깃거리를 생각해 내지 못하였습니다. 어떠한 벌이라도 달게 받을 각오를 하고 지금껏 행사하던 특권으로 조금 다른 이야기를 하겠습니다. 재미있는 이야기이지만 엄밀히 말하면 종교적인 이야기는 아닙니다.

옛날 시에나에는 팅고초 미니와 메우초 디 투라라는 두 젊은 시민이 살았습니다. 두 사람은 살라야 문 안에 살면서 두 사람 외에는 다른 사람들과 교제하지 않았으므로 사이가 몹시 좋은 것처럼 보였습니다. 두 사람은 남들처럼 성당에도 가서 설교를 듣고 인간이 죽으면 어찌 되는지 궁금하니 어느 한쪽이 죽으면 남은 사람에게 나타나 이야기해 주자고 맹세했습니다.

그러던 중에 팅고초가 캄포렛지에 사는 암브루오지오 안셀미니 아들의 대부가 되었습니다. 이 사람은 미타 부인과 사이에 아들 하나를 두었던 것입니다. 그리하여 팅고초는 메우초와 함께 이 세례자의 어머니를 방문했습니다. 팅고초는 세례자의 어머니가 대단히 미인이며 요염하기 그지없었으므로 대부라는 위치도 잊은 채 그녀를 사랑하게 되었습니다. 메우초도 그녀가 마음에 들었던 참에 팅고초가 침이 마르도록 그녀를 칭찬하는 바람에 그녀를 사랑하게 되었습니다.

두 사람은 그녀를 놓고 서로 경계했는데, 그 까닭은 다음과 같습니다. 팅고초가 자기의 사랑을 메우초에게 알리지 않으려고 경계한 것은, 자기의 대자의 어머니를 사랑하는 것은 죄악이라고 생각했으며, 남이 알게 되면 그보다 더한 망신은 없다고 생각했기 때문입니다. 메우초는 그런 일로 경계하는 것이 아니라 팅고초가 그녀를 연모한다는 것을 알았기 때문입니다.

그는 마음속으로 중얼거렸습니다.

"이 일을 그에게 고백하면 나를 질투할 것이 틀림없다. 그렇게 되면 그는 대부인 만큼 언제든 자유로이 대화할 수 있으니 그녀로 하여금 나를 미워하게 할 것이다. 그렇게 되면 그녀는 나를 좋아해 줄 리 없다."

그런데 팅고초가 부인에게 사랑을 호소할 기회가 많았으므로 갖은 노력 끝에 부인과 밀회를 나누었습니다. 그 사실을 메우초가 알아차렸습니다. 매우 불쾌했지만 자기도 기회를 엿보아 소망을 이뤄보고자 마음먹었으므로 팅고초가 자기의 행동을 경계하거나 방해할 빌미를 주지 않게끔 그의 일에 대해서는 모른 체했습니다.

이렇듯 두 사람은 사랑의 경쟁을 이어가는데 이미 사랑의 승리에 취한 팅고초는 부인의 기름진 토양을 지나치게 갈고 일구는 바람에 정력을 소진하여 그만 병이 나고 말았습니다. 안타깝게도 갈수록 병세가 심해져 끝내는 이 세상과 작별하고 말았습니다.

그가 죽은 지 사흘째 되는 날. 생전에 맹세했던 대로, 팅고초가 한밤중에 메우초의 침실에 나타났습니다. 메우초는 죽은 그가 나타나자 지난날 맹세했던 일을 깨닫고는 물었습니다.

"자네는 죽음의 세상에서 어떤 벌을 받고 있나?"

팅고초는 대답했습니다.

"지옥의 벌은 받고 있지 않지만 범한 죄 탓에 퍽 괴로움을 당하고 있다."

이 말을 들은 메우초는 저세상에서는 현세에서 죄를 범한 자를 어떻게 벌하는지 듣길 원했습니다. 팅고초는 모든 걸 다 털어놓았습니다. 메우초는 이 세상에서 그를 위해 무엇이든 도와줄 것이 있느냐고 물었습니다. 팅고초는 나를 위해 미사를 올리고 기도드리고 헌금을 모아 달라. 저세상에 있는 자로서는 그런 일들이 퍽 도움이 된다고 말했습니다.

팅고초가 돌아갈 무렵 메우초는 그를 불러 물었습니다.

"팅고초, 지금 막 생각났는데 자네가 세상에 있을 때 곧잘 같이 자던 세례자의 어머니 일로는 어떤 벌을 받았나?"

팅고초가 대답했습니다.

"메우초, 내가 저세상에 가니 내 죄를 송두리째 알고 있는 듯싶은 사람이 있었네. 그는 이승에서 지은 죄를 갚으려면 최대의 벌을 받으면서 속죄하는 장소로 가라고 명령하더군. 그곳에는 나와 마찬가지로 형벌을 받고 있는 자들이 많았지. 나는 그곳에서 세례자 어머니와 관계

메우초 디 투라의 이야기_ 메우초는 친구와 한 여인을 사랑했으나 소극적이어서 여인은 친구와 연인이 되었다. 친구는 심하게 쾌락에 빠져 일찍 죽는다. 그리고 그의 유령이 메우초에게 나타나 말을 한다. **중세 필사본 그림.**

한 일을 생각해 내고 그때 받던 것보다 더한 형벌을 받는 것이 아닌가 하고, 새빨갛게 타오르는 불 속에 있는데도 몸이 덜덜 떨리지 않았겠나. 그런데 나와 처지가 비슷한 속죄자가 하는 말이, 여기서는 그런 일은 문제삼지 않는다고 하더군."

날이 밝자 팅고초는 메우초의 시야에서 사라졌습니다. 팅고초의 마지막 말을 들은 메우초는 지금까지 여자를 멀리한 것이 어리석은 짓이었음을 깨달았습니다. 그 뒤로는 바보스러운 짓에서 벗어나 약삭빠르게 실속을 차렸습니다.

왕의 이야기가 끝나 더 이야기할 자가 없게 되었을 때 해는 서쪽 하늘로 기울고 있었습니다. 왕은 월계관을 벗어 라우레타의 머리에 씌웠습니다. 새로 여왕이 된 그녀가 말했습니다.

"어제 디오네오는 여지가 남자에게 행한 속임수와 거짓말 등을 이야기하라고 했습니다. 저는 반대로 내일 이야기의 주제를 남자가 여자에게 행한 거짓을 이야기하라고 명해야겠지요. 그러나 그렇게는 하지 않기로 하고, 누구랄 것 없이 상대에게 행하는 속임수에 대해 이야기해 주셨으면 좋겠다고 생각합니다. 이 같은 이야기는 오늘과 마찬가지로 필경 즐거울 거라 생각합니다."

일동은 자유 시간 뒤에 식사하고, 별장으로 돌아와 춤과 노래를 즐겼습니다. 여왕은 내일 금요일은 예수 수난일(부활절 직전의 금요일)이니 오락이나 이야기는 삼가고, 우리의 영혼을 위해 거룩하게 지내자고 제안했습니다. 모두 동의하고 각자의 방으로 돌아가 휴식했습니다.

제8장

여덟째 날 이야기

굴파르도의 이야기

일요일 아침, 산꼭대기에는 햇빛이 반짝여 세상을 뚜렷이 보여주었습니다. 여왕은 다른 사람들과 함께 이슬 머금은 초원을 거닐었습니다. 모두 근처의 성당을 찾아 기도를 드리고 별장으로 돌아와 즐겁게 식사한 다음, 노래를 부르거나 춤을 추며 놀았습니다. 태양이 중천을 지났을 무렵 여왕의 지시에 따라 모두 분수 주변에 모여 앉았습니다. 여왕이 어제 내린 이야기의 주제를 다시 확인하고는 네이필레에게 오늘 첫 이야기를 하라고 하였습니다.

오늘은 신의 뜻대로 제가 이야기의 실마리를 열게 되었습니다. 이제까지 여자가 남자를 속인 이야기가 많았던 만큼 저는 남자가 여자를 속인 이야기로 말문을 열까 합니다.

옛날, 밀라노에 굴파르도라는 독일 군인이 있었습니다. 그는 체격도 훌륭하고, 독일인으로 드물게 주인에게, 충성을 다하는 군인이었습니다. 그는 빌린 돈은 약속한 날짜에 어김없이 갚았으므로 싼 이자로 거액의 돈을 빌려주는 상인들이 많았습니다.

그런 굴파르도에게 사랑하는 여인이 생겼으니, 바로 친구인 과스파르루올로 카가스트라초의 아내 암브루오자였습니다.

그는 사랑하는 사람이 친구의 부인이라서 마음을 나타내지 않고 남모르게 연모했기에 남편은 물론 부인까지도 눈치채지 못했습니다. 어느 날 굴파르도는 마음을 누르지 못하고 사람을 보내어 부인에게 마음을 고백하고 원하는 것은 무엇이든 하겠다고 전했습니다.

부인은 굴파르도의 전갈을 받고, 두 가지 조건을 들어준다면, 사랑을 받아들이겠다고 답했습니다. 첫째, 이 일을 절대 비밀로 할 것, 둘째, 금화 200피오리노를 달라는 것이었습니다.

이 말을 전해들은 굴파르도는 그녀의 천박함에 환멸을 느꼈습니다. 그래서 부인을 곤경에 빠뜨리기로 마음먹었습니다.

다시 사람을 보내어 당신의 소원은 무엇이든 들어주겠다. 돈을 마련해 드릴 터이니 언제 가지고 가야 좋을지 알려주기 바란다고 했습니다. 또한, 이 일은 자기가 가장 신뢰하고 언제나 짝이 되어 일하는 친구 외에는 아무에게도 알리지 않겠다고 전하게 했습니다. 부인은 그 말을 듣고 몹시 기뻐했습니다. 남편이 장사하러 사나흘 뒤 제노바로 출장을 가게 되었으니 그때 다시 알리겠다고 대답했습니다.

굴파르도는 친구 과스파르루올로를 찾아가서 이렇게 말했습니다.

"내가 지금 어떤 일을 하려고 하는데 금화 200피오리노가 필요하네. 그러니 자네가 언제나 받는 이자로 돈을 빌려주지 않겠나."

과스파르루올로는 기꺼이 승낙하고 당장 빌려주었습니다.

그는 사나흘 뒤에 제노바로 떠났습니다. 그의 부인은 곧장 굴파르도에게 금화 200피오리노를 가지고 오도록 사람을 보내왔습니다.

굴파르도는 친구와 함께 부인의 집으로 가서 부인을 만나자 대뜸 금화 200피오리노를 건네고 그녀에게 말했습니다.

"부인, 이 돈을 받으십시오. 그리고 주인께서 돌아오시면 드리십시오."

부인은 돈을 받았습니다만 왜 굴파르도가 그런 말을 하는지 알지 못했습니다. 다만 함께 온 사람의 이목이 부담스러워 그러는 줄로 받아들였습니다.

부인은 대답했습니다.

굴파르도의 이야기_ 굴파르도가 자신의 돈을 하나도 이용하지 않고 부인을 농락하는 장면이다. **중세 필사본 그림.**

"그렇게 하고말고요. 어디 얼마인가 세어 보아야지."

그렇게 말하고 식탁 위에 쏟아 세어 보고는 몹시 기뻐하며 돈을 챙겨 넣은 다음 굴파르도에게 돌아왔습니다. 그리하여 침실로 들어가 둘만의 즐거움을 나눴습니다. 제노바로 떠났던 남편이 돌아올 때까지 날마다 굴파르도는 부인이 바치는 극진한 육체의 향연을 즐겼습니다.

과스파르루올로가 제노바에서 돌아온 다음 굴파르도는 때를 맞춰 부인의 집을 방문하여 남편과 부인의 면전에서 이렇게 말했습니다.

"과스파르루올로, 며칠 전에 내게 빌려준 금화 200피오리노는 쓸 일이 없게 되었네. 그래서 자네가 없는 사이에 부인에게 드렸다네. 그렇게 알고 대장에서 지워 주게."

과스파르루올로는 아내를 보며 돈을 그에게서 받았느냐고 물었습니다. 그녀는 굴파르도가 데려온 증인까지 있으니 더 부인할 수도 없어 우거지상으로 말했습니다.

"분명히 받았어요. 당신에게 말한다는 걸 깜빡 잊었군요."

과스파르루올로가 말했습니다.

"굴파르도, 돌려주어 감사하네. 안심하고 돌아가게. 장부는 틀림없이 정리해 놓겠으니."

굴파르도는 의기양양해서 돌아가고 부인은 부끄러워 쥐구멍을 찾으며 부덕의 대가인 더러운 돈을 남편에게 돌려주었습니다. 이렇게 하여 재치 있는 탕아는 한푼도 들이지 않고 탐욕스러운 여자를 마음껏 농락했던 것입니다.

벨콜로레의 이야기

굴파르도가 탐욕스러운 밀라노 여인을 농락한 일에 일동은 입에 침이 마르도록 칭찬하였습니다. 여왕도 함께 칭찬하면서 팜필로에게 다음 이야기를 명했습니다. 팜필로는 이야기를 시작했습니다.

저는 우리를 모욕하거나 우리의 모욕을 받는 일이 없는 사람들, 즉 신부라는 족속에 관한 짧은 이야기를 하고자 합니다. 그들로 말할 것 같으면 십자군을 일으켜 언제나 우리의 아내를 정복하려고 벼르고 있습니다. 그리하여 단 한 사람이라도 정복하게 되면, 마치 알렉산드리아에서 술탄을 사로잡아 아비뇽으로 데리고 오기라도 한 듯 의기양양할 뿐만 아니라 모든 속죄를 얻은 것처럼 생각하고 있습니다.

우리는 그들에게 보복할 수는 없습니다. 다만 그 신부들이 아내를 습격할 때에 못지않은 열의로 신부의 어머니나 자매나 연인이나 딸 들에게 분풀이하고 있습니다.

그 예로 어느 농가에서 벌어진 신부의 어처구니없는 정사를 이야기하려고 합니다. 한마디로 신부에 대해서는 아무것도 믿을 수 없다는 이야기입니다.

피렌체에서 그다지 멀지 않은 비를롱고 마을에 영리한 그리고 여자에 관해서는 모르는 게 없는 정력적인 신부가 있었습니다. 이 신부는 남자들이 집을 비우면 부인들을 찾아가 성당에서 타다 남은 초 따위를 주며 축복을 내렸습니다.

이 신부가 마음에 둔 여인은 벤티베냐 델 마초라는 농부의 아내 벨콜로레였습니다. 그녀는 농부의 아내답지 않게 요염하고 머리카락에 까맣게 윤이 도는, 어떤 여자보다도 욕망을 불태우기에 알맞은 탄력 있는 몸매였습니다. 그녀가 성당에 오면 짐짓 키리에(미사 때 가장 먼저 외는 말로서 '주님, 자비를 베푸소서'라는 뜻)나 상투스(미사 끝에 있는 말인데 '성스러운' 또는 '성자'란 뜻으로 세 번 외운다)를 큰소리로 노래했는데, 그 목소리는 조랑말의 울음소리 같았습니다.

신부는 그녀에게 신선한 채소를 보내기도 하고, 만나면 은근한 눈길로 말을 걸었습니다. 그녀는 그런 신부의 마음을 모른 척했습니다.

어느 날 오후, 신부는 길에서 짐을 가득 실은 당나귀를 끌고 가는 농부 벤티베냐를 만났습니다. 신부는 농부에게 어디 가느냐고 물었습니다. 농부는 피렌체에 물건을 배달하러 간다고 말했습니다. 신부는 농부와 헤어지고는 농부의 집에 그녀만이 남아 있겠다고 판단하고는 달려가 사랑의 문을 열 때라고 생각했습니다.

한걸음에 달려온 신부는 농부의 집에 성큼성큼 들어가 그녀를 찾았습니다. 다락방에 있던 벨콜로레가 내려오자 신부는 말했습니다.

"벨콜로레, 나를 이렇게 내버려두어 죽일 셈인가?"

그녀는 웃음을 터뜨렸습니다.

"어머 신부님, 제가 어쩐다는 거예요. 신부님도 그런 짓을 하나요?"

벨콜로레는 튕겼습니다. 몸이 단 신부는 자기들이 그런 일에 더 능숙하다며 말했습니다.

"음, 우리 신부들은 속세의 보통 남자들보다 훨씬 솜씨 있게 하지. 우리는 쭉 정력을 모았다가 한 번에 모든 것을 쏟아붓기 때문이지. 여자는 가만히 누워 이쪽이 하는 대로 맡겨두면 되거든.”

벨콜로레는 신부의 말을 듣고는 소용없다고 거절했습니다. 신부는 무엇이든 가지고 싶은 것은 다 줄 것이니 자신의 사랑을 받아달라고 졸랐습니다.

그녀는 신부의 채근에 못 이기는 척하며, 이번 토요일에 피렌체에 가는데 5리라만 빌려주면 전당포에 맡긴 치마와 허리띠를 찾고 싶다고 했습니다.

신부는 수중에 돈이 없어 난처했습니다.

“마침 가진 돈이 없어. 하지만 토요일 전으로 자네의 청을 들어주지.”

그러자 벨콜로레는 신부에게 말했습니다.

“신부들은 말로만 의젓하게 약속을 하지요. 하지만 나중에 지킨 예가 없어요. 지금 가진 게 없으면 가서 가져오시면 되잖아요.”

신부는 무엇이든 호의를 표시하지 않는 한 자기의 원을 풀 수 없다고 판단하고는, 집에 다녀왔다가는 그녀 혼자 집에 있으리라는 보장도 없고, 지금이 절호의 기회라 여겼습니다.

“자네는 내가 돈을 나중에 가져온다는 말을 신용하지 않으니, 이렇게 하면 어떨까. 내 외투를 벗어주면 어떨까? 이 옷은 상당히 비싼 옷이니 나중에 돈과 바꾸면 되지 않겠소.”

벨콜로레는 눈이 휘둥그레져 신부의 옷을 살피며 말했습니다.

“어머, 그래요. 하지만 믿을 수가 있어야지. 어디 이리 줘 보세요.”

그녀는 옷을 꼼꼼히 살피고 나서 말했습니다.

“신부님, 저쪽 광으로 가시죠. 거기라면 아무도 오지 않으니까요.”

그리하여 신부는 광에서 이 세상에 두 번 다시 없을 격렬한 정사를 나누었습니다.

사제를 유혹하는 벨콜로레_ 벨콜로레가 사제
의 값나가는 외투를 저당잡고 그를 광으로 유
혹하는 장면을 묘사한 그림이다.

　성당으로 돌아온 신부는 1년 동안 제단에 바친 밀초 밑동을 다 모
아도 맡긴 옷을 찾을 수 없었습니다. 그는 궁리 끝에 한 가지 꾀를 내
어, 옆집 사내아이를 농부의 집에 보내어 양념 절구를 빌려달라고 했
습니다. 그런 뒤 식사 시간에 맞춰 보좌 신부에게 절구를 가져다주라
고 했습니다.

　벨콜로레는 그것을 빌려주었는데 신부는 복사(가톨릭에서, 성사를 집전
하는 사제의 시종)를 시켜 남편과 벨콜로레가 식사하는 시간에 맞추어서
이렇게 분부했습니다.

　보좌 신부는 부탁받은 대로 농부에게 말했습니다.

　"신부님이 감사하다면서 소년이 절구를 빌릴 때 저당잡힌 외투를 돌
려달라고 하십니다."

　이 말을 들은 농부 벤티베냐가 아내에게 소리를 질렀습니다.

"아니, 사제님에게 무슨 저당을 잡고 그랬어? 이 못된 여편네, 당장 돌려드리지 못해!"

화가 난 벨콜로레는 외투를 돌려주며, 다시는 자신의 절구로 소스를 만들지 못할 거라고 전하라고 했습니다. 보좌 신부는 외투를 가지고 돌아가 그녀의 말을 전했습니다. 그러자 신부는 빙그레 웃으면서 말했습니다.

"네가 다음에 아주머니를 만나거든 신부님이 이렇게 말하더라고 전해 주어라. 절구를 빌려주지 않으면 나는 절굿공이를 빌려주지 않겠다."

농부 벤티베냐는 아내가 실례의 말을 신부에게 한 것은 자기가 화를 냈기 때문이라고 생각하고 마음에 두지 않았습니다. 그러나 완전히 속 아넘어간 벨콜로레는 포도를 수확할 때까지 신부와 말을 하지 않았습니다. 이후 신부는 그녀를 마왕의 입에 처넣겠다고 위협했으므로, 그녀는 신부와 화해했습니다. 그런 뒤부터 둘은 실컷 재미를 보곤 했습니다.

칼란드리노의 이야기

팜필로의 이야기는 부인들의 폭소를 자아냈습니다. 이야기 중간부터 웃던 부인들은 이야기가 끝날 때까지 웃음을 멈추지 않았습니다. 여왕은 엘리사에게 다음 이야기를 하라고 지명했습니다. 한참 웃던 그녀는 정색하더니 이야기를 시작했습니다.

제 이야기는 재미있기보다 실제로 있었던 극히 짧은 이야기입니다. 팜필로의 이야기만큼 여러분을 웃길 수 있을지 모르겠습니다만 열심히 해보겠습니다.

우리가 사는 피렌체에 칼란드리노라는 독특한 사나이가 있었는데, 사내는 브루노와 부팔마코라는 두 화가와 자주 어울렸습니다. 이 두 화가는 명랑하고 재치 있지만 칼란드리노의 기괴한 행동과 단순한 성격을 재미있어 하며 서로 친한 사이로 지내고 있었습니다.

그런데 하는 짓이나 하려고 마음먹는 일마다 아주 짓궂고 재미있는 마조 델 삿지오라는 청년이 있었습니다. 칼란드리노는 이 청년이 바보스럽다는 말을 듣고 한번 그를 놀려 주든가, 터무니없는 일을 진짜로 믿게 함으로써 재미있는 시간을 가져 보자고 생각했습니다.

마침 칼란드리노가 성 조반니 사원에서 최근에 마련한 제단 위의 벽화며 부조를 열심히 구경하는 것을 발견한 마조는 자기의 계획을 실천

할 절호의 기회가 왔다고 생각했습니다.

마조는 칼란드리노에게 그 돌들은 바스크인들이 살고 있는 베를린 초네(마조가 지어낸 곳)라는 지방에 있는데. 그곳은 벤고디(이 세상의 낙원)라고 불리며, 소시지가 포도나무에 묶여 있고, 동전 하나면 거위 한 마리에 덤으로 새끼까지 준다는 허무맹랑한 이야기를 했습니다. 마조의 말에 "그래요!" 하고 칼란드리노는 놀라며 말했습니다. "굉장한 곳이 군요. 하지만 삶은 수탉은 어떻게 합니까?"

"그거야 바스크 사람들이 먹지요"라고 마조는 천연덕스럽게 말했습니다.

"꽤 먼 곳이군요. 가깝다면 가서 마카로니가 흘러내리는 것을 보기도 하고 실컷 먹기도 하면 얼마나 좋을까요. 그런데 그 언저리에는 아까 말한 불가사의한 돌은 없는 건가요?"

칼란드리노의 호기심 어린 말에 마조는 속으로 웃으며 말했습니다.

"왜 없겠어요. 전능한 힘을 가진 두 개의 돌이 있습니다. 하나는 세티냐노와 몬티시에서 나는 돌인데 그것으로 절구를 만들면 밀가루가 저절로 쏟아져 나오는 힘이 있습니다. 그 지방 사람들은 '은총은 하늘에서, 절구는 몬티시에서'라고들 말하죠. 또 다른 돌은 보석 세공사들이 엘리트로피아라고 부르는 보석인데, 이 보석의 불가사의한 마력이란 대단한 것이어서, 가지고 있는 자는 내내 투명 인간처럼 모습을 다른 사람이 보지 못합니다."

칼란드리노는 마조에게 일일이 마법의 돌에 대해 물었습니다. 그리고 그의 말을 하나도 놓치지 않고 외우고는 달리 볼일이 있는 체하면서 헤어졌습니다. 칼란드리노는 그 돌을 찾아 떠날 것을 결심했습니다. 그렇지만 브루노와 부팔마코 모르게 그런 일을 하려고는 생각하지 않았습니다. 두 사람은 특별히 친한 사이였으니까요.

마법의 돌을 줍는 칼란드리노_ 칼란드리노가 허황된 말에 속아 친구들과 강변에서 마법의 돌을 줍는 장면이다. **중세 필사본 그림.**

칼란드리노는 성당에서 그림을 그리는 두 친구를 불러내어, 지금까지의 일을 말하며, 당장 무뇨네 강둑으로 가자고 했습니다. 두 화가는 웃음을 참으며, 지금은 돌이 하얗게 마르는 한낮인데다 평일이어서 사람들이 많을 테니 일요일에 가자고 했습니다.

집에 돌아온 칼란드리노는 일요일 아침이 기다려져서 견딜 수 없었습니다. 마침내 그 아침이 오자 날이 새기 무섭게 일어나 친구들을 두드려 깨웠습니다. 무뇨네 강가에 도착한 세 사람은 돌을 찾으러 돌아다녔습니다.

칼란드리노는 앞장서서 이리저리 뛰어다니며 검은 돌이 눈에 띄면 정신없이 주웠습니다.

두 친구도 뒤를 따라다니며 칼란드리노가 돌을 실컷 줍자 그들의 계획대로 브루노가 부팔마코에게 말했습니다.

"칼란드리노가 어디 갔을까?"

부팔마코는 칼란드리노가 바로 곁에 있는데도 두리번거리더니 말했습니다.

"조금 전에 여기 있었는데……."

두 친구는 칼란드리노가 자신들을 속이고 도망쳤다고 짐짓 화를 냈습니다. 그러면서 화풀이하는 척 작은 돌을 집어 칼란드리노의 발꿈치와 허리를 맞추었습니다. 성 갈로 문까지 와서는 미리 귀띔을 받은 세관 관리들까지 칼란드리노가 안 보이는 척했습니다. 마침 식사 시간이라 거리에는 인적이 드물어 칼란드리노에게 말을 거는 사람들이 없었습니다.

두 사람에게 미리 이야기를 들은 세관 관리는 못 본 체 칼란드리노를 통과시키고는 배꼽이 빠지도록 웃었습니다. 칼란드리노는 세관 관리에게 검문도 받지 않고 칸토 알라마치나 근처의 자기집으로 돌아왔습니다. 게다가 행운의 신도 이런 짓궂은 장난이 재미있었던지, 강에서 출발해서 거리를 지나오는 동안 만나는 사람도 적었던 데다 말을 걸어오는 사람조차 없었습니다.

이제 정말 자기 모습이 다른 사람들 눈에 안 보인다고 철석같이 믿게 된 칼란드리노는 무거운 돌멩이 자루를 지고 집으로 돌아왔습니다. 그런데 층계 입구에 서 있던 아내가 남편을 보자마자 식전부터 집을 비웠다며 고래고래 소리를 질렀습니다. 칼란드리노는 자기 모습이 보인다는 이야기에 화가 나서 아내를 욕하고 때렸습니다. 뒤따라온 두 친구가 이 소동을 보고 난감해하면서 어떻게 된 일이냐고 말했습니다.

"칼란드리노, 자네가 아무리 화가 난다고 하더라도 뭐 애꿎은 우리까지 끌어낼 것까지 없지 않은가. 우리를 마력의 돌을 찾아준다고 데리고 가서는 온다 간다 말도 없이 사라지지 않았는가."

이 말을 들은 칼란드리노는 기운을 차리고 대답했습니다.

자신의 부인을 혼내는 칼란드리노_ 투명 인간이
된 칼란드리노는 아내 때문에 부정 탔다며 부인
을 혼내는 장면이다. **중세 필사본 그림.**

"자네들, 너무 화내지 말게나. 내가 그놈의 돌을 찾아냈다는 것이 바
로 악운이었어! 자네들이 맨 처음에 나를 찾았을 때 실상 나는 10미터
도 떨어지지 않은 곁에 서 있었다네. 그런데 자네들의 눈에는 내가 보
이지 않는 모양이어서 나는 자네들 앞에서 걸어서 돌아왔던 거라네."

두 친구가 주고받은 말을 처음부터 끝까지 주워 삼킨 다음 돌에 얻어
맞은 뒤꿈치와 허리의 멍을 보여주면서 덧붙였습니다.

"내가 관문을 지나왔는데 아무도 나를 보는 것 같지 않더군. 세관 관
리들이란 뭐 조금 이상한 것만 보아도 정떨어질 정도로 시끄럽게 조사
를 했었는데……. 그것만이 아니야. 여느 때 같으면 말을 걸고 한잔하
자고 잡아끄는 친구 놈들이 나를 만나고도 내가 보이지 않는 모양인지
아무 말도 붙이지 않았다네. 그런데 집에 오니 이놈의 여편네가 톡 튀
어나오더니 그만 날 알아보는 것 아닌가. 알다시피 여자란 사물의 효
력을 송두리째 없애버리는 요물 아닌가. 그 때문에 나는 피렌체에서 제

일 행복할 수 있었는데 가장 불행한 놈이 돼버렸지."

다시 화가 치민 그는 아내를 패려고 일어섰습니다. 그러자 두 친구는 가로막고 서서 칼란드리노를 진정시켰습니다.

그런 뒤로는 여러 가지 말로 타일러 우는 아내와 그를 화해시키고 발 디딜 틈도 없을 정도로 돌멩이가 흩어져 있는 방에 벌레를 깨문 것 같은 얼굴의 그를 남겨두고 돌아갔습니다.

피카르다의 이야기

엘리사의 이야기가 끝나자 모두 큰 축하를 보냈습니다. 여왕은 에밀리아를 향해 다음 이야기를 하라고 눈짓했으므로 그녀는 이야기를 시작했습니다.

사제와 수도사도 그렇고 무릇 성직자가 얼마나 위선적이었는지 이제까지 여러분의 이야기로도 잘 알 수 있다고 생각합니다. 저는 그것에 보태 사제 이야기를 해보려고 합니다. 그자는 이 세상 관습 따위는 무시하고 상대방이 자기를 좋아하건 말건 아랑곳하지 않고 어느 귀부인에게 반했습니다.

이 귀부인은 피에졸레 성당 근처에 유서 깊은 집과 토지를 소유한 귀족 피카르다의 미망인이었습니다. 그러나 형편이 좋지 않았기에 1년의 대부분을 두 동생의 집에 가서 지냈습니다. 부인은 그곳에서 성당에 나갔는데, 그때 성당의 사제가 귀부인에게 반해버린 것입니다.

사제는 나이가 많았지만 마음만은 청춘이었습니다. 그는 부인에게 고백하고는 부인 역시 자기를 사랑해야 한다고 강변했습니다. 부인은 정중히 거절했습니다.

"신부님, 당신이 나를 사랑해 주신다니 매우 고마운 일입니다. 그러므로 나도 당신을 사랑해야 할 일이면 기꺼이 사랑해 드리지요. 하지만 당신의 사랑과 나의 사랑 사이에 조금이라도 부정한 일이 있어서는 안 됩니다. 당신은 내 종교상의 아버지이며 신부님이십니다. 또 당신은 나이가 아주 많아서 올바르고 청결한 행동을 해야 하고, 나 또한 사랑 따위에 마음이 들뜨는 젊은 아가씨도 아닌 미망인입니다. 그러므로 당신이 바라는 방법으로 당신을 사랑해 드릴 수는 없으니 아무쪼록 이해하시길 바랍니다."

이 정도의 이야기로 물러날 신부가 아니었습니다. 그는 사람을 보내거나 편지를 보내는 등 부인을 괴롭혔습니다. 참다못한 부인은 남동생에게 이 사실을 모두 말했습니다. 남동생과 부인은 신부를 떼어놓기 위한 방법을 모색했습니다. 성당에 나간 부인에게 신부는 아니나다를까 추파를 던졌습니다.

"신부님이 나의 굳은 결심을 무너뜨렸습니다. 그토록 사랑해 주시는 신부님을 받아들이겠습니다."

신부는 부인의 말에 기뻐서 어쩔 줄 몰라 하며 어디서 만나면 좋겠냐고 물었습니다. 부인은 대답했습니다.

"제가 머무는 집은 동생의 집이라서 동생 친구들이 자주 왕래를 하고 있어요. 그리고 넓지 않아서 벙어리처럼 입을 다물고 장님처럼 깜깜하게 한 연후에야 일을 치를 수 있어요."

부인의 말에 신부는 하룻밤 정도는 문제되지 않는다며 오늘 밤 당장 만나자고 했습니다.

집으로 돌아온 부인은 추타차(납빛)라는 하녀를 불렀습니다. 이 하녀는 나이도 많고, 세상에 이런 얼굴이 없을 만큼 못생긴 데다 절름발이였습니다. 부인은 예쁜 속옷을 사줄 테니 한 남자와 은밀히 잠자리를 해 달라고 부탁했습니다. 하녀는 속옷을 사준다는 말에 두말없이 승낙했습니다.

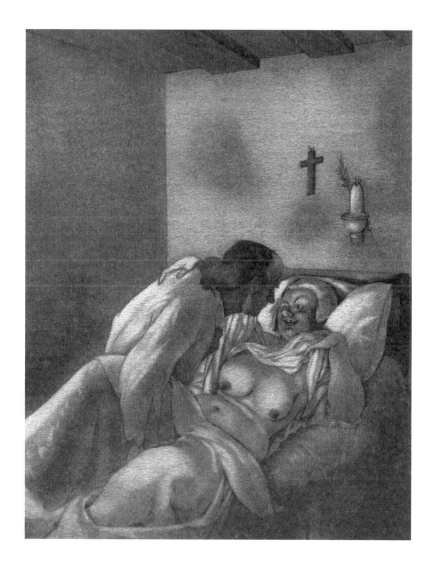

피카르다의 이야기_ 피카르다는 아름다운 미망인으로, 신부가 그녀에게 흑심을 품고 여러 방법으
로 구애하였다. 피카르다는 정중히 거절하였으나 신부는 막무가내였고, 피카르다는 너무나 성가셨
으므로 어떻게든 멈추게 하려고 꾀를 냈다. 그리고 자기 집에서 서로를 탐닉하자고 하는데, 두 남동
생에게 들키면 안 되기 때문에, 어둡게 하고 한마디도 말하지 않은 채로 좁은 곳에 들어가서 동침해
야 한다고 말한다. 신부는 기뻐하며 피카르다의 집에 간다. 피카르다는 매우 못생긴 하녀에게 어둠
속에서 신부를 만나도록 부탁해 두었다. 어두워서 아무것도 모르는 신부는 못생긴 하녀와 동침하게
되고, 피카르다의 동생들은 신부의 스승을 모시고 문을 벌컥 연다. 신부는 하녀와 동침하는 광경을
스승에게 목격당한다. **브루넬레스키의 그림**.

밤이 되자 신부가 몰래 찾아와 부인의 침실에 들었습니다. 신부는 컴컴한 어둠 때문에 침대 속 여인이 부인인 줄 알고 사랑의 환락에 빠졌습니다.

옆방에서 귀를 기울이고 있던 두 동생은 일이 계획대로 되자 주교를 만나러 갔습니다. 주교는 진작부터 동생들 집에서 포도주를 마시고 싶다고 했기 때문에, 주교를 집으로 끌어들이는 것은 어렵지 않았습니다. 더구나 주교는 두 사람을 보자 새삼스럽게 자기의 희망을 말하고 함께 걸었습니다. 등불이 환한 안마당으로 들어가 질 좋은 포도주를 함께 즐겁게 마셨습니다. 포도주를 다 마시고 나자 젊은이들이 말했습니다.

"주교님, 저희가 먼저 주교님을 초대하지 못했으나, 누추한 집에 일부러 와 주셔서 정말 고맙습니다. 당신께 보여드리고 싶은 일이 있습니다만, 한번 보시겠습니까?"

주교는 기꺼이 보겠다고 대답했습니다. 그러자 동생이 횃불을 들고 앞장서고, 그 뒤에 주교와 다른 사람들이 뒤를 따라, 사제가 추타차와 자고 있는 방으로 갔습니다.

신부는 속은 것을 알고 낙심한 채 성당으로 끌려갔습니다. 주교는 동생들에게 자초지종을 듣고, 부인과 그 동생들의 지혜를 칭찬했습니다. 신부는 40일의 벌을 받았으며, 그 이후 신부가 지나가면 아이들이 손가락질하며 놀려댔습니다.

"저기 추타차하고 잔 신부가 간다!"

이렇게 하여 부인은 귀찮은 사람을 혼내고, 추타차는 예쁜 속옷과 즐거운 밤을 얻었으니 그야말로 도랑 치고 가재 잡은 격이죠.

마소 델 삿지오의 이야기

에밀리아가 이야기를 마치자 부인들은 귀부인의 지혜를 찬양하였습니다. 여왕은 필로스트라토를 바라보며 다음 이야기를 주문하였습니다. 그는 기다렸다는 듯 이야기를 시작했습니다.

여러분의 입에 담기에 부끄러워할 만한 말이 더러 나와 망설여지지만 우습고 재미있기에 굳이 들려드리겠습니다. 피렌체에 마르케 출신 장관이 부임해 오는 사실을 여러분께서도 잘 알고 계시겠지요. 그들은 하나같이 비열하고 인색하여, 법률 학교 출신이 아닌 농부나 구둣방 출신처럼 보이는 자들을 재판관이나 공증인으로 데려옵니다.

예전에 마르케 출신 장관이 부임할 때에도 그와 비슷한 사람들을 데리고 왔는데 그중 니콜라 다 산레피디오라는 자가 있었습니다. 그는 기껏해야 자물쇠 장수로밖에 보이지 않았는데, 그런 자가 범죄 문제를 다루는 재판관으로 임명된 것입니다. 일반 시민이 특별한 일 없이 재판소에 드나들 듯, 마소 델 삿지오 역시 친구를 찾으러 재판소에 갔다가 괴상한 복장을 한 니콜라를 보았습니다. 그는 머리에는 초라한 다람쥐 가죽 모자, 허리에 찬 잉크병, 허리가 드러나는 바지, 온통 이상한 장식을 한 차림으로 재판석에 앉아 있었습니다.

마소는 그런 모습을 오래 보기도 민망하여 그냥 거리로 나왔는데, 마

마소 델 삿지오의 이야기_ 마소는 장난을 좋아하는 사람으로, 못마땅한 장관이 조롱할 만한 몰골의 재판관들을 데려온 것을 보고 놀려주리라 결심한다. 그는 재판관이 앉아 있는 의자에 다가가서 친구와 함께 옷자락을 붙잡고, 서로 치열한 소송에 관한 이야기를 한다. 재판관은 소송에 관해 자세한 이야기를 듣기 위해 일어서서 귀를 기울이려 하는데, 그 순간 의자 밑에 있던 마테우초는 재판관의 바지를 당긴다. 재판관은 바지춤을 붙잡고 엉거주춤하게 다시 자리에 앉는 등 낭패를 보게 된다. **중세 필사본 그림.**

침 친구 리비와 마테우초를 만났습니다. 두 사람도 마소 못지않은 유쾌한 친구로 세 사람이 잘 어울렸습니다. 마소는 두 친구에게 니콜라의 괴상한 복장을 보여주었습니다. 세 사람은 재판관이 앉은 의자와 낡은 발판을 이용해 니콜라의 바지를 벗기기로 모의했습니다.

다음 날 아침, 세 사람은 다시 재판소에 모였습니다. 재판소는 사람들로 붐볐으며, 마테우초는 재판관 의자 밑까지 몰래 기어들어가 재판관이 발을 올려놓은 발판 밑까지 다가갔습니다. 이때 마소와 리비는 양쪽에서 니콜라의 옷자락을 붙잡고 서로 도둑놈이라며 다투는 척했습니다. 이때를 놓치지 않고 마테우초가 손을 발판 틈새로 내밀어 재판관의 바지를 잡아당겼습니다. 바지가 벗겨지자 니콜라는 윗옷 앞섶을 여미며 급히 도로 앉았습니다. 마소와 리비가 양쪽에서 그를 붙잡고 아우성쳤습니다.

"재판관님은 비겁하십니다. 말을 다 듣지도 않고 도망치시렵니까? 우리 지역에서는 이런 사사로운 일은 서류도 제출하지 않는답니다."

양쪽에서 윗옷을 잡아당기니, 재판소에 모인 사람들은 재판관의 바지가 벗겨진 걸 알게 되었습니다. 의자 밑에 있던 마테우초는 슬며시 빠져나갔으며, 리비와 마소도 다시 오겠다며 자리를 떴습니다.

재판관은 여러 사람이 보는 앞에서 침대에서 일어났을 때처럼 바지를 끌어올리고, 그제야 장난이라는 것을 깨닫고는 장화와 손가방 문제를 호소하던 패들은 어디 갔느냐고 물었습니다. 이미 그들을 발견할 수 없었으므로, 피렌체에서는 재판관이 자리에 앉아 있을 때 바지를 잡아당기는 습관이 있느냐고 마구 화를 냈습니다.

이 이야기를 들은 장관 역시 화를 냈지만, 한 친구가 엉터리 재판관을 데려온 것에 대한 피렌체 사람들의 분풀이라고 하자 잠자코 있느니만 못하다고 생각한 장관은 이 문제를 일체 불문에 부치기로 했습니다.

부팔마코의 이야기

필로스트라토의 이야기가 끝나자 모두 배꼽을 잡고 웃었습니다. 여왕은 필로메나에게 다음 이야기를 주문하였습니다. 여왕의 명을 받은 그녀는 이야기를 시작하였습니다.

필로스트라토가 마조라는 이름에서 생각나 여러분에게 이야기했던 것처럼 저도 투명 인간이 되려는 칼란드리노와 그의 친구의 이름에서 생각나는 것이 있어 이야기해 보고자 합니다.

여러분께서 이미 들으셨으므로 칼란드리노와 브루노 그리고 부팔마코가 어떤 인물인가 잘 알고 계시리라 믿습니다. 칼란드리노는 피렌체에서 그다지 멀지 않은 곳에 작은 농장을 가지고 있었습니다. 칼란드리노의 아내가 지참금으로 가져온 농장이었지요. 이 농장에서는 해마다 돼지 한 마리를 키워서 섣달이 되면 잡아 소금에 절였답니다.

어느 해에 부인의 건강이 좋지 않아 칼란드리노 혼자 돼지를 잡게 되었습니다. 이 말을 들은 브루노와 부팔마코는 칼란드리노의 농장 근처에 사는 신부를 찾아가 나흘간 묵기로 했습니다. 신부는 이들의 친구였습니다.

두 사람은 신부와 함께 칼란드리노를 찾아갔는데, 마침 그날 돼지를 잡았습니다. 칼란드리노는 자신이 잡은 돼지고기를 보여주고는 자랑했습니다. 그런 그에게 두 친구는 부인에게는 도둑맞았다고 하고 돼지고기를 팔아 그 돈으로 멋지게 놀자고 꼬드겼으나, 칼란드리노는 지난번 아내를 두들겨 패준 일도 있는데 이번 일까지 더하면 쫓겨난다며 거절했습니다.

브루노와 부팔마코는 돼지고기를 훔쳐내기로 하고 신부에게도 알렸습니다. 브루노가 말했습니다.

"칼란드리노는 공짜를 좋아하니, 술집으로 데려가서 신부님이 셈하는 체하면 공짜 술이라고 엄청나게 마시고 취할 것입니다."

그들의 계획대로 칼란드리노는 공짜 술인 줄 알고 엄청나게 마셔대며 취했습니다. 그는 농장에 돌아와 문도 잠그지 않고 잠들었습니다. 이때를 놓치지 않은 두 친구는 돼지고기를 손쉽게 훔쳐내어 신부의 집에 갖다 놓았습니다.

다음 날 돼지고기가 없어진 것을 안 칼란드리노는 울고불고 난리가 났습니다. 브루노와 부팔마코는 칼란드리노의 동태를 살핀 뒤 진짜로 도둑맞았다고 엉엉 우는 그에게 위로의 말을 했습니다.

"분명히 근처에 사는 자가 훔쳤을 테니, 사람들을 불러 모아서 빵과 치즈 점을 쳐 보게. 아니지. 그렇게 하면 그자가 오지 않을 수 있으니, 생강 환약과 고급 베르나치아 포도주를 먹으러 오라고 하면 되지 않겠나. 오지 않고는 못 배길 걸 생강 환약도 효험이 있다네."

그러면서 브루노는 돈만 주면 자기가 피렌체에 가서 필요한 물품을 사오겠다고 했습니다. 칼란드리노는 그의 말에 40솔디를 선뜻 내놓았습니다. 브루노는 피렌체 약국에서 잘 익은 생강을 사서 환약 두 알을 만든 뒤 알로에와 설탕을 입혔습니다. 환약이 바뀌지 않도록 표시한 뒤에 포도주 한 병을 사서 농장으로 돌아왔습니다.

다음 날 아침, 농장에 일하러 온 피렌체 젊은이들과 동네 농민들이

칼란드리노와 남의 돼지고기. 《데카메론》(칼란드리노) 중 부분도 베네치아 마르시아나 도서관 소장

성당에 모이자 브루노가 나서서 그들에게 사건의 전말을 알렸습니다.

"돼지고기를 훔친 범인은 이 환약을 삼키지 못할 뿐만 아니라, 쓴맛에 토하고 말 것입니다."

칼란드리노를 비롯하여 사람들은 줄을 서서 환약을 받아 삼켰습니다. 그런데 칼란드리노의 환약은 미리 준비해 둔 쓴 환약이었기에 알로에의 쓴맛을 참지 못하고 그만 토하고 말았습니다. 브루노는 알로에를 넣은 환약을 다시 건네며 먹어보라 했습니다. 그 환약마저도 삼키지 못하고 뱉어버렸습니다.

일이 이쯤 되자 사람들은 돼지고기 도둑은 칼란드리노라고 욕하기 시작했습니다. 부팔마코마저 합세하여, 돼지고기 판 돈으로 술을 사기

싫으니까 거짓말을 했다고 우겼습니다. 브루노 역시 지난번 검은 돌을 찾는다고 자기들을 무뇨네까지 데리고 가 바보로 만들더니, 또 속이려고 하느냐고 야단치며 말했습니다.

"수탉 두 마리를 내놓지 않으면 자네 부인에게 다 불겠네."

칼란드리노는 수탉을 내놓지 않을 수 없었습니다. 두 친구는 큰 손해를 입은 칼란드리노를 내버려둔 채 소금에 절인 돼지고기를 가지고 피렌체로 돌아갔다고 합니다.

리니에리의 이야기

부인들은 불쌍한 칼란드리노의 이야기를 들으며 웃음을 터뜨렸습니다. 칼란드리노가 애써 소금에 절인 돼지고기를 도둑맞고 수탉 두 마리까지 빼앗기자 너무한 것이 아닌가 생각하였습니다. 친하고 장난기 많은 그들이었기에 이해하려 했습니다. 여왕은 필로메나의 이야기가 끝나자 팜피네아에게 다음 이야기를 주문하여 그녀는 곧 이야기를 시작하였습니다.

남을 속이면 자기도 속는다는 것은 흔히 있는 일입니다. 그러므로 남을 속인다는 것은 권장할 만한 일이 아니라고 생각합니다. 우리는 이제까지 사람을 골탕먹이는 일에 박수를 보냈습니다. 그러나 속은 뒤에 보복했다는 이야기는 듣지 못했습니다. 그래서 저는 이와 같은 주제로 이야기하고자 합니다.

피렌체에 아름답고 재산도 많은 한 부인이 살았습니다. 그녀의 이름은 엘레나로 다소 거만한 성품의 소유자였습니다. 그녀는 미망인이기도 했습니다. 미망인은 사랑의 자유를 누렸습니다. 그녀 역시 기품 있는 미남 청년과 가끔 즐거운 시간을 보냈습니다. 이때 귀족 출신으로 파리에서 유학하고 돌아온 리니에리라는 젊은 학자가 축제일에 그녀를 보고 연정을 품었습니다.

그것은 산책길에서 축제일 행사를 구경하던 엘레나가 그의 눈앞에 나타나면서부터 시작되었습니다. 다른 미망인들처럼 검은 옷을 입고 있었지만, 지금까지 이렇게 아름답고 교태 넘치는 매력적인 여자는 처음이라고 리니에리는 생각했습니다. 그는 마음속으로, 신이 그녀의 부드러운 알몸을 팔에 안기게 하는 은혜를 받는 자야말로 가장 행복한 자라고 생각했습니다. 그는 넋을 잃고 바라보면서, 그녀의 마음을 붙잡는 것이라면 어떤 고생도 어떤 번거로움도 기꺼이 감수하리라고 결심했습니다.

그래서 그녀의 하녀에게 접근하여 자기의 마음을 털어놓고 부인에게 그의 마음을 전해 달라고 부탁했습니다. 하녀가 쾌히 승낙하고 부인에게 이야기하자, 그녀는 소리 내어 웃으면서 이렇게 말했습니다.

"저 사람은 모처럼 파리에서 훌륭한 학문을 연구했는데 어디서 그것을 잃어버렸는지 알겠니? 어쨌든 좋아. 저분이 원하는 것을 드리자고. 다시 너한테 말을 걸어오면, 당신 이상으로 마님이 당신을 원하고 있다고 말하렴. 그분이 소문대로 현명한 분이라면 한층 더 나를 사랑하게 되겠지."

엘리나 부인은 하녀에게 자기의 생각을 전하도록 하고도 젊은 학자의 애만 태울 뿐 분명한 확답은 주지 않았습니다. 급기야 부인은 자기 애인에게 이 사실을 털어놓고는 젊은 학자를 골탕먹일 계획을 짰습니다. 부인은 리니에리에게 크리스마스 날 밤에 자기집 안마당으로 오라고 했습니다.

그날 밤, 부인은 연인을 오게 하여 함께 식사하면서 자기가 계획한 일을 이야기한 다음 덧붙였습니다.

"당신이 어리석게도 질투심을 품고 있는 그를 내가 어떤 식으로 사랑하고 어떤 방법으로 다루어 왔는가를 보여드리지요."

연인은 이 말을 듣자 긴장하였고, 부인이 꾸민 일을 빨리 보고 싶었습니다.

잠시 후 부인은 연인에게 말했습니다.

"자, 침실로 가요. 당신이 질투했던 그자가 어떻게 하고 있는지, 내 전갈을 받은 하녀에게 무슨 말을 하는지 봅시다."

두 사람은 창가에 서서 밖에서는 눈치채지 않게 안마당을 내다보았습니다. 다른 창에서 하녀가 학자에게 하는 말이 들렸습니다.

"리니에리 님, 마님이 대단히 난처하게 되었습니다. 다름이 아니라 오라버니 한 분이 오늘밤에 오셔서 줄곧 이야기하시다가 식사를 마쳤는데도 아직 돌아가지 않으십니다. 곧 돌아가실 테니 마님께서 곧 오실 겁니다. 오래 기다리게 해서 죄송하다고 말씀드리라고 하십니다."

학자는 그 말을 곧이듣고 대답했습니다.

"부인한테 전해주게. 형편이 되셔서 내게로 오실 때까지 내 일은 염려 마시라고. 하지만 될 수 있는 대로 빨리 나오시도록 잘 말씀 드려요."

부인은 그 장면을 애인에게 보여주고 즐거워하며 다시 침실로 향했습니다. 젊은 학자는 추위를 덜어보고자 안마당을 이리저리 걸었습니다. 밤이 깊도록 애인과 즐긴 부인은 다시 한번 창문으로 리니에리를 훔쳐보았습니다. 그런데 그는 오들오들 떨며 이 부딪치는 소리에 맞춰 눈 위에서 탭댄스를 추었습니다.

부인은 한밤중까지 연인과 쾌락에 빠졌다가 이렇게 말했습니다.

"저 학자를 어떻게 생각하세요? 저 사람의 학식과 내가 당신한테 품고 있는 사랑과 어느 쪽이 더 크다고 생각해요? 나 때문에 당신이 받았던 슬픔도 내가 저 사람을 괴롭히고 있는 추위로 당신 가슴을 깨끗이 씻을 수 있지 않을까요?"

그러자 연인은 대답했습니다.

"그렇고말고요. 내 귀여운 사람. 나는 알고 있습니다. 당신이 나의 행

리니에리의 수난_ 아름다운 미망인에 반한 리니에리가 추운 눈밭에서 그녀가 문을 열어줄 때까지 기다리지만 결국 속고 만다. **중세 필사본 그림.**

복이며, 나의 휴식이며, 나의 모든 희망임을. 그와 마찬가지로 내가 당신 것이라는 것을."

연인의 칭찬에 가혹한 부인은 또 다른 즐거움을 생각해냈습니다. 그녀는 안마당으로 통하는 문으로 다가가 속삭였습니다.

"리니에리, 몹시 춥겠지만 오빠가 곧 돌아가실 테니 조금만 참아주세요."

그렇게 말하고는 부인은 애인과 침실로 돌아가 밤새 뒹굴었습니다. 부인에게 보기 좋게 속았다는 것을 안 젊은 학자는 분노했지만 어떻게 할 수 없었습니다. 그는 자신의 경솔함을 후회했고 부인에 대한 연정은 격렬한 증오로 바뀌고 말았습니다. 그가 떠나려고 하자 하녀는 "밤은 또 있지 않으냐"며 위로했고, 그 말을 들은 젊은 학자는 복수심에 불타올랐습니다. 그는 안마당에서 꼬박 새우다 발에 동상이 걸렸습니다. 다행히 동상은 깊지 않아 의사의 치료로 낳았습니다.

얼마 뒤 부인의 애인이 다른 여자와 눈이 맞아 부인을 멀리 했습니다. 부인이 눈물로 나날을 보내자 충성스런 하녀가 젊은 학자를 찾아와 부인에게 강신술을 써서 애인의 마음이 다시 부인에게 돌아오게 해달라고 부탁했습니다.

하녀에게 이 말을 들은 젊은 학자는 마침내 복수할 기회가 왔다고 쾌재를 부르며 부인을 직접 만나 알려주겠다고 말했습니다. 그렇게 하여 부인과 대면한 젊은 학자는 자신에게 매달리는 부인에게 말했습니다.

"부인, 그 애인을 대신할 놋쇠 인형을 만들어 밤에 알몸으로 강물에 들어가 그 인형과 일곱 차례 목욕하십시오. 목욕하고 난 뒤에는 알몸으로 나무나 지붕에 올라가 인형을 들고 북쪽을 향해 내가 써 줄 기도문을 일곱 번 외우세요. 그러고 나면 아름다운 처녀 둘이 다가올 것입니다. 그 처녀들에게 당신의 소망을 말하세요. 이때 반드시 상대방 이름

리니에리의 이야기_ 미망인에게 놀림을 받은 리니에리는 그녀가 정부와 헤어져 리니에리에게 정부
와 만날 방법을 알려달라고 하자, 그녀에게 정부의 인형을 만들어 목욕하고 탑 위에 올라 기도하면
소망이 이루어질 것이라 속인다. **브루넬레스키의 그림.**

을 정확히 말하세요. 처녀들이 돌아가면, 옷을 입고 돌아오시면 됩니다. 그러면 다음날 애인이 눈물을 흘리며 용서를 빌 것입니다."

부인은 자기 소유의 농장 옆에 적당한 강과 빈 탑이 있으니 그곳에서 시킨 대로 하겠다고 말했습니다. 젊은 학자는 아무렇게나 쓴 주문을 부인에게 보냈고, 부인은 하녀를 데리고 농장으로 갔습니다. 물론 젊은 학자도 그 근처 친구의 집에 갔습니다.

부인은 밤이 되자 알몸으로 인형을 들고 목욕을 마치고 사다리를 타고 높은 탑으로 올랐습니다. 젊은 학자는 숨어서 이 모습을 지켜보았습니다. 부인의 아름다운 나신에 잠시 갈등했으나 분노한 마음을 이기지는 못했습니다.

부인은 탑 위로 올라가 기도문을 외웠고, 젊은 학자는 그때 살그머니 사다리를 치웠습니다. 부인은 학자가 시키는 대로 기도문을 외웠으나 젊은 처녀들은 나타나지 않았습니다. 이상하게 생각한 부인은 탑 아래로 내려오려 했으나 사다리가 없어져 발만 동동 굴렀습니다. 이윽고 해가 뜨자 부인은 아래에 있는 젊은 학자와 눈이 마주쳤습니다. 부인은 하소연하듯 말했습니다.

"이제 할 만큼 하셨어요. 지난번 일은 당신이 편하실 때 얼마든지 보상하겠어요. 제발 제 명예를 해치지 말아주세요."

잠시 갈등한 젊은 학자는 부인과 같은 부류는 매운맛을 봐야 정신을 차린다고 생각했습니다.

"당신의 명예가 그토록 소중하다면 지난번에 당신의 팔에 안겨 있던 사내에게나 부탁하시오. 당신은 교활하게도 뒤로는 나를 능멸하면서 달콤한 말을 내뱉고 있으니, 당신 같은 천한 여자는 벌을 받아 마땅합니다."

해는 점점 더 높이 떠올랐고, 부인은 추위만큼 햇볕도 견디기 어렵

리니에리의 복수_ 탑의 문을 닫아 미망인이 탑 위에서 수난을 당하는 모습이다. **중세 필사본 그림.**

다면서 애원했습니다. 그러나 젊은 학자는 냉정하게, 자기를 괴롭혔던 추위를 생각해 보라고 말한 뒤, 그녀의 하녀에게 탑을 감시하라고 하고 친구의 집으로 돌아갔습니다.

절망에 몸부림치다 잠이 든 부인이 눈을 떠 보니 한낮의 뜨거운 태양으로 연약한 피부는 온통 물집이 번져서 파리나 등에 같은 해충들이 그녀의 살집을 공격해댔습니다. 심한 갈증을 못 이긴 부인은 실신하여 죽기 일보 직전이었습니다. 이때 젊은 학자가 나타나자 부인은 마지막 힘을 내어 애원하며 빌었습니다. 젊은 학자는 독하게 외면했습니다.

저녁이 되자 젊은 학자는 이제 그만하면 되었다 싶어 부인의 옷을 하녀에게 주었습니다. 이때 부인의 소작인이 부인을 발견했습니다. 그는 사다리를 가져와 처참한 몰골의 부인을 탑 아래로 내려오게 했으나 함께 올라갔던 하녀는 그만 사다리 중간에서 떨어져 허리가 부러지고 말았습니다.

부인과 하녀는 풀밭에 앉아 서럽게 울고 소작인도 따라 울었습니다. 소작인은 아내와 형제들을 불러 널빤지에 두 사람을 태우고 집으로 데려갔습니다. 부인은 그 와중에 자기에게 일어난 일을 거짓으로 꾸며서 말했답니다.

이런 일이 있은 후 부인은 애인의 일은 잊고, 사람을 사랑하거나 속이는 일을 신중히 여기게 되었답니다.

제파 디 미노의 이야기

부인들은 엘레나가 당한 이야기를 듣고는 통쾌하면서도 가슴이 아팠습니다. 하지만 그 같은 봉변을 당한 것은 어느 정도 당연하다고 생각되어 젊은 학자를 탓하진 않았습니다. 여왕은 다음 이야기를 할 사람으로 피암메타를 지명하였습니다. 그녀는 기꺼이 이 야기를 시작했습니다.

분노로 치달았던 젊은 학자의 보복이 여러분의 가슴을 아프게 해드린 것 같아 유쾌한 이야기로 마음을 달래드리고자 합니다. 저는 한 젊은 이가 심한 모욕을 당했으나 잘 참았다가 묘한 방법으로 보복한 이야기 를 하고자 합니다.

시에나의 시에 평민치고는 유복하고 집안도 괜찮은 스피넬로초 타베 나와 제파 디 미노라는 두 젊은이가 살았습니다. 두 사람은 남이었지만 형제처럼 가깝게 지냈습니다. 두 사람의 아내 역시 아름다워서 서로 누 가 더 미인인지 구별되지 않았습니다.

그런데 스피넬로초가 제파의 아내와 눈이 맞아 관계를 맺는 일이 벌 어졌습니다. 두 사람은 남몰래 은밀한 만남을 지속했습니다. 그러다가 제파가 밖에 나가지도 않았는데, 아내는 그것도 모르고 있었습니다. 스피넬로초가 제파를 부르러 왔습니다.

아내는 남편이 없다고 대답했으므로 스피넬로초는 때를 놓치지 않고 응접실에 있는 그녀에게 다가가 포옹하고 키스했습니다. 그녀도 물론 그에게 키스했습니다. 제파는 다락방에서 이 모습을 보고는 아무 말 않고 몸을 숨긴 채 되어 가는 꼴을 보자고 마음먹었습니다. 그러자 보고 있을 겨를도 없이 두 사람은 침실로 들어가더니 안으로 문을 잠갔으므로 그는 그제야 허둥댔습니다. 그러나 떠들어 봤자 그가 받은 모욕이 줄어들기는커녕 망신만 당하게 된다는 것을 알고는 이 보복을 어떻게 해야 하나 궁리했습니다.

스피넬로초가 침실에서 나오더니 돌아갔습니다. 그가 나가자 제파는 성큼성큼 침실로 들어갔습니다. 아내는 아직 스피넬로초가 장난하다 떨어뜨린 베일을 만지고 있었습니다. 그는 아내에게 말했습니다.

"당신 뭘 하고 있는 거요?"

"베일을 쓰려고 하는 중 아녜요."

아내가 대답하자 제파는 말했습니다.

"그거야 눈에 보이니까 알아. 조금 전에 뭘 했느냐 말이야."

이렇게 말하고 자기가 본 바를 늘어놓았습니다. 그녀는 당황하여 여러 가지로 변명한 다음 스피넬로초의 요구를 거절하지 못했다는 것을 고백하고 울면서 용서를 빌었습니다.

"당신이 용서받고 싶다면 내가 시키는 대로 해."

제파는 아내에게 해야 할 일을 일러 주었습니다.

다음 날, 밖에서 같이 식사하던 스피넬로초가 제파에게 볼일이 있다며 먼저 자리를 떴습니다. 제파의 집으로 가서 제파의 부인과 침실로 들어가는 순간 제파가 집으로 돌아왔습니다. 제파의 아내는 남편이 시킨 대로 스피넬로초를 상자에 숨긴 뒤에 자물쇠를 채웠습니다.

제파는 아내에게 말했습니다.

"스피넬로초는 오늘 아침에 어떤 친구하고 식사할 약속이 있어서 가 버렸어. 그러니까 부인 혼자 있을 거야. 그러니 집에 오게 하여 함께 식 사나 하자고 해."

이렇게 해서 스피넬로초의 아내는 제파의 집에 오게 되었습니다. 그 녀가 오자 제파는 아내를 부엌으로 가 있으라 하고는 그녀를 침실로 데리고 들어가 방문을 안으로 잠갔습니다. 스피넬로초의 아내는 침실 문을 잠그는 것을 보자 이렇게 말했습니다.

"어머 제파 씨, 왜 이렇게 하시는 거예요? 당신은 이렇게 하시려고 나 를 부르셨나요? 이것이 스피넬로초와 다정한 친구인 당신의 행위입니 까? 이렇게 하는 것이 친구지간의 애정인가요?"

제파는 그녀의 남편이 갇힌 상자 곁으로 다가가 그녀를 꽉 잡으면 서 말했습니다.

"부인, 그런 불평을 말씀하시기 전에 내가 하는 말을 들어 주십시오. 나는 그를 형제처럼 사랑했으며 지금도 사랑합니다. 그는 내가 모르는 줄 알고 있습니다만, 그가 내 아내와 눈이 맞아 자곤 한다는 것입니다. 나는 그를 사랑하는 만큼 그가 내 아내를 겁탈한 데 대해 나도 당신을 껴안아 앙갚음하는 방법 이외의 짓은 하고 싶지 않습니다. 당신이 응 하지 않으면 그도 어김없이 큰 봉변을 당해야 합니다. 물론 봉변을 줄 사람은 바로 나지요. 나는 이 모욕을 눈감아줄 생각은 없으므로 당신 이나 그가 안심하고 살 수 없을 정도로 보복할 것입니다."

스피넬로초의 아내는 제파가 여러 가지 증거를 내놓으므로 그것을 믿고 말했습니다.

"제파 씨, 당신의 앙갚음이 내게 달렸으니 당신이 내게 하는 일에 만 족하겠습니다. 한데 우리가 이렇게 하지 않으면 안 된다고 하더라도 나 는 부인과는 사이좋게 지내고 싶습니다. 부인이 내게 안긴 모욕에는 이

제파 디 미노의 이야기_ 제파 디 미노는 아내와 친구가 불륜을 저지르자 아내에게 죄를 물어서 아내가 친구를 속이도록 해서 친구를 상자에 갇히도록 한다. 친구의 아내를 끌어들여, 친구가 갇힌 상자 앞에서, 이 모든 사실을 다 말하고, 보석을 줄 테니 복수를 위해 같은 일을 하지 않겠느냐고 한다. 그리하여 친구의 아내와 제파 디 미노는 상자 위에서 서로 어루만지며 즐긴다. **브루넬레스키의 그림.**

의를 제기하지 않고, 나는 이제까지 해온 대로 하고자 합니다."

스피넬로초의 아내의 말에 대해 제파는 대답했습니다.

"나도 그렇게 하겠습니다. 그럴 뿐만 아니라 당신 외에는 아무도 갖지 못할 값비싸고 아름다운 보석을 드리겠습니다."

이렇게 말한 후 그녀를 껴안고 키스하며 그녀의 남편이 갇힌 상자 위에 눕혔습니다. 그리하여 마음껏 그녀와 즐기고 그녀도 또한 그를 받아들였습니다.

상자에 갇힌 스피넬로초는 제파가 한 말을 모조리 들었고 아내의 대답도 들었습니다. 그리고 삐꺽거리는 환희의 소리도 듣고, 죽음 같은 괴로움을 오래 맛보았습니다.

정사가 끝나자 스피넬로초의 아내가 약속한 보석을 달라고 했습니다. 제파는 아내를 불러 문제의 상자를 열게 했습니다.

"이것이 당신께 드릴 보석입니다."

스피넬로초는 자기의 부덕을 뉘우쳤기에 변명하지 않았습니다.

"제파, 이거야말로 피장파장이라는 거다. 자네가 집사람에게 말한 것처럼 우리는 친구로 지내자. 그것이 좋아. 우리는 서로가 아내를 따로따로 가졌다는 것밖에는 다른 점이라곤 없으니 앞으로는 공유하지 않겠나?"

제파는 그것을 응낙했습니다. 이리하여 네 사람은 세상에서 둘도 없을 정도로 지냈습니다. 아내들은 두 남편을 가지고, 남편들은 두 아내를 거느리고 살았습니다.

브루노의 이야기

부인들은 스피넬로초와 제파가 아내를 공유한 일에 왈가왈부했습니다. 그것이 긴 시간 이어지다 일단락되자 여왕은 기다렸다는 듯 이야기를 시작했습니다. 마지막 차례의 특권이 디오네오에게 있음을 잘 알기에 자신이 나선 것이었습니다.

　스피넬로초는 자업자득이었습니다. 저도 애써 사람을 속이려고 한 사나이에 대해 이야기하려 합니다. 재판관이나 의사, 공증인이 되어 다람쥐 가죽 모자를 쓰거나 호화로운 옷차림으로 귀향하는 피렌체 사람이 적지 않습니다. 부모에게 물려받은 재산으로 의사가 되어 귀향한 시모네 다 빌라도 그런 경우였지요. 이 사람은 코코메로 거리에 집을 마련했습니다. 시모네 다 빌라 선생이 학문보다는 물려받은 재물 덕으로 새빨간 옷에 폭넓은 리본을 늘어뜨린 모자를 쓰고, 그의 말대로, 고매한 의학박사가 되어 돌아온 것은 그다지 오래전의 일이 아닙니다. 그는 우리가 코코메로가(家)로 부르는 곳에 저택을 마련했습니다.

　시모네에게는 묘한 버릇이 있는데, 그중에서도 거리를 지나는 사람을 보면 일일이 가리키며 누군지 묻는 것이었습니다. 특히 오늘 두 차례나 거론된 브루노와 부팔마코가 그의 관심사였습니다. 의사 눈에도 이 두 화가가 정말로 즐겁게 사는 듯 보였습니다. 그는 이 두 사람에 대해 알아보았습니다. 두 화가가 가난하다는 것을 알았고, 정말로 가난하다면 저토록 즐거울 수 없지 않겠냐고 생각했습니다. 그는 무언가 꿍꿍이가 있을 것이라고 여기고 두 사람과 친해질 작정을 하였습니다.

브루노는 의사의 어리숙함을 알고는 엉터리 이야기로 그를 즐겁게 해주었습니다. 어느 정도 친해지자, 시모네는 두 사람은 가난하다면서 어찌 그리 즐겁게 지내느냐고 물었습니다. 브루노는 의사의 말을 듣자 허허허 웃었습니다. 어리석은 질문에 어울리는 대답을 해 주려고 이렇게 말했습니다.

"선생님과는 친구지간이니, 아무에게도 말씀하지 않으리라는 것을 알고 있으니, 실토하겠습니다. 내 친구와 나는 보시는 바와 같이 즐겁고 행복하게 사는 것이 사실입니다. 그러나 우리가 그리는 그림이나 쥐꼬리만한 토지에서 들어오는 수입으로는 물값도 제대로 치르지 못하는 형편입니다. 그렇다고 우리가 도둑질한다고 생각해서는 곤란합니다. 우리는 남에게 전혀 피해를 주지 않고 약탈을 합니다."

의사는 그 약탈이란 것을 알려달라고 졸랐습니다. 브루노는 선생님에게만 해주는 이야기라며 엉뚱한 이야기를 했습니다.

"피렌체에 그다지 오래되지 않았습니다만 스코틀랜드 태생의 마이클 스코트라고 하는 강신술의 대가가 계셨지요. 그분이 이곳을 떠날 때 유능한 두 제자를 남겼지요. 자기를 존경하는 귀족들의 청을 무엇이든 들어주라 하면서요. 그래서 두 제자는 귀족들의 일을 돌봤습니다. 그러다가 몇몇과 친하게 되었는데, 그들 중 지휘 고하를 막론하고 25명쯤 모아 모종의 단체를 결성하였습니다. 그리고 이 회합에 참석한 회원들의 소원을 들어준답니다. 우리는 그 회원입니다. 우리가 거기 모이고 또 식사하는 큰 홀과 안락의자와 쿠션의 호화로움, 훌륭한 식탁은 누구라도 놀랄 지경입니다. 더구나 그 화려한 식탁에 차려지는 산해진미는 고상한 하인들로부터 대접을 받지요. 특히 즐거운 점은 절세미인을 만날 수 있다는 것입니다.

그곳에서 부팔마코는 프랑스 여왕을, 나는 영국 여왕을 오게 했지요. 우리는 금화 2~3천 냥쯤은 언제든지 얻을 수 있습니다. 그것을 일부러 속된 말로 '약탈하러 간다'고 하는 것이죠. 행복한 의사 선생님, 약탈하러 간다는 의미를 아셨습니까?"

의사라고 하나 어린아이의 비듬이나 가려움 정도밖에 치료할 줄 모르는 선생은 브루노의 말을 진짜라고 믿었습니다. 의사는 브루노에게 두 사람이 그렇게 희희낙락 지내는 것도 불가사의한 일이 아니라고 대답했습니다.

브루노는 의사 선생의 불붙은 간절함에 부채질하며 거듭 들려주곤 했습니다. 어느 날 밤, 선생은 고양이와 쥐가 싸우는 그림을 그리는 브루노 곁에서 불을 밝히고 있다가, 지금까지 여러 가지로 그를 우대하였으니 상대방도 자기를 살뜰한 친구로 여길 것으로 믿고, 또 단둘이었으므로 이렇게 말을 꺼냈습니다.

"브루노, 하느님도 아시겠지만, 지금 나처럼 자네를 위해 애쓰는 자가 또 있을까? 자네가 나더러 페레톨라(피렌체 부근의 마을)로 가라고 하면 나는 당장에 뛰어갈 거네. 그러니까 내가 믿는 마음으로 자네에게 어떤 부탁을 하든 놀라지 말게나. 자네가 말했다시피 자네가 즐거운 화합 광경을 내게 이야기한 것도 그다지 오래되지는 않았어. 한데 그 이야기를 들은 뒤로 거기에 참가하고 싶은 간절함으로 다른 소망은 아무것도 없을 정도네. 자네는 진작부터 내가 풍채 좋은 호걸에 체격이 건장한 것을 알고 있겠지. 자, 얼굴은 홍안에다 의학박사야. 이런 훌륭한 인물은 그리 흔치 않아.

나는 아는 것이 많지만, 지금은 이만해 두지. 내 아버지는 자네가 보

시모네 의사와 브루노 일행_ 브루노의 현
혹에 넘어간 시모네가 그들을 대접하는
장면이다. **중세 필사본 그림.**

는 나와 똑 닮은 귀족이었어. 촌에서 살기는 했지만……. 나는 발레키
오(카스텔 피오렌티노 부근에 있는 마을) 태생의 귀족 여인에게서 태어났지.
자네도 알겠지만 피렌체를 통틀어 값으로 따지면 100바가티노(별 값어
치 없는 베네치아의 화폐)는 될 거야. 이건 10년 전부터 가지고 있는 물건인
데, 꼭 입회하도록 주선해주게. 맹세코 말하지만, 그렇게만 해준다면
자네가 병이 나도 치료비는 한 푼도 받지 않을 거네.”

의사는 어떻게든 약탈하러 가고 싶어 몸이 근질거렸고, 지체 없이 부
팔마코를 친구로 삼는 일에 착수하여 세상에 흔치 않은 훌륭한 만찬에
그를 초대했습니다. 물론 브루노도 함께 갔습니다. 두 사람은 신사처
럼 점잔을 빼며 최상급 포도주며 살찐 수탉 등 여러 가지 요리를 대접
받았습니다. 초대받지 않았을 때도 어슬렁어슬렁 찾아가, 다른 분이라
면 이렇게 한가하게 찾지도 않았을 거라며, 그 집에 눌러앉았습니다.

의사 선생은 슬슬 이야기를 붙여도 좋을 때라고 생각하고 브루노에게 말한 것처럼 부팔마코에게 말했습니다.

브루노와 부팔마코는 의사의 극진한 대접을 받고는 의사의 입회를 적극 주선하겠다고 큰소리쳤습니다. 약속이 이루어지자 두 사람은 크게 재미있어하면서 허무하고 맹랑한 짓을 꾸몄습니다. 즉, 전 인류의 신체의 후미에서 발견되는 가장 아름다운 것, 즉 치빌라리 백작 부인(치빌라리는 사람들이 배변하러 가는 피렌체 성벽 옆의 더러운 곳을 말한다)을 정사의 상대자로 그에게 안겨줄 약속을 했던 것입니다.

의사가 "그 백작 부인이 누굽니까" 하고 묻자 부팔마코는 대답했습니다.

"참으로 의젓한 부인으로 이 세상에 그녀의 권한이 미치지 않는 가정이 거의 없습니다. 다른 사람뿐만 아니라 성 프란체스코파의 신부들도 캐스터네츠를 치면서 그녀에게 경의를 표합니다. 다시 말씀드리자면 하인들은 부인의 권위를 나타내고자 모두 청소용 몽둥이와 철봉을 들고 다니고, 반 토막 남작과 빗자루 경, 설사 경 등이 부인을 모시지요."

볼로냐에서 나고 자란 의사는 이 말을 알아듣지 못하고 만족감을 표시했습니다. 얼마 뒤, 두 화가는 입회를 허락받았다며 의사에게 거하게 대접을 받으며, 출석 방법을 알려주었습니다.

"이 일에는 용기가 필요합니다. 안 그러면 우리도 피해를 당합니다. 오늘 밤, 가장 훌륭하게 차려입고, 산타마리아 노벨라 사원 밖에 새롭게 조성된 무덤 위에 앉아 계십시오. 그러면 뿔 달린 짐승이 선생님 주변을 무섭게 돌아다닐 겁니다. 이 짐승은 회원들이 보내는 영접의 사자입니다. 선생님은 이 짐승의 등에 올라타십시오. 그러면 짐승이 걸어서 우리에게 선생님을 모시고 올 것입니다. 선생님께서 무서워하여 성인의 이름을 외거나 하면 선생님을 내던질지도 모르니 주의하십시오."

두 사람이 돌아가고 밤이 깊어지자 의사는 적당한 구실을 붙여 아내는 집에 있게 하고 제일 좋은 옷을 꺼내어 입은 다음 밖으로 나가 무덤에 올라갔습니다. 그날 밤은 추웠으므로 선생은 대리석 위에 움츠리고 앉아 짐승을 기다렸습니다. 몸집이 크고 둔해 보이는 부팔마코는 가면놀이에 쓰는 가면을 구하고 검은 모피를 뒤집어써서 곰처럼 꾸몄습니다. 이런 모양으로 산타 마리아의 노벨라 사원의 새 광장으로 갔으며, 브루노는 그 꼴을 살피려고 뒤를 따랐습니다. 의사 선생이 와 있는 것을 본 부팔마코는 뛰거나 달리거나 미친 듯이 코를 불기도 하고 소리를 질러대며 꺼이꺼이 울기도 했습니다.

의사는 울부짖는 소리를 듣자, 원래 무서움 타는 계집애보다 더 겁이 많은 작자였으므로, 머리털이 하늘로 솟고 몸이 덜덜덜 떨렸습니다. 이런 곳에 오느니 집에 있는 편이 좋았을 것이라고 후회했습니다. 그러나 이왕 왔으니 마음을 침착하게 하고 정신을 가다듬어 두 사람에게서 들은 진귀한 것들을 보아야겠다는 마음이 강해졌습니다. 그러는 동안에 미쳐 날뛰던 부팔마코는 진정된 체하면서 의사가 앉아 있는 무덤 쪽으로 다가가 조용히 있었습니다. 의사는 그래도 두려워서 그 등에 타기를 망설였습니다. 그러나 올라타지 않으면 더 큰 봉변을 당할까 걱정되어 결국 처음의 두려움을 이겼습니다. 의사는 무덤에서 내려와 작은 소리로, "신이여, 살펴주소서"라고 중얼거리며 짐승의 등에 올라탔습니다. 완전하게 걸터앉아 벌벌 떨면서도 지시받은 대로 팔짱을 끼고 짐승에게 모든 것을 맡겼습니다. 짐승이 된 부팔마코는 산타 마리아 델라 스칼라 사원 쪽으로 조용히 기어가 리폴레 수녀원 부근에 이르렀습니다.

그 근처에는 분뇨 구덩이가 많았습니다. 농민들이 밭에 거름을 주려고 치빌라리 백작 부인을 많이 모아 두었던 것입니다. 부팔마코는 분

시모네 의사의 수난_ 브루노와 부팔마코의 장난에 분뇨 구덩이에 빠져 헤매는 장면이다. **중세 필 사본 그림.**

뇨 구덩이에 다가가 의사 선생의 한쪽 다리를 붙잡고 등을 탁 쳐서 냅다 처박았습니다. 그러고는 미치광이처럼 소리를 지르기도 하고 울부짖기도 하면서 산타 마리아 델라 스칼라 사원을 지나 오닛산티 초원으로 갔습니다. 그곳엔 터지는 웃음 때문에 내뺀 브루노가 먼저 와 있었습니다. 두 사람은 허리를 잡고 웃고 법석을 떨면서 의사 선생이 어떤 모습으로 오물투성이가 되었는지 궁금해하면서 까치발을 하고 쳐다보았습니다.

브루노와 부팔마코는 낄낄거리며 의사의 동태를 살폈습니다. 의사는 얼마나 더러운 곳에 빠졌는지 깨닫고는 빠져나오려고 안간힘을 썼지만 쉽지 않았습니다. 몇 번이나 시도한 끝에 분뇨 구덩이에서 겨우 빠져나온 의사는 집으로 돌아갔습니다. 그 꼴을 보고 부인은 차마 입에 담지 못할 욕설을 퍼부었지요. 브루노와 부팔마코는 이 모든 것을 훔쳐보았습니다.

다음 날 아침, 브루노와 부팔마코는 온몸에 가짜 멍을 그려 넣고서 의사의 집을 찾았습니다. 집안에는 아무리 씻어도 가시지 않는 구린내가 진동했습니다. 두 화가는 의사에게 다짜고짜 화를 냈습니다.

"우리는 선생의 불성실한 행위로 실컷 매를 맞고 쫓겨날 뻔했습니다. 왜 선생은 신이나 성인의 구원을 빌었습니까? 미리 알려 드리지 않았습니까?"

의사는 구원을 빌지 않았다고 했지만, 이 정도로 넘어갈 두 사람이 아니었습니다.

"뭐라고요? 사자가 선생이 잔뜩 떨며 겁을 냈다던데요? 선생이 우리를 골탕먹였듯 우리도 선생에게 보복하고 말겠소."

의사는 두 사람에게 사죄하고 더는 망신시키지 말아 달라고 애원하면서 갖은 말로 두 사람을 달랬습니다. 그런 뒤로는 자기의 볼썽사나운 사건을 은폐하려고 두 사람을 계속 환대하고 정중히 식사 초대를 하는 등 극진하게 대접했답니다.

저의 이야기는 끝났습니다만, 볼로냐 유학을 했어도 공부를 게을리 한 사람은 더 지혜를 쌓아야겠죠?

살라바에토의 이야기

여왕의 이야기에 부인들이 허리를 움켜쥐고 웃었습니다. 얼마나 웃었는지 눈물을 흘리는 부인들도 있었습니다. 자기 차례임을 알고 디오네오가 이날의 마지막 이야기를 하였습니다.

책략을 써서 상대를 속였다고 우쭐하거나 더 교묘한 술책에 걸려 거꾸로 속아 넘어갔다고 하면 그 책략이 얼마나 바보스럽고 우스꽝스러운 것인지는 말할 필요조차도 없겠습니다. 여러분께서 지금까지 재미있는 이야기를 하셨습니다만, 저도 지지 않고 재미있는 이야기를 해보겠습니다.

옛날부터 항구에는 물건을 가지고 들어온 상인이 짐을 풀 때 그 고장 영주나 관청이 설치한 세관 창고에 일단 물건 전부를 입고시키는 사례가 있었습니다. 지금도 그런 줄 압니다.

상인이 책임자에게 상품과 상품 가격을 모두 기재한 서류를 건네면 상품을 넣어 둘 창고를 지정받습니다. 상인은 지정받은 창고에 물건을 넣고 문을 잠급니다. 그러면 세관 관리는 세관 장부에 전 상품을 그 상인의 채권으로 기재하고, 상품 전부든 일부든 창고에서 낼 때마다 상인에게서 권리금을 받습니다.

중매인은 그 장부를 들춰 보관된 상품의 수량과 품질을 조사하고 또 소유 상인의 이름을 알아서 필요에 따라 물물교환이라든가 매매라든가 그 밖의 방법을 상인과 의논합니다.

시칠리아의 팔레르모에서도 여느 상업도시처럼 세관 업무로 상인들과 거래를 했습니다. 그런데 팔레르모에는 용모는 아름답지만 정직에서는 보잘것없는 여자가 많았습니다.

그녀들은 주머니는 고사하고 껍데기까지 벗기는 악랄한 짓을 서슴지 않았습니다. 외국 상인이 왔다 하면 세관 장부를 들춰 그가 소유한 상품이 무엇이고 얼마나 있는가를 조사합니다. 그것이 끝나면 당장 유혹의 손길을 뻗어 그들을 사랑의 볼모로 만듭니다.

피렌체의 니콜로 다치냐노라는 젊은이도 도매상 주인의 명으로 시장에서 팔다 남은 금화 500피오리노어치의 양털 옷감을 갖고 팔레르모에 도착했습니다. 그는 이름 대신 살라바에토라고 불렸는데, 금발에 매우 잘생겼습니다. 그는 물건을 창고에 보관하고 팔레르모 거리를 쏘다녔습니다. 팔레르모 이발사인 양코피오레 부인이라는 여자가 살라바에토의 정보를 입수하여 유혹의 손길을 보냈습니다. 살라바에토는 그녀가 귀부인이라 여기고 그 집 앞에서 서성거렸습니다.

며칠 애간장을 태우던 양코피오레는 하녀를 보내어, 온천 여관에서 밀회를 즐기자며 애정의 증표로 반지까지 전했습니다. 살라바에토는 감격하여 다음 날 저녁, 약속한 온천으로 가 그녀를 만났습니다. 그녀는 하녀를 여럿 데리고 왔는데, 그녀들은 보료를 깔고 욕조를 닦느라 부산을 떨었습니다. 살라바에토는 그녀와 함께 제왕처럼 대접을 받으며 욕조에서 목욕했습니다.

생전 처음 받아보는 극진하고 황홀한 대접 뒤에 침실에서 아름다운 그녀와 뜨거운 밤을 보냈습니다. 다음 날 아침 그녀는 헤어지기 아쉬

운 듯 저녁때 집으로 오라고 했습니다. 살라바에토는 저녁이 되어 여
자의 집으로 갔습니다. 집 내부는 그야말로 화려했습니다. 이쯤 되자
그는 여자에 관해 들었던 나쁜 소문을 모두 잊어버렸습니다. 두 사람
은 또다시 불타는 사랑을 나눴으며 살라바에토는 그녀의 아양과 교태
에 점점 빠져들었습니다.

　살라바에토는 창고의 물건을 다 팔아 큰 이익을 챙겼습니다. 그 소식
을 들은 양코피오레 부인은 더 열렬하게 그를 대했습니다. 어느 날 밤,
그녀는 살라바에토에게 뜨거운 입맞춤을 한 뒤 근사한 은컵을 주려고
했습니다. 살라바에토는 자기는 하나도 준 것이 없다며 거절했습니다.
양코피오레 부인은 하녀의 부름에 잠시 나갔다가 눈이 퉁퉁 부어서 돌
아왔습니다. 그러고는 침대에 몸을 던져 울었습니다. 깜짝 놀란 살라
바에토는 그녀를 껴안고 무슨 일인지 물었습니다.

　"조금 전 메시나에 있는 오빠한테 편지가 왔는데, 여드레 안에 금화
1000피오리노를 보내지 않으면 교수형을 당한대요. 기한이 보름 정도
만 돼도 어떻게 마련해 보겠는데, 어쩌면 좋죠. 죽고 싶어요."

사랑에 눈먼 살라바에토는 보름 안에 갚는다면 금화 500피오리나를 빌려주겠다고 했습니다. 그녀는 감격하여 눈물을 흘렸지만 내심 그를 비웃었습니다.

아니나다를까, 돈을 받고 여자의 태도가 달라졌습니다. 이런저런 핑계를 대며 살라바에토를 만나주지 않았으며, 보름이 지나도 돈을 갚으려 하지 않았습니다. 그제야 여자에게 사기당한 것을 안 살라바에토는 후회했지만, 차용증서나 증인도 없었으므로 돈을 받아낼 방법이 없었습니다. 그 와중에 피렌체의 주인은 물건 판 돈을 보내라고 재촉했습니다. 결국, 살라바에토는 나폴리로 피신하였습니다.

그곳에는 피렌체 출신의 피에트로 델 카니자노라는 친구가 있었습니다. 이 사람은 콘스탄티노플 황후의 재정관이었는데, 사려 깊고 매우 박식한 인물이었습니다. 살라바에토는 친구에게 그간의 사정을 털어놓고 도움을 청했습니다. 그는 살라바에토에게 돈을 찾을 방법을 알려주며 필요한 돈을 빌려주었습니다.

살라바에토는 짐짝을 여러 개 만들고, 스무 개 정도의 기름통에 물을 채운 다음 모두 배에 싣고 팔레르모로 갔습니다. 그리고 관례대로 세관에 비싼 물건인 것처럼 신고했습니다. 이 내역은 금세 양코피오레의 귀에 들어갔습니다. 살라바에토의 물건이 5000피오리노의 값어치가 있다는 것을 안 이 여자는 갈취한 500피오리노를 돌려주고 5000피오리노를 빼앗기로 작정하고 그에게 심부름꾼을 보냈습니다.

살라바에토를 만난 그녀는 그가 가져온 물건들은 모른 체하고 야단스럽게 추태를 부리며 말했습니다.

"그동안 당신을 만나지 못한 점은 당시 제가 고뇌의 밑바닥을 헤맸기 때문입니다. 그리고 아무리 사랑하는 분에게라도 그분의 소원대로 웃는 얼굴을 하지도, 즐겨 상대하지도 못할 만큼 처참한 지경에서 허덕

살라바에토를 유혹하는 양코피오레_ 무역상인 살라바에토를 유혹한 양코피오레는 그의 전 재산을
가로채고는 만나주지 않았다. 이에 분노한 살라바에토가 지혜를 발휘하여 다시 많은 물건을 배에 태
우고 오자 그를 다시 유혹하는 장면이다. **브루넬레스키의 작품.**

였다는 것을 알아주시기 바랍니다. 여자의 몸으로 1000피오리노의 돈을 만들기란 여간 어려운 일이 아니었습니다. 한데 당신이 떠나신 뒤로 이내 돈이 마련되었습니다. 주소만 알았더라도 돈을 부쳐드렸을 거예요. 믿어주세요. 여기 당신이 주신 돈을 이렇게 간수하고 있습니다."

그녀는 500피오리노를 살라바에토에게 갚았습니다. 그리고 다시금 그를 후리려고 갖은 정성을 다했습니다. 살라바에토는 그녀를 다 이해한다면서 선선히 돈을 받고는 풀방구리에 쥐 드나들 듯 그녀의 집을 다니면서 극진한 대접을 받고 육체적으로 농락했습니다.

그러던 어느 날 살라바에토는 금방 죽을 것처럼 우울한 표정을 짓고서 그녀의 집으로 갔습니다. 양코피오레는 그를 껴안고 마구 입을 맞추면서 왜 그렇게 슬픈 얼굴이냐고 물었습니다.

"나는 운명의 신에게 미움을 받았어요. 내 또 다른 물건을 실은 배가 모나코 해적에게 습격을 당했답니다. 그걸 도로 찾으려면 10,000 피오리나가 드는데, 지금 창고에 보관 중인 물건을 급히 처분하려니 임자가 없네요. 임자만 나선다면 손해를 보더라도 처분할 텐데요."

양코피오레는 자기 돈으로, 거짓 중매인을 통해 물건을 담보로, 1000피오리나를 빌려주었습니다. 돈을 받은 살라바에토는 곧바로 나폴리로 내빼버렸습니다. 주인에게 돈을 보내고, 카니자노와 몇몇 사람들에게 빌린 돈을 갚았습니다. 그리고 상인 직종을 그만두고 피르라라로 갔습니다.

두 달이 지나도록 살라바에토가 보이지 않자 이상히 여긴 양코피오레는 중매인을 시켜 창고 문을 열었습니다. 기름통에는 기름은 없고 바닷물만 잔뜩 들어 있었습니다. 옷감 꾸러미에는 삼베 부스러기만 들어 있었습니다. 모두 합쳐 봐야 200피오리노도 되지 않았습니다.

이렇게 되니 내로라 뽐내던 악녀 양코피오레도 코가 납작해져 500

피오리노를 돌려준 위에 1000피오리노라는 거금을 빌려준 일을 한탄하고 후회하면서 가슴을 쳤습니다. 이렇게 그녀는 남을 속이다가 보기 좋게 되속아 큰 손해를 보고, 뛰는 놈 위에 나는 놈이 있다는 것을 깨달았던 것입니다.

디오네오가 이야기를 마치자 라우네타는 여덟째 날의 이야기를 마쳤으므로 더는 여왕의 자리에 있을 수 없는 시기가 왔다는 것을 알았습니다. 그녀는 좋은 결과를 만들어 준 피에트로 델 카니자노의 지혜와 그것을 실행한 살라바에토의 용기에 박수를 보내며 머리에 쓴 월계관을 벗어 에밀리아의 머리에 씌워 주며 말했습니다.

"에밀리아, 당신은 아름다운 여왕이 될 것입니다."

에밀리아는 수줍게 미소를 띠며 하인을 불러 필요한 것을 지시했습니다. 그리고 아홉째 날의 주제에 대해 이야기했습니다.

"여러분, 소도 일을 하고 나면 자유롭게 풀을 뜯습니다. 또한, 여러 종류의 나무가 있는 숲이 한 가지 나무만 있는 숲보다 더 아름답다는 것을 아실 겁니다. 내일 이야기의 주제를 자유로운 주제로 하고자 합니다. 여러분께서 가장 마음에 드는 이야기를 해도 무방합니다."

모두 새로운 여왕을 칭찬하며 평소처럼 저녁 식사를 하고 노래를 부르는 가운데 여덟째 날이 깊어갔습니다.

프란체스카 데 라차리의 이야기

햇살은 온종일 찌뿌둥하고 희뿌옇던 하늘을 밝고 푸른 하늘로 만들었습니다. 에밀리아는 월계관을 쓰고 일행과 어울려 정원과 풀밭을 거닐었습니다. 그들은 산뜻한 기분으로 하루를 시작하여 충분히 휴식하고 나서 여느 때처럼 이야기하러 모이는 장소로 갔습니다. 여왕은 필로메나에게 아홉째 날 첫 번째 이야기를 시작하라고 했고, 그녀는 빙그레 웃으면서 말문을 열었습니다.

지금까지 우리가 나눈 이야기를 통해서 사랑의 힘이 얼마나 강한지 알 수 있었습니다. 하지만 저는 사랑의 힘을 느끼기엔 그 정도 이야기로는 충분하지 않다고 생각하며, 1년을 더 이야기해도 끝이 없으리라 생각합니다.

옛날 피스토야 거리에 아름답고 매혹적인 프란체스카 데 라차리 부인이 살았습니다. 이 부인을 피렌체에서 추방되어 피스토야에 살던 리누초 팔레르미니와 알레산드로 키아르몬테지라는 두 청년이 열렬히 사모하였습니다.

두 청년이 너무나 부인에게 빠진 나머지 시도 때도 없이 사람을 보내어 사랑을 고백하는 바람에 부인은 편할 날이 없었습니다. 두 사람을 동시에 떼어낼 방안을 궁리하던 차에 확실한 방법을 찾아냈습니다.

그 방법은 피스토야 거리에서 죽은 한 사내와 관련 있습니다. 죽은 사내는 스칸나디오인데 조상이 귀족이었으며, 세상에 둘도 없는 악인으로 소문난 인물이었습니다. 게다가 누가 보더라도 순간적으로 공포심을 자아내는 흉하게 일그러진 얼굴로 생전에 사람들에게 위화감을 불러일으키던 인물이었습니다. 이런 스칸나디오가 성 프란체스코파 사원 밖의 묘지에 묻힌 것입니다. 부인이 하녀를 불러 말했습니다.

"이젠 리누초와 알레산드로가 보내는 사람들 때문에 신물이 난다. 내게 이들을 떼어낼 확실한 방법이 있으니, 너는 내가 시키는 대로 하여라.

오늘 아침에 스칸나디오가 성 프란체스코 사원에 묻힌 것을 너도 알고 있지. 그의 얼굴을 보기만 해도 아무리 대담한 자라도 무서워서 몸서리를 칠 거야. 너는 몰래 알레산드로에게 가서 이렇게 말해라. '알렉산드로 님 마님의 말씀을 전하러 왔습니다. 이 방법을 취하시면 당신이 그토록 오랫동안 애태우던 사랑을 손에 넣을 수 있고, 마님과 함께 지낼 수 있게 될 것입니다. 오늘 밤, 마님의 친척 한 분이 스칸나디오의 시체를 집으로 운반할 것입니다. 그자가 죽었더라도, 마님은 그 사람을 몹시 무서워하셔서, 그런 일이 벌어지면 큰일이라고 말씀하셨습니다. 그래서 오늘 밤 모두 잠들었을 때 스칸나디오가 매장된 무덤에 가서 그의 옷을 벗겨서 당신이 입고 마님의 집으로 운반될 때까지 죽은 자처럼 해 달라는 겁니다. 그렇게 하시면 마님은 당신과 함께 지낼 수 있다고 말씀하셨습니다. 그리고 나중 일은 마님께 맡기시고 돌아가고 싶을 때 돌아가시면 됩니다'라고 말이야.

그런 다음에 곧바로 리누초에게 가서는 이렇게 말하면 된다.

'마님께서 당신께 전하라 하셨습니다. 당신이 마님을 위해서 수고해 주실 의향이 있으시면 당신의 뜻을 받아들일 것입니다. 그 수고는 오늘밤에 스칸나디오의 무덤으로 가서 어떤 소리도 내지 말고 아무도 모르게 시체를 둘러메고 마님의 집까지 운반해 달라는 부탁입니다. 그렇게 하시면 마님이 당신의 마음을 알아보고, 소원도 들어주겠다고 했습니다. 물론 그 일을 못 하시겠다면 마님께 다시는 심부름꾼도 보내지 말라고 하십니다.'

이렇게 두 사람에게 말해야 한다. 알겠니?"

하녀가 부인의 이야기를 전하자, 두 청년은 부인이 원하는 것이라면 지옥행까지 마다하지 않겠다고 나름의 결기를 다졌습니다. 약속한 밤이 되자 알레산드로는 '부인의 친척들이 나를 죽여 무덤에 매장하는 게 아닌가' 하고 걱정이 앞섰지만 사랑 앞에 용기를 내기로 했습니다.

알레산드로는 스칸나디오 무덤을 파헤쳐 시신에서 옷을 벗겨 자신이 그 옷을 입고 그 자리에 누웠습니다. 한편 그 시각 부인의 부탁을 들어주기 위해 리누초는 스칸나디오의 무덤으로 걸어갔습니다. 그는 걷는 동안 스칸나디오의 시체를 둘러메고 가다가 관리에게 붙잡히지나 않을까, 마법사로 오해받아 화형에 처하지는 않을까 걱정이 태산 같았습니다. 하지만 곧 마음을 고쳐먹고 무덤에 당도하여 서슴지 않고 무덤을 열었습니다. 알레산드로는 무덤이 열리는 소리에 공포를 느끼며 숨을 죽이고 가만히 있었습니다. 리누초는 안으로 들어가 스칸나디오의 시체로 보이는 알레산드로의 발을 잡고 밖으로 끌어내 어깨에 둘러메고 부인의 집을 향해 걸었습니다.

리누초가 부인 집으로 들어서는 순간 도둑을 잡으려고 잠복하던 마을 관리들이 등불을 들이대며 소리쳤습니다. 리누초는 당황하여 시신을 내버리고 줄행랑을 쳤습니다. 가짜 시신 역할을 하던 알레산드로도 수의를 질질 끌며 도망쳤습니다.

그 모습을 창가에서 본 부인은 설마 두 사람이 그런 청을 들어줄 줄 몰랐습니다. 정신없이 도망치던 리누초는 집으로 가지 않고 부인의 집

프란체스카 데 라차리의 이야기 _ 프란체스카 데 라차리는 아름다운 귀부인은 두 청년의 열렬한 구애를 매우 귀찮게 여겼다. 그녀는 두 사람을 떼어버리기 위해 꾀를 부린다. 한 사람에게는 유명한 악당의 무덤에 들어가서 하룻밤만 버티고 있으라고 하고, 다른 한 사람에게는 그 악당의 무덤에서 시체를 짊어지고 오라고 한다. 무덤에 대신 들어가 있던 사람은 누가 무덤에 들어와 자신을 짊어지고 가려고 하는 통에 공포에 떨었고, 시체를 짊어지고 오려던 사람은 시체가 살아서 움직이는 듯하므로 겁을 먹었다, 두 사람 모두 혼비백산하여 도망친다. **중세 필사본 그림.**

으로 왔습니다. 그러나 시신이 없어져 서운해하면서 돌아섰습니다. 알레산드로 역시 귀가하는 도리밖에 없었습니다.

　다음 날 아침에 스칸나디오의 무덤이 파헤쳐진 것이 발견되었습니다. 하지만 알레산드로가 무덤 구석으로 시체를 밀어두었기에 시체가 보이지 않았습니다. 피스토야 사람들은 스칸나디오의 시신이 분실된 것을 화제로 삼았습니다. 물론 어리석은 사람들은 악마가 가져갔다며 떠들어 댔습니다. 그럼에도 두 사내는 부인에게 자기의 행동과 뜻하지 않은 불행과 재난을 알리면서 변명과 사죄로 부인의 사랑을 받기 위해 애걸복걸했습니다. 하지만 부인은 두 사람의 변명을 전혀 들으려 하지 않았습니다. 그러면서 약속을 실행하지 못했으므로 어떠한 보답도 있을 수 없다고 하여 두 사람의 끈질긴 구애에서 벗어날 수 있었습니다.

─────◆─────

이사베타의 이야기

필로메나의 이야기가 끝나자 부인들은 청년들을 시원스레 떼어버린 귀부인의 지혜에 아낌없는 박수를 보냈습니다. 청년들의 행동은 순수한 사랑을 넘어선 여인을 향한 집착에 불과하다고 비난하였습니다. 여왕은 엘리사를 지목하였습니다. 여왕의 지목을 받은 엘리사는 곧 재미있는 이야기를 시작하였습니다.

프란체스카 부인의 총명한 지혜가 두 청년을 아주 멋지게 물리칠 수 있었네요. 하지만 제가 이야기하는 젊은 수녀는 지혜도 뛰어났지만 운도 좋았습니다. 무엇보다 그녀가 상황 인식을 빠르게 하여 위기를 모면한 이야기를 하고자 합니다.

롬바르디아에 계율이 엄격한 수녀원이 있었습니다. 그곳에 이사베타라는 귀족 출신의 아리따운 수녀가 있었습니다. 수녀원 생활에 지친 이사베타는 어느 날 친척이 면회 올 때 따라온 청년에게 반했습니다. 이 청년도 이사베타를 마음에 두었으나 수녀 신분이라 어떻게 접근해야 할지 난감했습니다.

하지만 뜻이 있으면 길이 있다고 청년이 수녀원에 숨어드는 방법을 찾아냈습니다. 이후 두 사람은 종종 사랑의 밀회를 즐겼습니다. 그러던 어느 날 밤, 청년이 돌아가는 길에 다른 수녀에게 밀회 현장을 들키고 말았습니다. 당사자들은 눈치채지 못했지만 두 사람의 관계는 삽시

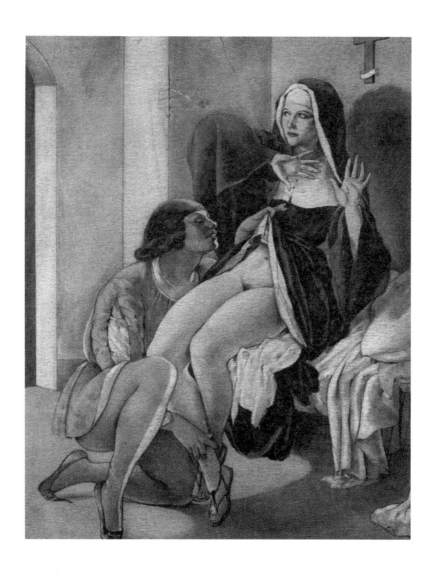

이사베타의 정사_ 수녀 이사베타는 청년과 눈이 맞아 밀회를 즐겼습니다. 그 일이 발각되어 수녀들이 수녀원장에게 이사베타와 청년이 침대에 같이 있다는 것을 알려 벌칙을 받게 된다. **브루넬레스키의 작품.**

간에 수녀원 전체로 퍼지고 말았습니다.

수녀들은 신앙심이 깊다고 알려진 우심다발 원장에게 고하여 이사베타를 처벌하기로 했습니다. 수녀원장을 대동하고 현장을 적발하기로 한 수녀들은 원장실의 문을 두드렸습니다.

"원장님, 이사베타가 신성한 금녀의 수녀원에 사내를 끌어들였습니다."

가는 날이 장날이라고 하필 그 시각 원장은 궤짝에 숨겨 끌어들인 사제와 자고 있었습니다. 수녀들의 급작스런 방문에 놀란 원장은 깜깜한 방을 더듬어 두건을 집는다는 것이 그만 사제의 속옷을 집어들었습니다. 경황없던 원장은 허둥지둥 그것을 머리에 쓰고 나왔습니다.

원장과 수녀들은 기세등등하여 이사베타의 방문을 열고는 청년을 올라타서 애정 행각에 몰두하던 이사베타를 끌고 갔습니다. 혼자 남은 청년은 여차하면 이사베타를 데리고 도망쳐야겠다고 생각했습니다.

집회소에 이사베타를 꿇어앉힌 원장은 수녀들 앞에서 이사베타에게 욕설과 협박을 퍼부었습니다. 이사베타는 벌벌 떨며 원장의 질책을 들었습니다. 이 위기에서 벗어나야겠다는 생각에 아무 소리 못하고 듣고만 있던 이사베타는 원장의 설교가 끝이 없다고 느꼈습니다. 참다못한 이사베타는 고개를 들어 원장에게 뭐라 말하려는데 마침 원장의 두건이 눈에 들어왔습니다. 원장이 머리에 덮어쓴 속옷은 끈까지 달려 원장이 큰소리를 칠 때마다 흔들거렸습니다.

이사베타는 곧 안심하며 느긋한 모습으로 앉았습니다. 그런 그녀를 보고 원장은 화가 치밀어 소리를 지르려 했지만 먼저 이사베타가 말했습니다.

"원장님, 두건의 끈이라도 맨 뒤에 성스러운 말씀을 하시지요."

원장은 이사베타의 조롱에 더욱 화를 참지 못하고 어디서 수작을 부리냐고 소리쳤습니다. 이사베타가 웃으며 다시 한번 끈을 매라 청하

이사베타의 이야기_ 이사베타는 불륜이 발각되어 수녀원장에게 벌칙을 받으려는 순간 수녀원장이 덮어쓰고 있는 남자의 속옷을 지적하자, 슬며시 말을 바꾸며 "이러한 죄는 너무나도 자연스러운 것이므로 인간이라면 어쩔 수 없다"라고 얼버무린다. 이후 수녀원의 수녀들은 남몰래 남자 애인을 두려고 궁리한다. **중세 필사본 그림.**

자, 비로소 다른 수녀들도 원장의 머리를 보았습니다. 수녀들이 자신의 머리를 쳐다보자 원장도 무슨 일인가 싶어 자신의 머리를 만졌습니다. 그리고 두건이 무엇인지 알게 되었습니다.

　자신의 죄가 드러나자 원장의 설교 내용이 바뀌었습니다. 인간이 육체적 유혹에서 벗어나기란 불가능하니, 할 수 있을 때 몰래 적당히 즐기라는 것이었습니다. 원장은 이사베타를 용서할 수밖에 없었고, 이후 다른 수녀들도 몰래 애인을 찾아다녔다는 이야기입니다.

시모네의 이야기

엘리사의 이야기는 젊은 수녀 이사베타가 어떻게 질투심 많은 수녀의 질시를 지혜롭게 이겨냈는지를 명쾌하게 보여주었습니다. 부인들은 이사베타에게 놀라운 지혜를 주신 하느님께 감사를 드렸습니다. 여왕은 필로스트라토에게 다음 이야기를 명했습니다. 필로스트라토는 기다렸다는 듯 이야기를 시작했습니다.

저는 어제 마르케 출신의 멍청한 재판관 이야기를 하다 보니 칼란드리노의 재미난 이야기를 놓쳤습니다. 오늘은 어제 하려던 이야기를 해보려 합니다. 칼란드리노는 여러분도 잘 아시다시피 어리숙하면서도 엉뚱한 친구입니다. 그리고 그의 두 친구 브루노와 부팔마코에 대해서도 앞서 이야기해서 알고 계시리라 생각합니다.

칼란드리노는 큰어머니가 갑자기 사망하는 바람에 예상치 않았던 200리라 정도의 현금을 유산으로 받았습니다. 그는 이 돈으로 땅을 사겠다며 어마어마한 금화를 지닌 사람처럼 우쭐대고 다녔습니다. 브루노와 부팔마코는 그렇게 뻐기지 말고 전처럼 자신들과 놀자고 꼬드겼지만, 칼란드리노는 아랑곳하지 않고 술 한잔도 사주지 않았습니다.

유쾌하지만 말썽꾸러기인 두 친구는 칼란드리노의 행태에 이를 갈며 크게 골탕 먹이기로 작정했습니다. 이들은 화가인 넬로에게 가서 칼란드리노에게 술을 공짜로 얻어먹을 계책을 짜고자 했습니다.

다음날, 넬로가 칼란드리노 집 근처를 서성이다가, 그가 집을 나서자 우연히 만난 것처럼 꾸미고는 그에게 말을 걸었습니다.

"오늘 하루도 행복하길 바라네."

그러자 칼란드리노도 대꾸했습니다.

"아, 넬로, 자네는 오늘뿐만 아니라 1년 내내 행복하시게."

서로 덕담을 주고받고는 넬로가 칼란드리노의 얼굴을 빤히 들여다보았습니다. 칼란드리노는 내 얼굴이 이상하냐고 물었습니다. 넬로는 그냥 자네 얼굴이 푸석해 보인다며 칼란드리노를 불안하게 하고선 돌아섰습니다. 뒤이어 부팔마코와 브루노가 나타나 그에게 연신 얼굴이 죽은 사람 같다는 둥 어디 아프냐는 둥 하며 칼란드리노를 병자로 몰았습니다.

친구들의 연이은 염려에 칼란드리노는 불안에 사로잡혀 곧장 집으로 돌아가 소변을 받아서 시모네 의사 선생에게 보냈습니다. 얼마 안 돼 브루노와 부팔마코, 넬로도 칼란드리노의 집으로 갔습니다. 브루노는 칼란드리노를 도와주는 척하며 시모네 선생에게 갔습니다. 그러고는 자신들이 친구에게 좀 서운한 게 있어서 일을 꾸몄으니 협조해 달라고 부탁했습니다. 시모네 선생은 하녀에게 소변을 받아서 검사한 뒤 직접 왕진을 갔습니다.

브루노와 함께 칼란드리노의 집을 찾은 선생은, 칼란드리노의 맥을 짚어 본 뒤 이럴 리가 없는데 하는 표정을 지으며, 심각하게 말했습니다.

"친구로 솔직히 말하건대, 자네는 임신했네 그려."

칼란드리노는 꽥 소리를 지르며 난리법석을 떨며 부인을 불렀습니다.

"이봐 테사, 내가 그러지 말랬는데 당신이 자꾸만 올라탔기 때문에 내가 애가 생겼대. 내가 뭐랬어?"

부인은 새초롬하고 내성적이었기 때문에 부끄러워서 금세 얼굴이 빨

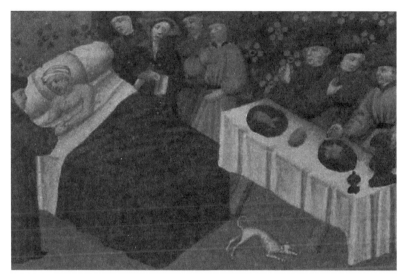

임신한 칼란드리노_ 시모네는 브루노와 공모하여 칼란드리노가 임신이라고 말한다. 칼란드리노는 매우 놀라고 괴로워하면서, 어떻게 자기가 아기를 낳을 수 있겠냐고 하면서, 아내가 너무 흥분하여 올라타는 자세를 많이 취했기 때문이라고 한다. **중세 필사본 그림.**

개졌습니다. 그러더니 고개를 푹 숙이고 말도 없이 방을 나갔습니다.

그러자 칼란드리노는 친구들에게 푸념을 늘어놓았습니다.

"내가 어떻게 아이를 낳지? 애가 어디로 나오나? 나 참, 밝히는 마누라 때문에 이게 무슨 이상한 일이란 말인가."

그러고는 의사 선생을 붙잡고 어떻게 좀 해달라고 빌었습니다.

"칼란드리노, 돈은 좀 들겠으나 내가 며칠 안에 고쳐줄 테니 걱정 말게."

칼란드리노는 땅 살 돈 200리라가 있으니, 돈은 얼마든지 들어도 상관없다며 선생에게 매달렸습니다.

"내가 아이를 뗄 물약을 좀 만들어 보겠네. 그러려면 수탉 여섯 마리와 현금 5리라가 필요하니 내 집으로 보내게. 내일 아침에 물약을 보낼 테니 한 잔씩 마시면 나을 걸세."

칼란드리노는 당장 의사의 말대로 했고, 선생은 특이한 포도주를 만들어 그의 집으로 보냈습니다. 물론 의사 선생을 포함한 칼란드리노의 친구들은 수탉을 실컷 먹었습니다.

사흘 뒤, 의사는 칼란드리노의 맥을 짚은 뒤 득의의 미소를 지으며 말했습니다.

"이제 다 나았으니 누워 있을 필요가 없네."

칼란드리노는 기쁨에 차서 밖으로 나가, 시모네 선생이 얼마나 용한 의사인지, 사흘 만에 자기를 고통 없이 유산시켜 주었다고 떠들고 다녔습니다. 다만 테사는 친구들의 속임수를 알아차리고 남편에게 바가지를 긁었습니다.

체코 포르타리고의 이야기

칼란드리노가 아내에게 한 말을 듣고 부인들은 웃음꽃을 피웠습니다. 필로스트라토의 이야기가 끝나자 여왕은 다음 이야기를 네이필레에게 맡겼습니다. 네이필레는 기다렸 다는 듯 이야기를 시작하였습니다.

많은 사람이 자기가 머리 좋고 훌륭한 사람이라는 것을 남에게 알리는 게 얼마나 어리석고 결점 많은 행동인지를 알지 못한다면, 남에게 말을 삼간다는 것은 헛된 일이 아닐 것입니다. 지금 칼란드리노의 바보같은 짓으로 분명히 드러났습니다. 그는 어리석어서 있지도 않은 병을 고치려고 아내와의 잠자리까지 까발려 버렸으니 말이죠. 저는 칼란드리노와는 정반대의 이야기를 하려고 합니다.

옛날 시에나에 이름이 똑같은 체코라는 두 남자가 있었습니다. 그들은 이름은 같지만 성은 달랐지요. 상류 생활이 몸에 밴 안줄리에리 체코는 아버지가 보내주는 돈만으로도 풍족하게 생활할 수 있었는데, 항상 부족함을 느꼈습니다. 뭔가에 늘 궁핍함을 느끼던 차에 예전에 자기를 아껴주던 추기경이 교황의 사절로 마르카 당코나에 왔다는 것을 알게 되었습니다. 예전의 일도 감사드릴 겸 추기경을 찾아가기로 한 안줄리에리는 이 사실을 아버지에게 알리고, 한꺼번에 6개월 치 생활비를 받아서 추기경을 만날 때 입고 갈 근사한 옷과 말을 장만했습니다.

그런데 안줄리에리가 하인을 찾고 있다는 소문을 들은 포르타리고 체코가 찾아와서 자기를 하인으로 써 달라고 간청했습니다. 급료도 필요 없고 그저 먹여만 달라는 것이었습니다. 안줄리에리는 포르타리고가 술주정에다 노름까지 하므로 안 된다고 했지만, 포르타리고는 그런 일은 절대 하지 않겠다고 맹세하여 다시 한번 다짐을 받고 하인으로 받아들였습니다.

길을 떠난 두 사람은 부온콘벤토에 당도하여 식사를 했습니다. 안줄리에리는 포르타리고에게 오후 3시에 깨워 달라고 부탁한 뒤 잠이 들었습니다. 그러나 제 버릇 개 못 준다고, 안줄리에리 앞에서 그렇게 맹세했건만, 포르타리고는 주점에 가서 목을 축인 뒤 노름까지 하다가 입고 있던 옷까지 모조리 빼앗겼습니다. 설상가상으로 셔츠만 걸친 채 여관으로 돌아와, 잠든 안줄리에리의 지갑에서 돈까지 훔쳐 잃은 돈을 따겠다고 노름판으로 다시 들어갔다가 몽땅 잃었습니다.

잠에서 깨어난 안줄리에리는 포르타리고를 찾다가 그냥 혼자 떠날 채비를 차렸습니다. 아무래도 다른 하인을 찾아야겠다고 생각한 뒤였습니다. 그는 떠나기 전에 여관 주인에게 셈을 치르려고 주머니를 뒤지다 지갑이 없어진 것을 알았습니다. 그는 포르타리고가 저지른 짓임은 알지 못하고 여관을 한바탕 벌집 쑤시듯 쑤셔놓았습니다. 그는 여관 하인들을 당장 시에나로 붙들어 가서 감옥에 처넣겠다고 위협하며 여관을 발칵 뒤집어놓았습니다. 소동이 한창일 때 포르타리고가 셔츠 차림으로 나타났습니다. 이번에는 안줄리에리의 옷까지 훔치려고 온 것인데, 안줄리에리를 보자 넉살 좋게 말했습니다.

"벌써 가려고 하나? 조금 있으면 내 옷을 38솔도에 저당잡은 자가 올 테니 기다려 주게."

체코 포르타리고의 이야기_ 적반하장인 포르타리고가 귀족 친구를 쫓는 장면으로, 귀족은 졸지에 도둑으로 몰려 사람들에게 붙잡힌다. **중세 필사본 그림.**

과연 얼마 안 있어 한 사내가 오더니 포르타리고가 돈을 훔쳐 노름판에서 몽땅 잃었다고 말했습니다. 안줄리에리는 포르타리고에게 욕설을 퍼붓고 그냥 떠나려고 말에 올랐습니다. 하지만 포르타리고는 안줄리에리에게 미안해하기는커녕 더 뻔뻔하게 나왔습니다.

"지금 옷을 찾으면 35솔도만 내도 된다네. 그렇지 않고 나중에 찾으려면 38솔도를 다 내야 하는데 왜 내 돈 3솔도를 축내려고 하는가? 어서 돈을 내놓게."

마치 자신이 맡긴 돈을 달라고 떼쓰는 포르타리고의 태도가 어처구니없었지만, 안줄리에리는 더는 그를 상대하기 싫어 아무 말도 하지 않고 말머리를 돌렸습니다. 악착같은 포르타리고는 3킬로미터쯤 뒤쫓아 와 고래고래 소리를 질렀습니다. 그때 농부들이 나타났습니다. 그러자 포르타리고가 소리쳤습니다.

"저놈 잡아라!"

그 소리를 들은 농부들은 안줄리에리가 포르타리고의 옷과 귀중품을 털어서 달아나는 도둑으로 여겼습니다. 사정이 다급해진 안줄리에리가 자초지종을 아무리 설명해도 농부들은 그의 말을 들으려고 하지 않았습니다.

포르타리고는 농부들의 도움으로 안줄리에리를 말에서 끌어내리고는 옷을 벗겨 자기가 입고, 말까지 뺏어 타고 시에나로 도망쳤습니다. 그러고는 자신이 안줄리에리와 노름을 해서 옷과 말을 땄다고 소문을 냈습니다. 셔츠 바람으로 남겨진 안줄리에리는 옷을 빌려서 입고, 가까운 친척 집으로 가는 수밖에 없었습니다. 거기서 아버지가 다시 돈을 보내 줄 때까지 꼼짝하지 않았습니다.

생각해 보세요. 포르타리고가 안줄리에리의 계획을 엉망으로 만들었지만, 언젠가 안줄리에리에게 보복을 당하지 않으리라고 누가 장담할 수 있겠습니까?"

니콜로자의 이야기

네이필레의 이야기가 끝나자 부인들은 별다른 의견을 보이지 않았습니다. 여왕은 피암메타에게 다음 이야기를 지시했습니다. 피암메타는 빙그레 웃으며 칼란드리노에 대한 또 다른 이야기를 시작했습니다.

전에도 몇 차례 이야기했고, 바로 전에 이야기를 들은 바 있는 칼란드리노에 대한 이야기는 거듭해도 지루하지 않은 것 같습니다. 그에 대한 다른 버전의 이야기를 하고자 합니다. 우리가 사는 피렌체에 니콜로 코르나키니라는 큰 부자가 카메라타의 땅에 훌륭한 저택을 지었습니다. 그는 브루노와 부팔마코에게 집안 전체를 꾸밀 프레스코화를 그려줄 것을 주문했습니다. 두 화가는 워낙 대작이라서 넬로와 칼란드리노에게 함께 작업해줄 것을 부탁했습니다. 그 집은 정리가 덜 된 상태라 다른 가족은 오지 않았고, 니콜로의 아들인 필리포만이 여자를 데리고 와서 며칠씩 묵고 갔습니다.

그러던 어느 날, 필리포가 니콜로자라는 매춘부를 데리고 왔습니다. 그녀는 매춘부일지라도 얼굴도 예쁘고 겸손한 품성까지 지닌 여자였습니다. 그런데 니콜로자가 우연히 칼란드리노를 우물가에서 만났습니다. 칼란드리노는 그림 그릴 때 쓰려고 물을 길러온 것인데, 공교롭게도 여자가 잠옷 바람으로 세수를 하고 있었습니다. 칼란드리노는 어여쁜 그녀에게 호감이 가 상냥하게 인사했습니다. 그녀도 가볍게 답례하며 그를 흘금 쳐다보았습니다. 그녀가 본 칼란드리노는 괴짜처럼 보였습니다. 칼란드리노도 목례한 뒤 그녀를 살펴보니 시골동네에 어울리지 않는 보기 드문 미인이었기에 물을 길어갈 생각은 않고 딴 데에 정신이 팔렸습니다. 그녀는 사내가 자기를 훑어보는 것을 깨닫자 골려줄 생각을 했습니다. 그를 쳐다보며 가볍게 한숨을 지었습니다. 칼란드리노는 그녀의 예상대로 넋을 잃고는 필리포가 그녀를 부를 때까지도 떠나지 않았습니다.

친구들 곁으로 돌아온 칼란드리노는 얼빠진 채 한숨만 쉬었습니다. 브루노는 무슨 일이냐고 물었고, 칼란드리노가 한숨을 폭 쉬면서 말했습니다.

"아까 우물로 물 뜨러 갔는데, 선녀 같은 여자가 있더군, 멀쩡한 여자가 나한테 홀딱 반한 것 같아."

브루노는 칼란드리노를 골려줄 또 다른 사건을 꾸밀 수도 있겠다며, 그 여자가 필리포의 부인일지 모르니 조심하라고 당부했습니다. 그러고는 부팔마코에게 도움을 청하자고 했습니다. 칼란드리노는 부팔마코에게는 알려도 괜찮지만, 넬로는 아내 테사의 친척이니 알리지 말아 달라고 했습니다.

저녁 식사 시간이 되자 사람들이 안마당에 모였습니다. 그 자리에는 필리포와 니콜로자도 있었습니다. 칼란드리노는 니콜로자를 뚫어지게 바라보면서 생각지도 못한 이상한 짓을 했습니다. 여자도 그를 유혹하듯 이상한 몸짓으로 화답했습니다. 필리포는 칼란드리노의 이상한 행동을 보며 세상에 이런 재미있는 일은 없으리라 여기고, 부팔마코나 다른 패들과 이야기하는 척하며 모르는 채했습니다. 잠시 후 그들이 돌아가자 칼란드리노가 입맛을 다시는 모습은 가히 볼썽사나웠습니다.

사실 브루노는 니콜로자가 어떤 여자인지 잘 알고 있었습니다. 브루노는 칼란드리노의 부탁을 무시하고는 부팔마코는 물론이고 넬로에게까지 칼란드리노의 음흉한 계획을 털어놓았습니다. 여기에 당사자 니콜로자와 필리포까지 끌어들여 칼란드리노를 제대로 놀려주자고 모의했습니다.

얼마 뒤 필리포와 여자가 집을 떠나자, 브루노는 아쉬워하는 칼란드리노를 위로하며 기운을 북돋는 거짓말만 골라서 했습니다.

"자네가 그런 훌륭한 재주가 있다니 놀랐네. 그 여자를 아주 녹여 놓았더군. 정말 대단해."

브루노의 말에 우쭐해진 칼란드리노는 말했습니다.

"요즘 젊은 애들은 도저히 그렇게 못할 걸. 조금만 기다려 보게. 그 여자는 내 꽁무니를 졸졸 따라다닐 테니."

다음 날, 그는 리라를 켜며 노래를 불렀고 모두 즐거워했습니다. 그는 그녀가 보고 싶어서 일이 손에 잡히지 않았고 몇 번씩이나 입구로 뛰어나갔다가 안마당으로 걸음을 옮기곤 했습니다. 한편 여자도 브루노의 지시에 따라서 그에게 맞장구쳤습니다.

브루노는 사람을 보내 그녀에게 몇 가지를 지시했습니다. 브루노는 그녀가 집을 비울 때만 그녀로부터 편지가 오게끔 꾸몄습니다. 편지 내용은, 늘 칼란드리노의 애간장이 타도록 지금은 친척 집에 있어서 도저히 만날 수가 없겠다는 것이었습니다. 이렇게 꾸민 브루노와 부팔마코는 마치 여자가 조르기라도 하는 것처럼 칼란드리노에게 상아로 만든 빗, 예쁜 지갑, 작은 칼 따위를 선물하도록 했고, 여자 쪽에서는 별 쓸모없는 물건을 답례로 보내게 했습니다. 이런 일들이 며칠 계속되자 칼란드리노는 흥분이 극에 달해 세상 둘도 없는 구경거리를 만들어냈습니다.

이렇게 두 달이 지나자, 참다못한 칼란드리노가 브루노에게 조르기도 했고 협박도 서슴지 않았습니다.

사태가 절정에 달하자, 브루노는 필리포와 여자와 상의하고는 칼란드리노에게 말했습니다.

"자, 내가 만든 부적을 그녀에게 갖다 대보게. 그리고 광으로 가면 그녀가 자네 뒤를 따라갈 걸세. 그다음은 자네가 알아서 하게나."

칼란드리노는 하늘에라도 오른 것처럼 기뻐서 부적을 받았습니다.

한편 칼란드리노를 경계하던 넬로는 이 문제가 누구보다 흥미로서 그를 골려줄 기회만 엿보았습니다. 그러던 중 브루노의 귀띔을 받고는 피렌체의 칼란드리노 아내에게 가서 이렇게 말했습니다.

"테사, 남편이 무뇨네의 돌을 갖고 왔을 때 널 얼마나 때렸니. 지금 그가 다른 여자한테 정신이 팔려 있으니 이참에 혼쭐을 내줘라."

넬로의 훈수를 받은 부인은 카메라타로 달려가서 모든 일을 준비했습니다.

부인과 처형의 계책을 알 리 없는 칼란드리노는 혼자 있는 니콜로자를 보자 얼른 다가가 부적을 갖다 댔습니다. 브루노에게 미리 지시를 받은 그녀는 속으로 웃음이 나왔지만, 겉으로는 칼란드리노에게 매료돼서 따라가는 것처럼 꾸미고 광으로 들어갔습니다. 캄캄한 광으로 들어서는 순간 니콜로자는 욕정을 참을 수 없다는 듯이 그에게 매달렸습니다. 둘이 뜨겁게 키스하려는 순간 칼란드리노의 부인이 문을 열어젖히고 들어섰습니다. 이에 여자는 도망치고 부인은 달려들어 칼란드리노의 얼굴을 할퀴고 욕설을 퍼부었습니다. 얼마나 뜯기고 꼬집혔는지 몸도 제대로 가누지 못할 정도였습니다. 칼란드리노는 아내에게 싹싹 빌며 제발 일을 크게 만들지 말아 달라고 부탁했습니다. 이 모습을 숨어서 보던 브루노와 부팔마코는 터져 나오려는 웃음을 꾹 참고는 자기

니콜로자의 이야기_ 어리숙한 칼란드리노는 창녀 니콜로자를 보고 매력에 빠지는데, 칼란드리노를 놀려먹는 브루노는 니콜로자와 니콜로자의 기둥서방과 짜고 칼란드리노를 속이기로 한다. 중세 필사본 그림.

들이 나서서 일을 조용히 처리하겠으니 안심하라며 칼란드리노 부부를 집으로 돌려보냈습니다. 그 이후 칼란드리노가 부인에게 얼마나 호되게 당했는지는 말하지 않아도 잘 아실 것입니다. 당연히 칼란드리노는 두 번 다시는 카메라타 쪽을 쳐다보지도 않았답니다.

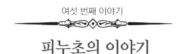

피누초의 이야기

칼란드리노의 이야기는 언제 들어도 재미있다며 부인들은 배꼽을 잡고 깔깔거렸습니다. 피암메타의 이야기가 끝나자 여왕은 다음 순서로 팜필로를 지목했습니다. 그러자 그는 이야기를 시작하였습니다.

칼란드리노가 반했던 여자 이름이 니콜로자라는 말을 듣고, 저도 또 한 사람의 니콜로자 이야기를 자연스럽게 머리에 떠올렸습니다.

무뇨네의 골짜기에 여행객을 상대로 음식을 파는 호인이 있었습니다. 그는 안면 있는 사람이 찾아오면 잠자리도 제공했습니다. 문제는 늘 예쁜 여자 때문에 생기는데, 이 사람의 아내도 보기 드문 미인이었고, 큰딸 니콜로자도 어머니를 쏙 빼닮은 예쁜 처녀였습니다. 그 밑으로 돌도 되지 않은 젖먹이 아들이 있었습니다.

그런데 우리 시에 사는 피누초라는 귀족 출신 청년이 그만 이 처녀에게 반하고 말았습니다. 니콜로자도 훌륭한 청년에게 사랑받는 것을 기쁘게 받아들이며 상냥하게 대하다 보니 둘은 좋아하는 사이가 되었습니다.

서로 애정을 키워가던 두 사람 중 피누초가 자기 신분과 그녀에 대한 세상의 비난을 개의치 않았다면 두 사람은 아름다운 사랑을 키워 갈 수 있었을 것입니다. 몸이 단 피누초는 어떻게든 그녀와 사랑을 나누고 싶었습니다. 그녀의 집에 묵을 방법을 고민하고는, 그렇게만 된다면 원 없이 그녀를 껴안을 수 있겠다고 생각했습니다.

며칠 밤낮을 고민하던 피누초는 친구 안드리아노와 함께 말을 타고 피렌체를 떠나 무뇨네 골짜기로 향했습니다. 두 사람이 시간을 다퉈 달려 처녀의 집에 도착한 것은 세상의 모든 것을 감출 수 있는 밤이었습니다. 두 청년은 여행객처럼 위장해 로마냐에서 오는 길인 양 허세를 떨며 처녀의 아버지에게 하룻밤을 재워 달라고 했습니다. 그녀의 아버지는 두 사람을 잘 아는 처지라 거절할 수 없어 단칸방에 침대 세 개를 놓았습니다. 상태가 나은 침대에 두 청년을 재우고 나머지 두 개에서 큰딸과 부부가 각각 잤습니다. 시간이 꽤 지나 모두 잠들자 피누초는 살그머니 니콜로자가 자는 침대로 파고들었습니다. 처녀는 무서워했으나 곧 반기면서 피누초를 껴안았습니다. 그러고는 두 사람은 사랑을 나누었습니다.

그렇게 두 사람이 자고 있는데, 고양이가 무엇을 건드렸는지 소리를 내자 처녀의 어머니가 깨어나 무슨 일인지 확인하려고 나갔습니다. 뒤이어 아드리아노도 소변을 보려고 일어났는데, 요람 때문에 나갈 수 없자 요람을 들어 자기 침대 쪽으로 옮겨 놓았습니다. 그리고 소변을 보고 돌아와서는 그냥 침대로 들어갔습니다.

처녀 어머니는 좀 전의 소리가 별거 아님을 확인한 뒤 자리로 돌아왔습니다. 그런데 조금 전 아드리아노가 요람을 옮겨 놓은 바람에 그만 남편 침대가 아닌 아드리아노의 침대 속으로 들어가고 말았습니다. 아드리아노는 얼른 부인을 맞아들여 몇 번이나 기쁘게 해 주었습니다.

처녀와 사랑을 나눈 피누초는 계속 처녀의 침대에 있을 수 없어 원래 자리로 돌아갔는데, 요람 때문에 착각하여 집주인이 자고 있는 침대로 옮겼습니다. 그리고 옆 사람을 아드리아노로 착각하고 속삭였습니다.

"니콜로자 같은 여자는 처음 봐. 사내가 여자한테 얻을 수 있는 최상의 즐거움을 여섯 번이나 느끼게 해줬지 뭐야."

마침 잠에서 깨어난 주인이 듣고는 중얼거렸습니다.

"아니, 잠잘 데가 없다고 해서 편의를 봐줬는데, 이게 무슨 짓이오. 반드시 복수하겠소."

피누초는 아차 싶었으나 이미 늦었다고 판단하고는 나직이 말했습니다.

"어떻게 복수하겠단 말이오."

이 소리를 들은 처녀의 어머니는 함께 누운 아드리아노가 남편인 줄 알고 속삭였습니다.

"손님들이 말다툼하네요."

아드리아노가 대꾸했습니다.

"내버려 둬. 어젯밤에 너무 마셔서 그래."

영리한 처녀 어머니는 금세 일이 어떻게 돌아가는지 깨닫고, 조용히 일어나 요람을 들고 딸 침대로 가 함께 누웠습니다. 그런 뒤, 남편을 불러 왜 그러냐고 물었습니다.

"지금 이자가 내 딸과 잤다는 소릴 못 들었소?"

그러자 무슨 말이냐는 둥 처녀의 어머니가 둘러댔습니다.

"그분은 아무렇게나 지껄이는 거예요. 니콜로자가 그분과 잘 리가 있나요. 제가 줄곧 여기 누워 있었는데요. 그런 말을 믿다니 당신이 어리석군요. 여러분이 간밤에 과음하시는 듯하더니, 꿈이라도 꾸시고 꿈속에서 쏘다니시다가 재미를 보신 모양이죠. 목을 분지르지 않은 게 다행이에요. 피누초 님은 거기서 뭐 하세요? 어째서 자기 침대로 안 가시죠?"

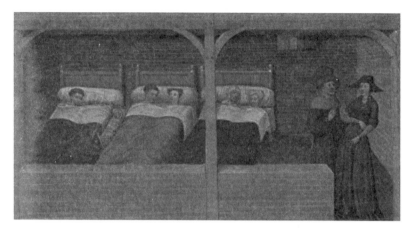

피누초의 이야기_ 피누초가 사랑하는 처녀의 집에서 벌어지는 웃지 못할 상황을 요약한 장면이다.
중세 필사본 그림.

아드리아노는 부인이 용케 자기의 수치와 딸의 수치를 둘러대는 것을 보고 말했습니다.

"피누초, 자넨 꿈꾸고 나서는 그 꿈을 사실인 양 말하는 버릇이 있잖나. 내 언젠가는 그런 버릇 때문에 혼쭐날 테니 조심하라고 몇 번 타일렀는데. 자, 이리 오게. 자네에게 불행한 밤이란 바로 이런 일인 거야."

주인은 옆에서 잠자는 척하는 피누초를 흔들어 깨웠습니다. 피누초는 일부러 잠꼬대하여 주인을 안심시켰습니다. 다음 날 아침, 주인은 꿈 이야기를 하며 손님들을 놀렸습니다. 두 청년은 적당히 맞장구쳐 주고, 말을 타고 피렌체로 떠났습니다. 이 일로 용기를 얻은 피누초는 여러 차례 니콜로자와 밀회를 나눴습니다.

탈라노 디 몰레제의 이야기

팜필로의 이야기가 끝나자 처녀 어머니의 뛰어난 지혜를 이구동성으로 칭찬했습니다. 좌중이 조용해지자, 여왕은 팜피네아에게 이야기를 명했습니다. 그녀는 기다렸다는 듯 이야기를 시작하였습니다.

제가 여러분께 들려드릴 이야기는 꿈에 대한 이야기입니다. 얼마 전 제 이웃에 살던 부인이 남편의 나쁜 꿈을 믿지 않았다가 봉변을 당한 적이 있습니다. 탈라노 디 몰레제라는 귀족이 마르가리타라는 미인을 아내로 맞았습니다. 그런데 이 부인은 성격이 무뚝뚝하고 화도 잘 내고 고집 센 여자였습니다. 그러니 사람들은 자연히 부인을 싫어했습니다. 남편도 그 사실을 알았지만 예쁜 아내를 얻은 흠이겠거니 하고 그냥 참고 지냈습니다.

탈라노가 부인과 함께 시골 별장에 있을 때였습니다. 남편은 무서운 이리가 나타나 아내의 목을 물어뜯는 희귀한 꿈을 꾸었습니다. 꿈속에서 부인은 가까스로 이리에게서 벗어났지만, 얼굴과 목에 큰 상처를 입었습니다. 잠에서 깨어난 탈라노가 아내에게 이상한 꿈을 꾸었다며 꿈 이야기를 했습니다.

"여보, 내가 너무 이상한 꿈을 꾸었으니 당신도 조심하는 것이 좋을 듯하오. 난 당신이 무뚝뚝해서 하루도 즐겁게 보낸 적이 없소. 그래도

탈라노 디 몰레제의 이야기_ 아름답지만 화를 잘 내는 탈라노의 부인은 남편이 숲에서 바람을 피울 것이라 의심하여 미행하다 이리에게 물려 아름다운 얼굴에 징그러운 흉터가 잔뜩 생긴다. **중세 필사본 그림.**

당신에게 안 좋은 일이 생기면 나도 슬플 것 같소. 그러니 오늘은 내 말을 듣고 밖에 나가지 말도록 하시오."

부인은 고개를 가로저으며 물었습니다.

"원래 자기가 싫어하는 사람은 나쁜 꿈에 나타나기 마련이래요. 지금 당신은 나를 걱정하는 척하지만, 실상은 제가 그렇게 되기를 바라니까 그런 흉몽을 꾼 것이겠죠. 걱정하지 마세요. 그런 불행을 만나 당신이 좋아하게 하진 않을 테니까요."

부인의 대답에 탈라노는 어처구니없었습니다. 자기 마음을 너무도 몰라주는 아내가 서운하긴 했지만, 꿈도 꿈인 만큼 다시 한번 숲에는 가지 말라고 당부했습니다. 이 말에 부인은 더 나쁜 쪽으로 해석해 남편이 숲에서 다른 여자와 바람을 피운다고 생각했습니다. 남편이 외출하자 부인은 망설이지 않고 숲으로 갔습니다.

부인이 남편과 애인의 밀회 장면을 엿보려고 숲의 이곳저곳을 살펴보다가 그만 커다란 이리를 만났습니다. 이리는 곧장 부인에게 달려들어 목을 물어뜯었습니다. 다행히 근처의 양치기들이 그녀를 발견해 구해냈기에 망정이지, 양치기들이 없었다면 부인은 잡혀 죽었을 것입니다. 양치기들은 부인을 별장으로 데려갔습니다.

부인은 목숨은 건졌지만 목과 얼굴에 심한 흉터가 남고 말았습니다. 남편의 당부를 오해한 부인은 미인에서 하루아침에 끔찍한 모습의 추녀가 되고 말았습니다. 그 후로 그녀는 남의 앞에 나서기를 부끄러워했고, 자기의 고집과 남편의 꿈을 믿지 않은 것을 후회하면서 슬픔 속에서 평생을 살았습니다.

치아코의 이야기

팜피네아의 이야기를 들은 부인들은 탈라노의 꿈은 흉몽이 아니고 환영이라고 갑론을 박했습니다. 논쟁이 끝나자 여왕은 라우레타에게 다음 이야기를 분부하였습니다. 그녀는 이야기를 시작하였습니다.

저도 팜피네아가 이야기한 학자의 매서운 복수에서 영감을 얻어 흥미로운 복수담을 들려드리겠습니다.

피렌체에 치아코라는 사내가 있었습니다. 이 남자는 뛰어난 미식가였습니다. 게다가 상당한 멋쟁이이기도 해서 웬만한 수입으로는 생활이 감당되지 않았습니다. 다행히 그는 말을 잘 꾸며댔기에 궁정까지 진출할 수 없어도 제법 음식깨나 잘해 먹는다는 부잣집에 만담가로 출입하여 값비싼 음식을 대접받곤 했습니다.

그 무렵, 피렌체에 비온델로라는 사람이 살았습니다. 그는 몸이 왜소하면서도 퍽 유쾌한 사람이어서 나비보다 더 말쑥하게 가꾸었습니다. 조그만 모자를 써서 금발 한 오라기도 헝클어지지 않도록 정리하는 깔끔쟁이였습니다. 공교롭게도 그는 치아코와 직업이 같았습니다.

사순절 아침, 비온델로가 비에리 디 치르기 씨의 잔치에 쓸 칠성장어 두 마리를 사다가 치아코와 만났습니다. 치아코는 비온델로에게 무슨 일로 가느냐고 물었습니다. 그러자 비온델로는 시치미를 뚝 떼며 코르소 도나티 씨 집에서 쓸 물고기를 사는 중이라고 둘러댔습니다.

치아코는 비온델로의 요리를 맛보고 싶어 코르소 씨 집에 갔습니다. 영문을 모르는 코르소 씨가 치아코에게 무슨 일로 왔느냐고 묻자, 치아코는 아무 말도 안 하고 다른 손님들 옆에 앉았습니다. 아무리 기다려도 칠성장어는 나오지 않았습니다. 치아코는 비온델로에게 속은 것을 알고는 꼭 복수하리라 별렀습니다.

며칠 뒤, 치아코는 길에서 비온델로를 만났습니다. 비온델로는 코르소 씨의 칠성장어 맛이 어땠냐고 놀려댔습니다. 치아코는 아무렇지도 않은 듯 횡설수설하고는, 눈치 빠른 장사치를 매수했습니다. 그는 장사치를 카비치울리 화랑으로 데려가 필리포 아르젠티를 가리키며 이렇게 시켰습니다.

"이 유리병을 갖고 저 사람에게 가서 이렇게 말해. '나리, 이 병에 붉은 포도주를 부어 루비색으로 만들어 주십시오. 비온델로가 모기 같은 동료와 심심풀이를 하고 싶다는군요.'"

장사치는 치아코가 시키는 대로 했고, 필리포는 비온델로가 자기를 놀린다고 여기고 버럭 소리를 질렀습니다.

"이놈아, 무슨 수작을 부리는 것이냐! 네놈도 그놈도 다 손봐야 정신 차리겠느냐."

이렇게 호통치고는 일어나 장사치를 잡으려 했으나 그는 재빨리 도망쳤습니다. 치아코는 크게 만족하여 장사치에게 돈을 주고 그 길로 비온델로를 찾아가 말했습니다.

"요즘 카비치울리 화랑에는 안 가나?"

"아니, 통 안 갔는데, 그건 왜 묻나?"

"필리포가 자넬 찾는단 말을 들었는데, 무슨 까닭인지는 모르겠지만."

치아코의 말에 비온델로는 카비치울리 화랑으로 갔습니다. 치아코

치아코의 이야기_ 치아코는 맛 좋은 음식을 매우 좋아하는 사람으로 친구의 장난에 넘어가 복수를 하기 위해 기사를 이용하여 그를 혼내주고 두 사람은 농담을 주고받는다. **중세 필사본 그림.**

는 몰래 그 뒤를 따라갔습니다.

화가 풀리지 않아 씩씩거리던 필리포는 때마침 비온델로가 나타나자 냅다 뺨부터 후려쳤습니다. 비온델로가 비명을 지르며 왜 때리느냐고 따졌습니다.

"이 거짓말쟁이야! 사람을 놀렸으니 벌을 받아야지!"

필리포는 무지막지한 손으로 비온델로를 두들겨 패고는 옷이며 머리를 엉망으로 만들었습니다. 억울하게 두들겨 맞은 비온델로는 눈이 퉁퉁 부었습니다.

그때 치아코가 비온델로에게 한마디 던졌습니다.

"비온델로, 필리포의 포도주 맛이 어떤가?"

비온델로는 주저 없이 대답했습니다.

"코르소 씨의 칠성장어 맛이네."

비온델로는 그제야 자기가 보복당한 것을 알고, 이후로는 치아코를 놀리지 않았다고 합니다.

멜리소의 이야기

라우레타의 이야기에 부인들은 비온델로가 안쓰럽다고 말했습니다. 녹초가 되도록 두들겨 맞고도 변명도 못한 비온델로가 가엾기는 해도, 맞는 상황이 재밌어서 즐겁게 웃었습니다. 여왕은 특권을 이용해서 이야기를 시작했습니다.

사물의 질서를 가만히 들여다보면, 여성은 천성적 법칙이나 관습에 따라 남성에게 종속되고 남성의 사고에 의해 규제당하고 지배를 받는다는 사실을 인정해야만 할 것입니다. 그러므로 남성에게서 평화와 위로와 휴식을 원하는 여성이라면 정숙하고 겸손하며 철저히 순종해야만 합니다. 여성의 몸은 부드럽고 섬세하며, 마음은 착하고 조용합니다. 거기다 육체는 아름답고 연약하며 목소리는 가냘프고 곱게, 몸짓은 우아하게 해야만 하지요.

 구원과 지배가 필요한 여성이라면, 자기의 지배자나 원조자에게 복종하고 존경하는 것은 어찌 보면 당연한 일입니다.

 나는 전부터 이러한 생각이 있었습니다만, 조금 전 팜피네아가 이야기한 고집 센 아내를 남편인 탈라노가 응징하지 못하자, 하느님이 대신 벌을 주었다는 이야기를 듣고 다음과 같은 이야기를 해야겠다고 생각했습니다.

옛날 솔로몬 왕의 지혜는 세상에 널리 알려질 만큼 경이로워 숱한 사람들이 절박한 문제를 해결하려고 이스라엘로 몰려왔습니다. 그 가운데 멜리소라는 젊은이가 있었습니다. 그는 라이아초(아르메니아의 항구 도시) 출신으로, 그곳에서 나고 자란 대단한 거부이자 귀족이었습니다. 그가 예루살렘에 가려고 말을 재촉하며 안티오키아의 거리를 빠져나올 무렵, 우연히 요셉이라는 젊은이를 만났습니다. 두 사람은 같은 목적지를 향해 여행하면서 여느 나그네들처럼 자연스럽게 대화를 주고받았습니다.

멜리소는 요셉의 신분을 듣고 난 다음 무슨 일로 이스라엘에 가느냐고 물었습니다. 요셉은 아내가 대단히 고집이 세고 심술궂어서 아내의 마음을 어떻게 유하게 할 수 있을지 솔로몬 왕에게 해법을 구하러 가는 길이라고 말했습니다. 요셉도 멜리소에게 가는 목적을 물었고, 그는 다음과 같이 대답했습니다.

"나는 라이아초에 사는 사람인데 불행한 일이 있습니다. 나는 젊고 돈은 많아서 마을 사람들을 자주 초대하고 잔치를 베풉니다. 그런데도 마을 사람들이 도무지 나를 좋아하지 않습니다. 어떻게 하면 사람들에게 사랑을 받을까 의견을 구하러 가는 길입니다."

두 사람은 예루살렘에 도착하자, 신하들의 안내에 따라 솔로몬 왕 앞으로 나아갔습니다. 멜리소가 먼저 자기의 용건을 말했습니다.

멜리소의 이야기를 귀담아들은 왕의 대답은 "스스로 사랑하라"는 한마디뿐이었습니다. 요셉이 사연을 아뢰자 왕은 "거위 다리(橋)에 가보라"고만 대답했습니다. 물론 요셉도 멜리소와 같이 말이 끝나자 왕의 면전에서 쫓겨나왔습니다.

두 사람은 솔로몬의 말을 곰곰이 되짚어 보았지만, 자신들의 물음에 대한 답변으로는 도무지 성에 차지 않았습니다. 두 사람은 우롱당한

멜리소의 이야기_ 멜리소는 솔로몬 왕에게 융숭한 대접에도 왜 주위 사람들이 자기를 좋아하지 않는가 하는 고민을 해결해 줄 답을 묻기 위해 길을 떠나 그 답을 찾게 된다. **중세 필사본 그림.**

기분이 되어 귀로에 올랐습니다. 두 사람은 참담한 기분으로 며칠 여행하여 아담한 다리가 있는 강가에 닿았습니다. 노새와 말에 짐을 실은 대상들이 다리를 건너고 있었기 때문에 그들이 다 건너갈 때까지 기다려야만 했습니다. 대상들의 짐을 실은 노새가 거의 다 건너갔을 무렵 노새 한 마리가 무엇에 놀랐는지 앞으로 나가려 하지 않았습니다.

마부가 채찍으로 노새를 때렸으나 노새는 펄쩍펄쩍 뛰기만 할 뿐 앞으로 나아가려 하지 않았습니다. 마부는 화가 잔뜩 나서 채찍으로 노새의 옆구리, 머리, 엉덩짝 어디든 닥치는 대로 두들겨 팼지만 아무 소용 없었습니다. 그 광경을 보고 있던 멜리소와 요셉은 몇 번이나 마부에게 말했습니다.

"어허! 참 지독하게 노새를 다루는군. 노새를 패 죽일 작정이오? 어째서 얌전하게 달래려 하지 않소? 채찍으로 때리는 것보다 살살 달래는 것이 더 낫지 않겠소."

그러자 마부는 당신들이 뭔 참견이냐는 투로 말했습니다.

"당신네는 자기 말을 잘 알고 계시지요? 나도 내 노새의 버릇을 잘 알지요. 내 노새는 이렇게 다뤄야 잘 움직입니다."

그러고는 다시 채찍을 들고 때렸습니다. 얼마 동안 두들겨 패자 드디어 굴복했는지 노새는 앞으로 나아갔습니다. 그제야 두 사람은 다리를 건너갈 수 있게 되었는데, 다리 입구에 앉아 있는 초라한 남자에게 이 다리 이름이 뭐냐고 요셉이 물었습니다.

"나리, 거위 다리입니다."

이 말을 듣자 요셉은 솔로몬 왕의 말을 떠올리고 멜리소에게 말했습니다.

"여보게, 솔로몬 왕의 충고가 이것이었군. 나는 지금까지 한 번도 아내를 때린 적이 없었네. 마부는 내가 할 일을 가르쳐 주었어."

며칠 후, 두 사람은 안티오키아에 도착했는데 요셉은 멜리소에게 이삼일 동안 자기집에 머물게 했습니다. 그러자 아내는 표나게 싫은 내색을 했지만, 그는 아내에게 멜리소가 주문하는 저녁 식사를 만들도록 일렀습니다. 언제나 그랬듯이 아내는 남편의 말은 아랑곳하지 않고 멜리소가 주문한 것과 다른 엉뚱한 음식을 내왔습니다. 그것을 보자 요셉은 얼굴빛이 변하면서 말했습니다.

"이분이 무슨 요리를 만들어 달라고 말했었지?"

아내는 뒤돌아보며 퉁명스럽게 대답했습니다.

"흥! 그게 뭐 중요해요? 드시고 싶으면 드시고 싫으시면 그만두시라죠. 나는 이 음식을 드리려고 했어요."

멜리소는 부인의 대꾸를 듣고 '세상에 이럴 수가' 하는 생각이 들었습니다. 요셉은 아내의 말을 듣자 말했습니다.

"당신은 하나도 바뀐 것이 없군. 하지만 그런 당신의 태도를 고쳐주겠어."

그러고는 멜리소 쪽으로 몸을 돌리면서 말했습니다.

"이보게. 이제부터 솔로몬 왕의 충고를 시험해 볼 차례네. 부탁하네만 눈앞의 일을 너무 심각하게 생각지 말고, 내가 하는 일을 사소한 놀이쯤으로나 생각하게. 나를 방해하지 말고 우리가 노새를 동정했을 때 마부의 대답을 상기하기 바라네."

이에 멜리소는 당연하다는 듯이 대답했습니다.

"나는 자네 집에 있네. 자네가 그런다면 반대하지 않겠네."

요셉은 떡갈나무로 만든 단단하고 둥근 몽둥이를 들고 와서는, 화를 내고 침실로 들어간 아내를 따라가서 머리채를 낚아채어 내동댕이친 후 몽둥이로 사정없이 때렸습니다. 아내는 처음에는 울부짖고 악을 쓰며 위협하기도 했으나, 요셉이 매질을 멈출 기미가 없자 '살려 주세요, 제발. 앞으로는 당신이 하는 말에 절대로 거역하지 않겠어요'라며 빌었습니다. 아내가 그러거나 말거나 요셉은 들은 척도 않고 더한층 난폭하게 아내의 어깨, 허리, 가슴 등 가리지 않고 때렸습니다.

그리고 나서 요셉은 멜리소에게 돌아와 말했습니다.

"내일이면 '거위 다리에 가보라'는 충고의 효력을 알 수 있을 걸세."

그는 잠시 쉬었다가 손을 씻고 멜리소와 식사를 한 후 침실로 갔습니다. 성질 고약한 아내는 간신히 일어나 침대에 몸을 던졌습니다.

다음 날 아침 일찍 부인은 요셉에게 사람을 보내 어떤 요리를 원하느냐고 물었습니다. 그는 웃으면서 이것저것을 말했습니다. 식사 시간에 가보니 지시한 음식이 정성스럽게 차려져 있었습니다. 두 사람은 의아해했던 솔로몬의 충고를 크게 칭찬했습니다. 며칠 후 멜리소는 요셉과 작별하고 고향으로 돌아가 어느 현자에게 솔로몬의 충고를 들려주었습니다. 현자는 이렇게 말했습니다.

"그 이상의 충고를 할 사람은 없을 걸세. 자네는 지금까지 아무도 진심으로 사랑하진 않았네. 자네가 남들에게 베푼 것은 사랑이 아니라 허영이었네. 이제부터는 솔로몬 왕의 충고대로 진심으로 남을 사랑하게. 그러면 사람들에게 진실한 사랑을 받을 걸세."

이렇게 하여 호된 응징을 당한 고집 센 여자는 부드러워지고, 젊은이는 남을 진심으로 사랑하면서 남들에게서 사랑을 받았습니다.

돈 잔니 디 바롤로의 이야기

여왕이 이야기를 마치자 부인들은 노골적으로 못마땅한 표정을 짓고 남자들은 흡족해하며 큰 소리로 웃었습니다. 마지막 차례인 디오네오가 이야기를 시작했습니다.

친애하는 여러분, 현자 무리에 우둔한 자 한 명이 섞여 있다면 현자들은 더욱 빛나고 아름다울 것입니다. 흰 비둘기 무리에 까마귀 한 마리가 섞여 있으면 백조보다 더 우아해 보이듯이 말입니다. 이렇듯 나의 어리석음과 모자람이 여러분의 명석하고 점잖은 품위를 더욱 훌륭하게 돋보이게 할 것입니다. 또한, 내가 값어치가 있다면, 그 값어치가 여러분을 깎아내리기보다는 여러분의 기쁨이 한층 배가될 거라고 생각합니다. 그래서 솔직하게 나를 드러내 보이고자 하오니 내 말이 무례하다면 용서하시고, 부족한 점이 있다면 여러분의 재치로 참아 주십시오.

제 이야기는 매우 짧은 일화로, 마술 도중에는 충실히 명령을 따라야 하며, 사소한 실수라도 생기면 모든 것이 실패한다는 교훈을 담은 이야기입니다.

두어 해 전의 일입니다만, 바를레타에 돈 잔니 디 바롤로라는 신부가 있었습니다. 그는 성당의 재정이 빈약하여 최소한의 생활이나마 유지하기 위해 자신의 암말에 물건을 싣고 풀리아 지방 곳곳의 시장을 돌아다니며 장사를 했습니다. 장사를 다니는 사이 잔니 신부는 트레산티에 사는 피에트로와 친해졌습니다. 그는 노새에 짐을 싣고 똑같은 장사를 하고 있었습니다. 신부는 우정을 표시하는 의미에서 풀리아 지방의 관습대로 친구 피에트로라고 불렀습니다. 피에트로가 바를레타에 올 때면 언제나 성당에서 잠을 재워 주고 극진하게 대접했습니다.

피에트로는 매우 가난하긴 해도 젊고 아름다운 아내와 노새 한 마리가 겨우 들어가는 작은 집을 소유하고도 나름 만족하며 사는 사람이었습니다. 잔니 신부가 트레산티에 오면 가끔 자기 집으로 초대해서 바를레타에서 환대받은 답례로 최선의 대접을 했습니다. 그러나 워낙 초라한 집에 살다 보니 막상 잠을 자려고 하면 아내와 같이 자는 작은 침대가 전부여서 신부를 방에서 재울 수가 없었습니다. 그래서 마구간에 잔니의 암말을 넣고 그 옆에 볏짚을 수북이 깔아 신부의 거처를 마련할 수밖에 없었습니다.

아내는 신부가 남편을 환대하는 것을 알고 있었으므로 신부가 올 때마다 근처에 사는 주디체 레오의 아내인 치타 카라프레사에게 자러 갈 테니 남편과 함께 자라고 말했지만, 신부는 그때마다 사양했습니다. 그런데 어느 날은 신부가 위로랍시고 그녀에게 이상한 말을 했습니다.

"젬마타 씨, 나는 잘 자고 있으니 걱정하지 마십시오. 나는 이 말을 아름다운 처녀로 만들어 함께 잘 수도 있고 다시 말로 바꿀 수도 있습니다. 그러니 이 암말과 떨어질 수가 없지요."

젊은 아내는 신부의 말에 깜짝 놀라 남편에게 신부의 이야기를 전하며 덧붙였습니다.

"저 사람이 당신 말대로 진정한 친구라면 왜 그 마법을 당신에게 가르쳐 주지 않죠? 그러면 당신이 나를 암말로 바꾸어 노새와 말로 장사

잔니와 피에트로_ 암말을 데리고 온 신부 잔니가 피에트로 집에서 하루를 머무는 장면이다. **중세 필사본 그림.**

를 하면 벌이도 두 배가 되잖아요. 또 집에 오면 나를 다시 여자로 바꾸면 되지요."

피에트로는 조금 모자라는 사람인지라 부인의 제안에 혹하여 그렇게 해보자고 했습니다. 그러고는 잔니에게 변신술을 가르쳐 달라고 졸라댔습니다. 잔니는 쓸데없는 짓은 하지 말자고 했으나 막무가내였으므로 결국 말도 안 되는 말을 하고 말았습니다.

"좋아, 그렇게 원한다면 새벽에 일찍 일어나게, 그러면 날이 새기 전에 비법을 가르쳐 주지. 이 일에서 가장 힘든 일은, 나중에 알게 되겠지만, 꼬리를 붙이는 일이야."

피에트로와 젬마타는(밤새 가슴을 콩닥대며 마술을 기다렸으므로) 밤잠을 설치고 새벽녘이 되자 잔니를 깨웠습니다. 잔니는 잠옷을 입은 채 일어나 피에트로에게 말했습니다.

"이 비법은 자네에게만 가르쳐 주는 거야. 그러니 내가 하는 대로 그대로 따라 하게나."

두 사람은 신부의 지시대로 하겠다고 대답했습니다. 잔니는 등불을 피에트로에게 건네며 말했습니다.

"내가 하는 것을 잘 보고, 내가 하는 말을 잘 기억해 두게. 변신술이 성공하려면 무슨 일을 보든 한마디도 해서는 안 돼. 그리고 꼬리가 잘 붙게 해 달라고 기도나 잘 드리게."

피에트로는 염려 붙들어 놓으라며 당신 하자는 대로 하겠다고 말했습니다. 잔니는 젬마타를 발가벗겨 말처럼 엎드리게 하고 절대로 말을 해서는 안 된다고 했습니다. 두 손으로 그녀의 얼굴과 머리를 어루만지면서 말했습니다.

"이것이 말의 아름다운 머리가 되도록 해 주소서."

그다음은 머리카락을 쓰다듬으며, "이것이 아름다운 암말의 갈기가 되게 해 주소서" 말했습니다.

다음에는 그녀의 팔을 만지며, "이것이 암말의 튼튼한 앞다리가 되게 해 주소서" 말했습니다.

그녀의 가슴을 만지자 부드럽고 토실토실하게 솟은 것이, 저도 모르게 단단하게 팽창되며, 부르지도 않은 것이 슬슬 고개를 들자 이렇게 말했습니다.

"이것이 말의 근사한 가슴이 되게 하소서."

이렇게 그녀의 등과 배와 엉덩이, 허벅지, 다리까지 모두 만졌습니다. 마지막으로 꼬리를 붙이는 일만 남았습니다. 신부는 내의를 걷어 올리고, 사랑의 말뚝을 쥐고는 그것을 위해 만들어진 구멍에, 재빨리 집어넣고 말했습니다.

"이것이 암말의 아름다운 꼬리가 되게 하소서."

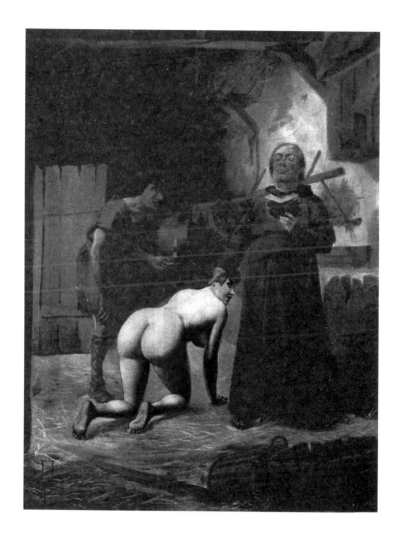

돈 잔니 디 바롤로의 이야기_ 돈 잔니 디 바롤로는 남편이 보는 앞에서 부인의 옷을 모두 벗게 하고, 머리카락을 쓰다듬으며 말의 갈기가 되라고 하고, 다리를 쓰다듬으며 말의 다리가 되라고 하고, 가슴을 쓰다듬으며 말의 가슴이 되라고 하고, 엉덩이를 쓰다듬으며 말의 궁둥이가 되라고 한다. 꼬리를 붙여야 한다면서 바지를 벗더니 부인의 몸에 달라 붙는다. 남편은 흥분하여 "꼬리를 붙이면 안돼!"라고 소리친다. 돈 잔니 디 바롤로는 남편이 말을 하는 바람에 마법이 실패했다고 너스레를 떨며 유유히 떠나간다. **지노 보카실레의 작품.**

피에트로 부인을 농락하는 잔니_ 신부 잔니가 피에트로 부인의 엉덩이에 말의 꼬리를 붙이는 장면이다. **중세 필사본 그림.**

피에트로는 주의를 기울여 신부의 이상한 짓거리를 하나하나 보았는데, 마지막 행위를 보고는 무의식중에 소리를 지르고 말았습니다.

"잔니, 꼬리는 필요 없어. 꼬리 따위는 만들 필요가 없네."

하지만 이미 신부의 뿌리에서 영액이 나온 후였기에, 잔니는 말뚝을 쑥 뽑으며 말했습니다.

"아니, 피에트로. 이게 무슨 짓이야? 무엇을 보든 절대로 말을 해서는 안 된다고 신신당부했잖은가? 곧 미끈한 말이 완성될 찰나에 자네가 소리를 질러 마법을 죄다 망쳐 놓았네. 이제 부인은 다시는 암말이 될 수 없어."

피에트로는 말했습니다.

"이제는 괜찮아. 나는 그런 꼬리는 부탁하지 않았네. 어째서 '자네가 해 보게'라고 말하질 않았나? 그리고 꼬리를 붙인다고 너무 깊게 넣는 것 같았어."

잔니는 대답했습니다.

"하지만 자네는 처음이니 나처럼 잘 넣지 못할 거 아니야."

이 말을 들은 젊은 아내는 기분이 날아갈 듯 좋아져서 남편에게 말했습니다.

"당신은 어찌 그리 바보예요? 왜 우리의 일을 허사로 만들었어요. 아아, 꼬리 없는 말이 어디 있어요? 이젠 당신이 더욱 가난해져도 별수없죠."

부인은 피에트로가 갑자기 입을 열었기 때문에 낙담한 표정으로 옷을 입었습니다. 피에트로는 노새를 끌고 이전처럼 장사를 계속하였고, 잔니와 함께 비톤토의 도시로 갔으나 신부에겐 두 번 다시 그런 일을 해 달라고 부탁하지 않았다고 합니다.

디오네오가 이야기를 마쳤을 때까지도 부인들은 오묘한 말의 변신술을 상상하며 배와 허리를 잡고 웃었습니다. 이렇게 오늘의 이야기도 끝을 맺었습니다. 석양도 기울고 여왕의 주재도 끝났으므로 에밀리아는 왕관을 벗어 팜필로에게 씌워 주었습니다. 마지막 남은 영예를 가질 내일의 왕이었습니다.

여왕은 미소 지으며 말했습니다.

"왕이시여, 우리의 마지막 왕이시니, 이미 그 자리에 올랐던 저와 다른 분들의 단점을 보완해 주시고 제가 하느님의 은총을 입었듯이 왕께도 은총이 내리시길 빕니다."

기꺼이 왕의 월계관을 받은 팜필로가 말했습니다.

"사랑을 아시는 친애하는 숙녀 여러분, 오늘 주재하신 에밀리아 여왕의 배려로 자유로운 주제로 편안하고 여유 있는 이야기를 했습니다. 내일은 관용을 베풀거나 훌륭한 일을 수행한 사람의 이야기를 하도록 하겠습니다. 이것은 진작부터 생각하셨을 것이므로 무궁무진한 소재가 될 것입니다. 인간의 삶은 짧으나 명성은 오래남는 것이 아닙니까? 그래서 짐승과 달리 전력을 기울여 진리를 탐구하고 실행하는 것이지요."

　일동은 흡족했으며, 왕의 허락을 얻어 저마다 좋아하는 곳에서 여흥을 즐기며 저녁 식사 때까지 시간을 보냈습니다.

제10장

열째 날 이야기

루지에리 데 피 조반니의 이야기

팜필로가 주재하는 열째 날이 밝았습니다. 왕이 부인과 청년들을 깨웠을 때는 아침 햇살이 황금빛으로 빛나고 있었습니다. 모두 기상하자 왕은 담소하기 좋은 곳을 찾아 앞장섰습니다. 그의 뒤를 필로메나와 피암메타가 따르고 다른 일행도 자유롭게 팜필로를 따라갔습니다. 현재의 생활과 미래에 대해 이런저런 이야기를 나누며 꽤 오랫동안 거닐었고, 점점 따가워지는 햇살을 뒤로하며 별장으로 돌아왔습니다. 분수대에서 차가운 물을 마시기도 하고, 정원의 서늘한 그늘에서 즐겁게 정담을 나누며 보냈습니다. 즐겁게 식사를 하고 오후가 될 때까지 낮잠을 잔 뒤에 왕의 분부대로 오늘의 이야기 장소에 둘러앉았습니다. 왕은 네이필레에게 첫 번째 이야기를 분부하였고 그녀는 즐겁게 입을 열었습니다.

오늘 왕께서 나에게 첫 번째 이야기를 분부하신 것에 대해 참으로 감사한 마음입니다. 천지만물을 밝혀 비추는 것이 태양이라면 인간을 빛나게 하는 광채는 관용과 아량일 것입니다. 저는 관용과 아량에 관한 아주 재미있는 이야기를 소개하겠습니다.

옛날부터 이 도시에는 훌륭한 기사가 많이 배출되었는데, 그중에서 가장 훌륭한 기사를 꼽으라면 루지에리 데 피 조반니를 들지 않을 수 없습니다. 그는 부자이고 큰 희망을 품고 살았지만, 토스카나 지방의 생활이나 풍습으로 볼 때 이곳에서는 자기의 진가를 펼칠 수 없겠다는 생각이 들어서, 당대 최고의 명성을 자랑하던 스페인 왕 알폰소(카스틸

랴의 알폰소 8세(1155~1214)로 추정. 단테의《향연》에 나오는 총명하고 용감하며 자유주의적인 왕)를 섬기기로 했습니다. 그래서 그는 말과 시종을 데리고 스페인으로 가서 왕에게 의탁했습니다.

루지에리는 스페인에 머무는 동안 당당하고 화려한 생활을 하고 신기에 가까운 무술을 대중에게 보여줘 진가를 인정받았습니다. 루지에리는 상당 기간 왕의 처소에 머물면서 왕이 정사를 돌보고 통치하는 것을 보았는데 이해할 수 없는 국왕의 처사에 의아해할 때가 많았습니다. 이번에는 이 기사 다음에는 저 기사 하는 식으로, 공적도 별로 없는 시시한 자들에게 성과 마을과 영지를 내린다는 생각이 들 때가 많았습니다. 무엇보다 왕이 자기의 진가를 알고 있음이 틀림없는데도 그에게는 아무것도 보내지 않았으므로 적잖이 실망했습니다. 그래서 국왕에게 하직을 청했습니다. 국왕은 쾌히 승낙하고 지금까지 아무도 타본 일이 없는 굉장한 노새를 선물로 주었습니다.

그것은 긴 여행을 해야 하는 루지에리에게는 매우 쓸모있는 소중한 것이었습니다. 국왕은 신중한 신하 한 사람을 시켜, 모든 기지를 발휘하여 국왕이 보낸 것을 알지 못하게 하고, 여행의 첫날을 루지에리와 동행하도록 했습니다. 왕의 비밀 지시를 받은 신하는 루지에리가 출발하자 이탈리아에 가는 척하면서 자연스럽게 동행했습니다. 루지에리는 국왕이 하사한 노새를 타고 갔으며, 국왕의 신하는 여러 가지 말을 걸다가 9시경이 되자 이렇게 말했습니다.

"말을 마구간에 넣어 좀 쉬게 하면 좋을 것 같습니다만."

그래서 다른 말들은 마구간에서 오줌을 누었는데, 노새만은 오줌을 누지 않았습니다. 국왕의 신하는 루지에리의 말을 주의 깊게 들으면서 길을 가다가 어느 강에 닿았습니다. 이때 다른 말들은 물을 먹는데 노새는 강에다 오줌을 내갈겼습니다. 그것을 보고 루지에리가 소리쳤습니다.

"이런 제기랄! 네놈은 꼭 벌을 받을 게다. 하는 짓이 꼭 너를 준 국왕 같구나."

신하는 이 말을 똑똑히 기억했습니다. 온종일 함께 길을 가면서 여러 가지 말을 귀담아들었지만 국왕을 모욕하는 말은 한마디도 없었습니다.

다음 날 아침, 다시 말을 타고 토스카나를 향해서 출발하려고 할 때, 신하는 루지에리에게 국왕이 그를 다시 오도록 명령을 내렸음을 전했습니다. 그들은 즉시 되돌아섰습니다. 국왕은 그를 불러 싱글벙글 웃으면서 왜 자신이 노새와 닮았는지를 물었습니다. 루지에리는 태연하게 대답했습니다.

"폐하, 폐하는 그 노새를 닮았습니다. 그 노새가 좋은 곳에 용변을 보지 않고 해서는 안 될 곳에 용변을 본 것처럼, 폐하는 주지 않아도 좋을 사람에게는 선물하고 정작 주어야 할 사람에게는 선물하지 않았기 때문입니다."

그러자 국왕은 말하였습니다.

"루지에리 경, 짐이 아무런 가치도 없는 사람에게 보상을 내리고 그대에게는 아무것도 주지 않았던 것은, 그대가 훌륭한 기사라는 것을 인정하지 않은 것이 아니라, 그대의 운이 나빠서 짐이 상을 줄 기회를 놓쳤던 것뿐이오. 그것은 짐의 탓이 아닐세. 지금이라도 짐의 말이 거짓이 아님을 그대에게 보여주겠소."

루지에리는 대답했습니다.

"폐하, 저는 유복하게 되는 것을 별로 바라지 않으므로 폐하에게 상을 받지 못한 것을 이러쿵저러쿵 말씀드리려는 것이 아닙니다. 다만 저의 값어치에 상당한 증표를 내려주시지 않은 것이 불만입니다. 제가

루지에리 이야기_ 스페인 국왕으로부터 신임을 받던 루지에리가 국왕에게 서운함을 간접적으로 표현하자 이를 안 국왕이 상을 주지 못한 것은, 자신이 잘 알아보지 못한 것이 아니라, 루지에리가 운이 없었을 뿐이라고 하면서 한 상자에는 보물을 다른 상자에는 흙더미를 넣고 아무것이나 하나 골라 집어 보라고 했다. **중세 필사본 그림.**

폐하를 신뢰할 그 무엇을 보고 싶습니다.”

루지에리의 말에 국왕은 알았다며 그를 아주 넓은 방으로 데리고 갔습니다. 그곳에는 꼭 맞는 뚜껑을 덮은 큰 상자가 두 개 놓여 있었습니다. 국왕은 여러 신하 앞에서 말했습니다.

“루지에리 경, 이 두 상자 중 하나에는 짐의 왕관과 지팡이, 십자가가 붙은 구슬, 아름다운 허리띠와 귀고리, 가락지 등 짐이 아끼는 여러 가지 보물들이 들어 있고, 다른 상자에는 흙이 채워져 있네. 자, 어느 쪽이든 그대가 잡은 것을 그대에게 줄 것이며, 그것으로 그대의 진가에 대한 보상이 짐 때문인가 그대의 운 때문인가를 알 수 있을 것이오.”

루지에리는 그 중 하나를 잡았습니다. 국왕은 뚜껑을 열도록 명령했습니다. 열어 보니 상자에는 흙이 가득 채워져 있었습니다. 국왕은 빙그레 웃으면서 말했습니다.

"루지에리 경, 이것으로 짐이 그대에게 운이 없다고 한 말이 사실임을 잘 알았을 것이오. 그러나 그대의 값어치는 짐이 운명을 어겨도 좋을 만큼의 가치가 있소. 더욱이 짐은 그대가 스페인 사람이 될 마음이 없다는 것도 잘 알고 있소. 그래서 이 땅에서 성이나 도시를 줄 생각은 없지만, 그대를 비켜간 상자를 그대에게 내리는 바이오. 그러니 고향으로 가지고 가서 그대의 진가에 대한 짐의 선물로 고향 사람들에게 널리 자랑하시오."

루지에리는 스페인 왕의 선물로 상자를 받자, 그에 걸맞은 정중한 감사 인사를 드리고 기쁜 마음으로 토스카나로 돌아왔습니다.

기노 디 타코의 이야기

스페인 왕이 피렌체의 기사에게 내린 값비싼 관용은 부인들의 열렬한 존경을 받고도 남았습니다. 왕도 피렌체 기사의 행운을 진심으로 기뻐했습니다. 엘리사에게 다음 이야기를 하도록 분부했으므로 그녀는 이야기를 시작했습니다.

국왕의 관대함과 그 관대함을 신하에게 베푼 것은 찬양받아 마땅한 훌륭한 일입니다.

앞서 말한 국왕의 관대함이 높은 덕을 지닌 사람의 고매한 행위라면, 이 성직자의 관대함은 기적의 일이라고밖에 말할 수 없습니다. 인간은 누구나 모욕을 당하면 복수하려는 마음이 저절로 생깁니다. 그러나 아시다시피 성직자라는 자들은 입으로는 인내를 설교하고 모욕당한 자를 용서하는 것을 크게 칭찬하지만, 속으로는 세인들 이상으로 복수심을 불태우는 작자들입니다.

그럼에도 한 성직자가 얼마나 관대히 관용을 베풀었는지 여러분은 제 이야기를 들으면 아실 것입니다. 기노 디 타코(시에나의 귀족. 보니파치오 8세와 싸운 후 화해했다고 전해진다. 《신곡》의 〈연옥편〉에도 나온다)는 강도와 약탈을 일삼으며 도처에서 악명 높은 범죄자였습니다. 그러나 시에나에서 추방당하자 산타피오레 백작을 적으로 삼고, 라디코파니를 부추겨 교황청에 반기를 들게 했습니다. 그리고 자기는 부하들과 함께 시에나 근처를 통행하는 사람들에게 온갖 약탈 행위를 일삼았습니다.

한편 로마에 보니파치오 8세가 있었을 때 세계에서 가장 부유한 수도원장이던 클뤼니(프랑스의 부르고뉴 클뤼니. 베네딕트 데 사파의 유명한 수도원이 있다)의 수도원장이 교황청에 왔습니다. 체류하는 동안 위장병을 앓자 의사들은 시에나의 온천에 가면 치료할 수 있다고 했습니다. 교황의 허락을 얻어 일상생활에 필요한 것들과 많은 짐을 싣고, 호사스러운 행렬로 여행길에 올랐습니다. 여행하는 도중에 기노의 구역을 지나쳐야 했습니다.

기노 디 타코는 수도원장이 온다는 소문을 듣자 그를 잡으려고 그물을 쳤으며, 달아날 길이 없는 좁은 길에서 수도원장을 포위했습니다. 그러고는 교활한 부하를 사자로 보내, 기노의 전갈을 전하며 성까지 동행해 달라고 정중히 제의했습니다. 그러나 수도원장은 사자의 제의를 한칼에 거부하며, 자신의 여행을 방해하는 자가 있으면 용서하지 않겠다고 호통쳤습니다.

기노의 사자는 수도원장의 호통에는 아랑곳하지 않고 정중하게 협박했습니다.

"수도원장님, 여기서는 파문(破門)도 금령(禁令)도 아무 소용없습니다. 물론 하느님의 역사하심도 별로 소용없는 곳이지요. 그러니 좋은 말로 권할 때 기노의 말을 들으시는 것이 가장 좋은 길일 것입니다."

사자의 점잖은 훈수가 계속되는 동안 주위는 온통 기노의 부하들에게 포위되고 말았습니다. 수도원장은 하인들까지 모두 체포된 것을 알자 몹시 화가 났으나 하는 수 없이 사자를 따라 기노의 성으로 갔습니다. 성에 도착하여 말에서 내리자 기노의 명령으로 수도원장은 몹시 어둡고 황폐한 방으로 안내되었습니다. 시종들은 각자의 신분에 따라 성 안의 각 방에 들었고, 말이나 짐은 손대지 않고 안전한 장소에 두었습

기노 디 타코_ 기노 디 타코는 13세기 이탈리아의 무법자이자 인기 있는 영웅이었다. 그는 13세기 후반 라 프랏타에서 태어났고, 이곳은 현재 시에나 지방의 시날룽가의 일부이다. 기벨린 귀족 타코 디 우골리노의 아들이자 투리노의 동생으로 태어났으며, 카시아콘티 모나치 톨로메이 가문의 아들이었다. 사진은 시날룽가의 기노 티 타코의 성이다.

니다. 기노는 자신을 전혀 노출하지 않은 채 일반인인 것처럼 하고 수도원장에게 물었습니다.

"원장님, 당신을 초대한 주인인 기노의 분부입니다만, 당신은 어디에 무슨 일로 가시는 길인지 여쭈어 보셨습니다."

수도원장은 총명한 사람이었으므로 조금도 귀한 티를 내지 않고 자기의 목적지와 여행 목적을 말했습니다. 기노는 그 말을 듣자 방에서 물러나와, 온천을 하지 않고도 병을 고칠 방법을 생각했습니다. 그리하여 방에 끊임없이 불을 지펴 따뜻하게 하라고 명한 다음, 감시하도록 하고 다음 날 아침까지 모습을 보이지 않았습니다. 아침이 되자 새하얀 냅킨에 싼 토스트 두 쪽과 원장이 가져온 코르네유산 백포도주를 가득 따른 컵을 들고 왔습니다. 그러면서 포도주를 약으로 포장한 뒤, 이 약만큼 위장병에 잘 듣는 약은 없으니, 이 약을 먹고 기운을 차리라고 다독였습니다.

수도원장은 아직 화가 가시지 않았으나, 말도 못하게 배가 고팠기 때문에 빵과 백포도주를 먹었습니다. 어느 정도 배가 불러오자 수도원장은 직업적인 습관처럼 마구 떠들고 충고하면서 기노를 만나게 해 달라고 강력하게 주문했습니다. 기노는 일부는 한쪽 귀로 흘려버리고, 두세 가지는 정중히 대답한 다음, 기노는 즉시 뵈러 올 것이라고 단언했습니다.

이렇게 며칠이 지났습니다. 기노는 그 사이에 그가 남몰래 가져다 놓았던 말린 누에콩을 수도원장이 먹어 치운 것을 눈치챘습니다. 그는 기노의 분부라고 전하며, 증세가 어떤지 물었습니다. 원장은 이렇게 대답했습니다.

"이제 그만 석방되었으면 좋겠네. 그의 약이 내 병을 고쳤고 약의 효력도 기대 이상으로 좋았다고 생각하네. 지금 나는 먹는 일 외에는 아무런 소원도 없네."

그렇게 며칠 머물고 있으려니, 기노는 원장의 짐을 전부 넓은 방으로 옮기고 창문 아래 있는 안마당에 말이란 말은 모두 끌고 나와서는 원장 앞으로 갔습니다. 그리고 건강은 어떤가, 말을 탈 수 있느냐고 물었습니다. 원장은 아주 건강해졌고 이제는 그만 집으로 갔으면 좋겠다고 대답했습니다.

기노는 넓은 방으로 가 그의 말이 전부 보이는 창가로 가까이 다가가 말했습니다.

"원장님, 귀족의 몸으로, 집에서 쫓겨나 가난에 허덕이고, 더구나 적이 많기에 스스로 생명과 귀족의 체면을 지키기 위해, 기노 디 타코는 도적이 되었고 로마 교황청의 적이 된 것을 알아주시기 바랍니다. 원장님은 훌륭한 신사라고 생각되어 나는 당신의 위장병을 고쳐 드렸고,

다른 사람들처럼 난폭한 취급도 하지 않았습니다. 그러나 나의 궁핍함을 생각해서서 가진 것 중에서 꼭 필요한 만큼의 물건만 가지시고 나머지는 나누어 주시기 바랍니다. 짐은 전부 원장님이 보실 수 있도록 이 앞에 갖다 놓았습니다. 그러니 일부든 전부든 좋으실 대로 가지십시오. 이제부터는 출발하시든 머무르시든 마음대로 하셔도 좋습니다."

원장은 이처럼 훌륭한 말이 도적의 입에서 나올 수 있는 것인지 적이 놀랐습니다. 그러고는 그가 마음에 들어 기노를 진정한 친구로 생각하며 와락 끌어안았습니다.

"나는 신에게 맹세코 자네 같은 사람의 우정을 얻기 위해서 지금까지 살아온 거라고 믿겠네. 자네를 이렇게 혐오스러운 곳으로 내몰았던 운명이여, 저주받을지어다."

이렇게 말하고는 꼭 필요한 짐만 챙기고, 말도 몇 마리만 취하고 나머지는 전부 남겨 놓고 로마로 돌아갔습니다.

교황은 수도원장이 도적에게 체포된 걸 알고 몹시 걱정하고 있었으나, 그를 만나자 온천의 효력이 있었는가 하고 물어보았습니다.

원장은 싱글벙글 웃으면서 대답했습니다.

"교황님, 나는 온천보다 훨씬 가까운 곳에서 훌륭한 의사를 만났습니다. 그는 훌륭하게 저를 완쾌시켜 주었습니다."

그 방법을 이야기하자, 교황은 웃었습니다. 수도원장은 이야기를 계속하는 사이에 새삼 기노에게 관대한 마음이 샘솟아 교황의 자비를 내려 달라고 했습니다.

교황은 대범하고 아량을 갖춘 분으로, 훌륭한 인물을 아끼는 인물이었으므로, 그가 당신이 말하는 훌륭한 인품의 소유자라면 교황청으로 무사히 오게 해주겠다고 약속했습니다.

이렇게 기노는 원장의 소원대로 신분이 보증되어 교황청으로 왔습

기노 디 타코의 이야기_ 기노 디 타코는 대담한 도적으로 큰 세력을 이룬 사람이었다. 부유한 성직자가 병을 치료하러 온천을 지나가다가 기노 디 타코가 지배하는 지역을 지나게 되는데, 기노 디 타코는 부하를 보내어 정중하게 성직자를 근거지로 초대한다. 그는 성직자를 가두어 두고, 옴쭉달싹 못하게 한 상태로 강제로 이것저것을 먹게 한다. 성직자는 기노 디 타코를 저주하는데, 그 덕분에 성직자의 병은 치료된다. 성직자는 감동하여 돌아간 뒤에 교황에게 말해서 기노 디 타코에게 통행증을 발급하게 하고, 기노 디 타코는 이들과 우정을 쌓게 된다. **중세 필사본 그림.**

니다. 그가 교황에게 훌륭한 인물이라고 인정받는 데는 얼마 걸리지 않았으며, 그와 화해하고 자선단의 대원장 지위와 기사 칭호를 받았습니다. 그는 교황청과 클뤼니 수도원장의 친구가 되고, 하느님의 봉사자가 되어 평생 지위를 누렸습니다.

나탄의 이야기

엘리사의 이야기처럼 진정한 성직자의 관대함이야말로 세상에서 가장 가치 있는 덕목이라며 부인들은 감동과 칭찬을 아끼지 않았습니다. 왕은 필로스트라토에게 다음 이야기를 하도록 분부했고 그는 즉시 다음 이야기로 일행의 관심을 집중시켰습니다.

스페인 국왕이 얼마나 관대한 분이었는지, 그리고 클뤼니 수도원장도 스페인 국왕 못지않게 훌륭한 덕망을 갖춘 분임을 잘 알 수 있었습니다. 이런 분들도 훌륭하지만, 자기의 목숨을 노리는 자에게 본인의 목숨을 깨끗이 주겠다고 하는 사람의 이야기를 들으면 틀림없이 깜짝 놀랄 것입니다. 나는 숭고하기조차 한 어느 성인의 이야기를 요약해서 들려드리려고 합니다.

옛날 카타이라는 지방에 나탄이라는 사람이 살았는데, 그는 귀족 출신이었고 유례없을 정도로 엄청난 부자였습니다.

그는 서쪽에서 동쪽, 동쪽에서 서쪽, 어느 쪽으로 왕래하든 자신의 땅을 통과해야만 하는 곳에 별장을 가지고 있었습니다. 그는 관대하고 도량이 넓었고, 자신의 덕망을 행동으로 옮길 수 있도록 건축가와 목수를 동원해서 아름답고 호화로운 저택을 지었습니다. 그리고 사람들을 훌륭히 접대할 수 있도록 음식과 접대에 필요한 가구와 도구를 갖추게 했습니다. 나탄은 그곳을 왕래하는 사람들을 이 저택에 머물게 하면서 극진히 접대했습니다. 여행객들이 접대를 받는 일이 계속되다 보니 소문이 동서양으로 널리 퍼졌습니다.

나탄의 저택에서 그리 멀지 않은 지방에 살던 미트리다네스라는 젊은이의 귀에 나탄의 선행이 들어갔습니다.

청년은 자신이 나탄에 뒤지지 않는 부자라고 생각해, 자신도 그 못지않은 덕행을 베풀면 그보다 더한 명성을 얻을 수 있으리라고 생각했습니다. 나탄과 똑같이 자기 마을에 큰 저택을 마련하고 근처를 왕래하는 사람들에게 융숭하게 접대했습니다. 그래서 짧은 기간 안에 훌륭한 젊은이로 소문을 얻었습니다.

그러던 어느 날, 이 젊은이가 정원을 거닐 때 한 노파가 문을 슬그머니 열고 들어와서는 먹을 걸 구걸하였습니다. 노파의 구걸은 열두 번이나 계속되었습니다. 마침내 열세 번째 구걸하러 저택의 문에 이르자 미트리다네스는 말했습니다.

"당신, 너무하지 않소."

그렇게 말하고 귀찮다는 듯 음식을 내어주었습니다. 그러자 노파는 뭐 이 정도 쯤이야 하는 식으로 하며 말했습니다.

"아아! 나탄 님의 관대함은 정말로 굉장했습니다. 그분의 저택에는 문이 서른두 개 있는데 어느 문으로 들어가 구걸해도 군말하지 않고 언제나 음식을 내주었습니다. 그런데 이 집에서는 겨우 열세 번밖에 오지 않았는데 잔소리를 하는군요."

미트리다네스는 노파의 말을 듣자, 나탄의 명성을 덮어버리려고 생각했던 터였으므로, 분노에 떨며 혼잣말을 했습니다.

'아! 분한 일이다. 이토록 노력하는데도 나탄의 관대함을 넘기는커녕 그의 사소함에도 미치지 못하다니. 언제나 그처럼 된단 말이냐? 그놈

이 살아 있는 한 내 노력은 물거품이 될 거야. 내가 이러고 있을 때가 아니라 그놈을 해치워야겠어.'

그는 충동적으로 벌떡 일어나 충성스런 시종들과 함께 말을 타고 사흘 만에 나탄이 사는 땅에 도착했습니다. 미트리다네스는 저녁 때쯤 혼자 나탄의 아름다운 저택 근처에 이르자 검소한 옷차림으로 하인도 없이 산책하는 나탄을 보았습니다. 그는 나탄을 몰랐으므로 나탄이 어디에 사는지 물었습니다. 나탄은 빙그레 웃으면서 대답했습니다.

"젊은이, 이 근처에서 나만큼 그를 잘 아는 사람은 없을 것입니다. 괜찮다면 내가 안내해 드리지요."

미트리다네스는 이런저런 것들을 물어보며 걷다 보니 어느새 나탄과 친해져 자연스럽게 그의 아름다운 저택으로 들어갔습니다. 나탄은 하인에게 젊은이의 말고삐를 잡으라고 이르고, 그의 귀에 입을 대고는 자기가 나탄이라는 것을 젊은이가 알지 못하도록 즉시 집 안에 있는 사람들에게 알리도록 명령했습니다. 나탄은 미트리다네스가 아직 한 번도 보지 못한 방으로 안내했습니다. 젊은이의 시중을 맡은 하인 외에는 자신이 정중하게 상대했습니다. 미트리다네스는 그와 이야기하는 동안 아버지처럼 존경하게 되었고, 결국 당신은 어떤 분이냐고 물었습니다. 젊은이의 존경에 찬 물음에 나탄은 쑥스러운 표정을 지으며 대답했습니다.

"나는 나탄의 하인에 불과합니다. 나는 어릴 때부터 나탄과 같이 자라고 나이를 먹었지만 당신이 보시다시피 그 이상으로는 써주지 않았습니다. 사람들은 주인을 칭찬하지만 나는 조금도 칭찬할 마음이 없습니다."

이 말을 듣자 미트리다네스는 좀 더 그에게 다가서면 계획한 바를 이룰 수 있겠다고 생각했습니다. 나탄은 최상의 예의를 갖춰 정중하게 청

나탄과 미트리다네스의 만남_ 나탄은 명망 높은 갑부 노인이다. 한 젊은 부자는 그 노인의 명성을 매우 질투했다. 젊은 부자는 죽이려는 마음으로 한 노인을 만났다. 그 노인은 젊은 부자의 뜻을 알게 되자, 나탄이 매일 산책하는 장소와 나탄을 죽이고 안전하게 빠져나가는 방법을 알려준다. 젊은 부자는 나탄을 죽이려 하는데, 나탄을 죽이려고 보니 바로 방법을 알려준 노인이 나탄이었다. 나탄은 자신을 찾아온 사람에게 자신은 누구나 원하는 바를 이루도록 베풀어 주었는데, 젊은 부자가 이루는 바를 이룰 수 있도록 늙은 자신의 쓸모없는 목숨을 쓰려 한 것뿐이라고 한다. 젊은 부자는 감격하여 크게 뉘우치고, 나탄을 진심으로 존경하며 용서를 구한다.

년의 왕래 목적과 자신이 뭘 도와주면 좋을지를 물었습니다. 이에 미트리다네스는 잠시 꺼리다가 비밀을 지켜 달라고 부탁한 후, 자기는 어떤 사람이며, 무슨 용무로 이곳에 온 것인지 털어놨습니다. 나탄은 미트리다네스의 잔인한 계획을 듣자 마음이 흔들렸으나 이내 아무렇지도 않은 듯 느긋한 표정으로 대답했습니다.

"미트리다네스 님, 당신의 아버님은 훌륭한 분이셨습니다. 당신이 나탄의 덕행에 시기심을 갖는 것도 당연합니다. 그런 선망의 마음이 커질수록 비참한 세상도 점점 더 즐거운 곳이 될 것입니다. 당신이 말씀한 계획은 반드시 비밀로 하겠습니다. 여기서 반 마일쯤 가면 작은 숲이 나올 것입니다. 나탄은 매일 아침 그곳에서 혼자 산책을 즐깁니다. 그때 그를 만나 소원을 풀면 될 것입니다. 나탄을 죽이고 아무에게도 들키지 않고 댁으로 돌아가시려면 왔던 길보다는 좀 험한 왼쪽 길로 해서 숲 밖으로 나가면 됩니다. 거기가 지름길이고 훨씬 안전합니다."

미트리다네스는 나탄에게 필요한 정보를 얻자 저택에 잠입해 있던 시종들에게 내일 자기를 기다릴 장소를 일러 주었습니다. 다음 날, 나탄은 미트리다네스에게 일러준 대로 죽음을 각오하고 숲으로 갔습니다. 미트리다네스는 이렇다 할 무기도 없었으므로 활과 칼을 갖고 말을 타고 숲으로 갔습니다. 그리고 나탄이 혼자서 산책하는 곳으로 말을 몰았습니다. 그러고는 머리를 감고 있던 수건을 냅다 채며 큰 소리로 부르짖었습니다.

"늙은이, 죽여버리겠다."

그 말에 나탄은 "과연, 나는 그만한 값어치가 있겠군" 하고 대답했습니다.

미트리다네스는 목소리의 주인공이 자기를 저택으로 안내해 좋은 의견을 말해주던 하인임을 알았습니다. 그는 치켜들었던 칼을 집어던지

마르코 폴로_ 이 이야기는 마르코 폴로의 《동방견문록》 중에 쿠빌라이 칸의 관대함에 대한 이야기에서 영감을 받았다. 마르코 폴로는 1271년에서 1295년 사이에 실크로드를 따라 아시아를 여행한 베네치아의 상인, 탐험가, 작가였다. 이 책은 원나라 아래 몽골 제국과 중국의 부와 규모를 포함하여 당시 동양 세계의 신비한 문화와 내부 활동을 묘사했다.

지고 말에서 내려 눈물을 흘리며 나탄의 발밑에 꿇었습니다.

나탄은 꿇어앉은 미트리다네스를 안아 일으켜 볼에 키스하면서 말했습니다.

"내 아들이여, 너는 자기의 행동에 욕하거나 용서를 빌 필요는 없다. 그것은 증오심에서 우러난 행동이 아니라 자기가 훌륭한 인물이란 소리를 듣고 싶어서 한 것이기 때문이다. 나에 대한 일은 잊어버리고 자신이 누구보다 훌륭하게 생활한다는 자부심을 가져라. 유명해지려고 나를 죽이려 했던 것을 부끄러워하지 말고 또 내가 그런 일에 놀랐을 거라 생각하지 마라. 네가 명망을 높이기 위해 나를 죽이려 했다는 것은 새롭거나 놀랄 일도 아니고 흔히 있는 일에 불과하다."

미트리다네스는 변명하지도 못하고, 나탄이 대신한 정직한 변명에 감동하면서 어찌 자기에게 목숨까지 내어주며, 그 방법과 정보를 가르쳐 주었는지 견딜 수 없이 궁금하다고 말했습니다. 나탄은 그런 것쯤은 대수롭지 않은 일이라며 미트리다네스에게 충고했습니다.

"미트리다네스, 나의 충고나 결의에 그렇게 놀랄 것은 없다. 내가 하려고만 한다면 무엇이든 할 수 있게 된 이후, 내 집에 오는 손님이 무슨 부탁을 하든지 내가 할 수 있는 한 만족시켜 주지 않은 일이 없었기 때문이다.

나는 80년 넘도록 이 일을 했다. 갖가지 즐거운 일과 위안을 겪었으며 여생이 얼마 남지 않았으므로, 항상 내 재산을 필요한 사람에게 주거나 소비하여 왔듯이, 나의 의지에 반해 목숨이 다하는 날을 기다리기보다 스스로 주는 편이 유익하다는 것이다. 100년을 남에게 준다고 해도 작은 선물에 불과한데 하물며 나에게 남은 6년이나 8년 목숨쯤이야 초라한 선물이 아니겠느냐. 그만큼 너에게 중요한 것이라면 사양치 말고 내 목숨을 가지길 바란다. 80년 넘게 살아오는 동안 내 목숨을 달라는 사람은 한 번도 못 만났고, 네가 나타나지 않았다면 영영 그런 사람은 못 만날 뻔했다. 설령 그런 사람을 만난다 해도 그만큼 내 목숨의 값어치가 지금보다는 더 떨어지겠지. 그러니 값이 더 내려가기 전에 내 목숨을 거둬가거라.

미트리다네스는 한없이 초라해지며 부끄러운 마음으로 진심 어린 말을 했습니다.

"당신처럼 존귀한 목숨을 거두어 가지다니요. 조금 전까지 생각하고 있던 것만으로도 하느님이 용서해 주실 리 없습니다. 저는 당신의 목숨을 가져가기보다는 할 수만 있다면 제 목숨을 보태 드리고 싶습니다."

나탄은 말했습니다.

"그렇다면 내가 말하는 대로 해라. 네가 내 집에 머물면서 나탄이라고 하고, 나는 네 집으로 가서 미트리다네스 행세를 하도록 하자."

미트리다네스는 좋으신 생각이라고 답하곤 이렇게 말했습니다.

"만일 제가 당신이 해오셨던 일들을 훌륭히 해낼 수 있다면 제안을 즉시 받아들였을 것입니다. 하지만 제가 하는 방법으로는 나탄 님의 명성을 더럽힐 것이 뻔합니다. 제 앞가림도 못하는 주제에 다른 사람의 일을 망칠 수는 없으므로 그 말씀은 따르지 못하겠습니다."

이렇게 나탄과 미트리다네스는 겸양지덕의 이야기를 하는 동안 함께 저택으로 돌아왔습니다. 나탄은 며칠 동안 미트리다네스를 환대하고, 그의 고귀하고 훌륭한 결의를 격려했습니다. 미트리다네스가 돌아가려 할 때 나탄은 네가 나보다 더 훌륭한 기상을 지닌 젊은이라고 자부심을 북돋우며 좋은 선물을 주고 미트리다네스의 앞날을 축복하곤 쾌히 돌려보냈습니다.

젠틸레의 이야기

왕은 라우레타에게 다음 이야기를 하도록 신호를 보냈고, 그녀는 바로 이야기를 시작했습니다.

우리는 지금까지 훌륭한 이야기를 많이 들었습니다. 그런데 이 이야기 중에 연애와 사랑의 관대함을 언급하지 않는다면 관용은 바로 바닥을 드러내거나 같은 자리를 맴돌 뿐일 것입니다. 사랑을 위해서라면 값비싼 재물은 물론 목숨과 명예, 명성을 내놓거나 적개심도 잊어버리는 것이 사실입니다. 그래서 나는 사랑하는 사람의 관대함을 담은 색다른 이야기를 하려고 합니다.

롬바르디아의 유서 깊은 도시 볼로냐에 귀족 혈통으로 덕망이 있는 가문이며 매우 존경을 받는 젠틸레 데 카리센디라는 기사가 살았습니다. 젊은 그는 니콜루초 카차니미코의 아내인 카탈리나 부인을 열렬히 사랑했습니다. 하지만 부인의 반응이 호의적이지 않아서 몹시 비관해서 모데나의 시장에게 발탁된 것을 기회로 볼로냐를 떠났습니다.

그런데 그때 카탈리나의 남편은 볼로냐에 없었고 부인은 임신 중이라서 시에서 3마일 정도 떨어진 영지에 가 있었는데 발작을 일으켰습니다. 발작이 워낙 심해서 아무도 부인이 살아 있다고 보지 않았으며,

의사는 사망 진단을 내렸습니다. 그녀의 친척들은 임신 사실을 안 것이 얼마 되지 않았고 태아가 제대로 자라지 못한 것으로 보고, 사고사로 여겨 근처의 성당 묘지에 매장했습니다.

이 일은 즉각 젠틸레에게 알려졌습니다. 그는 여태껏 부인의 관심조차 받지 못했으나 몹시 슬퍼하며 혼잣말을 했습니다.

"카탈리나, 당신은 죽고 말았군요. 당신은 살아 있을 때 다정한 눈길 한 번 주지 않았습니다. 당신이 죽어 육신을 포기한 지금, 나는 당신에게 키스를 받을 거라 생각합니다."

한밤중에 그는 하인에게 자신이 왔다는 것을 말하지 말 것을 명령하고는 말을 몰아 단숨에 부인이 묻힌 묘지에 닿았습니다. 무덤을 열고 들어가 죽은 부인 곁에 누워 얼굴을 그녀의 얼굴에 대고 소리 없이 흐느끼며 몇 번이고 키스했습니다. 그러고는 마지막 소원이라며 읊조렸습니다.

"아아! 여기까지 왔는데 어찌 사모하던 사람의 가슴이라도 한번 만져 보지 않고 가겠는가? 이제 다시는 만져 볼 수도 없고 지금까지도 만져 보지 못했으니."

젠틸레는 인간의 원초적인 욕망에 굴복하듯 그녀의 가슴에 손을 대고 한참 있었습니다. 그런데 그의 손에 그녀의 온기가 전해졌습니다. 그는 섬뜩한 전율과 공포심을 떨쳐버리고 주의력과 촉각을 집중했는데, 아주 미약하긴 했지만 분명히 죽지 않았다는 것을 알았습니다. 하인의 도움을 받아 가만히 무덤 밖으로 그녀를 안고 나와 말에 태운 후 남몰래 볼로냐의 자기집으로 옮겼습니다.

부인은 정신이 들자 깊게 한숨을 쉬더니 말했습니다.

"어머나! 제가 지금 어디에 있죠?"

그러자 젠틸레의 어머니는 대답했습니다.

젠틸레와 무덤 속의 카타리나_ 젠틸레가 연모하고 사랑하던 카타리나가 죽자 그녀의 무덤을 찾아 포옹하고 키스하는데, 카타리나가 아직 죽지 않았음을 발견하고는 그녀를 자기집으로 데려온다. **브루넬레스키의 그림.**

"안심하세요. 당신은 조금도 걱정할 필요가 없어요."

부인은 정신을 가다듬어 주위를 둘러보았으나 이곳이 어디인지 전혀 알 수 없었습니다. 게다가 젠틸레를 보고 더욱 놀라 이곳에 온 연유를 알려 달라고 했습니다. 젠틸레는 자초지종을 이야기했습니다.

부인은 자기가 살았다는 기쁜 소식을 가족에게 빨리 알리고 싶은 마음이 간절했으나, 그에게 입은 은혜를 생각해, 젠틸레가 제안한 대로 이곳에 머물다가 집으로 돌아가기로 했습니다. 부인이 마음을 놓고 진정하는 차에 진통이 시작되었으며, 젠틸레의 어머니는 출산이 임박한 것을 알고 극진하게 보살폈습니다. 부인은 잘 생긴 사내아이를 낳았으며, 젠틸레와 그의 어머니는 두 배로 기뻐하였습니다. 젠틸레는 자기 아내인 것처럼 필요한 것을 모두 갖추어 주고 부인을 충분히 돌보도록 당부한 다음 모데나로 갔습니다.

젠틸레의 임기가 끝나 볼로냐로 돌아갈 시기가 되었습니다. 볼로냐로 돌아가는 날 아침, 그는 니콜루초 카차니미코를 포함하여 시의 유지들을 초대하여 성대한 연회를 열 수 있도록 가족에게 전갈했습니다.

집으로 돌아온 그는 말에서 내려 손님들과 인사한 후 부인이 있는 곳으로 갔습니다. 부인은 한층 더 아름다워지고 건강해졌으며, 사내아이도 건강하게 자란 것을 보고 기뻐 싱글벙글 웃으며 일동을 식탁에 앉게 하고 맛있는 음식을 대접했습니다. 식사가 끝날 무렵 그는 미리 부인에게 해야 할 행동을 약속해 놓고 다음과 같이 이야기를 시작했습니다.

"여러분, 제가 언젠가 친구에게서 들은 이야기입니다. 페르시아에는 매우 훌륭한 풍습이 있답니다. 그것은 친구를 최고로 대접하려고 할 때 자기집으로 초대하여 아내나 애인, 딸 등 가장 소중히 여기는 보석 같은 존재를 친구에게 보여준다고 합니다. 나는 이런 풍습을 꼭 실행해보고 싶었습니다. 여러분은 기꺼이 나의 연회에 와 주셨습니다. 그

젠틸레와 카타리나_ 죽은 카타리나를 살려 묘지에서 집으로 돌아온 젠틸레는 그녀를 극진히 간호하여 예전의 아름다운 모습으로 되살려 사람들에게 선보인다. **중세 필사본 그림.**

래서 이 세상에 다시없는, 아니 언제까지나 갖고 싶은 소중한 것을 페르시아 식으로 여러분에게 보여드려 경의를 표할까 합니다.

어떤 사람이 자기집에 선량하고 충실한 하인이 있었는데, 그 하인이 중병을 앓자 최후를 확인하지도 않고 거리에 내다버리고는 돌아보지 않았습니다. 모르는 사람이 그곳을 지나다가 그를 가엾게 여겨 자기집으로 데리고 와서 정성껏 간호하여 건강한 몸으로 회복시켰습니다.

여러분. 그 하인에게 주인이 나타나 돌려달라고 할 때 그럴 수 없다고 거절한다면, 두 번째 주인을 비난해야 하는지 그렇지 않은지 의견을 말씀해 주시기 바랍니다."

손님들은 그 문제를 상의하다가 의견의 일치를 보고는 말주변이 뛰어난 니콜루초 카차니미코에게 대표로 대답하라고 했습니다.

그는 페르시아의 풍습을 칭찬하고, 자기도 다른 사람들과 함께 다음 의견에 찬성한다고 전제한 후, 주인은 하인이 병들었을 때 간호하지 않았고 거리에 내다 버렸으므로 그 하인에 대한 아무런 권리도 없다. 그 하인은 두 번째 주인에게 받은 은혜도 있으니 그의 하인이 되는 것이 당연하다고 말했습니다.

젠틸레는 자신의 의중을 정확히 꿰뚫어 최적의 대답을 내놓은 니콜루초에게 고마움을 표한 후, 자기도 같은 의견이라고 하며 계속해서 말했습니다.

"그럼, 약속대로 가장 소중한 것을 보여 드릴 때가 왔습니다."

그는 하녀를 불러 화려하게 단장한 부인을 모시고 나와 여러분을 기쁘게 해드리도록 전갈했습니다. 부인은 두 하녀의 부축을 받으며 귀여운 아들을 안고 들어왔습니다. 그는 부인이 자기 옆에 앉자 말했습니다.

"여러분, 이분이 내가 가장 소중히 하는, 그래서 누구에게도 내놓기 싫은 보물입니다. 내 말이 옳은지 잘 보시기 바랍니다."

손님들은 그녀에게 인사하고 칭찬한 다음, 젠틸레를 향해서 이런 분이니까 당신이 소중히 함에 틀림없다면서, 그녀를 가만히 바라보았습니다. 그들 중에는 니콜루초의 아내가 죽지 않았다면 이 여성이 그녀가 맞을 거라는 사람이 많았습니다. 화제의 중심에 선 니콜루초 역시 아무 말 없이 똑바로 그녀를 바라보았는데 궁금하여 참을 수가 없었습니다. 젠틸레가 잠깐 자리를 비우자, 당신은 볼로냐 사람인가 아니면 다른 지방 사람인가를 물었습니다. 부인은 사전에 약속한 것을 지키기 위해서 입을 다물고 있었습니다.

젠틸레가 돌아오자 손님 한 사람이 물었습니다.

카탈리나_ 묘지에서 젠틸레가 살린 카탈리나는 페르시아 풍습에 따라 젠틸레의 여인이 된다. 젠틸레는 그녀에게 관용을 베풀어 참다운 사랑을 보여준다.

"젠틸레 씨, 이분은 매우 아름답지만 벙어리 같습니다. 사실입니까?'

"여러분, 그녀가 지금 말을 하지 않은 것은 그녀의 미덕이 보통이 아님을 나타내는 것입니다." 하고 젠틸레는 말했습니다。

"그럼 말씀해 주십시오. 대체 이분은 누구십니까?" 하고 그 손님이 말을 받았습니다.

"여러분, 이분이야말로 제가 조금 전에 말씀드린 참되고 거짓 없는 충실한 하인에 해당하는 분입니다. 가족으로부터 소외당하고 비천한 사람으로 취급되어 거리 한가운데 버려졌던 이분을 내가 데려왔습니다. 그래서 정성어린 간호와 노력을 들여 죽음의 문턱에서 구해냈습니다. 어째서 이런 일이 내게 일어났는지를 더 확실히 설명하겠습니다."

그는 그녀를 사랑하던 일부터 그때까지 일어났던 일을 숨김없이 밝혔으므로 그 자리에 있던 모든 사람은 놀랐습니다. 니콜루초도 거기에 있던 사람들과 부인도 감격한 나머지 눈물을 흘렸습니다. 젠틸레는 일어서서 사내아이를 안아 올리고 부인의 손을 이끌면서 니콜루초에게 다가가 말했습니다.

"어서 일어나십시오. 나는 당신의 부인을 돌려드리는 게 아닙니다. 당신의 친척과 부인의 친척들은 이미 이분을 버리셨기 때문입니다. 그러나 이 아이의 이름을 지어준 양부로서 부인과 아이를 당신에게 선사하고자 합니다. 이 아이는 분명 당신의 아들입니다. 그리고 내가 세례에 입회하여 젠틸레라고 이름을 지었습니다. 아울러 당신에게 부탁드리는 것은 부인이 난처한 사정이 있어 3개월 정도 내 집에 있었는데, 그 이유로 부인을 박절하게 대하지 말아 주십시오. 그 연유는 하느님께 맹세코, 부인의 목숨을 구하도록 하신 것입니다. 이분이 당신 집에 계셨더라면 내 집에서 나의 어머니와 지낸 것만큼 시부모나 당신과 정결한 나날을 보내지는 못했을 것입니다."

진심을 담아 부인의 남편에게 당부의 말을 마치고 그는 부인 쪽을 바라보면서 말했습니다.

"부인, 부인이 나에게 하신 모든 약속으로부터 해방하여 부인을 니콜루초에게 보냅니다."

말을 마친 젠틸레는 부인과 아이를 니콜루초에게 건네고 자기 자리로 돌아왔습니다.

니콜루초는 상상하지도 못했던 만큼, 껑충껑충 뛰면서 부인과 아이를 안고, 진심으로 감사의 뜻을 전했습니다. 사람들은 모두 감동하여 눈물을 흘리면서 젠틸레를 극구 칭찬했습니다.

부인은 축제일 같은 대환영을 받으며 자기집으로 돌아갔습니다. 그리고 볼로냐 시의 사람들로부터 오랫동안 경이로운 시선을 받았습니다. 젠틸레는 니콜루초를 비롯한 그의 친척 그리고 부인의 친척들과도 사이좋게 지냈습니다.

디아노라 부인의 이야기

다음 차례는 에밀리아였으므로 그녀는 기꺼이 이야기를 시작했습니다.

프리올리 지방은 기후는 춥지만 아름다운 산이 연이어 둘러서고 수량
이 풍부한 강이 흐르며 맑은 샘도 있는 관광 명소인데, 그 지방에 우디
네라는 마을이 있었습니다. 이 마을에 디아노라라는 아름다운 귀부인
이 살았습니다. 그런데 이 마을의 안살도 그라덴세 남작이 오래전부터
이 부인을 열렬히 연모하였습니다. 그는 마을 사람들에게는 지위가 높
고 무예가 뛰어나며 예의 바른 성품으로 명성이 자자했습니다.

부인에 대한 사랑은 열렬하고 간절하여 그녀에게 사랑받을 수만 있
다면 무엇이든 했으며, 사람을 보내 자신의 마음을 전하기도 했으나 모
두 헛수고였습니다. 그녀는 번번이 그의 소원을 거절했습니다. 부인은
남작의 집요한 구애가 자신을 옭매자, 그의 집착을 중단시키려면 불가
능한 요구를 해 아예 희망을 꺾어버리면 좋겠다고 생각했습니다. 어느
날 그의 심부름을 오는 여자에게 말했습니다.

"여보세요, 당신은 안살도 씨가 나를 더없이 사랑한다고 하고, 그분
이 보내는 선물을 가져오지만 그런 것 때문에 그분을 사랑하거나 기쁘

게 해줄 수는 없어요. 하지만 그분이 그토록 나를 사랑한다는 것을 확신할 수 있다면 나도 그분이 원하는 대로 할 작정이에요. 그러니 내가 원하는 일을 실행해서 사랑의 증거를 보여주신다면 뜻에 따르겠어요."

심부름 온 여자가 말했습니다.

"부인, 그분이 어떤 일을 해주길 바라십니까?"

부인은 대답했습니다.

"나의 소원은 이렇습니다. 다가오는 1월에 근처 어느 정원을 5월의 싱싱한 푸른 풀과 푸른 나뭇잎과 아름다운 꽃이 어우러진 초록의 정원으로 만들어 달라는 것입니다."

남작은 심부름한 여자를 통해 부인의 소원을 듣자 도저히 불가능한 일이라고 생각했습니다. 희망을 포기하라는 뜻임을 알면서도 하는 데까지 해보리라 결심했습니다. 그리하여 각 나라와 지방에 사람을 보내 자신을 돕거나 조언해줄 사람을 찾았습니다. 며칠 지나 남작의 보수에 따라서 마술을 부려 5월의 푸른 정원을 만들어 보겠다는 사람이 나타났습니다. 안살도는 막대한 돈을 지불하기로 하고 그때가 오기를 기다렸습니다.

드디어 매서운 추위가 모든 것을 눈과 얼음으로 뒤덮었습니다. 마술사는 1월 첫날밤 마을 근처 목장에 마술을 걸어 초록의 풀이 돋고 아름다운 꽃이 피어나고, 나무마다 갖가지 열매가 매달리고, 지금까지 본 적 없는 아름다운 정원을 만들었습니다. 안살도는 크게 기뻐하며 과일과 꽃을 따서 부인에게 몰래 보내고 정원을 보러 오도록 초대했습니다. 그것은 자신의 사모하는 마음을 보여주고 굳은 맹세를 상기시켜 부인이 약속을 지켜달라는 뜻이었습니다.

부인은 아름다운 꽃과 과일을 보았습니다. 이미 많은 사람에게 그 굉장한 정원에 관한 이야기를 들었으며, 그런 약속을 한 것을 후회했지

마법의 정원의 디아노라 부인_ 디아노라 부인이 겨울에 불가능해 보이는 여름 같은 정원에 초대되어 거니는 장면이다. **존 윌리엄 워터하우스의 작품.**

만, 진귀한 것을 보고 싶은 호기심에 이끌려 다른 부인들과 함께 구경을 갔습니다. 그리고 경탄해 마지않았으나, 이 일이 어떤 결과를 초래했는지를 생각하며 슬픈 기분으로 돌아왔습니다.

남편이 안살도의 정원을 다녀온 후 슬픔에 잠긴 것을 눈치 챘고 그 이유를 끝까지 물었습니다. 부인은 침묵하다가 모든 것을 고백하고 말았습니다. 남편 질베르토는 불같이 화를 냈으나, 부인이 결백하다는 것을 알고는 분노를 가라앉히고 충고했습니다.

"디아노라, 정조를 걸고 외간남자와 약조하는 것은 정숙한 부인의 행동이 아니야. 대체로 남을 통해서 전해지는 말은 예기치 못할 큰 힘을 가지기 마련이지. 하물며 사랑에 빠진 자에게는 불가능한 일이 없는 법이오. 조건을 내걸고 약조를 하다니 서투른 짓을 한 거요. 그러나 당신의 결백을 알고 있으니, 그 약조의 압박에서 해방되도록 아무도 허용할 수 없는 일을 허락하겠소. 당신은 온 힘을 다해 당신의 정조를 지키면서 그 약조를 풀기 바라오. 그것이 여의치 않다면 이번만은 몸을 허락하되 마음까지 허락해서는 안 되오."

부인은 남편의 말에 눈물을 흘리며 그런 엄청난 호의를 받을 수는 없다고 대답했습니다. 질베르토는 오히려 그것이 홀가분하다며 부인을 타일렀습니다. 다음 날 새벽 부인은 하인과 하녀를 동반하고 안살도의 집으로 갔습니다. 안살도는 부인이 왔다는 소식에 매우 놀랐습니다. 그는 부인에 대한 욕망 따위는 생각지도 않고, 아름다운 방으로 정중하고 예의 바르게 부인을 맞아들여 의자에 앉기를 기다렸다가 물었습니다.

"부인, 내가 오랫동안 품어온 부인에 대한 사랑을 생각하시어 이런 시간에 시종까지 거느리고 찾아오신 진정한 연유를 밝혀 주십시오."

부인은 부끄러워 눈물이 가득한 채 답했습니다.

"내가 여기에 온 것은 남편의 명령 때문입니다. 남편은, 자기와 나의 명예를 초월한, 당신이 치르신 사랑을 위한 노고에 경의를 표하며 나를 여기에 보내셨습니다. 나는 남편의 명령에 따라 당신이 원하시는 어떤 일에도 응할 각오입니다."

안살도는 부인의 말을 듣고 깊은 깨달음을 얻었습니다. 질베르토의 관대함에 감동하여 지금까지의 열정이 동정으로 바뀌었습니다.

"부인, 당신의 말씀대로 내가 행동한다면, 나의 정열에 따뜻한 동정을 보내시는 분의 명예에 상처를 내는 것이며 하느님도 용서하지 않을 것입니다. 당신은 나의 누이동생으로서 여기 계시다가 좋으실 때 자유로이 돌아가십시오."

부인은 기뻐하며 말했습니다.

"나는 평소 당신이 하신 일로 미루어, 내가 오면 당신 소원대로 하시리라 여겼는데……. 이러한 결과가 있으리라고는 도저히 생각하지 못했습니다. 언제까지나 은혜를 잊지 않겠습니다."

정중히 작별하고 돌아와 그동안의 일을 모조리 이야기했습니다. 질베르토와 안살도는 돈독한 우정을 맺게 되었습니다.

자, 여러분! 이 이야기가 어떻습니까? 그렇게 열망하던 사랑이 손안에 있을 때 안살도가 취한 관대함을, 앞서 이야기한 죽어가던 부인의 이야기처럼 희망이 거의 없는 사랑 따위와 견줄 수 있을까요? 관대함을 비교하려는 생각조차 어리석은 것 같습니다.

샤를르 1세의 이야기

안살도와 부인의 행동을 놓고 논란을 벌였지만 쉽게 결론이 나지 않았습니다. 좌중이 진정될 기미를 보이지 않자, 왕은 피암메타에게 다음 이야기를 명했습니다. 그녀는 곧바로 이야기를 시작하였습니다.

저는 토론을 벌이는 이런 모임에서는 이야기의 의도를 분명히 해 더는 논란이 확산되지 않도록 하는 것이 중요하다고 생각합니다. 토론은 학생들에게 적합한 일이지, 물레질과 바느질을 하면서 할 수 있는 것은 아닙니다. 아무래도 조금 전 이야기는 논의의 여지가 있고 논란도 끊이지 않을 것 같습니다. 그래서 저는 어느 훌륭한 왕께서 명예를 아끼지 않고 기사로서 의롭게 행하신 일을 이야기할까 합니다.

여러분께서는 샤를르 1세(1266년 이탈리아로 온 앙주가의 샤를르 1세. 나폴리와 시칠리아의 국왕)에 대한 이야기를 들으셨을 겁니다. 그분의 업적은 세상 사람들이 입 모아 칭송할 만큼 위대하며, 특히 만프레디 왕에게 대승리를 거둬 기벨리니당을 추방하고 구엘피당(교황당)을 복귀시킨 일은 프랑스 왕정사에 빛나는 업적이지요. 이 유명한 사건으로 네리 델리 우베르티 기사는 가족과 더불어 막대한 재산을 갖고 피렌체를 떠났는데, 샤를 왕의 지배가 미치지 않는 먼 곳까지 갈 생각은 없었으므로 디스타비아의 해안에 있는 카스텔로로 갔습니다. 그는 그곳에서 여생을 보내고 싶었습니다. 그리하여 마을에서 벗어나 한적한 곳에 땅을 사서 아름다운 저택을 짓고 훌륭한 정원을 만들었습니다. 정원 한가운데에 피렌체풍의 연못을 만들고 신비한 물고기를 길렀습니다.

때마침 무더운 계절이어서 샤를르 왕이 피서차 카스텔로의 해안에 왔습니다. 왕은 네리의 정원이 아름답다는 소문을 듣고 꼭 가보고 싶었습니다. 주인을 알아보니 반대당의 기사라는 말을 듣고는, 그렇다면 더욱 친해질 좋은 기회라고 여겼습니다.

사람을 보내 내일 밤 시종 넷만 거느리고 미행으로 방문할 테니 아름다운 정원에서 함께 식사하기를 청했습니다.

이 일은 네리에게는 대단히 영광된 자리였으므로, 최선의 준비를 하고 정원으로 왕을 모셨습니다. 왕은 저택과 정원을 찬찬히 둘러보고는 네리를 크게 칭찬한 다음 연못 옆에 마련된 식탁으로 앉았습니다. 왕은 시종인 귀도 디 몬포르테 백작을 옆에 앉히고 다른 쪽에 네리를 앉혔습니다. 다른 네 사람은 네리가 정해주는 자리에 앉았습니다. 이윽고 맛있어 보이는 요리가 나오고, 질 좋은 포도주가 준비되었습니다. 소리도 없이 자연스럽게 규모 있는 식사가 나오자 왕은 마음속으로 감탄하였습니다.

이렇게 왕이 식사를 즐기며 고즈넉한 분위기를 감상하는데 난데없이 두 소녀가 정원에 나타났습니다. 나이는 열다섯쯤으로 하나는 빛나는 금발이었고 다른 하나는 묶지 않은 머리 위에 새하얀 화환을 썼습니다. 가녀리고 아름다운 모습이 천사 같았고, 두 소녀 모두 눈처럼 흰 드레스를 입고 있었습니다. 왕은 두 소녀를 보고 신기해했습니다.

두 소녀는 왕 앞에 이르러 수줍고 얌전한 인사를 올리고는 연못가로 가서 한 소녀는 냄비와 그밖의 물건을 내려놓고 다른 소녀가 들고 있

샤를르 1세를 위한 연회_ 샤를르 1세가, 귀족의 연회에 참석한 자리에서, 귀족의 아름다운 두 딸의 젖은 몸이 비치는 모습에 반하고 만다. **중세 필사본 그림.**

던 막대기를 받아 들었습니다. 두 소녀는 연못으로 들어가 가슴 언저리까지 물에 잠기는 곳에 섰습니다. 이때 네리의 하인이 풍로에 불을 피워 냄비를 올려놓고 기름을 붓고 소녀들이 뭔가를 주기를 기다렸습니다. 연못에서 한 소녀는 물고기가 숨어 있을 만한 곳을 막대기로 쑤셨고, 한 소녀는 뜰채로 건져 올려 순식간에 물고기를 많이 잡아올렸습니다. 왕은 이 광경이 매우 즐겁고 흥겨웠으며, 하인에게 던진 물고기는 냄비 속으로 들어갔는데, 두 소녀는 미리 명령을 받았는지 크고 멋진 물고기가 잡히면 왕이나 백작, 부친의 식탁 위로 던졌습니다. 물고기는 팔딱팔딱 뛰어 왕의 흥을 돋우고, 왕도 물고기를 붙잡아서 소녀들에게 도로 던지곤 했습니다. 이렇게 떠들썩하게 노는 사이에 하인들은 잡은 물고기를 튀겨 내놓았습니다. 소녀들은 자신들의 할 일을 마

네리의 쌍둥이 딸_ 샤를르 1세는 쌍둥이 자매와 사랑에 빠지고, 그 후 자신의 어리석음을 부끄러워하게 된다.

치자 연못에서 나왔습니다. 그런데 새하얀 천이 몸에 찰싹 달라붙어 몸의 곡선이 그대로 드러나고 속살이 보일 듯했습니다. 왕과 백작, 시종 등 모인 사람들은 모두 두 소녀에게 매혹되었습니다. 소녀들의 아름다운 자태뿐 아니라 사람의 마음을 끄는 애교와 절도 있는 예의범절 모두 그들의 인상에 깊게 남았고, 특히 왕의 마음을 끌었습니다.

왕은 두 소녀가 연못에서 나왔을 때 눈을 크게 뜨고 그 아리따운 육체에 혼미해져 누가 건드려도 모를 지경이었습니다. 왕은 두 소녀가 누구인지도 모른 채 두 소녀를 애무하고 싶은 강렬한 욕망을 참을 수 없었습니다. 잠시 생각에 잠겼던 왕은 네리에게 두 소녀가 누구냐고 물었습니다. 네리는 대답했습니다.

"폐하, 저 두 아이는 제 쌍둥이 딸입니다. 한 아이는 예쁜 지네브라라 하고 다른 아이는 금발의 이조타라고 부릅니다."

왕은 그의 딸들을 극구 칭찬하며 어서 좋은 곳으로 시집보내라고 권했습니다. 네리는 그렇게 생각하지만 그럴 여유도 방법도 없다고 변명했습니다.

식사도 마무리에 다다르고 과일을 내올 시간이 되자, 실크 옷을 입은 두 소녀가 커다란 쟁반 두 개에 제철 과일들을 가득 담아 들고 왔습니다. 두 소녀는 왕의 식탁에 과일 쟁반을 내려놓고 노래를 불렀습니다.

사랑, 사랑의 신이여
나 지금 이 자리에 왔으나
긴긴 사연 노래로 다할 수 없어…….

너무나도 감미로운 멜로디에 매료되어 왕은 뚫어질 듯 두 소녀를 바라보았습니다. 천상의 하모니를 듣는 신비한 착각에 빠져들 정도였습

샤를르 1세와 쌍둥이 딸_ 샤를르 1세는 두 딸의 아름다움에 반하여 첩으로 거느릴 생각을 한다. 한 충신이 그와 같은 행동은 샤를르 1세 왕이 몰아낸 폭군과 똑같은 행동이며, 비록 그 상대가 반대파라고 해서 용서되는 것은 아니라고 직언한다. 샤를르 1세는 "용맹한 기사가 적을 무찌르기는 쉽지만 자신의 욕망을 다스리기는 어려운데, 그대는 해냈다"고 칭찬한다. 두 딸을 좋은 가문의 귀족과 결혼시키도록 하고 자신은 마음을 다스린다.

니다. 노래가 끝내고 두 소녀는 공손히 무릎을 꿇고 그 자리를 물러가도록 허락을 청했습니다. 왕은 섭섭했지만 겉으로는 웃으며 허락했습니다.

식사가 끝나자 왕은 말을 타고 시종들과 함께 네리의 저택을 떠났습니다.

돌아온 왕은 그날 본 두 소녀에 대한 그리움이 쌓이고 얽혀 괴로움을 참지 못하는 지경에 이르렀습니다. 얼마 후 왕은 여러 구실을 붙여 네리와 만나고, 지네브라를 보러 그 정원을 자주 드나들었습니다. 그 정도로는 연모의 갈증을 풀 수 없다고 결심한 왕은 지네브라와 동생을 차지할 구실을 생각했습니다. 왕은 귀도 백작을 불러 자기의 연모와 의도를 밝혔습니다. 백작은 훌륭하고 곧은 인물로 직언을 서슴지 않았습니다.

"폐하, 저는 폐하의 말씀을 듣고 매우 놀랐습니다. 사랑이 깊은 상처를 남기는 젊은 시절에도 폐하께선 그런 적이 없었습니다. 이미 노경에 이르신 폐하께서 젊은이보다 더 큰 사랑의 정열을 태우시다니, 신기하다기보다 마치 기적 같은 일입니다. 저에게 조언을 허락하신다면 이렇게 말씀 올리겠습니다.

폐하께서 새로 획득하신 이 왕국에서 백성의 일도 잘 모르시고, 허위와 배신으로 가득 찬 그들을 다스리기 위해서는 언제나 단단한 무장이 필요합니다. 더욱이 중요한 국사와 그 밖의 일이 누적되어 한 자리에 앉아 계실 여가도 없으신 폐하께서 그런 연모에 빠지시다니 불가한 일로, 고매한 왕의 처사가 아니며, 미천한 젊은이나 할 행동입니다. 특히 안 될 일은 그 불쌍한 기사의 두 딸을 탈취하려는 결심입니다. 그는 자기의 능력 이상으로 폐하를 환대하지 않았습니까? 또 폐하를 흥겹게 해 드리려 자신의 딸을 거의 알몸에 가깝게 하여 인사드리게 한 것은, 그가 얼마나 폐하를 신뢰하며, 폐하가 영특하신 왕이며, 탐욕스런 늑대가 아니라는 것을 믿고 있음을 절실하게 느끼시지 않습니까? 폐하는 만프레디 왕이 부녀자들에게 가한 난행(亂行)을 보다 못해 이 나라를 접수하시고 친히 다스리고 있다는 것을 잊으셨습니까? 그러하신 폐하께서 충성을 다한 자의 명예와 희망과 위안을 빼앗으려 하시다니, 영겁의 형벌에 마땅한 배신을 하실 수는 없습니다.

폐하께서 만프레디 왕을 격파하시고 코르라디노를 쳐부순 것은 최고의 영광을 받아 마땅하나, 자기 자신을 다스리는 것은 그 이상으로 영예로운 일이라 생각됩니다. 백성의 모범이 되고 인도해야 할 폐하로서

예로운 일이라 생각됩니다. 백성의 모범이 되고 인도해야 할 폐하로서는 자신을 극복하고 욕망을 버리시어, 애써 이룩한 영광에 오점을 남기는 일이 없기를 바랍니다."

그의 말은 어느 것 하나 틀린 것이 없었습니다. 왕은 구구절절 옳다고 여길수록 더욱 고통스러웠습니다. 왕은 뜨거운 한숨을 길게 내쉬며 말했습니다.

"백작, 용감한 전사는 적이 아무리 강하더라도 보잘것없는 적수에 불과하지만, 자신의 욕망을 이긴다는 것은 참으로 고통스러운 일이오. 그대의 뼈아픈 충고에 깨우치는 바가 크므로 이른 시일 안에 짐이 지난날 적을 무찔렀듯이……, 스스로의 욕망을 이겨내도록 하겠다."

왕은 나폴리로 돌아와, 비열한 행위의 근원을 해결하기 위해 비길 데 없는 고통을 인내하며, 네리에게 받는 환대에 보답하기 위하여 두 소녀를 왕의 공주로서 시집보내기로 했습니다. 왕은 네리가 크게 기뻐할 정도의 막대한 지참금을 주어 미인 지네브라를 마페오 다 팔라치(역사상 실존 인물로 빌라니의 《연대기》에 나온다)에게 시집보내고, 금발의 이조타는 굴리엘모 델라 마냐에게 시집보냈습니다. 두 사람 모두 부유한 귀족 가문의 기사로서 남작이었습니다.

왕은 그날의 아름다운 기억을 가슴에 새기고 지울 수 없는 슬픔을 견디며 풀리아로 돌아가 국사와 격무에 시달리며 훌륭한 왕으로 소임을 다했습니다. 그는 자기 안의 적을 무찔러 욕망을 누르고, 사랑의 사슬을 가닥가닥 끊어냈으며, 다시는 정염의 포로가 되는 일은 없었습니다.

미누초의 이야기

피암메타의 이야기가 끝나자, 부인들은 자신과 싸워 이긴 왕의 결단을 찬양했습니다. 기벨리니 당파였던 팜피네아는 아무 말도 하지 않았으며, 왕은 그녀에게 이야기를 이어가도록 분부했습니다.

현명하신 여러분, 제가 정치적인 원한만 없다면 왕의 너그러움을 찬양했을 것입니다. 이에 저는 왕과 반대당이었던 피렌체에 살던 한 여인의 이야기로 제 심정을 대신하겠습니다. 시칠리아에서 프랑스 사람들이 추방되었을 때(대규모 반란으로 시칠리아가 아라곤 왕가의 지배를 받을 때, 1282년)의 일입니다. 피렌체 사람으로서 큰 약방을 하는 베르나르도 푸치니라는 부자가 있었습니다. 그는 아내와의 사이에 꽃다운 나이의 아름다운 딸이 하나 있었습니다. 그 무렵 라오나(아라곤 왕가를 지칭)의 페드로 왕이 시칠리아의 군주가 되자, 제후들을 초대하여 팔레르모에서 성대한 축제를 벌렸습니다. 그 축제에서 왕은 카탈루냐 식의 마상 창 시합을 개최했습니다. 마침 베르나르도의 딸(그녀의 이름은 리사)이 다른 부인들과 함께 국왕이 말을 타고 달리는 모습을 보고는 왕을 깊이 사모하게 되었습니다.

축제가 끝나고, 평소대로 부모와 함께 지냈으나, 신분 차이가 엄청난 왕에 대한 사랑 이외에는 아무것도 눈에 들어오지 않았습니다. 그녀를 슬프게 하는 것은 자기의 낮은 신분이었습니다. 그녀는 낮은 신분임에도 왕에 대한 그리움을 단념하지 않았습니다.

그녀는 왕을 사모하며 혼자 괴로워할 뿐이었습니다. 날이 갈수록 그리움은 커지고 사랑의 고통은 쌓여 상사병으로 눕고 말았습니다. 그녀는 하루하루 햇볕에 눈 녹듯 야위어 갔습니다. 그녀의 부모는 가슴 아파하며 딸을 보살피고, 의사의 진료와 약에 온 정성을 다했으나 아무 소용없었습니다. 그녀는 절망적인 사랑 때문에 살아갈 희망을 잃었습니다.

아버지는 지푸라기라도 잡는 심정으로 네 소원이 무엇이냐고 물었습니다. 그녀는 가슴 깊이 감추어둔 애타는 사랑을 왕에게 전할 수만 있다면 여한이 없겠다고 생각했습니다. 아버지에게 미누초 다레초를 불러 달라고 부탁했습니다. 당시 미누초는 유명 가수이자 훌륭한 연주가로서 페드로 왕을 수시로 알현하고 있었습니다.

아버지는 리사가 미누초의 노래와 연주를 듣고 싶어 하는 줄 알고 사람을 보냈습니다. 미누초는 매우 소탈한 성격으로 곧 그녀에게 왔습니다. 다정한 말로 위로하고 비올라로 소나타를 두세 곡 연주하고, 칸초네도 불렀습니다. 리사는 그에게 할 말이 있다며 다른 사람을 밖으로 물리고 나서 물었습니다.

"미누초 님, 저의 이야기를 절대로 비밀로 해주시고 저를 도와주시기를 부탁드립니다. 미누초 님, 저의 숙명적인 비극은 페드로 폐하께서 축제를 베푸신 날, 폐하의 창 시합 모습을 뵙고부터 시작되었습니다. 그날부터 제 마음속에는 폐하를 연모하는 고통의 불길이 시작되어 오늘에 이르렀습니다. 폐하를 연모하는 것이 얼마나 무모한지를 너무나 잘 알지만, 그 생각을 억누를 수조차 없어, 이 고통에서 벗어나고자 죽

리사_ 미모의 리사는 넘볼 수 없는 국왕을 연모했다. 자신의 마음을 노래로 만들어 유명한 연주자이 자 가수인 미누초에게 부탁하며 국왕에게 노래를 들려달라 한다.

음을 택했습니다. 저로서는 어쩔 도리가 없는 선택입니다. 그러나 폐하께 제 마음을 전할 수만 있다면 조금이나마 위로받을 수 있을 것입니다. 폐하를 뵙고 제 딱한 사정을 전하실 분은 미누초 님밖에 없기에 간청합니다. 폐하를 만나시거든 저에게도 알려주세요. 그러면 저는 이 고통에서 해방되어 기꺼이 죽겠습니다."

그녀는 여기까지 말을 마치고 하염없이 울었습니다. 미누초는 그녀의 숭고한 사랑과 무서운 결의에 놀라며 그 소원을 전할 좋은 방법을 생각해 내고 입을 열었습니다.

"리사, 부디 나를 믿어요. 그 일로 당신을 배신하지 않을 테니 안심해요. 위대한 폐하를 연모하는 당신의 모험심에 깊은 경의를 표하며, 기꺼이 당신을 돕겠습니다. 그러니 스스로 소중히 여기고 아끼십시오. 사흘 안에 당신에게 기쁜 소식을 가져올 테니 기다려요. 시간을 지체하면 안 되니 이만 실례하겠습니다."

미누초는 리사의 집을 나와 뛰어난 시인 미코 다 시에나를 찾아가 부탁하여 시를 받았습니다.

사랑의 신이여, 내 님에게 전해주오.
이 가슴속 애달픈 고통
두려움이 커서, 그리움 가슴에 감추고
차라리 죽음을 갈망하는 가련함을
내 님에게 전해주오.
두 손 모아 비나이다.
자비를 베푸소서! 사랑의 신이시여.
내 님 생각 그리움에

이 작은 가슴 상사로 멍들어도
사랑으로 타는 불꽃 이 몸을 태우고
죽음이 다가와도
내 님만이 두려울 뿐
속으로만 불태우고 참고 참는 이 고통은
그 어느 날 벗어나리.
아아, 거룩한 신을 위해 이 고뇌를 전하소서!

사랑의 신이여, 내 님의 사랑을 느낀 날부터
신이 주신 선물은 두려움일세.
이대로는 마음의 병 하도 무거워
이제는 죽음만이 남았을 뿐
이 애타는 가슴 단번에
고백할 용기를 내리소서!

님이 내 괴로움 아시고
이 내 마음 고백할 기력을 내리신들
님이 언짢으실 까닭이 있으리!
사랑의 신이여, 그 용기를 내게 주시고
사자가 이 몸 대신
애달픈 이 내 마음 그 님에게 알리노니
거룩한 신의 뜻을 어길 것이 없어라.
신이시여, 엎드려 비오니
갑옷 입은 기사들과
창과 방패 휘두르며 무용을 겨누시네.

그 님 모습 지켜보던 그날부터
온 마음 불태워 연모하는 소녀를
단 한 번만 가슴속에 기억하게 하소서!

미누초는 곧 가사에 어울리는 부드럽고도 애달픈 곡조를 붙여, 사흘째 되는 날 궁궐로 갔습니다. 페드로 왕은 아직 식사 중이었지만 그에게 비올라를 반주로 하여 노래를 한 곡 부르도록 했습니다. 미누초는 비올라에 맞춰 애달픈 노래를 불렀으며, 왕은 그 노래에 매혹되어 감동하였습니다. 미누초가 노래를 마치자 왕은 지금까지 한 번도 들어본 적이 없는데 어디서 나온 곡이냐고 물었습니다.

"폐하, 이 가사가 만들어지고 제가 곡조를 붙인 지 사흘이 안 되었습니다."

왕이 연유를 묻자, 그는 폐하 외에는 누구에게도 아뢸 수 없다고 말했습니다.

왕은 특별한 사연을 듣기 위해 미누초를 자기 방으로 불렀습니다. 미누초는 자기가 듣고 본 것을 차례대로 모두 전했습니다. 왕은 마음속으로 깊이 감탄하며, 그 처녀를 칭찬하고, 그녀에게 진심으로 동정을 보낸다고 말했습니다. 그리고 왕의 뜻임을 밝혀 그녀를 위로해 주고 저녁에 반드시 그녀를 찾아갈 것이라고 전하도록 덧붙였습니다.

미누초는 이토록 멋진 소식을 전하러 그녀에게 가게 된 것을 기뻐하며 비올라를 가지고 그녀에게로 갔습니다. 이야기를 들은 리사는 더할 나위 없이 기뻐하며 지극히 만족했습니다. 그러자 피부와 혈색이 환해지며 건강이 회복되는 모습이 역력했습니다. 그녀의 집안사람들도 이런 일이 생기리라곤 상상하지 못했으며, 그녀는 왕이 오신다는 시간까지 들뜬 마음으로 기다렸습니다.

리사를 중신하는 왕_ 왕은 자신을 연모하는 리사의 병을 위로하며 그녀를 훌륭한 가문의 아들과 결혼시킨다. **중세 필사본 그림.**

왕은 관대하고 다정한 분이었으므로, 미누초에게 들은 이야기를 몇 번이고 생각했습니다. 왕은 그녀의 아름다운 마음을 헤아리고 더욱 애틋한 생각에 잠겼습니다. 황혼이 깃들자, 바람이라도 쐬러 나가는 척 말에 올라 약방 근처까지 왔습니다. 신하를 보내어 약방의 정원을 보고 싶다고 청하여 정원으로 들어가 말에서 내렸습니다. 정원을 둘러보고 난 왕은 주인인 베르나르도에게 그대의 딸은 아직 혼인하지 않았느냐고 물었습니다.

베르나르도는 머리를 조아리며 대답했습니다.

"예, 폐하, 아직 혼인하지 않았습니다. 병이 깊어 누워 있었으며 아직 낫지 않고 있습니다. 그러던 것이 오늘 오후부터 갑자기 좋아지고 있기는 합니다만……."

왕은 그녀의 병세가 호전되었다는 이야기가 무엇을 뜻하는지 곧 알았습니다.

"아름답기로 소문난 그대의 딸이 꽃다운 나이에 세상을 떠난다면 세상은 아주 큰 손실이 되겠군. 어디 잠깐 문병이나 갈까."

베르나르도는 딸의 방으로 왕을 안내했습니다. 방에 들어선 국왕은 겨우 몸을 일으켜 자기를 기다리는 리사에게 다가가 손을 잡고 말했습니다

"이 어인 일인고? 젊고 예쁜 그대는 남에게 기쁨을 주어야 하거늘 이렇게 병석에 있다니, 하루바삐 건강을 회복하여 사람들에게 기쁨을 주도록 하오. 부디 부탁하오"

리사는 꿈속에서도 그리던 분이 친히 자신의 손을 잡고 위로의 말을 해주는 것이 꿈같은 일이라고 생각하며 하늘을 날 듯 기뻤습니다. 그녀는 애써 용기를 내어 말했습니다.

"폐하, 이렇게 무력하고 약한 몸으로 무거운 짐을 지려 했던 것이 병의 원인입니다. 이제 폐하의 자비로써 곧 일어나 보일 것입니다."

왕만이 그녀의 말의 숨은 의미를 알 수가 있었습니다. 왕은 더욱 그녀의 훌륭함을 알게 되고 낮은 신분으로 태어난 그녀의 운명을 슬퍼했습니다. 잠시 더 머무르며 그녀를 위로하고 격려한 후에 돌아갔습니다.

왕의 친견이 있은 후 얼마 지나 리사의 병이 낫자, 왕은 이 사랑에 대하여 어떤 보상을 하면 좋을지 왕비와 의논했습니다. 그리고 기사들과 함께 말을 타고 약방으로 갔습니다. 왕은 정원에 들어가자 딸과 아버지를 불렀습니다. 왕과 왕비는 리사를 가까이 불러 말했습니다.

"훌륭한 딸아, 그대의 갸륵한 사랑에 대해 짐이 그대에게 높은 명예를 내리겠다. 짐을 향한 그대 사랑의 보답으로 그대가 만족할 만한 일을 하고자 한다. 그대는 꽃다운 나이이니 짐이 정해주는 자를 지아비로

맞아주었으면 한다. 짐은 그대를 지키는 기사가 될 것이다. 짐은 그대의 사랑을 바라지는 않을 것이며, 단 한 번의 입맞춤을 바랄 뿐이니라."

리사는 수줍음으로 얼굴이 빨개지며, 왕이 기뻐하시도록 고개를 끄덕이며 대답했습니다.

"폐하, 제가 폐하를 연모한 것이 세상에 알려지면 세상 사람들은 자기 분수도 모르고 폐하의 존귀하심도 분별하지 못하는 어리석은 여자라고 저를 비웃고 손가락질할 것입니다. 폐하께서도 알고 계신 것처럼, 사람은 옳고 그른 것을 가려 사랑하는 것이 아니라 욕망이나 감정으로 사랑하는 것입니다. 저는 이런 운명에 안간힘으로 항거했으나 끝내는 폐하를 연모하게 되었고 지금도 연모하여 언제까지나 연모할 것입니다.

폐하께서 저의 기사가 되어주심이 저에게 얼마나 기쁜 일인가는 폐하께서 잘 아실 것으로 믿습니다. 저의 사랑에 대한 증표로 폐하께 단 한 번의 입맞춤을 원하시지만, 왕비마마의 허락 없이는 인정할 수 없는 일입니다. 아무쪼록 폐하와 왕비마마까지 이곳에 왕림하신 자애로움을 도저히 보답할 길이 없으므로 저를 대신하여 감사와 인사를 드려주십사 하느님에게 청하는 바입니다."라며 리사는 말을 마쳤습니다.

왕비는 그녀의 대답에 흡족해하며 왕의 말대로 매우 총명한 처녀라고 생각했습니다. 왕은 그녀의 부모를 불러 자기의 뜻을 전하고, 한 청년을 불러오게 했습니다. 그 청년은 페르디코네였으며 귀족이었고 부자는 아니었으나 이 일에는 이의가 없었습니다. 왕은 그에게 반지 두 개를 내리고 그녀와 결혼시켰습니다. 왕과 왕비는 보석과 귀중품을 리사에게 선사하고, 비옥하고 산출물이 풍부한 체팔루와 칼라타벨로타 두 영지를 이 신혼부부에게 하사했습니다.

"이 영지는 신부의 지참금으로 그대에게 주는 것이며, 짐이 그대에게 내릴 것은 앞으로 알게 될 것이다."

리사를 향해 말했습니다.

"그럼, 짐이 그대의 사랑의 증표로 받기로 되어 있는 마지막 열매를 받겠다."

왕은 양손으로 그녀의 머리를 잡고 이마에 입을 맞추었습니다. 페르디코네와 그녀의 부모, 특히 리사의 기쁨은 이루 말할 수 없었으며, 성대한 축하연을 열고 멋진 결혼식을 올렸습니다.

티투스의 이야기

팜피네아의 이야기를 들은 일동은 왕의 자애로움에 찬사를 보냈습니다. 그중에서도 기벨리니당 소속 부인의 감동은 더욱 깊었습니다. 일행의 찬사가 잦아들자 왕의 분부에 따라 필로메나가 입을 열었습니다.

왕이란 하려고만 들면 못할 일이 없는 신분이므로, 특히 왕의 행위에는 관용이 요구되는 것이 아닐까요? 그러니 힘 있는 자가 관용을 베푸는 것은 지극히 당연하며, 그런 실력자가 아니거나 힘이 없어 관용을 요구하는 일이 적은 사람일지라도 관용을 베푸는 일이 있고 보면, 힘 있는 자의 관용을 지나치게 높이 살 필요는 없다고 생각합니다. 저는 평범한 시민인 두 친구 사이에 일어난, 칭찬할 가치가 있는, 관대함에 대해 말씀드리겠습니다.

옥타비아누스가 아직 아우구스티누스로 불리며 아우구스투스의 칭호를 받기 전, 삼두정치가 행해지던 로마제국시대의 일입니다. 로마에 푸블리우스 퀸투스 풀비우스라는 귀족이 살았는데, 그에게는 매우 재능 있는 티투스라는 아들이 있었습니다. 그는 아들의 철학 공부를 위해 아테네로 유학을 보내고 오래전부터 친구였던 크레메스라는 귀족에게 뒷바라지를 부탁했습니다.

티투스는 크레메스의 집에 머물며 그 집 아들인 지시푸스와 함께 지냈고, 아리스티푸스라는 철학자를 스승으로 모시며 함께 크레메스 가문 사람으로서 공부했습니다. 두 청년은 함께 지내는 동안 습관과 생활방식이 흡사하다는 것을 알게 되었고, 우정과 형제애도 깊어만 갔습니다. 그런데 그 해 말에 크레메스가 세상을 떠났습니다. 두 청년은 똑같이 아버지를 여읜 슬픔에 빠졌습니다. 친구와 친척들은 누구를 더 위로할 것인지 어리둥절했습니다.

몇 달 후, 지시푸스의 친구와 친척들은 함께 모여서 그에게 아내를 맞이하라고 권했습니다. 물론 티투스도 함께 권했습니다. 아테네 시민이자 귀족 가문으로서 소프로니아라는 아리따운 열다섯 살 정도의 정혼자를 골랐습니다. 결혼 일자가 다가왔습니다. 지시푸스는 티투스가 자기도 모를 깊은 고민에 빠져 병이 난 것을 알자 안타깝게 여겨, 그의 곁을 떠나지 않고 극진히 간호하며 기운을 차리도록 애썼습니다. 그러면서 가끔 고민에 잠기는 원인과 병든 까닭을 물었습니다. 그때마다 티투스는 거짓말로 얼버무렸지만, 지시푸스가 눈치채자 탄식하며, 자신이 살고 싶지 않음을 고백했습니다. 티투스는 그 원인으로 소프로니아를 사랑하게 되었기 때문이라고 고백했습니다.

지시푸스는 그의 고백을 들으면서, 자신도 그 정도는 아니지만 그녀에게 마음이 전혀 없지는 않았으므로, 놀랐습니다. 그러나 소프로니아보다 친구의 목숨이 더 소중했으므로 티투스에게 소프로니아를 양보하기로 했습니다.

티투스는 지시푸스가 소프로니아를 양보하자 부끄러움에 거절했으나, 한편으로는 자신의 애타는 연모와 친구의 위로에 끌려 긴 한숨을 쉬며 말했습니다.

"지시푸스! 자네의 기쁨이라며 부탁들 들어 달라지만, 그것이 참다운 기쁨이 될지 나는 모르네. 하지만 자네의 너그러움이 나의 부끄러움을 덮어 주었으니 자네의 뜻에 따르겠네. 나는 자네가 나를 나 이상으로 가엾게 여겨 보내준 깊은 사랑과 우정을 기억하고, 자네의 명예와 행복을 위해 빌겠네. 또 내가 얼마나 감사하는지를 보여줄 날이 오기를 신에게 빌겠네."

이 말을 듣고 지시푸스가 계획을 말했습니다. 계획이란 소프로니아를 우선 자신의 아내로 맞은 후 예정대로 결혼식을 거행한 다음, 때를 보아 사실을 털어놓기로 한 것입니다.

지시푸스는 티투스의 병도 나았고 기운도 회복되었으므로 소프로니아를 신부로 맞았습니다. 성대한 결혼식과 피로연을 베풀었습니다. 밤이 되자 친척들은 소프로니아를 신방에 남겨두고 돌아갔습니다.

티투스의 침실은 지시푸스의 신방 옆에 나란히 있어 서로 왕래 가능했습니다. 자기 침실에 있던 지시푸스는 등불을 모두 끄고 몰래 옆 침실로 건너가서 티투스에게 신부의 잠자리로 들어가라고 말했습니다. 티투스는 침대에 오르자 신부를 품에 안고 마음을 부드럽게 하려는 듯 나의 아내가 되겠느냐고 낮은 음성으로 물었습니다.

그녀는 지시푸스로 알고, '예' 하고 대답했습니다. 그래서 그는 아름답고 값진 반지를 그녀의 손가락에 끼워주며 "나 또한 당신의 남편이 되고 싶소." 하고 말했습니다. 이렇게 결혼의 약속을 끝맺으며 티투스는 오랜 시간 사랑의 기쁨을 맛보았습니다. 그녀와 다른 사람들은 소프로니아가 지시푸스가 아닌 다른 남자와 부부의 인연을 맺었다는 것을 알지 못했습니다.

한편 사랑하는 사람과의 결혼으로 어떻게 지나갔는지도 모르게 시간이 지날 때 쯤 티투스의 아버지 푸블리우스가 죽었으므로, 티투스에게 로마로 돌아와 아버지의 사업을 이으라는 편지가 왔습니다. 티투스는

티투스와 지시푸스_ 티투스가 지시푸스에게 신부 소프로니아를 양보받는 장면을 묘사한 그림이다.

소프로니아를 데리고 로마로 떠나야겠다고 지시푸스와 상의했습니다. 이렇게 되니 아내에게 사실을 밝히지 않고는 어쩔 수 없는 상황이 되었습니다. 두 사람은 그녀에게 모든 사정을 밝히고, 그것 때문에 두 사람 사이에 있었던 일까지 털어놓았습니다. 그녀는 화가 난 얼굴로 두 사람을 번갈아 보더니 지시푸스에게 속은 일을 슬퍼하며 울음을 터뜨렸습니다. 그리고 아무 말도 하지 않고 친정으로 돌아가 자신과 가족 모두 지시푸스에게 속았음을 밝히고, 자기는 지시푸스의 아내가 아니라 티투스의 아내가 되었다고 말했습니다.

그 일은 소프로니아의 아버지에게는 난감했습니다. 그는 친척들과 지시푸스의 친척들에게 비난을 마구 퍼부었습니다. 양가에서는 논쟁이 벌어지고 항의가 빗발쳤습니다.

티투스는 모든 사정을 들으며 여러 가지로 성가셨으나 꾹 참고 있었습니다. 로마인의 정신과 아테네인의 지혜를 겸비한 그는 적당한 방법으로 당당히 지시푸스와 소프로니아 집안사람들에게 어느 사원에 모여 달라고 청한 후, 지시푸스와 함께 사원으로 가서 모여든 사람에게 이렇게 말했습니다.

"소프로니아가 지시푸스의 아내가 아니라 나의 아내가 된 것은 이미 하느님의 약정이었음에도 지시푸스에게 주었는데 내가 가졌다는 비난을 계속하는 것은, 내 생각에 여러분은 모두 저주받아 마땅할 자들입니다. 그러나 하느님의 섭리나 약정에 관한 일은 매우 어려우므로 하느님께서 우리의 일에 간섭하시지 않는다는 가정하에, 우리 인간의 논리적 사고에 대해 한번 생각해 보려고 합니다.

나는 못된 지혜를 써서 소프로니아라는 사람을 통해 여러분의 고귀한 혈통을 더럽히지 않았다는 것을 알아주십시오. 내가 남몰래 그녀를 아내로 맞기는 했으나 순결을 훔친 도적은 아니며, 당신들과 친척이 되기 싫어 적으로서 부정하게 그녀를 차지하지도 않았습니다. 나는 그녀의 아름다움과 인품에 매혹되었으며, 순서를 밟아 아내로 삼고자 노력했다면, 내가 그녀를 로마로 데려갈까 염려하여 내게 주지 않았을 겁니다. 그래서 은밀한 수단을 써서 지시푸스에게 나를 위해 그렇게 하도록 승낙한 것입니다. 그녀를 열렬히 사랑했지만 연인이 아닌 남편으로서 인연을 맺고 싶었습니다.

그래서 이 진실은 언제든지 그녀가 직접 증명해주겠지만, 나는 그녀에게 나를 남편으로 맞을 의사를 물었고, '예'라는 대답을 들은 뒤에 맹세의 말을 하며 반지를 끼워준 다음 결혼했던 것입니다. 그녀가 속았다고 생각한다면 나를 비난하기 전에 내가 누군지를 묻지 않았던 그녀 탓입니다.

어쨌든 소프로니아가 남몰래 티투스의 아내가 된 것은 친구인 지시푸스와 그녀를 연모한 내가 저지른 중대한 죄악이고 중대한 과실입니다. 그 때문에 당신들은 그를 책망하고 협박하여 질책을 가합니다. 만일 그가 악당이나 머슴에게 그녀를 넘겼다면 여러분은 어떻게 하시겠습니까?

자, 소프로니아는 하느님의 약정과 인간을 구속하는 힘에 의해, 지시푸스의 칭찬할 만한 예지와 나의 사랑에 의해 제 것이 되었습니다. 나는 여러분을 친구로 알고 충고합니다만, 부디 노여움과 원한을 푸시고 제가 기쁜 마음으로 여러분과 친척으로 살아갈 수 있도록 소프로니아를 돌려주십시오. 나의 충고가 여러분 마음에 들지는 않겠지만, 내 부탁을 거절한다면 저는 지시푸스를 로마로 데려가겠으며, 로마에 가서 당신들이 반대하더라도 반드시 나의 아내를 되찾을 것입니다."

티투스는 연설을 마치고 성난 얼굴로 일어나 지시푸스의 손을 잡고는 사원 안에 있는 사람들을 무시하듯 위협하며 나가버렸습니다. 뒤에 남은 사람들은 티투스가 말한 이치에 동의하여 그와 친척이 되거나 우정을 맺는 것도 괜찮다고 여겼습니다. 그래서 티투스를 찾아가, 소프로니아가 그의 아내임에 동의하며 친척으로서 친구로서 사이좋게 인사를 나눈 뒤 돌아갔고 소프로니아를 그에게 돌려보냈습니다. 그녀는 영리한 여자로 주위 상황을 판단하여 지시푸스에게 품었던 애정을 티투스에게로 바꾸고, 그와 함께 로마로 떠났습니다.

지시푸스는 아테네에 남았지만 아무도 돌아보는 사람이 없었습니다. 그리고 친척들과 시민의 세력 다툼에 휘말려 완전히 몰락하고 아테네에서 영구 추방 처분을 받았습니다. 지시푸스는 곤궁의 밑바닥으로 떨어져 마침내 거지 신세가 되었는데, 혹시 티투스가 자기를 기억해 줄지도 모른다는 희망을 품고 로마로 갔습니다. 거기서 티투스가 아직 건재하며 로마인의 신망을 받는 걸 알게 되었고, 그의 집 앞에서 그가 나오기를 기다렸습니다. 그는 너무나 초라해 말을 건네지 못하고, 티투스가 먼저 자기를 알아보고 말을 걸어오도록 애써 자신을 드러냈습니다. 티투스는 그냥 지나가고 말았습니다. 지시푸스는 그가 자기를 알아보고도 일부러 모른 척하는 것으로 여겨 더없이 분노하고 절망에 빠져 그 자리를 떠났습니다.

밤이 되었지만 돈도 없고 아무것도 먹지 못하고 막막하여 지시푸스는 차라리 죽음을 생각하며 정처 없이 걷다가 도시의 끝에 이르러 동굴이 눈에 들어왔습니다. 그는 밤을 보내려고 동굴 속으로 들어갔습니다. 그때 도둑 두 명이 훔친 물건을 가지고 동굴로 들어왔습니다. 그들은 서로 싸우다가 힘이 센 녀석이 다른 녀석을 죽이고는 달아났습니다. 이것을 보고 있던 지시푸스는 애써 자살하지 않아도 자기가 바라던 죽음의 길이 있음을 알았습니다. 잠시 후 사건을 알아챈 관리들이 몰려와 그를 잡아들였습니다. 지시푸스는 자기가 그를 죽였으며 동굴에서 달아날 수 없었다고 자백했습니다. 마르쿠스 발로라는 재판관은 법대로 십자가에 매달아 사형하라는 판결을 내렸습니다.

마침 재판소에 와 있던 티투스는 가엾은 사형수의 모습을 바라보며 처형 이유를 묻다가 그가 지시푸스임을 알았습니다. 그는 이 불행한 운명에 놀라면서 어떻게든 그를 구해야겠다고 생각했습니다. 티투스가 백방으로 손을 써 재판관에게 티투스가 범인이 아님을 호소했으나 이미 죽음을 결심한 티투스는 자신의 죄를 자백해 사태를 더욱 어려운 지경으로 몰고 갔습니다.

이 사건을 옥타비아누스도 알게 되었습니다. 그는 세 사람을 불러 어째서 모두 처형을 원하는지 이유를 물었습니다. 세 사람은 각각의 이유를 말했습니다. 옥타비아누스는 죄가 없는 두 사람을 석방하고 세 번째의 사나이는 두 사람을 동정한 것을 이유로 석방했습니다.

티투스는 지시푸스의 손을 잡으면서, 그의 우유부단함과 자신에 대

지시푸스의 재판_ 지시푸스가 연행되어 재판을 받는데 이를 알게 된 티투스가 변호하는 장면이다. **중세 필사본 그림.**

한 불신을 꾸짖고 한참 동안 안고 기쁨을 나눈 후, 자기집으로 데리고 갔습니다. 소프로니아는 눈물을 흘리며 형제처럼 지시푸스를 맞아들 였습니다. 티투스는 지시푸스에게 훌륭한 음식을 대접하고 휴식하게 한 다음, 그의 인격과 신분에 어울리는 옷으로 갈아입도록 하고 자기 의 전 재산과 소유지를 지시푸스와 공유했습니다. 그리고 나서 지시푸 스를 누이동생 풀비아와 결혼시켰습니다.

토렐로의 이야기

일동은 친구를 위한 지시푸스의 관대한 우정과 티투스의 보은에 박수와 칭찬을 보냈습니다. 왕은 디오네오의 마지막 차례의 특권을 인정하였으므로, 왕의 이야기가 시작되었습니다.

앞서 이야기한 진정한 친구의 깊은 우정은 견고하다는 것을 보여주었습니다. 우리가 세상의 잘못을 바로잡기 위해서라는 또는 비난하기 위해 여기에 있다고 하면, 나는 그녀의 주장에 덧붙일 것이 있습니다만, 우리의 뜻은 그런 데 있지 않으니 술탄이 행한 관대함에 관한 흥미진진한 이야기를 들려드리겠습니다.

사람들에 따르면 황제 페데리고 1세(1189년) 시대에 기독교도에 의해 성지 탈환을 위한 원정이 이루어진 일이 있었다고 합니다. 당시 바빌로니아의 군주이자 용맹한 영주인 술탄은 그것을 미리 알고, 적을 격파할 준비를 하기 위해, 이 원정에 참가하여 십자군의 병력과 장비를 친히 정탐하러 가려고 결심했습니다. 그래서 자기가 없는 동안의 모든 정사를 지시해 놓고는 가장 신중한 신하 두 사람과 하인 셋을 데리고 장사꾼으로 변장하고 길을 떠났습니다.

그리하여 기독교의 나라들을 돌아다니다가 롬바르디아 지방으로 향하기 위해 말을 타고 산악지대를 건너다가 밀라노에서 파비아로 가는 도중에 날이 어두워지고 말았습니다. 거기서 우연히 토렐로 디스트리아라는 귀족을 만났는데 그는 하인들과 개와 매를 데리고 테시노의 언덕에 있는 별장으로 자러 가는 중이었습니다. 일행을 본 토렐로는 외국의 귀족임에 틀림없다고 생각하고 경의를 표하려 했습니다. 마침 술탄이 하인에게 파비아까지 길이 얼마나 남았는지, 성문이 닫히기 전에 도착할 수 있는지 물었기 때문에 토렐로는 하인의 대답을 기다릴 것도 없이 나서서 대답했습니다.

"성문이 닫히기 전까지 파비아에 도착하는 것은 무리입니다."

술탄은 "그렇다면 어디든 적당한 여관을 좀 가르쳐 주십시오. 우린 외국인입니다." 하고 말했습니다.

토렐로는 그러마 하고는 똑똑한 하인을 불러 용건을 일러주고 그들과 함께 가도록 했습니다. 그러고는 곧장 별장으로 와서 만찬 준비를 지시하고 정원에 식탁을 차리게 했습니다.

"여러분의 행색을 미루어 보건대 나의 대접이 예의범절에 어긋나지 않을지 염려됩니다. 여러분이 받으시는 대접은 극히 보잘것없는 친절입니다. 하지만 파비아를 벗어나서는 마땅한 객줏집이 없습니다. 그 때문에 수고스럽겠지만 길을 우회하시도록 했는데, 그 점 언짢게 생각하지 마십시오."

이런 이야기를 주고받는데 하인들이 나와서 그들을 말에서 내리게 하고는 말을 외양간으로 끌고 갔습니다. 토렐로는 일행을 준비된 방으로 안내하여 신발을 벗게 하고는, 잘 냉각된 포도주를 내어 기운을 돋우고 식사 시간까지 즐거운 이야기를 나누었습니다. 술탄과 그의 신하, 그리고 하인들은 모두 라틴어를 알기 때문에 대화에 불편을 느끼지 않았습니다. 그들은 한결같이 이 기사가 서글서글하며 예의를 아는 귀족임을 알고, 또한 여태껏 이토록 말주변이 좋은 사람을 만난 적이 없다고 생각했습니다.

토렐로는 이들이 처음에 생각했던 것보다 신분이 훨씬 높은 분이라고 판단하여, 많은 사람을 초대해서 성대한 연회를 베풀지 못한 것을 애석하게 생각했습니다. 이튿날 아침, 미진한 기분을 풀기 위해 하인을 시켜 파비아에 있는 총명하고 후덕한 아내에게 자기의 뜻을 전했습니다. 그러고는 곧 이국의 신사들을 정원으로 안내하여 점잖게 일행의 신분을 물었습니다. 그 물음에 술탄은 대답했습니다.

"우리는 키프로스 섬의 상인입니다. 장사하러 파리에 가는 길입니다."

그러자 토렐로는 이렇게 대꾸했습니다.

"키프로스에 상인이 많다는 것을 압니다만, 이 고장에도 여러분과 같은 훌륭한 상인이 있다면 얼마나 좋을까 하는 생각이 듭니다."

이런저런 잡담을 나누는 사이에 식사 시간이 되었습니다. 식탁에는 갑작스러운 식사치고는 굉장한 성찬이 차려졌는데, 조금의 소홀함도 없었습니다. 식사가 끝나고 토렐로는 일행의 피로함을 짐작하여 깨끗한 잠자리로 안내하고 자기도 곧 침실로 갔습니다.

날이 밝아 이국의 신사들이 일어나자 토렐로는 그들과 함께 말을 타고 매를 데리고 가까운 늪에 가서 매를 날려 보냈습니다. 그러다가 술탄이 파비아에 사람을 보내 여관을 주선해줄 수 없겠느냐고 하자, 토렐로는 자신이 안내하겠다고 했습니다. 토렐로는 이국의 신사들을 이끌고 자신의 저택으로 안내했습니다. 술탄과 신하들은 토렐로의 호의에 어쩔 줄 몰라 다시 한번 감사의 뜻을 전했습니다. 일행은 행장을 풀고 음료를 마시며 숨을 돌린 다음, 눈이 휘둥그레질 만큼 차려 놓은 홀로 나갔습니다. 그들이 손을 씻고 식탁에 앉으니 산해진미가 잇따라 나왔습니다. 황제의 행차라 해도 어긋남이 없는 접대였습니다.

그는 자기의 소중한 것을 죄다 구경시키려는 뜻에서 손님들을 방으

술탄 일행을 맞는 토렐로 부인_ 토렐로가 사라센의 술탄 일행을 극진히 대접하는 장면을 묘사했다. 중세 필사본 그림.

로 데리고 간 다음 부인을 불렀습니다. 균형 잡힌 늘씬한 몸매의 아름다운 부인은 호화로운 옷을 입고 천사 같은 두 아들을 좌우에 거느리고 손님들 앞에 나타났습니다. 그러고는 상냥하게 인사했습니다. 손님들은 그녀를 공손히 맞아 자기들 사이에 앉도록 자리를 권하고 귀여운 두 아들을 칭찬했습니다. 부인은 보통 시민이나 상인이 입는 것이 아닌 귀족의 의복 일체를 모두에게 내놓았습니다.

술탄 일행은 놀란 눈을 동그랗게 떴습니다. 그들은 토렐로가 자기들에게 성심껏 친절을 베풀려는 것을 알았습니다. 그러면서 문득 상인이 입는 옷이 아닌 사치스러운 의복을 보고 혹시 토렐로에게 신분이 탄로난 것 아닌가 하는 느낌도 받았습니다.

밤이 지나고 아침이 되어 일어나 보니, 자기들이 타고 온 지친 말 대신 늠름한 말 세 마리가 준비되어 있었습니다. 술탄은 그것을 보자 신하들에게 이렇게 말했습니다.

"나는 오늘날까지 이토록 예의를 아는 신사를 만난 적이 없다. 만약 기독교의 국왕들이 이 기사와 같은 사람들뿐이라면 바빌로니아의 술탄은 누구와도 맞서지 못하리라. 하물며 전쟁 준비를 하는 여러 군주가 그렇다면 그건 말할 것도 없는 일이 아닌가."

술탄은 말을 사양할 것이 아니라고 생각하여 정중히 치사한 다음 일행과 함께 말에 올랐습니다. 술탄은 토렐로 일행과 작별 인사를 한 뒤였기 때문에 이렇게 말했습니다.

"토렐로 씨, 당신의 신용을 얻기 위해 언젠가는 우리의 상품을 구경시켜 드릴 날이 있을 것입니다. 안녕히 계십시오."

파비아로 돌아온 토렐로는 세 사람이 어떤 인물인지 곰곰이 생각해 보았으나 사실을 밝힐 수도 없고 윤곽조차 그릴 수 없었습니다.

마침내 십자군 원정이 임박했습니다. 각처에서 모든 준비가 갖추어지자 토렐로는 울며 만류하는 아내를 뿌리치고 원정에 참가하기로 결심했습니다. 그는 출발 직전에 아내에게 말했습니다.

"여보, 내가 출정하는 것은 사실이지만 돌아오는 것은 장담할 수 없소. 당부하건대, 내 생명에 관해 확실한 기별이 없거든, 출발하는 오늘부터 헤아려 1개월 1일이 될 때까지는 재혼을 삼가기 바라오."

부인은 쓰러져 울면서 그러마 하고 대답했습니다.

토렐로는 이렇게 덧붙였습니다.

"여보, 당신이니까 약속한 것은 반드시 지키리라 믿소. 당신은 아직 젊고 미인이며 명문 출신이오. 당신의 훌륭한 미덕은 세상에 널리 알려져 있기 때문에 내가 전사한 것이 알려지면, 여러 귀족과 신사들이 기필코 당신의 형제와 친척에게 가서 청혼할 것이고, 사람들이 졸라 대면 아무리 당신이 거절해도 소용없을 거요. 내가 기한을 정하는 것도 그런 이유에서이며 그 이상의 기한은 원치 않소."

부인은 울면서 토렐로의 품에 몸을 던지고, 반지를 뽑아 남편에게 주면서 입을 떼었습니다.

"다시 뵙지 못하고 제가 죽거든, 이 반지를 보며 제 생각을 해주세요."

남편은 반지를 받자 말에 올라 여러 사람에게 작별을 고하고 원정길에 올랐습니다. 부하들과 함께 제노바에서 갤리선을 타고 아콘에 도착했습니다. 여기서 다른 기독교 나라의 군대와 합류했는데 돌림병이 유행하여 많은 군사가 죽어갔습니다.

질병이 한창 만연하는 동안에 술탄의 계략이 성공하였는지 질병을 모면한 기독교 나라의 군사들은 모두 술탄의 포로가 되고 말았습니다. 그들은 각처로 분산되어 투옥되었습니다. 토렐로도 그중 한 사람이 되어 알렉산드리아에 투옥됐습니다. 그는 아무한테도 얼굴이 알려져 있지 않고, 매를 부리는 재주를 인정받아 매를 훈련하는 일을 맡게 되었습니다. 그런데 이것이 술탄의 귀에 들어갔습니다. 술탄은 그를 감옥에서 불러내어 매부리로 삼았습니다. 토렐로는 술탄에게 세례명으로 호명되었기 때문에 술탄과 토렐로는 서로 알아보지 못한 채 세월이 흘렀습니다.

그러던 어느 날, 우연히 술탄은 토렐로와 매에 관해서 이야기를 나누게 되었습니다. 토렐로는 이야기하는 도중 그의 독특한 미소를 지었습니다. 술탄은 파비아에 있는 그의 집에 머무는 동안 그 버릇에 강한 인상을 받아 아직까지 기억하고 있었습니다. 그 순간 술탄은 토렐로를 상기했습니다. 자세히 보니 분명히 그 사람이라는 확신이 들었습니다. 그래서 매 이야기를 중단하고 토렐로의 신상을 확인하고자 했습니다.

"그리스도의 신자여, 잘 보아라. 이 옷들 가운데 네 눈에 익은 옷이 있는지 없는지."

토렐로는 주의깊게 살펴보았습니다. 그 가운데 아내가 술탄에게 선사했던 옷이 있음을 알았습니다.

"폐하, 잘 모르겠습니다만 저 두 벌의 옷이 지난날 저의 집에 상인 셋이 머무르는 동안 입었던 옷과 같습니다."

술탄은 더는 알아볼 것도 없이 그를 끌어안으며 말했습니다.

"그대는 토렐로 디스트리아구려. 나는 저 옷을 부인한테서 선물받은 세 상인 중 한 사람이오. 내가 언젠가는 보답할 날이 있을 거라고 말했던 것처럼 이제 내 상품이 어떤 것인지 그대에게 신용을 구할 때가 왔구려."

술탄은 토렐로를 진심으로 반기면서 그에게 왕후와 같은 훌륭한 옷을 입혀 신하들 앞에 데리고 갔습니다. 그리고 그가 위대한 인물이라는 것을 찬양하고, 자기의 은총을 감사히 여기는 사람은 모두 자기처럼 그를 존경하라고 명을 내렸습니다.

한데 고약한 일이 생기고 말았습니다. 기독교 나라의 군대가 술탄에게 포로가 된 날 토렐로 디 디네스라는 신분이 낮은 프로방스 출신의 기사가 죽었습니다. 토렐로 디스트리아는 그 이름이 전군에 알려져 있었기 때문에 '토렐로가 죽었다'는 소문이 전해지자 그것이 디네스가 아닌 디스트리아인 것처럼 오인되었습니다. 결국 많은 이탈리아 사람들은 그 소문을 가지고 본국으로 돌아갔고, 개중에는 죽은 것을 목격했고 매장에도 입회했다고 경솔한 말을 떠들어 대는 자까지 나왔습니다. 그 소문은 부인에게까지 알려지고 친척들도 들어 온 집안은 깊은 슬픔에 잠겼습니다.

부인은 몇 개월간 가슴을 에는 슬픔에 잠겼고, 슬픔이 다소 가셔질 무렵부터 롬바르디아 지방의 유지들과 형제 친척들이 재혼을 권유했습니다. 그녀는 그런 말만 나오면 울면서 고개를 내저었으나, 결국 토렐로가 그녀에게 당부한 기한까지는 재혼하지 않겠다는 조건을 걸고 친척들의 의견을 따르지 않을 수가 없게 되었습니다.

부인의 신상에 이러한 일이 생겨 재혼할 날이 8일밖에 남지 않았을 때, 알렉산드리아에 있는 토렐로는 제노바로 가는 갤리선에 지난번의 제노바인 사자들과 함께 승선했던 한 사내를 우연히 만났습니다. 그는 사내를 불러 뱃길 편에 자신의 소식을 가져간 일행은 무사히 제노바에 도착했느냐고 물었습니다. 하지만 그 사자는 뱃길에 사나운 폭풍을 만나 암초에 부딪혀 모두 죽었다는 암담한 소식을 전했습니다.

토렐로는 이 말을 듣고 아내에게 약속한 기한도 며칠 남지 않았고, 자기 신변에 일어난 일을 파비아에서는 아무도 모를 것이라는 생각에 술탄에게 달려가 도움을 청했습니다.

술탄은 지체 없이 그에게 달려와서 진정시키고, 기한 내에 파비아로 돌아갈 수 있도록 해줄 테니 힘을 내라고 위로하면서, 그 방법을 일러 주었습니다.

술탄은 마술사를 불러 토렐로를 침대에 실은 체 하룻밤 사이에 파비아로 보낼 방법을 강구하라고 명했습니다. 마술사는 그렇게 하겠다면서 그를 잠들게 해달라고 했습니다. 술탄은 토렐로에게로 돌아와 그가 기한 내에 파비아에 가고 싶어하며, 그것이 불가능하면 죽으려 한다는 것을 알게 되었습니다. 술탄은 토렐로를 안심시키며 마술사가 분명히 기한 내에 당신을 파비아로 보내줄 것이니 나만 믿고 마술사가 하라는 대로 하라고 했습니다.

이튿날, 술탄은 자기 나라의 관습대로 우단과 비단으로 요를 감싼 호화로운 침대를 마당에 준비시키고, 그 위에다 커다란 진주와 값진 보석을 박은 이불을 덮고 이러한 잠자리에 어울리는 베개 두 개를 놓도록 했습니다. 그런 다음 건강을 회복한 토렐로에게 최고로 호사한 사라센의 옷을 입히고 머리에는 긴 터번을 감아 주도록 일렀습니다.

기적의 침대의 토렐로_ 토렐로가 술탄이 하사한
사라센 복장을 하고 마법의 침대에 누워 있는 장
면이다. **중세 필사본 그림.**

시각이 상당히 지나자, 술탄은 신하들을 데리고 토렐로의 방으로 가
서, 그의 옆에 앉으며 목멘 소리로 이별을 아쉬워하며, 잘 가라고 말
했습니다.

토렐로는 눈물을 참을 수 없었습니다. 눈물이 말문을 막아 그저 간
단히, 폐하의 호의와 친절에 깊이 감사하며 결코 잊지 않겠다는 대답
을 했습니다.

이렇게 해서 그는 잠든 채 침대 위에 눕혀졌습니다. 술탄은 그의 머
리맡에 매우 값진 큰 왕관을 놓았는데, 토렐로의 부인이 술탄의 선물
임을 똑똑히 알 수 있도록 왕관에 글자를 새겨 넣었습니다. 토렐로의
이마에 키스한 다음 마술사에게 보내라는 명을 내렸습니다. 토렐로를
태운 침대는 술탄의 눈앞에서 순식간에 사라져 보이지 않았습니다.

토렐로는 소원대로 파비아의 산 페드로 인 치엘도로 사원에 도착했
습니다. 새벽종이 울린 뒤여서 성구를 담당한 수도사가 등불을 들고 사
원으로 들어왔다가 호화로운 침대를 발견하고는 기겁해서 뒤도 돌아
보지 않고 달아났습니다. 수도원장과 수도사들은 달아나는 그를 보고

놀라 까닭을 물었습니다. 그가 까닭을 말하자 수도원장은 등불을 여러 개 들고 수도사들을 이끌고 사원 안으로 들어갔습니다. 마침 토렐로가 눈을 뜨고 사방을 두리번거리다가 술탄과 약속한 장소에 와 있는 것을 알고 크게 기뻤습니다. 그러다가 수도사들이 달아난 까닭을 알고는 더는 몸을 움직이지 않고 급히 수도원장을 부르며 자기는 조카 토렐로이니 겁내지 말라고 말했습니다.

원장은 그가 수염을 길게 기르고 아라비아 식 복장을 하고 있었기 때문에 잘 알아보지 못하다가 그의 손을 잡으려 말했습니다.

"내 아들아, 잘 돌아왔다. 너는 우리가 겁내는 것을 보고 놀라지 마라. 이 고장에서는 다들 네가 죽었다고 알고 있단다. 네 아내 아달리에타도 집안사람들의 강요로 내키지 않은 재혼을 하게 되었다. 바로 오늘 아침에 시집으로 가게 되어 있다. 이미 예식과 피로연 준비가 다 되어 있을 게다."

그 말을 들은 토렐로는 침대에서 뛰어내려 원장과 수도사들에게 떠들썩하게 인사한 후, 일을 마칠 때까지 자기가 돌아온 것을 퍼뜨리지 말아 달라고 부탁했습니다. 토렐로는 아내의 새 남편이 될 사람이 누구인가를 물었습니다. 수도원장이 이름을 대자 토렐로가 말했습니다.

"제가 돌아온 이유를 말하기 전에 아내가 어떤 마음으로 재혼하는지 알고 싶습니다. 성직에 계시는 분이 그런 화려한 잔치에 참석하신다는 것은 예가 아닌 일입니다만, 저를 위해서 함께 가주십시오."

수도원장은 기꺼이 그러겠다고 대답했습니다. 드디어 식이 시작할 때가 되자 토렐로는 입었던 차림대로 수도원장과 함께 신랑의 집으로 갔습니다. 모두들 놀란 눈으로 그의 차림을 바라보았으나 아무도 그가 누구인지 몰랐습니다. 원장은 술탄이 프랑스 국왕에게 대사로 파견한 사라센 사람이라고 소개했습니다.

토렐로의 자리는 아내 맞은편에 정해졌는데, 그는 기뻐하며 그녀를 바라보았습니다. 그런데 그녀는 결혼이 달갑지 않은 듯 우울한 빛을 띠고 있었습니다. 이윽고 토렐로는 자기를 상기시킬 때가 되었다고 생각했습니다. 그는 출발할 때 아내가 건네준 반지를 보면서, 그녀 곁에서 시중을 들고 있는 젊은이를 불러 말했습니다.

"우리나라 풍습에 이국인이 결혼 피로연에 참석하면 감사의 표시로 신부가 포도주를 한 잔 가득 부어 권하는데, 그러면 이국인은 그 잔을 기꺼이 받아 얼마쯤 마시고 뚜껑을 덮어 나머지를 신부가 마시도록 되돌려준다고 신부께 여쭈어라."

젊은이는 부인에게 이 말을 전했습니다. 부인은 외국인이 말하는 풍속을 좇아 잔을 받아 뚜껑을 열고 입에 갖다 대었습니다. 그 잔 속에 반지가 들어 있었습니다. 그녀는 말없이 한참 동안 반지를 바라보았습니다. 그것은 틀림없이 남편이 출정할 때 자기가 준 반지였습니다. 그녀는 반지를 손에 들고 그 외국인을 바라보았습니다. 그는 바로 남편 토렐로였습니다. 그녀는 미친 듯이 테이블을 뒤집어엎으며 소리쳤습니다.

"저, 저분은 제 남편이에요. 틀림없는 토렐로예요."

그녀는 외치면서 남편이 앉아 있는 테이블로 달려가, 테이블 위의 음식은 아랑곳없이, 와락 달려들어 껴안았습니다. 주위 사람들이 놀라서 떼어놓으려 했으나 막무가내로 남편을 껴안은 채 놓지 않았습니다. 부인이 의식을 회복했을 때는 이미 연회는 혼란에 빠져 있었습니다. 그 와중에 토렐로가 훌륭한 기사가 되어 돌아왔다고 환희의 소란도 있었습니다. 그는 조용히 해 줄 것을 부탁하며 말문을 열었습니다. 토렐로는 지금까지 일어난 일들을 모두 이야기했습니다. 그리고 나서 자기가 죽은 줄 알고 자기의 아내와 결혼하려 한 귀족에게, 자기가 살

토렐로의 해후_ 토렐로가 자기 부인에게 정체를 드러내고 해후하는 장면을 묘사했다. **중세 필사본 그림.**

아 있으니 아내를 찾아가도 아무 불만 없을 거라고 말하며 일을 마무리지었습니다.

신랑은 당황하고 마음이 아팠지만 친구처럼 지극히 관대하게, 그녀가 원하는 대로 하는 것이 자기의 뜻이라고 대답했습니다. 부인은 새 신랑이 준 반지와 관을 그 자리에 벗어 놓고 대신 잔에서 꺼낸 반지를 끼고 술탄이 선사한 관을 썼습니다. 그 후 둘이서 나란히 그 집을 나와 피로연에 모였던 친구와 친척들 그리고 기적이라면서 구경하러 온 수많은 시민들과 오랫동안 즐겁고 떠들썩한 잔치를 베풀었습니다.

구알티에리의 이야기

왕의 긴 이야기가 끝나자 일동은 술탄과 토렐로의 우정에 흡족한 미소를 보냈습니다. 디오네오만이 마지막 차례를 남기고 있었습니다. 그는 웃으며 "너그러운 토렐로도 그날 밤은 부인 생각뿐이었을 테니 여러분이 아무리 찬사를 보낸다고 해도 보석은커녕 동전 한 닢 없을 겁니다"라고 농담을 하고는 이야기를 시작했습니다.

여러분, 오늘은 왕이나 술탄의 이야기뿐인 것 같습니다. 그래서 나는 그 범위에서 과히 벗어나지 않는 이야기를 하겠습니다. 마지막에는 기쁘게 축복하나, 처음에는 관용은커녕 극히 옹졸한 행위를 한 어느 후작의 이야기를 하고자 합니다.

상당히 오래된 일로 살루초의 후작 가문을 이어받은 구알티에리라는 청년이 있었습니다. 그는 결혼할 생각은 하지 않고 여가만 있으면 매 사냥을 하며 세월을 보냈습니다. 결혼해서 자녀를 두겠다는 생각 따위도 하지 않았습니다.

이러한 생활을 아랫사람들이 좋아할 리 없었습니다. 주인에게 후사가 없으면 섬길 사람이 없어져서 곤란하므로 결혼을 여러 차례 권하고, 또 자손을 둘 수 있는 가문을 찾아서 후작의 마음에 들 만한 아가씨를 고르겠다고 말하곤 했습니다. 그럴 때마다 구알티에리는 이렇게 대꾸했습니다.

"내 맘에 맞는 여자를 구하는 것이 얼마나 어려우며 그와 반대되는 여자가 얼마나 많은지, 여러 가지를 잘 생각해서 결혼하려 하는데 그대들은 자꾸만 나를 압박하는군. 난 내가 취한 여자가 내 아내로서 그대들에게 존경을 받지 못하는 여자라면, 그때는 자네들 청을 들어 하기 싫은 결혼이 얼마나 중대한 결과가 되었는지 그대들의 책임을 분명히 묻겠네."

충직한 수하들은 주인이 결혼할 마음을 가져준 것만으로도 만족한다고 대답했습니다. 구알티에리는 오래전부터 근처에 사는 가난한 농부의 얌전한 딸에게 관심이 있었습니다. 그녀는 매우 어질고 아름다웠으며 그녀와 결혼하면 행복한 생활을 할 수 있으리라 생각했습니다. 처녀의 아버지를 불러 의논하고 그녀를 아내로 맞겠다는 결정을 내렸으며, 이웃의 친지와 친구를 모아 놓고 이렇게 말했습니다.

"여러분은 내가 결혼하겠다고 했을 때 기뻐해 주었고 지금도 기뻐하고 있을 줄 아오. 여러분은 내가 어떤 여자를 맞든 만족하게 여기고 부인으로서 존경하겠다는 약속을 했소. 이제 내가 여러분과의 약속을 지키고, 여러분도 나와의 약속을 지킬 때가 온 거요. 나는 이웃 마을의 한 처녀를 발견했고, 그녀를 아내로 맞을 작정이오. 그러니 여러분과 나의 약속이 진정한 기쁨이 되도록 성대한 결혼식으로 그녀를 정중히 맞을 수 있게 애써주기 바라오."

사람들은 모두 경하할 일이라고 입을 모으면서, 어떤 분이 됐든 후작 부인으로서 받들겠다고 대답하고, 화려하고 성대한 결혼식 준비를 서둘렀습니다.

결혼식 날이 되자, 구알티에리는 8시 반쯤 축하객들과 함께 말에 올랐습니다. 그는 하객과 함께 신부의 집이 있는 마을로 갔습니다. 그는 우물에서 물을 길어 오는 아내가 될 사람을 보자 그리셀다라고 부르며

구알티에리와 그리셀다의 결혼_ 구알티에리는 가난한 농부의 딸 그리셀다에게 청혼하여 결혼한다.

아버지가 계신 곳을 물었습니다. 아버지가 집에 있다고 하자 그는 아버지 잔누콜레와 만나 딸과 결혼하겠으며, 결혼 전에 딸에 대해 몇 가지 물어볼 말이 있다고 했습니다. 그런 다음 그녀에게 내 아내가 되면 늘 내 마음을 흡족하게 할 것이며, 나의 말과 행동이 어떻든지 화내지 않고 항상 순종할 것인지를 물었습니다. 그녀는 그의 물음에 일일이 '네'라고 답했습니다. 구알티에리는 그녀의 손을 잡고 새로 지어 온 옷을 입히고 구두를 신기고 머리 위에 관을 씌웠습니다. 그러고는 그 광경을 놀란 눈으로 지켜보는 사람들에게 말했습니다.

"여러분, 이 사람이 내가 아내로 맞을 사람이오. 그녀가 나를 남편으로 허락한다면."

그러고는 부끄러움에 몸 둘 바를 모르는 그녀에게 물었습니다.

"그리셀다, 그대는 나를 남편으로 맞겠소?"

그녀는 '네' 하고 대답했습니다.

"나도 그대를 아내로 맞겠소."

이렇게 그는 여러 사람 앞에서 청혼했습니다. 그런 다음 그녀를 말에 태워 정중히 자기집으로 데리고 왔습니다.

그의 집에서는 화려하고 성대한 결혼식과 축하연이 베풀어졌습니다. 젊은 신부는 옷이 바뀌자 마음 씀씀이와 몸가짐이 일변하여 고상하게 보였습니다. 그녀는 매우 아름다운 자태에 그것이 한층 돋보이고 예의범절과 품위가 느껴져, 양치기 잔누콜레의 딸이었다는 사실은 흔적 없이 사라지고 귀족의 딸처럼 보였습니다. 게다가 그녀는 남편에게 순종하여 잘 받들었고, 자기를 이 세상에서 더없이 행복한 사람으로 여겼습니다.

이렇게 구알티에리와 결혼하여 사는 동안 딸을 낳았고, 구알티에리의 기쁨은 대단히 컸습니다만, 이때 그의 마음에 기묘한 생각이 고개를 쳐들었습니다. 아내로서 견디기 어려운 고통을 주어 그녀의 인내력을 시험하려고 한 것입니다. 처음에는 기분을 상하게 하고, 화를 내고, 수하들이 그녀의 낮은 신분을 불만스러워한다고 투정을 부리고, 아이를 낳자 더욱 심하게 푸념을 늘어놓았습니다. 그러나 부인은 남편의 악담에 대해서 한결같이 어질고 착한 태도로 말했습니다.

"제 일에 관한 한 부디 당신의 체면을 유지하고 당신이 만족할 조처를 하십시오. 저는 여러분보다 신분이 낮음을 잘 알고 있고, 당신의 관대함으로 주어진 명예가 제게 합당치 않음도 잘 알고 있으니, 어떤 일이든 만족하게 여기고 있습니다."

구알티에리는 아내의 대답을 들으며 자기와 남들에게 받는 영예에 대해서 조금도 자만하지 않는 것을 알고 매우 기뻤습니다. 구알티에리는 그녀가 낳은 딸을 수하들이 못마땅해한다고 말해놓고는 하인을 그

아이를 빼앗는 구알티에리_ 구알티에리가
아내의 마음을 떠보기 위해 아이를 빼앗는
장면을 묘사한 그림이다.

녀에게 보냈습니다. 하인은 주인의 명이라며 딸을 죽이라고 명령한 것
을 말했습니다. 그녀는 딸을 요람에서 안아 들고 키스를 하고 축복했습
니다. 마음속에는 슬픔이 가득했으나 태연한 듯 하인의 팔에 안겨 주며
새나 짐승의 밥이 되지는 않도록 해달라고 신신당부했습니다.

하인은 아이를 안고 나와 부인의 말을 구알티에리에게 전했습니다. 그
는 아내의 의연한 태도에 놀라면서 딸을 볼로냐의 친척 집에 보내고 자
기의 아이라는 것을 비밀로 하여 소중히 양육해 달라고 부탁했습니다.

몇 년이 지나 부인이 임신해 낳은 아들도 딸의 경우와 같은 방법으로
볼로냐로 보내어 양육을 부탁했습니다.

맏딸이 태어난 지 여러 해가 지나자, 구알티에리는 마지막으로 아내
의 인내를 시험할 때가 왔다고 생각했습니다. 그는 수하들에게 더는 그
리셀다를 데리고 살 수 없으니 어떻게든 교황의 허락을 얻어 그리셀다
를 내보내고 다른 여자를 맞아야겠다고 말했습니다. 수하들이 비난하
자 그는 그렇게 하는 수밖에 도리가 없다고 대꾸했습니다.

부인은 이 말을 듣자 '마침내 친정으로 돌아가야 하는구나, 그렇게 되면 또 양 떼를 지키며 살아갈 것이고, 자기가 진심으로 행복을 바랐던 남편이 다른 여자를 맞는 것을 말없이 지켜봐야만 한다'는 생각이 들어 서러움에 목이 메었습니다.

그 후 얼마 안 되어 구알티에리는 로마에서 그리셀다와의 이혼과 다른 여자와의 결혼을 허락한다는 가짜 편지를 만들어 수하들이 믿도록 했습니다.

그리고는 아내를 불러 교황님의 허락을 얻었으니 가지고 온 물건을 정리해서 친정으로 돌아가라고 말했습니다. 부인은 남편의 심한 말을 듣고도 다른 여자에게서는 도저히 볼 수 없는 태도로 슬픔을 참으며 말했습니다.

"제가 본시 신분이 낮아 당신의 높으신 신분에 걸맞지 않음을 잘 알고 있습니다. 여기 저와 결혼할 때 당신이 주신 반지가 있으니 받으십시오. 제가 시집올 때 가져온 것을 가지고 돌아가라고 하셨는데, 정리할 것도 상자도 나귀도 필요 없습니다. 저는 맨몸으로 시집왔으니 당신의 자식을 낳은 제 몸을 남에게 보여도 상관없다면 맨몸으로 돌아가겠습니다. 다만, 제가 가지고 왔다가 이제는 가져갈 수 없는 순결한 몸값을 유일한 지참금으로 대신하여 속옷 한 벌만 허락해 주시기 바랍니다."

구알티에리는 누구보다도 가슴이 뭉클했으나, 일부러 근엄한 표정으로 말했습니다.

"그렇다면 속옷 한 벌은 입고 가도록 하시오."

수하들은 13년 동안이나 마님으로 모셨던 분이니, 그런 초라하고 부끄러운 모습을 남들에게 보이지 않도록 제발 입은 옷만이라도 주도록 간청했으나 그것마저 헛수고였습니다. 부인은 일동에게 작별을 고하고 속옷 바람으로 눈물을 흘리며 친정으로 돌아갔습니다.

　한편 구알티에리는 파나고의 백작 가문에서 아내를 다시 맞는 것처럼 일을 꾸몄습니다. 그러고는 결혼식을 위한 성대한 준비를 위해 집 안 구석구석을 잘 아는 그리셀다가 와 줘야겠다며 사람을 보냈습니다.

　그리셀다는 남편이 자기에게 행운을 안겨준 사람으로, 항상 가슴에 품었던 애정을 버리지 못하고 있었으므로, 그의 말에 순순히 응하겠다며 쫓겨난 집에 다시 들어왔습니다.

　그녀는 얼마 전에 속옷 바람으로 나간 집에 남루한 옷을 입고 다시 들어와 방 청소와 정리정돈을 하고, 식탁에 보를 씌우고, 벽에는 벽걸이와 장식을 하고 부엌을 정돈하였습니다.

　한편, 구알티에리가 파나고 백작의 가문으로 출가한 볼로냐의 친척 집에 아이들을 보내어 소중히 양육해 달라고 부탁한 이후, 딸은 열두 살의 아름다운 처녀로 아들은 여섯 살 개구쟁이로 성장했습니다.

　친척은 후작의 부탁대로 채비하고 여로에 올라 며칠 뒤에 훌륭한 수행인들을 앞세워 두 남매와 함께 결혼식에 맞춰 살루초에 도착했습니다. 집 앞에는 이웃 사람들이 나와 구알티에리의 신부를 기다렸습니다. 이윽고 그녀가 귀부인들의 마중을 맞으며 들어오자, 그리셀다는 친근하게 다가가 말했습니다.

　"아씨, 잘 오셨습니다."

　구알티에리는 그리셀다의 인내력의 깊이를 깨달았습니다. 말하자면 그녀가 매우 총명하다는 것을 깨닫고, 냉정한 표정 뒤에 감추어왔던 고통에서 이제는 풀어줘야만 한다고 생각했던 것입니다. 그녀를 가까이 불러 여러 사람이 지켜보는 가운데 웃으며 말했습니다.

　"그대는 신부를 어떻게 생각하오?"

　"나리에게 아주 훌륭한 분인 것 같습니다. 저 아름다움에 더하여 총명하시다면, 나리는 이 세상에서 가장 행운아이시고 아주 행복하게 사실 것이 틀림없습니다."

구알티에리는 그리셀다가 자기 딸을 그의 신부로 굳게 믿고 칭찬 이외에 다른 말을 하지 않자, 그녀를 곁에 앉히고 말했습니다.

"그리셀다, 마침내 긴 세월 동안 당신의 인내를 알게 되었소. 나는 잔인하고 냉정한 짐승 같은 사내라고 비난할 사람들에게 밝힐 일이 있소. 실은 당신에게는 참된 아내의 길을, 그들에게는 아내를 맞으면 어떻게 다루어야 하는가를 가르친 것이며, 또한 당신과 부부로 살면서 오래오래 평화가 있기를 바라는 마음에서 그러한 연극을 했다는 것을 밝히는 것이오. 당신의 진심을 한번 규명해 보려고 모두 알다시피 갖가지 수단으로 당신을 괴롭히고 고통을 주었소. 이제 나는 당신의 말과 행동에서 나를 거역하지 않는다는 것을 알았으니, 여러 해 동안 당신에게서 빼앗았던 것을 한꺼번에 돌려주고, 내가 당신에게 가한 고통의 배 이상의 사랑으로 되돌려줄 것이오. 자, 이 아이들이 당신의 자식이오. 난 당신의 남편이며 무엇보다도 당신을 사랑하오. 그리고 아내를 만족하게 여기노라고 누구에게나 당당히 자랑할 수 있소."

말을 마친 그는 그녀를 끌어안고 키스했습니다. 기쁨에 넘쳐 울고 있는 그녀를 안아 일으키고 이 엄청난 사실에 놀란 딸과 아들을 끌어안았습니다. 물론 그곳에 모였던 사람들이 깜짝 놀란 것도 당연하지요. 귀부인들은 크게 기뻐하며 그리셀다를 데리고 그녀의 옛날 방으로 갔습니다. 그리고 최대로 축하하고, 예전에 입었던 훌륭한 옷으로 바꿔 입혔습니다. 남루한 옷에도 품위가 있었던 자태는 어엿한 여주인 모습으로 서니 그 우아함은 더할 것이 없었습니다. 모두 크게 기뻐하며 내외와 두 자녀와 함께 떠들썩한 축하를 하고, 한층 성대한 연회는 여러 날 계속되었습니다.

마지막 디오네오의 이야기가 끝나자 부인들 사이엔 의견이 나뉘어 한바탕 논란이 일었습니다. 시간이 흘러 저녁노을이 붉게 물들자 왕이 말했습니다.

"여러분, 인간의 지혜는 단순히 눈에 보이는 사물을 아는 것이 아니라, 그것을 통하여 미래를 통찰할 수 있는 것이 최고의 지혜라고 할 수 있습니다. 우리의 수많은 이야기 중에 욕망을 자극하는 이야기라든가, 먹고 마시고 노래하며 오락이나 유흥에 치우친 것은 유감이지만, 우리가 처한 상황에서 보면 책망이나 비난받을 것은 없다고 생각합니다. 우리는 항상 품위와 격식을 지켰으며 형제 같은 친밀감이 계속되어 왔음을 의심의 여지 없이 지켜보았기 때문입니다. 그것이 여러분과 나의 명예이자 은혜로운 일입니다. 여러분께서 동의하신다면 내일 아침 출발을 위해 왕의 권한을 내일 출발 시각까지 갖기를 청하며, 만일 다른 계획이 있다면 지금 이 왕관을 벗겠습니다."

일동은 다양하게 토론한 후에 왕의 의견이 유익하고 적절하므로 따르기로 결정했습니다.

날이 밝자 왕의 인도대로 무사히 피렌체로 돌아왔으며, 젊은이들과 부인들은 산타 마리아 노벨라 성당에서 저마다 집으로 돌아가거나 각자의 길을 갔습니다.

데카메론

초판 1쇄 발행 2021년 11월 22일
2판 1쇄 발행 2025년 3월 20일

지은이 조반니 보카치오
옮긴이 김성진
펴낸이 김호석
편집부 이면희 · 김영선
마케팅 오중환
경영관리 박미경
영업관리 김경혜

펴낸곳 도서출판 린
주소 경기도 고양시 일산동구 무궁화로 20-18 하임빌로데오 502호
전화 02-305-0210
팩스 031-905-0221
전자우편 dga1023@hanmail.net
홈페이지 www.bookdaega.com

ISBN 979-11-92575-25-4 03880